KB053007

# 아러타이의
# 끝자락

유목민의 삶에서 '인생의 쉼표'를 만나다

# 아러타이의 끝자락

리쥐안(李娟) 지음 • 차현경 옮김

꾸꾸꾸

한국어판 서문

# 한국 독자들에게

스무 살을 전후한 시절, 나는 신장 북부에 있는 아러타이에서 카자흐 유목민들과 함께 생활했다. 비록 농촌에서 목장으로 떠돌아다니는 불안정한 생활이었지만 나름 신선했다. 그때 나는 젊었고, 열정이 있었고, 예민했으며 고독했다. 잊지 못할 추억도 많았다. 생활이 안정된 뒤, 몇 년에 걸쳐 그때 당시의 기억들을 정리해내었다. 처음에는 인터넷에 글을 실었고 점차 언론매체의 요청을 받아 전문 칼럼에 글을 기고했다. 그렇게 쓴 글을 모아 2010년에 출판한 책이 바로 『아러타이의 끝자락』이다.

이 책은 지난 여러 해 동안 재판을 거듭할수록 더 먼 곳까지 전해졌다. 이번에는 지구 상에서 바다와 가장 멀리 떨어져 있는 아러타이에서 삼면이 바다로 둘러싸인 한국에까지 소개가 되어 정말 행운이라고 생각한다. 나는 여태 바다를 한 번도 본 적이 없다.

이 책의 배경이 된 '아러타이'와 '카자흐 족'에 대해 간단한 설명을 곁들이고 싶다.

아러타이는 유라시아 대륙의 중심부에 위치한 중국 서북지역에서도 북쪽에 가장 치우쳐 있는 끝자락에 위치하며, 신장위구르 자치구 이리(伊犁)카자흐 자치주에 속한다. 이곳에 사는 사람들은 카자흐 족이 대부분이다. 북으로는 알타이 산맥을 끼고 남으로는 구얼반퉁구터(古爾班通古特) 대사막이 가로지르고 있다. 총면적은 11.7만 제곱킬로미터에 이른다. 면적은 넓지만 인구가 적어 1제곱킬로미터당 두 명꼴에 불과하다.

이곳은 끝없이 이어져 있는 설산과 빙하와 소택지와 침엽수림 그리고 고산 호수가 있고, 북극해로 흘러들어 가는 푸른 수계가 있으며, 라벤더와 금매화가 바다를 이루고 있다. 물론 더 많은 부분은 끝없이 펼쳐진 황량한 벌판과 사막과 기나긴 겨울이 차지한다.

반년에 달하는 기나긴 겨울과 척박한 땅으로 인해 카자흐 선조들은 '유목'을 선택할 수밖에 없었다. 떠돌아다니는 고단한 생활 방식은 이들로 하여금 자연에 순응하며 살도록 단련시켰다. 지금도 물과 풀을 찾아 떠도는 옛날 방식의 목축 형태는 여전히 이 지역의 경제를 지탱해주는 중요한 수단이다. 알타이의 깊은 산에서 톈산북로의 광활한 지대에 이르기까지, 유목민들은 매년 천 리 길을 이동한다. 가장 많게는 평균 사흘에 한 번꼴로 이사하는 경우도 있다.

카자흐 족은 무슬림으로 매우 온화하며 용맹하고 천성이 낙천적이다. 지금까지의 내 작품들은 그들이 살아가는 모습과 관련된 소재를 다루고 있는 것이 대부분이다. 하지만 내 작품에서 그리고 있는 것은 단순히 내 개인적인 일상과 관찰에 근거한 것이라서 더 넓은 시각으로 조명하지 못한 것을 부끄럽게 생각한다. 나는 이 글들이 진실한 기록이기를 바라며, 이역(異域)에 사는 사람들이 색다른 풍경의 창을 열고, 외지고 동떨어진 끝자락에 사는 이들의 삶과 희망을 이해하는 계기가 되기를 바란다.

이 책을 위해 역자 차현경 씨가 보여준 노력과 정성에 감사한다. 이 책을 보다 풍부하고 입체적으로 그리기 위해, 그리고 더욱 완벽한 번역을 위해 먼 길을 마다하지 않고 직접 신장까지 찾아와 책 속에 나오는 모든 장소를 구석구석 직접 발로 뛰어가며 확인하고 수많은 사진을 찍었다. 역자의 번역이 이 책을 보다 빛나게 해주리라 믿는다.

더불어 이 글을 통해 새롭게 눈을 뜨고 마음을 열게 될 먼 곳의 독자들에게도 감사한다. 세상이 앞으로 어떻게 변한다 해도, 문화적 차이가 아무리 많이 존재한다 해도, 사람들 마음속에는 '다름'보다는 '같음'이 훨씬 더 많을 거라고 나는 믿는다.

2015년 7월

옮긴이의 말

# 인생의 쉼표를 만나다

도시의 삶에 찌들어 숨조차 제대로 쉴 수 없던 때가 있었다. 그때 가방 하나 달랑 메고 훌쩍 떠났던 제주도 여행. 제주 앞바다가 눈앞에 펼쳐지고, 푸른 잔디가 깔려 있는 한적한 게스트하우스에 짐을 푼 나는 며칠간 아무 생각 없이 뒹굴며 지냈다. 귓전을 때리는 바닷소리, 푸른 잔디밭을 뛰노는 강아지들, 게스트하우스에서 흘러나오는 잔잔한 음악소리…….

작년 초 우연히 내 눈에 띈 책 한 권-『아러타이의 끝자락』. 작가가 신장 아러타이 지역에서 카자흐 유목민들과 함께 생활하며 직접 체험한 소소한 일상과 그 안에서 벌어지는 깨알 같은 재미를 가득 담고 있는 이 책은 읽는 내내 내 가슴을 따뜻하게 데워주었다. 내게는 각박한 현실에서 벗어나 순수의 세계로 빠져들게 한 '인생의 쉼표'와도 같은 책이었다. 제주도를 찾았을 당시 이 책이 내 손에 들려 있었더라면 얼마나 좋았을까 하는 생각이 퍼뜩 뇌리를 스치고 지나갔다. 잠시나마 일상에 지친 현실을 잊고 어디론가 훌쩍 떠나고 싶을 때 이런 책 한 권쯤 동행이 되어준다면 그보다 멋진 여행길은 없을 것만 같았다.

다른 누군가도 나처럼 이 책을 통해 위로를 받고 지친 일상에서 잠깐 빠져나와 쉬어 갈 수 있으면 좋겠다는 바람에서 번역을 결심하게 되었다. 번역 작업을 하는 내내 고비 사막의 붉은 땅 아커하라가, 알타이 산맥의 사이헝부라커 여름 목장이, 봄을 20센티미터 앞둔 눈토끼가 끊임없이 나를 향해 손짓했고 그 손짓에 부응이라도 하듯 내 엉덩이는 시종 들썩거렸다. 번역 작업이 끝나자마자 나는 결국 짐을 꾸려 아러타이로 향했다. 내 엉덩이를 춤추게 했던 그곳을 피부로 직접 느껴보고 싶었다.

책 속 장면을 하나하나 머릿속에 그려가며 구석구석 발로 누비고 다닌 며칠간은 '행복한 과거로의 시간 여행'이었다. 특히 기나긴 겨울을 나고 여름 목장으로 이동하는 유목민들의 대이동 행렬을 직접 접할 수 있었던 것은 무한 감동으로 다가왔다. 척박한 환경 속에서도 가난하지만 행복한 삶을 사는 유목민들의 일상과 수천 년 동안 자연과 더불어 살아온 이들의 소박한 자족의 삶은, 아파트 평수와 연봉, 학력 등에 얽매여 '획일화된 행복'만을 좇는 우리들에게 중요한 무언가를 잊고 사는 건 아닌가 하는 의문을 던져주었다.

늘 미래에 대한 두려움 속에 오늘을 살아가는 우리들에게, 오랜 세월 변함없이 반복되는 유목의 삶을 살아온 이들은 '미래로부터 해방된' 자유로운 영혼들인 셈이다. 따뜻함이 느껴지는 이 책을 통해 많은 사람들이 위안을 받고 행복을 느낄 수 있으면 좋겠다.

이번 여행길에 잊지 못할 소중한 추억을 선사해준 작가 리쥐안과 여러 친구 분들께 감사의 마음을 전하고 싶다. 그들이 없었다면 이번 여행은 한낱 나 홀로 즐기는 배낭여행에 그쳤을지 모른다. 돈으로 살 수 없는 값진 경험을 하게 해준 작가를 비롯한 모든 분들께 다시 한번 감사드린다. 더불어 이 책을 기획하는 단계에서 함께 머리를 맞대고 좋은 의견을 내주었던 기획 모임 친구들에게도 고마움을 전한다. 끝으로 지난한 번역 과정을 잘 견딜 수 있도록 내 곁을 든든히 지켜주고, 멋진 사진을 위해 여행길 내내 무거운 카메라를 한시도 손에서 놓지 않은 남편에게 변함없는 사랑을 보낸다.

차현경

2015년 가을

Павлодар
Бийск
키질
Кызыл
아스타나
Астана
세메이
Семей
외스케멘
Өскемен
러시아
카라간다
Қарағанды
카자흐스탄
아러타이 지구
阿勒泰地区
준가얼 분지
구얼반퉁구터 대사막
우루무치 시
乌鲁木齐
알마티
Алматы
비슈케크
Бишкек
쉼켄트
Шымкент
키르기스스탄
타슈켄트
Тошкент
신장위구르
자치구
두샨베
Душанбе
타지키스탄
칭하이 성
카불
کابل
이슬라마바드
اسلام آباد
잠무
카슈미르
라호르
히마찰
프라데시
티베트
자치구
파키스탄
펀자브 주
유타란찰
하리아나
아루나찰
프라데시
뉴델리
New Delhi
우타르
프라데시
네팔
카트만두
시킴
부탄
라자스탄
자이푸르
Jaipur
아삼
나갈랜드
카라치
비하르
메갈라야
방글라데시
마니푸르
트리푸라
구자랏
마디아
프라데시
즈하르한드
아마다바드
Ahmedabad
인도
서부 벵골
미조람
차티스가르
수랏
Surat
미얀마
(버마)
오리사
뭄바이
Mumbai
마하라
슈트라
네피도
푸네
텔랑가나 주

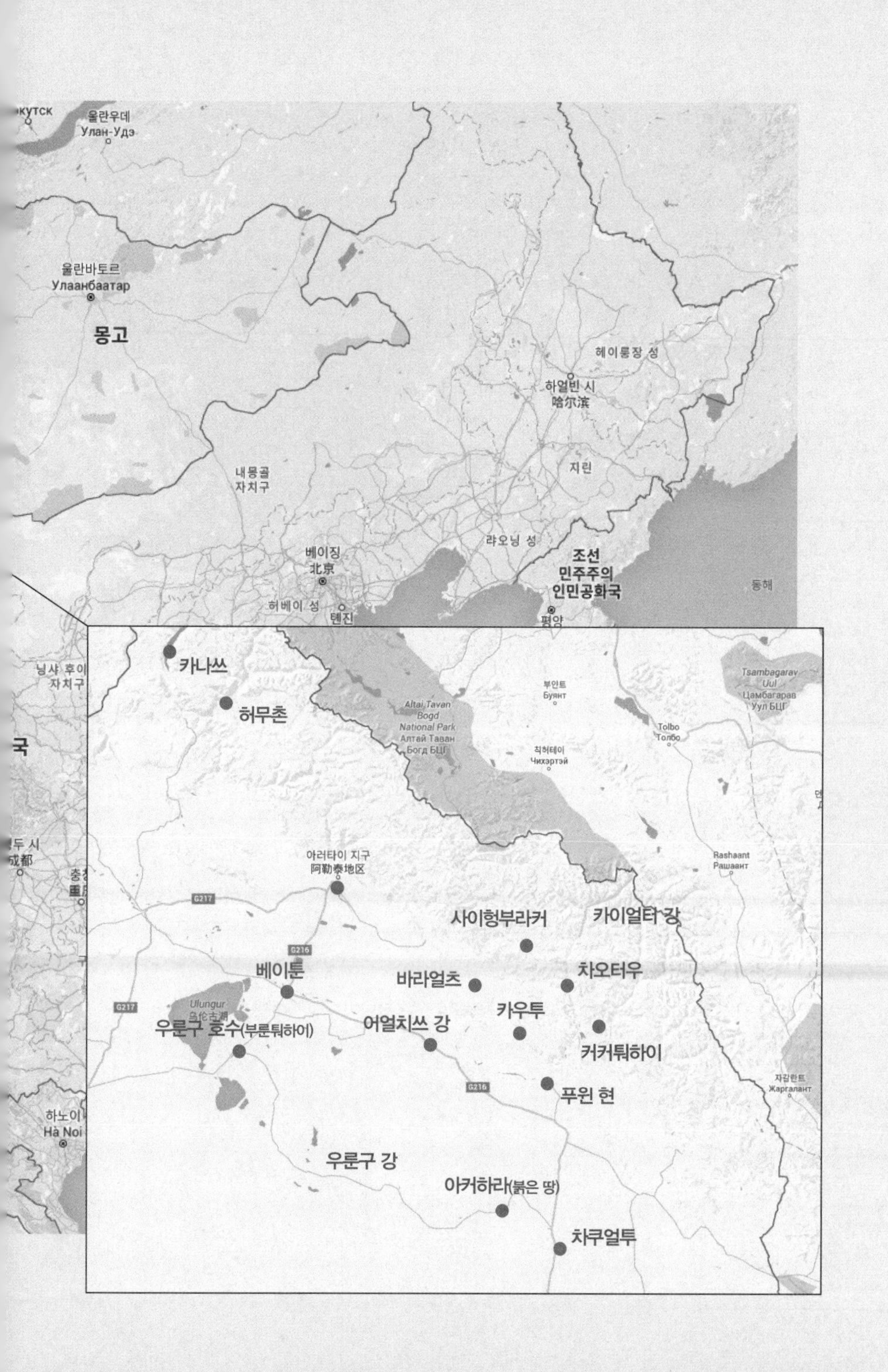

울란우데
Улан-Удэ
울란바토르
Улаанбаатар
몽고
헤이룽장 성
하얼빈 시
哈尔滨
내몽골
자치구
지린
랴오닝 성
베이징
北京
조선
민주주의
인민공화국
동해
허베이 성
톈진
평양
닝샤 후이
자치구
하노이
Hà Noi
카나쓰
허무촌
Altai Tavan
Bogd
National Park
Алтай Таван
Богд БЦГ
부얀트
Буянт
칙헤테이
Чихэртэй
Tolbo
Толбо
Tsambagarav
Uul
Цамбагарав
Уул БЦГ
Rashaant
Рашаант
아러타이 지구
阿勒泰地区
G217
G216
사이헝부라커
카이얼타 강
베이툰
바라얼츠
차오터우
카우투
Ulungur
乌伦古湖
우룬구 호수(부룬퉈하이)
어얼치쓰 강
커커퉈하이
푸윈 현
자갈한트
Жаргалант
우룬구 강
아커하라(붉은 땅)
차쿠얼투

## 차례

## 바라얼츠에서



## 사이헝부라커에서

## 차오터우에서



## 붉은 땅에서

## 개정판에 부쳐

10년 전 기관(機關)에서 일할 때, 나는 업무 이외의 시간을 이용해 짬짬이 쓴 글을 인터넷에 올렸다. 내 글은 조금씩 네티즌들의 관심을 끌었고, 선배 작가들의 인정을 받아 2010년 마침내 출판 기회를 갖게 되었다. 이 책이 바로 『아러타이의 끝자락』이다. 이 책은 출간 3년 만에 5만 권이 팔려나가면서 내게 많은 영예를 안겨주었고, 나는 많은 관심을 한 몸에 받았다. 한편으로는 무척 기쁜 반면 또 한편으로는 불안하기도 했다.

지금까지 나는 주로 개인적인 일상사에 관한 글을 써왔다. 독자들 가운데는 이런 글이 과연 언제까지 지속될 수 있을지 의구심을 제기하는 분들도 많다. 나 역시 그 문제로 한동안 방황하기도 했다. 하지만 이런 문제들을 고민해야 하는 동시에 생활은 계속 해나가야 했고, 그 와중에도 글을 쓰고 싶다는 열망은 그 무엇보다 강했다. 그렇다면 우선은 지금 이대로 가야 했다.

내 근황을 궁금해하는 독자들도 있다. 5년 전, 아러타이 지구 당위원회 선전부에서 하던 일을 그만둔 뒤로 나는 꽤 불안정한 생활을 해오다 지난해에야 비로소 안정을 찾았다. 지난해 봄, 나는 책 속에 나오는 '아커하라'에서 아러타이 시 외곽의 한 농촌으로 이사했다. 지금은 90평에 달하는 땅에 소에게 먹일 사료와 옥수수, 해바라기를 심고, 소 네 마리와 닭들 그리고 개 세 마리를 키우며 살고 있다. 지난해는 집을 수리한다고 고생이 이만저만이 아니었지만 이제는 생활이 많이 안정되었다. 도시에 아파트도 하나 마련했다. 여러분들이 보여주신 관심에 고마움을 표한다.

독자들 가운데 내 '여동생'에 관해 물어보는 분들도 꽤 있다. 나는 책 속에서 「여동생의 사랑」에 관해 쓴 바 있다. 그 아이는 사실 친동생은 아니고, 계부가 데리고 온 딸인데 우리와 6~7년 정도 함께 살았다. 내가 「여동생의 사랑」이라는 글을 쓴 그해 내 여동생의 운명은 바뀌었다. 그때가 여동생이 막 열여덟 살이 되던 해였다. 여동생의 고향 농촌에서는 그 나이면 시집을 가야 할 연령이었다. 그곳 고향 사람들은 너무 무지해서 딸아이를 시집보내면 예물을 받게 되는데, 그걸 돈을 벌 수 있는 기회로 삼았다. 그런 이유로 여동생의 생모가 여동생을 쓰촨으로 불러들였고, 대충 혼처를 정해 시집을 보내버렸다. 들리는 소문에 의하면 좋은 곳으로 시집을 가지 못했다.

당시 우리는 차오터우에서 몇백 미터 떨어진 남고비(아커하라) 사막으로 이사를 한 뒤였다. 그곳은 너무 외지고 환경도 열악했다. 이사한 첫해, 아흔 고령의 외할머니를 돌보기 위해 나는 다른 사람의 도움을 받아 일자리를 구하러 도시로 나갔고 집에 들를 기회는 거의 없었다. 엄마와 계부, 그리고 여동생은 당시 힘겨운 생활을 해야 했다. 여동생이 우리 집을 떠날 무렵, 계부 그러니까 책 속에서 신발 수선을 독학으로 배웠다고 소개했던 삼촌도 말할 수 없이 곤궁해서 결국 짐을 싸가지고 내지로 일을 하러 떠났다. 하지만 생활이 어렵기는 마찬가지였다. 그 뒤에 다단계 판매회사에 들어갔다는 소식이 들려왔다. 나보고 자신이 다니는 다단계 판매회사에 가입하라고 권유하는 전화가 몇 차례 걸려온 게 연락의 전부였다. 그 뒤로는 소식이 완전히 끊겼다.

가족들이 뿔뿔이 흩어지기 전, 나는 글을 통해 잊지 못할 많은 소소한 일들을 기록했었다. 지금도 그 글을 읽고 있노라면 마음속에 여전히 감동이 인다. 만약 내가 지금 그 글을 다시 쓴다면 그렇게 평화롭고 따뜻하게 쓰지는 못할 거라고 가끔 생각한다.

많은 독자들은 또 내게 이렇게 요구한다. "리쥐안, 부디 당신의 순수함과 순박함을 잃지 말고 영원토록 간직하세요. 절대 도시나 현실에 오염되면 안 돼요……"라고. 나는 쓴웃음을 지을 수밖에 없다. 순수함을 간직하겠다는 생각 자체가 이미 순수하지 않은 게 아닐까? 진정한 순박함이란 '간직'하려고 한다고 해서 간직되는 것이 아니다. 도시와 현실에 '오염'된다는 부분에 대해서, 나는 이 시대의 영향으로부터 자유로울 수 있는 사람은 없다고 믿는다. 우리는 모두 이 시대의 산물이며 결코 시대를 뛰어넘을 수는 없다. 나로 말하자면, 그렇게 되려면 이 시대의 영향을 받지 않을 만큼 강해지거나, 이 시대의 영향을 회피할 만큼 나약해져야 한다.

나는 어려서부터 도시에서 자랐고 지금도 여전히 도시에 의지해 살고 있다. 경험의 차이가 시골 생활에 특별한 체험을 하게 한 것이리라. 아울러, 어려서부터 생활이 안정되지 않았던 까닭에 조용하고 변함없는 것을 좋아하게 된 건지도 모르겠다. 폭력을 경험한 사람은 평안과 따뜻함을 묘사하고 싶어 한다. 슬픔에 빠진 사람은 기쁜 일에 더욱 민감할 수밖에 없다……. 물론 '대략'적으로 그렇다는 것일 뿐이고, 꼭 이유를 설명해야 할 때 둘러대는 핑곗거리에 지나지 않는다. 글을 쓴다는 것이 너무 신비하다고 여겨질 때가 있다! 왜 내 주위에 있는 사람이 아니라 내가 글을 쓰게 됐는지, 왜 저렇게 쓰지 않고 이렇게 쓰는지…… 이 모두 '운명'으로 돌릴 수밖에.

같은 이유로, 아커하라나 사이헝부라커로 돌아갈 수 없는 것이나, 과거의 나를 '유지'할 수 없기에 독자들의 기대에 부응할 수 없는 것 역시 운명이다. 하지만, 내가 글을 쓰게 된 동기가 된 이 책과 이미 지나가버린 옛 이야기들과 이미 사라져버린 삶과 과거의 감정들은 내가 글을 써나가는 데 있어 가장 중요한 기반이며, 내 삶을 지탱해주는 가장 중요한 부분이다. 이 글을 썼던 과거의 나 자신과 나를 이해해주는 모든 분들께 감사한다.

더불어 이 책을 제작해주신 신징뎬문화유한공사(新經典文化有限公司)에 심심한 감사의 뜻을 전하며, 이 책을 아껴주시고 작가에게 세심한 배려를 아끼지 않은 편집부에게도 감사의 뜻을 전한다. 무엇보다 이번 개정판 표지에 유명인의 추천서를 넣지 않은 것이 가장 마음에 든다. 이제야 비로소 온전히 내 책이 된 것 같다.

2013년 봄에

## 들어가는 말

이 글은 2004년을 전후해서 쓴 것으로, 1998년부터 2003년까지의 생활을 배경으로 하고 있다. 내 첫 번째 산문집인 『구편설(九篇雪)』의 연장이며, 이 역시 습작에 불과하다. 이 책을 출판해야 할 필요가 있다고 한다면, 그건 어디까지나 이 글이 묘사하고 있는 내용이 유목지역의 삶이고, 유목지역의 삶에 관한 기록이 많지 않기 때문일 것이다.

우리 가족은 오랫동안 아러타이의 깊은 산속에 있는 목축지대에서 생활하며 이동식 잡화점과 재봉점을 운영했고, 양 떼를 따라 남하하거나 북상했다. 뒤에 비록 정착했다고는 하지만 여전히 어얼치쓰 강 남쪽 고비 사막에 있는, 카자흐 유목민들의 겨울 정착지인 우룬구 호수 일대에서 생활했다. 솔직히 나는 학교도 다니고 직장도 다니느라 집에서 생활한 시간은 그리 길지 않았다. 그래도 그때가 호기심도 가장 강하고 꿈도 많던 시절이었다. 당시 눈으로 보고 귀로 들은 모든 것을 바로 쓴 것은 아니고, 오랜 시간에 걸쳐 서서히 써 내려갔다. 만약 그중에서 아름다운 문장이 몇 편 있다면 그건 내가 글을 잘 써서가 아니라 내가 묘사한 대상 자체가 가지고 있는 아름다움 때문일 것이다. 나는 지금도 여전히 강한 사물에 빌붙어 존재할 뿐이다. 언젠가는 내 스스로 강해지는 날이 오길 바란다.

글쓰기는 내가 가장 좋아하는 일이고, 어느새 내가 유일하게 잘할 수 있는 일이 되어버렸다. 많은 작가들과 마찬가지로 나 역시 끊임없는 글쓰기를 통해 스스로 배우며 실력을 갈고닦고 있다. 이 책에 수록된 글 중에는 지금의 내가 부정하는 생각이나 의견이 많은 부분 존재하는 것도 사실이지만, 그럼에도 내게는 여전히 소중하다. 매번 다시 읽을 때마다, 홀로 황량한 들판에 서서 그 안에서 아름다움을 느껴보려 애쓰던 과거의 내가 아직도 눈에 선하다……. 기나긴 과정 속에서, 조금씩 관통하고, 조금씩 성장해가고, 조금씩 안정되고, 조금씩 눈이 열리던 평형감은 그 당시 내가 희망하는 삶의 기반이요, 삶을 지속시키는 힘이었다. 나의 글쓰기는 이제부터가 시작이다.

2010년 봄에

# 카우투에서

# 보통 사람

한 사람이 있었다. 그의 이름은 너무 복잡해서 우리는 금세 잊어버렸다. 그의 얼굴은 너무 평범해서 어떻게 생겼는지 기억해내려 해도 도무지 생각이 나지 않았다. 우리는 그가 누구인지 전혀 모른다. 그런 그가 우리한테 외상을 졌다.

당시, 그는 양 떼를 몰고 지나가던 길에 우리 가게에 들러 이리저리 둘러보더니 80위안(元)*어치 물건을 외상으로 구입한 뒤, 장부에 자기 이름(알아보지도 못하는 아랍 글자가 섞여 있었다)을 적었다. 우리는 그 뒤로 틈만 나면 그의 이름이 적힌 장부를 펼쳐놓고 온갖 궁리를 다 해보았지만, 대체 누구를 찾아가 돈을 달라고 해야 할지 막막했다.

---

* 80위안은 한국 돈으로 대략 14,400원(환율 1:180기준)

유목지대에서 외상 거래를 하는 것은 어찌 보면 도박이나 다름없다. 모두들 양 떼를 몰고 끊임없이 여기저기를 떠돌아다니며, 오늘은 이곳에 파오*를 치고 며칠 머무는가 싶다가도 내일이면 저곳에서 하룻밤을 보낸다. 남에서 북으로 끝없이 펼쳐진 천 리 길을 물과 풀을 찾아 거처를 옮긴다. 우리는 우리대로 말은 잘 통하지 않지, 환경은 낯설지…… 그런데 대체 무슨 배짱으로 외상을 주고 있는 건지!

다행히 유목민들은 정직하고 진실한 데다 신앙심까지 깊어 대개 빚을 떼먹거나 하지는 않는다. 그래서 외상 거래가 위험천만해 보여도 길게 보면 나름 수지가 맞는다.

봄이 되어 산으로 올라가기 전, 이제 막 황량한 겨울 목장을 떠나온 양들은 바싹 야위어 뼈만 앙상하고, 유목민들은 수중에 돈 한 푼 없는데 생활필수품은 당장 필요하다. 사정이 이렇다 보니 빚을 지지 않고서는 사실상 생계를 꾸려나갈 방법이 없다. 그와는 반대로 가을이 되어 남쪽으로 이동하는 양들은 하나같이 통통하게 살이 올라 몸이 제법 실하다. 유목민들의 긴 행렬이 카우투(喀吾圖)** 일대를 지날 때가 그간의 밀린 외상값을 받을 수 있는 우리로서는 호시절이다. 그런데 그즈음에는 우리도 줄곧 이사를 다녀야 하기 때문에 외상값을 갚으러 우리 가게를 찾아왔다가 허탕을 치는 손님들이 허다했다. 그래도 그들은 여기저기 수소문을 해서라도 기필코 우리 가게를 찾아오고야 만다. 외상값을 모두 갚고 나면 우리가 장부를 펼치는 것을 두 눈으로 똑바로 지켜보고

---

* 천막으로 만든 이동식 가옥의 중국식 명칭. 몽골의 게르에 해당한다.

** 작가가 편의에 의해 지어낸 지명. 이 글의 배경이 된 실제 지명은 쿠얼터(庫爾特). 지도 참고

있다가 자기 이름을 찾아 그 위에 줄을 긋고 나서야 마음이 놓이는지 발걸음도 가볍게 그 자리를 뜬다. 카우투에서는 얇은 종이 위에 쓰인 이름만큼 사람을 강하게 속박하는 것도 없다.

오래된 장부에 적힌 이름이 하나둘 지워지는 동안, 유독 그 사람 이름만은 몇 년째 그 페이지에 당당하게 한 자리를 차지하고 있었다.

다급해진 우리는 그 사람의 행방을 백방으로 수소문해보기 시작했다.

그러던 어느 겨울날, 가게에 손님이 찾아왔다. 무겁고 튼튼한 여우 가죽 모자를 쓴 걸 보니 유목민이 틀림없었다. 마침 그 일이 생각난 우리는 잘됐다 싶어 얼른 장부를 꺼내 그에게 보여주며 혹시 아는 사람-엄마 말을 빌자면 '철면피'에 '아주 몹쓸 놈'-인지 물어보았다.

안 봤다면 그냥 넘어갈 수도 있었을 텐데, 장부를 본 그가 화들짝 놀랐다. "이거, 이거, 이거 나 아냐? 분명 내 이름인데! 내 글씨야!"

정작 더 놀란 사람은 다름 아닌 우리 엄마였다. 조금 전까지만 해도 '철면피'라느니 '아주 몹쓸 놈'이라느니 하며 대놓고 욕을 해댔으니 말이다. 엄마는 너무 무안했던 나머지 머뭇머뭇하다가 겨우 입을 뗐다. "당신? 하하, 당신이라고요? 헤헤, 당신이란 말이죠……?"

그 사람은 콧수염을 배배 꼬아가며 한참을 생각해보아도 대체 언제 80위안어치 물건을 사 갔는지, 무슨 물건을 사가지고 간 건지, 왜 그 물건이 필요했던 건지 당최 생각이 나지 않는 모양이었다.

그는 미안해하며 말했다. "정말 생각이 안 나요!" 그렇다고 돈을 떼먹으려는 눈치는 전혀 없었다. 자기 글씨체가 확실하다니까. 그런데 글씨체라는 것도 따지고 보면 전적으로 그 사람 말 한마디에 달려 있을 뿐, 어차피 우리는 평소 그의 글씨체가 어떤지 알 수 없는 노릇 아닌가. 아무튼 그는 외상값을 떼먹지 않았다.

집으로 돌아간 그는 당장 그날 저녁에 20위안을 보내왔다. 그 뒤로 무려 8개월 동안 네 차례에 걸쳐 남은 60위안도 모두 다 갚았다. 그는 정말 가난한가 보다.

# 봄을 20센티미터 앞둔 눈토끼

우리는 손님들을 상대로 어설픈 카자흐 어로 장사를 했고, 손님들 역시 어설프게 이해하고 대충 넘어가는데도 물건을 파는 데 큰 지장은 없었다. 상대방의 언어를 능숙하게 구사하지 못하더라도 의사전달만 확실하면 된다. 만약 의사전달 능력이 떨어진다면 상상력이라도 뛰어나야 한다. 처음 이 일을 시작했을 때, 상상력마저 부족했던 나는 같은 물건을 팔아도 촉나라 땅을 걷는 것(爬蜀道)*만큼이나 어려웠다. 선반 이쪽 끝에서부터 저쪽 끝까지 물건을 하나하나 가리켜가며 "이거요? 이거요? 이거요? 이거요……?" 묻고 나서, 이번에는 상품진열대 맨 아래층

---

* 촉도(蜀道)는 고대 장안에서 촉나라로 통하는 길을 말하는데, 진령(秦岭)과 파산(巴山)을 가로지르는 이 길은 너무 험해 걸어 다니기가 아주 어려웠다. 보통 걷기 힘든 길의 대명사로 쓰인다.

에서부터 꼭대기 층까지 물건을 일일이 가리켜가며 다시 "이거요? 이거요? 이거요? 이거요……?" 하고 물어야 했다. 그 고생을 하고 나서야 상대방이 사려던 물건이 고작 1마오(毛)*짜리 성냥 한 갑이었다는 사실을 알게 된다.

내가 보기에 엄마는 늘 엄마 멋대로 이해하고 모든 일을 처리하지만, 장담하건대 엄마가 잘못 이해하는 경우가 태반이다. 그런데 잘못된 이해를 바탕으로 일을 처리하는데도 결국에는 일이 제대로 돌아갔다. 그러니 내가 달리 뭐라 할 말이 없다.

어쩌면 엄마는 정확하게 이해했는데 엄마가 이해한 것을 내가 잘못 이해했을는지도 모른다. 그렇다 하더라도 엄마가 이해한 것을 제대로 전달하지 못했다는 것만은 틀림없다. 아니 이번에도 엄마는 제대로 전달했지만 내 이해를 돕는 데 실패했기 때문에 결국 나를 이해시키지 못한 것일 수도……. 이런, 대체 무슨 말을 하고 있는 건지 나조차 헷갈린다. 본래 단순한 것을 일부러 복잡하게 만들려는 의도는 아닌데…… 모든 건 원래 복잡하지 않나! 그럼에도 다들 단순하게 살아가고, 의외로 아무 문제없이 잘 지낸다. 정말 신기하다.

이제 눈토끼에 대해 말해보자.

어느 눈 내리는 겨울밤, 우리는 늦은 시간까지 난롯가에 둘러앉아 옛날이야기를 해가며 조용히 일을 하고 있었다. 이때 문이 열리면서 한 사람이 묵직한 한기(寒氣)와 안개를 안고 미끄러지듯 들어왔다. 무슨 일로 찾아왔냐는 물음에 한눈에도 꽤 진실해 보이는 그 사람이 한참을 뭐

* 중국의 화폐 단위. 10마오는 1위안

라고 떠들어댔지만 우리는 당최 무슨 말인지 알아들을 수가 없었다. 결국 우리는 그를 무시하고 하던 일을 마저 계속했다. 한참을 머리를 쥐어짜며 고심하던 그가 마침내 비교적 정확한 몇 마디 말을 조합해내었다.

"혹시, 몽골가젤(黃羊)* 필요해요?"

"몽골가젤?"

우리는 깜짝 놀랐다.

"네, 살아 있는 몽골가젤."

우리는 또 한 번 깜짝 놀랐다.

엄마와 엄마의 제자 젠화(建華)는 벌써부터 몽골가젤을 사서 어디에 둬야 할지에 대해 상의하기 시작했다. 내가 하도 어이가 없어 멍하니 있는 동안 그녀들은 이미 석탄 창고에서 몽골가젤을 기르기로 결정해버렸다.

내가 큰소리를 쳤다. "우리가 몽골가젤을 키워 뭐에 쓰게?"

"누가 알겠니. 우선 사놓고 보는 거지."

엄마가 몸을 돌려 진실하게 생긴 그 사람에게 물었다. "제일 싼 몽골가젤이 얼마예요?"

"10위안."

우리는 세 번째로 깜짝 놀랐다. 몽골가젤의 이름 안에 비록 '양(羊)' 자가 들어 있다고는 해도 엄연히 사슴처럼 생긴 아름다운 야생동물인데다 몸집도 양보다 몇 배는 컸다.

---

* 사막지대에 서식한다. 6개월 동안 물을 마시지 않고도 견딜 수 있으며 다리가 튼튼해서 시속 96킬로미터로 달린다. 알타이 산맥과 몽골, 중국 간쑤 성(甘肅省)과 북동부 초원 등에 분포한다.

나는 더 생각해볼 것도 없이 당장 찬성하고 나섰다. "맞다! 몽골가젤을 사는 대로 아한(阿汗)네 집에 가서 사료를 얻어 오면 되겠다. 봄에 외상으로 빌려 간 밀가루 값을 여태 안 갚았거든……."

우리 가족이 다들 들떠 있는 모습을 본 그 사람은 흡족하다 못해 자못 우쭐해하기까지 했다. 엄마는 혹여나 그 사람 마음이 변할까 봐 서둘러 계산대에서 돈을 꺼내며 이렇게 당부했다. "이봐요, 다음에 몽골가젤이 또 생기면 우리한테 가져와요. 몇 마리든 우리가 전부 살 테니까! 다른 사람한테 가면 절대 안 돼……. 하기야 가도 소용없겠지만. 이런 걸 우리 말고 또 누가 사겠어……." 나라면 상대가 설사 무안해할지언정 그래도 짐짓 이렇게 대꾸해줬을 거다. 공짜 싫어하는 사람이 어디 있어요? 하고.

셈을 치른 뒤 우리 식구는 한껏 들떠 몽골가젤을 데리러 그의 뒤를 따라 나갔다. 눈이 소복이 쌓여 있는 문 입구에 아이 하나가 서 있었는데, 외투 안에 무언가를 품고 있는지 가슴 앞이 불룩했다.

"어, 새끼 몽골가젤이에요."

아이가 서서히 외투를 펼쳐 보였다.

"어, 흰색 몽골가젤이에요."

"……."

사정은 이랬다. 눈 내리는 어느 겨울밤, 멍청하게도 10위안씩이나 주고 우리가 산 건 다름 아닌 산토끼였다. 다른 사람 같으면 최소한 토끼 세 마리는 너끈히 사고도 남을 금액이었다.

서두에서 이해니 오해니 해가며 말을 장황하게 늘어놓았던 이유가 바로 여기에 있다. 소통은 정말 중요한 문제다!

어찌 됐든 기왕 엎질러진 물인 데다 다행히 우리는 모두 이 토끼가 너무 마음에 들었다. 얼마나 예쁜지 10위안이 전혀 아깝지 않았다! 3, 4위안짜리 토끼들과 비교해보면 덩치가 얼마나 큰지 마치 새끼 양 같았다. 게다가 살아 있기까지 했다. 다른 사람들이 사가지고 오는 건 대개 꽁꽁 언 냉동 토끼뿐이다.

거기다가 파란 눈동자까지! 어느 집 토끼가 파란 눈동자를 가지고 있겠나(나중에 안 사실이지만 산토끼는 원래 눈이 파랗고 집토끼만 눈이 빨갛다……)?

이 산토끼는 '눈토끼'라고도 불리는데, 눈처럼 빛나는 새하얀 털을 가지고 있기 때문에 눈 속에 웅크리고 있으면 전혀 분간해낼 수 없다. 날이 풀리면 털 색깔이 차츰 갈색으로 변하는데 그래야 고비 사막을 마음껏 뛰어다녀도 사람들 눈에 쉽게 띄지 않는다고 했다.

이런 위장의 명수가 어쩌다가 붙잡혔을까? 이 녀석은 한눈에 보기에도 약해 보였다. 덫을 놓은 몹쓸 놈들 같으니라고-우리는 덫에 걸려 상처가 심각한 토끼 뒷다리를 나중에 발견하고 나서 진실해 보였던 그 파렴치한 놈에게 욕을 실컷 퍼부어주었다.

우리는 집에 있던 뚜껑 없는 철제 우리에 토끼를 집어넣고, 석탄 창고 구석 자리에 놓아두었다. 우리는 토끼를 보러 하루에도 몇 번씩 창고를 들락거렸고, 토끼는 늘 변함없이 우리 안에 얌전히 있었다. 토끼는 꽁꽁 언 당근 반쪽을 조금씩 갉아먹으며 그곳에 그렇게 영원히 있을 것만 같았다. 토끼를 보려고 제일 부지런을 떠는 사람은 단연 외할머니였다. 외할머니는 가끔씩 상품진열대 위에서 팝콘을 몰래 가져다가 토끼에게 먹이면서 근심 어린 목소리로 이렇게 속삭이곤 했다. "토끼야, 토끼야, 맨날 이런 곳에 혼자 처박혀 있다니, 에구 불쌍한 것……." 밖에서 이 말을 듣고 있던 나는 갑자기 콧날이 시큰해지며 문득 토끼가 정말 불쌍하다고 느껴졌다. 더불어 외할머니도 안쓰러웠다……. 연일 계속되는 매서운 추위에, 외할머니는 두꺼운 옷을 잔뜩 껴입어 둔해진 몸으로 온종일 난롯가에 바싹 붙어 앉아 자리만 지키고 있을 뿐, 어디 나갈 엄두도 내지 못했다. 그런데 토끼가 온 뒤로는 가게와 석탄 창고 사이를 부지런히 오갔다. 사방이 눈과 얼음으로 뒤덮여 있어 토끼를 보러 가고 오는 길에 벽을 잡고 조심스레 걷는 외할머니의 모습을 자주 볼 수 있었다. 외할머니는 때로는 귀를 막고 때로는 손을 소매 안에 집어넣고 다녔다.

이곳 겨울은 한없이 길다.

그래도 우리 집에 있으니 얼마나 좋아? 비록 어두컴컴하고 더러운 석탄 창고라 하더라도 눈과 얼음으로 뒤덮인 한데서 지내는 것보다는 따뜻한 우리 집이 훨씬 아늑할 터였다. 그뿐인가, 우리는 토끼한테 또 얼마나 지극정성인지, 우리가 먹는 거라면 뭐든 가리지 않고 토끼에게 먹이는 바람에 토끼는 얼마 안 가 통통하게 살이 올랐고, 짙푸른 눈동자는 갈수록 반짝반짝 빛났다. 만약 누군가 '당신네 토끼를 잡으면 몇 끼는 거뜬히 해결할 수 있겠다'고 말을 한다면 우리는 틀림없이 그를 혐오했을 터였다.

우리는 토끼를 너무너무 좋아했지만 그렇다고 마음껏 뛰어놀 수 있게 풀어주지는 못했다. 만에 하나 몰래 도망이라도 치는 날에는 춥고 먹을 것 하나 없는 거리를 떠돌다 굶어 죽을지도 모를 일이었다. 어쩌면 마을 사람한테 또 붙잡힐지도 몰랐다. 아무튼 우리는 토끼가 우리 집에 있어야 안전하다고 생각했다.

엄마는 우리 틈새로 손을 집어넣어 착하고 영리한 토끼를 조심스레 쓰다듬어주곤 했다. 그럴 때마다 토끼는 가볍게 몸을 떨며 머리를 앞발 사이에 깊숙이 묻고 길쭉한 두 귀는 몸에 바짝 붙였다. 우리 안에는 토끼가 숨을 만한 곳도 도망칠 곳도 없었다. 우리에게 악의라고는 눈곱만치도 없는데 이걸 토끼한테 어떻게 이해시켜야 할까?

시간이 흘러 날이 많이 풀렸다고는 하지만 추위는 여전히 기승을 부리고 있었다. 그래도 겨울 중 가장 혹독한 시기는 벌써 지났다. 우리는 새하얀 눈토끼 몸에서 누런 털이 한 가닥 한 가닥 자라나기 시작하는 것을 놀라움에 가득 찬 눈으로 지켜보았다. 토끼는 우리보다 더 빠르고 예민하게 다가오는 봄을 느끼고 있었다.

그런데 그 무렵, 우울한 성격의 토끼가 어느 날 갑자기 우리 눈앞에서 연기처럼 사라졌다.

우리 온 가족은 상심에 젖는 한편 사뭇 의아해했다.

어떻게 도망을 간 거지, 어디로 도망을 갔을까? 마을은 온통 눈에 덮여 있고, 가는 곳마다 사람과 개들뿐인데 어디 가서 먹이를 구할 수 있을까?

우리는 마당 주변을 샅샅이 살펴보았지만 멀리 가버렸는지 토끼 그림자도 발견하지 못했다.

시간이 한참 흐른 뒤에도, 우리는 문을 나설 때마다 길가에 쌓인 눈

더미 속을 구석구석 살펴보는 것을 잊지 않았다.

우리는 집 앞 눈에 잘 띄는 곳에 배추 조각을 놓아두었고, 토끼가 배추 조각을 발견하고 집으로 돌아오길 간절히 바랐다. 시간이 한참 흘러 배추가 꽁꽁 얼어버렸어도 누구 하나 치우려 하지 않았다.

우리 역시 텅 빈 채로 원래 있던 그 자리에 놓아두었다. 어느 날 토끼가 다시 돌아오길-어느 날 갑자기 사라졌던 것처럼 어느 날 갑자기 우리 안에 짠, 하고 다시 나타나주길 바라는 마음으로.

그런데 뜻밖에도 어느 날 토끼가 정말로 우리 안에 모습을 드러냈다…….

토끼가 사라진 지 거의 한 달이라는 시간이 흘렀고, 우리는 솜옷을 벗어버리고 가벼워진 옷차림으로 부지런히 일손을 놀리고 있었다. 창문을 덮고 있던 펠트며 비닐도 남김없이 걷어치우고, 솜으로 만든 육중한 문발도 걷어 돌돌 말아 침대 밑에 고이 넣어두고 다음 겨울을 대비했다. 석탄 창고도 깨끗이 치우고 석탄 더미에서 무너져 내린 석탄 조각들도 다시 잘 쌓아 올렸다.

바로 그때, 토끼를 발견했다.

설명을 좀 곁들이자면, 석탄 창고 안에 있던 우리는 줄곧 어둡고 구석진 담벼락 밑에 고정시켜놓았던 터라, 주의 깊게 살펴보지 않는 한 그 안의 움직임을 포착하기란 쉽지 않았다. 만약 토끼가 있었다면 새하얀 털 때문에 분명 쉽게 눈에 띄었을 터였다. 하지만 우리 옆을 오간 지 며칠이 지난 뒤에야 안에 무언가 살아 있는 물체가 있다는 것을 느꼈다.

죽었는지 살았는지조차 알 수 없었다. 그 물체는 우리 제일 구석 자리에 몸을 웅크린 채 꼼짝도 하지 않았다. 자세히 들여다보니 다름 아닌 우리 토끼였다! 본래 깨끗하고 복슬복슬하던 털은 어찌 된 영문인지 다 쓸려 듬성듬성했고 온몸은 축축하고 더러웠다.

원래 죽은 거라면 기겁을 하는 나였지만, 용기를 내어 손을 집어넣고 만져보니 토끼는 뼈만 앙상했고, 내 손길을 피하지도 않았다. 숨이 붙어 있는지조차 알 수 없었다. 호흡에 맞춰 몸이 위아래로 움직이는 기척조차 느껴지지 않았다. 나는 덜컥 겁이 났다……. 나는 죽은 것보다 죽음의 문턱에 서 있는 것이 훨씬 무섭다. 죽음을 눈앞에 둔 영혼이야말로 가장 치열하고 가장 원한에 사무쳐 있다고 생각하기 때문이다. 나는 쏜살같이 그곳을 빠져나와 엄마에게 그 사실을 알렸다. 엄마가 부리나케 뛰어나왔다.

"아니, 이게 도대체 어찌 된 일이지? 어떻게 다시 돌아온 거야……?"

나는 먼발치에 서서 엄마가 조심스레 그 물체-실종된 지 한 달도 훨씬 넘은 토끼를 꺼내 품에 안고, 물을 마실 수 있도록 토끼 입에 물을 축여주고, 아침에 먹다 남긴 죽을 온갖 방법을 다 동원해가며 조금씩 먹이는 모습을 가만히 지켜보았다.

엄마가 눈토끼를 어떻게 살려냈는지 구체적인 과정까지는 나는 잘 모른다. 솔직히 그 모든 과정을 지켜볼 용기가 나지 않았다. 그냥 옆에 있는 것만으로도 온몸의 털이 곤두설 지경이었으니까……. 사실 나는 죽음 자체를 견딜 수가 없다. 그것도 바로 내 목전에서 무언가 죽어간다는 것은 내 죄업이 반영되었다고 확신하기 때문에 더욱 그렇다…….

눈물겨운 노력 끝에 토끼는 다행히 가까스로 살아났고, 이전에 비해 훨씬 건강해졌다. 5월이 되자, 토끼의 털은 어느새 온통 누런색으로 변했고, 마당 이곳저곳을 신나게 뛰어다니며 먹을 것을 달라고 외할머니 뒤를 강아지처럼 졸졸 쫓아다녔다.

어찌 된 일인지 설명을 하자면 이렇다.

토끼를 가두어두었던 우리는 밑이 뚫려 있는 데다가 담벼락 아래에 바짝 붙어 있었는데, 토끼가 그 담벼락 아래에다 몰래 구멍을 파기 시작했던 것이다. 토끼는 토끼였다. 거기다 석탄 창고는 어둡고, 지저분한 잡동사니들이 여기저기 어지럽게 쌓여 있다 보니, 누구도 우리 뒤 어두컴컴한 곳에 파놓은 구멍을 알아채지 못했다. 우리는 그런 줄도 모르고 토끼가 우리에서 가장 넓은 틈새를 비집고 나가 도망쳤을 거라고만 줄곧 생각했었다.

토끼가 파놓은 구멍은 손목 하나 겨우 들어갈 정도로 폭이 아주 좁았다. 내가 손을 집어넣고 더듬어보았는데 끝이 닿지 않았다. 부지깽이로 쑤셔보아도 역시 끝이 닿지 않았다! 나중에 그보다 훨씬 긴 철사를 쑤셔 넣어보고 나서야 작은 터널의 길이가 약 2미터 남짓으로, 칸막이벽을 따라 동쪽으로 죽 이어져 대문 입구로 연결되어 있고 거기서 20센티미터만 더 팠더라면 토끼가 밖으로 나갈 수 있었다는 사실을 알게 되었다.

정말 상상조차 할 수 없는 일이었다. 우리가 따뜻한 식탁에 둘러앉아 밥을 먹는 순간에도, 하루의 고된 일과를 마치고 꿈속으로 빠져드는 순간에도, 다른 신기한 일로 웃고 떠드는 순간에도…… 토끼는 어둡고 차가운 땅속에서 혼자 추위와 굶주림과 싸워가며 조금씩 아주 조금씩 하나의 몸짓–봄을 향한 몸짓을 멈추지 않았던 것이다……. 무려 한 달 동안이나, 밤낮을 가리지 않고. 그 한 달 동안 토끼는 혼자 얼마나 많은 최후의 순간과 맞닥뜨렸을까? 마지막이라고 생각되는 매 순간마다, 토끼는 '생존(生)'이 불가능하다는 것을 피부로 느꼈을 터였다. 계속되는 절망의 순간에도, 시간과 영혼이 멈춰버린 것 같은 정적 속에서도, 서서히 다가오는 봄을 온몸으로 느끼며…… 무려 한 달 동안을……. 가끔은 힘겹게 우리로 기어 돌아와 그 좁은 공간에서 먹을거리를 찾았다. 하지만 텅 빈 그곳에는 물 한 방울조차 남아 있지 않았다(담벼락 밑에 맺혀 있는 얼어붙은 이슬이 그나마 유일했다). 토끼는 간신히 우리 위로 기어 올라가 우리 지붕을 덮고 있는 종이상자를 뜯어 먹고(종이상자의 밑부분은 덮고 자기에 충분할 정도의 크기로 종이가 뜯겨져 있었는데 토끼가 뜯어 먹어서 그렇게 되었다는 사실을 나중에야 알았다), 우리 속 석탄 찌꺼기를 씹어 먹었다(토끼를 발견했을 당시 토끼의 입언저리와 이빨은 모두 새카맣게 변해 있었다). 그런데 정작 우리는 아무것도 몰랐다……. 토끼가 생사의 갈림길에서 사투를 벌이고 있던 그 며칠 동안에도 우리는 토끼의 존재를 알아차리지 못했다.

다들 토끼가 소심하다고 말하지만, 내가 아는 토끼는 죽음 앞에서도 조금도 두려워하지 않을 만큼 용감했다. 함정에 빠졌든 덫에 걸렸든 어떻게든 목숨을 부지했고, 설사 굶주림과 막다른 길목에서 죽음을 맞이하는 순간일지라도 평정을 잃지 않고 차분했다. 생사의 갈림길에서 벌벌 떨며 발버둥 칠지라도 그건 두려움 때문이 아니라 무슨 일이 벌어지고 있는지 모르기 때문이다. 토끼는 과연 또 무얼 알고 있을까? 만물은 우리의 생각 밖에 존재하며, 소통이란 절대 불가능해 보인다. 그렇기에 외할머니가 늘 이렇게 말씀하셨나 보다. "토끼야, 토끼야, 이렇게 혼자 있다니 에구 불쌍한 것……."

우리 삶은 또 얼마나 고독한가! 봄은 벌써 왔건만……. 토끼는 온 마당을 깡충거리며 신나게 뛰어다니고, 앞발로 외할머니 신발을 잡고 강아지처럼 물고 뜯었다-마치 아무것도 기억하지 못하는 것처럼! 토끼는 좋지 않은 기억을 우리보다 빨리 머릿속에서 지워버렸다. 그래서인지 우리보다 생명의 기쁨을 훨씬 더 만끽하고 있었다.

# 카우투의 이상한 은행

카우투 향(鄕) 정부청사는 빨간 지붕에 규모가 아주 작은 건물로, 마을의 서쪽 숲 속에 자리하고 있었다. 엄숙함이라고는 전혀 느껴지지 않는 이곳은 온통 참새와 야생 비둘기 천지였다. 뿐만 아니라 정부청사 창 너머로 내다보이는 나무숲 사이로는 차이니즈프랭컬린*이 떼를 지어 "꾸꾸꾸" 울며 동에 번쩍 서에 번쩍 날아다니고, 높은 나뭇가지 위에서는 딱따구리가 쉴 새 없이 "딱딱딱딱" 나무를 쪼아대고, 까마귀 떼는 "푸드덕" 날갯짓을 하며 여기저기 어지럽게 날아다녔다.

카우투 우체국은 이보다 훨씬 격조 있는 빨간 벽돌 건물로, 샛노란 나

* 닭목 꿩과의 조류. 아열대 또는 열대지방의 습한 저지대 숲 또는 건조림, 건조한 목초지, 관목지, 인공적인 경작지 등에 서식한다.

무 지붕과 새하얀 나무 울타리가 쳐 있었다. 그런데 애석하게도 이 예쁜 우체국이 문을 열고 영업하는 걸 본 적이 없다. 듣자 하니 우체국 국장이 몇 해 전에 현성(縣城)*에 집을 사서 가족 모두 이사를 간 뒤 그곳에 눌러살게 되면서 카우투로 다시 돌아오지 않았다고 했다. 그런데도 그는 여전히 카우투 우체국의 국장이었다. 요지경이 따로 없다.

국장 말고 우체국에는 직원도 하나 있었다. 평소에는 마을 미장이로 일하는 그는 일거리가 생기면 일손을 도와주고 품삯을 받았다. 어쩌다 생각이 나면 그제야 집집마다 돌아다니며 편지를 배달해주었다. 한번은 집집마다 돌아다니며 잡지를 구독해달라기에 우리는 얼씨구나 좋다 하면서 잡지 두 권을 신청했는데 여태 한 부도 받아보지 못했다. 그래도 그 직원한테서 우표와 편지봉투를 살 수 있었는데, 동화 속에나 나올 법한 예쁜 빨간 벽돌 건물인 우체국에서가 아니라 그의 집에서였다. 하루는 마을을 돌아다니며 한참을 수소문한 끝에 어렵사리 그의 집을 찾아갔다. 그는 침대 위에 있던 펠트의 한쪽 끄트머리를 들추고 손을 집어넣어 한참을 뒤적거리더니 카자흐 신문 한 뭉치를 꺼냈다. 신문 사이에는 관공서에서 파는 우표와 편지봉투가 끼워져 있었고, 뜻밖에 그의 증조할머니가 사용했던 자수 펠트 수본(繡本)**도 함께였다.

카우투 은행은 사실 아주 작은 신용조합에 불과했지만 우리는 모두 은행이라고 불렀다. 길을 사이에 두고 우리 집과 마주하고 있는 은행은

* 현 정부 소재지

** 수를 놓기 위해 어떤 모양을 종이나 헝겊 따위에 그려놓은 도안

향 정부청사나 우체국에 비하면 소박하기 이를 데 없었다. 은행은 빨간 벽돌로 된 단층 건물로, 건물 앞마당에는 낮은 나무 울타리가 가지런하게 둘러쳐 있었고, 나무 울타리를 따라 키 큰 버드나무와 사시나무 10여 그루가 심어져 있었다. 마당 입구로 통하는 키 작은 문과 울타리가 만나는 곳에 신용사라고 쓰인 작은 구리 팻말이 걸려 있었다. 자갈이 깔린 작은 길이 마당 입구에서 빨간 건물 계단까지 죽 이어져 있었고, 빨간 건물의 처마 끝에는 깊이 뿌리를 박은 들풀이 무성하게 자라고 있었다. 마당에는 월계화와 해바라기 두세 그루가 띄엄띄엄 심어져 있었다. 마당 한편에는 우물이 하나 있었고, 우물둔덕은 미끌미끌하고 반짝거렸다. 다른 한편에는 석탄이 가득 쌓여 있는, 나무로 지어진 작은 창고가 있었다. 마당에 개 한 마리가 묶여 있다면 일반 가정집이라고 해도 믿을 정도였다.

마당에 심어진 몇 그루의 나무들 사이로 여러 개의 줄이 매여 있었는데 빨래를 널기 위한 것 같았다. 탁 트인 넓은 공간에 햇살이 가장 잘 드는 양지바른 곳이었다. 나는 빨래를 다 하고 나면 큰 대야에 담아가지고 가서 울긋불긋한 옷들을 빨랫줄에 널었다. 다 널지 못한 빨랫감은 키 큰 나뭇가지 위에 동에 하나 서에 하나 아무렇게나 걸쳐놓았다. 빨래 널기에 딱 안성맞춤한 장소를 찾았다고 내심 좋아했는데 결과적으로 은행장의 노여움을 사고 말았다. 은행장은 내가 잘 말려놓은 커다란 침대보를 끌어내려 손에 쥐고는 마구 흔들어가며 길을 건너 우리 집으로 오더니 불만에 가득 찬 목소리로 알아듣지도 못할 말을 큰 소리로 한참 떠들어댔다. 결론은 그곳에다 옷을 널지 말라는 거였다.

정말 알다가도 모를 일이었다. 옷도 못 널게 할 거면서 빨랫줄은 왜 매달아놓은 거야?

훗날 그때 일을 떠올리면 어찌나 재미있던지. 나는 속옷이랑 빨간 꽃과 파란 잎사귀가 알록달록하게 그려진 침대보를 은행 입구 앞에다 보란 듯이 널어 말렸다.

작고 볼품없는 은행은 한눈에 봐도 돈이 있을 것 같지 않았다. 고객으로 보이는 사람이 드나드는 꼴을 본 적이 거의 없었다. 게다가, 은행에 출근하는 몇 안 되는 직원들은 하나같이 늘 술에 절어 있었고, 곳곳에 외상을 깔아놓았다. 직원 중 하나인 다우례(達吾列)는 지난겨울 우리 가게에 가죽 모자를 담보로 맡겨놓고 올 겨울이 다 가도록 찾아갈 생각을 하지 않았다. 그는 정말 모순덩어리다. 모자가 필요하면 외상을 갚으면 그만인 것을. 외상을 안 갚아 모자를 못 찾아가니 모자가 꼭 필요한 겨울이 오면 결국 따로 돈을 들여 모자를 새로 사는 수밖에 없을 터였다 …….
그러니까 내 말은 어찌 됐든 간에 돈은 쓰게 되어 있다는 말이다.

이곳 아이들은 여름만 되면 엉덩이를 숫제 다 까놓고 은행 마당에서 뛰노는 걸 즐겼다. 은행 마당을 가로지르는 작은 개울에는 이리저리 노니는 치어 떼 천지였다. 은행 마당에는 개울뿐 아니라 잘 자란 멋진 나무들도 심어져 있었다. 나무들은 가지가 무성하고 구불구불 길게 줄기를 뻗고 있어 나무를 타기에 아주 적당했고, 간혹 보이는 커다란 나뭇등걸은 사람이 올라서 있기에 안성맞춤이었다. 그래서 나무는 늘 나무를 타는 아이들로 몸살을 앓아야 했다. 누군가 고개를 쳐들고 아이들을 향해 냅다 소리를 내지르면 수많은 머리통이 약속이나 한 듯이 고개를 돌렸고, 수많은 눈동자가 소리를 지른 사람 쪽으로 일제히 쏠렸다. 소리를 지른 사람은 십중팔구 은행장이었다. 그러면 나무에 다닥다닥 붙어 있던 아이들은 1분도 채 되지 않아 마치 낙과가 떨어지듯 쿵쿵거리며 나무에서 뛰어내려 눈 깜짝할 사이에 한 명도 남지 않고 도망쳐버렸다. 땅에 떨어진 나뭇잎만 굴러다닐 뿐이었다.

여름철 내내 은행은 쥐 죽은 듯 조용했다. 은행에 근무하는 사람은 딱히 할 일도 없고 자리만 지키고 있으면 되니 그야말로 천국이 따로 없었다. 게다가 나무도 많아 분명 시원할 터였다. 그에 비해 우리 집은 주위에 나무 한 그루 없이 태양에 고스란히 노출되어 있는 탓에 그냥 가만히 앉아 있기만 해도 온몸에 땀이 줄줄 흘렀다. 나는 은행 마당에 있는 우물가에 물을 길으러 갈 때마다 하루가 다르게 쑥쑥 자라는 해바라기와 무성하게 자라는 잎사귀를 지켜보았다. 아~ 이런 곳에서 살면 얼마나 좋을까? 나는 마당을 가로지르는 작은 개울이 너무 마음에 들었다. 개울물은 언제나 맑고 깨끗했고, 개울가에는 노랗게 꽃을 활짝 피운 민들레가 지천으로 피어 있었다.

겨울이 되면 그나마 몇 안 되는 은행 직원들은 아예 출근을 하지 않았다. 은행뿐 아니라 카우투의 공상국, 세무국, 공급판매 합작사 등등…… 모든 관공서가 하나같이 문을 닫았다. 이곳에 근무하는 사람들은 정말 행운아다. 길 하나를 사이에 둔 이웃으로, 우리 눈에 비친 이곳의 겨울 풍경은 이랬다. 은행 마당에 새하얀 눈이 무릎 아래까지 소복이 쌓여 있고, 눈 위로 깊게 팬 발자국이 한 줄로 죽 이어져 있다. 어쩌다 근무하러 나온 직원이 사무실을 오갈 때면 영리하게도 이미 찍힌 발자국 위를 다시 밟고(달리 뾰족한 방법도 없다) 지나다녔다. 그래서 겨울철 은행 입구에는 오직 발자국 한 줄만 깊게 패어 있었다.

여섯 달 동안 지속되는 기나긴 겨울이 끝나면, 엄마는 북상하는 유목민을 따라 산에 들어갈 채비를 했다. 이곳에서 장사를 하는 사람들 대부분은 여름이 되면 이동 잡화점을 차려 양 떼를 따라 이동했다. 목장에서 장사를 하면 이문을 훨씬 많이 남길 수 있었다. 우리도 그럴 생각이었는데 문제는 여름 한철 장사에 필요한 물건을 한꺼번에 사놓자니 자금이 턱없이 부족했다. 엄마는 용케 은행을 생각해냈고, 어느 날 대출을 받으러 은행에 갔다…….

세상에! 엄마는 대출금을 어떻게 손에 넣었을까? 여기서 짚고 넘어가야 할 것은, 이 작은 은행에서 해주는 대출이라고는 봄갈이 시작 전에 대주는 농업 대출이 유일하다는 점이다. 그런데 엄마는 농민도 아닐뿐더러, 우리가 카우투로 옮겨 와 가게를 연 지 기껏해야 1년 남짓밖에 되지 않아서 현지인 축에 끼지도 못했다. 심지어 푸윈 현(富蘊縣)* 사람도 현지인으로 쳐주지 않는 마당에. 그러니까 푸윈 현에 산 지 20년이 다 되어가도 현지 후커우(戶口)**를 받지 못하는데…… 다른 사람도 아닌 우리 엄마가 대출에 성공을 한 것이다.

---

* 지도 참조

** 호적

설마 날마다 보고 지내는 이웃사촌이라 대출을 안 해주면 우리 볼 낯이 없어서 그랬던 건 아니겠지?

그러고 보니, 은행이 1년 내내 파리만 날리고 있었던 건 아니었다. 농업 대출을 해주는 이틀 동안, 은행은 전에 없이 북새통을 이루었다. 사람들은 은행 문을 열기도 전인 이른 아침부터 은행 입구에 장사진을 쳤다. 수백 킬로미터 떨어진 곳에 사는 동향(同鄕) 사람들도 속속 도착했다(카우투 향의 좁고 긴 지형적 특징으로 인해, 동서 길이는 수십 킬로미터에 불과하지만 남북 길이는 길게는 수백 킬로미터에 달했다). 마당 주변을 둘러싼 나무 울타리 가득 말들이 묶여 있고, 사람들은 길 위에 삼삼오오 떼를 지어 대출 관련한 화제를 입에 올리며 열띤 토론을 벌였다. 재미있는 건, 은행 대출을 시작한 지 고작 2년밖에 되지 않아서 '대출'에 대한 개념조차 모호했던 현지인들은 대출을 국가에서 마음대로 쓰라고 나눠주는 돈쯤으로 생각한다는 점이었다! 설령 집에 돈이 궁하지 않더라도 무슨 수를 써서라도 대출을 받으려 했다. 적어도 우리가 이해한 바로는 그랬다…….

엄마가 그들에게 물었다. "안 갚을 생각이에요?"

질문을 받은 사람들은 이상하다는 듯 대답했다. "아니 왜 안 갚아요? 돈이 생기면 그때 갚아야지……."

이건 이상한 축에도 끼지 못한다. 가장 이상한 건 우리 엄마다. 엄마는 대체 무슨 수로 대출을 받아 온 걸까?

그날 엄마는 오전 내내 줄을 서 있었고, 나는 점심때가 되어 집에 모시고 가려고 엄마를 찾아 나섰다. 은행 앞마당에 북적대는 사람들 틈바구니를 헤치고 어렵사리 문 안으로 들어가 한 발짝 내딛는 순간, 나는 그만 눈이 휘둥그레지고 말았다. 보이는 거라고는 시커먼 사람 머리통 뿐이었다…….

은행 내부는 50센티미터 정도 아래로 푹 꺼져 있고, 문에 들어서면 바로 계단이 나왔다. 그러니까 지금 내가 서 있는 입구가 가장 높은 위치인 셈이었다. 가장 높은 곳에 서서 아무리 눈을 씻고 둘러봐도 어떤 게 우리 엄마 뒤통수인지 분간할 수가 없었다. 안이 너무 소란스러웠던 탓에 몇 번이나 목청껏 소리를 지르고 나서야 고개를 돌리는 엄마 모습을 간신히 알아볼 수 있었다. 엄마는 한 손에 편지봉투를 높게 치켜들고 바글거리는 사람들 사이를 비집고 계산대를 빠져나오려고 안간힘을 쓰고 있었다.

그날 나는 은행 내부가 어떻게 생겼는지 처음 보았다. 손바닥만 한 내부는 철제 난간을 땜질해서 만든 계산대를 제외하면 10평방미터 남짓한 공간이 전부였다. 바닥에는 빨간 벽돌이 깔려 있고, 반짝반짝 빛나는 은박지와 오색 종이테이프가 천장 삼아 걸려 있고, 나무 창틀은 녹색으로 칠해져 있었다.

이렇게 해서 3천 위안에 불과하지만 어쨌든 우리는 돈을 수중에 넣었다. 그런데 너무 미안한 것은…… 여태껏 갚지 못했다.

엄마 말에 의하면, 은행장이 다른 곳으로 발령이 나서 가버리는 바람에 누구한테 돈을 갚아야 할지 모른다고 했다……. 여태껏 우리 집에 찾아와 대출 건을 입에 올리는 사람조차 없었다. 게다가 그 뒤로 우리는 여러 차례 이사까지 했다.

2009년 보충: 2006년 여름, 당시 빌렸던 돈을 결국 다 갚았다. 어찌 된 일인가 하면, 친척을 만나러 여름 목장을 찾은 은행 직원 하나가 깊은 산속에서 길을 잃고 헤매다 우연찮게 들른 집이 바로 우리 집이었다…….

# 우리 재봉점

당시 우리가 수중에 갖고 있던 돈이라고는 외진 곳에 집 한 채 빌려 장사를 시작할 정도가 다였다(우리 처지에 현성에 있는 집은 언감생심 꿈도 못 꿀 일이었다). 그런데 문제는, 외진 곳으로 가려면 큰 트럭을 빌려 장거리 이사를 해야 한다는 점이었다. 트럭 한 대 빌리고 나면 땡전 한 푼 남지 않는 마당에, 차를 빌려 원하는 곳으로 간들 무슨 수로 집을 빌릴 수 있을까? 우리는 눈앞이 캄캄했다.

별의별 궁리 끝에 우리는 기막힌 묘안을 생각해냈다. 첫째, 우리가 들어가 살 집은 방값이 쌀 것. 둘째, 집주인이 운전기사라서 우리를 직접 태우고 갈 것. 이렇게 해서 우리는 카우투로 오게 되었다.

카우투는 굉장히 멀었다. 내가 처음 갈 때만 해도 광활한 고비 사막을 건너고 첩첩이 둘러싸인 산길을 끝도 없이 넘어야 했다. 짐칸에서 이리저리 흔들리며 잠에 빠져 있던 나는 차가 도착한 줄도 몰랐다. 운전기사는 나를 깨울 생각은 않고 목적지에 도착하기 무섭게 소리 없이 사라졌다가, 다시 돌아왔을 때는 온몸에서 술 냄새가 진동했다.

카우투는 아주 작은 마을이어서 사거리도 하나밖에 없고, 사거리 입구에서 뻗어나간 네 개의 길은 50미터도 채 되지 않아 끊겨버렸다. 그러니까 반경 50미터가 카우투에서는 나름 가장 '번화한 거리'였다. 그곳에 가게 몇 개와 식당, 예쁜 아가씨가 영업하는 이발소, 그리고 식료품점이 들어서 있었다. 사거리에 서서 사방을 둘러보면 거리는 텅 비어 있고, 점포는 하나같이 문을 열었지만 반나절이 지나도록 개미 새끼 한 마리 드나들지 않았다.

우리는 이런 곳에 재봉점을 열었다. 그곳에는 먼저 자리를 잡고 있던 재봉점이 하나 있었는데 오래되어서 그런지 장사가 제법 잘되어 보였다. 옷감은 또 얼마나 많은지 한쪽 벽이 온통 알록달록한 옷감들로 도배가 되다시피 했다. 재봉점 여사장은 제자도 여럿 거느리고 있었고, 문을 열고 안으로 들어서면 "철커덕철커덕" 재봉틀 돌아가는 소리가 꽤나 시끄러웠다.

새집 정리가 끝난 바로 다음 날, 엄마는 서둘러 그 가게를 찾아가 짐짓 안부를 묻는 척하며 그곳 상황을 살폈다. 돌아오는 길에 엄마는 내심 승산이 있다고 판단했다. 그들은 옷을 만든다기보다 기껏해야 마대나 꿰매고 있는 수준에 불과했다!

내 눈으로 직접 본, 그녀들이 바지를 재봉하는 모습은 이랬다. 우선 천에서 직사각형 모양의 옷감 두 장을 잘라낸 다음, 직사각형 천 한쪽에 어림잡아 두 개의 곡선을 만들어 가위질을 한다-그럼 끝! 그런 다음 제자들에게 넘겨준다. "허리는 반드시 2척 6 정도로 낙낙해야 하고, 엉덩이 폭은 넓을수록 좋아. 그리고 무릎은 폭을 좀 좁게 하고, 바짓단 길이는 대충 눈대중으로 해……."

엄마는 속으로 쾌재를 불렀지만 얼굴에는 여전히 겸손하고 상냥한 표정을 띤 채 득의에 차서 작별 인사를 하고 나왔다.

요즘은 도시 특히 대도시에서 재봉사와 재봉점이 점차 사라지고 있다. 가장 흔히 볼 수 있는 것은 재봉사들이 상가 계단이나 복도 모퉁이에 작은 매대를 차려놓고 '바짓단 공그르기, 짜깁기, 지퍼 교환'이라고 쓰인 작은 팻말을 걸어놓은 게 전부다. 요즘 같은 세상에 가게에 가면 싸고 세련된 옷을 쉽게 살 수 있는데 어느 누가 재봉사한테 옷감을 떼서 옷을 지어 입으려 할까? 도시와 농촌의 경계 지역에는 기성복 도매가공 공장이 우후죽순으로 생겨나고, 공업용 재봉틀 돌아가는 소리가 밤새도록 끊이지 않는다. 고작 서너 명이 최근 유행하는 똑같은 스타일의 옷 수백 벌을 하룻밤 사이에 뚝딱 만들어내는 세상이다. 사정이 이렇다 보니 큰 공장이나 대기업은 더 말할 것도 없다. 그런데 대로를 바삐 오가는 사람들에게 그렇게 많은 옷이 과연 필요할까? 유행하는 옷이 홍수처럼 사람들 사이를 한차례 휩쓸고 지나가면 새로운 스타일의 옷이 어김없이 또 한차례 밀려온다. 결국 남는 것은 산처럼 쌓여가는 한 무더기 또 한 무더기의 쓰레기들뿐…….

우리가 사는 외진 카우투에서는 삶의 분위기가 이와는 사뭇 달라서 유행이라는 것이 전혀 쓸모가 없다. 바지를 예로 들어보면, 요즘은 폭이 좁고 엉덩이가 꽉 끼는 골반 바지가 유행인데 이런 옷을 입고 일을 어떻게 한단 말인가! 게다가 남자 옷은 여자 옷같이, 여자 옷은 아동복같이 만들어놓으니 이게 당최 무슨 조홧속인지…….

이곳 유목지대 사람들은 대개 체격이 크고 우람한데, 해마다 계속되는 고된 노동과 예부터 내려오는 단출한 식습관으로 체형에 변화가 생겨 사람마다 어느 정도 차이는 있지만 대부분이 특이 체형에 가까웠다. 가슴은 넓은데 어깨가 좁은 사람, 허리는 두꺼운데 엉덩이는 작은 사람, 배가 불룩 튀어나온 사람, 거북이등인 사람, 어깨가 비뚤어진 사람 등등……. 그렇기 때문에 치수에 맞게 제대로 옷을 만들어 입어야 옷이 울지 않았다.

재봉이란 직업이 갈수록 설 자리를 잃어가고 있지만 그나마 오늘날까지 그 명맥을 유지해올 수 있었던 건 어쩌면 아직 삶의 변화를 겪어보지 않은 일부 지역의 사람들이 존재하기 때문은 아닐까?

재봉 일을 막 시작했을 때는 우리한테 옷감이 없었던 탓에 손님이 직접 옷감을 가지고 와야 했고 그래서 우리는 가공비만 받았다.

현지 사람들은 예를 아주 중시해서 노상 오가는 가까운 사이일지라도 상대방 집을 방문할 때면 빈손으로 가는 경우가 극히 드물다. 격식을 갖춘 방문이나 잔치에 참석하는 경우에는 선물을 더욱 정성껏 준비한다. 대개는 옷감을 선물로 보내는데, 옷감에 먹을 것을 싸서 보내는 게 일반적이다. 이런 이유로 집집마다 커다란 상자 안에는 수십 폭(幅)에 달하는 1×2.5미터 너비의 옷감들이 쌓여 있기 마련이다. 옷감 대부분은 누군가 자기 집을 방문했을 때 선물로 가져온 것과 마찬가지로 앞으로 누군가를 방문하게 될 때 그 누군가에게 줄 선물로 쓰인다. 옷감은 외딴 작은 마을 카우투를 이 집에서 저 집으로 소리 없이 돌고 돈다. 그렇게 몇 차례 돌다 보면 어느새 도로 자기 손에 돌아와 있기 마련이고 언젠가는 또 그렇게 선물로 보내질 터였다. 옷감의 운명은 어느 날 재봉점으로 보내져 뉘 집 안주인의 치마로 혹은 어느 노인의 조끼로 만들어질 때까지 계속된다. 이렇게 돌고 도는 옷감은 이제 막 가정을 꾸린 신혼집 결혼 선물이 되어 커다란 상자 하나를 가득 채운다. 이 옷감들은 신혼부부의 살림 밑천이다. 앞으로 살아갈 기나긴 세월 동안, 이 옷감들이야말로 부부가 성숙해가고 가정이 서서히 자리를 잡아가는 과정을 지켜봐주는 산증인이요, 점차 짙어지는 삶의 숨결을 고스란히 느끼게 해주는 삶의 흔적이 될 것이다.

우리가 손님들한테 받은 옷감 중에는 너무 오래되어 낡은 것이 꽤 되는데, 예스러운 무늬와 원단에서 옷감을 보내온 안주인과 똑같은 멋이 느껴진다. 안주인의 태도나 말투는 예스럽고, 비록 퇴색했지만 빛나는 품성은 조용하고 조심스러운 한편 뭔가 깊고 심오하다……. 그녀의 어깨둘레와 가슴둘레, 그리고 허벅지둘레의 치수를 재면서 그녀의 따뜻한 살내음을 맡고, 호흡이 오르락내리락하는 걸 느끼며, 영원히 변치 않는 사물의 영속성 속으로 빠져든다.

가게 문을 연 지 3개월째로 접어들던 무렵부터 우리 가게가 다른 가게보다 장사가 훨씬 잘됐다. 제 손으로 직접 아이를 데리고 가게까지 찾아와 옷을 지어 입히는 가장까지 생겼다. 이게 다 우리 솜씨가 너무 뛰어나서 그런 걸 누굴 탓하랴! 이 작은 시골 마을에서 '새로 온 라오(老)* 재봉사'를 모르는 사람이 없을 정도였다. 가격은 좀 세지만 우리 가게에서 만든 바지는 애벌빨래를 하기 때문에 허리가 늘어나거나 변형이 생기지 않았다. 게다가 '새로 온 라오재봉사'가 만든 바지에는 단춧구멍이 여섯 개나 되는 데 비해 '샤오상하이(小上海)' 가게에서는 다섯 개밖에 달아주지 않았다. '라오재봉사' 가게에서는 단추를 달 때 단춧구멍마다 바느질을 4회나 해주는 데 비해 '샤오상하이' 가게는 1회 바느질로 매듭을 지었다.

'샤오상하이'란 앞서 말한 다른 재봉점을 말한다. 엄밀히 말하면 사장이 상하이 사람도 아니고 그렇다고 가게가 상하이처럼 번드르르한 것도 아니었다. 여사장 남편의 성(姓)이 '자오(趙)'에 이름이 '창하이(長海)'인데, 현지 카자흐 사람들의 중국어 발음이 서툴다 보니 '자오창하이'가 어느새 '샤오상하이' 발음으로 굳어진 것이었다. 그러다 보니 여사장 스스로도 자기 가게를 아예 샤오상하이로 부르게 되었다.

여사장은 제자를 넷이나 두고 있었는데 모두 한족 여자아이들이었다. 사부는 제자들에게 재봉 기술도 가르쳐주고 삼시 세끼와 잠잘 곳까지 마련해주었다. 그 대신 각자 하루에 바지 세 벌이나 안감을 댄 외투

---

* 중국에서는 친한 사이의 동년배나 나이가 많은 사람을 부를 때 성 앞에 라오(老)를 붙여 부르며 친근함을 나타낸다. 나이가 어린 사람에게는 성 앞에 샤오(小)를 붙여 부른다.

한 벌을 지어야 했다. 유목민들이 철이 바뀌어 이동하는 때를 대비하기 위함이었다. 대규모 양 떼와 낙타 무리가 카우투를 지나는 며칠 동안은 아무리 많은 옷을 마련해놓았다 하더라도 물량이 달리기 마련이었다.

제자로 받아달라고 우리 가게를 찾는 이도 많았지만, 우리는 너무 어린 아이는 받아들일 엄두를 내지 못했다. 3개월이 지난 뒤에야 나이 많은 제자 한 명을 받아들였다. 그녀는 이미 결혼한 몸이었고, 이름은 하디나(哈迪娜)였다. 하디나는 우리가 월급을 주고 쓰는 제자로, 일을 도와가며 재봉 기술을 익혔다. 우리는 바지 한 벌을 만들 때마다 그녀에게 수수료의 절반을 품삯으로 떼어주었다. 하지만 재단하고 다리고 단추 달고 바짓단을 공그르는 일은 오롯이 우리의 몫이었다.

하디나는 너무 뚱뚱한 데다 그녀가 가지고 온 재봉틀까지 가게 안으로 들여오니 가뜩이나 좁아터진 가게는 두 사람이 옆으로 비스듬히 서 있을 만한 공간밖에 남지 않았다. 하디나가 물건을 집으러 일어나기라도 하는 날에는 다들 문 밖으로 나가야 할 판이었다.

하디나의 어린 아들이 종종 가게에 놀러와 껌딱지처럼 찰싹 붙어 성가시게 구는 통에 사탕 사 먹을 돈 2마오를 늘 손에 쥐어주어야 했다. 아직 학교에 갈 나이는 아니고, 한창 제 고집을 피울 나이라 늘 생떼를 쓰는 아이를 누군가는 받아주어야만 했다.

나는 가끔 밑창 없는 신발을 신고 손에 신발 밑창을 들고 코를 질질 흘리며 동네방네 싸돌아다니는 그 아이의 모습을 볼 수 있었다.

아이가 줄줄이 딸려 있는 하디나는 형편이 녹록지 않은 데다, 첫째가 아직 초등학교도 졸업하지 않은 나이라 앞으로 한두 해는 더 지나야 집

안일을 거들 수 있을 터였다.

우리가 하디나에게 일을 같이 하자고 권한 이유 중 하나는 일손이 달려서이기도 했지만, 그녀가 중국어를 한마디도 못 했기 때문이었다. 비록 의사소통에는 다소 어려움이 따르겠지만 생생한 카자흐 어를 배울 수 있을 거라는 판단에서였다.

아니나 다를까, 하디나가 온 지 채 한 달도 안 돼 우리는 가장 기본적인 단어, 그러니까 '바늘'과 '실'에서부터 각종 색깔에 이르기까지, '키가 크다, 작다, 뚱뚱하다, 말랐다'에서부터 '얇다, 두껍다, 길다, 짧다'에 이르기까지, '위안, 마오, 펀(分)*'에서 '좋다, 나쁘다, 싸다, 비싸다'에 이르기까지, 그리고 '허리, 어깨, 가슴, 엉덩이' 등 장사와 아주 밀접한 단어들을 대부분 배울 수 있었다. 그뿐만 아니라 1에서 100까지 숫자도 셀 수 있게 되었고, '치마', '바지', '상의', '셔츠' 등도 한 번 들으면 대번에 알아들을 정도가 되었다. 값을 흥정하는 기술도 날로 늘어 20위안만 내고 바지 한 벌을 사 가는 사람은 더 이상 나오지 않았다.

하디나도 적지 않은 혜택을 누렸다. 할 수 있는 중국어라고는 기껏해야 "사장님 안녕하세요?"가 전부였던 그녀의 중국어 실력은, 어느새 우리 엄마와 육아에 대해 카자흐 어를 섞어가며 편하게 수다를 떨 정도로 장족의 발전을 거두었다. 심지어 그녀는 하나, 둘, 셋, 넷 열거해가며 손 아래 동서 흉까지 보았다.

날로 유창해지는 중국어와는 달리, 그녀의 바지 만드는 기술은 애석하게도 늘 제자리걸음이었다. 보통 하루에 바지 한 벌 간신히 만드는

---

* 중국의 화폐단위. 중국 화폐는 위안, 마오, 펀(分)이 있다. 10펀은 1마오, 10마오는 1위안이다.

수준으로, 좀 잘한다 싶은 날에도 한 벌 반 정도가 다였다. 속도가 느린 것은 차치하더라도 다 만든 바지는 앞섶이 꼭 울었다. 아무리 설명을 해줘도 말짱 도루묵이었다. 보다 못한 엄마가 하디나가 만든 바지를 직접 입고 잘못된 곳을 짚어가며 끈기 있게 차근차근 설명해주었다. 그러자 그제야 알겠다는 표정으로 "쯧, 쯧, 쯧" 혀를 차더니 한참을 끙끙거렸다. 마침내 그녀는 엄마가 입고 있던 스웨터를 밑으로 쭉 잡아당겨 바지 앞섶의 운 부분을 가려버렸다……. 그날 이후로 그녀가 만든 바지 앞섶은 전보다 더 심하게 울었다. 언젠가는 하디나 때문에 우리 두 모녀의 밥줄이 끊기는 날이 오고야 말거다.

현지인을 상대로 장사를 시작했을 때, 우리는 하디나가 무리 없이 통역을 해주지 않을까 은근히 기대를 걸었었다. 하지만 결과는 하디나의 통역을 거치면 이상하게 말이 더 꼬였다. 예를 들어, 우리가 아주 간단한 질문을 던졌다. "품이 넉넉한 게 좋아요, 아니면 몸에 딱 맞는 게 좋아요?" 이런 사소한 질문도 하디나의 입을 거치면 웬일인지 일이 복잡하게 꼬이고, 상대방을 한동안 난처하게까지 만들었다. 상대방은 제자리에 서서 골똘히 생각해보고 이리저리 재보고 나서야 가까스로 아주 조심스럽게 아무 상관도 없는 엉뚱한 대답을 내놓기 일쑤였다……. 하디나가 중간에 무슨 가공(可恐)할 말을 지어냈는지는 하늘만이 알 일이었다. 사정이 이렇다 보니 우리는 아예 하디나는 제쳐두고 손짓 발짓에 그것도 모자라면 종이와 연필까지 총동원해 그림을 그려가면서라도 손님들을 일대일로 직접 상대하는 편이 훨씬 나았다.

그녀를 자르고 싶은 마음은 굴뚝같았지만, 조금 모자란 구석이 있기는 해도 고의로 그러는 게 아닌 이상 차마 입이 떨어지지 않았다.

다행히 눈코 뜰 새 없이 바쁜 집안일로 다른 일을 할 여력이 없던 하디나가 제풀에 지쳐 그만두었다.

우리가 아는 대부분의 카자흐 여인들은 평생 끝도 없이 계속되는 집안일에 파묻혀 산다. 대체 어디서 그렇게 많은 일거리가 생기는지 알다가도 모를 일이다. 그와는 반대로, 남자들은 하나같이 밖에서 돌아오기 무섭게 신발을 벗어 던지고 곧장 온돌 위로 올라가 벌러덩 드러눕는다. 차와 식사가 준비될 때까지 그렇게 꼼짝 않고 누워 있는 모습에 정나미가 다 떨어진다.

아무튼 하디나가 떠나고 얼마 안 가 다른 제자 차이리커(柴麗克)가 들어왔다. 차이리커는 얌전하고 수줍음을 잘 타는 여자아이인데, 아주 총명하고 솜씨가 뛰어난 데다, 현성에서 일을 한 적이 있어 중국어도 곧잘 했다. 우리는 그녀가 마음에 쏙 들었다. 집안의 장녀인 차이리커는 밑으로 꽃같이 예쁜 여동생들이 줄줄이 있었다(그중 쌍둥이만 두 쌍이었다). 여동생들은 매번 언니를 보러 올 때마다, 재잘재잘 떠들어대며 신기한 듯 가게 안으로 우루루 몰려 들어와 입구에 일렬로 서 있곤 했다. 가게가 비좁아 안으로 들어오지 못한 아이들은 바깥 쪽 창가에 얼굴을 바짝 붙이고 안을 들여다보기도 했다.

이곳 아이들은 어릴 때는 하나같이 피부도 뽀얗고 예쁜 데다, 눈망울은 초롱초롱하고, 목소리는 꾀꼬리처럼 맑고, 머리칼은 부드럽고 윤기가 흐른다. 그런데 나이가 들면 피부는 거칠어지고 몸매는 푹 퍼지고 얼굴은 새까맣게 변해버린다. 열악한 날씨와 고된 생활이 부드러움은 걸러내고 강인함만 남겨둔 것이리라.

차이리커는 누가 뭐래도 아름다운 아가씨 축에 속했지만, 남자아이처럼 짧게 깎은 머리칼과 작고 야윈 몸 때문에 사람이 많이 모인 곳에서는 눈에 잘 띄지 않았다. 하지만 아이의 얼굴을 가만히 들여다보고 있노라면, 살짝 말려 올라간 긴 속눈썹과 맑고 아름다운 커다란 눈망울에 마음이 다 설렐 정도였다. 이마는 반들반들 윤이 나고, 웃으면 가지런한 치아가 반짝 빛났다. 이토록 아름다운 아이가 어째서 사람들에게 지극히 평범한 인상으로 기억되는 걸까? 아이의 영혼이 겸손하기 때문일까……. 어쩌면 아이의 아름다움이 평범함을 기꺼이 받아들이려는 내면에 기인하기 때문인지도 모르겠다.

열아홉 살인 차이리커는 이제 갓 학교를 졸업했다. 우리는 그녀에게 건수당 얼마로 쳐주는 대신 매달 150위안을 월급으로 주었다.

차이리커는 우리한테서 바지와 드레스 만드는 방법과 상의 외투에 장식을 다는 기술을 배웠다. 하지만 그녀도 결국 오래지 않아 우리 곁을 떠났다. 당시 마을에서 차이리커에게 출납 업무를 맡겼고, 그녀는 매달 120위안의 월급을 받았기 때문에 다른 여자아이들의 부러움을 한 몸에 샀다.

차이리커는 내가 카우투에서 가장 오랫동안 알고 지낸 제일 친한 젊은이였다. 내가 하고 싶은 말은, 그녀와 나는 같은 여자지만 전혀 달랐다는 점이다. 내가 카우투에서 만난 청춘들은 늘 말이 없고 소심하고, 기쁘거나 놀라도 혼자 속으로 삭이는 경우가 대부분이었다. 비록 아름다운 얼굴에, 말에는 열정이 흘러넘치는 여자아이들도 더러 보긴 했지만 말이다. 아무튼, 그녀들의 서툰 화장 뒤에는 이곳 생활에 만족해하는 표정이 묻어나고, 아무렇지도 않게 내뱉는 말 한마디 한마디에는 소소한 즐거움이 배어나왔다.

그에 비해 나는 늘 마지못해 끌려다니고, 늘 실망하고, 늘 망설였다…….

그녀들의 청춘이 빚어내는 사랑은 과연 어떤 모습일까?

우리가 세 든 점포는 10여 평방미터로 면적이 굉장히 좁았다. 우리는 점포 중간을 천으로 막아 두 공간으로 나눈 뒤, 앞쪽은 장사하는 가게로 뒤쪽은 자고 밥하는 곳으로 사용했다. 식사 시간이 되면 모두 방에서 나가 재봉틀을 식탁 삼아 요리를 올려놓고 그 주위를 빙 둘러앉아 밥을 먹었다.

우리 가게에는 재봉틀 두 대, 오버로크 머신 한 대 그리고 '작업실'의 4분의 1을 차지하는 재단판이 있었고, 재단판 아래에는 옷 만드는 데 꼭 필요한 옷감 샘플과 각종 부자재들이 한가득 쌓여 있었다. 몇 개월이 지나자 우리도 천 두 필(疋)을 들여와 재단판 한쪽에 걸어놓았다. 나머지 비어 있는 벽에는 우리가 만든 각양각색의 옷들이 걸렸다. 개중에는 팔려고 만든 것도 있었지만, 대부분은 주문을 받아 만들어놓은 옷이었다. 이곳에서는 주문을 해놓고 찾아가지 않는 경우가 허다했다.

집이 비좁은 탓에 난로를 피우면 유난히 따뜻했다. 늦은 봄, 밖에서는 광풍이 휘몰아치며 온 천지가 어둑어둑하고, 수증기로 가득한 유리창 너머로 격렬하게 흔들리는 나무 그림자가 어렴풋이 비쳤다. 모래와 우박이 바람에 날려 유리창을 사정없이 때리며 "파파파파" 소리가 끊이질 않았다……. 이런 바깥 날씨와는 달리 우리 집은 온기가 넘치고 평화로워 다들 진한 행복감에 젖곤 했다. 솥에서 솔솔 피어오르는 향긋한 양고기 삶는 냄새가 온 집 안에 진동을 하고, 그 향기에 벽 표면이 바삭하게 구워져 오랜 시간이 흐른 뒤에 불현듯 한 조각 떨어져 나올 것만 같았다. 부뚜막 위에 놓여 있는 모모 찐빵은 양고기 냄새에 묻혀 그 향기는 맡을 수 없었지만 시각적으로는 느낄 수 있었다-노릇노릇하게 잘 구워진 황금빛 찐빵은 사람을 유혹하는 담홍색을 띠고 있었다. 소형 라디오에서는 테이프가 천천히 돌아가고, 수없이 반복해서 들은 터라 처음 느꼈던 신선함은 사라졌지만 그 대신 편안함과 안온함이 느껴졌다.

우리는 여러 개의 화분에 꽃도 나누어 심었다. 엄마는 잘 죽지 않고 1년 사계절 내내 꽃을 피우는, 그것도 흐드러지게 꽃을 피우는 그런 종류를 좋아했다. 괭이밥 같은 것 말이다. 괭이밥은 풀의 일종인데, 풀이란 본시 아무렇게나 키워도 죽는 법이 없거니와 화분 가득 어지럽게 자라기 마련이다. 자잘한 꽃들이 앞다투어 피어나 창가를 온통 점령해버렸다.

우리는 금붕어도 키웠다. 손님과 가격을 흥정하다가 서로 한 치의 양보도 없이 팽팽한 긴장감이 도는 순간이면 손님에게 꼭 금붕어를 보여주었다. 그러면 손님은 어김없이 깜짝 놀라며 순식간에 금붕어에게 시선을 빼앗겼다.

그때만 하더라도 현지 사람들은 만화나 텔레비전을 통해서만 금붕어를 볼 수 있었을 뿐 금붕어를 실제 본 적은 없었다. 이 꼬마 정령은 황량하고 외딴 이곳 추운 지대에서는 신비롭고 특별한 꿈 같은 존재였다. 맑은 물과 맑은 아름다움이 맑은 유리 어항 속에서 우아하게 흔들리며 반짝인다. 투명한 꼬리와 지느러미는 마치 물감을 풀어놓은 듯 서서히 물속을 물들이고, 음악에 몸을 맡긴 듯 하늘거린다. 창밖에는 모래바람이 사정없이 몰아치고 누런 물결이 요동치며 온 천지가 사나움과 초조함으로 가득하다…….

손님이 정신을 차릴 때까지 마냥 기다리다 손님이 고개를 돌려 다시 흥정이 시작되면 말투는 어느새 눈에 띄게 누그러져 있었다.

수십 년 전만 해도 현지인들은 손으로 날가죽을 직접 꿰매 만든 옷을 입고 다녔다고 한다. 이건 카우투에서 10년 넘게 살았던 늙은 재봉사가 해준 말인데, 그는 지금 현성에서 자전거 수리를 하고 있다. 재봉사였던 또 다른 노부인은 10여 무(亩)*의 땅을 일구며 살고 있다. 그러니까 윗대의 재봉사들이 모두 전업을 했다는 말인데 그들이 무슨 큰일을 당했던 건지는 알 수 없다.

늙은 재봉사들의 말에 따르면, 당시 이곳에 왔을 때 유목민들이 겨울철에 입는 바지라고는 양 통가죽 두 개를 대충 꿰매 만든 옷이 전부였다고 한다. 그런데 통가죽은 너무 딱딱해서 저녁에 잠자리에 들기 전에 반드시 물에 담가놓아야 밤새도록 물에 불은 가죽이 부드러워져서 다음 날 옷을 입을 수 있었다고 한다…… 믿거나 말거나. 땅을 일구며 산다는 노부인은 한술 더 떠, 자기가 이곳에 와서 양가죽을 안쪽에서부터

* 논밭 넓이의 단위. 1무는 대략 666.66평방미터

칼로 벗겨내야 털이 상하지 않는다는 사실을 가르쳐주었다고 한다. 에이, 허풍이 너무 심하다…….

우리가 이곳에 와서 본 바로는, 유목민들은 모두 극히 정상적인 생활을 하고 있었다. 음식이든 복장이든 뿌리 깊은 전통과 경험이 그 안에 고스란히 녹아 있었다. 이는 하루 이틀, 10년 20년에 걸쳐 형성된 것이 아니다.

현지인들의 옷에 대한 태도와 기준은 사뭇 다르다. 흠, 어떻게 말해야 할까? 그러니까 옷이 해지면 사고, 샀으니 입을 뿐이고, 해지면 또 사고……. 다른 곳과 무슨 차이가 있나 싶겠지만 비교를 해보자면 이렇다. 이곳 사람들은 옷에 크게 구애를 받지 않을뿐더러 심지어 하찮게 여기기까지 한다. 옷은 입기 위해 산 것이니 입으면 그만일 뿐 다른 옷을 입는다고 달라질 건 아무것도 없다. 대부분의 사람들이 다 이렇다 보니 새 옷이라고 특별히 소중히 여기는 것 같지 않았다. 마치 새 옷이 낡았을 때를 예견하며 그 옷을 입는 것 같았다. 구김 하나 없이 빳빳하게 잘 다림질된 바지도 돈을 지불하고 나면 바로 손으로 돌돌 말아서 외투 주머니에 푹 찔러 넣고 가게를 나간다. 그 모습을 바라보고 있노라면 힘들게 다림질한 재봉사는 억장이 무너진다.

우리야 나쁠 건 없다. 옷을 험하게 다룰수록 빨리 닳을 테고, 해마다 새 옷을 해 입어야 할 테니 말이다. 그래야 우리도 장사를 해 먹고 살지.

남자들이 가게까지 와서 직접 치수를 재거나 옷을 사는 경우는 극히 드물었다. 대부분은 여자들이 남편(아니면 딸아이가 아빠 옷을 가져오거나 엄마가 아들 옷을 가져온다) 옷 중에서 몸에 가장 잘 맞는(가장 낡기도 한) 옷을 한 벌 가지고 오면 그 옷을 토대로 대충 어림잡아 재단을 했다. 독신남이나 유행에 민감한 젊은 층 정도가 직접 가게까지 와서 옷을 맞춰 입었다.

나이 든 어르신들이 가장 고집스러운 축에 속했다. 가뭄에 콩 나듯 어쩌다 한 번 와서 옷을 맞추는데, 옷을 찾아갈 때 한번 입어보라고 아무리 권해도 뭐가 그리 민망한지 안 입어보겠다고 고집을 피웠다. 설사 입어본다 하더라도 거울 앞에 자신의 모습을 비춰보는 것만큼은 한사코 거부했다. 입고 있는 옷이 얼마나 몸에 꼭 맞고 '예쁜지' 보게 할 셈으로 장난삼아 거울 앞으로 슬쩍 밀어보면 몸 둘 바를 몰라 하거나 심한 경우 화들짝 놀라며 거울에서 가능한 한 멀리 떨어져 두 손으로 얼굴을 가린 채 여차하면 울음까지 터뜨릴 기세였다.

농민과 유목민의 옷에 대한 요구사항은 전혀 딴판이다. 유목민들은 말을 타는 게 일이다 보니 바짓단은 땅에 끌릴 만큼 길고, 바짓가랑이는 깊고 바지통은 헐렁해야 한다. 그래야 말을 타고 양다리를 옆으로 넓게 벌리면 바지가 위로 올라가 길이가 꼭 맞고 바람이 발목 속으로 파고들지 못한다. 같은 이유로, 밧줄을 늘 팔에 감고 다녀야 하기 때문에 소매는 손바닥 아래까지 내려와야 한다.

이와는 반대로 농민은 무엇이든 조금 짧게 만들어야 좋은데 그래야 밭일을 할 때 민첩하게 움직일 수 있다.

아이들에게 옷을 지어줄 때는 좀 의아하기까지 하다. 아이는 하루가 다르게 부쩍부쩍 크기 때문에 몇 년 더 입힐 것을 생각해서 조금 크게 만들어야 한다는 게 우리 한족들의 일반적인 생각이다. 그런데 이곳 사람들은 몸에 딱 맞게 입히지 않으면 큰일이 날 것처럼 호들갑을 떨었다. 심지어 제대로 서 있지도 못하는 어린애한테 몸에 꼭 맞는 정장을 해 입히는 경우마저 있는데 남들보다 튀게 보이고 싶어 하는 것 같았다.

여자들은 그야말로 난리였다. 옷은 맞추지도 않을 거면서 삼삼오오 떼를 지어 몰려와 가게에 새로 들어온 옷감은 없는지 유심히 살펴보았다(우리가 들여오는 옷감은 늘 '유행'을 몰고 다녔다). 만약 마음에 쏙 드는 옷감이 있으면 그날부터 3개월간 지극정성으로 공을 들였다. 열심히 돈을 모으는 한편 하루에도 몇 번씩 우리 가게로 달려와 자기 몫으로 치마 한 벌 만들 만큼의 옷감은 남겨달라고 통사정을 했다.

옷감을 직접 가져와 옷을 지어달라는 사람도 간혹 있었다. 옷이 다 완성되어도 찾아갈 돈을 마련하지 못하면 부득이 가게에 옷을 걸어놓았는데, 틈만 나면 쪼르르 달려와 한 번 입어보고 긴 한숨과 함께 옷을 벗어 도로 제자리에 걸어놓았다.

우리 가게에는 열두세 살 난 여자아이의 작은 꽃무늬 셔츠도 걸려 있었다. 가공비가 8위안이지만 아이 엄마는 그 돈조차 마련해 오지 못했다. 설마하니 수중에 그만한 돈이 없을까마는, 미루어 짐작건대 어쨌든 자기 물건임에는 틀림없으니 하루 빨리 찾아가나 하루 늦게 찾아가나 다를 게 없는 데다 또 다른 사람이 가져갈 리도 만무하니 급할 게 없는 듯했다. 그런 엄마와 달리 여자아이는 몸이 달아서 하루도 거르지 않고 학교가 파하기만 하면 우리 가게로 쪼르르 달려와 새 옷의 소매 끝자락을 만지작거리며 친구들에게 자랑을 늘어놓았다. "이 옷 내 거다!" …… 그러는 사이 어느새 시간은 흘러 셔츠 입을 계절은 막바지로 치

달아가는데 그 옷은 여전히 우리 가게에 걸려 있었다! 아이가 옷을 보러 다시 가게를 찾아왔을 때 보다 못한 우리가 결국 걸려 있는 옷을 꺼내 아이에게 주었다. 뛸 듯이 기뻐하는 아이의 모습이라니! 아이는 누가 뺏어가기라도 할까 봐 두 손으로 옷을 꼭 움켜쥐고 만면에 희색을 띤 채 믿기지 않는다는 표정으로 쉽게 가게를 뜨지 못했다. 아이는 어찌 할 바를 모른 채 한참 동안 그 자리에 우두커니 서 있다가 우리가 계속 본체만체하니까 그제야 머뭇거리며 가게를 나선 뒤 몸을 돌려 쏜살같이 달아났다.

우리 가게에 와서 치수를 재고 옷을 맞춰 입는 사람들 중에서 내가 본 가장 최~악의 몸매는 역시 원쯔라(温孜拉) 엄마다. 그런 데다 왜 그런지 몰라도 그녀는 나를 가~장 신뢰해서 가게에 들어서면 언제나 나를 콕 집어 치수를 재게 했다.

원쯔라 엄마는 상상을 초월할 정도로 뚱뚱했다! 정면에서 보면 딱히 특이하달 것 없이 그냥 뚱뚱했다. 팔은 내 허리보다 굵고 풍성한 가슴은 마치 작은 짐승을 품고 있는 것 같았다. 뚱뚱한 사람이야 쌔고 쌔서 그녀보다 더 뚱뚱한 사람도 더러 있기는 했다. 그런데 그녀의 옆모습을 자세히 살펴보면-몸 폭이 몸 둘레를 훌쩍 뛰어넘었다. 이 아줌마 엉덩이는 얼마나 큰지 걸을 때나 서 있을 때나 손으로 엉덩이를 받쳐 들어야 하는 것은 물론이고, 앉을 때도 엉덩이를 들고 앉아야 할 판인 데다(그러니 잘 때는 어떤 모습일지 상상이 안 간다), 엉덩이가 마치 작은 탁자 같아서 그 위에 어떤 물건을 올려놓아도 쉬이 떨어질 것 같지 않았다…….

이렇게까지 뚱뚱해지기란 결코 쉽지 않다.

이런 그녀에게 옷을 지어주는 건 여간 까다롭지 않았다. 보통 허리 굴곡이 전혀 없는 통나무 같은 몸매에 치마를 만들어줄 경우에는 원피스는 물론이고 스커트도 실제 잰 치수보다 좀 더 길게 재단을 해서 치마가 배꼽과 젖가슴 사이에 걸쳐지도록 해야 한다. 그런데 이 아줌마는 젖가슴 바로 아래까지 피둥피둥 살이 올라 한 치의 틈도 찾아볼 수가 없었다. 그래서 이 아줌마에게 치마를 만들어 입히려면 걱정이 앞섰다. 옷감에 본을 뜨는 작업도 보통 하던 대로 하면 어림도 없었다. 재단판 위에 옷감을 제대로 펼쳐놓을 수도 없거니와, 어찌어찌 겨우 펼쳐놓았다 하더라도 왼쪽에 본 한 번 뜨고 한숨이요, 오른쪽에 본 한 번 뜨고 또 한숨이다……. 이쪽이 넉넉하다 싶으면 저쪽이 짧고 당최 손쓸 도리가 없었다. 옆에서 지켜보던 아줌마도 어지간히 무안했던지 미안하다는 말을 연발했다.

생각해보면 이 아줌마도 딱하기 짝이 없었다. 몸에 걸치고 있는 치마는 손수 꿰매 입은 옷일 텐데, 사람을 천에 억지로 끼워 맞춘 꼴이라 어느 곳 하나 울지 않은 곳이 없어 영 볼품사나웠다. 그래도 우리를 찾아온 걸 보면 나름 유행을 좇는 편이리라.

엄마와 내가 똑똑한 게 얼마나 다행인지. 우리 둘은 머리를 맞대고 한참 동안 골머리를 썩인 끝에 벽에 1×1=1, 1×2=2, 일일이 셈을 해가며 고치고 또 고치기를 여러 번, 마침내 문제를 풀었다! 며칠 뒤, 아줌마는 난생처음으로 자신의 몸에 딱 맞는 옷을 입고 자못 우쭐해져 보란듯이 동네 한 바퀴를 빙 돌아 집으로 돌아갔다.

그날 이후, 우리 재봉점은 단숨에 유명세를 타기 시작해서 다양한 특이 체형의 손님들이 즐겨 찾는 집이 되었다. 허리는 굵은데 허벅지는 가는 사람, 어깨는 좁은데 가슴은 쫙 벌어진 사람, 어깨는 삐뚤고 곱사등인 사람…… 하루 종일 이런 사람들만 상대하다 보면 정말이지 맥이 탁 풀렸다.

쿠얼마한(庫爾馬罕)의 며느리도 치마를 맞추러 왔다. 그녀 뒤로는 시어머니가 가방을 손에 쥔 채 수줍게 따라 들어오면서 사람 좋은 미소를 짓고 있었다. 우리가 그녀의 치수를 다 잰 다음 착수금을 요구하니 이 아리따운 여인은 두말없이 시어머니가 들고 있던 가방 속에서 닭 세 마리를 서둘러 꺼냈다.

"치마 한 벌에 닭 세 마리면 충분하죠?"

그녀가 고른 천은 우리가 가장 최근에 들여온 것으로, 금색 가루가 뿌려진 이 천은 밖에 걸어놓기가 무섭게 마을의 젊은 아낙들이 서로 앞다투어 찾아와 치마 한 벌씩을 맞추어 입었던 것이다. 유행이라고는 찾아보기 힘든 이 작은 마을에서는 결코 흔치 않은 일이었다. 쿠얼마한의 며느리는 유행에 한참 뒤처진 셈이었다.

그녀가 말했다. "남편 모르게 해주세요! 남편은, 너무 소심해서, 남편이 알게 되면, 혼날 거예요!"

"시어머니는 알아도 상관없어요?"

"시어머니는, 너무 좋아요!" 그녀는 이렇게 말하더니 옆에 서 있던 키 작고 왜소한 노부인을 힘껏 끌어안으며 "뽀" 하고 입을 맞추고는 다시 말을 이었다. "치마가 다 만들어지면, 우리 둘이서, 그러니까 어머님 하루 저 하루 돌아가면서 입을 거예요!"

그녀의 시어머니는 가볍게 한마디 중얼거리더니 손윗사람이 지을 법한 너그러운 미소를 띤 채, 늘씬하고 몸매 좋은 젊은 며느리를 대견한 듯 바라보았다.

쿠얼마한 며느리는 이 일대에서 손꼽히는 뛰어난 미모의 소유자로, 고양이처럼 미끈하고 아름다운 용모를 타고났을 뿐 아니라 눈매도 고양이 눈처럼 사람을 끌어당기는 매력이 있었다. 사뿐사뿐한 걸음걸이는 고양이같이 민첩하고 우아했다. 해마다 거듭되는 고된 노동과 초라한 행색은 그녀의 젊음을 앗아가기는커녕 도리어 길들여지지 않은 야생의 기운마저 느끼게 해주었다. 가늘고 긴 손가락은 거칠고 상처투성이로 변했고, 미처 바꿔 신고 올 겨를도 없이 발에 지르신은 신발은 일할 때나 신을 법한 다 낡아빠진 운동화로, 이제는 다 해져 발가락 두 개가 삐죽 삐져나왔고, 뒤축은 하도 많이 신어 거의 닳아 있었다.

쿠얼마한의 아들도 제법 잘생긴 젊은이였지만 아내와 함께 있으면 이상하게 빛을 잃었다.

우리는 닭 세 마리를 거절할 수도, 그렇다고 다소 제멋대로인 그녀의 요구를 거절할 수도 없었다. 도대체 닭을 어디에 쓴단 말인가? 하지만 우리는 결국 닭을 받고 말았다.

"닭이 없어진 걸 남편이 모를까요?"

"모를 거예요."

"집에 닭이 많아요?"

"아주 많아요."

"50마리? 100마리?"

"일곱 마리."

"하~!" 정말 믿기지 않았다. "일곱 마리 중에서 세 마리가 없어졌는데도 남편이 모른다고요?"

"몰라요."

……

이곳 남자들의 집안일에 대한 무관심이 이 정도로 심각하다.

옷을 맞추러 우리 가게를 찾는 여자들은 하나같이 귀여워서 아무리 모질게 마음을 먹어도 제값을 받아내기란 여간 어려운 게 아니었다. 쉰에서 예순 살 정도 된 나이 든 아낙네마저 갖은 애교를 떨어가며 젊은 아가씨 못지않게 사람의 마음을 살살 녹였다. 한 편의 시를 읊조리듯 자신의 흘러간 청춘을 한탄하는 그녀의 얼굴에는 열없어 하는 표정이 다분했지만 정작 눈은 능청맞게 웃고 있었다.

나이 어린 아가씨들을 상대하기는 더욱 까다로웠다. 그녀들은 아예 숨이 막힐 정도로 우리 엄마 목을 꽉 끌어안고는 키스 세례를 퍼부으며 말끝마다 "엄마"니, "사랑하는 엄마"니 하며 갖은 아양을 다 떨어댔다.

결국, 가격이 샤오상하이 가게와 같은 수준으로 떨어져도 그저 바라보고만 있을 뿐 달리 손을 쓸 수 없었다.

가격이 내려가니 장사는 더 잘되었고, 일은 눈코 뜰 새 없이 바빠졌다. 겨울이면 깊은 밤을 지나 먼동이 터올 무렵에야 간신히 하루 일과를 마치고 쉴 수 있었다. 카우투 작은 마을에서 유독 우리 가게 창문에서만 늦도록 불빛이 새어나왔다.

깊은 밤 카우투를 지나는 사람들은 어둠 속을 더듬어 작은 마을로 들어선 뒤, 불빛에 이끌려 우리 가게까지 찾아와 문을 두드리며 담배나 먹을거리를 찾았다. 겨울철, 마을에는 으레 밤새도록 악기를 연주하고 노래를 부르며 춤을 추는 모임이 있게 마련이었다. 사람들은 술병을 돌려가며 병나발을 불었고, 잘 가누지도 못하는 몸을 서로 부축해가며 술을 찾아 온 동네를 비틀비틀 헤매고 돌아다녔다. 그렇게 우리 가게까지 찾아오면 덮어놓고 술을 내놓으라고 막무가내였다.

그렇지만 우리 가게는 상점이 아니었다. 그래서 한번은 엄마가 성(城)에 갔다 오면서 술이랑 담배랑 통조림 등을 도매로 떼어 와 줄로 잘 엮은 다음 간판인 양 눈에 잘 띄게 창문에 걸어놓았다. 그 뒤로 기나긴 겨울밤에 우리 가게 창문을 두드리는 사람들이 차츰 늘었다. 이것이 나중에 우리가 열게 된 잡화점의 전신(前身)이자 재봉 일을 그만둬야겠다고 생각하게 된 동기였다.

재봉 일은 힘든 축에 속하지는 않지만 매우 번거로운 작업이었다. 옷 한 벌을 만들기 위해서는 치수 재기를 시작으로 옷감에 본뜨기, 재단하기, 감치기를 거쳐 다리미로 천에 접착솜 붙이기, 부자재 달기(옷깃 달기, 주머니 달기, 다트 넣기, 지퍼 달기 등등 세세한 부분까지 열거하자면 끝이 없다)에 이르기까지 손이 하도 많이 가서 사람을 들들 볶는 일임에는 틀림없었다.

옷을 완성하고 나면 번거로운 수작업이 기다리고 있다. 상의는 단추

구멍을 만들어 단추를 달고 패드를 붙여야 하고, 바지는 바짓단을 공그르기 해야 한다. 수작업을 마치면 이번에는 반듯하게 다림질을 해서 옷 형태를 바로잡아야 한다(여기서 다리미를 데우는 게 가장 짜증난다). 이 모든 작업이 끝났다고 해서 끝이 아니다. 옷이란 무릇 형태를 잡고 나서야 흠이 보이는 법, 마네킹에 옷을 입혀보고 소매와 어깨 사이의 이음새가 구김 없이 잘 꿰매졌는지, 가슴에 주름이 잡히지는 않는지, 앞뒤 길이는 잘 맞는지, 앞자락이 위로 들뜨지는 않는지, 뒤틀린 곳은 없는지 꼼꼼히 살펴보아야 하고, 특히 옷깃이 자연스럽게 잘 접히는지 세심하게 주의를 기울여야 한다. 티끌만 한 흠도 발견되지 않으면 이제부터는 꼼꼼하게 실밥을 제거해야 한다. 색상이 엷은 옷은 완성한 다음에 반드시 애벌빨래를 해주어야 하는데, 재봉틀에 기름을 늘 채워 써야 했기 때문에 아무리 조심한다 하더라도 오염물이 묻는 걸 피할 수는 없었다. 다리미도 전기다리미처럼 깨끗하지 않아서, '아차' 하는 순간 검은 재가 공기집에서 뿜어져 나오면 온통 숯검정이 되어버리기 일쑤다. 유난히 얇거나 부드럽고 하늘거리는 천일 경우에는 재단을 하기 전에 밀가루를 개어 풀을 먹이고 서늘한 곳에 빳빳하게 말린 다음 본을 뜨고 재단을 해야 한다.

이렇듯 한 조각의 천이 한 벌의 옷으로 재탄생하는 데까지는 사람의 힘이 아닌 정성이 들어간다. 그렇게 한 땀 한 땀 바느질을 해가는 사이, 시간은 재깍재깍 한없이 흘러간다. 아침부터 밤늦게까지, 월초부터 월말까지, 올해부터 이듬해까지……. 언뜻 보면 이런 육체노동은 식은 죽 먹기보다 쉽고 간단해 보이지만, 실은 사람 진을 다 빼놓는다. 유목민들의 이동이 시작되어 이곳을 지날 때나, 이드 알 아드하(Eid al-Adha)* 축제가 벌어지는 며칠간은 눈코 뜰 새 없이 바쁘기 때문에 밤샘 작업을 밥 먹듯이 한다. 깊은 밤, 마을은 고요한 정적과 매서운 추위에 잠겨 있다. 때로는 바람이 불고 때로는 바람 한 점 없다. 두껍고 차디찬 석탄재로 덮여 있는 아궁이 안에서는 탄불이 어슴푸레 타오르고, 부뚜막 위에는 구운 지 오래되어 이제는 차갑게 식어 딱딱해진 모모 찐빵이 놓여 있다. 우리는 재봉틀 앞에 앉아 옷감을 손보며, 한 땀 한 땀 꿰매고, 또 한 땀 한 땀 뜯어낸다. 시간은 흔적도 없이 사라지고, 몸과 마음은 허전하기만 하다……. 마지막 실을 이빨로 가볍게 끊어낼 즈음 먼동이 터온다.

우리는 일을 하면서 두런두런 이야기를 나누기도 하지만, 얘깃거리가 다 떨어져 더 이상 나눌 화제가 없는 경우가 대부분이다. 피곤에 절어 견딜 수 있는 한계를 넘어선 지 이미 오래다. 이쯤 되면 옷마다 공식에 맞춘 죽은 치수들과 규격에 맞는 바늘땀만 남는다…….

엄마는 나중에 열대여섯 살 난 한족 여자아이 둘을 제자로 받아들였다. 가게 안에는 머물 장소가 마땅치 않아서 나를 포함한 세 명의 견습생은 아쉬운 대로 카우투 향 국경수비대의 창고로 쓰이는 낡은 방 하나를 빌려 그곳에 머물렀다. 방 안은 절반 가까이 쌓아놓은 석탄 더미와 수십 개의 보릿자루가 차지하고 있었다. 방 한가운데에 있는 기둥과 도리 위에는 새들이 숨어 있다가 조그만 움직임이라도 감지되면 도처에

---

* 이슬람력 제12월(즈르힛저) 10일에 지내는 이슬람의 축제로, 이슬람 최대 명절. 대제(大祭) 또는 희생제로 불린다.

서 요란하게 날아오르며 방 안을 온통 난장판으로 만들어놓았다.

겨울철, 이드 알 아드하 축제 기간을 전후한 며칠간은 매일 한밤중이 되어서야 간신히 하루 일과를 마치고 집으로 돌아갈 수 있었는데, 반드시 거쳐야 하는 오르막길을 오를 때면 얼굴로 맞바람을 고스란히 맞아야 했다. 집에서 고작 3~400미터밖에 떨어져 있지 않지만 오가는 길은 이루 말할 수 없이 고생스러웠다. 우리 세 사람은 손에 손을 잡고 몸을 돌려 등으로 바람을 맞아가며 뒷걸음질을 쳤고, 체감온도는 영하 30도, 영하 35도, 영하 38도로 떨어졌다. 귀도 시리고, 코도 시리고, 뒤통수도 시리고, 눈동자마저 시렸다……. 몸에서 유일하게 따뜻한 열기가 느껴지는 곳은 입속과 마음속뿐이었다……. 마침내 집 앞에 다다르면 세 사람은 양손을 한데 모아 바람을 막고 조심스레 성냥불을 그어 추위에 꽁꽁 얼어붙은(날씨가 추워지면 자물쇠가 뻑뻑한 게 왜 잘 안 돌아가는지 아직도 모르겠다) 맹꽁이자물쇠의 열쇠구멍을 서서히 녹였다. 한참을 녹인 후에야 열쇠가 돌아가며 문이 열렸다. 방 안에 들어서면 가장 먼저 난로에 불을 지폈다. 지핀 불에 물을 대충 데워서 씻는 둥 마는 둥 하고 날듯이 침대 속으로 파고들었다……. 그런 밤이면 창틀 위에 쌓아놓은 밥공기가 서로 꽁꽁 얼어붙어 아무리 떼어내려고 용을 써봐도 떼어낼 수가 없었다. 부뚜막 위에 올려놓은 식기세척제도 꽁꽁 얼어붙고, 식초도 꽁꽁 얼어붙고, 행주도 솥뚜껑 위에 꽁꽁 언 채 딱 달라붙어서 떨어지지도 않았다. 바람이 들어올 만한 구멍이라고는 눈 씻고 찾아봐도 없는데 벽 모퉁이에서는 쏴아아 하는 소리와 함께 거센 황소바람이 불어 들어왔고, 실내 담벼락 아래로는 하얀 서리가 두껍게 내려앉았다. 거대한 천연 냉장고 안에서 잠이 든 우리 입가에서는 허연 입김이 쉴 새 없이 뿜어져 나왔다. 온몸을 겹겹이 감싸고 있는 수십 근에 달하는 이불(이쯤 되면 '이불'이라고 할 수도 없겠지?)에도 불구하고 이보다 더 추울 수는 없었다.

맞다. 재봉을 시작한 첫날부터 우리는 다른 출로(出路)가 생긴다면 이 일만큼은 죽어도 하지 말자고 맹세한 바 있다. 그렇게 지금까지 왔지만 오늘도 그 마지막 날은 아니다. 우리는 여전히 재봉 일을 하고 있고, 어느 날 재봉 일을 그만두게 된다면 생계를 위해 또 다른 돈벌이를 강구해야 할 것이며, 똑같이 힘겨운 삶을 살아가게 될 것이다. 다 똑같다-어떤 일을 하더라도 다 마찬가지겠지?

한번은 이런 일도 있었다. 우리 가게에 와서 셔츠를 맞춘 파쯔이라(帕孜依拉)에게 우리는 아주 예쁜 옷을 만들어주었다. 옷을 입고 거울 앞에 서서 요리조리 비춰보던 그녀는 너무 좋아 입이 다 찢어질 지경이었다. 그때 소매 끝부분에 구김이 가 있는 걸 발견한 나는 비록 구김이 심하지는 않았지만 보다 완벽한 옷으로 그녀를 기쁘게 해주고 싶었다. 그래서 그녀를 잘 설득해 옷을 벗기고는 잘 데운 다리미로 "치이~" 하고 다리는 순간…… 옷이 그만 쩍하고 눌어붙었다…….

파쯔이라의 얼굴은 금세 고통으로 일그러졌고, 엄마의 자는 사정없이 내 뒤통수를 후려쳤다. 고통스러워하며 가게를 떠나는 파쯔이라의 뒷모습은 슬픔에 젖어 있었다. 내 새 옷! 내 새~옷!

이를 어쩐다? 엄마와 나는 한참을 고심한 끝에 눌어붙은 곳을 가위로 잘라내고 같은 천을 덧댄 뒤 소맷부리를 좀 더 크게 만들어 작은 나팔 모양으로 활짝 펼친 다음, 예쁜 단추까지 정성스레 달아주었다. 마지막으로 옷에 걸맞은 이름까지 지어주었다. '말굽 소매'라고. 파쯔이라가 와서 보니 말굽을 닮기도 했거니와 무엇보다 그 누구도 이제껏 입어본 적이 없는 새로운 스타일이었다! 우리는 한술 더 떠 현성에도 이런 스타일의 옷은 없다며 허풍을 늘어놓았다. 그녀는 전보다 훨씬 마음에 들어했고, 그제야 순순히 옷을 찾아갔다.

그렇게 며칠이 지난 뒤…… 마을의 젊은 여자들이 너 나 할 것 없이 셔츠 소매 끝을 일부러 잘라가지고 와서 예쁜 '말굽 소매'를 달아달라고 성화를 부렸다.

내가 말하고 싶은 것은, 만약 우리가 변화를 시도한다면 지금보다 더 나은 삶을 살게 될 수도, 더 열악한 상황에 내몰릴 수도 있다는 것이다. 그렇지만 변화를 시도한 그때 그 순간만큼 확실하고 분명한 건 없다. 다른 꿈을 꾸었던 시간이 나도 모르는 사이 이미 지나가버린 과거가 된 적은 없는가? 생각해보면, 내 삶 속에서 가장 젊고 가장 행복한 시절을 재봉 기술을 익히고 그 기술을 사용하는 데 보냈지만, 재봉 일 하나에만 의지해 살지는 않았다! ……그런데 정작 나는 천을 자르고, 재단하고, 꿰매는 일을 너무 당연하게 받아들였다—불현듯 이런 생각을 하고 있는 나 자신에게 화들짝 놀란다. 그렇다. 재봉 일은 고되지만 잊지 못할 추억도 너무 많다. 작고 소소한 일상들은 떨쳐버리고 싶다고 해서 떨쳐버릴 수 있는 것은 아니다. 내가 하고 싶은 말은 이게 아닌데…… 말로 표현할 길이 없다. 실을 바늘구멍 안으로 정확하게 집어넣는 바로 그 순간, 막혔던 생각들이 풀린다. 하지만 역시 말로는 표현할 길이 없다.

# 국수 만드는 내 모습을 지켜보는 남자

국수를 만드는 내 모습을 지켜보는 남자가 하도 알미워서 밀반죽을 잡아 늘이다가 뚝뚝 끊겨 엉망이 되어버린 반죽 쪼가리들을 그 남자 면상에다 냅다 집어던지고 싶은 적이 한두 번이 아니었다.

국수를 만드는 건 여간 까다롭지 않은데 잡아당겼다 하면 뚝뚝 끊어져버리기 일쑤였다. 용케 끊어지지 않은 국수 가닥은 내 손을 벗어나 솥 안으로 들어가기까지의 그 짧은 순간에 고무처럼 손가락 굵기로 바짝 쪼그라들었다. 가장 가는 국수 가닥이 젓가락 굵기만 했다. 순전히 내 탓만은 아니다. 난 그저 밀가루를 반죽할 때 소금을 조금 많이 넣은 죄밖에는 없다. 그런데 말을 하고 보니 소금을 넣은 건 다름 아닌 나였구나.

나는 밀반죽 덩어리를 도마 위에 판판하게 펴놓고, 밀방망이를 가지고 손가락 두께로 얇게 민 다음, 그 위에 기름을 골고루 펴 바르고 손가락 굵기로 가늘게 채 썰듯이 썬 뒤 쭉 잡아당긴다. 다른 사람들이 하는 걸 보니 다들 이렇게 한다. 틀림없다. 그런데 다른 사람들이 하는 대로 그대로 따라 했는데 내가 밀반죽을 잡아당기면 어김없이 끊어져버린다. 끊어져버린 두 가닥을 손바닥으로 비벼 이어붙인 다음 다시 잡아당겨보지만 끊어지는 건 마찬가지다. 이쯤 되면 약이 바짝 오른다. 이번에는 아예 두 손으로 왼쪽으로 한 번 오른쪽으로 한 번 돌아가며 잘 주무른 다음 한 덩어리로 뭉쳐 한쪽 끝을 길게 잡아당긴다.

길게 늘인 반죽을 도마 위에 올려놓고 손바닥으로 비벼가며 더 길고 가늘게 만든 다음, 국수 가닥들을 고리처럼 연결해서 하나하나 손목에 돌려 감고 팔을 옆으로 쫙 벌려 잡아당겼다가 청량한 소리가 나도록 도마 위에 힘껏 내리친다. "탁" 하고 부딪치는 소리를 듣고 있자면 자못 프로의 솜씨처럼 느껴지지만, 애석하게도 "탁" 하는 소리와 함께 국수 가닥들이 뚝뚝 끊어지며 도마 위로 떨어지고, 순식간에 고무처럼 줄어들어 수제비 꼴이 되어버린다. 그러면 별수 없이 또 덩어리로 뭉쳐 처음부터 다시 반죽을 시작해야 한다.

그렇게 반나절이 넘도록 밀가루 반죽과 씨름을 하고 나면 제법 그럴듯한 면발이 만들어질 때도 있는데, 면발을 솥 안에 넣는 순간 어찌 된 영문인지 꼭 솥 밖으로 떨어져버린다.

이쪽에서는 국수를 만든다고 이리 뛰고 저리 뛰며 경황이 없는데 저쪽 솥에서는 물이 펄펄 끓어 넘친다. 결국 기름까지 다 발라놓고, 면발을 만드는 데 실패한 반죽은 다시 치대 봤자 가망이 없으니 대충 비비고 잡아당기고 내려친 다음 엉망진창인 채로 솥 안에 집어넣어 삶는다. 그러고서 사람들을 한자리에 불러 모은다. 보기에는 형편없어도 그런대로 먹을 만하다.

이렇게 해서 큰 솥 안에 넣고 삶은 면발은 들쑥날쑥하니 제멋대로 생겨 먹었는데 어떤 것은 고양이 모양 같기도 하고 또 어떤 것은 강아지 모양 같기도 하다.

사실 이건 아무것도 아니다. 가장 참을 수 없는 건 국수 만드는 내 모습을 재미있어 죽겠다는 표정으로 바라보고 있는 저 못된 남자다.

우리가 사는 곳은 아주 조용하고 외진 작은 시골 마을이라서 몇 개월이 지나도록 우리 집을 찾는 이가 한 명도 없을 때도 있다. 어쩌다 한 번 우리 집 문을 열고 안을 들여다보는 사람이 있긴 하다. 지금 내 눈앞에 서 있는 사람처럼 말이다.

나는 그가 누구인지 모르며 그 역시 나를 알지 못했다. 사람을 찾느라 집집마다 돌아다니는 게 아니라면, 할 일 없이 다른 사람 집이나 둘러보고 다니는 취미가 있는 게 분명했다. 보고 싶으면 보라지. 다 둘러보고 나면 가겠지 뭐. 그런데 그는 문을 빼꼼 열고 고개를 디밀어 한 번 쓰윽 훑어보고 문을 닫더니, 잠시 뒤 다시 문을 열고 고개를 디밀고 쳐다보았다.

내가 아는 척을 했다. "안녕하세요."

"안녕."

"무엇을 도와드릴까요?"

그는 아무 말이 없었다.

내가 다시 물었다. "누굴 찾으세요?"

이번에도 나를 싹 무시해버렸다. 그는 내 코앞에 벌여놓은 반죽 쪼가리들만 쳐다보고 있었다.

그래서 나도 그를 완전히 무시해버렸다. 눈앞에 펼쳐진, 차마 눈 뜨고 쳐다볼 수 없는 참담한 현실만 직시할 뿐이었다.

그는 아예 문을 활짝 열어젖히고 문틀에 기대어 내가 하는 모습을 흥미진진하게 지켜보기 시작했다.

누군가 지켜보고 있다는 게 너무 거슬렸던 나는 고개를 돌려 정면으로 그를 째려보았다. 하지만 아무 소용도 없었다.

내가 물었다. "저쪽 걸상에라도 앉으실래요?"

그러자 그는 작은 걸상을 끌고 와 아주 편안하게 앉았다.

……

서른 살쯤 되어 보이는, 키가 크고 호리호리한 이 남자는 마을에서는 일찍이 본 적이 없는 걸로 보아 그냥 지나가던 유목민인 듯했다. 게다가 검붉은 얼굴에 골격이 큰 두 손, 침착한 눈매와 스스럼없는 행동 등 유목민 특유의 외형도 갖추고 있었다. 말채찍은 옆에 놓여 있는 키 작은 궤짝 위에 올려놓고 걸상에 당당하게 앉아 있는 남자는 마치 아컨 음악회*나 싼샤상** 문화축제를 관람하러 온 구경꾼 같았다.

"저기요, 지금 뭐하시는 거예요?"

"누굴 찾아온 거예요?"

"무슨 볼일이라도 있으세요?"

"당신, 지금 뭐하고 있는 거예요?"

"거기 앉아서 뭐하시냐고요?"

"먹고 싶어요?"

"먹음직스럽죠?"

……

무슨 말을 해도 아무런 대꾸가 없었다.

속이 부글부글 끓었다! 앞에 놓여 있는 밀반죽을 나를 빤히 쳐다보고 있는 그 남자의 얼굴이다 생각하고 사정없이 잡아당기고, 도마에 내리치고, 힘껏 치대고 짓이겼다.

국수 몇 가닥이 또다시 솥 밖으로 늘어졌다. 나는 손가락으로 면발을 집어 올리려다 그만 불에 데는 바람에 깜짝 놀라 하마터면 솥을 엎을 뻔했다. 다행히 오른손으로 재빨리 솥을 붙잡긴 했지만 결국 왼손에 들고 있던 국수 다발을 "털썩" 하고 땅에 떨어뜨리고 말았다.

울컥 짜증이 치밀었다?!

"저기, 저기, 저기요, 당신 도대체 뭐하는 사람이에요? 볼일 없으면 당장 나가세요!"

"뭐하시는 거냐고요 대체, 이 아저씨가 정말 사람 짜증나게 하네!"

---

* 阿肯彈唱會: 신장(新疆)이나 간쑤에 거주하는 카자흐 족은 노래와 춤에 뛰어난 민족으로 많은 민간가수들이 있는데 이런 민간가수를 아컨이라고 한다. 매년 여름, 날씨가 청명하고 초목이 무성한 계절에 하루 날을 잡아 '아컨 음악회'라는 축제를 개최한다.

** 三下鄉: 문화, 과학기술, 위생과 관련한 내용과 지식을 농촌에 알려 문화, 과학기술, 위생 발전을 촉진하는 것을 말한다. 이를 위해 매년 다채로운 행사를 진행한다.

"나가요! 나가라고요!"

"나가욧!"

"나가요……."

결국 어떻게 됐을까? 그가 별안간 웃기 시작했다!

지금 내 앞에 팔팔 끓어 넘치고 있는 국수만 없다면 당장 저 남자부터 요절을 내줄 텐데!

얼추 다 삶아졌다 싶은 면발은 건져 올려 차가운 물이 담긴 용기에 담았다. 다른 한편에서는 계속 면발을 만들어 솥 안에 집어넣고, 국수가 삶아지는 동안 찬물에 담가두었던 면발은 건져 올려 그릇에 담았다. 이때쯤이면 두 번째 삶고 있는 국수도 얼추 다 삶아졌다. 그럼 다시 건져 올려 찬물에 헹구고, 또다시 면발을 솥에 집어넣었다……. 이렇게 쓰고 있자니 뭔가 일이 착착 잘 돌아가고 있는 것처럼 보이지만 실상은…… 낭패도 이런 낭패가 없었다. 이 광경을 지켜보던 남자는 하도 웃어서 턱이 다 빠질 지경이었다.

정말 대책 없는 남자였다. 다 삶아진 국수를 '옜다' 하는 심정으로 그에게 한 접시 먼저 내주었다.

그는 국수 한 그릇을 뚝딱 비운 뒤 홀쩍 떠나버렸고, 그 뒤로는 두 번 다시 그를 만나지 못했다.

요즘은 국수 만드는 실력이 정말 끝내준다! 속도도 빠르고 면발도 예쁘다. 그런데 애석하게도 그런 나를 옆에서 쳐다봐주는 사람이 이제는 없다.

나는 날마다 홀로 밥을 짓고 변변찮은 음식을 만들어 그릇에 담아 잘 싼 다음, 마을 어귀 가게에서 일을 하며 밥을 기다리고 있는 사람들에게 날라준다. 나 홀로 한적한 카우투 작은 마을을 가로질러 간다. 대낮인데도 큰길가에는 사람 그림자 하나 보이지 않고, 학 한 마리만 이리저리 거리를 활보하다 가끔 나와 정면으로 마주친다. 밥을 날라주고 혼자 집으로 돌아가는 길에, 정적에 싸인 마당과 집들을 하나하나 지나쳐 간다. 그럴 때면 문득 집집마다 문을 밀고 들어가 안에 사람이 있는지 없는지 보고 싶어진다. 만약 사람이 있다면 나 역시 그 집 문틀에 기대어 서서 그가 무엇을 하고 있든지 간에 하염없이 그를 지켜보게 될 것이다. 지독한 외로움이 밀려온다.

# 술 마시는 사람

술고래 사하쓰(沙合斯)가 우리 가게에 간장을 사러 오다니 정말 깜짝 놀랄 일이었다. 엄마가 그에게 물었다. "술 받으러 온 게 아니고?" 그가 아주 유쾌하게 대답했다. "새 천년*이잖아요. 저도 이제 술은 마실 만큼 마셨다고요!"

하지만 그렇게 말한 지 몇 시간도 채 되지 않아 이 사내가 또 찾아왔다. 우리 가게 문을 발로 "뻥" 차고 들어온 그의 눈은 벌써 뻘겋고, 머리는 봉두난발에, 외투는 멋대로 풀어헤쳐져 있고, 단추란 단추는 다 떨어져 나가고 없었다. 그는 갈지자를 그려가며 내 쪽으로 걸어오더니 손에 쥐고 있던 병을 계산대 위에 거칠게 내려놓았다-또 간장을 사러 왔다.

---

* 뉴밀레니엄

술이 뭐가 그렇게 좋은지 알다가도 모를 일이다. 처음에는 무료함을 달래기 위해 곤드레만드레 취하도록 술을 퍼마시고, 또 여럿이 함께 어울려 술기운에 객기도 부리다 보면 떠들썩하니 나름 흥이 날 수도 있겠다 싶었다.

그런데 나중에 안 사실이지만, 대부분은 고독을 씹어가며 혼자서 술 마시는 걸 더 즐겼다. 제언쓰베커(杰恩斯別克)를 예로 들면, 그는 늘 남몰래 가게에 와 100밀리리터들이 얼궈터우(二鍋頭)* 한 병을 사서는 계산대에 기대어 음미하듯 천천히 홀짝거렸다. 누군가 문발을 들치고 들어오기라도 하면 재빨리 병마개를 돌려 닫은 다음 주머니 속에 감추고 마치 아무 일도 없었던 것처럼 시치미를 뚝 떼고는 들어온 사람과 반갑게 인사를 나누었다. 그리고 상대방이 나갈 때까지 참을성 있게 기다렸다가 그가 가고 나면 술병을 꺼내 다시 술을 즐겼다. 꼭 먹을 거 앞에서 사족을 못 쓰는 먹보 같았다. 분명한 건, 술이 그에게 주는 즐거움은 TV 드라마나 소설 속에서 통상적으로 보여주는 '마약'이나 '도피' 같은 류의 것은 아니라는 점이다.

대부분의 사람들은 내게 술을 한 잔 따르게 한 다음 술잔을 단숨에 비우고 입술을 쓰윽 훔치고는 술값을 지불하고 아주 흡족한 표정을 지으며 가게를 나서, 육중한 문발을 들치고 매서운 추위 속으로 성큼 발을 내딛는다. 우리는 술 한 잔에 5마오를 받았다.

나는 이렇게 술을 마시는 사람들이 좋은데 그들이야말로 진정한 술의 가치를 알고 그 맛을 즐길 줄 아는 사람들이라고 생각하기 때문이다.

---

* 이과두주

그들에게 술이란 추위를 달래주는 필수품이기도 하다. 또 다른 부류는 여럿이 함께 어울려 술 내기를 하고, 고성방가에 춤을 추고, 코가 삐뚤어질 때까지 술을 마셔댄다. 그들은 맹물을 따라줘도 아랑곳하지 않을 성싶다—심지어 술인지 맹물인지 분간도 못한 채 여전히 흥에 취해 있을지도 모른다. 내가 보기에 이런 부류의 사람들은 술을 귀하게 여기지 않는다.

술을 마시면 꼭 술주정을 하는 부류도 있는데 카우투의 술고래 중 상당수가 여기에 속한다. 이런 부류의 사람들은 늘 가공할 만한 '정신력'에 의지해 고주망태가 되도록 술을 마시기 일쑤다. 곤드레만드레 취할 때까지 미친 듯이 술을 마셔대는 이들은 일반적으로 말이 없고 까닭 없이 고집스러우며, 모든 절제된 행동을 경멸한다.

술을 마신 정도나 상태에 따라 유사한 패턴을 보이기도 한다. 계산대 옆에 서서 술을 마시거나 앉아서 술을 마시는 사람은 이제 막 술을 배우기 시작했거나 한 병만 마셨을 가능성이 크다. 계산대 위에 양반다리를 하고 앉아 있는 사람은 보통 술 두 병은 이미 배 속에 넣고 왔을 가능성이 크다. 계산대 위에 올라서서 고개를 숙인 채 천장을 받치고 있는 사람은 세 병은 해치웠을 게 틀림없다. 만약 네 병을 마셨다면 계산대 밑으로 기어 들어가 잠을 잔다.

물론 예외는 있다. 자나얼(加納爾)은 술을 네 병 마시면 꼭 담장을 밟고 지붕 꼭대기로 올라갔다. 그에 비해 미레티(米列提)는 네 병을 마시면 강가로 달려가 다리 위에서 다이빙을 했다.

추태를 부리는 사람은 이들 말고도 수두룩했다.

재봉 일을 하다 보니 우리 가게에는 마을 전체를 통틀어 가장 큰 전신 거울이 하나 걸려 있었다. 매일같이 마을 구석구석에서 술꾼들이 하나 둘 꾸역꾸역 우리 가게로 몰려와 돌아가며 거울 앞에 서서 자신의 모습을 비춰봤는데 누구 할 것 없이 빗을 챙겨 와 말없이 한도 끝도 없이 머리를 빗어댔다……. 정말 미치고 팔딱 뛸 노릇이었다.

향 정부 비서인 마허만(馬赫滿)은 술에 취했다 하면 어김없이 우리 가게에 와서 정장을 한 벌 맞추고 진지하게 가격 흥정까지 했다. 평소 소박하다 못해 남루하기까지 한 그의 옷차림새로 보아 그럴듯한 새 옷 한 벌 맞춰 입는 게 그가 오랫동안 품어온 이루지 못한 꿈 같은 것이리라.

강 서쪽에 사는 바한(巴汗)은 술에 취하면 집집마다 찾아다니며 그동안 진 빚을 갚았다.

이와는 반대로 전기계량기 조사원인 타스컨(塔什肯)은 술만 취했다 하면 집집마다 돌아다니며 전기세를 걷어 갔다. 전기세를 다 걷은 다음에는 집 뒤쪽으로 돌아가 집집마다 돌아다니며 전기를 끊어놓았다. 우리는 별수 없이 촛불을 켜놓고 분을 삭여가며 그가 술에서 깨어 사과하러 올 때까지 속절없이 기다려야 했다. 그는 보통 미안하다고 사과를 하고 전기선을 다시 이어준 다음에는 꼭 술 한 잔을 받아 마시고 나서야 자리를 떴다.

타스컨이 데리고 다니는 똘마니 제자도 술고래 새끼쯤 되었다. 이 젊은이는 어딘가 모르게 묘한 인상을 풍겼다. 구체적으로 어디가 이상하다고 콕 짚어 말할 수는 없었지만 아무튼 뭔가 이상했다. 다 큰 어른인데도 그의 얼굴에서는 아이한테서나 찾아볼 수 있을 법한 그런 표정,

천진하다고나 할까-맞다, 천진함이나 해맑은 순수함이 강하게 느껴졌다. 참 이상도 하지, 이 젊은이가 다른 사람과 대체 어디가 다른 거지? 눈도 코도 다들 저렇게 생기지 않았나? 호기심이 인 나는 그가 올 때마다 그를 유심히 관찰해보았다. 확실히 뭔가 있어. 특히 입을 벌리고 크게 웃을 때면 그의 천진함은 극에 달했다. 그런데 웃음을 그치고 입을 다무는 순간, 그의 천진함은 순식간에 자취를 감춰버렸다. 좀 더 유심히 관찰하고 찬찬히 뜯어보니…… 아, 이제야 알겠다……. 천진은 무슨! 앞니가 두 개나 몽땅 빠져 있고만!

두말할 것도 없이 취중에 발을 헛디뎌 넘어지면서 앞니가 몽땅 날아가버린 탓이었다.

타스컨 말에 의하면, 그의 애제자는 7년 전부터 자기를 따라다니기 시작했는데 지금까지 배운 거라고는 술밖에 없다고 했다. 그건 맞는 말이었다. 한번은 이 젊은이가 우리 집에 전기선을 연결해주러 왔다가 감전되는 바람에 얼굴이 온통 흉측하게 일그러진 적이 있었다. 그래도 전등 스위치 정도는 고칠 줄 알았다. 우리 집 전등 스위치 줄이 한동안 말썽을 부려서 대여섯 번쯤 연달아 잡아당겨야 겨우 불이 들어왔는데 그가 고쳐주고 간 뒤로는 서너 번만 당겨도 바로 불이 들어왔다.

어떤 마을이든 이런 젊은 패거리들은 꼭 있게 마련이다. 농사짓고 살기로 결심할 만큼 인생의 쓴맛을 본 나이는 아니고, 그렇다고 세상을 떠돌아다닐 용기는 없고 해서 매일같이 온 동네를 떼거리로 몰려다니면서 카자흐 어로 번안된 한족 유행가나 흥얼대며 술에 절어 사는 젊은이들 말이다. 이들은 제멋대로 한마디씩 해가며 나를 집중 공격했다.

“여동생, 그럼 안 되지, 우리 진짜 돈 없다니까!” 술이 어느 정도 됐다 싶으면 “형수님~ 우리 완전 빈털터리라니까요…….” 술에 떡이 되고 나면 나는 어느새 ‘아줌마’가 되어 있었다.

정작 이상한 건 나다. 돈이 떨어진 줄 뻔히 알면서도 나는 대체 무슨 생각으로 그들에게 술을 팔고 있는 거지?

아무튼 하나같이 하루 종일 술에 절어 산다.

가게 계산대 밑 한쪽에는 여태 처리하지 못하고 쌓아둔 보물들이 한가득이었다. 가죽 재킷 다섯 벌, 가죽 모자 몇 개, 말채찍, 가죽 장갑, 손전등 두서너 개는 물론이고 오토바이 헬멧, 산처럼 쌓인 칼, 신분증 한 무더기, 호적등본 한 부, 셀 수 없을 정도로 많은 손목시계(죽은 시계가 태반이다) 등등. 더 웃긴 건 가죽 구두도 한 켤레 있었다……. 모두 술꾼들이 외상술을 마시면서 손에 잡히는 대로 맡겨놓은 물건인데 술에서 깨고 나면 물건을 맡겨놓았다는 사실조차 까맣게 잊어버렸다.

정말 참을 수 없는 건, 저녁때가 되면 어디서 그런 호기가 생기는지 엄동설한에도 불구하고 우리 가게 앞에 죽치고 서서 몇 시간이고 문을 두들겨대는 사람들이었다. 그러거나 말거나 우리는 절대 문을 열어주지 않았다. 우리가 문을 안 열어줄수록 그들도 지지 않고 부서져라 문을 두들겨댔다. 밤새도록 문을 두들겨대다가 동이 터오면 그제야 자기 집으로 돌아가 잠을 청했다. 그렇게 한숨 늘어지게 자다가 저녁때가 되면 부스스 일어나 저녁밥을 먹고 또다시 우리 가게로 와서 문을 두들겨댔다.

우리는 대개 밤늦게까지 일을 하곤 했는데, 일을 마치고 문을 열고 나가다가 문 앞을 막고 있는 물체에 발이 걸려 넘어지기 일쑤였다. 고개를 숙여 살펴보면 사람이 술에 취해 쓰러져 자고 있었다. 엄동설한에 얼마나 오랫동안 이러고 있었는지 몰라 서둘러 집 안으로 끌고 들어와, 정신이 들어 집으로 돌아갈 때까지 난로 옆에 내팽개쳐두었다. 정말 참을 수 없는 건, 가까스로 정신을 차린 다음 제일 먼저 찾는 게 술이라는 것이다. 죽을 뻔한 목숨을 간신히 건져놓고도 전혀 두려워하는 기색이 없다.

이상하다. 왜 이렇게 술을 마셔대는 걸까? 술이 대체 뭐가 좋다고 이렇게까지 마셔대는 거지? 독한 술을 돈까지 써가면서 말이다.

우리 엄마도 술에 인이 박였는지 평소 식사를 할 때 괜찮은 안주거리가 상에 올라오는 날이면 꼭 반주 한 잔을 곁들였다. 외할머니도 작은 잔에 직접 술을 따라 마실 때가 종종 있었다. 하지만 나는 아무리 용을 써도 술만큼은 익숙해지지 않았다.

젊었을 때 군대에 복무한 적이 있는 엄마는 중대(中隊) 산하의 '아가씨 소대' 소속이었다. 매일 밤늦게까지 농사일에 동원되었다가 숙소에 돌아오면 뼈 마디마디가 떨어져 나가는 것처럼 아프고 온몸이 퉁퉁 붓고 쑤셨다. 그날 잠을 푹 자야 다음 날 말짱한 정신으로 다시 일을 하러 갈 수 있었기 때문에, 숙소에 돌아오면 아가씨들과 병째로 술을 한입 가득 나누어 마시고 몽롱한 상태로 침대에 기어 들어가 잠에 곯아떨어졌다. 그렇게 시간이 흘러 술 마시는 게 몸에 배었다.

외할머니도 같은 이유일 거라고 생각한다. 고단한 삶에는 술처럼 강

하고, 사람을 단숨에 극단의 상태로 빠져들게 하는 무엇이 반드시 필요한 법이다.

술에 취한 사람들을 보면 눈빛은 흔들리면서도 고집스럽고, 다리는 풀려 비틀거리고, 양손은 물건을 제대로 쥐지도 못한다. 그들은 이미 다른 세상에 발을 들여놓은 채, 이쪽 세상으로부터 어떠한 구속도 받지 않으며 심지어 생명의 위협조차 받지 않는다. 술은 참 묘하다. 부드러운 쌀과 부드러운 물이 만나 도대체 어떤 변화를 거치는 걸까? 어떤 변화를 거치기에 끝내 이토록 강렬하고 불안한 액체로 탈바꿈할 수 있는 걸까……? 하루 세끼 우리가 먹는 쌀과, 우리가 마시는 물이 아주 오랜 세월 동안 밤낮으로 쌓이다 보면, 우리의 신체 내부에서 또 어떤 변화를 거칠지 누가 알겠는가? ……하루하루 늙어감에 따라 우리의 몸은 질병으로 다양한 상처가 생기고, 지팡이에 의지해 비틀거리며 걷는 동안 정신은 점차 희미해져간다……. 사람의 일생도 어쩌면 서서히 술에 취해가는 과정이 아닐까? 불현듯 속담 하나가 떠오른다. 모든 길은 로마로 통한다. 하하, 세상은 정말 요지경이다. 술을 마시지 못해도 결국 마찬가지다.

맞다. 내가 아는 한족들은 술에 취하면 하나같이 재미가 없었다. 두 사람이 서로 마주 보고 꿇어앉아 끊임없이 사과를 하고 다시 서로 얼싸안고 함께 통곡[설명을 곁들이자면, 평소 카우투에서 한족이라고는 눈을 씻고 찾아봐도 없지만, 카우투 기숙 중학교의 학사 건물 신축을 위해 한족 민공(民工)들이 여름 한철 이곳에서 일했다]을 했다.

또 하루 일과를 마치면 늘 우리 가게에 놀러오는 샤오황(小黃)은 평소에는 더할 나위 없이 좋은 사람인데, 술만 취했다 하면 울고불고 난리를 치며 우리 엄마보고 자신의 양엄마가 되어달라고 졸라댔다. 그러면 엄마도 마지못해 그러마 했다. 그런데 그다음 날에도 술에 잔뜩 취해 엄마를 찾아와 양엄마가 되어달라고 또다시 떼를 썼다.

# 얼사와 겨울 집

카우투에서 장사를 할 때 얼사(爾沙)를 알게 되었다. 어느 날 우리 가게를 찾아온 얼사는 바지를 사러 왔다고 했다. 처음에는 계산대 맞은편에 서서 우리와 대화를 나누다가 어느 정도 익숙해지자 냉큼 계산대 위에 올라가 양반다리를 한 채 이야기를 나누었다. 그렇게 즐겁게 이야기꽃을 피우는 사이 한나절이 훌쩍 지나가버렸다. 얼사가 떠난 뒤에야 그가 바지를 사러 왔었다는 사실을 기억해내었다. 하지만 얼사는 그 뒤로도 바지 이야기를 입에 올리지 않았다.

얼사는 비록 잘생긴 축에 끼지는 못했지만 사람을 끄는 묘한 매력이 있었다. 작은 키에 까무잡잡한 얼굴, 해맑은 눈을 한 젊은 얼사는 사람을 대하는 태도가 무척 진지했다. 중국어로 말을 할 때면 앞의 말과 뒤의 말 사이에 적어도 쉼표 세 개는 들어갈 정도로 뜸을 들였는데, 이런 모습이 말을 참 신중하게 한다는 인상을 주었다. 하지만 알아듣는 데는 다소 애를 먹어야 했다.

그가 말했다. "저는요,,, 올해,,, 두 번째로 산으로 들어갔는데요,,, 산속은요,,, 너무 좋아요,,, 파랗고,,, 사방이 온통 파래요……."

그날 알고 보니 얼사는 선생님이었다! 그것도 우루무치* 사범학교를 졸업했다. 졸업한 지는 2년이 채 되지 않았고, 유목민들의 정착지에 있는 기숙학교에서 교편을 잡고 있었다.

익히 들어 알고 있는 사실이지만, 기숙학교는 정착지에 있는 다른 학교와 달리 기나긴 겨울 동안에만 교과과정이 편성되어 있어 1년 중 한 학기만 수업을 했다. 그러다 보니 아이들이 학교에 다니는 기간은 6개월에 불과했고, 나머지 6개월은 방학인 셈이었다. 교사들은 겨울에는 학생들을 가르치고 여름에는 양을 쳤다.

겨울이 되면 양 떼는 남하해서 아주 멀리 떨어져 있는 준가얼(準噶爾)** 분지에 있는 겨울 목장을 향해 끝없는 여정을 떠난다. 노인과 어린이 그리고 몸이 약한 사람들은 우룬구(烏倫古) 강을 건너면 이동을 멈춘다. 우룬구 강은 동서를 가로지르며 광활한 부룬퉈하이(布倫托海)*** 로 흘러들어 간다. 강 연안 일대에는 정착촌과 반정착촌이 드문드문 자리하고 있

* 烏魯木齊: 신장위구르 자치구의 성도(省都)

** 중국에서 두 번째로 큰 내륙분지로, 알타이 산맥과 톈산 산맥 사이에 위치한다. 지도 참고

*** 우룬구 호수(烏倫古湖)라고도 불린다. 지도 참고

다. 그곳에는 학교도 있고 상점과 보건소도 들어와 있다……. 우리 잡화점도 겨울이 되면 그곳으로 옮기게 될지도 모른다.

겨울 목장과 더 멀리 떨어진 남고비 사막, 그리고 구얼반퉁구터* 대사막 한가운데 땅이 움푹 들어간 분지에는 '겨울 집'이 거센 바람을 막아주는 낮은 언덕을 보호벽 삼아 바람을 등진 채 늘어서 있다. 그곳은 우리가 영원히 갈 수 없는 곳이다. 그곳을 지나온 양 떼는 침묵하고 인내하고 모든 것을 통찰하고 초월한다는 것만 알 뿐이다.

얼사가 말했다. "겨울 집은,,, 바람도 없고, 눈도 없어요……. 눈이 있는 곳도 있지만 거의 없어요,,, 아주 적어요,,, 아주 적진 않아요,,, 양은,,, 아주 천천히 걷고,,, 아주 천천히 먹어요……."

우리가 아는 겨울 집의 정경은 이랬다. 광활하고 우중충한 하늘 아래, 양 떼가 서서히 이동하며 고개를 숙인 채 무언가를 부지런히 씹고 있다. 그곳은 지세가 높아졌다 낮아졌다 기복(起伏)을 이루고 있다. 양들은 겨울철이면 땅이 움푹 들어간 곳으로 이동한다. 바람이나 찬 기류는 지대가 훨씬 높은 곳에서 불어 나가기 때문에 그곳은 상대적으로 기온이 따뜻하고 눈도 적게 내린다. 양 떼는 주둥이와 앞발을 이용해 눈과 얼음을 파헤쳐가며 눈 밑에 깔려 있는 누런 풀줄기를 찾아 뜯어 먹는다. 양 떼는 귀한 풀을 아껴가며 조심스레 먹는다. 하늘 높이 또다시 눈발이 날리기 시작한다.

구름 한 점 없이 쾌청한 날씨만큼 더 소중한 것도 없다. 그런 날씨라

---

* 古爾班通古特 大沙漠(Gurbantünggüt Desert). 지도 참고

야 유목민들이 더 먼 곳까지 양 떼를 몰고 가, 눈과 얼음으로 뒤덮인 벌판에서 마지막 남은 시든 풀을 찾아 양 떼를 먹일 수 있다. 그보다 더 먼 곳에는 사사나무*가 군락을 이루고 있어 날씨가 좋은 날이면 남자들은 해가 뜨기 전부터 마차를 준비해 그곳을 향해 외로운 길을 나선다. 겨울 집에서는 보통 석탄을 때지 않는다. 형편이 그나마 나은 편에 속하는 사람들은 땔감을 때고, 그마저도 없는 사람들은 양 똥으로 난로를 지펴 음식을 만든다. 키가 작고 누추한 파오 뒤편에 높게 쌓아 올린 사사나무 땔감과 양 똥은 겨울을 따뜻하게 나게 해주는 마지막 희망이다. 땔감이 부족해지는 날이 오면, 안주인은 노심초사 애를 태우며 최대한 아껴가며 하루하루를 계획해야 하고, 바깥주인은 높은 곳에 올라가 땔감을 구하러 먼 길을 떠나도 되는지 날씨를 살핀다.

여름 목장에서 파오를 지을 때는 지붕을 높게 세우고, 원추형의 지붕 밑에는 빨간 페인트를 칠한 나무 지지대를 사방에 둘러 집의 골조를 만든다. 하지만 겨울 집은 보온을 위해 별도로 골조를 세우지 않고 땅에 큰 구멍을 판 뒤 원추형 지붕을 그 구멍 위에 덮는다. 그런 다음 땅 위로 비스듬하게 통로를 연결해서 계단처럼 땅속 실내와 통하게 만든다. 이것이 소위 말하는 '동굴 집(地窩子)**'이다. '동굴 집' 밖에는 매서운 북풍이 끊임없이 불어닥친다. 좁디좁은 방 한가운데에 놓여 있는 난로에서

---

* 梭梭(Haloxylon ammodendron C.A. Mey, 영문명 Saxaul): 명아주과(藜科) 사사(梭梭)속 낙엽소 교목 또는 관목이다. 중국 네이멍구, 신장, 칭하이, 간쑤, 닝샤 등지에 많이 분포하며, 최근 무분별한 방목으로 인하여 개체수가 많이 줄어들었다. 해발 150~1,500미터에 분포하며, 건조한 기후에 매우 강하고 지표면 온도가 섭씨 80도에 달해도 정상적인 생장이 가능하다.

** 사막화 지대에서 흔히 볼 수 있는 보잘것없는 거주방식

는 땔감이 "타닥타닥" 소리를 내며 타오르고, 검붉게 물든 안주인의 얼굴에는 눈동자가 아름답게 빛난다.

얼사가 말했다. "저는,,, 가본 적이 없어요,,, 겨울 집에…… 아주아주 어렸을 적에는 가본 적이 있는데,,, 그 뒤로는,,, 정부에서, 반정착을 유도하는 바람에……."

그렇지, 우리 대화의 시작은 주머니칼 하나에서 비롯되었다. 맨 처음 얼사는 내가 갖고 놀던 주머니칼을 사고 싶어 했다. 결혼을 앞두고 있던 얼사는 결혼식 때 신부에게 칼을 선물로 주고 싶어 했다. 칼을 선물로 주는 풍습이 있다는 말은 생전 처음 들어보는 나로서는 얼사가 거짓말을 하고 있는 건 아닌지 내심 의심스러웠다. 이유야 어찌 되었든, 나는 주머니칼을 팔지 못했다. 잉지사* 주머니칼은 색이 화려하고 예뻐서 보기에는 제법 그럴싸해 보이지만 정작 쓸모는 없었다. 그래도 나는 그 칼이 너무 마음에 들었다. 그래서 무거워도 늘 호주머니에 넣고 다니며 시도 때도 없이 만져보는 내가 가장 아끼는 보물 1호였다.

내가 말했다. "다음에 우루무치에 가게 되면 꼭 사다 줄게요!"

그는 실망한 빛이 역력했지만 이렇게 말했다. "사실은,,, 잉지사 주머니칼은,,, 별로예요. 요즘은,,, 쿠처(庫車)** 칼이 좋아요!"

그때 우리 엄마가 대뜸 끼어들었다. "아니야!" 엄마는 생전 듣도 보도

---

* 英吉沙: 신장 카스(喀什)의 한 현(縣) 이름으로, 잉지사 단도는 현 이름을 따서 지었다. 잉지사는 위구르 어로 '신도시'라는 의미이다.

** 중국 신장위구르 자치구 중서부에 위치한 현 이름

못한 낯선 지명을 들먹이며 말을 이었다. "그곳은 마을 전체가 전문적으로 칼만 만들거든. 마치 카우투의 '가공공장'처럼 말이지. 그곳 칼이라야 어디 가서 명함이라도 내밀지! 잉지사 칼보다 예쁘지는 않지만."

여기서 '가공공장'이라 함은 카우투 북쪽의 깊은 산속 호수 변에 자리하고 있는 마을을 가리키는데, 그곳 남자들은 농사일 말고도 말안장과 채찍을 만들고, 편자를 박고, 압화 소가죽 구두도 만들었다. 그들은 이런 전통적인 기구를 만들며 기나긴 겨울을 났다.

"거기가 어디예요?,,, 저는,,, 처음 들어보는데……."

엄마가 동서남북을 가리켜가며 열심히 설명을 해준 뒤에야 나는 대충 어느 방향인지 감을 잡았다. 하지만 얼사는 여전히 오리무중이었다. 얼사는 중국어가 워낙 달리다 보니 문장이 조금만 복잡해져도 전혀 알아듣지를 못했다. 얼사는 한동안 꿀 먹은 벙어리처럼 잠자코 있더니 마침내 겸연쩍은 듯 말했다.

"안 가봤어요,,, 가본 적이 없어서,,, 겨울 집은, 저도 아직 못 가봤어요…… 아주아주 어렸을 때 딱 한 번 가보고……."

……전문적으로 칼을 만든다는 마을은 나 역시 가본 적이 없다. 그곳은 아주 멀리 떨어져 있는 외딴 마을로, 카우투에서도 멀 뿐 아니라 겨울 집에서도 굉장히 멀리 떨어져 있다. 그곳의 겨울나기도 낯설기는 매한가지다. 11월부터 이듬해 4월까지 이어지는 기나긴 시간은 칼끝의 미세한 반짝임 속에 소리 없이 흘러간다. 집집마다 칼을 만드느라 돌아가는 칼 벼리는 기계 소리가 방 안 깊숙한 곳에서부터 밤낮없이 들려온다. 아이들은 그 옆에서 칼자루 만드는 법을 배우는데 한 손에는 평범

한 나무토막 하나를, 다른 한 손에는 평범한 작은 칼을 들고 끝없이 나무토막을 깎는다. 얼마나 오랫동안 깎아야 칼에 딱 맞는 칼자루를 완성하게 될지도 모른 채.

얼사와 잡담을 나누는 동안에도 우리는 쉴 새 없이 "철커덕철커덕" 재봉틀을 굴려가며 일을 했다. 계산대 위에 올라가 양반다리를 하고 앉아 있는 얼사의 모습은 흡사 제 집 침대 위에 앉아 있는 듯했다. 때는 늦은 봄, 이동하는 양 떼가 카우투를 다 지나가고 나면 우리도 여름 목장으로 가게를 옮길 생각이었다. 얼사는 얼사대로 며칠 뒤면 산으로 들어가야 했다. 얼사네가 방목하고 있는 400여 마리의 양들은 그때까지도 카우투에 도착하지 않고 있었다. 얼사네 집은 새 풀이 돋아 푸른 초장을 이루고 있는 카우투 남고비 사막에 이동 천막을 치고 2~3일간 머물다가 여름 목장을 향해 길을 떠날 예정이었다.

"겨울에,,, 당신들은,,, 카우투에 있을 거예요?"

"아니, 올 가을에는 우리도 양 떼를 따라 우룬구 강 일대로 옮겨 갈 생각이야. '붉은 땅'이라는 곳으로!"

"아! 저도 그곳에 있을 건데!,,, 우리는 검은 땅에,,, 붉은 땅에서 아주 가까워요,,, 아,,, 한 번도 당신들을 본 적이 없어요!"

"당연하지, 간 적이 없으니까! 하지만 올해는 갈 계획이야. 카우투에서는 장사가 영 신통치 않아. 여긴 사람이 너무 없거든."

"네, 네 그래요. 붉은 땅에는,,, 사람들이 많아요. 겨울이 되면,,, 사람들이 굉장히 많아요,,, 모두 그곳에 남거든요. 양들만,,, 강을 건너 계속 남쪽으로 이동해야 해요,,, 겨울 집에 가게 되면…… 올해는 저도,,, 아마 가게 될지도 몰라요…….”

얼사가 또 말했다. “아빠,,, 건강이 안 좋아요,,, 집에 사람도 없는데,,, 그런데, 양은,,, 또 키워야 하고…….” 얼사는 잠시 하던 말을 멈추고 적절한 단어를 찾기 위해 안간힘을 썼다. 하지만 머지않아 곧 입을 다물고 말았다.

우리가 말했다. “얼사, 양을 안 치면 되잖아. 우리처럼 장사를 하는 건 어때? 얼사처럼 똑똑한 사람이라면 더 많은 돈을 벌 수도 있을 거야.”

“안 돼요. 역시,,, 양을 치는 게 나아요. 우리 아빠도 양을 쳤고,,, 우리 아빠는,,, 양을 치고,,, 잘 지냈는데,,, 나는 지금 선생으로 있지만,,, 언제까지 할 수 있을지 누가 알겠어요?”

“양 치는 게 얼마나 고달픈데, 늘 옮겨 다녀야 하고.”

“집을 옮기는 건,,, 간단해요,,, 정말 간단해요…….”

“양 치는 게 뭐가 좋아?”

얼사는 한동안 생각에 잠겼다.

“당신들은,,, 재봉 일을 하는데,,, 당신들이 재봉 일을 하면서 좋은 만큼,,, 우리도,,, 양을 치면서,,, 그만큼 좋아요…….”

우리는 모두 하하하 웃었다. 내가 말했다. “얼사, 내가 다음번에 우루무치에 가게 되면, 제일 예쁜 칼로 사다 줄게요!”

이틀 뒤, 얼사가 다시 왔다. 이번에는 양 떼도 함께였다. 끝이 보이지 않는 거대한 양 떼 행렬이 카우투를 지나며 천지사방에 뽀얀 흙먼지를 일으켰다. 양 떼가 카우투를 지나가는 데만도 꽤 오랜 시간이 걸렸다.

얼사는 그 짬을 이용해 우리 가게에 차를 마시러 잠깐 들렀다. 얼사는 차를 마시면서도 고개를 돌려 창밖을 살피는 것을 잊지 않았다. 빨간 옷을 입은 얼사의 여동생은 말을 탄 채 양 떼 사이를 뚫고 앞뒤로 오가며 쉴 새 없이 고함을 질러가면서 양 떼를 몰았다. 어린 남자아이 둘도 가늘고 긴 나무 회초리를 휘둘러가며 대오가 흐트러지지 않고 질서를 유지하도록 애썼다. 한참이 지난 뒤에야 양 떼가 거리에서 모두 자취를 감추었다. 양 떼가 지나가고 난 자리는 이리저리 파인 엉망진창으로 변해 있었다.

"이번에는 어디까지 이동해?"

"그러니까,,, 다반(達板)* 아래쪽까지,,, 몇 킬로미터 정도."

"이번에는 며칠 머물 생각인데?"

"3일,,, 5일,,, 나도 잘 몰라요,,, 카우투는,,, 풀이 안 좋아요."

"하하, 아무래도 여름 목장의 풀이 좋겠지!"

그도 따라 웃었다.

우리는 다시 겨울 목장으로 화제를 옮겼다. 까마득하게 멀고 적막한 겨울 집.

"겨울 집은,,, 양들이,,, 빨리빨리 야위어요,,, 약한 양은,,, 그러니까,,, 빨리빨리 잡아야 해요, 반드시 그래야 해요,,, 양들을 잘 유지하려면,,, 겨울 집에는 풀이 너무 부족해서,,, 양들이,,, 너무 불쌍해요,,, 아주 멀리, 아주 멀리까지 가도,,, 먹일 풀을 찾기가 어려워요……."

……겨울 집에서 양 떼와 함께 사는 젊은 얼사의 생활은 비밀에 싸

* 다반은 위구르 어로 '협소한 산의 입구'라는 뜻으로, 산등성이에 'U'자 형으로 움푹 들어간 곳을 말한다.

여 있다. 폭설로 길이 끊겨 겨우내 바깥세상과는 단절된 생활을 한다. 간단한 음식만 제한적으로 준비해 갈 수 있을 뿐, 채소와 과일은 언감생심 꿈도 꿀 수 없다. 매서운 북풍이 온종일 거세게 불어닥친다. 얼사의 새 신부는 아리따웠던 아가씨의 모습은 온데간데없고 어느새 깡마르고 억척스러운 여인으로 변한다. 본래 정착한 농민 가정에서 태어난 얼사의 아내는 하루아침에 유목민의 삶 속으로 내몰렸음에도 모든 것을 능숙하게 잘 헤쳐 나간다. 그런 그녀의 모습을 보면 혈액 속에 녹아 흐르는 아주 오래된 기억이 고된 현실의 삶 속에서 되살아나는 것이리라. 그녀는 통 한가득 눈을 담아 집으로 돌아와 눈을 녹여 물로 사용한다. 얼사는 집을 비웠다. 이른 아침부터 양 떼를 몰고 사방을 돌아다니며 먹일 풀을 찾아다닌다. 오늘은 더 먼 곳까지 갔을지도 모른다. 얼사의 아내는 지붕에 바람이 새는 곳을 발견하면 온갖 방법을 다 동원해서라도 틈새를 꼼꼼히 꿰맨다. 그녀는 바쁜 집안일에도 꿋꿋이 제자리를 지키며 차분하게 기다린다. 일을 할 때면 아직도 결혼식 때 썼던 두건을 두르고, 두건 위에는 여전히 백조 깃털을 꽂는다……. 겨울 집에서의 생활이 얼마나 고달플지 전혀 상상이 가지 않는다. 옛날 사고방식에 따라 이해하며 살다 보니, 얼사에게 이런 생활은 아무렇지도 않은 게 되어버린 거겠지?

얼사는 잠시 앉았다가 이내 작별을 고하고 급히 양 떼를 좇아갔다. 우리는 문 앞까지 그를 배웅해주면서 6월에 사이헝부라커(沙依恒布拉克)* 여름 목장에서 만나자고 약속했다. 가게로 돌아와보니 그가 가져

* 유목민들의 여름 목장. 지도 참고

온 치즈 한 덩어리와 버터 한 덩어리가 계산대 위에 얌전히 놓여 있었다. 훗날 사이헝부라커 산골짜기에서 말을 탄 얼사가 푸른 초원을 헤치며 천천히 다가오는 모습이 보이는 듯했다……. 그때가 되면 얼사는 '한족 재봉사'의 집이 어디에 있는지 이리저리 수소문을 할 터였다. 물론, 그때는 아주 유창하고 거칠 것 없는 카자흐 어를 사용하겠지. 얼마나 자신에 찬 모습일까? 얼사는 과연 우리를 찾아올까? 그때도 칼에 얽힌 일을 기억하고 있을까? 젊고 외로웠던 얼사는 어느 날 바지를 산다는 핑계로 가게 안에 발을 들여놓았고, 옛 방식 그대로 물과 풀을 찾아 거주지를 옮겨 가는 길에 잠시 빠져나와 우리와 많은 이야기를 나누었다……. 어느 날 우리도 그렇게 될까? 무언가 하소연하고 싶어질 때, 느닷없이 아무 집에나 불쑥 찾아 들어가 그 집 사람을 붙들고 끝도 없이 주저리주저리 이야기하게 될까. 하고 싶은 말을 속 시원히 털어놓고 나면 그 순간의 삶에 더 만족하게 될까.

"

토끼는 어둡고 차가운 땅속에서

혼자 추위와 굶주림과 싸워가며

조금씩 아주 조금씩 하나의 몸짓-

봄을 향한 몸짓을 멈추지 않았던 것이다…….

# 바라얼츠에서

# 예얼바오라티 일가

내가 큰 소리로 움직이지 말라고 아무리 엄포를 놓아도 예얼바오라티(葉爾保拉提)는 당최 말을 들어먹지 않았다. 있는 힘껏 아이의 머리를 누르고 있으면 잠깐 멈추는가 싶다가도 손에서 힘이 조금이라도 풀리면 이내 머리를 흔들어대며 뭐가 그리 재미있는지 깔깔거렸다. 사탕 하나를 입에 물려주면 그때만큼은 아주 얌전해지지만 그것도 잠깐, 눈 깜짝할 사이에 다 먹어치웠다……. 그러니까 이놈의 꼬맹이는 한시도 가만히 붙어 있지를 못하고 온 방 안을 제멋대로 뛰어다니며 문이란 문은 모조리 부술 기세로 "쾅쾅" 닫고 다니는 데다가, 미꾸라지처럼 요리조리 빠져나가는 통에 붙잡을 수가 없다. 내가 소리를 지르며 손에 잡히는 대로 아무 물건이나 마구 집어던져 아이가 잠시 멈칫하는 순간, 아이에게 달려들어 한 손으로 아이의 옷을 틀어쥐고 귀를 잡아당겼다.

결국 아이는 "앙" 하고 울음보를 터트리며 큰 소리로 울었다. "엄마! 엄마……."

나는 목을 길게 빼고 옆방을 살펴보고 아이 엄마가 없는 것을 확인한 순간 아이가 울건 말건 그냥 내버려두었다. 아이가 우느라 움직임을 멈춘 틈을 타서 장부의 빈 공백에 잽싸게 아이의 초상화를 스케치하는 데 성공했다.

다섯 살배기 예얼바오라티는 꽉 깨물어주고 싶을 만큼 예뻤다. 밀가루같이 새하얀 피부, 꽃송이같이 예쁜 두 눈, 살짝 말려 올라간 짙고 가는 속눈썹. 웃을 때면 머리카락 끝에서부터 발가락 끝까지 달콤한 작은 소용돌이가 넘쳐흘렀다.

예얼바오라티는 집주인의 아들이었다. 그 집에 두 달 넘게 세 들어 살았는데도 집주인 부부의 이름은 당최 기억이 안 나는 데 반해, 다섯 살 꼬마 녀석의 이름은 머릿속에 박혀 있다. 그건 순전히 애 엄마가 하루도 빠짐없이 온 산과 들을 쫓아다니며 "예얼바오라- 빨리 집으로 돌아와!" 하고 외치고 다닌 덕이었다.

아니면,

"예얼바오라! 밥그릇 또 네가 깨뜨렸지?!"

"예얼바오라, 닭 좀 그만 쫓아다녀!"

"후다(알라), 예얼바오라, 너 또 무슨 일을 저지른 거야?!"

……바라얼츠(巴拉爾茨)*에서도 서쪽으로 몇 킬로미터 떨어진 야트막

---

* 카우투 향에서 동북쪽으로 수십 킬로미터 떨어져 있다. 지도 참고

한 언덕 위에 자리잡고 있는 예얼바오라티 집은 방이 모두 세 칸으로 그중에서 두 칸을 우리가 세내어 살았다. 비록 마을과 멀리 떨어져 있긴 해도 길목에 위치하고 있는 데다, 언덕에서 그리 멀지 않은 곳에 양 떼를 몰고 이동하는 유목민들이라면 반드시 거쳐야 하는 길이 나 있었다. 언덕 다른 한쪽은 천 길 낭떠러지이고 그 맞은편 역시 깎아지른 듯한 절벽이었다. 절벽과 절벽 사이로 아주 깊은 협곡이 형성되어 있고 그 협곡 아래로 아름답고 넓은 강이 흘렀다.

봄과 가을이 되어 양 떼가 이동을 시작해 산으로 올라가거나 내려오는 기간에는 유목민들이 끊임없이 이 길을 지나갔고, 인근 숲 속에는 파오 몇 채가 세워지기도 했다. 그 시기를 제외하면 예얼바오라티네 세 식구는 많은 시간을 셋이서 외롭게 지냈다. 언덕 정상에 우뚝 솟아 있는 흙집과 10여 미터 떨어진 곳에 1미터 높이로 쌓아 올린 빵 굽는 화덕 외에는 아무것도 없었다. 한 무리의 닭들이 집 안팎을 오가면서 끊임없이 흙을 파헤쳐가며 먹을거리를 찾았다. 아무리 흙을 파봐야 먹을 게 나올 리 만무한데도 닭들은 하루 종일 땅을 쪼아가며 부지런히 먹을 것을 찾아다녔다. 남쪽 담벼락 밑에는 아직 패지 않은 장작더미가 어수선하게 쌓여 있었고, 그 옆으로 석탄 덩어리들이 한 더미 쌓여 있었다.

황량한 집 앞에 서서 사방을 둘러보면 아래쪽 언덕 중간에는 나뭇가지 끝만 살짝 보이는 숲이 언덕을 에워싸고 있다. 더 멀고 더 낮은 곳에는 이미 수확을 끝낸 검은빛의 감자밭이 있다. 좀 더 아래를 굽어보면 강의 양쪽 기슭에 빽빽하게 우거진 숲과 관목들에 가려 강줄기가 시야에서 사라진다.

이렇게 외진 곳에 사는 아이는 천성이 차분하고 풍부한 상상력의 소유자여야 마땅하다. 그런데 예얼바오라티는 예외였다! 어찌나 천방지축인지 하루 종일 온 방 안을 뛰어다니다가 느닷없이 문을 박차고 우리 가게로 뛰어 들어와 한시도 가만히 있질 못하고 입으로는 "삐뽀~ 삐뽀~"를 끊임없이 외쳐댔다. 도대체 왜 삐뽀 소리를 내는 거지? 엄마 말에 따르면, 아주 오래 전 아이가 기억을 하기 시작할 무렵 경찰차 한 대가 온 적이 있단다…….

키가 크고 뚱뚱한 예얼바오라티 엄마는 나와 동갑인데 머리가 내 두 배는 되었다. 내 또래인데 벌써 두 아이의 엄마라니…… 또 한 아이는 배 속에 들어 있었다.

예얼바오라티 엄마는 힘이 장사였다. 그녀는 우리 집 온돌 침대 위에 드러누워 내가 밀가루를 반죽하는 모습을 한심하다는 듯 쳐다보았다. 그녀가 그렇게 쳐다볼수록 반죽은 엉망이 되어갔다. 커다란 양푼에 밀반죽을 넣고 두 손으로 치대다가 주먹으로 있는 힘껏 내리치면 밀반죽 위에 3센티미터 두께의 주먹 자국만 딸랑 남았다. 나는 다시 열 손가락을 쫙 펼쳐 젖 먹던 힘을 다해 주물러보지만 역시나 열 개의 손가락 자국만 남았다. 이런 식으로 밀반죽을 고르게 치대려면 최소한 한 시간은 기본이었다. 예얼바오라티 엄마가 슬며시 나가더니 양손에 물을 뚝뚝 떨어뜨리며 다시 돌아왔다. 그녀는 가볍게 나를 밀치더니(살짝 밀쳤을 뿐인데도 나는 몇 발짝 비틀거려야 했다……) 밀가루를 한 줌 쥐고 손바닥에 비벼 수분을 제거한 다음 열 손가락을 밀반죽 속으로 푹 집어넣고 주물러가며 가볍게 반죽을 시작했다……. 나는 부끄러워 차마 얼굴을 들 수가 없었다. 그녀는 한번 반죽을 치댈 때마다 양푼 밑바닥까지 확실하게 치댔는데 그 동작이 얼마나 민첩하고 시원시원한지 마치 면화를 주무르는 것만 같았다. 날쌔게 왼쪽으로 한 번, 오른쪽으로 한 번, 왼쪽으로 한 번, 오른쪽으로 한 번…… 밀반죽은 쉴 새 없이 두 쪽으로 갈라졌다가 다시 접히고 다시 갈라졌다가 접히고를 반복했다……. 밀반죽이 그녀의 손 안에서 어찌나 고분고분하게 잘 길들여지던지 내 눈으로 직접 보고도 믿기지 않았다. 반죽을 고르게 치대는 데는 5분도 채 걸리지 않았다.

장작을 패는 것도 그렇다.

나는 도끼를 높이 치켜들고 심호흡을 한 뒤 기합 소리와 함께 힘껏 내리쳤다! 결과는…… 장작 위로 하얀 자국 한 줄만 남았다…….

내 탓만 할 수 없는 게, 워낙 질이 좋지 않은 땔감이라 장작 패기가 여간 어려운 게 아니었다. 광석을 실어 나르는 운전기사가 산속에서 주워 온 걸 지나는 길에 선심 쓰듯 우리 가게에 몇 개 던져주고 간 땔감이었다. 이런 땔감은 두께가 아무리 가늘어도 사발 주둥이만 했고, 여기저기 옹이가 박혀 있어 단단하고 울퉁불퉁한 게 못생기기까지 했다. 하고많은 좋은 땔감 놔두고 하필 이런 땔감을 던져주고 갈 게 뭐람?

문지방에 기대 느긋하게 호박씨를 까먹으며 장작을 패고 있는 내 모습을 지켜보던 예얼바오라티 엄마의 얼굴에 우쭐대는 표정이 역력했다. 그녀는 마지막 남은 호박씨를 까서 입안에 털어 넣은 다음 손을 탁탁 털고 치마도 탈탈 털더니, 온통 땀투성이가 되어 소처럼 거친 숨을 내뱉고 있는 내게로 와서 도끼를 건네받았다. 그녀는 도끼를 손에 가볍게 쥐고 발아래 놓여 있던 나무토막을 발로 톡톡 차더니 그다음…… 세상에 나 같은 바보 멍청이가 또 있을까. 하도 창피해서 접시 물에 코를 박고 싶은 심정이었다! 그녀가 도끼를 한번 내려치자마자 먼지가 뽀얗게 일며 장작 파편이 사방으로 튀어 올랐다. 예얼바오라티 엄마의 몸놀림은 제비처럼 날쌨고 신들린 듯 도끼를 내려쳤다. 순순히 쪼개질 것 같지 않던 장작은 "탁탁탁" 소리와 함께 장작개비로 변하면서 공중으로 쉴 새 없이 튀어 올랐고, 단 몇 번의 도끼질만으로 장작개비가 마당 한가득 널렸다.

언덕은 온통 흙투성이라 바람이 한번 불어오면 사람은 흙먼지 속에 파묻혔다. 집 안 바닥도 벽돌이 아닌 진흙을 발라 만든 탓에 아무리 쓸어도 흙이 줄지를 않았다. 예얼바오라티 엄마는 자신들이 묵는 작은 방 바닥에 수시로 물을 뿌려주었다. 하지만 우리는 그렇게 할 수가 없었다. 집이 강에서 너무 멀리 떨어져 있는 탓에 물을 길어 오기가 여간 어려운 게 아니었다. 하지만 예얼바오라티 엄마는 마차를 타고 강에 가서 물을 길어 왔기 때문에 한번 길어 오면 사나흘은 거뜬히 쓸 수 있었다. 그녀는 매번 빨래한 물을 잘 모아두었다가 충분히 모였다 싶으면 허리를 굽혀 "영차" 소리와 함께 그 큰 대야를 단숨에 들어 올리고는 총총걸음으로 우리 방으로 들어와 한바탕 시원하게 물을 "와락" 뿌려주었다. 방 안은 순간 어두워지고, 물은 눈 깜짝할 사이에 진흙 속으로 빨려 들어가며 바닥 위에 "뽀글뽀글" 작은 거품을 일으켰고, 금방 차가운 기운이 뿜어져 올라왔다.

하지만 얼마 못 가 바닥이 이내 바싹 말라버리며 다시 열기가 뿜어져 나왔고, 사람이 오갈 때마다 흙먼지가 폴폴 날렸다.

그러니까 내가 하고 싶은 말은, 그렇게 큰 대야를! 목욕용으로 쓰는 직사각형의 커다란 양철로 된 대야를, 그것도 물이 가득 담긴 대야를…… 소매를 걷어붙이고 팔에 힘 한번 주었을 뿐인데, 그녀는 너무도 가뿐하게 들어 올렸다!

예얼바오라티 엄마는 춤추는 것을 무척 좋아했다. 그런데 아쉽게도 올 여름에는 마을에서 무도회가 거의 열리지 않았다. 그녀는 '헤이쩌우마(黑走馬)*' 곡조를 흥얼거리며 투실투실하고 실팍한 양팔을 벌려 자기 혼자 덩실덩실 춤을 추었다. 나는 뚱뚱한 몸으로 춤을 그렇게 아름답게 출 수 있으리라고는 꿈에도 생각지 못했다. 그녀는 눈썹을 휘날리며 아름답고 커다란 눈을 거만한 듯 가늘게 치켜뜨고 손가락을 하나하나 높이 추켜올렸다. 그녀는 나로서는 결코 느낄 수 없는 선율과 리듬에 몸을 완전히 맡겼다. 그냥 보기에는 아주 단순한 몸놀림 같지만, 몸을 흔들고 떨고 올라갔다 내려갔다 하는 동작은 보는 이의 눈을 휘휘 돌아가게 할 정도로 현란해서 도저히 따라 할 엄두가 나지 않았다.

나는 며칠간 그녀에게 춤을 배워봤는데 허리며 등이며 할 것 없이 온통 쑤시고 아프기만 할 뿐 춤은 흉내도 내지 못했다. 하루아침에 배울 수 있는 게 아니었다.

그런 나와는 달리, 예얼바오라티는 꼬마 주제에 춤을 곧잘 추었다! 나처럼 똑똑한 어른도 제대로 못 따라 하는 걸 콩알만 한 아이가 제법 그럴듯하게 따라 하는 걸 보면 신기할 따름이었다!

혹시 '유전'이 아닐까? 예얼바오라티 엄마는 용모와 성정만 아이에게

---

* 카자흐 족의 가장 대표적인 민속춤

물려준 것이 아니라 춤출 때의 미묘한 감각까지도 동시에 물려준 것이리라. 아이는 이런 가정과 민족에서 태어났고, 전통문화는 하루 세끼를 통해서, 복장과 거주환경을 통해서, 일상적인 대화를 통해서 아주 서서히 흔적도 없이 아이에게 고스란히 스며든다. 따라서 이 아이는 비록 말로 표현은 못 해도 무엇이든 알고 있는 것이다.

이런 이유로 아름다운 자태를 뽐내는 도시의 아낙네들도 춤을 잘 추지만, 시골에서 감자를 캐는 얼굴이 검게 그을린 시골 아낙네들도 그들 못지않게 춤을 멋들어지게 잘 춘다.

내가 아무리 똑똑하다 한들 그들처럼 춤을 배울 수는 없다.

한족인 내 마음속은 이미 다른 것들로 가득 차 있으니까.

예얼바오라티 아빠는 아무런 특징도 없는 밋밋한 얼굴이라 아무리 기억을 짜내도 어떻게 생겼는지 도무지 기억이 나지 않는다. 온종일 그림자처럼 이리저리 분주하게 돌아다니기는 했지만 대체 무얼 하느라 그렇게 바쁜지 알 길이 없었다. 가족 모두 그 사람 하나만 쳐다보고, 그가 벌어 오는 돈으로 입에 풀칠하고 살아야 하는데 여기저기 돌아다닐 줄만 알았지 딱히 정해놓고 하는 일은 없어 보여서 보는 내가 속이 다 탈 지경이었다.

하루는 드디어 예얼바오라티 아빠가 일을 시작했다. 그는 어디선가 소형 사륜 트랙터에 돌을 한가득 싣고 와서는 문 앞 공터에 부려놓았다. 그러고는 돌을 이리 옮겼다 저리 옮겼다 해가며 오후 내내 부산을 떨었다. 그다음 날 문 밖에 나가 보니 집에서 열 발자국 떨어진 곳에 삼면으로 높이 쌓아 올린 사람 허리 높이 되는 돌담이 생겼다. 돌 틈 사이는 진흙으로 꼼꼼히 발랐고, 돌담 내부의 공간은 대략 3평방미터쯤 되었다.

정오가 되자, 그는 어디서 굵은 나뭇가지를 한 아름 베어 오더니 돌담 아래에 말뚝을 박아 넣고, 돌담 꼭대기에 나뭇가지 몇 개를 둘러 세운 다음 잔솔가지와 왕귀리풀로 그 위를 덮었다. 이렇게 해서 단 이틀 만에 작지만 튼튼한 화덕이 만들어졌다. 그는 작은 화덕 안에 양 한 마리는 너끈히 삶을 수 있는 커다란 가마솥을 들여놓았다. 화덕 밖에는 이미 패놓은 장작개비를 차곡차곡 쌓아놓았다. 늦은 오후가 되자 사람들이 하나둘 속속 모여들기 시작했다……. 알고 보니 잔치에 초대된 손님들이었다.

작은 언덕 위에 보기 드문 떠들썩한 잔치가 벌어졌다. 예얼바오라티는 그날따라 어찌나 고분고분한지 손님들 틈에 얌전하게 앉아 손님들의 갖은 장난에도 아랑곳하지 않았다. 유독 양을 잡을 때만 한껏 들떠 "쿵쿵쿵" 밖으로 뛰어나가 그 광경을 넋을 잃고 지켜보다가 다시 "쿵쿵쿵" 뛰어 들어와서는 놀란 토끼 눈을 하고 밖에서 본 광경을 내게 설명해주었다.

젊은 부부는 자기들 방으로 건너와 양고기를 함께 먹자고 우리를 초대했지만, 손바닥만 한 방은 벌써 손님들로 만원이었고 우리까지 낄 자리는 없었기에 우리는 극구 사양했다. 예얼바오라티 엄마가 몇 번을 더 권하더니 이내 돌아갔다. 다시 왔을 때는 뜨거운 김이 모락모락 나고 향긋한 냄새가 코를 찌르는 양고기(手抓肉)가 담긴 커다란 접시를 들고 있었다.

예얼바오라티도 우리와 같이 먹었다. 조금 전까지만 해도 손님들 틈에 끼어 갖은 얌전은 다 떨더니 제 버릇 개 못 준다고 언제 그랬냐 싶게 미친 듯이 날뛰기 시작했고, 기름으로 번들거리는 작고 통통한 양손을 내 옷에 쓱쓱 문질러댔다. 그러면서 방금 본 양을 잡는 광경을 두서없이 설명해가며 흥분을 감출 줄 몰랐다.

이는 눈처럼 새하얗고, 입술은 선홍색인 데다 눈동자는 얼마나 반짝거리는지! 아이의 눈동자가 한시도 가만히 있지 못하고 쉴 새 없이 움직이니 그나마 다행이었다. 이렇게 강렬한 눈동자가 움직임을 멈추고 한 점만 주시한다면 그 점은 머지않아 노랗고 검게 변하다가 급기야 한 줄기 파란 연기를 피워 올릴 터였다.

아이가 옆으로 얼굴을 돌리면 훤하고 옹골진 이마, 깊게 움푹 들어간 아름다운 눈매, 귀엽게 위로 살짝 치켜 올라간 동글고 매끈한 작은 콧날, 통통한 뺨과 호기심으로 과장되게 앞쪽으로 돌출되어 있는 턱이 눈에 들어온다. 너무나 완벽하고 정교한 옆얼굴이다. 유년의 생명-가장 아름다운 꿈으로 가득 찬 최초의 모든 생명-만이 지닐 수 있는 얼굴이다.

나는 손에 잡히는 대로 자투리 천에 손을 닦은 다음, 계산대 위에 놓여 있는 장부와 연필을 꺼내 쥐고서, 요 앙증맞은 꼬마가 양갈비를 뜯으며 말하는 데 정신을 팔고 있는 틈을 타, 격자 줄이 쳐진 장부 뒷장에 바라얼츠에서 내 생애 최초의 작품을 잽싸게 그려나갔다.

하지만 내 미술가로서의 생애는 3일 만에 접어야 했다. 이게 다 콩알만 한 꼬맹이가 협조를 하지 않은 탓이었다. 처음에는 말을 곧잘 들었다. 그도 그럴 것이 내가 무얼 하려는지 전혀 몰랐으니까. 어쩌면 내가 그림을 다 그리고 나면 상상 이상의 무언가가 툭 튀어나올 거라고 기대했는지도 모른다……. 하지만 나는 매번 그림을 다 그린 다음에 사정없이 쫙쫙 찢어버리고는 다시 한 장을 펼쳐들고 처음부터 다시 그렸다. 아이한테 그보다 더 큰 고역은 없을 터였다! 그날도 내가 종이를 바꾸고 다시 그린 그림마저 실패하자, 아이는 결국 손에 들고 있던 나무 걸상(작은 걸상을 안고 있는 아이 모습이 너무 귀여워서 내가 아이보고 안고 있으라고 시켰다)을 내팽개치며 짜증을 있는 대로 부리더니 큰 소리로 울며불며 내게로 달려들어 내 배를 머리로 들이받고 내 양쪽 소매를 잡아당기며 필사적으로 내가 그린 그림을 빼앗아 찢어버리려고 했다.

그 일이 있은 뒤로 아이는 나를 전혀 신뢰하지 않았다. 예술을 이해하지 못하는 아이를 탓할 수만은 없는 노릇이었다. 솔직히 내가 그린 그림도 예술이라고 하기엔…….

나는 목표를 바꿔 문 앞 풍경으로 눈을 돌렸고 맞은편 절벽에서 솟아오르는 달을 그렸다.

우리가 있는 곳은 지대가 높아 발아래로 거대한 산골짜기가 펼쳐져 있었다. 나는 산골짜기에서도 제일 깊숙이 들어간 곳을 까맣게 칠했다. 가까이 있는 발아래 땅은 어떻게든 밝게 그렸다. 물결 모양을 이루고 있는 산의 습곡을 그리기가 가장 까다로웠다. 그곳은 거침없고 힘 있게 그려야 하는데 연필이 지나간 자리는 늘 매끄럽고 힘이 전혀 느껴지지 않았다. 결국 그림에서 습곡을 아예 빼버렸다. 습곡이 있던 자리는 전부 까맣게 칠했다. 깊은 산골짜기보다 더 어둡게 처리했다. 하늘은, 하늘은 무엇보다 밝게 처리했다. 그리고 밝게 칠한 땅과 구분을 짓기 위해 반달마저 어둡게 칠했다. 구름도 어둡게 칠했다.

두말할 것 없이 풍경화도-실패작이었다…….

나는 수채화도 그려보고 싶었다. 크레파스만 있으면 까짓 문제없겠지 싶었다. 눈앞에 펼쳐진 풍경은 색이 다채롭지는 않아도 밝고 선명했다. 명암의 뚜렷한 대비가 뜻밖에도 멋진 조화를 이루어냈다. 거대한 풍경 앞에서 내가 한없이 작게만 느껴졌다. 내 연필은 또 얼마나 평범한지 나만큼이나 긴장하고 열등감에 사로잡혀, 그려내는 것마다 하나같이 벌벌 떨고 자신을 꽁꽁 감춘 채 어찌해야 할 바를 몰랐다.

풍경은 예얼바오라티와 달리 전혀 움직임이 없지만, 풍경이야말로 그 어떤 변화무쌍한 사물보다도 파악하기가 훨씬 어렵다는 사실을 연필을 놀리고서야 비로소 깨달았다. 보기에는 지극히 단조로워 보였다. 첩첩이 이어진 먼 산들, 갑자기 뚝 끊어진 맞은편 낭떠러지, 깊은 산골짜기, 무성하게 우거진 숲, 새파란 하늘. 하지만…… 말로는 이렇게 쉽게 풍경을 묘사해낼 수 있는데, 왜 선과 색으로는 그려낼 수…… 없는 걸까? 내가 그동안 아무 생각 없이 쉽게 내뱉었던 말들도 사실은 실패작이었던 건 아닐까?

나는 문 앞에 나무 걸상을 꺼내놓고 앉아 눈앞에 펼쳐진 밝은 세상과 멍하니 마주한다. 햇살은 밝고 예리하다. 이런 햇살 아래 장시간 노출되면 밝은 햇살에 적응이 되는가 싶다가도 갈수록 적응을 하지 못한다. 세상은 빛을 잃고 원근과 상하의 구분마저 사라지는 듯하다. 가만히 눈을 비벼보면 금방이라도 환각 속으로 빠져들 것만 같다. 맞은편 낭떠러지 위로 달이 걸리면, 깨끗하고 차분한 달은 마치 모든 것을 알고 있다는 듯 담담하게 나를 마주 대한다.

나는 어떤 것도 화폭에 담지 못했고, 어떤 것도 말로 표현해내지 못했다. 문득 예얼바오라티 엄마의 '헤이쩌우마'가 생각났다……. 나를 무력하게 만드는 게 하나둘이 아니다. 나는 이 세상에 방금 태어난 것 같기도 하고, 마지막 순간까지 아무것도 깨닫지 못하는 사람 같기도 하다…….

예얼바오라티 가족은 북쪽 큰 방에 살았다. 문을 열고 들어서면 3미터 길이의 커다란 침대가 가장 먼저 눈에 들어왔다. 침대 왼쪽으로는 무언가 가득 담긴 포대 자루가 쌓여 있고, 온돌 아래 오른쪽 바닥에는 덮개가 덮인 두꺼운 널빤지가 깔려 있었다. 널빤지 아래는 저장용 토굴로, 올해 수확한 감자가 저장되어 있을 게 뻔했다. 여기에 생각이 미치자 습기 찬 진한 흙냄새를 맡은 것 같기도 했다. 부뚜막은 문 오른쪽으로 나 있고, 왼쪽으로는 각종 농기구가 쌓여 있었다. 농민으로 완전히 정착한 다른 많은 카자흐 가정과 마찬가지로, 이런 방은 아무리 정리정돈을 잘한다고 해 봤자 어수선한 게 늘 거기서 거기였다.

생활이 일단 안정이 되고 나면 번잡하고 자질구레한 일들이 생겨나기 마련이다. 반대로 생활이 안정되어 있지 않을 때 살림살이는 오히려 단출해지는 법이다. 그런 이유로 유목민들이 기거하는 파오는 늘 깔끔하고 체계가 잡혀 있다. 모든 가재도구는 하나같이 늘 정해진 자리에 놓여 있다.

아무튼, 이렇게 방 하나 딸린 집은 겨울을 나기에 적합하지 않기 때문에 우리가 이곳에 오래 머물 수 없게 된 것은 그나마 다행이었다. 날이 추워지면, 세 식구는 우리가 세 들어 사는 두 칸짜리 집으로 옮겨 올 터였다. 그러면 우리도 마을로 이사를 가거나 앞산 일대에 형성되어 있는 정착촌으로 옮겨야 했다.

우리 엄마와 예얼바오라티 엄마는 침대 아래 둥근 테이블 앞에 마주 앉아 열심히 수다를 떨었다. 나는 침대 모서리에 걸터앉아 방 구석구석을 둘러보았다. 고개를 들어 위를 바라보니 천장은 마감을 하지 않아 서까래와 들보가 앙상하게 드러나 있었다.

엄마가 손목에 털실을 감고 있으면 예얼바오라티 엄마가 실을 잡아 당겨 둥글게 감으며 털실뭉치를 만들었다. 두 사람은 예얼바오라티 아빠가 작년에 철광산에서 인부로 일했던 일을 화제로 올렸다가 그 얘기를 마치자 마을에 사는 마나푸(馬那甫) 집안으로 화제를 돌렸다. 마나푸네도 가게를 운영하고 있는데, 우리는 그곳으로 이사를 가서 마나푸네와 이웃해서 장사를 함께 할 생각이었다. 그러니 그 집은 두 사람의 화제에서 피해 갈 수 없는 게 당연했다. 두 사람은 또 다른 마을 사람인 둬쓰보리(多斯波力) 며느리에 대해서도 이러쿵저러쿵 입방아를 찧어댔다. 그 집 며느리 얘기가 나오자 예얼바오라티 엄마가 갑자기 흥분하면서 털실뭉치를 내려놓고 손짓 발짓을 해가며 둬쓰보리 며느리가 밀가루를 반죽하는 모양을 흉내 냈다. "이렇게…… 이렇게…… 그리고 또 이렇게…… 아이고 후다여!" 그녀는 숨이 넘어갈 듯 웃어댔고 웃는 그녀의 이가 반짝반짝 빛났다. "그 집 며느리가 만든 국수는, 그게 뭐냐, 그게 뭐냐……." 그녀는 한참 사방을 둘러보더니 마침내 젓가락 하나를 찾아 높이 치켜들면서 "바로 이만큼 굵다니까요!" 했다.

엄마나 나는 그게 뭐 그리 우스울까(우리 집에서 만든 국수 가닥도 젓가락만큼 굵으니까……) 싶으면서도 배꼽이 빠져라 웃어대는 그녀의 모습을 보면서 우리도 모르게 따라 웃었다. 덩달아 따라 웃으면서 한편으로는 이런 생각이 들었다. 예얼바오라티 엄마가 정말 나랑 동갑 맞아? 나는 뭐든지 왜 그녀처럼 하지 못할까? 예를 들면, 젓가락만큼 굵은 국수 가닥 하나 가지고 이렇게까지 즐겁게 웃을 수 있다니…….

나는 예얼바오라티 엄마가 웃는 모습을 늘 화폭에 담고 싶었고, 그림자 같은 예얼바오라티 아빠에게도 그림 한 점 그려주고 싶었다. 뜻밖에도 가장 성공적인 작품은 절대 그릴 수 없을 거라 여겼던 예얼바오라티에게서 나왔다. 그 그림을 어떻게 그렸는지 나 자신조차 믿기지 않을 정도인데 정말 최고였다. 어쩜 그렇게 생동감 있게 사실적으로 묘사를 했는지. 적어도 예얼바오라티 엄마는 이렇게 말했다! 그녀는 그림을 들고 감탄해 마지않으며 침이 마르게 칭찬을 해주었다. "정말 근사해!" 하지만 이건 절대 모를 거다. 그 그림 때문에 당신 아들이 나한테 꿀밤 한 대를 먹었다는 사실을 말이다.

그래도 아이는 아이인지라 나한테 쥐어박힌 일은 까마득히 잊어버렸다. 늘 그렇듯이 한껏 들떠 내 주위를 빙빙 돌며 사탕을 달라고 떼를 썼다. 그러고 나서는 있는 힘껏 문을 박차고 밖으로 뛰어나가 닭 꽁무니를 쫓아다니며 닭들의 혼을 쏘옥 빼놓았다. 이쯤 되면 세상은 온통 닭털투성이가 된다. 나중에 아이 엄마가 고래고래 소리를 질러가며 아이를 방으로 불러들인 다음 그림을 보여주었다. 아이는 코를 훌쩍 들이마시고는 한참을 넋 놓고 쳐다보았다. 마치 내 실력을 인정해주는 것처럼. 가족들이 하나같이 내가 그린 그림을 그토록 마음에 들어하자 한껏 우쭐해진 나는 그 그림을 선물로 주었다. 예얼바오라티 엄마는 당장 내가 보는 앞에서 그 그림을 침대 머리맡에 단정하게 붙여놓았다.

이튿날, 꼬마 예얼바오라티는 내가 보는 앞에서 버젓이 그림을 떼어내더니 힘 하나 들이지 않고 보란 듯이 조각조각 찢어가며 "킥킥킥킥" 웃어댔다. 아무리 뭘 모르는 철부지라지만, 이건 너무…… 심하잖아…….

# 강가에서 빨래하던 때

빨래는 정말 신나는 일이다. 무엇보다 밖에 나가 놀 수 있는 절호의 기회다. 그렇지 않으면 가게에 틀어박혀 무겁고 뜨거운 다리미로 수북이 쌓여 있는 바지를 한도 끝도 없이 다려야 하고, 다림질이 끝나면 그보다 더 오랜 시간을 단추를 달고 바짓단을 공그르는 데 써야 한다.

또 하나, 빨래를 하러 가면 강가에 있는 돌 위에 편안히 널브러진 채 쿨쿨 코까지 골아가며 늘어지게 낮잠을 잘 수도 있다. 그런데 한번은 내가 막 잠에 들려는 순간, 총천연색의 알록달록한 송충이 한 마리가 내 얼굴 위로 기어 올라온 적이 있는데 그 일이 있은 뒤로 다시는 잠을 잘 엄두를 내지 못했다.

빨래를 하러 가면, 강가 근처에 있는 파오로 달려가 집집마다 돌아다니며 요구르트를 얻어 마시기도 한다. 흰 버드나무 숲 한복판의 공터에 파오를 치고 사는 노부인은 중국어도 유창한 데다 허풍도 잘 떨어서 나는 그 노부인 집에 놀러 가는 걸 좋아했다. 무엇보다 그녀가 만들어준 요구르트는 제법 걸쭉한 데다 설탕까지 아낌없이 넣어주었기 때문에 맛이 제일 좋았다. 다른 집은 요구르트에 설탕을 넣어주지도 않거니와 신맛이 너무 강해서 먹는 사람마다 안으로는 위장이 꼬이고 밖으로는 얼굴이 일그러졌다.

더러워진 옷을 그물처럼 엮은 다음 강에 던져 고기를 잡을 수도 있다. 말이 그렇다는 것이지 옷으로 고기를 잡다니…… 고기는커녕 비늘 반 개도 건질 턱이 없지.

이외에도 멱도 감을 수 있다. 이 일대는 사람들이 잘 지나다니지 않았다. 유목민들은 빨래를 할 때면 보통 하류에 있는 다리 옆 수문으로 갔고, 마실 물을 길 때는 소를 끌고 강 상류에서도 한참 떨어진 옹달샘으로 갔다. 간혹 양 한두 마리가 풀을 뜯어 먹는 데 정신이 팔려 이곳까지 왔다가 길을 잃고 다급히 매에매에 울어대는 모습이 눈에 띌 뿐이었다.

여름은 정말 좋다. 태양은 반짝반짝 빛나고 따갑다. 이런 태양 아래에서는 그늘도 뚜렷하고 강렬해지며, 그늘과 양지가 만나는 가장자리는 명암이 극명하게 대조를 이루면서 신기할 정도로 반짝인다.

사방은 수풀이 무성하게 우거져 있고, 넓고 얕은 강물은 수풀 사이를 흘러가는데 마치 고요함과 음악이 충만한 비밀 속으로 흘러들어 가는 듯하다……. 강 한복판에 있는 커다란 돌은 판판하고 희고 깨끗하다.

나는 맨발로 돌 위에 서서 긴 치마를 입은 채 먼저 머리카락을 적시고 그다음에 팔을 적시고 다시 발을 적신다. 몸을 날려버릴 듯한 바람이 한차례 불어오면 온몸이 얼어붙으며 공기 중으로 사라질 것만 같다. 햇살은 내리쬐고, 사방의 모든 것들은 너울대는데, 고개를 들면 순식간에 모든 것이 정지한다. 내 그림자는 마치 모든 것을 다 알고 있기라도 한 듯, 반짝이며 흐르는 물속에서 고요히 침묵을 지키고 있다. 나만 홀로 동떨어진 세상에 존재하고, 이제 막 꿈에서 깨어난 상태에서 멈추어버린 듯 매 순간순간이 경이롭다. 나의 무지(無知)가 이곳에서 나를 평범하게도 하고 흥분시키기도 한다.

여름의 그날들, 하늘에는 구름 한 점 없고, 어쩌다 한 가닥 구름이 바람에 실려 오더라도 순식간에 타버리며 투명한 열기로 바뀌어 어디론가 사라져버린다. 주위는 무언가의 소리로 가득 차 있지만, 조용히 귀 기울여보면 어느새 텅 비어 적막만이 감돈다. 쏴쏴 흐르는 강물 소리도 자세히 들어보면 역시 텅 비어 있다. 그리고 내 손톱-숲 속 그늘에 있으면 손톱은 반짝반짝 빛나지만 햇살 아래로 나오면 오히려 투명하고 창백해지며 손가락 끝이 차가워진다. 손을 내밀어 햇살을 쏘이면 피부는 금방이라도 타들어갈 것처럼 뜨거워지지만 피부 밑으로 여전히 차가운 피가 흐르고 있음을 뚜렷하게 느낀다. 나는 세상과 무관하다.

강가에 홀로 한참을 서 있다 보면, 사람들이 왜 '눈부시게 하얀 태양'이라고 말하는지 깨닫게 된다. 태양은 정말 하얗다! 정말이다. 세상은 하얀 속성을 드러낼 때 비로소 극도로 뜨거운 기분에 다다르고, 극도로 강렬한 고요함에 이를 수 있다. 이런 강렬함은 우리의 눈과 귀로는 견뎌낼 수 없다. 우리가 평소에 보는 햇살은 피부를 검게 태울 뿐이지만, 이곳의 태양은 마치 피부를 하얗게 태우기라도 하는 듯, 내리쬐면 쬘수록 피부는 더욱 투명해지고, 너무 투명해지다 못해 한순간 공기 중으로 사라져버릴 것만 같다……. 이글이글 타오르는 뜨거운 햇살은 우리가 평소 현실 속에서 경험했던 감각을 뛰어넘는 그런 뜨거움이다. 강물은 시릴 정도로 차갑고, 공기 역시 서늘하다. 그늘이 있는 곳에서는 늘 한기가 파고든다……. 서늘한 세상 위에서 햇살은 강렬하게 타오른다……. 마치 환각 속에서 타오르는 것인 양. 햇살은 나 자신을 인식하지도, 감당하지도 못하게 한다.

그래서 홀로 강가에 있는 시간이 길어질수록 이상한 두려움에 사로잡힌다. 어서 빨리 집으로 돌아가 그새 몇 년이 흘렀는지, 가족들은 여전히 자리를 지키고 있는지 확인하고 싶어진다.

보통 강가로 나오면 무척 유쾌하다. 강가에 무성한 풀덤불은 시시각각 상기시켜준다. '이곳은 밖이다'라고. 밖은 너무 좋다. 밖에서 먹는 사탕은 평소 먹는 맛보다 훨씬 달고 향기롭다. 벗겨낸 사탕 껍질조차 유난히 아름답게 보인다-정말이다. 전에는 사탕 껍질을 눈여겨본 적이 없다. 이제야 유심히 살펴보니 사탕 껍질을 설계한 사람이 얼마나 정교하고 아름다운 생각을 가지고 있는지 알 듯하다. 산뜻하고 예쁜 사탕 껍질을 주름 하나 없이 손으로 반듯하게 펴서 세상과 나란히 놓아둔다. 그러면 서로 다른 두 개의 세상을 만나게 된다.

나는 길 위에 사탕 껍질을 평평하게 펴서 올려놓고, 하루에도 몇 번씩 그곳을 지날 때마다 여전히 산뜻하고 예쁘게 그 자리에 놓여 있는 사탕 껍질을 본다. 마치 기다리지도, 거부하지도 않는 것처럼. 시간이 지날수록 사탕 껍질은 퇴색하기 시작한다. 그러면 내가 바라본 두 개의 세상은 서서히 서로 물들며 하나가 되어간다.

강물은 아주 얕지만 그 안에 사는 물고기는 오히려 큼직하다. 클 뿐만 아니라 약아빠져서 콸콸 흐르는 급류나 돌 틈 사이를 여유를 부려가며 영리하게 헤엄쳐 다니는 모습이 마치 유령 같다. 꽃 한 송이에 가까이 다가가는 것처럼 물고기에 바싹 다가가 자세히 들여다본다는 건 영원히 불가능하다. 비록 물속에 살아도 비할 수 없이 밝은 눈을 가지고 있기 때문이다.

물고기와 비교해보면 종달새는 정령이다. 종달새는 높이 날지는 못해도 물 위나 수풀 속에서 갑자기 솟구쳐 올랐다가 아래로 하강한다. 가끔은 실수로 당신 몸에 머리를 부딪치기도 한다. 당신의 존재를 파악하고 나면 좀 멀리 달아났다가 여전히 저 홀로 즐긴다. 이렇듯 종달새는 당신을 안중에 두지도 않고 당신을 피하지도 않는다. 모든 것에 깜짝 놀라는 것 같기도 하고 어떤 것에도 전혀 놀라지 않는 것 같기도 하다. 수려한 긴 꼬리를 가지고 있는 종달새는 그 긴 꼬리 덕분에 동그랗고 통통한 짧은 꼬리를 가지고 있는 참새와 확연히 구분된다. 종달새는 한 걸음 한 걸음 우아하게 거니는 데 비해 참새는 폴짝폴짝 방정맞게 뛰어다닌다. 종달새가 무리를 지어 함께 날아올라 공중에서 원을 그리는 모습은 마치 잠자리가 수면을 살짝 건드리고 날아오르는 것처럼 우아하고 자유롭다. 참새는 떼를 지어 "후다닥" 소리를 내며 단숨에 솟구쳐 오르는가 싶다가 바로 모습을 감추어버린다.

이곳 숲에는 뱀이 많다고 들었는데, 다행히 한 번도 뱀과 부딪친 적은 없다.

숲 속에는 살아 있는 작은 생명들로 가득 차 있다. 하지만 유심히 살펴보려 하면 하나도 찾을 수 없다. 숲은 너무 무성해서 깜깜한 밤보다 많은 것을 감출 수 있다. 나 역시 강가에서 아주 많은 비밀을 발견했지만 이상하게 얼마 안 가 다 잊어버리고 만다! 유일하게 기억하는 것이라고는 그것이 비밀이었다는 사실 뿐…… 진정한 비밀은 사람의 기억조차 속일 수 있다.

각양각색의 아름다운 식물도 많은데 꽃을 피웠을 때 사람을 경이롭게 만드는 작은 들꽃이 대부분이다. 작은 꽃잎의 독특한 형태나 섬세한 문양은 어린아이들의 마음속에서나 상상해낼 수 있고, 아이들의 고사리 같은 손으로만 그려낼 수 있는 것들이다. 이런 꽃을 피워낸 걸 보면, 작은 들꽃은 오랜 시간 많은 우여곡절을 겪으면서도 아름다운 소망을 잃지 않았음에 틀림없다.

다시 꼼꼼히 들여다보면 작은 들꽃은 주위 환경과 조화를 이루고 있는 것처럼 보이지만, 실은 꽃 한 송이 한 송이마다 자신의 독특함을 서로 뽐내고 있다. 각자 득의에 차서 자신만의 생각을 은근히 고집하고 있는 것 같다. 들꽃은 너무 천진하기에 너무 미약하고, 너무 고집스럽기에 너무 눈부시다. 자연계의 은밀한 곳에 정서를 반영해주는 감탄부호와 의문부호, 그리고 생략부호가 곳곳에 찍혀 있는 것만 같다…….
내가 본 꽃 중에서 단순하고 평범한 꽃은 하나도 없었다. 이 얼마나 경이로운가! 도대체 어떤 에너지와 어떤 마음이 이 세상으로 하여금 산과, 바다와 숲을 만들어내고, 섬세한 작은 들꽃을 피워냈을까?

꽃은 꽃잎마다 비밀을 간직하고 있다. 끈기 있게 형태와 색채를 이용해 교묘하게 암술과 수술을 구분해낸다. 꽃 한 송이에 아주 가까이, 좀 더 가까이 다가가 살펴보면 '투명한 속성'을 지니고 있음을 발견하게 된다. 분홍색의 투명함, 연두색의 투명함, 노란색의 투명함……. 투명하지 않은 곳은 무언가를 일깨워주듯 미세하게 빛을 발한다. 이 빛이 투명한 곳을 비추면 서로 굴절시켜 또 다른 미세한 작은 영상을 띤 빛을 만들어낸다……. 한 송이 꽃이 발하는 빛이라고는 손가락 길이만큼도 안 되지만, 꽃이 보여주는 여러 가지 아름다움 중에서 사람을 매혹시키는 가장 신비로운 부분이다.

더 기묘한 것은 꽃이 향기를 품고 있다는 것이다. 향기 없는 꽃일지라도 맑고 빛나는, 짙고 연한 녹색의 숨결을 뿜어낸다. 연녹색은 사람의 몸과 마음을 경쾌하게 해주고, 진녹색은 깊은 잠 속으로 빠져들게 한다……. 아! 꽃에 향기가 있는 건 왜일까? 향기를 뿜어낼 수 있는 꽃은 자신 있게 사랑을 말할 수 있는 사람과 너무나 닮아 있다! 꽃이 정말 부럽다. 하지만 꽃에 대한 내 이해라는 것도 기껏해야 내 멋대로 추측해낸 것에 불과하다. 꽃의 세계가 내게 보여준 것은 확연히 드러나거나 깊이 감춰진 아름다움에 불과하다. 하지만 아름다움이라는 말 자체가 꽃의 세계로 통하는 모든 통로를 막아버린다……! 우리는 꽃에 대해 얼마나 무지한가! 오래전 인류가 탄생하기 전부터 세상에 꽃은 있었고, 인류가 멸망한 뒤에도 꽃은 변함없이 온 천지에 만발해 있을 거라는 생각에 미치면…… 고독의 힘이 얼마나 깊고 거대한지를 새삼 느끼게 된다. 우리는 세상과 무관하다…….

꽃을 피우지 않는 식물은 자신의 아름다움을 안으로 깊이 감춘 채 평범한 모습으로 대지에 뿌리를 박고 자란다. 사실 세상의 그 어떤 나무도 평범하지 않다. 나무는 사방으로 가지를 쭉쭉 뻗지만, 나는 가지를 뻗지 못한다. 나무는 열매를 맺지만 나는 열매를 맺지 못한다. 나무는 땅속 깊이 뿌리를 내리고 푸른 잎사귀를 피우며 흠 하나 없이 완전한 모습으로 한없이 하늘을 향해 뻗어 오른다. 이 모든 것들은 나는 해낼 수 없다……. 식물의 자유는 땅에 두 발을 딛고 살아가는 인간들을 자괴감에 빠뜨린다. 녹색은 대지에서 가장 드넓고, 무엇보다 사람을 감동시키는 자유다! 녹색을 접할 때면 늘 이런 생각을 하게 될지도 모른다. 모든 것은 영속한다. 그렇기에 기꺼이 죽어간다. 이 모든 것이 얼마나 거대한지, 죽고 난 뒤에도 떠나지 못한다……. 강가에서 자라는, 하늘을 향해 곧게 뻗은 나무가 우리가 마지막으로 도달하는 곳이 아닐까?

돌은 우리와 마찬가지로 완고하다. 아무리 아름다운 꽃문양을 하고 있거나 의미 있는 도안처럼 보일지라도 말이다. 하지만 돌의 차가움과 견고함은 결코 변하지 않는다. 변한다 하더라도 자갈로 변하고, 모래알로 변했다가 종국에 가서는 사라질 뿐이다. 이 모든 것은 돌이 아무 생각 없이, 그저 물 한복판이나 깊은 땅속에 누워, 거대한 운명 앞에서 어떤 것에도 놀라지 않고 모든 것을 담담히 받아들이기 때문이리라. 그에 비해 나는, 나는 모든 것에 놀라고, 그 어떤 것도 받아들이지 못 한다. 하지만 결과는 나나 돌이나 똑같다. 보아하니, 많은 일들이 내가 알고 있는 것과는 사뭇 다르다. 내가 알고 있는 것은 오로지 내가 인간 세상에서 평안하게 생활하도록 해줄 수 있는 것들뿐이다.

강가에 지나다니는 사람이 없다고 말했지만, 가끔 사람과 부딪칠 때도 있다. 나는 그가 누구인지 모르고, 그가 누군지 모르는 게 당연하다. 그런데 그가 강 건너편에 서서 나를 향해 큰 소리로 무언가 외친다. 흐르는 강물 소리가 쏴아아 끊임없이 울려 퍼지고, 나는 일어서서 진지하게 귀를 기울이다, 아예 치마를 걷어붙이고 강을 건너려 강물 속으로 뛰어든다. 그러면 그는 재빨리 하던 말을 끝내고 몸을 돌려 떠나가버린다. 나는 방금 내가 무엇을 놓친 건지 알지 못한 채 강 한복판에 멍하니 서 있다.

또 어떤 사람은 강 건너편에서 말에게 물을 먹인 뒤 다시 말에 올라타고 강을 건너온다. 그는 강기슭으로 올라와 숲 속으로 들어가더니 순식간에 눈앞에서 사라진다. 나는 젖은 말발굽 자국을 따라가볼까 생각도 해보지만, 혹시 '소멸의 장소'로 통하는 길은 아닐까 하는 생각에 두려움이 앞선다. 다시 고개를 돌려 강물을 바라보니, 강물도 '소멸의 장소'를 향해 흘러가고 있는 것만 같다.

무엇보다 나야말로 '소멸의 장소'다. 온 세상이 나에게서 사라진다. 내가 무엇을 보았든 그것들은 영영 다시 모습을 보이지 않는다. 말하자면, 나는 더 이상 말을 할 수 없다. 내가 할 수 있는 말은 결코 내가 하고자 했던 말이 아니다. 내가 누군가에게 무슨 말을 할 때, 그 사람이 내 입을 통해 얻는 것은 그 사람 자신의 생각이 덧입혀진, 내가 한 말과는 아주 거리가 먼 이야기가 되고 만다. 따라서 사람과 사람 사이에 흘러

넘치는 대화 속에서 '진실'은 점점 멀어져만 간다……. 내가 뱉은 말 한마디 한마디가 종국에 가서는 내 진심을 막아버린다.

너무 힘들다. 더 이상 말하지 않으련다.

강가에서 빨래하는 시간에는 몸도 자유로워지고 생각도 자유로워진다. 자유가 만개하면 끝이 없어 수습할 길이 없다. 종종 마지막에 생각이 미치면, 기쁨과 슬픔도 분간할 수 없다. 자유, 자유뿐이다. 언젠가 내가 죽으면, 그때가 되면, 나는 일순간에 모든 것을 잃게 되겠지만, 그 순간이 왔을 때, 모든 것이 일순간에 무너져버리고 연기처럼 사라지고 남는 게 있다면 그것이 자유이기를 간절히 바란다……. 그 순간이 왔을 때, 나는 자유에 의지해 강가에 있던 그때 그 시간 속으로 돌아가게 되지 않을까?

아무튼 빨래하러 강가로 나가게 되면, 놀고 싶은 만큼 실컷 놀고, 생각하고 싶은 대로 생각하면 된다. 빨래는 부차적인 것이 되고 만다. 빨래를 좋아하든 말든, 우선 물속에 던져 넣고 물에 떠내려가지 않게 큰 돌로 눌러놓는다. 실컷 놀다 돌아와 물속에 있는 옷을 건져 올리면 벌써 깨끗해져 있겠지.

# 강가 버드나무 숲

유목민들의 이동 행렬이 산에서 내려오기 시작한다. 첫눈으로 뒤덮인 여름 목장을 떠나 알타이 앞산 일대의 따뜻하고 밝은 가을 목장을 향해 속속 발걸음을 재촉한다. 쪽빛 어얼치쓰(額爾齊斯)* 강 위로 높이 걸려 있는 다리는 한 달 내내 쉼 없이 흔들린다. 다리 건너편으로 고비 사막이 아득히 펼쳐져 있다.

양 떼가 제일 먼저 도착한다. 양 떼가 바라얼츠를 지나가고 나면, 강가 버드나무 숲은 땅에서 높이 1미터 이내에 있는 잎사귀와 여린 가지들은 씨가 마르고, 나무껍질도 깨끗하게 뜯기고, 풀 한 포기 남지 않아 황량하기 그지없다.

---

* 지도 참고

그 뒤를 이어 말 떼와 소 떼가 잇따라 버드나무 숲으로 들어온다. 이렇게 해서 나무 잎사귀들은 단 며칠 만에 깨끗이 동이 난다.

숲 속에서 유일하게 남아 있는, 버드나무 가지의 맨 끝에 높이 달려 있는 푸른 잎사귀들은 낙타 떼의 몫이다.

강가 버드나무 숲의 푸름은 아래서 위로 뭉텅뭉텅 사라져간다. 만약 낙타 떼가 선두에 선다면, 위에서 아래에 이르기까지 잎이란 잎은 모조리 뜯어 먹어 소와 말과 양까지 차례가 돌아가지 않을 게 뻔하다.

본래 이 숲은 울창했다! 버드나무가 제멋대로 가지를 뻗어 서로 얽히고설켜 있는 탓에 그 안에 서 있으면 2미터 밖도 보이지 않았다.

이곳 버드나무는 평소 우리가 알고 있는 키 큰 그런 종이 아니다. 오히려 관목림에 더 가까운데 가장 큰 나무라고 해야 2~3미터가 고작이다. 한 그루 한 그루마다 가늘고 길쭉한 게 잔가지는 거의 없고, 나뭇가지가 촘촘하게 떨기째 땅에서 솟아 나와 서로 뒤엉킨다. 이런 종류의 버드나무는 '불 버드나무(火柳)'라고 하는데, '흰 버드나무'라고 부르는 사람도 있다. 나는 불 버드나무가 훨씬 잘 어울리는 이름이라고 생각한다. 버드나무 숲은 안으로는 고요하지만 뜨거운 열정으로 불타오르고 있기 때문이다.

숲 사이로 난 여러 갈래의 오솔길은 구불구불 어지럽게 서로 얽혀 있다. 오솔길에 들어서면 나뭇가지와 잎사귀들로 빼곡하지만, 1미터 높이까지는 아무것도 남지 않고 텅 비어 있어 시야가 탁 트인다. 양 떼가 지나간 게 분명하다.

강줄기가 하나로 모이는 곳에 이르면 이내 가던 길을 멈춘다. 나는 숲 속으로 들어가는 경우가 극히 드물었다. 숲 속에 뱀이 있다는 얘기를 들었기 때문인데 다행히 뱀을 만난 적은 없다. 하지만 작은 곤충들은 숱하게 보았다. 나뭇가지나 잎사귀에 붙어 꿈틀거리는 형형색색의 곤충들을 볼 때마다 나는 기겁을 했다. 하지만 양 떼가 한번 쓸고 지나가면 범접하기조차 어려웠던 숲은 단 며칠 만에 만만해졌고, 호기심에 가득 찬 나는 숲 속을 이리저리 휘젓고 다녔다.

빽빽한 숲 사이로 강물이 흐르는데도 전혀 어둡거나 습하지 않다. 오히려 상쾌하고 환하다. 마구 쏟아져 내리는 햇살에 숲은 반짝반짝 빛난다. 진흙이 아닌 모래흙인 땅에 깨끗하고 가느다란 왕귀리풀이 군락을 형성하고 있다.

나는 허리를 굽혀 숲 사이로 난 오솔길을 빠르게 걷다가 어느 틈엔가 뛰기 시작한다. 나뭇가지와 잎사귀가 끊임없이 정수리와 얼굴을 쉭쉭 스치고 지나가며 사정없이 나를 때린다. 강물이 굽이쳐 흐르는 소리가 왼쪽에서 들리는가 싶더니 어느 순간 오른쪽에서 들려온다.

그렇게 몇 굽이를 돌다가 버드나무 가지를 제치고 강물에 발을 담근다…….

강물은 어두운 밤을 흘러가듯 밝은 숲속을 흘러간다. 강물 위로 나무들이 빽빽이 덮여 있고, 나무 그림자가 드리워진 강물은 그림자가 흔들릴 때마다 반짝반짝 빛난다. 버드나무 숲 사이를 흐르는 강물은, 햇살을 받으며 굽이쳐 흐를 때보다 더 맑고 깨끗하다. 강물 한복판에 수면을 뚫고 불쑥 솟아오른 돌은 이끼 하나 끼지 않고, 먼지 하나 묻어 있지 않다.

나는 버드나무 숲 초입에서 불과 몇 미터 떨어지지 않은 곳에 서서, 숲을 빠져나오는 강물을 물끄러미 바라본다. 강물은 광활한 대지를 향해 세차게 흘러가고, 소용돌이를 일으키며 말없이 내 옆을 스쳐 휘돌아 나간다.

숲에서 흘러나오는 강물을 바라보고 있노라면, 강물이 기나긴 옛날이야기 속에서 빠져나오는 듯한 착각에 빠진다.

버드나무 숲을 빠져나오면 작은 공터가 펼쳐진다. 그곳에는 황금빛 잎사귀가 달린 키 큰 백양나무 세 그루가 자라고 있고, 파오 두 채가 서 있다. 거기서 조금 더 가면 드넓은 갈대숲과 군락을 이루고 있는 관목림이 나타나고, 조금 더 가면 콤바인으로 수확을 마친 그루밭*이 펼쳐진다. 밀을 완전히 수확한 뒤라야 유목민들이 양 떼를 몰고 지나갈 수 있다. 그렇지 않으면 소와 말과 양들이 밀밭을 싹 쓸고 가버려 순식간에 쑥대밭이 되어버린다.

나는 숲에만 들어갔다 하면 꼭 여기저기 부딪혔다. 게다가 총천연색의 현란한 색을 띤 모충들을 만나기라도 하면 깜짝 놀라 까무러칠 지경이었다. 물소리를 따라가다 보면 강물을 만나고, 강물을 따라 하류로 내려가다 보면 작은 공터에 다다른다.

공터 위에 세워진 파오는 백양나무에 바싹 붙어 있고, 파오에서 멀지 않은 곳에는 나무 구유 두 개가 반듯하게 가로놓여 있다. 끌로 통나무를 파서 배 모양으로 만든 구유는 가축들에게 먹일 굵은 소금을 담는 용도로 쓰인다. 구유는 파오를 설치하기 훨씬 전부터 그곳에 놓여 있었

* 밀이나 보리를 베어내고 다른 작물을 심은 밭

다. 두 집은 해마다 이맘때면 늘 이곳에 와서 머무는 게 분명했다. 열네댓 살쯤 되어 보이는 남자아이-팔을 다쳐 엄마 꽃무늬 스카프에 팔을 건 다음 목에 두르고 있었다-는 늘 공터 한복판에 놓여 있는 커다란 돌 위에 앉아 다치지 않은 손으로 칼을 돌에 열심히 갈았다. 나는 종종 그 아이 곁에 쪼그리고 앉아 칼 가는 아이의 모습을 지그시 바라보았다. 아이는 칼을 몇 번 갈고 나면 꼭 고개를 들어 내게 한두 마디씩 건넸다. 하지만 아이가 하는 말을 전혀 알아듣지 못하는 나는 아이 말은 듣는 둥 마는 둥, 하던 일이나 계속하라고 웃으며 칼을 가리켰다.

칼은 2~3위안이면 살 수 있는 아주 평범한 접이식 과도로, 손가락보다 조금 더 길고, 칼날은 아주 얇으며, 플라스틱으로 만들어진 밝은 연분홍색의 매끈한 손잡이가 달려 있었다. 그런데도 아이는 하루 종일 정성껏 칼을 갈며 마치 신줏단지 모시듯 했다. 하도 갈아서 얇은 칼날 한 줄반 겨우 남은 칼은 살짝만 구부려도 "똑" 하고 부러질 것만 같았다. 아이가 칼 가는 일을 일단락 짓고 옆에 놓여 있는 굵은 소금이 든 구유에 칼을 꽂아 가볍게 도려내자 나뭇조각들이 깨끗하게 잘려나갔다. 정말 의외였다! 보잘것없는 작은 칼이 이렇게 예리한 칼로 변할 수 있다니.

주머니를 뒤져보니 작은 사과 하나가 손에 잡혔다. 사과를 꺼내 아이에게 건넸다. 아이가 거절하는 바람에 하는 수 없이 도로 주머니 안에 찔러 넣고 다시 칼 가는 아이를 지켜보았다.

그렇게 또 얼마나 흘렀을까, 다시 사과를 꺼내 아이에게 건네자 이번에는 아이가 사과를 받아먹었다. 얼마 있다가 아이에게 칼 좀 달라고 부탁했다.

물론 줄 리가 없다! 그러고도 나는 한참 동안 아이를 귀찮게 했다. 멀리서 아이 엄마가 다가오더니 나를 알아보고 말했다. "재봉집 딸아이로구나. 집에 들어가 차 한잔 할래?"

나는 벌떡 일어나 감사하다는 말만 남긴 채 후다닥 도망쳐 나왔다.

나는 며칠 연속으로 버드나무 숲을 지나 칼 가는 아이를 보러 갔고, 날마다 아이에게 사과 하나를 건네주었다. 아이는 칼이 없어질 때까지 갈아야 직성이 풀리려는지 아침부터 저녁까지 쉬지 않고 칼만 갈고 있는 것 같았다. 도대체 칼을 어떤 모양으로 갈아야 만족하게 될까?

아이는 다친 손이 다 나은 뒤에야 비로소 칼 가는 것을 멈추었다. 그런데 이번에는 어디서 주워 왔는지 두 줄 현악기인 돔브라(冬不拉)*를 아침부터 저녁까지 띵까띵까 연주해댔다.

그것 참 이상하다. 이렇게 빈둥거리는 유목민 아이는 단 한 번도 본 적이 없는데. 이 아이는 마치 하루 종일 아무 일도 하지 않아도 되는 것 같았다. 그래도 가끔은 버드나무 가지를 손에 들고 버드나무 숲에서 새끼 양 몇 마리를 돌보기도 했다. 휘파람 소리가 숲 속에서 메아리칠 때면, 조금만 더 가면 그 아이와 양을 보게 되리라는 걸 알 수 있었다. 아이는 버드나무 숲 속에 있는 돌 위에 앉아 버드나무 가지를 겨드랑이 사이에 끼운 채 휘파람을 불었고, 손에는 갈아 없어질 때까지 갈 것만 같은 그 작은 칼이 어김없이 들려 있었다.

아이는 대부분의 시간을 돔브라를 연주하면서 보냈다. 언제나 같은

---

* Dombra: 카자흐스탄 전통악기로 현이 두 줄로 되어 있다.

곡만 반복하는 걸 보면 지금 한창 배우고 있는 중인 듯했다. 아이는 참을성 있게 끝없이 반복했다. "……미레 | 미파 솔라 | 솔파 미레 | 미파 미……." 숲을 가로지르고 강물을 건너면, 아이가 백양나무 아래 바퀴 빠진 마차 위에 올라앉아 고개를 숙인 채 손가락으로 현 사이를 현란하게 움직이고 있는 모습을 볼 수 있었다.

나는 아이 맞은편에 서서 잠시 귀를 기울이다가 주위를 거닐었다. 강가에서 물놀이도 하고 손도 씻고 그러고 나서 다시 돌아와 아이 앞에 서서 아이의 연주를 계속해서 들었다.

"……미- | 라-솔라 | 시라-미 | 솔-미레 | 도……."

그 뒤로 아이 엄마와 만나는 횟수가 더 많아졌다. 그녀는 자주 우리 가게에 와서 이것저것을 사 갔다. 가끔은 그녀의 집 앞에서 우연히 마주칠 때도 있었다. 그녀는 늘 헝겊 조각으로 기운 외투와 긴 치마 차림이었고, 하루 종일 치마를 들고 일을 했다. 나중에 우리 가게에 치마를 맞추러 왔을 때, 나는 그녀에게 짧은 치마를 맞추라고 끈질기게 권했다. 긴 치마든 짧은 치마든 가격은 매한가지였지만, 짧은 치마를 맞추게 되면 천을 10여 센티미터나 아낄 수 있었다.

며칠 뒤, 그녀가 치마를 찾으러 왔다. 옷을 입어본 그녀는 가게에 있는 손바닥만 한 거울을 손에 쥐고 자신의 모습을 요리조리 비춰보며 매우 흡족해했다.

나는 칼 가는 아들이 바짓단과 무릎이 다 해진 바지를 입고 다니던 것을 기억해냈다. 요즘 키가 부쩍 자란 탓인지 바지 길이도 깡똥하고 폭도 좁아 앉아 있으면 작은 발이 한 뼘 정도 훤히 드러나 보였다.

내가 물었다. "아주머니, 바랑즈(아이)한테는 새 옷 안 해주세요?"

"옷 있어. 아주 많아!"

"벌써 다 커서 이젠 사내티가 제법 나던데 잘 좀 챙겨주세요. 안 그러면 엄마한테 화낼지도 몰라요!"

"우리 애는 화 안 내. 우리 집 바랑즈가 성격이 얼마나 좋은데……."

우리는 하하 호호 웃으며 화제를 돌려 한참 수다를 떨었다. 이튿날, 뜻밖에 아이 엄마가 아들에게 바지 한 벌을 맞춰주러 왔다. 그런데 아들이 직접 와서 치수를 재지 않고 아이 엄마가 낡은 바지 한 벌을 들고 와서는 우리한테 손짓으로 설명을 해주었다. "여기는, 좀 크게, 여기는, 좀 길게……."

3일째 되던 날 바지가 완성됐다. 나는 아이 엄마가 찾으러 올 때까지 기다리지 못하고 구김살 하나 없이 잘 다려 반듯하게 개어놓은 바지를 들고 직접 아이 집을 찾아갔다.

그즈음은 양 떼가 산에서 내려오는 시기라, 사람들이 많아지면서 일감이 갑자기 느는 바람에 정신없이 바빴다. 그 탓에 며칠 동안 버드나무 숲 너머로 가보지 못했다. 그새 무성하던 버드나무 숲은 한순간에 황량하게 변했다. 숲 속의 나뭇잎과 작고 가느다란 나뭇가지가 전부 사라져버렸다. 요 며칠 산에서 내려오는 가축들에 의해 완전히 '거덜'이 난 것이었다. 무시무시한 속도였다. 숲은 빽빽하지만 앙상한 나무줄기와 굵은 가지만 남았다. 그래도 숲은 여전히 '무성'함을 간직하고 있었다. 생각해보라, 꽃과 잎이 다 떨어진 농밀한 숲 속의 정경은 다른 어떤 곳에서도 찾아볼 수 없는 진귀한 광경이다. 더구나 이 나무들은 나뭇잎이 말라 죽은 적이 없다. 나무들은 여전히 살아 있고, 내일이면 다시 새로운 잎을 피워낼지도 모른다. 나무들은 여전히 부드럽고 탄력이 있으며, 손으로 만져보면 차디찬 게 그 안에 수분이 흐르고 있는 것만 같았다.

강물이 줄면서 유속도 완만해졌다. 강물을 따라 숲을 벗어나니 공터가 나타났고 이미 해체된 파오가 눈에 들어왔다. 빨간색 나무 지지대는 가지런히 잘 묶여 있고, 화려한 펠트는 돌돌 말린 채 초원 위에 널브러져 있고, 이불 같은 가재도구들을 잘 싸서 넣은 짐 꾸러미들도 여기저기 놓여 있었다. 몇 사람이 분주하게 이리저리 오갔고, 언제라도 떠날 채비를 마친 낙타 몇 마리가 옆에 쭈그리고 앉아 있었다.

이때, 사내아이의 엄마가 내 쪽으로 걸어오며 신이 나서 말했다. "그렇지 않아도 이제 막 가지러 갈 참이었는데! 우리가 곧 떠날 거거든! 이곳에 머문 지도 벌써 2주가 넘었어."

"아~." 나는 실의에 빠졌다. "얼마나 멀리 가세요?"

"아래쪽으로 내려가다 보면 멀지 않은 곳에, 그러니까 한 10킬로미터쯤 되는 곳까지 가서 며칠 머물 예정이야."

"아. 잘됐네요……."

나는 잠시 생각에 잠겼다가 다시 물었다. "아이는요? 나와서 바지 한 번 입어보라고 하세요."

"내가 보면 돼." 그녀는 건네받은 바지를 탁탁 털어 편 다음 오른손

다섯 손가락을 쫙 펼쳐 길이와 폭을 재보더니, "좋아, 좋아, 고마워!" 하고 말했다.

나는 바지를 건네주고 나서 그들이 이사하는 모습을 옆에서 잠깐 지켜보다가 슬그머니 그곳을 빠져나왔다.

집에 돌아오자, 좀 전에 한 사내아이가 바지를 찾으러 왔었노라고 엄마가 알려주었다. 분명 그 아이였으리라. 아이가 옷을 찾으러 온 사이 하필 내가 옷을 가져다주는 바람에 길이 어긋나버린 것이다.

엄마가 다시 말을 이었다. "……아이가 다리를 절던데, 그런 아이한테 바지를 지어준 적 있니? 왜 통 기억이 안 나지……."

황량한 언덕 꼭대기에 있는 우리 집은 사방에 나무라고는 한 그루도 없고, 풀 한 포기 나지 않으며, 늘 흙먼지가 일고, 공기는 무척 뜨거웠다. 우리는 개숫물 같은 온갖 생활용수를 문 앞에 뿌렸다. 물을 뿌리고 나면 땅이 아무리 질척거려도 태양이 한번 내리쬐고 닭들이 발로 휘젓고 다니면 얼마 안 가 문 앞에는 늘 그렇듯이 희고 고운 흙이 한층 두껍게 쌓였다. 흙먼지를 뽀얗게 일으키며 문 앞까지 걸어가는 동안 늘 드는 생각이 있다. '우리는 왜 아래쪽 버드나무 숲으로 이사 가지 않는 걸까? 그곳에 가면 좋을 텐데, 얼마나 시원하고 깨끗한데!'

언덕 가장 꼭대기에 설치된 낭*을 굽는 화덕은 마치 외로운 무덤처럼 언덕 위로 불쑥 솟아 있다. 나는 그곳에 서서 사방을 아래로 굽어보며 이번에는 어디로 산책을 갈까, 역시 버드나무 숲으로 가는 게 좋겠지?

---

* 饢: 위구르 족과 카자흐 족이 주식으로 먹는 구운 빵의 일종

하고 생각했다. 사람들은 숲에서 벌써 떠나버렸고 파오도 일찌감치 어디론가 옮겨졌다. 사내아이의 엄마는 강 하류에서 10여 킬로미터 떨어진 곳으로 옮겨 간다고 말했지만 그곳이 대체 어디인지 감을 잡을 수가 없다.

나는 화덕 위에 높이 서서 계곡 쪽으로 시선을 돌렸다. 한참 쳐다보고 있으려니, 방금 버드나무 숲을 지나 비탈길 아래에서 위쪽으로 천천히 걸어오고 있는 한 사람이 보였다. 비탈길은 이제 막 수확을 끝낸 감자밭으로 깊은 산골짜기를 향해 완만하게 경사가 져 있었다. 그곳은 나무라고는 전혀 자라지 않고 풀덤불과 키 작은 관목만 어지럽게 자라고 있었다. 시선을 가리는 것이 없어 모든 것이 한눈에 다 들어왔다. 푸른 하늘 아래, 그와 그의 그림자만 서서히 움직였다. 그는 고개를 숙이고 천천히 위로 올라왔다. 한 걸음 내딛을 때마다 몸이 한쪽으로 심하게 기울었다. 알고 보니 절름발이였다……. 나는 내가 기쁜지 슬픈지조차 가늠하지 못한 채 그곳에 멍하니 서 있었다. 이사를 간 지 벌써 여러 날이 지났는데 뭐하러 혼자 돌아온 거지? 순간 새파란 하늘 아래 음악 선율이 메아리쳐왔다. "……도레 | 미-솔 | 미레 -도 | 레도시라……."

우리도 머지않아 이사를 가게 될 것이다. 유목민이 이곳에서 완전히 철수하고 나면 우리도 양 떼를 따라 강 하류로 내려가, 큰 산을 넘고, 푸른 어얼치쓰 강 위에 높이 걸린 채 출렁대는 다리를 건너, 광활하고 따뜻한 가을 목장으로 향할 것이다. 그때 그 아이 식구를 다시 만나게 될지도 모른다. 아, 몸이 불편한 불쌍한 아이였다는 사실을 조금만 더 일찍 알았더라면 말 한마디라도 좀 더 친절하게 해주었을 텐데……. 하지만, 어떻게 해야 '좀 더 친절하게' 해주는 걸까? 아, 이런 삶에 무슨 말이 더 필요할까? 멈추는 것도 지속되는 것도 없는데.

# 문어귀 흙길

일꾼들이 문어귀 흙길 가장자리에 전봇대를 줄줄이 세워놓더니 곧장 마을로 향했다. 잠시 뒤 대형 트럭 한 대를 몰고 다시 나타난 일꾼들은 바퀴 모양의 나무통 사이에 감겨 있는 굵은 케이블 묶음 여러 개를 부려놓고 전봇대와 전봇대 사이를 케이블로 차례차례 연결해나갔다. 우리는 매일같이 나가서 일꾼들이 일하는 모습을 구경했다. 그리고 케이블을 다 쓰고 길가에 아무렇게나 버려진 텅 빈 거대한 나무통들을 집까지 몰래 굴려가지고 왔다.

엄마가 그중 두 개를 엎어 평평하게 눕혀놓자 사용할 엄두가 안 나는 커다란 원탁 두 개가 만들어졌다. 엄마가 또 다른 하나를 힘겹게 해체하자 널빤지가 산더미처럼 쌓였다. 엄마는 그것으로 나를 위해 작은 침대 하나를 만들어주었다. 그러고도 널빤지가 남아돌자 침대 하나를 더 만들었다. 침대를 만들면서 생긴 삼각형 모양의 나뭇조각들은 엄마 손에서 등받이 없는 작은 걸상으로 재탄생되었다. 나중에 전봇대를 세우는 작업을 했던 일꾼들이 우리 가게의 그 작은 걸상에 걸터앉아 그 많던 나무통이 하룻밤 사이에 '연기처럼 사라진' 믿을 수 없는 일에 대해 이러쿵저러쿵 떠들어댔다.

이 근방에서 채소를 살 수 있는 곳은 우리 가게가 유일하다 보니 일꾼들은 하루가 멀다 하고 우리 가게를 찾아왔다. 일꾼들은 모두 한족이었고 카자흐 족에 비하면 홍정에 도가 튼 사람들이었다-배추 한 포기를 고작 8마오에 사가지고 갈 정도로 아주 지독했다.

강 상류 금광에서 일하는 광부들이나 철광석을 실어 나르는 트럭기사들은 노상 이 길을 지나다녔다. 금광은 우리 집에서 10여 킬로미터밖에 떨어져 있지 않아 우리는 그곳까지 종종 걸어 다녔다.

강줄기가 갈라지지 않은 강 상류는 강폭도 넓고 수심도 깊어 물살이 거세게 굽이쳐 흘렀다. 내가 이제껏 본 강줄기 중에서 물살이 가장 센 편이었다. 강 한복판에는 주황색 칠이 된 사금 채취선 여러 척이 여기저기 어지러이 정박해 있었다. 배 위에서는 컨베이어 벨트가 쉴 새 없이 돌아가며 강 밑 깊은 곳에 있는 진흙을 퍼 올렸고, 복잡한 과정을 거쳐 금가루를 채취했다. 나는 파도가 부서지는 강기슭에 서서 한참 동안 사방을 둘러보았다. 강기슭 일대는 지대가 제법 높아 시야가 탁 트였고, 강가 무성한 갈대숲에서는 물오리 떼의 길고 짧은 울음소리가 메아리쳤다. 기러기 떼가 드넓은 창공을 가르며 열을 지어 남쪽으로 이동하는 모습은 나를 늘 애상에 젖게 했다.

그럴 때면 사금 채취하는 사람과 사랑에 빠질 것 같은 착각에 빠졌다. 진흙 속에서 금을 캐낼 수 있는 사람이라면 섬세하고 예민한 마음의 소유자일 게 분명했다! 금을 채취하는 일은 매우 고독하고 힘든 작업이라, 이 일 역시 '영원'의 내용을 담고 있다……. 내가 옷 한 벌을 만들기 위해 낮이고 밤이고 재봉틀 앞에 앉아 한 땀 한 땀 꿰매고 뜯기를 수없이 반복하듯이, 그들도 날이 바뀌고 해가 바뀌어도 강가에서 흐르는 물소리를 들어가며 산처럼 쌓인 진흙더미 속에서 육안으로 가까스로 식별해낼 수 있는 아주 적은 양의, 세상에서 가장 귀한 금가루를 조금씩 채취한다…….

내가 그 누군가와 사랑에 빠진다면, 그는 오랜 세월 노동으로 잔뼈가 굵어진 내 손가락에 금반지를 끼워주고, 귀를 뚫은 지 벌써 20년도 넘었지만 여태 아무것도 달려 있지 않은 내 귀에 금귀고리를 걸어주고, 내 뜨거운 청춘의 앞가슴에 반짝반짝 빛나는 금 로켓을 걸어주겠지……. 나는 황금을 너무나 사랑한다! 황금은 값어치가 나가기도 하거니와 우리의 삶을 보다 나은 세계로 인도해줄 막강한 힘도 가지고 있다. 무엇보다 중요한 것은, 금은 많이 지니고 다닐수록 사람의 마음을 쉽게 감동시키는 풍요의 상징이라는 점이다. 더구나 금은 그 누군가가 제 손으로 직접 창조해낸 것이다–사금 채취란 일종의 창조적인 행위이며, 금을 창조해낸 손은 예술가의 손이다…….

그때 그 시절, 나는 가끔 흙길을 따라 하얗게 부서져 내리는 따가운 햇살을 받아가며 10여 킬로미터를 걸어 사금 채취선이 정박해 있는 강가로 나갔다. 세차게 불어오는 건조한 바람 탓에 가는 길 내내 온 사방은 흙먼지로 자욱했지만, 나는 정신 나간 아이처럼 치마 차림에 샌들을 질질 끌고 다녔다. 그 일대에서 샌들(이 일대 여자아이들 중에서 나만 유일한 한족이었다)을 신고 다니는 여자아이는 내가 유일했다. 강가에 도착하면 내 발은 늙은 생강 토막처럼 더럽기 짝이 없었다. 수심이 얕은 강물에 첨벙 들어가 발을 담그면 금방이라도 날아갈 듯 상쾌해졌다. 그때, 저 멀리 강 한복판에 정박해 있는 배 위에서 누군가 나를 부르며 휘파람을 불어재꼈다. 하지만 한창 작업 중인 사람들 곁으로 가까이 다가갈 수는 없었다. 나는 강기슭의 동굴 집으로 사람을 찾아 나섰다. 말이 나왔으니 말인데, 내가 무슨 실성한 사람도 아니고 강가를 뻔질나게 드나든 데는 따로 이유가 있었다-사금 채취선 사장한테 빚을 독촉하러 간 것이었다. 물론 갈 때마다 빚을 받아 오는 데는 번번이 실패했다. 이런 볼썽사나운 몰골을 한 내가 빚을 독촉하러 온 사람처럼 보일 리 만무했다! 사장은 내가 찾아갈 때마다 빚을 갚을 수 없는 새로운 변명거리를 이리저리 갖다 붙이며 갖은 엄살을 다 피웠고, 나는 그런 그의 엄살을 들어주는 것으로 그날의 임무를 다했다. 아무튼 나는 그 사람을 상대로 하루하루 시간을 죽이는 것을 내심 즐겼다. 단 한 번 만에 빚을 깨끗이 갚았더라면 얼마나 싱거웠을까? 치마를 입고 샌들을 신을 기회조차 없었을 터였다…….

차로 허기진 배를 채우고 머리를 숙여 동굴 집에서 나올 무렵이면 배 위에 늘 같은 자리에 옹기종기 모여 있던 사내들이 하나같이 뱃전에 기대어 내 쪽을 바라보았다. 치마가 바람에 날려 나부낄 때면 사내들은 어김없이 휘파람을 불어댔다. 그런 사내들을 무시하고 애써 태연한 척하며 왔던 길을 되돌아가면 등 뒤에서 다시 왁자지껄하게 떠드는 소리가 울려 퍼졌다. 느릿느릿 집으로 걸어오는 길에 내리쬐는 태양에 노출된 손과 목은 벌겋게 타서 따끔거렸고, 세찬 바람과 흙먼지는 쉴 새 없이 휘몰아치며 내 얼굴을 사정없이 때렸고, 치마는 바람에 세차게 나부꼈다. 그런 길을 걷고 있노라면 매 순간 젊음과 건강이 그 어느 때보다 절실하게 피부에 와 닿았다. 나는 앞으로 영원히 늙지도 죽지도 않고 늘 지금처럼 살아갈 것만 같았다……. 북에서 남으로 거세게 흐르는 강물은 집으로 돌아가는 길 내내 내 옆을 힘차게 굽이쳐 흘렀다. 높은 곳에 올라서면 저 멀리 보이는 산봉우리들이 발아래 뻗어 있는 길과 평행을 이루며 시선이 닿는 지평선마다 파도처럼 일렁였다. 강하고 열정적인 세상 속을 걷다가 우연히 고개를 들어 바라본 하늘은 눈이 부시게 파랬다. 마치 세상의 격정(激情)은 안중에도 없는 듯 전혀 동요하지 않는 푸르름이었다…….

그해 여름, 아무리 걸어도 영원히 끝날 것 같지 않던 그 길을 상상 속의 남자와는 끝내 함께 걷지 못했다. 대신 나중에 꽤 재미있는 운전기사를 우연히 알게 되었고 우리는 상상만큼이나 신나는 연애를 즐겼다.

그 운전기사-그의 이름은 린린(林林)이다-도 흙길 위에서 알게 되었다. 그날 길가에서 차를 기다리고 있던 나는 현성에 들어갈 일이 있어 특별히 옷매무새에 신경을 쓴 덕에 몸에 걸치고 있던 옷은 주름 하나 없이 빳빳하고 반짝거렸다. 그런데 그날따라 한참을 기다려도 차 한 대 오지 않았다. 반나절을 기다린 끝에 흙길 모퉁이를 돌아 나오는 흰색 대형 트럭 한 대를 발견할 수 있었다. 트럭은 뽀얀 흙먼지를 일으키며 기우뚱거리면서 굼벵이처럼 느리게 다가왔다(나중에야 안 사실이지만, 그 낡아빠진 똥차는 기준치를 배 이상으로 과적하고 있었다). 그때 나는 이런 먼지구덩이에 더 서 있다가는 마멋*이 되어버릴 것 같은 데다, 성에는 어떻게 가야 하나 막막해서 발을 동동 구르고 있었다. 나는 그를 향해 미친 듯이 손을 흔들어대다 급기야 폴짝폴짝 뛰기까지 했다. 하지만 그는 서두르는 기색 하나 없이 온 천지에 흙먼지를 풀풀 날리면서 좌우로 기우뚱거리는 트럭을 천천히 몰며 다가왔다. 내가 거의 폭발하기 일보 직전이 되어서야 그 굼벵이 차는 내 앞에 힘겹게 멈춰 섰다.

내가 만약 다른 차를 얻어 탔다면 고마운 마음에 기사 아저씨한테 최대한 사근사근하게 굴었을지도 모른다. 그런데 이 남자한테는 고맙다는 인사는 고사하고(그나마 다른 차로 갈아타지 않은 게 내가 지킬 수 있는 최대한의 예의였다), 가는 길 내내 쌀쌀맞은 얼굴로 속에서 치밀어 오르는 화를 가까스로 눌러야 했다. 현까지 고작 100여 킬로미터 남짓 떨어져 있을 뿐인데, 나는 무려 이틀 동안을 길 위에서 그와 함께 보내야 했다! 느릿느릿 거북이걸음으로 기어가는 차를 타고 가느니 차라리 두 발로 걸어가는 게 더 빠를 뻔했다. 차는 또 얼마나 후진지 창문을 닫으면 너무 갑갑해서 숨조차 쉴 수 없었고, 창문을 열면 불어 들어온 흙이 입안 가득 씹혔다. 이렇게 열악한 흙길에서 다른 차에 추월이라도 당하면 그야

---

* 다람쥣과 마멋속의 포유류를 통틀어 이르는 말. 마못, 마모트라고도 한다.

말로 최악이었다. 한 치 앞을 분간할 수 없을 정도로 흙먼지가 온 천지를 뒤덮으면 마치 도로 전체가 연소되고 있는 것만 같았다. 앞차가 멀리 사라지고 흙먼지가 가라앉을 때까지 차를 멈추고 기다렸다가 앞을 분간할 수 있게 되면 그제야 시동을 걸었다. 이 똥차는 한두 번도 아니고 번번이 추월당하기 일쑤였다. 과적 차량인 탓에 조금이라도 속력을 냈다가는 목숨조차 담보할 수 없으니 정말 답답한 노릇이었다. 엎친 데 덮친 격으로 기어가듯 조심조심 운전을 하고 가는데도 이놈의 빌어먹을 타이어는 가는 길 내내 계속 펑크가 났다.

우리의 첫 번째 만남은 비록 썩 유쾌하지는 않았지만 본격적으로 연애를 시작하면서부터는 모든 것이 180도로 변했다. 그가 하는 일이라면 그게 무슨 일이든 그렇게 멋져 보일 수가 없었고, 그의 차도 보면 볼수록 예뻤다. 차가 하얗다 보니 아무리 멀리 떨어져 있어도 한눈에 척하고 알아볼 수 있었다. 나중에 그의 차를 타고 똑같은 길을 가게 되었을 때는 시간이 어찌나 빠르게 가는지 눈 깜짝할 사이에 목적지에 도착해버리는 것이 아닌가? 이것 참…… 그 당시 늘 얼이 빠져 있던 내 꼴이라니. 지금 생각해보면 너무 부끄러워 차마 고개를 들 수 없을 지경이다.

그 시절 우리는 대형 트럭의 높은 운전석 앞자리에 나란히 앉아 오가는 길에 우리가 알고 있는 노래란 노래는 다 부르고 다녔다. 그의 눈과 이는 늘 반짝였고, 그가 고개를 돌려 나를 바라볼 때면 너무 기쁜 나머지 나도 모르게 탄성이 흘러나왔다. 그가 내 쪽으로 고개를 돌리면 나는 괜히 차창 밖으로 고개를 돌렸다. 차창 너머로는 뽀얀 흙먼지가 자욱했다. 나는 고개를 돌려 나를 바라보고 있는, 차창 유리에 비친 그의 모습을 바라보았다……. 그때는 여름이었다……. 여름은 손과 얼굴을 바짝 들이대고 뜨겁고 건조한 열기를 내뿜었다. 모든 것이 내 옆에 너무 가까이 있었다……. 그때가 겨울이었다면 얼마나 좋았을까! 겨울이었다면 두툼한 옷 속에 온몸을 꽁꽁 감싸고 추위 속으로 깊이 숨어들어 내가 두려울 때마다 거절할 수도 있었을 텐데……. 하지만 그때는 여름이었고, 여름은 행복에 흠뻑 빠져 있던 내게 앞으로 닥칠 일을 어렴풋이 예감하게 했고, 상처를 주었다……. 내가 무엇을 예감했는지 정확히 알 수는 없지만 고개를 돌렸을 때 여전히 나를 바라보고 있는 그의 모습에 나는 화들짝 놀라 어찌할 바를 몰랐고, 남몰래 눈물을 흘렸다…….

사랑이 지나고 난 뒤에도 나는 끊임없이 흙길을 오갔다. 물을 길으러 문을 나섰고, 국수를 반죽하러 문으로 들어섰다. 해도 해도 끝이 없는 집안일에 파묻혀 살았다. 허리를 숙여 물이 반쯤 차 있는 목욕통을 들어 올려 집 안으로 들어가 단숨에 땅에 뿌려서 거친 먼지를 잠재웠다. 대체 무슨 영화(榮華)를 보겠다고 황량하기 짝이 없는, 온통 흙투성이어서 걸을 때마다 흙먼지가 폴폴 날리는 이런 재수 없는 곳까지 굴러들어 왔을까. 지세는 또 얼마나 높은지 주위에 나무 한 그루 자라지 않고, 이웃사촌 하나 없이 삭막하기 그지없다. 물을 긷기 위해서는 산을 내려가야 하고, 물을 다 긷고 나면 다시 산을 올라가야 했다……. 아무리 생각해도 모를 일이었다. 이런 곳에서 대체 누구를 상대로 장사를 하겠다는 건지. 자꾸 짜증만 일었다. 매일같이 열심히 쓸고 닦아도 계산대 위는 여전히 흙투성이였다. 밥상을 차린 지 얼마 안 가 음식마다 흙이 한층 내려앉았다. 재봉틀 앞에 앉아 일을 하고 있는 엄마의 눈썹 위에도 뽀얀 흙이 내려앉았다. 그런 엄마 모습에 배꼽을 잡고 웃으며 실컷 놀려준 다음 거울에 비춰보면 내 눈썹도 어느새 새하얗게 변해 있었다……. 아휴 짜증나, 짜증나 죽겠다…….

9월로 접어들자 흙먼지는 더욱 광포해졌지만 우리는 먼지 따위에 신경 쓸 겨를이 없었다-그 무렵, 갑자기 장사가 잘되기 시작했다! 마침내 이동하는 유목민들이 흙길에 모습을 드러낸 것이다. 우리가 이곳에서 여름 한철을 꼬박 기다린 이유였다.

양 떼가 가장 먼저 지나갔다. 끝이 보이지 않는 양 떼 행렬이 지나가고 난 자리에는 흙이 2센티미터 더 두껍게 쌓였다. 그 뒤로 말과 낙타의 행렬이 이어졌고, 수확을 끝낸 강가 감자밭에는 하룻밤 사이에 파오 여러 채가 들어섰다. 우리 가게는 이른 아침부터 사람들로 발 디딜 틈이 없었다. 채소와 식용유와 찻잎이 불티나게 팔려나갔고, 그다음으로 바지가 잘 팔렸다. 2~3일 만에 상품진열대의 반 이상이 텅 비었다. 우리는 재봉틀 바퀴가 안 보일 정도로 빠르게 굴려가며 밤을 낮 삼아 부지런히 일했고, 그 결과 이 일대에 머무는 유목민들 대부분은 손이 베일 정도로 날이 잘 선 바지와 단추 다섯 개가 달린, 색깔과 모양이 똑같은 외투를 입고 다녔다.

나이가 지긋한 할아버지 한 분이 내게 모자를 만들어달라고 부탁하는 바람에 나는 골머리를 앓아야 했다. 여태껏 모자라고는 만들어본 적도 없는 내게, 하물며 겉감은 여우 가죽에 안감은 비단 무늬에 두꺼운 양 펠트를 덧댄 호화스럽기 짝이 없는 모자는 오죽할까. 결국 나는 온갖 수단을 다 동원해서 할아버지가 우리 가게에서 파는 털모자를 사 가도록 설득하는 데 성공했다.

엄마는 황금 대목을 놓치지 않으려고 서둘러 현성에 나가 작은 짐수레 가득 수박을 싣고 와서 길가에 좌판을 벌여놓고 수박을 팔았다. 좌판에 그늘막도 쳤다. 저 멀리서 길모퉁이를 돌다 수박 좌판을 발견한 사람들은 너 나 할 것 없이 말에 채찍을 휘두르며 속도를 높여 신나게 달려왔다. 수박 한 통의 무게를 달고 셈을 치르면, 칼을 꺼내 반으로 가른 다음 우리와 반반 나눠 먹었다(그 큰 수박 한 통을 혼자서는 다 먹을 수가 없다……). 옛날 같으면 바라얼츠에 수박이 있을 거라고 그 누가 상상이나 했을까? 비록 한 이틀 동안 덜컹거리는 길을 오느라 다 물러 터져 반 이상이 빨간 수박 물로 변해버렸다 할지라도 말이다.

흙길을 따라 아래로 내려가다 보면 몇 킬로미터 떨어진 곳에 바라얼츠라는 마을이 있었다. 카자흐 농민들이 거주하고 있는 그곳은 가게도 두세 곳에, 작은 식당과 잡화점, 그리고 오가는 운전기사를 위한 작은 여관(단칸방이지만 여남은 명이 한꺼번에 누울 수 있는 커다란 침대*가 놓여 있다)까지 있었다. 삭막한 벌판에서 유일한 '번화가'인 셈이었다. 우리 가게가 유목민들이 이동하는 길목에서 상대적으로 더 가깝다고는 해도 산에서

---

* 통푸(通铺): 공사 현장에서 흔히 볼 수 있는, 널빤지 같은 것을 이용해서 만든 커다란 침대로 여러 명이 한꺼번에 잘 수 있다.

내려오는 유목민들 대부분은 길을 돌아가는 한이 있더라도 꼭 마을에 들러 생활용품을 사는 데 익숙해져 있었다. 그래서 우리는 유목민들이 이곳을 떠나기 며칠 전에 급히 가게를 마을로 옮기기로 결정했다.

그날 우리는 이른 아침에 흙길을 따라 마을로 향했다. 엄마가 내 뒤를 따라오면서 계속 히죽거렸다. 뒤를 돌아보니 두껍게 쌓인 흙먼지 위로 좌우로 삐뚤빼뚤 찍혀 있는 내 발자국들이 보였다. 저 멀리 우리가 지나온 길을 바라보니 길 위에는 엄마와 내 발자국만 선명하게 찍혀 있었다.

돌아갈 때 길 위에 우리 두 사람의 발자국이 더해졌다. 오면서 남긴 내 발자국이 왼쪽으로 삐뚤, 오른쪽으로 삐뚤거리며 나를 향해 다가올 때서야 엄마가 왜 그렇게 웃어댔는지 이해할 수 있었다. 내 걸음걸이가 이렇게 삐뚤빼뚤하다는 사실을 그때까지 모르고 있었다.

이 길을 오가는 사람은 우리 단 둘뿐이고, 태곳적부터 이렇게 고요하기만 하고 지난 1만 년 동안 단 한 번도 사용한 적이 없는 것만 같았다. 하지만 불과 며칠 전만 해도 이 길은 끝도 보이지 않는 유목민들의 긴 이동 행렬을 맞지 않았던가.

우리는 어렵지 않게 아바이커(阿拜克) 집에 세 들 수 있었다. 아바이커 집은 길목에 있지도 길가에 면해 있지도 않았고, 도로 북쪽에 나 있는 단독주택들 사이에 두 채가 서로 붙어 있는 집이었다. 문은 북쪽으로 나 있고 집 뒤쪽 벽이 도로 한 면과 접해 있었다. 도로 맞은편에는 가게 서너 채가 서로 붙어 있어 제법 북적거렸다.

우리한테는 나름 묘안이 있었다. 우리는 아바이커를 찾아가 잘 설득한 다음, 뒤쪽 벽에 구멍을 뚫어 문을 달고 창문도 하나 냈다. 북쪽 벽에

나 있던 창문은 메워버리고 창틀은 떼어다 남쪽에다 달았다. 이렇게 해서 집은 변신에 성공했고 단숨에 도로변에 위치한 다른 가게들과 어깨를 나란히 할 수 있었다.

더구나 위치상으로도 도로 남향인 데다 문도 남쪽으로 나 있어 눈에 가장 잘 띄었다.

아무튼 신장개업한 가게다 보니, 흔치 않은 볼거리를 놓칠세라 앞다투어 찾아온 현지 촌민들로 우리 가게는 개장 첫날부터 발 디딜 틈 없이 붐볐다. 사람들은 길게 줄을 늘어서서 이리저리 기웃거렸고, 문이란 문은 한 번씩 죄다 열어보았다(우리가 빌린 집에는 앞뒤로 총 네 칸의 방이 있었다). 심지어 주방 부뚜막 위에 놓여 있는 솥단지 뚜껑까지 열어보며 쉴 새 없이 "쯧, 쯧" 혀를 차기도 했다. 워낙 외지고 조용해서 100년이 하루 같은, 새로울 것 하나 없는 손바닥만 한 시골 동네다 보니 촌민들의 호기심은 대단했다.

거기다 촌민들은 대부분 한가했다. 9월이면 1년 중 마지막 농사일(내가 보기엔 딱히 농사일이라고 할 것도 없다. 밀은 향에서 제공해준 콤바인이 다 알아서 베어주지, 감자 캐는 일은 꼬마들을 시키면 그만이었다. 밀과 감자를 제외하면 이 땅에서 다른 농작물을 구경하기란 영원히 불가능해 보였다. 현지인들은 번거로운 일이라면 워낙 질색을 했다)도 이제 막 끝나고, 겨울을 나는 데 필요한 가축들의 사료 준비도 끝난 뒤였다. 남아도는 시간은 우리 가게에 와서 때우면 그만이었다. 한 무리의 남자들이 계산대 앞에서 하루를 소일하는 데 맥주 몇 병이면 충분했다.

한 건장한 남자는 계산대에 얼굴을 괴고 상품진열대 위에 놓여 있는 물건들을 쭉 관찰해가며 한두 시간을 허비하고는 고작 '와하하*' 작은 사이즈 한 병을 사서 스트로를 꽂아 계산대에 기대어 쪽쪽 빨아 마셨다. 다 마시고 나면 또 그렇게 한두 시간을 계산대에 얼굴을 괴고 진열대에 남아 있는 물건들을 이리저리 재보았다.

흙길은 마을 가장자리를 지나고, 마을 어귀에 있는 오래된 낡은 나무다리를 지나고, 협곡과 고비 사막을 지나고, 또다시 협곡과 고비 사막을 지나고, 끝으로 협곡을 거치고 또다시 고비 사막을 거쳐 현성까지 이어졌다. 이 길은 최근 몇 년간 광산 개발로 인해 쉴 새 없이 광석을 실어 나르는 중형차들로 몸살을 앓았고 곳곳에 웅덩이가 움푹 파였다. 얼마나 깊게 팼는지 물을 가득 채우면 욕조로 사용해도 될 정도였다. 들리는 바로는 머지않아 길을 새로 놓을 거라고 했다. 반은 무너져 내린 나무다리 옆으로 시멘트 다리를 놓는 작업이 한창이었다. 전봇대도 길을 따라 세워졌고 전선도 머지않아 연결될 터였다. 마침내 이 마을에도 전기가 들어오게 되는 것이다.

앞으로 이 흙길은 시골 마을에 더 많은 외지 물건들을 가져다줄 것이다. 그때쯤 우리는 어디에 가 있을까.

엄마와 나는 어디로 가고 있는지도 모른 채 큰 소리로 신나게 수다를 떨어가며 흙길을 걸었다. 갈수록 지세는 높아지고 길 양쪽으로는 수확을 끝낸 감자밭과 그루밭이 펼쳐졌다. 간혹 길가에 비스듬히 자리한 네모반듯한 무덤을 발견하기도 했다. 무덤 주위를 둘러싼 야트막한 담 위

---

* 항저우 와하하 그룹 유한공사에서 생산되는 음료 브랜드. 와하하 그룹은 중국 최대의 식품음료 생산기업이다.

로 기어 올라가 안을 들여다보면 바닥이 평평한 안쪽에는 아무것도 없이 텅 비어 있었다. 무슬림의 무덤은 적막한 작은 공터를 에워싸고 있을 뿐 죽은 자를 위한 것이 아닌 듯했다. 저 멀리 보이는 곳은 지세가 차츰 아래로 경사져 있고, 강물은 깊은 산골짜기 아래를 유유히 흘러가고, 강 양쪽 기슭에는 관목이 띄엄띄엄 흩어져 무성하게 자라고 있었다. 시선을 더 멀리 던지자, 깎아지른 듯한 거대한 암적색의 절벽과 절벽 꼭대기에 조용히 서 있는 낙타 몇 마리가 보였다. 거리가 너무 먼 탓에 낙타들은 손가락만 하게 보였다. 절벽 너머 하늘은 눈이 시리게 파랬다. 고개를 들어보니 우리 머리 위에 있는 하늘도 눈이 부시게 파랬다.

# 린린과 함께한 나날들

나는 바라얼츠에서 철광석을 실어 나르는 운전기사 린린과 사랑에 빠졌다. 나는 매일같이 재봉틀 뒤에 앉아 일도 하는 둥 마는 둥, 그가 나를 보러 오기만을 목이 빠져라 기다렸다. 멀리서 요란한 차 엔진 소리만 들려도 부리나케 뛰쳐나가 두리번거리는 내 모습에 젠화와 엄마는 배꼽을 잡고 웃어댔다.

그러나 우리 관계는 여덟 번째 만남을 끝으로 더 이상 지속되지 않았다. 가슴이 너무 아팠다.

사랑을 한다는 것은 너무 멋진 일이다. 내 남자친구를 보는 사람마다 잘생겼다고 하나같이 입을 모을 때면 어깨가 괜히 으쓱거렸다. 그는 나를 보러 올 때마다 늘 잊지 않고 먹을 것을 한 아름 싸들고 왔다.

그는 하얀색 황허(黃河)*차를 몰고 다녔는데, 우리 동네에 있는 트럭들 중에서 황허차가 제일 크고 길었다. '제팡(解放)'이나 '동펑(東風)' 같은 트럭은 황허차에 비하면 작은 파충류에 지나지 않았다〔그런데 얼마 안 가 광산용 차량을 커민스(康明斯)**와 쓰타이얼(斯太爾) 트럭으로 교체하는 바람에 황허차는 한순간에 제일 촌스러운 차로 전락하고 말았다〕. 높은 운전석에 앉아 있으면 신바람이 절로 났다. 가는 길에 차가 고장이라도 나면, 나는 자동차 잭(Jack)을 이용해 차를 들어 올리는 일을 도와줄 수 있었기 때문에 더욱 신이 났다. 잭을 이용해 자동차를 들어 올리는 일은 정말 재미있었다. 한번 생각해보라, 잭을 몇 번 돌리는 것만으로 거대하고 육중한 차의 앞부분이 단숨에 들리는 걸 보면 내가 마치 항우장사라도 된 기분이었다.

나는 그의 곁에 바짝 붙어 앉으려고 늘 운전석 옆 엔진 뚜껑 위를 고집했다. 오가는 길에 만나는 운전기사들에게 아는 척을 하면, 기사들은 그런 내 모습에 하나같이 브레이크를 밟고 창유리를 돌려 연 다음 호기심을 가장해 이렇게 묻곤 했다. "좀 빨리 달릴 수 없어?"

나중에는 경유차와 휘발유차의 엔진 소리를 구분하는 법도 배웠다. 멀리서 들려오는 소리만으로도 무슨 차인지 알아맞힐 수 있게 되자, 엔진 소리만 들리면 무조건 밖으로 뛰어나가는 멍청한 짓은 더 이상 하지 않아도 되었다. 그런데 얼마 안 가 엄마와 젠화도 귀신같이 알아차리고

---

* 1960년대 지난(濟南) 자동차 제조공장에서 생산한 중국 최초의 중형 트럭인 황허 시리즈 중 하나

** Cummins : 1919년에 설립된 커민스는 미국 인디애나 주 콜럼버스 시에 본사를 두고 있으며, 전 세계 엔진업계를 주도하는 대표기업이다.

무슨 기척이 느껴지면 꼭 먼저 선수를 쳤다. "신경 꺼, 저건 휘발유차야! 좋다 말았지?" ……휴, 기다림은 끝이 없다.

우리는 열흘에 한 번꼴로 만났다. 우리 가게 앞을 지나는 차량이 하루에 대략 20여 대였으니까, 이 말은 곧 200여 대의 차가 지나가야 그가 모는 하얀색 대형 트럭이 모습을 드러낼 가능성이 있다는 의미였다. 흙길은 너무 적막하다! 땅거미가 내리고 날이 선선해지면 나는 길을 따라 위쪽을 향해 하염없이 걸었다. 하늘은 구름 한 점 없이 맑고, 서쪽 하늘에 고요히 걸린 아름다운 태양은 더 이상 열기를 내뿜지 않았다. 이제 막 얼굴을 씻고 나온 듯 매끈한 달은 맑고 투명한 하늘 속에 잠겨 있고, 광활한 산골짜기 맞은편으로는 암적색 절벽이 펼쳐졌다. 흙길이 나 있는 곳은 지세가 높은 탓에 늘 세찬 바람이 불었다. 꼭대기에 서면 산기슭 아래로 끝없이 뻗어 있는 하얀 흙길이 눈에 들어왔다. 이때 저 멀리 뭉게뭉게 피어오르는 뽀얀 흙먼지가 점점 가까이 다가왔다. 높은 산비탈에 서서 한참을 기다리자 철광석을 한가득 실은 차가 느릿느릿 먼지를 뚫고 나타났다. 동펑 141…… 린린이 아니다.

린린의 차는 한눈에 알아볼 수 있는 독특한 표지가 있었다. 적재함 의자 위로 삽 한 자루가 높이 꽂혀 있었다.

린린을 처음 만났을 때, 그는 내 앞에 차를 세우더니 적재함을 점검한 뒤 삽을 아무렇게나 꽂아두었다. 그러고 나서 몸을 돌리며 내게 말했다. "아가씨, 현에는 뭐하러 가? 하하, 팔아넘길지도 모르니까 조심해……."

물론 린린은 나를 어디에도 팔아먹지 않았고 오히려 내게 닭고기 요리를 사주었다.

린린의 차를 얻어 타고 현으로 가는 길에, 그의 황허차는 과적으로 인해 툭하면 타이어가 펑크가 났다. 그러다 보니 현까지 여덟 시간이면 가고도 남는 길을 우리는 꼬박 1박 2일이나 걸렸다. 그는 가는 길 내내 끊임없이 나를 달래주었다. "조금만 참아, 이제 거의 다 왔어. 닭고기 요리 사줄게……." 나는 그런 그를 거들떠보지도 않았다.

가는 길에 '45킬로미터 지점'이라고 불리는 곳에 길거리 식당이 딱 하나 있었는데 그 식당에는 나무로 만든 두 칸짜리 방이 있었다. 그곳에 도착했을 때는 이미 날이 저문 뒤였고, 나는 차에서 내리자마자 얼굴을 푹 숙인 채 안으로 들어가 더듬더듬 침대를 찾아 기어들어 가서는 잠을 청했다. 여주인이 내게 이불을 덮어주었다. 린린이 밖에서 아무리 소리쳐 불러도 싹 무시해버렸다. 한밤중에 배가 고파 깨어보니 옆방에서 빛이 흘러나오고 있었다. 작은 구멍이 난 나무 벽 틈새로 옆방을 살펴보니 탁자 위에 무언가가 신문지에 덮여 있었고, 초는 거의 다 타들어가고 있었다. 나무 탁자는 기억 속에 머물러 있는 듯 고요했다.

나를 여기 버려두고 그 사람 혼자 차를 타고 가버린 줄 알고 깜짝 놀랐다. 나무 벽을 한참 더듬어 간신히 문을 찾아 열어보니, 달빛 아래 주차되어 있는 그의 차가 선명하게 내 눈에 들어와 박혔다. 달은 여전히 하늘에 두둥실 떠 있고, 천지가 한순간 낮처럼 환하게 느껴지는 게 무척 신비로웠다. 한참을 쳐다보다가 나는 큰 소리로 몇 번 외쳤다. 그리고 잽싸게 탁자 앞으로 가 신문지를 젖히고 마지막 남은 희미한 촛불에 의지해 반 정도 남아 있던 닭고기를 게 눈 감추듯 순식간에 먹어치웠다.

나는 왜 린린을 좋아하게 됐을까? 어쩌면 그에게 큰 트럭이 있었기 때문일지도 모른다. 왜냐하면 큰 트럭 때문에 그가 아주 거대해 보였고, 내게 많은 변화를 가져다줄 거라고 생각했다. 나는 일개 재봉사에 불과했고, 매일같이 재봉틀 뒤에 앉아 산처럼 쌓여 있는 옷감과 씨름해야 하는 삶이 끝도 보이지 않았거니와 무엇보다 너무 따분했다.

그도 나만큼 젊고, 나만큼 유쾌한 웃음을 지을 수 있는 사람이기 때문이기도 했다. 그리고 그도 늘 혼자였고 그래서 항상 외로웠기 때문이기도 했다. 그는 커다란 황허차에 올라타고 높고 험준한 산골짜기를 따라 굽이굽이 나 있는 길을 장시간 트럭을 몰며 천천히 나아간다. 엔진 소리는 요란하게 울려 퍼지고 하늘은 늘 그렇듯 짙푸르다.

그리고 이곳은 바라얼츠, 아주 멀리 떨어진 외딴 바라얼츠이기 때문이기도 했다. 이곳은 버려졌다가 다시 사람들이 들어와 살기를 수차례 반복했던 아주 작은 시골 마을에 불과하다. 전기는 오래전에 끊기고, 예전에 설치되었던 낡은 전봇대는 마치 선사시대 유물처럼 을씨년스럽게 서 있다. 곳곳에 낡음과 '영원'의 숨결이 충만하다. 마을 주위는 이제 막 수확을 끝낸 감자밭과 그루밭이 끝없이 펼쳐져 있고, 집토끼와 산토끼가 한데 어우러져 들판을 마음껏 뛰놀고, 새벽녘이면 깃털이 반짝반짝 빛나는 검은 까마귀 떼가 담장마다 깃들어 있다.

풀 베는 계절이 막 지나서인지, 집집마다 지붕 위에는 짚들이 작은 산처럼 쌓여 있다. 황금빛이 푸른 창공을 위협하고, 고개를 들어보면 모든 게 눈부시다. 길 위에는 흙이 손가락 세 개 정도 굵기로 두껍게 쌓여 있다. 땅은 고르고 조용하고 발자국 하나 찍혀 있지 않다. 사람이라고는 그림자 하나 보이지 않는다. 강은 낮은 산골짜기를 얕게 흘러가고, 높은 곳에서 내려다보면 강 양쪽 기슭의 나무들은 하루가 다르게 푸른빛을 잃어간다. 양 떼 행렬이 잇따라 지나가며 흰 버드나무 잎과 가지를 뜯어 먹기 때문에 이곳 풍경은 점차 삭막해진다. 그에 비해 갈대와 관목림은 황금빛을 더해가며 갈수록 농밀해지고 기세가 드높아진다.

강가에서 물을 길어 길게 이어진 완만한 비탈길을 따라 산에 오르고, 높은 곳에 있는 그루밭을 지나 왕귀리풀이 무성한 들판으로 들어선다. 어깨를 짓누르는 무게에 통증이 밀려와 열 발자국에 한 번씩 물지게를 내려놓고 소처럼 거친 숨을 몰아쉬며 잠깐 숨을 돌린다. 고개를 들면 하늘은 온통 빙글빙글 돌아가고, 푸른 하늘에 자줏빛이 감돈다. 집은 아직도 까마득하게 멀고, 들판이 끝나는 곳에서 다시 언덕 꼭대기까지 올라가야 한다.

이때, 저 멀리서 누군가 큰 소리로 나를 부르며 이쪽으로 천천히 다가온다.

나는 하얀 왕귀리풀이 무성한 들판의 한가운데, 드넓고 명징한 파란 하늘 아래에 서서, 한참 동안 그 사람을 바라본다. 린린이다. 마침내 그가 왔다.

다른 곳과 마찬가지로 중추절이 되면 바라얼츠의 하늘에도 쟁반같이 둥근 달이 두둥실 걸린다. 특히 땅거미가 질 무렵, 고요한 하늘 끝에 걸린 달 가장자리는 너무 매끈하고 예리해서 무엇이든 그곳에 살짝 닿기만 해도 날카롭게 베일 것만 같다. 만물은 몸을 잔뜩 움츠린 채 멀찌감치 떨어져 달을 바라본다. 하지만 달은 오히려 손에 잡힐 듯 세상과 가까이에 있다. 그 어느 때보다 대지에 가까이 맞닿아 있다-달 같지 않고 무슨 UFO 같은 신기한 물체로 보인다. 휘영청 둥근 달은 보는 이의 가슴을 아리게 한다.

우리 집은 이 일대 언덕 중에서 제일 높은 곳에 자리하고 있다. 사방은 탁 트인 평지로 둘러싸여 있고, 아래로는 깊은 계곡에 접해 있고, 맞은편으로는 남북으로 길게 가로지르는 천 길 낭떠러지와 마주하고 있다. 집에서 나와 고원 흙길을 따라 이리저리 거닐다 보면, 어느새 황혼이 깃들며 상쾌해지고 저녁 바람은 점차 거세진다. 해 질 녘 연푸른 하늘이 짙푸른 빛 속으로 가라앉을 즈음, 달은 본연의 빛을 발하며 은백의 달빛에서 황금빛으로 변한다. 밤이 내리고 별들이 하나둘씩 반짝이며 하늘에 수를 놓기 시작하면, 한 시간 전쯤 사람들에게 심어주었던 환상적인 분위기는 말끔히 사라진다. 평범하고 평온한 긴긴 밤이 다시 찾아온다.

나무 격자를 끼워 넣은 방 안 창문에 유리창은 달려 있지 않다. 환한 달빛이 방 안으로 쏟아져 들어와 커다란 침대 위를 비춘다. 다른 식구들은 모두 현성에 나가고 없고 집에는 나와 여동생*뿐이다. 오늘이 중추절인 걸 잊었나 보다. 하기야 오늘이 중추절이든 아니든 무슨 상관이

---

* 여기서 여동생은 계부의 딸로, 당시 계부와 함께 살지 않았지만 근처 철광산에서 일하는 계부를 대신해 어린 딸(당시 열서너 살)을 작가의 집에서 데리고 있으면서 재봉 일을 가르쳤다.

랴? 산속에서는 날짜의 흐름이 모호해서, 계절이나 날씨의 변화를 통해 시간의 흐름을 대충 추측해낼 뿐, 해가 뜨고 지는 것으로 정확한 시간을 계산해낼 수는 없다. 오늘이 무슨 날인지 모르면 모르는 대로 무덤덤하게 또 하루를 보낸다. 하지만 기왕 알게 된 이상 모른 척하고 무시해버리기엔 뭔가 아쉬움이 남는다.

나와 여동생은 가게 문을 일찍 닫아걸고, 길이가 들쑥날쑥 제멋대로인 나무토막을 높이 쌓아 올려 문을 막은 다음 큰 돌 몇 개를 괴어놓았다. 그러고 나서 환한 달빛을 받아가며 저녁밥을 지었다. 구석에 있는 화덕 안에서 타오르는 불꽃은 어둠 속에서 아름답게 너울거렸고, 한 줄 실처럼 끊이지 않고 모락모락 길게 피어오르는 모습이 마치 살아 있는 생명체 같았다.

나는 밀가루를 반죽하느라 온몸에 밀가루를 뒤집어썼고, 화덕 위에 올려놓은 물은 끓어 넘쳤다. 다급해진 내가 어찌할 바를 모르고 발만 동동 구르고 있을 때, 느닷없이 "똑똑똑" 하는 힘찬 노크 소리가 들렸다. 우리 두 사람은 가슴이 철렁 내려앉아 앞으로 일어날 수 있는 모든 재수 없는 상황을 본능적으로 상상하기 시작했다……. 앞으로는 마을 하나 없고, 뒤로는 가게 하나 없이 황량한 산꼭대기에, 여자애 둘이서 집을 지키고 있다. 날도 저문 이 야심한 시간에 대체 누가 문을 두드리고 있는 걸까?

우리는 재빨리 끓고 있는 솥을 부뚜막에 내려놓고, 아궁이에서 흘러나오는 불빛을 차단한 다음 숨을 죽이고 집 안에 아무도 없는 척했다. 속일 게 따로 있지! 안에서 문을 꽉 걸어 잠그고 있는데, 노크 소리는 갈수록 다급해졌고 참을성이 없어졌다.

나는 가까스로 정신을 추스르고 나서 침착하게 말문을 열었다. "이렇게 늦은 시간에 누구세요?"

"나야."

"나가 누구냐고요?"

이 질문이 상대를 무척 난처하게 했는지 상대방은 한참 만에 입을 열었다. "닭고기 요리!"

나는 뛸 듯이 기뻤다! 빌어먹을 돌무더기와 들쑥날쑥한 나무토막을 치우는 데도 시간이 제법 걸렸다.

그게 린린과의 두 번째 만남이었고, 나는 그날을 영원히 잊지 못할 것이다. 그는 내게 월병을 가져다주었고, 침대 위에 걸터앉아 내가 달빛을 받아가며 밀가루를 반죽하고 국수를 솥 안에 집어넣는 모습을 지켜보았다. 우리는 할 얘기 못 할 얘기 가리지 않고 즐겁게 수다를 떨었다. 달빛이 서서히 옆으로 기울면서 커다란 침대에서 물러나 이제는 담벼락을 비추었다. 여동생이 촛불을 켰고, 우리 세 사람은 촛불 앞에 둘러앉아 국수를 먹었다.

린린의 트럭은 문가 공터에 주차되어 있었고, 그날 밤 린린은 차에서 잤다. 키 큰 사내가 운전석에 벌레처럼 몸을 돌돌 말고 자느라 꽤 불편했을 터였다. 게다가 밤이 깊어지면서 온도가 급격히 떨어지기 때문에 춥기도 많이 추웠을 거였다. 나는 옆방에 그를 재우고 싶었지만, 아가씨의 소심함에 차마 아무 말도 꺼내지 못했다. 지금도 그때 일을 떠올리면 후회가 밀물처럼 밀려온다. 나는 너무 교만했고 지나치게 몸을 사렸다. 그 일이 그에게 상처를 주지 않았기만을 바랄 뿐이다.

지금에 와서 다시 생각해보면, 린린 역시 아주 예민한 젊은이였다…….

그날 밤, 달빛이 서서히 빛을 잃어가며 집 안에 어둠이 내리기 시작하자 적막이 감돌았다. 하지만 창밖의 하늘은 너무 환해서 온 세상이 낮 시간에 멈추어버린 듯 신기하기만 했다. 린린의 하얀 트럭은 고요한 달빛 아래 주차되어 있었고, 적재함 위로 맑고 서늘한 하늘을 향해 높이 꽂혀 있는 삽 한 자루는 마치 끝없는 말들을 쏟아내고 있는 것만 같았다……. 이 광경은 이상하리만큼 너무 사실적이어서, 옛날에도 그랬지만 앞으로도 영원히 변치 않을 것만 같다.

바라얼츠에서 사랑이 없어도 모든 것이 이토록 아름다울 수 있을까? 강가에 나가 물을 길어 올 때, 무게를 견디지 못해 늘 물지게를 내려놓고 홀로 강을 따라 하류 쪽으로 걷다 보면 그루밭과 해바라기 밭을 지나고, 다시 드넓은 흰 버드나무 숲과 갈대숲을 지나 마을 어귀에 놓인 나무다리까지 곧장 걸어갔다. 그런 다음 그곳에 서서 다리를 건너는 첫 번째 차가 시야에 들어올 때까지 한참을 바라보며 기다렸다……. 그때 그 시절, 강가에 물을 길으러 가면서도 나는 줄곧 치마만 고집했었다.

참 묘하다. 만약 사랑이 없었다면 바라얼츠에서의 모든 기다림은 단순하고 순간적인 것에 불과했으리라! 사랑이 싹튼 곳에 대한 추억뿐 아니라, 그 시절에 존재했던 나의 청춘의 한때와 이제는 영영 다시 오지 않을 행복한 기억이 함께하기에 사랑은 영속될 수 있는 게 아닐까? 아,

바라얼츠, 어떻게 잊을 수 있을까? 이곳을 차마 떠날 수가 없다.

하지만 10월, 하산하는 마지막 유목민을 끝으로 우리도 그곳을 떠나야 했다. 아, 삶은 버림과 이어짐의 끊임없는 연속이다. 바라얼츠에서의 사랑은 끝내 이루어지지 않았지만, 그래도 괜찮다. 적어도 기어를 변속하는 방법과 경유차와 휘발유차의 엔진 소리를 구별하는 방법은 터득했으니까…….

비록 커다란 하얀 트럭이 적재함 위에 눈에 잘 띄는, 세상에 둘도 없는 삽 한 자루를 높이 꽂은 채, 맑고 깨끗한 달빛을 받으며 기쁨에 들떠 나를 향해 달려오는 일은 더 이상 없을지라도.

# 바라얼츠의 밤

바라얼츠의 밤은 달이 뜰 때도 있고, 달이 뜨지 않을 때도 있다. 이건 어디서든 똑같으니까 말하면 입만 아프다. 하지만 바라얼츠에서는 달이 뜨는 밤과 달이 뜨지 않는 밤의 차이가 너무 커서, 이곳을 기억하는 사람들에게 바라얼츠의 밤에 대한 인상은 두 부류로 확연하게 나뉜다. 대낮같이 밝다고 느끼거나 칠흑같이 어둡다고 느끼거나 둘 중 하나다. 그건 마치 또 다른 한낮과 한밤이 존재하는 것만 같다.

나는 바라얼츠의 달에 대해서만 말하고자 한다. 바라얼츠의 달을 떠올리면…….

몸이 활짝 열리며 달빛이 온몸으로 스며든다. 물고기는 내 몸속을 헤엄쳐 다니고, 물풀들은 잎을 활짝 펼치며, 무엇이든 내 몸에 와 닿는 순간 천천히 가라앉는다……. 바라얼츠의 달은 세상에서 가장 신비한 물체로 상상을 초월할 정도로 둥글다. 황량한 벌판 위의 다른 모든 것들은 하나같이 아무런 법칙도 없이 제멋대로 대지에 방치되어 어지럽게 흩어져 있고 투박하기 그지없다. 바라얼츠의 달은 너무나 눈부셔 세상의 모든 빛이 달과 부딪치는 순간 "아" 하는 탄성과 함께 저절로 달과 같은 속성으로 빛난다……. 바라얼츠의 달…….

문 틈새로 바라본 밖은 늘 찬바람이 쌩쌩 불었다. 밖의 하늘은 한밤중의 푸르름을 띠고 있지만 계속 응시하다 보면 한낮의 푸르름을 닮은 것 같기도 하다. 별도 없고 은하수도 없다. 그제야 비로소 깨닫는다. 일찍이 내가 느꼈던 밤하늘의 휘황함과 화려함은 흩어지는 아름다움이요, 사치스럽고 점차 소멸해가는 아름다움에 불과했다는 것을. 하지만 휘영청 밝은 달이 뜬 밤하늘은 점점 응집해가는 아름다움이요, 갈수록 선명해지는 아름다움이며, 아름다움을 빨아들이는 아름다움이고, '영원'에 가까운 아름다움이다. 세상은 이처럼 고요하다.

문 틈새로 밖을 내다보면 달의 반쪽만 보이고, 얼굴을 옆으로 이동하면 또 다른 반쪽만 보인다.

매일 밤 나는 뒷문 쪽에서 잠을 잤다. 맥주 상자 몇 개를 밑에 깔고 그 위에 널빤지를 올리고 양모펠트로 덮은 다음, 이불로 몸을 칭칭 휘감고 그 위에 누웠다. 낮에는 펠트를 이불째 돌돌 말아 이불에 흙먼지가 앉지 않도록 했다. 바라얼츠는 지세가 높고 탁 트인 데다 매우 건조해서 늘 흙먼지가 사납게 일었다.

상품진열대에 놓여 있던 맥주가 다 팔리면, 엄마는 내게 침대를 덮고 있던 널빤지를 들어 올려 그 밑에 있는 상자 안에서 맥주 몇 병을 꺼내 진열대에 올려놓으라고 시켰다. 나는 상자마다 돌아가며 맥주병을 하나씩 꺼냈다. 그런데도 희한하게 담벼락에 붙어 있는 맥주 상자가 제일 먼저 텅 비었다. 잠을 잘 때면 아차 하는 순간 침대가 밑으로 푹 꺼질까 봐 담벼락 쪽으로 붙지 않으려고 늘 조심해야 했다.

이불로 몸을 꽁꽁 감싼 채 침대보도 없이 펠트 위에서 잠을 자다 보면, 거칠고 딱딱한 펠트에 등이 서서히 배겨오고 추위에 몸이 뻣뻣하게 굳어도 말할 수 없이 따뜻하고 안온했다. 밤이 참 좋다! 밤이 아무리 춥고 더딜지라도 항상 아늑하고 차분하게 느껴지는 이유는 왜일까? 아마 밤에는 더 이상 일을 할 필요도, 분주하게 오갈 필요도 없기 때문이리라.

나는 침대로 뒷문을 괴어놓았는데 문짝 여기저기가 갈라져 크고 작은 틈새 천지였다. 낡은 펠트 조각으로 틈 사이를 메워놓아도 틈새로 불어 들어오는 거센 황소바람은 막아낼 도리가 없었다. 밤마다 자다 깨 뒤척이며 일어나 침대에 엎드린 채 펠트 조각을 들추고 얼굴을 문에 바짝 붙여 문틈으로 밖을 내다보곤 했다. 그때 달은 밝은 빛을 비추며 마치 출구처럼 신비하게 활짝 열리고, 모든 세상은 이별을 준비하고 있는 듯했다.

눈이 오는 날이면 문틈 사이를 뚫고 들이친 눈가루가 얼굴 위로 떨어져 녹으면서 예리한 침으로 찌르는 것만 같았다. 나는 몸을 뒤척이다 다시 잠 속으로 빠져들었다. 나는 안다. 이 시각 문틈 사이로 보이는 밤하늘은 사람의 마음을 설레게 하는 분홍빛으로 찬란하게 빛나고 있다는 것을.

아마 나는 잠시 잠에서 깨어 문틈 사이로 손가락 하나 찔러 넣을지도 모른다……. 손가락은 나보다 먼저 자기가 꿈꾸는 꿈의 세계로 빠져들고, 꿈속에서 내가 가야 할 곳을 가리키며 나를 데리고 광활한 곳을 수없이 건널 것이다.

밤만 되면 고양이 한 마리가 늘 찾아왔다. 우리가 세 든 흙집은 곳곳에 구멍이 뻥뻥 뚫려 있는 탓에 고양이는 말할 것도 없고, 낙타도 마음만 먹으면 언제든지 드나들 수 있을 정도라 어떻게 막을 도리가 없었다. 정말 웃기는 건, 사면이 허술하기 짝이 없는 이 집에 문 하나만큼은 바람 하나 새어 들지 못할 정도로 꼭꼭 걸어놓는다는 점이었다. 잠자리에 들기 전, 엄마는 하루도 빠짐없이 문을 밧줄로 이중 삼중으로 묶어놓는 것으로도 모자라 나무토막(집주인이 임시로 달아준 문이라서 빗장도 문고리도 없다)으로 문을 괴어놓기까지 했다. 그 바람에 우리는 다음 날 아침 자리에서 일어나면 그걸 치우느라 한참 씨름을 해야 했고, 그러고 나서야 간신히 문을 열고 장사를 시작할 수 있었다. 문을 이렇게 철통같이 잠가놓은 덕분에 술주정뱅이들이 한밤중에 기어코 우리 가게까지 기어올라와 아무리 문을 두드리고 발로 문짝을 걷어차봐야 문은 꿈쩍도 하지 않았다.

다시 고양이 얘기로 돌아가자. 고양이는 사람처럼 숨쉬고, 사람처럼 살금살금 발소리를 죽여가며 걷고, 사람처럼 가까운 곳에서 나를 주시했다.

나는 재빨리 이불로 몸을 돌돌 말아 고양이가 비집고 들어올 한 치의 틈도 허용하지 않았다.

그런데 대체 무슨 수를 쓰는지 고양이는 기어코 이불 속으로 기어들어 오고야 만다. 고양이는 털이 아주 가늘고 부드러워 깨끗한지 더러운지 구분조차 안 되는데, 그런 털을 해가지고 늘 내 다리에 찰싹 붙어 있곤 했다. 고양이 체온은 사람과 같다 – 아휴…… 징그러워. 게다가 사람처럼 몸을 떨고, 사람처럼 조심스럽고, 사람처럼 고집이 세다. 발로 고양이를 뻥 차면 찍소리도 못 하고 바닥으로 나가떨어졌다가, 다시 찍소리도 없이 기어 올라와, 찍소리도 없이 다시 내 곁으로 다가왔다. 잠에서 깨어 따뜻한 고양이의 체온을 느낄 때쯤이면 이 녀석이 얼마나 오랫동안 내 이불 밑에서 자고 있었는지 모를 일이었다. 고양이도 사람처럼 숨을 내쉴 때마다 몸이 오르락내리락했고, 사람처럼 코도 골았다.

그럼 고양이도 사람처럼 죽을까……?

깊은 잠에 빠져 있을 때는 고양이가 어쩌다 한 번 몸을 뒤척이는 것 가지고 잠이 싹 달아나지는 않았다. 고양이가 왔다 갔다 하는 것을 잠결에 어렴풋이 느낄 뿐이었다. 사람을 제일 짜증나게 하는 건, 이불 속 가장 깊은 곳에 기어 들어가 자는 걸 좋아하는 이 녀석이, 공기가 잘 통하지 않아 답답한지 일정한 간격으로 잠에서 깨어 내 목 쪽으로 기어 나와 공기를 들이마신다는 점이었다. 그렇게 밤새도록 들락날락하며 사람을 못살게 굴었다. 잠에 완전히 곯아떨어졌다면 또 모를까 그렇지 않고서야 깊은 잠을 잔다는 건 꿈도 꾸지 말아야 했다.

고양이와 나의 밖, 그러니까 이불 밖에는 짙은 어둠이 사방에 깔려 있고 한기가 방 전체를 덮고 있다. 엄마나 다른 식구들은 다 어디로 갔는지, 심지어 죽었는지 살았는지조차 모른다……. 나는 똑바로 누워 있다. 눈은 그친 것 같기도 하고 여전히 내리는 것 같기도 하다. 피곤에 절어 천근만근인 몸을 일으켜보려고 발버둥을 쳐본다. 몸을 뒤척이다 보면 짙은 어둠 속에서 상하좌우조차 분간이 안 된다. 계속 잠을 청하다 보면 꿈속에서 지나간 옛 정경들이 보이고, 고양이도 보이고…… 고양이!

꿈속에서 고양이를 본 순간 갑자기 잠이 싹 달아났다.

고양이 꿈만 꾸면 불현듯 머리를 스치고 가는 게 있었다. 이 고양이는 생전 처음 보는데…… 고양이는 밤마다 찾아와 나와 함께 지내지만 나는 고양이가 어떻게 생겼는지 본 적이 없었다. 한밤중에는 어둠이 고양이를 덮쳤고, 한낮에는 시끄러운 소리들이 고양이를 깊은 곳으로 내몰았다. 이 녀석 털은 무슨 색일까? 눈은 무슨 색일까? 나는 벌떡 일어났다. 하지만 이불 속은 이미 텅 비어 있었다. 고양이는 벌써 자취를 감추고 난 뒤였다.

가끔 저녁 식사가 늦어질 때도 있었다. 가족들은 바깥방에서 유쾌하게 이런저런 이야기를 나누었다. 오랫동안 침묵이 이어질 때도 있었다. 촛불이 커졌다 작아졌다 하며 너울거렸다.

나는 부엌에서 정성스레 저녁을 준비했다. 부뚜막 위에서는 호롱불이 조용히 타올랐다. 나는 반죽이 고르고 끈기가 생기도록 열심히 치댔다. 장시간 똑같은 동작을 반복하다 보면 한번 힘을 줄 때마다 손안에서 반죽이 고르게 되고 있다는 게 느껴졌다. 반죽을 치대며 고개를 오른쪽으로 돌려보면 벽에 비친 거대한 내 그림자가 일렁거렸다. 다시 고개를 들어 위를 바라보면 마감하지 않은 천장에 들보만 가로질러 있는 공간은 뻥 뚫려 어두컴컴하고 마치 심연처럼 위로 쭉 빨려 들어갈 것만 같았다. 잠시 하던 일을 멈추고 한숨을 돌린 다음 다시 고개를 숙여 밀가루 반죽을 치댔다.

잘 치댄 반죽은 도마 위에 고르게 잘 편 다음 채 썰 듯 썰어 길게 잡아당기고 연필 굵기가 되도록 잘 비빈 다음 식용유를 바르고, 큰 접시에 원을 그리듯 국수 가닥을 빙 둘러 쌓은 다음 랩으로 씌워 발효시켰다. 그러고 나서 화덕에 불을 지펴 물을 끓이고, 채소는 살짝 볶은 다음 전분을 풀어 다시 한번 볶아냈다.

나무껍질이 붙어 있는 신선한 관솔가지가 불에 잘 붙었다. 땔감 앞쪽에서는 불꽃이 타닥타닥 맹렬히 타들어가고, 뒤쪽에서는 "쉭쉭" 소리와 함께 빨간 거품이 일며 흰 수증기가 피어올랐다. 땔감 하나도 반은 맹렬히 타오르고 나머지 반은 축축하게 젖어 물기가 배어났다. 가끔 물기가 배어 나오는 틈 사이로 한 줄기 가는 파란 불꽃이 미세하지만 아름답게 피어올랐다.

아궁이 앞에 놓여 있는 작은 걸상에 앉아 이따금씩 땔감을 집어넣고 부지깽이로 아궁이 속에서 타고 있는 땔감을 조심스레 뒤적이면, 불꽃이 혀를 날름거리며 솥단지 밑을 맹렬히 핥았다. 금세 얼굴이 익어 시뻘겋게 달아올랐다. 아궁이 밖으로 고개를 돌리면 강렬한 불꽃에 익숙해졌던 시선이 순식간에 어둠 속으로 빨려 들어갔다. 집 안은 깊은 어둠에 잠겨 있고, 아궁이 속 불꽃은 활활 타오르며 눈부시게 빛났다. 부뚜막 위에 놓여 있는 호롱불에서도 환한 빛이 흘러나왔다. 조용히 길게 피어오르는 호롱불 불꽃은 고요하고 흔들림이 없었다. 호롱불, 아궁이 불, 집 안의 어두움, 이 세 가지는 내 시선 안에서 서로 간섭하지 않고 상호 대칭을 이루며 기이한 평형을 이루어내고 있었다.

물이 끓기 시작하면 쌓아놓은 반죽을 접시에서 원을 그리듯 떼어내 손목에 감고 도마 위에 탁 하고 내리쳤다. 내가 뽑은 면발은 하나같이 가늘고 골랐다. 밖으로 한 가닥도 흘리지 않고 깔끔하게 솥 안에 집어 넣으면 팔팔 끓는 솥 안에서 면발이 마구 요동을 치며 춤을 추었다. 호롱불은 여전히 맑고 깨끗했다. 세 번 정도 끓으면 면발은 맑고 투명한 색을 띠며, 쫄깃하고 매끈한 면발들이 솥 밖으로 튀어나올 기세였다. 수증기가 자욱이 피어올랐다. 눈처럼 희고 투명한 면발을 쟁반에 수북이 담아 어두운 곳에 가만히 내려놓으면 말할 수 없이 아름다운 면발이 사람을 유혹했다.

다시 몇 분이 더 흐른 뒤, 쟁반에 담은 국수 위에 다 볶아진 채소를 끼얹어 잘 섞은 다음 쟁반째로 내가면, 먹는 사람마다 요리 솜씨가 뛰어나다고 엄지손가락을 치켜들었다. 내 요리 솜씨는 기가 막혔다! 매 끼니때마다 아무리 칭찬을 들어도 전혀 싫증이 나지 않았다.

우리는 계산대에 둘러앉아 식사를 했다. 각자 큰 접시 하나씩 손에 들고 밥을 먹으며 늘 무언가를 상의했다. 늦은 시간이 되어서야 하나씩 빈 접시를 내려놓았다. 하지만 누구 하나 솥단지를 씻고 밥그릇과 젓가락을 치울 생각을 하지 않았다. 너무 어둡고 추웠다. 결국 다음 날 아침

식사를 준비할 때 설거지를 하기로 의견 일치를 보았다(아침 식사 당번에게는 재수 없는 날이다……).

설거지를 안 해도 된다고 해서 곧장 자러 들어가는 사람은 없었다. 우리는 촛불 주위에 둘러앉아 시간 가는 줄 모르고 이야기꽃을 피웠다. 차츰 할 말이 줄어들고, 초는 점점 짧아졌다.

이때, 문 두드리는 소리가 들리자 누군가 벌떡 일어나 문을 열어주었다. 가게에 들어온 사람은 제일 먼저 말고삐를 붙들어 맬 장소부터 찾았다. 집 밖은 황량하기만 할 뿐 아무것도 없어 마땅히 말을 붙들어 맬 만한 곳이 없었다. 그 사람은 집 안에 서서 기다란 고삐를 손으로 잡아당기며 주위를 한번 빙 둘러보더니 문 옆에 놓여 있던 작은 걸상에 고삐를 매어놓고 고개를 돌렸다. 그제야 우리는 그의 얼굴을 정확히 볼 수 있었다.

고삐에 묶인 채 밖에 조용히 서 있는 말은 자신이 어떤 물건에 매여 있는지 알 턱이 없으니 뛰쳐나갈 생각 같은 건 절대 하지 않을 터였다. 나는 작은 걸상을 밖으로 들고 나가 말에게 보여주고 싶은 유혹을 여러 번 뿌리쳐야 했다.

그 사람은 우리에게 일일이 안부를 묻고 나서 각설탕 한 봉지와 다 부서진 과자 1위안어치, 그리고 사과 두 개를 샀다. 그는 각설탕과 과자를 양쪽 호주머니 안에 각각 집어넣고, 사과는 조심스레 품속에 넣은 다음 허리를 굽혀 촛불 가까이 대고 우리에게 말을 건넸다.

"바라얼츠에는 사람도 별로 없는데, 여기는 뭣하러 왔어요? 어쩌다 이곳까지 흘러들어 온 거죠?"

그는 유머가 넘치는 데다 상냥하기까지 했다. 우리는 그와 더불어 한참 이야기꽃을 피우다가 그가 이슬람교 성직자라는 사실을 뒤늦게 알게 되었다. 갑자기 호기심이 일었다. 이슬람교 성직자도 과자를 먹을 줄 아는구나, 이슬람교 성직자도 가게에 물건을 사러 오는구나, 이슬람교 성직자도 때로는 하릴없이 시간을 때우기도 하는구나 하고 생각했다.

나이가 지긋한 이 성직자는 정말 유쾌한 사람이었다. 그는 우리한테 바라얼츠의 과거에 대해 많은 이야기를 해주었다. 우리는 그가 마음에 들었고 다음번에도 또 오기를 바랐다. 그가 떠날 때 우리는 어린 딸에게 갖다 주라며 동그란 풍선껌 몇 개를 그에게 쥐어주었다. 그는 자기 딸이 여섯 살이라고 자기 입으로 말했다.

바라얼츠에서는 한밤중이야말로 변소 가기 딱 좋은 때였다. 바라얼츠에는 이렇다 할 변소가 없기 때문이었다. 변소는 말할 것도 없고 변소 비슷한 곳조차 없었다. 사방이 온통 뻥 뚫려 있어 사람의 눈을 피할 만한 장소를 찾기가 어려웠다. 비록 강가에는 키 작은 나무가 무성했지만, 나무가 무성한 만큼 뱀도 우글거렸다. 굳이 안전한 곳을 찾아야겠다면, 두 시간 걸려 마을 하나를 넘으면 마을 뒤편에 황량한 산이 하나 나오고 그 산 맞은편에 쪼그리고 앉으면 된다.

하지만 밤이 되면 사정이 달라졌다. 밤이 되면 아무렇게 자란 풀이든 일부가 무너져 내린 담장이든 손바닥만 한 그늘만 드리워져 있다면 한 사람은 충분히 가리고도 남았다. 생각지도 못하게 누군가에게 발각된다 하더라도 칠흑 같은 어둠 속에서 누가 누군지 무슨 수로 알아보겠는가? 오히려 상대방이 혼비백산해서 다음부터는 저녁에 문을 나서도 아무 곳이나 함부로 기웃거리지 않게 된다.

그러나 애석하게도 이런 이치는 나만 터득하고 있는 게 아니었다. 밤은 어느새 마을 사람들이 무리를 지어 용변을 보러 가는 시간으로 변했다. 곳곳에 사람들이 한 자리씩 차지하고 있어 어디를 가든 헛기침 소리가 들려왔다. 이리저리 깜짝깜짝 놀라는 사람은 나 하나뿐이었다.

바라얼츠의 밤은 고요하고 아름답기 그지없다.

엄마와 나는 함께 외출을 할 때면 늘 손을 꼭 잡고 다녔다. 흙길 위 저 멀리서 손전등 불빛이 어른거렸다. 우리는 그 불빛을 좇아 서둘러 노반(路盤)으로 올라가 그 사람이 비추는 손전등 불빛에 의지해 울퉁불퉁한 길을 걸어갔다.

밤은 비록 깊었지만 우리는 마을 어귀에 사는 투얼쑨구리(吐爾遜古麗) 집에 가는 길이었다. 우리는 손전등을 든 사람을 따라 한참을 걸었다. 길이 왼쪽으로 갈라지는 지점에 이르렀을 때 우리는 조심스레 노반에서 내려왔다. 앞서 가던 사람이 걸음을 멈추고 뒤돌아서서 손전등으로 우리가 가는 길을 한참 동안 비춰주었다. 우리는 연신 고맙다고 인사를 했다. 우리가 투얼쑨구리 집 마당에 들어서자 그는 비추고 있던 손전등을 거두고 어두운 길을 따라 오르락내리락하는 길을 재촉했다.

환한 빛이 새어 나오는 투얼쑨구리 집 창문 너머로 사람들 그림자가 어른거렸고, 남자들이 돔브라에 맞춰 노래하는 소리가 흘러나왔다. 우리는 문을 몇 번 두드린 다음 문을 밀고 안으로 들어갔다. 집 안에서 뜨거운 열기가 훅 하고 끼쳐왔다. 침대 위에 앉아 있던 사람들이 하나둘 일어나 우리에게 자리를 양보하며 반갑게 맞아주었다. 우리도 서둘러 일일이 안부를 물었다. 이즈음 안주인이 빈 그릇을 내와 뜨거운 홍차를 타고 그 위에 우유를 부어주었다. 누군가 내 그릇에 버터 한 덩이도 넣어주었다.

앉아 있던 사람들은 국유림에서 일하는 산림 보호원 두 명과 투얼쑨 구리의 이웃 그렇게 세 명이었다. 침대 아래 키 작은 긴 탁자 위에는 기름에 튀긴 음식과 말린 치즈가 한 상 가득 차려져 있었다. 암적색 천장에 매달려 있는 환한 호롱불이 이따금씩 가볍게 흔들렸다. 우리 성화에 못 이겨 돔브라 연주가 다시 시작되었다. 악기 연주자는 얼큰하게 취해 얼굴이 이미 불콰했다. 악기 소리는 끊어질 듯 끊어질 듯 이어졌고, 때론 능숙하게 때론 어설프게 연주되었다. 사람들이 돌아가며 악기를 연주했고, 한 잔 한 잔 연거푸 술잔을 비웠다. 우리는 집주인과 잔칫상 한쪽 구석에 앉아 작은 소리로 잠시 얘기를 나누다가 아이에게 카드를 가져오라고 시켰다.

이때, 악기 소리가 갑자기 고조되며 절정으로 치닫자 남자 몇 명이 합창을 시작했다. 엄마도 이내 그들 무리와 섞였다. 그들은 한목소리로 합창을 했다……. "조타수에 맡기고 바다를 항해하세*……." 와우…… 정말 대단했다…….

들리는 바로 카자흐 유목민들은 30년도 훨씬 전에 이 노래를 배우도록 강요받았다고 한다. 그 시대에 태어난 카자흐 족에게 중국어에 대한

---

* 1964년에 만들어진 이 노래는 마오쩌둥 사상을 찬양하는 노래로 문화혁명 당시 많이 불렸다.

최초의 기억은 이 노래가 아니었을까?

이 마을은 본래 난징(南京)에서 온 지식 청년들이 일군 곳으로, 황폐한 산에 집도 짓고 밭도 개간했다는 사실을 기억해냈다. 여러 해 동안 피땀 흘려 고생을 한 그들은 20년 전 어느 날 돌연히 한 사람도 남지 않고 전부 이곳을 떠나가버렸다. 훗날, 카자흐 유목민들이 텅 빈 이 마을에 정착해 살면서 감자와 밀 심는 법을 익혔다.

마을에 있는 집들은 대부분 그 당시 버려진 집들이라 꽤 낡고 허름했다. 하지만 그래서 오히려 조화롭고 고즈넉했다. 벽돌 하나, 기와 한 장, 대들보 하나, 기둥 하나가 시간의 흐름 속에 서서히 씻겨나가고 깎이기를 여러 해, 이제는 주변의 모든 것들과 어우러져 아름다운 조화를 이루어내고 있었다(우리가 보았던, 여기저기 세월을 덧댄 흔적들이 덕지덕지 붙어 너무 생뚱맞고 어색했던 다른 마을들과는 사뭇 달랐다). 주체할 수 없이 끓어오르는 욕망에 의해서가 아니라 운명처럼 여기까지 온 것이다.

마을 한복판에 자리하고 있는 공급판매 합작사는 원래 클럽으로 사용되었던 곳으로 당시 유행했던 러시아풍의 건물이다. 건물 자체가 굽지 않은 흙벽돌을 쌓아 만든 데다, 흙벽돌에 두꺼운 흙을 발라 한 층 한 층 쌓아 올렸기 때문에 무너져 내릴 때에도 한 층 한 층 깨끗하게 무너져 내렸다. 담장 자체는 붉은빛이 도는 황토색 도료를 발라 알록달록하니 색깔이 참 예뻤다. 이렇게 커다란 건물에 완벽하고 기품 있는 아치형 지붕과, 아름답고 견고한 계단, 난간, 창틀과 복도까지 갖추고 있었다. 벽에는 선명하고 힘이 넘치는 옛날 구호들이 여전히 남아 있었는데 이제껏 누구 하나 낙서를 지울 생각을 하지 않은 듯했다.

투얼쑨구리 집은 너무 더웠다. 그런데도 안주인은 틈나는 대로 난로 안에 석탄을 집어넣었다. 슬그머니 문을 열고 밖으로 나와보니 마당은 칠흑 같은 어둠에 잠겨 있었다. 거치적거릴 것 하나 없이 가없는 어둠. 어둠 속에 발을 들여놓는 순간 사람을 단숨에 무장해제시켜버리는 어둠……. 등 뒤로 방에서 새어 나오는 빛은 농후하고 혼돈스러웠다.

보이지도 않는 담장 너머 더 먼 어둠 속으로 시선을 던져 사방을 둘러보니 불빛 하나 보이지 않았다. 머리 위로 총총히 박혀 있는 무수한 별들과 은하수만 하늘에 걸려 있었다.

문득, 방금 손전등으로 우리 길을 밝혀주었던 그 남자는 어디쯤 가고 있을까? 하는 생각이 스치고 지나갔다.

우리는 밤 시간의 대부분을 호롱불 아래 둘러앉아 지난 얘기를 나지막이 속삭이거나 조용히 다이아몬드 게임을 하며 보냈다. 우리들 중에서 누구 하나라도 "쉿~" 소리를 내면 우리는 하던 동작을 멈추고 귀를 기울였다. 자동차 엔진 소리가 저 멀리서 서서히 다가왔다……. 그리고 가까이 들리던 엔진 소리가 점차 멀어져갔다. 바라얼츠의 밤은 말할 수 없이 길다. 밤은 이튿날 한낮이 될 때까지 계속된다. 한낮에도 바라얼츠는 밤만이 지니고 있는 특유한 정적으로 충만하다. 태양 아래 완전히 노출된 바라얼츠의 한낮은 한밤보다 더 몸을 사리고, 더 조급하고, 더 숨으려 애쓴다. 한낮, 깊은 어둠이 깔린 집 안에서 밖으로 나오면 순간적으로 눈을 찡그려야만 세상이 더 잘 보인다.

# 더 외진 곳에 사는 한족

아주 오래 전, 이곳에 인가라고는 없었다. 깊은 산속에 자리하고 있다 보니 지세도 험하고 겨울도 무진장 길었다. 산간지대이다 보니 기후가 습윤했고, 쌓인 눈과 빙하가 녹아내려 강을 이루었고, 강이 있으니 나무도 울창했다. 이곳은 생명을 키워내는 근원이다……. 훗날 이곳에 하나둘 길이 생겨나면서 동서양을 잇는 통로가 되었다. 고비 사막이 동서양을 사이에 두고 드넓게 펼쳐져 있고, 낙타 행렬은 언제 돌아간다는 기약도 없이 까마득한 길 위에서 하나둘 쓰러져갔다. 사람들은 마실 물이 떨어졌고, 가축들은 먹을 풀이 없었다.

시간이 흘러, 전쟁이나 다른 이유로 녹음이 짙게 늘어선 이곳에 사람들이 들어와 정착하게 되었고, 점차 이곳의 풍토와 기후에 적응해갔다.

마을 규모가 포화 상태에 이르렀을 무렵, 재난이 발생해 죽음의 그림자가 천지를 뒤덮었다. 이로써 또 한 번의 대규모 이주가 시작되었고 사람들은 숲 속에서 자취를 감추었다. 초목이 길을 뒤덮고 밤이 되면 야수들이 텅 빈 집에 찾아들었다.

그렇게 시간이 얼마나 흘렀을까? 이곳을 살피러 오는 사람들이 하나 둘 생겨나기 시작했다. 여름이 되면 양 떼가 이 근처까지 찾아와 신선한 푸른 풀을 뜯어 먹었다. 하지만 한 마리도 감히 무리에서 이탈하지 않았다. 그러다가 가을이 지나 첫눈이 내리기 전에 서둘러 고개를 떨어뜨리고 조용히 이곳을 떠났다. 이런 정경이 얼마나 지속되었을까? 어떤 두려움과 속박이 모종의 미묘한 평형을 이끌어냈는지도 모르겠다. 이곳에서 사람은 만물의 주재자가 아닌 한낱 미물에 불과했다.

가장 최근에는 반세기 전*에 한차례 소요와 커다란 변화가 일었고, 그날 내지(內地)**의 젊은이들이 무리를 지어 먼 곳으로부터 산을 넘고 강을 건너 이곳까지 왔다. 그들은 이곳으로 통하는 길을 닦고, 강줄기를 막아 수력발전소를 건설하고, 독특하고 화려한 집-넓고, 견고하고, 복합기능을 갖춘 집을 지었다. 이 집들은 현관과 기둥으로 떠받쳐 땅에서 떠 있도록 설계된 마룻바닥과 격자 모양의 천장이 달려 있을 뿐 아니라, 굴뚝 위로는 '사람 인(人)' 자 모양의 정교한 방설포도 설치되어 있고, 아궁이 밑으로는 경사진 구덩이를 파놓아 일주일치 석탄을 저장할 수도 있었다.

---

* 문화혁명을 가리킨다.

** 중국의 연안지역이나 변경지구에 상대되는 말로, 내륙 중심에 가까운 지역을 일컫는다.

집들은 100년이 지나도 끄떡없을 만큼 튼튼하게 지어졌다. 하지만 그들은 겨우 10년 만에 이곳을 떠났다.

그들은 텅 빈 예쁜 집들뿐만 아니라, 수년간 부쳐 먹던 토지도 버려두고 떠났다. 20년이 흐른 뒤, 토지는 밭의 고랑과 이랑의 흔적만 남았고, 수력발전소는 방치되었고, 지진에 댐이 무너져 내리는 바람에 가둬두었던 물이 산골짜기의 소택지로 흘러들었다. 무수히 많은 강줄기가 종횡으로 합쳐졌다 흩어졌고, 물의 흔적은 나무의 흔적들로 무수히 덧칠되었다.

또 그렇게 시간이 흘러, 남북으로 끝없이 이어진 천 리 길을 이동하는 행렬에서 떨어져 나온 유목민이 이곳까지 흘러들어 와 정착하면서 촌락을 형성하게 되었다. 그들은 텅 빈 집에 들어와 살면서 농사를 짓기 시작했다. 봄에는 파종을 하고, 가을이면 비록 적은 양이지만 쌀, 밀, 감자, 완두콩, 클로버와 양파를 수확했다.

우리는 그 먼 길을 희미한 달빛과 별빛을 받아가며 바라얼츠에 도착했다. 당초 넓었던 도로는 수차례에 걸친 홍수로 모두 유실되었다. 오래된 전봇대는 검은색 역청으로 칠갑을 한 채 을씨년스럽게 마을에 서 있었다. 당시 아름다웠던 건물들은 비록 빛은 많이 바랬어도 여전히 기세등등하게 서 있었다. 회색빛 건물 외벽에는 알록달록하게 쓰인 오래된 표어 문구가 남아 있고, 필체에서는 한 획 한 획 손끝으로 써 내려갈 때마다 흘러넘쳤을 격정이 엿보였다. 그에 비해 옆에 졸속으로 새로 지은 마당은 영 볼품없었다. 먼발치에서 아름다운 여인이 어린애를 품에 안은 채 흙벽돌로 지은 마당 문에 기대어 이쪽을 바라보고 있었다. 하나밖에 없는 가게 입구에서 낮술을 즐기던 술꾼 두 사람은 벌써 술기운이 가시는지 말이 없었다. 하나밖에 없는 가게 안에는 물건도 얼마 없고 가게 주인은 이미 늙고 쇠약했다.

이곳은 한창 재건 중이었다. 마치 천을 덧대 깁듯이 끝없이 때우고 일일이 덮어 견고하고 예스러운 내핵(內核)을 겹겹이 포장해버렸다.

장사를 시작했을 당시, 우리는 이 일대에 한족이라고는 우리밖에 없는 줄 알았다. 그런데 얼마 안 가 30킬로미터 떨어진 훨씬 외딴 곳에 마을이 하나 있는데 그곳에 허난(河南)에서 온 한족이 살고 있으며, 그곳에 들어와 산 지 벌써 30년도 넘었다는 소식을 듣게 되었다!

들리는 말에 의하면, '문화혁명' 때 이곳으로 도망쳐 온 뒤로 세상과 인연을 끊고 유유자적하며 살고 있다고 했다.

알고 보니 우리 엄마와 그 집 며느리는 서로 아는 사이였다. 전에 현성에서 좌판을 벌여놓고 함께 장사를 한 적이 있다고 했다. 그때는 그녀가 깊은 숲 속의 산간벽지에 있는 마을로 시집갔다는 정도만 알았지, 그곳이 이곳일 줄은 꿈에도 몰랐다.

최근에는 그 마을 근처에서 납과 아연이 풍부하게 매장되어 있는 광산이 발견되면서, 바라얼츠를 거쳐 그곳에 가서 광석을 실어 오는 차량이 부쩍 늘었다. 어느 날 우리는 지나가는 차를 세워 한족이 산다는 곳을 물어물어 찾아갔다. 엄마는 그곳에 사람이 여기보다 많고 장사가 잘될 것 같으면 아예 바라얼츠를 떠날 심산이었다. 바라얼츠에는 사람이 너무 없었다.

결론적으로 말해서 우리가 그곳에 가서 알게 된 사실은, 그 한족도 우리와 같은 장사를 하고 있었고, 그 일대에서는 그 가게가 유일하다는 점이었다. 그러니 그 가게 노부인이 사실대로 말해줄 리 만무했다. 노부인은 장사가 너무 안돼서 2년 뒤에는 아예 장사를 때려치울 생각이라는 둥, 막상 장사를 때려치우고 현에 가자니 그다음에는 무얼 해 먹고 살아야 할지 막막하다는 둥…… 말끝마다 죽겠다고 하소연이었다. 그러면서 이 일대는 늑대가 득실거려 날이 어두워지면 위험하니 우리보고 한시바삐 집으로 돌아가라고 다그쳤다.

그 가게는 우리 가게에 비해 물건은 훨씬 많았지만 20년 전부터 쌓아 놓은 재고품이 대부분이었고, 일자 청바지(아, 요즘 들어 다시 유행하기 시작했다)와 줄무늬에 꽃 그림이 들어간 셔츠가 다 있었다. 식료품을 둘러보니 모두 요즘 나오는 물건이긴 했지만 유효기간을 살펴보니…….

가게 안이 너무 어두워, 가게에 쌓여 있는 물건들이 마치 빛바랜 사진처럼 보였다. 가게 주인은 일이 있든 없든 만면에 미소를 잃지 않는 뚱뚱한 노부인으로 기독교 신자였다. 그녀는 말끝마다 "주여 감사하나이다!"를 입버릇처럼 중얼거렸다.

엄마가 가게 안에서 주인과 얘기를 나누는 사이 나는 혼자 밖으로 나와 동네를 한 바퀴 돌았다.

마을에는 토끼가 동에 번쩍 서에 번쩍하며 사방천지를 누비고 다녔고, 클로버와 완두콩 밭(모두 동물들 사료용이다)이 길가에 늘어서 있었다.

토끼를 잡아보려 했지만 내 손에 잡힐 멍청한 토끼는 세상천지 어디에도 없었다. 나는 집으로 돌아가면 국수와 함께 삶을 작정으로 부드러운 클로버 잎과 완두콩의 어린잎을 따서 옷섶에 집어넣었다.

토끼들은 하나같이 순백색이거나 까만색이었다. 한눈에 봐도 집토끼라는 걸 알 수 있었다. 누가 키우는 토끼인지는 모르겠지만 이 많은 토끼를 놓아기르면서도 잃어버릴 걱정은 하지 않는 듯했다.

흙길은 좁고 울퉁불퉁했고, 해 질 녘은 맑고 상쾌했다. 바라얼츠와 다른 점이 있다면 이 마을은 산에 맞닿아 있다는 점이었다. 산도 우리가 사는 곳처럼 높은 흙산이 아니라 서로 이어져 있는 키 작은 돌산으로, 산 하나가 눈처럼 하얀 커다란 돌 하나로 이루어져 있고 돌 위로는 작은 구멍들이 숭숭 뚫려 있었다. 동굴 입구 형상을 띤 흔적들은 부드럽고 매끈하며 기묘하기 짝이 없었다. 억만년 동안 빙하에 침식되고 강물에 씻겨 내려가기를 거듭하면서 빚어진 결과물이었다.

산기슭 아래로는 폭이 넓고 수심이 얕은 작은 강이 흘러가고, 강물은 흐르는 공기처럼 투명했다. 뜻밖에도 강바닥에서는 푸른 물풀이 무성하게 자라고 있었다. 머지않아 태양이 서산으로 기울며 저녁 어스름이 동쪽 산봉우리에 반쯤 걸렸다. 골짜기마다 차디찬 침묵에 잠기고, 마을은 텅 빈 것 같았다. 이따금씩 아이들이 좁은 길을 따라 서로 쫓고 쫓기며 지나갔지만 그 모습이야말로 기억 속 풍경처럼 아득했다.

강 위로 솟아오른 돌을 밟고 사뿐히 강을 건너 산에 오르기 시작했다. 돌산이었지만 움푹 팬 곳에 쌓여 있는 진흙에 용케 뿌리를 내리고 자라는 강인한 식물들이 있었다. 어떤 곳에는 바위 옆으로 가지를 길게 뻗으며 자라는 둥근 형태의 소나무도 있었다. 하얀 돌산 위에 자라는 짙푸른 소나무는 너무 아름다운 나머지 오히려 현실감이 떨어졌고 황혼 무렵에는 특히 더했다.

작은 길 옆으로 동굴들이 다닥다닥 붙어 있었는데 동굴 안으로 들어가볼 생각은 고사하고 그 안을 몰래 들여다볼 용기조차 나지 않았다-동굴 안으로 한 발짝 들여놓는 순간 동굴 입구가 닫히면 다른 동굴들도 약속이나 한 듯이 잇따라 입구가 닫히면서, 처음부터 동굴이 존재하지 않았던 것처럼 산 전체가 순식간에 땅속으로 꺼질 것만 같았다.

산 정상을 향해 걷다 보니 어느새 햇살이 비추는 곳까지 다다랐다. 햇살을 받으며 그곳에 서서 아래를 굽어보니, 산골짜기 마을은 어느덧 산 그늘에 가려 어둑어둑했다. 이미 날이 저물었는데도 굴뚝에서 연기가 피어오르는 집은 한 채도 없었다. 눈을 들어 사방을 둘러보니, 건물 외벽을 하얀 석회로 바른 허난 사람의 점포만 유독 눈에 띄었다. 다른 집들은 모두 진흙 색깔이었다.

소 두세 마리가 느릿느릿 집으로 향해 가고, 늙은 아낙은 손에 긴 버드나무 가지를 들고 소를 몰며 그 뒤를 천천히 따라갔다. 늙은 아낙은 검은 스웨터에 오렌지색 긴 치마 차림이었다.

……내가 만약 이곳에서 앞으로 쭉 살게 된다면, 내가 만약 이곳에서 벌써 20여 년을 쭉 살았더라면, 내가 만약 이곳을 떠나본 적이 없다면…… 한동안 수많은 가정을 해보았지만, 과연 그랬을 때 내 앞에 어떤 삶이 펼쳐졌을지 전혀 상상이 가지 않았다. 자신 있게 말할 수 있는 유일한 것은, 그때는 산에 있는 동굴들에 익숙해져서 조금도 두려워하

지 않을 거라는 점이다.

가게로 돌아와보니, 허난 노부인과 엄마가 한참 신나게 수다를 떨고 있었다. "……아이고 빌어먹을! 한 2년 하고 나면 완전히 접을 거야! 좋긴 개뿔이 좋아? 흥! 전기가 들어온다 들어온다 한 게 벌써 20년도 넘었는데 아직도 감감무소식이야, 대체 뭘 어쩌자는 건지 원……."

엄마가 물었다. "영감님은요?"

노부인은 흥에 겨워 대답했다. "양(揚) 씨 말이오? 주님께서 벌써 데려가셨지! 벌써 오래전에 데려가셨어……. 주여 감사하나이다!"

한창 대화가 오가는 중에 한 남자가 손전등을 사러 들어왔다. 노부인은 허난 사투리를 섞어가며 카자흐 어로 능숙하게 흥정을 하더니 급기야 그 사람의 약점을 들추어냈다. 쥐마한(居麻罕) 집 여식이 청혼을 끝내 뿌리친 것도 알고 보면 사람이 이렇게 쪼잔해서 그렇다는 둥…… 말 한마디 대꾸도 못 하게 몰아붙이자 젊은이는 결국 처음 부른 가격대로 돈을 지불하고는 뒤도 안 돌아보고 냅다 내빼버렸다.

잠시 뒤 한 늙은 노인이 꾼 돈을 갚으러 왔다. 노부인은 우리가 있는 앞에서 그를 침이 마르게 칭찬하더니 이번에는 마을 어귀에 사는 술주정뱅이 라한(拉罕)이라는 사람을 두고 외상값도 갚지 않는다며, 마귀라는 둥 반드시 지옥 불에 떨어지고 말 거라는 둥 사정없이 욕설을 퍼부었다. 그러고는 끝에 가서 노인에게 과일 맛 사탕을 한 움큼 따로 쥐어주며 믿을 만한 사람이라고 상까지 내렸다. 노인이 연거푸 고맙다고 하자, 한마디 덧붙이는 걸 잊지 않았다. "나한테 감사할 생각하지 말고,

주님께 감사하세요!"

집으로 돌아가는 길에 우리는 가다 서다를 반복하며 계속 뒤를 쳐다보았지만 지나가는 차는 한 대도 없었다. 시간이 너무 늦었다. 만약 차를 얻어 타지 못한다면…… 이 일대에 늑대가 출몰한다는 노부인의 말이 문득 생각났다……. 원컨대 주께서 노부인과 늘 함께해주시고 우리의 갈 길을 보우하소서.

해가 서산에 떨어지고 한 시간쯤 지나자 날이 한층 어두워졌다. 뒤돌아보니 외딴 작은 마을에도 마침내 희미한 불빛이 하나둘 켜지기 시작했다. 작은 길 양쪽으로 철조망이 둘러쳐 있고, 철조망 안쪽에는 풀이 무성하게 웃자란 목초지와 밀밭이 있었다. 우리는 깊은 땅속으로 이어진 통로로 걸어 들어가는 기분이었다. 고개를 들어보니 대표적인 여름철 별자리 몇 개가 벌써 밤하늘을 밝게 수놓고 있었다. 하지만 진정한 밤이 오려면 아직 멀었다. 은하수가 아직 뜨지 않았다.

야맹증이 있는 엄마가 힘겹게 걷다가 끝내 참지 못하고 투덜거렸다.

"이런 빌어먹을! 허난 사람도 참 어지간하지. 이렇게 삭막한 곳에서 살다니! ……휴! 주여 감사하나이다!"

“

들꽃은 너무 천진하기에 너무 미약하고,

너무 고집스럽기에 너무 눈부시다.

자연계의 은밀한 곳에 정서를 반영해주는 감탄부호와 의문부호,

그리고 생략부호가 곳곳에 찍혀 있는 것만 같다…….

# 사이헝부라커에서

# 아이들

한 젊은 엄마가 얼굴이 온통 콧물로 뒤범벅이 된 아이 손을 잡아끌고 우리 가게에 와서 장난감을 찾았을 때 우리는 깜짝 놀랐다. 산속에 오랫동안 묻혀 살다 보니 세상에 '장난감'이라는 물건이 존재한다는 사실조차 까맣게 잊고 살았던 것이다. 그러고 보니 산에 사는 아이들은 대체 뭘 하며 자랄까? 아이들의 유년이 하나같이 비밀에 싸여 있다.

손님들한테 우리 가게는 별의별 물건을 고루 갖추고 있는 그야말로 만물상이었다. 식용유, 밀가루, 술, 찻잎, 소금, 사탕에서부터 옷, 바지, 신발, 사이다, 와하하, 그리고 전지, 양철판으로 만든 연통, 신발 수선에 필요한 삼실, 모허(莫合) 담배*와 모허 담배를 말 수 있는 종이에 이르기까지 없는 게 없었다. 재수가 좋으면 한 번 구경하기조차 힘들다는 채

소와 과일까지 살 수 있으니 말이다……. 그런데 딱 하나 장난감만 없었다.

이곳 아이들은 주로 빈 술병을 장난감 삼아 갖고 놀았다. 빈 술병은 물을 담을 수 있어 갖고 놀기에 딱 안성맞춤이었다. 어디 그뿐이랴 물을 가득 채운 다음 다시 물을 따라 버릴 수도 있었다.

그마저도 없는 대부분의 아이들은 대개 빈손으로 뛰어왔다 뛰어갔다 하며 놀았다.

어떤 아이는 숲 속에 들어가 땔감을 주우며 놀고, 어떤 아이는 양을 치며 놀고, 또 어떤 아이는 물을 길으며 놀았다. 말하자면 이곳 아이들한테는 놀이와 노동이 딱히 구분이 되어 있지 않은데 뭘 해도 마냥 신이 났다.

나는 우리 가게에 있는 얼마 안 되는 물건들을 죽 훑어보고 나서 엄마와 머리를 맞댄 채 한참을 고심한 끝에, 이 젊은 엄마에게 꽃에 물을 주는 데 사용하는 물뿌리개를 장난감으로 추천해주었다.

젊은 엄마는 마지못해 물뿌리개를 사가지고 돌아갔다.

그날 이후로 우리는 물뿌리개를 힘겹게 안고 자기 집 파오 앞 초원에 물을 주고, 물을 다 준 다음에는 강가로 뒤뚱대며 뛰어가 물을 한가득 담아서는 다시 낑낑거리며 받쳐 들고 돌아와 시간 가는 줄 모르고 물을 뿌리며 신나게 노는 아이의 모습을 날마다 볼 수 있었다.

그러고 보니, 우리가 물뿌리개를 판 것이다! 그것도 깊은 산속 원시

---

* 담배의 일종으로, 담배의 가지와 잎을 빻아 한데 섞은 다음 햇볕에 잘 말려 만든다. 과립형으로 비교적 거친 이 담배는 중국에서는 위구르 족이 처음으로 재배해 사용했다.

림에서 물뿌리개를 판 거라고! 당초 물건을 들여올 때 우리는 대체 무슨 생각을 했던 걸까. 그런데 그 물뿌리개가 깊은 산속에 와서 장난감이 되어버린 것이다…….

우리가 있는 이곳 천막촌에는 아이들이 꽤 많다. 그리고 아이들이 울음을 터뜨릴 때까지 짓궂게 골려먹기 좋아하는 어른들도 꽤 많다. 그래서 고요한 산골짜기에 걸핏하면 아이 우는 소리나 날카로운 비명 소리가 하루에도 몇 차례씩 울려 퍼졌다. 무슨 큰일이라도 났나 싶어 나가보면 아무 일도 없었다는 듯 평온하기만 했다. 정적만이 감도는 파오와 파오 사이에 포베이비(小破孩)* 둘이 초원에 앉아 긴 장대에 낚싯줄을 묶는 데 열을 올리고 있다.

이곳 아이들은 너 나 할 것 없이 낚시를 좋아하는데 낚시 솜씨가 전문가 빰쳤다. 나간 지 반나절도 채 되지 않아 줄을 지어 돌아오는 아이들 손에는 으레 줄줄이 엮인 물고기가 들려 있기 마련이었고 그 물고기들은 우리에게 비싼 값으로 팔렸다.

무슨 이유에선지 유독 우리 엄마와 나만 물고기를 잡지 못했다. 우리 집 낚싯대로 말할 것 같으면 규격에도 딱 들어맞고 예쁠 뿐 아니라 접을 수도 있는 그런 종류의 것이었다. 우리 집 낚싯줄은 전문가들이나 사용할 법한 질 좋은 나일론 낚싯줄로, 털실이나 옷 꿰맬 때 쓰는 무명실 몇 가닥을 대충 꼬아 만든 것이 결코 아니었다. 어디 그뿐이랴, 우리 집 낚싯바늘은 대바늘을 구부려 만든 게 아닌 진짜 낚싯바늘이었다.

---

* Pobaby. 중국의 유명한 어린이용 만화 캐릭터 이름

우리 집 미끼는 또 얼마나 좋은 걸 쓰는지 물고기는 말할 것도 없고 우리가 먹기에도 맛이 기가 막힐 정도였다. 그런데, 이제껏 물고기라고는 단 한 마리도 낚아보질 못했다…….

우리가 낚시를 가면 반나절이 지나도록 입질조차 없는 데 반해 강 아래쪽에서는 얼마 안 가 한바탕 아이들의 환호성이 들려오고, 잠시 뒤에 또다시 환호성이 이어졌다. 우리는 냉큼 낚싯대를 챙겨 들고 아이들 틈 사이에 끼어들어 방금 수확을 거둬들인 바로 그 장소에다 낚싯대를 던졌다. 하지만 한참이 지나도록 역시나 입질 한번 없는데 이번에는 강 위쪽-그러니까 방금 우리가 떠나왔던 그 장소-에서 또다시 환호성이 들려오는 것이었다.

성질이 급한 나는 몇 번 시도해보다가 바로 싫증을 냈다. 하지만 엄마는 도대체 포기라는 걸 모르는지, 영원히 마르지 않는 샘물처럼 넘치는 열정으로 끊임없이 장소를 바꿔가며 멀리 더 멀리 가는 바람에 밤이 이슥해진 뒤에야 집에 돌아오곤 했다. 엄마는 집 문턱에 발을 들여놓기가 무섭게 물고기를 잡지 못한 이유를 하나, 둘, 셋, 넷 들어가며 우리에게 변명을 늘어놓았는데 늘 그렇듯이 마지막에 꼭 한마디를 덧붙였다. "한 마리가 미끼를 거의 물 뻔했는데, 하필 그때 말이지……."

물고기 외에도, 아이들은 우유나 요구르트를 팔기 위해 노상 우리 가게를 찾아왔다. 아이들은 통(아이 하나가 충분히 들어가고도 남을 만큼 큰 통이지만 정작 통 안에는 기껏해야 10센티미터 정도 높이의 우유가 들어 있을 뿐이다)을 들고 낑낑거리며 산골짜기를 돌고 돌아 한눈 한번 팔지 않고 곧장 우리 집 천막을 향해 걸어왔다.

우리가 우윳값으로 1위안을 쳐주니 아이는 도무지 갈 생각을 하지 않았다. 5마오를 더 주어도 마찬가지였다. 화라도 낼라 치면 아이는 금세 울상을 지었다. 별도리 없이 5마오를 더 얹어주는데도 요지부동이었다. 결국 1위안어치 풍선껌이나 호박씨 한 움큼을 쥐어주고 나서야 아이는 못 이기는 척 가게를 나섰다.

한두 번도 아니고 매번 이 모양이다 보니 우리도 더는 안 되겠다 싶어 아이들한테 선반 위에서 군것질거리로 2위안어치를 마음대로 고르라고 했다. 하지만 아이들은 들은 척 만 척 돈으로 달라고 떼를 썼다. 돈을 받고 나서야 마음이 놓이는지 선반 위를 가리키며 2위안을 몽땅 다 써버릴 때까지 이것 주세요, 저것 주세요, 했다.

우유 판 돈을 죽어도 안 쓰는 아이들도 있었다. 돈을 손에 꽉 움켜쥔 채 계산대 위에 턱을 괴고 한참을 두리번거리다 선반 위에 놓여 있는 거의 모든 물건들의 가격을 일일이 물어보는데, 하다못해 구두 징과 소다가루 가격까지 물어보았다. 다 물어보고 나서도 그 자리에서 꼼짝도 하지 않고 한참을 더 고심하다가 슬그머니 빠져나가 살금살금 다른 잡화점으로 향했다. 그곳에서도 한참 동안 하나하나 대조해보고 요모조모 따져보며 들었다 놓기를 수없이 반복하다가 결국에는 우리 가게로 다시 슬그머니 기어들어 와 마지막까지 갈등에 몸부림쳤다……. 하지만 끝내 돈을 움켜쥔 채 결연하게 가게 문을 나섰다. 과연 그 돈을 다 쓰긴 할까?

아이들이 떼를 지어 땔감을 주우러 가는 모습만큼 흥미로운 것도 없다. 아이마다 외바퀴 손수레를 하나씩 밀고 다녔는데 외바퀴 손수레라는 것은 다름 아닌 어린아이를 태워 어르는 데 사용하는 물건으로, 나무토막 두 개를 서로 교차한 다음 바퀴라고 하기엔 너무 옹색한 둥근 나무 위에 묶어 만든 간단한 구조였다. 보통 20미터쯤 밀고 가면 둥근 바퀴가 한 번씩 꼭 빠졌다.

아이들은 있는 힘껏 수레를 미는 한편 바퀴도 열심히 수리했다. 그 일이 얼마나 고된지 하나같이 온통 땀투성이가 되어버렸는데도 마냥 좋은지 노동의 맛에 흠뻑 빠져 있었다.

아이들에게 이런 일을 찾아 시키는 가장들이야말로 진짜 머리가 좋다. 할 일 없는 아이들이 할 수 있는 유일한 일이라고는 온종일 우는 것밖에 없기 때문이다.

아이들은 숲 속과 천막촌 사이를 분주히 오가며 우르르 몰려왔다 다시 우르르 몰려가곤 했다. 가끔 다툼이 벌어져 초원 위를 엎치락뒤치락하다가도 싸움이 끝나면 언제 그랬냐는 듯 다시 일을 계속했다.

아이들이 하루 종일 주워 온 땔감은 저녁밥을 짓기에 충분했다. 그래도 땔감이 부족하면 손에 잡히는 대로 외바퀴 손수레를 난로 속에 집어넣으면 그뿐이었다.

나중에 알게 된 쿠란(庫蘭)은 연녹색의 예쁜 눈을 가지고 있는 아이로, 가히 '매혹적'이라 할 만했다. 전에는 아이 눈을 '매혹적'이라는 말로 형용할 수 있을 거라고는 생각지 못했었다. 가늘고 긴 눈매에, 눈꼬리는 위로 약간 치켜 올라갔고, 속눈썹은 어찌나 길고 무성한지 마치 흐드러지게 핀 국화 꽃잎 같았다. 눈동자를 가만히 들여다보고 있노라면 안쪽에 무수히 많은 유리조각들이 박혀 있기라도 한 듯 보석처럼 영롱하게 빛났고, 짙고 옅은 녹색에 반짝반짝 빛나는 은빛이 감돌았다……. 이렇게 아름다운 눈으로 사람을 빤히 쳐다보면 순간 정신이 다 아찔해진다.

안타깝게도 애는 애인지라 눈과 이를 제외하곤 그 작은 얼굴이 온통 진흙투성이였다. 작고 더러운 두 손에서 손톱만 유난히 희고 투명했고, 손톱 사이에는 더러운 때가 덕지덕지 끼어 열 개의 시커먼 반달 모양을 하고 있었다.

어린 쿠란의 머리칼은 비록 봉두난발이긴 했지만 이곳에서는 보기 드문 금발에 곱슬머리로, 그녀의 녹색 눈과 아주 잘 어울려 마치 바비 인형을 연상시켰다. 그런데 끝내, 끝내……. 쿠란이 아빠에게 치마(물론 우리 엄마가 꼬드긴 게 뻔했다. 이 근방에서 아이용 치마를 파는 건 우리 가게가 유일하니까)를 사달라고 할 요량으로, 날마다 "더워, 더워, 더워"를 연발하며 아빠에게 소심한 투정을 부렸다. 그러자 쿠란 아빠는 그 말을 곧이곧대로 믿어버리고 성가시게 구는 쿠란의 머리를 아예 빡빡 밀어 작은 대머리로 만들어버렸다. 이쯤 되자 아이는 더 이상 덥다고 칭얼거리지 않았고, 새 치마에 대한 미련도 깨끗이 접었다. 쿠란은 다시 꼬질꼬질한 아이들 틈에 섞여 큰 몽둥이를 손에 들고 어찌나 용감무쌍하게 개를 쫓아다니는지 초원을 배회하던 개들은 그날 이후로 천막촌 근처에 얼씬도 하지 않았다.

다른 아이들과 달리 쿠란의 가족은 유목민이 아닌 정착한 카자흐 농민이었다. 정착한 지 여러 해가 지났건만, 여름만 되면 식솔들을 이끌고 얼마 안 남은 가축들을 몰고 시원한 여름 목장으로 거처를 옮겨 한 동안 생활했다. 더위를 이기는 이런 피서법은 내가 아는 한 정착한 카자흐 가족 대부분의 습관이었다. 도시 사람들도 예외는 아니어서 목축업에 종사하는 친척이 있거나 여건만 허락된다면, 여름에는 꼭 아이들을 데리고 산에 들어가 휴가를 즐겼다. 상쾌한 햇살이 눈부신 여름철, 도시 노인들이 무엇보다 간절히 바라는 것이 있다면 여름 목장에 가서 얼마간 생활하는 것이었다.

특히 앞산이 여름 목장과 맞닿아 있는 마을은 여름만 되면 마을 전체가 텅텅 비었다. 집집마다 문은 꼭 잠겨 있고, 외양간도 양 우리도 텅 비었다. 마을 전체를 통틀어 고작 장정 몇 명만이 끝없이 펼쳐진 밭과 수로를 울며 겨자 먹기로 지키고 있을 뿐이었다.

천여 년 동안 이어져 내려온 전통적인 생활과 노동 방식은 불과 몇십 년 만에 큰 변화를 맞고 있지만, 앞으로 더 길고 더 험난한 과도기를 헤쳐 나가야 할 것이다. 생활에서 정신세계로 서서히 스며들어 언젠가는 몸으로 자연스레 이해하게 될 때까지의 그런 과도기 말이다. 나는 생각한다. 이들이 여름 목장을 찾는 이유가 단순히 태어날 때부터 가지고 있는 자연에 대한 그리움 때문만은 아니겠지? 하고.

쿠란의 집은 초원 위에 작은 식료품 가게 하나를 차려놓고 가축들에게 먹일 굵은 소금을 팔기도 하고 양털을 사기도 했다. 쿠란네는 강가에 파오와 천막을 쳤는데, 그곳은 천막촌에서 보자면 서쪽 맨 가장자리에 위치했다. 그에 비해 우리 집 천막은 멀리 반대쪽에 자리를 잡았다.

매일 아침 강가에 물을 길으러 갈 때면 쿠란네 집 앞을 지나가야 했다. 쿠란 엄마는 늘 문가에 서서 내게 큰 소리로 끝도 없는 인사를 건넸다. 그러면 나는 물통을 내려놓고 잠시 그녀의 말 상대가 되어주었다. 그런데 쿠란은 아무리 말을 걸어도 대꾸는 하지 않고 입을 벌린 채 그저 웃기만 할 뿐이었다. 웃는 모습은 또 얼마나 꾸밈없고 거침없는지 늘 "깔깔깔", "하하하" 하는 웃음소리로 장단까지 맞추니 부럽기 짝이 없었다. 우리는 보통 진짜 웃기는 경우가 아니고서는 그렇게 웃는 경우가 거의 드물었다.

총명하고 활달해 보이는 쿠란의 엄마는 옷차림이 제법 단정했다. 그녀는 이번 여름에만 벌써 치마 두 벌을 우리 가게에서 맞춰 입었다. 그나마 우리 가게에 딱 두 종류의 옷감만 있었으니 망정이지 그렇지 않았다면 치마 세 벌도 족히 맞춰 입을 기세였다.

그러던 어느 날 그녀가 직접 옷감을 가져왔는데 신장(新疆) 남쪽 지역에서 나는 아더라이쓰(艾德莱斯) 실크의 일종이었다. 그런데 가져온 천이 하필이면 질이 제일 떨어지는 것으로 색상은 알록달록하고 반짝반짝 광택까지 나는 데다 천의 짜임새는 너무 성겼다. 제아무리 날고 기는 재주를 가진 재봉사라 할지라도 이런 옷감이라면 고생은 불 보듯 뻔했다. 재봉틀에서 초소형 조각*을 새기듯 아주 조심조심 다루어야 하고 만에 하나 조금이라도 힘이 들어가는 날에는 손가락에 옷감이 뚫려 구멍이 나기 마련이었다……. 그러면 별수 없이 바늘을 이용해서 일일이 다시 꿰매야 했다. 치마가 다 완성됐다 하더라도 다리미질은 엄두도 내

* 쌀알, 머리카락 따위의 극소 물체에 글자를 새기거나 형상을 그리는 것

지 못했다. 다리미로 살짝 스치듯 지나가기만 해도 한 줄로 길게 올이 나가는 경우가 다반사였다.

이런 옷은 다 만들었다 해도 제대로 입을 수가 없다. 아무리 조심해서 입어도 물에 한 번 빨고 나면 옷이 뭉쳐 실 뭉텅이가 되어버리기 십상이라 일회용에 그칠 수밖에 없었다.

치마를 다 만들고 남은 자투리 천은 쿠란 엄마에게 돌려주었다. 쿠란 엄마는 한참 골똘히 생각에 잠겼다가 뜻밖에도 이렇게 말했다. "우리 집 계집애 것도 하나 만들어주세요! 천이 부족할까요?"

엄마와 내 시선이 서로 마주쳤다……. 쿠란 엄마도 어린 쿠란만큼이나 거절하지 못하게 만드는 묘한 재주가 있었다.

우리는 하는 수 없이 다시 재봉틀 앞에 엎드려 반나절 동안 낑낑거리고 나서야 소매가 짧은 윗도리 하나를 만들어낼 수 있었다. 그날 이후, 알록달록한 옷을 입은 어린 쿠란이 찬란하게 빛나는 금발을 휘날리며 푸른 초원 위를 뛰어다니는 모습을 날마다 볼 수 있었다. 같은 천으로 만든 옷인데도 쿠란 엄마는 진즉에 벗어 던진 데 비해 쿠란은 늘 그 옷만 고집했고, 옷을 입고는 자못 우쭐거리기까지 했다. 쿠란은 큰 소리로 외치며 우리를 향해 달려와 우리 코앞에 멈춰 서서는 윗도리에 어제보다 여덟 개나 더 생긴 구멍을 보여주곤 했다.

쿠란의 언니(어쩌면 언니가 아니라 나이 많은 친구일지도 모른다) 아이덩(阿依鄧)은 전자 오르간을 잘 쳤다. 사실 이곳 아이들치고 전자 오르간을 못 치는 아이는 하나도 없었다. 태어날 때부터 음악에 천부적인 재능을 타고났는지 음계의 미세한 높낮이 변화도 놓치지 않을뿐더러 방금 들은 노래도 그 자리에서 오르간으로 완벽하게 재현해낼 수 있었다. 그러다가 어른한테 붙잡혀 꼭 타박을 듣곤 했다. "온통 진흙투성이 손을 해가지고 어디 감히 오르간을 만져?!"

다른 아이들과 달리 아이덩은 얌전하고 부드러운 인상을 지닌 아이로 조무래기들 중에서 나이가 제일 많았고 벌써 중학생이었다. 어른들도 다들 아이덩을 예뻐해서 아이덩의 이름을 부를 때면 늘 애정이 철철 흘러넘쳤다. "아이덩? 있니?"

아이덩은 일찍 철이 든 데다 부지런하기까지 해서 크고 작은 집안일을 혼자 도맡아 했다. 밀가루를 반죽하는 아이덩의 모습은 어찌나 야무진지, 밀가루 반죽에 쓰이는 커다란 쟁반 앞에 서서 작은 몸에 온 힘을 실어 반죽을 할 때면 몸도 따라 리듬감 있게 흔들렸고, 어깨 위로는 솟구치는 '힘'이 선명하게 느껴졌다. 이때 아이덩의 뒷모습은 영락없는 가정주부의 모습이었다.

아이들도 하나같이 아이덩을 잘 따랐고 아이덩의 말이라면 깜빡 죽었다. 아이들이 아이덩 주위를 에워싸고 귀를 쫑긋 세운 채, 아이덩이 들려주는 옛날이야기에 흠뻑 빠져 있는 모습을 종종 볼 수 있었다. 푸른 초원의 언덕배기에 만발한 꽃떨기처럼 옹기종기 모여 앉아 있는 아이들의 모습은 멀리서 바라보는 사람을 매료시킬 만큼 평화로워 보였다. 그러면 나도 모르게 그들의 대화 속으로 빠져들고 싶었다.

아이들은 어쩌다 좋은 물건을 줍기라도 하면 아이덩에게 서로 보여주려고 야단법석을 떨었다. 예를 들어 권총처럼 생긴 돌이라든지, 예쁜 침구나 약병이라든지, 희한하게 생긴 기계 부속품 같은 것 말이다.

아이덩은 꽤 진지하게 살펴보고 나서 부드러운 음성으로 참을성 있게 하나하나 평을 해주었고, 아이덩의 평을 받은 아이는 만족하다 못해 자못 우쭐해하기까지 했다. 마치 아이덩의 말 한마디에 그 물건의 가치가 매겨지는 것처럼.

대체 아이들에게 무슨 말을 해주는 거냐고 물어보면 아이덩은 대답 대신 쑥스러운 미소만 지을 뿐이었다.

참, 아이덩의 오르간 연주에 관해서 얘기하던 중이었지.

기나긴 황혼 무렵, 그러니까 베이징 시간으로 밤 11시가 다 되어도 날은 어둠 속에 잠기기를 거부하듯 여전히 훤했다. 저녁상을 물리고 나면 달리 할 일도 없고 그렇다고 잠자리에 들기에는 너무 일렀다. 이즈음 어디선가 오르간 연주 소리가 들려왔다.

전자 오르간은 강 건너편에서 식당을 운영하는 하이라티(海拉提)네 것이었다. 하이라티 집은 작년에 작은 식당(작은 천막으로 만든)을 냈는데, 올해는 식당(큰 천막으로 바뀌었다)을 더 크게 확장했다. 내년에는 무도회장까지 낼 계획이란다! 그가 아무리 호언장담을 하고 다녀도 그 말을 믿는 사람은 아무도 없었다. 이 황량한 벌판에 무도회장을 연다고? 상상조차 할 수 없는 일이었다.

하이라티는 키가 크고 아주 예쁘게 생긴 데다 오르간 솜씨로 치면 이곳에서 단연 으뜸이었다. 그렇다고 하이라티 혼자 오르간을 독차지하지는 않았다. 다른 사람들도 돌아가며 한 번씩 솜씨 자랑을 해야 마땅했다. 밥을 다 먹고 나서 하이라티가 전자 오르간의 받침대를 세울 때쯤이면 어느새 사람들이 하나둘 몰려와 길게 줄을 섰다. 이 광경에 하이라티 며느리는 불편한 심기를 노골적으로 드러내며 전자 오르간을 치면 건전지를 몇 개나 잡아먹는지 아느냐며 끊임없이 불평을 늘어놓았다.

하지만 정적만이 감도는 외딴 사이헝부라커 여름 목장에서 음악은 빼놓을 수 없는 최고의 오락거리였다! 그러다 보니 다들 그녀의 말은 귓등으로도 듣지 않았다.

이곳 사람들은 음악적 본능에 몸을 맡긴 채 악기를 연주했는데 어렸을 때부터 늘 들어왔던 귀에 익숙한 전통 민요가 대부분이었다. 이와는 달리 아이덩은 학교에서 정식으로 배운 덕에, 전통 민요는 물론이고 「난니완(南泥灣)*」이나 「에델바이스」 같은 음악들도 곧잘 연주했다. 아이덩이 오르간으로 다가가면 한창 오르간을 연주하고 있던 사람이라도 벌떡 일어나 아이덩에게 기꺼이 자리를 양보해주었다.

가늘고 긴 아이덩의 손가락은 딱딱한 고치만큼 거칠었지만 연주할 때만큼은 그렇게 경쾌하고 우아할 수가 없었다. 그런데 내 눈에는 오르간을 연주하는 아이덩의 모습에서 밀가루를 반죽하는 모습이 자꾸 겹쳤다……. 그러니까 내 말은, 무슨 일을 하든 간에 늘 진지한 아이덩의 모습에서 소박한 삶에 기인한 본능적인 열정이 뿜어져 나온다는 것이다.

아이덩은 열세 살이다. 열세 살의 아이에게서 성인의 흔적이 물씬 풍겨나긴 하지만 어쨌든 아직은 어린아이에 불과했다.

내가 만난 아이들 대부분은 꽤 무료해 보였다. 한곳에 쪼그리고 앉아

---

* 1943년에 만들어진 중국 전통 가곡

한동안 꼼짝도 하지 않거나, 강가 이쪽에서 저쪽으로 뛰어갔다가 다시 강가 저쪽에서 이쪽으로 뛰어오고, 다시 뛰어가고…… 이렇게 뛰어왔다 뛰어갔다 하는 게 무슨 재미가 있을까?

아이들의 마음은 우리와 너무 다르다! 아이들은 무럭무럭 자라 지금 이 순간과는 판이하게 다른 모습으로 성장하게 될 테고 그런 생각을 하면 신비롭기까지 하다. 중얼중얼 혼잣말을 하며 풀숲을 뒤져가며 무언가를 열심히 찾아 헤매고, 한입에 꿀꺽 삼키고도 남을 만큼 아주 작은 사탕도 다 녹을 때까지 참을성 있게 무수히 빨아먹고, 우리가 듣기엔 말도 안 되는 엉터리 화제를 놓고 자기들끼리 나름 조리 있게 토론을 벌이고 있는 모습을 보고 있노라면…… 아이들의 행복은 아무리 파내도 마르지 않는 샘물 같다! 아이들은 너무 가냘파서 영원히 보호해주어야 할 것만 같다. 보들보들한 고사리 같은 손에, 작은 어깨는 살짝만 건드려도 부서질 듯 연약한데…… 아이들의 상상력은 얼마나 강한지, 마치 강한 상상력에 의존해-상상이라는 풍부한 젖을 빨아먹고 성장하는 것만 같다. 어떤 아이는 느닷없이 내게 이렇게 말할지도 모른다. "양의 배 속에 있는 벌레가 날아오르면, 양도 함께 날아올라요." 아니면 아주 진지하게 이렇게 물어올지도 모른다. "강물은 다시 돌아오는 거죠?" 하고. 나는 이런 류의 질문을 받으면 아무리 머리를 쥐어짜봐도 어떻게 말을 이어가야 할지 모르겠다.

그런데 유목민들은 생전 자기 아이들과 어떤 거리감도 느끼지 않는 것 같았다. 그들은 지극히 평범한 대화를 통해 아이들과 자연스레 교감을 나누고, 형제간에나 할 법한 명령을 다섯 살배기 아들한테 해가며 이거 해라 저거 해라 시키지만, 아이들의 풍성한 유년을 따뜻한 눈으로 바라봐주며 결코 간섭하지 않는다. 나는 그 안에서 어떻게든 '세대차이'라고 할 만한 것을 찾아내고 싶었다. 하지만 그 과정에서 발견한 것은, 세상에서 가장 힘든 게 어떤 결론을 도출해내는 것이 아니라, 뜻밖에 나타난 새로운 문제들로 인해 주의력이 분산되지 않도록 정신을 집중해야 한다는 점이었다……. 그리고 이는 내가 너무 무료하다는 반증이기도 했다. 진실한 삶은 그 자체만으로 지극히 자연스러워서 굳이 연구할 필요는 없는 것 같다.

마지막으로 우리 집 천막 뒤에 사는 카완(卡萬)네 어린 아들을 빼놓을 수 없다. 여덟 살배기 요 꼬마 녀석은 이렇다 할 특징이 없어 아이들과 함께 섞여 있을 때는 전혀 주의를 끌지 못했다. 그런데 결국 나를 가장 놀라게 한 건 다름 아닌 바로 요 꼬마 녀석이었다.

가을이 되어 유목민들이 남쪽으로 이동할 때가 되면, 이 꼬마 녀석은 마른 식량을 등에 짊어지고 손에는 작은 버드나무 가지 하나를 쥔 채 40여 킬로미터나 되는 길을 혼자서 소 세 마리를 몰고 갔다. 아무도 다닐 것 같지 않은 숲 가장자리의 좁은 길을 따라 2~3일은 족히 걸려야 겨우 빠져나올 수 있는 깊은 숲 속을 지나 산 아래에 있는 집까지 소를 몰고 갔다.

어린아이에게 이런 고된 일을 시키다니! 아이 부모는 대체 뭘 하기에 어린아이에게 이런 일을 시키는 걸까? 물론 아이 부모는 훨씬 바빴다. 그들은 집을 옮기느라 정신없이 바빴고, 집을 옮기는 일은 소를 모는 일보다 훨씬 힘들었다. 이유야 어찌 됐든 여덟 살배기 꼬맹이를 일꾼처럼 부려먹다니…… 그 집 가장도 참 모질다!

아무튼 아무리 나를 놀라게 하는 일이라도 곰곰이 생각해보면 결국 이해가 된다. 지금 내가 마주하고 있는 것은 아주 오래된, 지난 수천, 수백 년 동안 아무 탈 없이 지켜온 그들만의 생활방식이다. 이런 생활방식은 주위 환경과 평화롭게 공존하면서 밀접한 관계를 형성해왔고 이제는 떼려야 뗄 수 없는 자연의 일부가 되었다. 나는 그 안에서 커가는 아이들로부터 강인함과 순결함, 온화함과 평온함 그리고 작은 것에도 쉽게 만족하고 행복해할 줄 아는 순수함을 배운다-이 또한 자연의 일부이다.

# 외딴 그곳

오후가 되면 나는 거의 하루도 빠짐없이 홀로 긴 산책길에 나섰다. 강 옆으로 끝없이 펼쳐진 광활한 초원을 따라 동쪽으로 7~8킬로미터쯤 계속 걷다 보면 강줄기가 양쪽으로 갈라지는 곳에 다다른다. 그곳은 강폭이 넓고 수심이 얕은데 유속은 굉장히 빠르다. 강 한복판에는 눈처럼 희고 큼지막한 돌들이 여기저기 흩어져 있고, 돌 사이 갈라진 틈새로 강물이 부딪치며 물보라를 일으킨다. 강에 가까이 다가갈수록 쏴아아아 하고 맹렬히 부서지는 강물 소리가 내 귓전을 때리고, 혼자 중얼거리는 소리마저 강물 소리에 묻힌다. 땅은 갑자기 움푹 꺼지고, 느닷없이 나무가 눈앞을 가로막으며 울창한 숲이 강 양옆으로 펼쳐진다. 우리가 사는, 나무 한 그루 없이 무성한 초원이 드넓게 펼쳐져 있고 소택지가 드문드문 형성되어 있는 상류와는 분위기가 영 딴판이다. 숲은 시야가 닿는 가장 높은 곳을 지나, 겹겹이 이어진 산 중턱에서 산골짜기 끝까지 무성하게 우거져 있다.

상류 쪽 강은 좁고 깊어 수면과 강기슭이 서로 어깨를 나란히 하고 유유히 흐른다. 강 양쪽 기슭에 자라는 물풀들은 마치 잘 빗어 가지런히 내려뜨린 단발머리처럼 곧게 늘어져 물속에 잠겨 있다. 어떤 강은 대지 속에 깊이 잠겨 있어 멀리서 바라보면 그곳에 강이 있는지조차 보이지 않는다.

불과 몇 킬로미터밖에 떨어져 있지 않은데도 상류와 하류는 이렇듯 뚜렷한 차이를 보인다. 상류는 장엄하고 광활한 데 비해, 하류는 빽빽하고 섬세하고 반짝반짝 빛나며 아름답다.

신발을 벗어 던지고 강을 건너다 보면 얼음장처럼 차가운 강물에 오소소 소름이 돋는다. 그러면 강 한복판에 우뚝 솟은 가장 크고 널찍한 바위 위로 냉큼 올라가 외투를 벗어 발바닥을 힘껏 문지른다. 그런 다음-보통 이맘때쯤이면 늘 이렇게 한다-외투로 몸을 감싸고 바위 위에 벌렁 드러누워 늘어지게 한숨 잔다. 햇살이 오랫동안 내리쬐어 따끈따끈하게 데워진 바위에 몸을 지지고 누워 있으면 녹작지근한 게 손가락 하나도 꼼짝하기 싫다. 바위가 눈이 녹아 흘러내린 물속에 박혀 있다보니 어느덧 바닥에서 느껴지던 열기는 식어버리고 시원한 기운이 서서히 온몸을 감싼다. 그러면 평안함과 동시에 또렷했던 의식이 몽롱해진다…….

강 서남쪽 기슭에 낮게 깔렸던 나무 그늘이 시간의 흐름에 따라 서서히 꼬리를 비스듬히 늘어뜨리다가 마침내 내 몸을 덮는 순간, 몸서리가 쳐지며 깜짝 놀라 잠에서 깨어난다. 그제야 바위에서 내려와 첨벙첨벙 물속을 걸어 나와 신발을 꿰어 신고 집으로 돌아간다.

집으로 돌아갈 때는 햇살이 비치는 곳만 재주껏 골라서 걷는다. 이즈음 황혼이 서서히 깃들기 시작한다. 느릿느릿 걸어 우리 집이 있는 산골짜기 초입에 들어설 때면, 서남쪽의 거대한 산그늘이 벌써 산골짜기의 반을 덮고 있다가 차츰 우리 집 천막 쪽으로 그늘을 드리운다. 천막 그림자가 천막 앞 5미터 밖에 놓여 있는 장작더미까지 길게 뻗어 있다. 그림자가 장작더미를 완전히 덮고, 더 멀리 있는 화덕까지 뻗어오면 외할머니는 저녁상 차릴 채비를 한다. 늘 똑같은 일상이다. 산속에서는 그림자의 길이에 따라 일하고 쉬는 시간을 계산하기 때문에 시계가 따로 필요 없다.

가끔은 오전에 산책을 나갈 때도 있다. 오전에는 다소 춥지만 바람은 거의 없다. 날씨가 좋은 날이면, 햇살이 세상을 온통 눈부시게 비추어주기 때문에 따사롭고 나른하다. 이렇게 눈부신 햇살 아래 서 있으면 발아래 모든 풀들이 온몸으로 기지개를 활짝 켜는 듯하다. 대지는 부드럽다……. 이럴 때면 나는 으레 산에 오른다. 숲 속으로 들어갈 엄두는 내지 못하고 숲 언저리에 나 있는 작은 오솔길을 따라 슬렁슬렁 거닌다.

나는 이렇게 슬렁슬렁 걷는 걸 무척 좋아한다. 한참을 걸어도 사람 그림자 하나 보이지 않고 아무 소리도 들려오지 않는다. 혹시나 하고 걸음을 멈추고 가만히 귀 기울여보지만 역시나 쥐 죽은 듯 고요하기만 하다.

고개를 돌려 발아래 산골짜기를 굽어보면 무성한 초원과 농밀한 강줄기가 눈에 들어온다. 짙푸른 산골짜기는 온통 황금빛으로 반짝인다.

가끔은 북쪽 상류를 향해 10킬로미터를 단숨에 걸어갈 때도 있다. 그곳에는 국유림 소속의 벌목장이 하나 있는데, 회족 민공 네댓 명이 일하고 있다고 했다. 벌목장에 가까이 다가가면 벌목할 때 쓰이는 기계톱의 "웅웅웅" 하는 거대한 울림 소리가 온 산에 메아리친다. 산 아래 강가 공터 위에 세워진 벌목꾼들의 천막에는 늘 정적만이 감돌 뿐 사람은 코빼기도 보이지 않는다. 하루는 천막 바로 앞에까지 다가가 천막 안으로 고개를 들이밀고 안을 들여다보았다. 천막 안에는 일고여덟 명이 한꺼번에 누워 잘 수 있는 커다란 침대 하나와 산처럼 쌓여 있는 더러운 옷가지들뿐이었다. 천막 밖에는 초간단 화덕(시커멓게 그을린 벽돌 세 개가 전부인)이 놓여 있었다. 그 옆으로는 아직 설거지를 하지 않은 솥과 그릇들이 하나 가득 쌓여 있었다. 늘 그렇듯이 사람은 보이지 않았다. 나는 곧장 그곳을 빠져나왔다.

그런데 얼마 지나지 않아, 뒤에서 느닷없이 '화얼(서북민요로 사랑 노래가 대부분이다)*' 민요가 들려왔다! 예리하고 곧게 자신이 꿈꾸는 이상향(理想鄕)-저 멀리 푸른 창공에 있는 한 점, 정확하게 그 지점을 향해 가닿는다! ……온몸을 떨며 길고 긴 탄식이 이어지다가 서서히 흩어지고

---

* 花儿: 중국의 칭하이, 간쑤, 닝샤, 신장 등 서북지역의 민요로 대서북(大西北)의 혼이라고도 불리는 국가급 인류문화유산이다.

흩어진다……. 이렇게 흩어져버린 사소한 것들에 화려한 정감이 배어들어가 불꽃처럼 숲 속 상공을 수놓는다.

나는 경사진 푸른 산비탈에 꼼짝도 않고 서서, 등 뒤로 들려오는 노랫소리에 가만히 귀를 기울인다. 끝내 참지 못하고 고개를 돌려 바라보면-산비탈 꼭대기에 천막 하나 외로이 서 있고, 그 뒤로는 숲이 우거져 있다. 벌목하는 요란한 기계톱 소리만 텅 빈 골짜기에 메아리친다.

내가 유일하게 가보지 않은 곳은 북쪽 산골짜기다.

나와는 달리 엄마는 목이를 따러 종종 북쪽 산골짜기까지 갔다.

하루는 이른 아침에 집을 나선 엄마가 저녁 식사 시간이 다 되어가는데도 돌아올 기미가 보이지 않았다. 우리는 초조해졌고 급기야 외할머니는 나보고 나가서 찾아보라고 성화였다. 대체 어디로 가서 찾으란 말인가? 깊은 산속에 들어갔다가 자칫 잘못하면 나마저 길을 잃을지도 모르는데……. 그렇다고 마냥 집에 앉아서 기다리자니 방정맞은 생각이 꼬리를 물었다. 결국 혼자 산골짜기에 발을 들여놓았다.

산골짜기 초입의 푸른 언덕 위에 새하얀 파오 한 채가 서 있었다. 한 여자가 파오 입구에 걸려 있는 커다란 솥 한옆에 서서 우유를 쉴 새 없이 저어가며 끓이고 있었고, 거기서 향기로운 우유 향이 모락모락 피어오르고 있었다. 냄새를 맡아보려 하자 우유 향은 어느새 흔적도 없이 사라지고 나무 송진 냄새만 진동했다.

파오를 빙 돌아서 갈 생각이었는데 멀리서 그 여자한테 들켜버렸다. 그녀가 곁에 있던 꼬마에게 몇 마디 하자 꼬마가 총알처럼 내게로 달려

왔다. 나는 그 자리에 서서 아이가 다가올 때까지 기다렸다.

아이는 내게서 10여 미터 떨어진 곳에 멈춰 서더니 가쁜 숨을 몰아쉬며 자못 들뜨고 진지한 목소리로 크게 외쳤다. "당신! 뭐 해요?"

나는 먼 곳을 가리켰다.

아이가 다시 말을 이었다. "차 한잔 할래요?"

나는 고맙다고 말하며 사양했다.

아이가 말했다. "당신 엄마도 차 마시러 왔었는데, 당신은 왜 안 와요?"

이 일대에서 우리 가족만 유일한 한족이었기 때문에 유목민들 사이에서 우리 식구를 모르면 간첩이었다.

"우리 엄마가 너희 집에 갔었어?"

"응."

"지금도 계셔?"

"아니."

"어느 쪽으로 갔어?"

아이가 손가락으로 먼 곳을 가리켰다.

나는 아이에게 웃어 보이고, 파오에서 여전히 이쪽을 바라보고 있는 여인에게도 손을 흔들어 보이고는 몸을 돌려 내 갈 길을 갔다.

아이가 줄곧 내 뒤를 따라왔다. 내게 너무 가까이 다가오지도 않고 10여 미터 거리를 둔 채 졸졸 따라왔다. 무척 심심한가 보다. 저 멀리 바라보니 골짜기에는 아이네 가족만 살고 있는지 함께 놀아줄 동무 하나 없다. 나는 가던 길을 멈추고 몸을 돌려 아이를 향해 큰 소리로 물었다.

“어이, 꼬맹이! 너 몇 살이야?”

연달아 몇 번이나 같은 질문을 받고 나서야 아이가 수줍은 듯 대답했다.

“일곱 살…….”

“남자야, 여자야?”

아이가 한차례 까르르 웃더니 입을 다물었다.

“일루 와봐, 남잔지 여잔지 한번 보게…….”

아이는 내 말을 듣자마자 몸을 휙 돌려 달아나버렸다.

나도 웃으며 고개를 돌려 다시 걷기 시작했다. 잠시 뒤 숲 속으로 접어들면서 다시 고개를 돌려보니, 멀찌감치 떨어진 곳에서 아이가 부지런히 따라오고 있었다. 호주머니를 뒤져 손에 잡히는 대로 사탕 몇 개를 꺼내 발치에 있는 돌 위에 올려놓고, 아래쪽을 향해 큰 소리로 외치며 손가락으로는 땅을 가리켜 사탕이 놓여 있는 곳으로 아이의 주의를 돌린 다음 숲 속으로 들어갔다.

아니나 다를까, 아이는 더 이상 따라오지 않았다. 아이는 사탕이 놓인 곳까지 와서 멈춰 선 다음, 돌 위에 앉아 사탕 껍질을 천천히 벗기고 사탕을 먹기 시작했다. 내가 서 있는 위치에서 아래를 굽어보니, 드넓게 펼쳐져 있는 우거진 숲 사이로 아주 작은 꼬마 홀로 외로이 앉아 있었다. 작고, 연약하고, 가냘프고, 평온하다……. 그곳을 중심으로 사방의 모든 풍경과 날씨가 시간만큼 적막하다…….

이 지독한 외로움이 언젠가 아이의 성장에 영향을 미치게 되지는 않을까?

그날 나는 숲 속을 한 바퀴 휙 돌아보고는 곧장 집으로 돌아왔다. 더 깊숙이 들어가기에는 너무 무서웠다……. 산골짜기 초입에 까치발을 딛고 서서 바라보면 보이는 것은 울창한 숲과 깊은 강물뿐-그곳은 내가 일찍이 가본 적이 없다. '영원'을 느끼게도 하고 한순간 사라져버릴 것 같은 느낌이 들게도 하는 그런 곳이다…….

어떤 아이는 다섯 마리에서 열 마리 정도 되는 물고기를 우리에게 팔러 동쪽 산골짜기에서부터 오기도 했는데, 속칭 '호랑무늬 날개'라고 불리는 이 물고기들은 한 뼘 정도 길이의 작은 냉수어다. 그래서 우리는 그쪽 산골짜기에는 물고기가 유난히 많이 서식하고 있거나, 최소한 우리가 있는 이곳보다는 물고기가 당연히 많을 거라고 생각했다. 급기야 엄마는 들통을 들고 장대를 어깨에 둘러메고 흥에 겨워 한달음에 그곳까지 달려갔다. 그런데 막상 들어가보니 그곳 산골짜기에는 놀랍게도 강이 아예 없었다.

이곳 아이들은 정말 대단하다. 아이들이 벌어 가는 돈이 우리가 하루 종일 가게에서 버는 돈보다 많았다. 우리가 가게에서 벌어들이는 돈을 아이들이 고스란히 벌어 가는 셈이었다. 물고기는 한 마리당 5마오, 마르지 않은 검은 목이는 1킬로그램에 10위안, 마른 것은 1킬로그램에 60위안, 짚 버섯 1킬로그램은 사과 하나와 바꿀 수 있고, 구멍장이버섯은 1킬로그램에 2위안, 느타리버섯과 곰보버섯은 1킬로그램에 8위안이었다……. 심지어 나무 위에서 자라는 귀 모양으로 생긴 나무 혹(树瘤)*도 한 아름 따서 우리 가게로 가져왔는데 한족은 어떤 물건이든 간에 용도

* 잉무(瘿木)라고도 한다. 나무에 혹 같은 결정이 생기는데, 그걸 자르면 아름다운 무늬가 있어 공예품으로도 사용된다.

에 맞게 사용할 거라고 생각하는 모양이었다. 아이들에게 "우린 그런 거 필요 없어"라고 귀에 딱지가 앉게 얘기해도 말짱 헛수고였다. 어디 그뿐인가, 자기 집에서 만든 요구르트며 치즈며 달콤한 맛이 나는 말린 치즈(奶疙瘩)*며 버터까지 들고 왔다……. 그렇게 끊임없이 가져온 물건들은 우리 가게 상품진열대에 놓여 있는 배추 한 포기나 막대사탕 혹은 사이다와 바꿔 갔다. 어떤 아이는 자기가 딴 산딸기까지 팔아먹으려고 했다. 어린 나이에 벌써부터 돈독이 올라서 얄팍한 수작을 부리다니! 하는 짓이 하도 괘씸해서 가져온 산딸기를 보란 듯이 남김없이 먹어치우고는 입을 싹 닦았다. 그러자 아이는 울며불며 집으로 돌아갔고 두 번 다시 우리 집에 산딸기를 팔러 오지 않았다.

탈지유나 요구르트를 팔러 오는 아이들 대부분은 얼굴이 온통 콧물범벅이 되어 오기 일쑤라서 우유나 요구르트 상태가 심히 걱정되었다. 우리는 아이들이 들고 온 작은 통 속을 국자로 한참 저어가며 유심히 살펴보는데 별다른 이상을 발견하지 못해도 께름칙한 기분은 영 가시지 않았다.

또 어떤 아이들은 산속 어느 구석에서 캤는지 수정(水晶)을 밀가루 포대 절반 이상 가득 채워서, 두 명이서 밀가루 포대 앞뒤를 한쪽씩 들고 낑낑거리며 몇 고개를 넘어 우리 가게까지 찾아왔다.

깊은 산속에는 또 무엇이 숨겨져 있을까? 나는 이따금 흠 하나 없이 깨끗한 다갈색 수정을 손에 쥐고 이리저리 돌려보기도 하고, 높이 들어 올려 햇살에 비춰보기도 했다. 수정을 통해 바라본 세상은 크게 놀랄

---

* 위구르, 몽고, 카자흐 등 소수 민족들이 즐겨 먹는 식품으로 치즈의 일종. 달콤한 맛과 새콤한 맛 두 가지가 있다.

만하다고까지는 아니어도 가히 아름답다고 할 만했다. 햇살이 수정 속에서 변화무쌍하게 흔들리면, 맞은편 산 위의 나무들과 겹겹이 이어진 산들이 우아하게 굴곡져 보이고, 하늘은 몽환적인 자색으로 변했다. 수정을 초원에 비춰보면 말을 탄 사람이 산골짜기 끝에서 다가오는 모습이 어렴풋이 보이고, 산골짜기 전체가 달콤하게 타들어가는 듯했다. 말등에 비스듬히 앉은 사람은 화염으로 불타오르는 숲 속에서 때론 멀리 때론 가까이, 때론 왼쪽에서 때론 오른쪽에서 아른거렸다. 수정에서 눈을 떼면 풍경은 순식간에 잠에서 깨어난 듯하고, 말 탄 사람도 또렷하게 보였다. 점점 가까이 다가오는 그가 내게 손을 흔드는 것 같기도 하고 아닌 것 같기도 했다.

나는 수정을 주머니에 집어넣고 천막 밖에 쌓여 있는 장작더미 위에 앉아 한참을 기다렸다. 정오의 태양이 눈부시게 비치면, 사방은 쥐 죽은 듯이 고요하고, 풀조차 성장을 멈춘 듯 조금의 미동도 없다. 아주 작은 무당벌레 한 마리가 푸른 풀잎 끝에 붙어 한참 동안 꼼짝도 하지 않았다. 손가락을 뻗어 무당벌레를 톡 하고 살짝 튕겨보았다. 이때 바람이 손끝을 스쳐가고 손가락에는 아무것도 없다. 고개를 드니 말을 탄 사람이 벌써 코앞까지 다가왔다. 어깨가 한쪽으로 기운 그는 손에 채찍을 쥔 채 말고삐를 늦추며 서서히 지나갔다. 이때 눈이 시리게 파란 하늘에 나는 새삼 놀라움을 금치 못했다. 가까이 있는 숲의 위대한 힘이 느껴졌다.

나는 신기한 세상에 살고 있다. 이곳은 크고, 고요하고, 가깝고, 진실하고 직접적이다. 내 옆에 있는 풀은 진짜 풀이고 초록의 풀은 진짜 초록색이다. 내가 만지는 풀은 진짜 풀이다. 살살 풀을 잡아 뽑으면 뽑혀 나오는데 그건 내가 뽑아서라기보다 자신의 운명에 따라 뽑혀 나올 뿐이다……. 내가 말하고 싶은 것은 그 어느 것보다 더 조화롭고, 더 공평하며, 더 아름다운 것들에 관한 것이다. 이곳에 살면서 만나는 사람들과 소중한 인연을 맺어가는 것과 마찬가지로, 운명에 따라 마지막을 향해 가는 것에도 나는 만족한다. 내가 느끼는 모든 슬픔조차 행복처럼 느껴진다.

세상은 내 손에 있고, 드러누우면 잠 속으로 빠져든다. 입으로 음식을 먹고, 옷으로 몸을 감싼다. 여기에 무슨 아쉬움이 있을까? 그렇다. 내겐 애정이 없다. 그런데 정말 애정이 없는 걸까? 그렇다면 나를 향해 다가오는 누군가를 보았을 때 순간 가슴속에서 솟구쳐 오르던 감정은 과연 무엇일까? 그의 치아는 하얗고 눈은 반짝인다. 그는 처음부터 나를 향해 똑바로 걸어오고 있는 것만 같다. 나는 그를 맞으러 걷고 또 걷다가 마침내 뛰기 시작한다-이런 내게 애정이 없다고 할 수 있을까? 드넓은 푸른 초원을 하염없이 걷다가 결국 뛰기 시작한다. 그때 문득 뒤돌아보면 그 찰나의 순간 세상도 동시에 몸을 돌려버린다…….

늘 이렇다. 모든 것을 알아채려는 순간, 한 사람이 나를 향해 똑바로 걸어온다.

엄마는 오전이면 하루의 일과를 모두 마치고 등에 배낭 하나 달랑 메고 문을 나섰다. 나는 문 앞에 서서 눈부신 햇살 속으로 멀어져가다 끝내 저 높은 숲 속으로 사라지는 엄마를 눈으로 배웅했다.

엄마가 세상에 존재하는 동안-그러니까 내 시야에 들어오는 동안 내가 바라본 세상은 늘 활짝 열려 있다. 하지만 엄마가 내 시야에서 사라져버리는 그 순간 내가 바라본 세상은 한순간에 스르르 문을 닫는다.

엄마가 내 곁에 없으면 너무 외롭다.

나는 집에서 엄마가 돌아오기만을 이제나저제나 기다렸다. 재봉틀 앞에 앉아 잠시 일을 하다가도 이내 몸을 일으켜 문 앞으로 나가 저 멀리 바라보다가 근처를 하릴없이 서성거렸다. 이맘때면 유목민들은 가축을 몰고 산 너머 국경지대로 나가고 없기 때문에 가게를 찾는 손님도 뜸했다. 이웃 천막촌도 조용하기는 마찬가지였다. 사이형부라커는 황혼 무렵이 되어서야 조금씩 활기를 띠기 시작했다.

문 앞에 펼쳐진 촘촘하고 무성한 초원 위에는 하얗고 노란 꽃들이 만발했다.

우리가 이곳에 천막을 치기로 결정했을 당시만 해도 우리는 잡초를 깨끗이 뽑아버릴 생각이었지만, 뜻밖에도 풀들이 너무 억세기도 하고, 마치 촘촘하게 짜인 펠트처럼 뿌리가 땅 밑에서 워낙 얽히고설켜 있어 삽조차 들어가지 않았다. 사정이 이렇다 보니 풀 뽑을 생각은 아예 접고, 가끔씩 땅 위를 뚫고 나온 풀줄기를 뜯어내는 게 고작이었다. 그런데 말뚝을 박고 천막을 세운 지 며칠 되지도 않아 생각지도 못한 '풀의 재난'이 시작되었다. 침대 밑에도, 재봉틀 밑에도, 장작더미 틈새에도, 물건들 사이에도, 계산대 뒤에도 도대체 장소를 가리지 않고 풀들이 고개를 불쑥불쑥 내밀었다. 급기야 꽃까지 소복이 피워내니 정말이지 손쓸 도리가 없었다.

천막 밖에서는 풀들이 더 맹렬한 기세로 돋아나며 햇살 아래 꿈틀거렸다. 그렇게 한참을 보고 있노라면 풀들의 이런 '움직임'은 바람에 몸을 맡겨 흔들리는 것이 아니라, 자라면서 저절로 흔들리는 '움직임'인 것만 같다. 풀들은 이렇게 필사적으로 '움직'이고 있다. 잎들은 잎에서 벗어나려고 애쓰고, 꽃은 꽃에서 벗어나려고 애쓰며, 가지는 가지에서 벗어나려고 애쓴다-모든 것이 현재의 자기로부터 벗어나 자신이 닿을 수 없는 곳을 향해 더 가까이 다가가려고 안간힘을 쓴다……. 고개를 들어 하늘을 보면 하늘도 역시 마찬가지다. 하늘의 푸름은 자신의 푸르름에서 벗어나 더욱더 푸르러지고자 한다……. 숲도 마찬가지다. 숲의 울창함은 자신의 울창함을 뛰어넘어 더욱 팽창하고 순간 힘차게 솟아오르고자 힘을 모은다……. 강물도 거센 물살을 일으켜 자신으로부터 세차게 흘러 나가려는 듯하다. 그에 비해 강 한복판에 정지해 있는 커다란 돌은 강물에 끊임없이 부딪혀도 끄떡하지 않고 늘 그 자리를 지키고 있다. 나는 꼼짝도 하지 않는 돌을 바라본다-돌의 고요함 역시 자신의 고요함 속에서 벗어나 무한한 방향으로 뻗어가고 있다……. 내가 바라본 세상! 이 세상에 나만 홀로 벙어리처럼, 죽은 사람처럼 무기력하다. 이럴 수밖에 없다. 이럴 수밖에……. 강렬하게 내리쬐는 태양 아래 잠시 서 있었을 뿐인데, 내 얼굴은 벌써 벌겋게 익어가고, 나는 여전히 이러고 있다……. 끝없는 상념이 나를 괴롭힌다. 이 세상은 눈에 보이는 것 이외에 또 다른 운동법칙이 존재하는 걸까? 이 '운동'의 목적은 '어디로 가기 위함'이 아니라 '무엇이 되기 위함'이 아닐까? ……나는 천막 입구에 서서 꼬리에 꼬리를 물고 이어지는 상념에 젖은 채, 아주 사소한 것까지 감지해보려 하지만 실상은 어느 것 하나도 지각하지 못한다. 세상의 여러 가지 '움직임'에 자유롭게 몸을 맡긴 채, 눈앞에 펼쳐진 기적을 품은 해양 속을 끝없이 떠돈다.

천막 입구에 서 있는데 문득 가슴이 설레며 세상의 모든 '움직임'이 일순간에 정지하고 모든 소리가 일제히 뚝 멈춘다. 나는 갑자기 아무것도 느낄 수 없고, 세상은 내 마음속으로 들어오지 못한다–내 마음속은 훨씬 익숙한 무엇인가에 의해 순식간에 채워진다. 가만히 귀를 기울이고 시선을 먼 곳으로 던지면, 맞은편 푸른 산비탈 위에 있는 한 점이, 세상이 문득 '정지'해 보인 이유이며, '정지'하게 한 핵심임을 발견한다. 나는 그 점을 아주 오랫동안 주시한다. 마침내 그 점이 무엇인지 똑똑히 보인다–우리 엄마다. 마침내 엄마가 돌아왔다.

생각해보니 이곳 산야(山野)에서 아직 가보지 못한 곳이 너무나 많다! 곰곰 생각해보면, 갈 수 없어서가 아니라 갈 필요가 없기 때문이다. 내가 가보지 못한 곳은 내 삶과 무관하니까.

다시 생각해보니, 이 산야를 마음 내키는 대로 누비고 다니려면 늘 몸을 옆으로 틀어 비껴 다녀야 한다. 산야는 활짝 열려 있어 평탄해 보이지만 발길 닿은 곳마다 장애물투성이라 비좁기 짝이 없다.

우리 집 천막을 나서면 왼쪽으로 초원이 펼쳐져 있고, 초원은 풀이 파릇파릇 돋아 있는 작은 비탈과 맞닿아 있다. 산비탈은 하얀 석영이 깔려 있는 거대한 돌을 향해 뻗어 있다. 눈처럼 하얀 돌, 진녹색의 초원, 심연처럼 파란 하늘…… 풍경이 너무 맑고 깨끗해서 마음속에 미세한 파문이 인다.

매일 문을 나설 때마다, 나는 습관적으로 그곳에 눈이 가장 먼저 간다. 어떤 때는 양치기 소년이 한쪽 끝에 찢어진 빨간 천 조각이 매여 있는 길고 가는 나뭇가지를 손에 쥔 채 돌 위에 앉아 있을 때도 있다. 산뜻하고 예쁜 옷을 입은 아이들이 돌 주위를 폴짝폴짝 뛰어다니다가, 완만하게 경사진 초원 언덕길을 따라 서로 쫓고 쫓기며 뛰어 내려올 때도 있다.

우리 집 천막에서 2~300미터밖에 떨어져 있지 않은데도 사이헝부라커에서 여름을 두 번 나는 동안 나는 한 번도 그곳에 가본 적이 없다.

그곳은 정말 나와 무관한 곳일까? 어느 날 산책길에 나도 모르게 모퉁이를 돌아 푸른 초원 언덕을 향해 천천히 걸어갔다. 가까이 다가갈수록 길은 가팔랐다. 파란 하늘 아래, 푸른 초원 위에, 하얀 돌이 맨살을 드러낸 채 우뚝 서 있다. 희고, 파랗고, 초록의 서로 다른 세 가지 색이 선명하게 대조를 이룬다. 나는 걸음을 멈추고 잠시 바라보다가 이내 다시 걸음을 내딛는다. 이때-

누군가 뒤에서 나를 부른다.

늘 그렇다. 뒤를 돌아보면 나를 향해 똑바로 걸어오는 누군가가 있다. 나는 생각한다. 이건 결코 우연이 아니라고.

나와 달리 엄마는 이 근방에 가보지 않은 곳이 없을뿐더러, 훨씬 더 먼 곳에 있는 깊은 산도 머지않아 엄마의 발아래 놓일 터였다. 산 너머 국경 일대에도 여러 차례 가보았다. 석양이 세상을 온통 물들일 때쯤이면 피곤한 기색이라고는 하나 없이 집에 돌아온 엄마의 몸에서는 먼 곳의 숨결이 짙게 배어났다. 엄마의 옷은 늘 더럽고, 헝클어진 머리카락에는 낙엽이 붙어 있기 일쑤였다. 불룩한 배낭 속에는 늘 진흙이 가득 차 있었다. 새로운 상처가 끊이지 않는 엄마의 손은 빈손인 경우가 거의 없었다. 크고 긴 땡감 두 개를 끌고 올 때도 있었고, 또 가끔은 푸르고 싱싱한 야생 파가 들려 있을 때도 있었다. 이따금 내게 손을 불쑥 내밀고 손가락을 펼치면 거친 손바닥 위에 붉고 탐스러운, 완두콩만 한 산딸기나 블루베리가 한 움큼 놓여 있을 때도 있었다.

하루는 엄마가 집으로 돌아오는 길에, 멀리 산기슭 아래에서 나를 향해 무언가를 높이 흔들었다. 가까이 다가가 살펴보니 엄마가 물컵으로 사용하는 유리병이었다. 유리병 안에는 영롱하고 투명한 빨간 과일이 가득 차 있었다. 쌀알보다 조금 큰 아주 작은 과일들은 생전 처음 보는 것들이었다. 한 알 꺼내 맛을 보니 새콤달콤한 향이 입안 가득 퍼졌다. 나는 그 자리에서 허겁지겁 다 먹어치웠다. 다 먹고 나서야 무슨 과일이냐고 물었다. 엄마의 입에서 뜻밖의 대답이 흘러나왔다. "나도 모르지. 먹어도 되는 건지도 몰라. 그냥 너무 예쁘길래 따 왔어……."

……아직까지 살아 있는 게 용하다.

무엇이든 입속에 집어넣어야 직성이 풀리는 엄마의 이런 위험천만한 버릇은 우리가 아무리 겁을 줘도 고쳐지지 않았다.

그래도 돌이켜 생각해보면, 이런 산야에 독이 있는 물질이 과연 있을까? 드넓고 깨끗하고 밝고 상쾌하고 높은 이곳에…… 눈을 들어 바라보면 탁 트여 광활한 이곳은 그늘진 곳 하나 없다.

그에 비해 남쪽은-비가 많고, 색이 농밀하고, 달콤하고, 비릿하고, 후

덥지근하고, 습하고, 양기(陽氣)가 고루 퍼져 있지 않고, 노상 안개에 싸여 있다……. 그곳은 아늑해 보일지라도 상당한 위험이 도처에 도사리고 있다.

한번은 엄마가 하마터면 큰 변을 당할 뻔했다. 삼촌*과 함께 숲 속을 지나는 길에 민둥산 고지 위에 듬성듬성 나 있는 '무잎'을 발견했다. 푸르고 싱싱한 것이 참으로 먹음직스러워 보였다. 엄마와 삼촌이 한두 뿌리 캐보니 크기는 훨씬 작지만 당근이랑 똑같이 생긴 뿌리가 달려 있었다. 엄마가 '당근'을 쪼개서 냄새를 맡아보니 향이 똑같을 뿐 아니라, 매우 신선하고 향도 짙었다. 엄마는 너무 기뻐 어쩔 줄 몰랐다. 엄마는 이렇게 생각했다. 파도 야생 파가 있고, 마늘도 야생 마늘이 있고, 완두도 야생 완두가 있고, 부추도 야생 부추가 있으니…… 이건 틀림없이 '야생 당근'일 거야, 하고. 엄마가 이 '야생 당근'을 옷깃에다 쓱쓱 문질러 닦은 다음 입을 벌려 한입 베어 물려는 순간, 삼촌이 극구 말리는 바람에 뜻을 이루지 못했다.

나중에 집으로 돌아와 양치기 노인에게 물어보고 나서야 그 야생 당근이 지독한 독성을 지니고 있다는 사실을 알게 되었다! 노인 말에 의하면, 먹은 지 채 30분도 안 돼 장이 가닥가닥 끊어진단다……. 유목민들은 이 야생 당근을 치통을 치료하는 데 주로 사용하는데, 아주 잘게 빻아서 통증이 있는 부위에 붙이고 입이 아래로 향하도록 고개를 숙여 침을 삼키지 않고 입 밖으로 흘려보낸다고 했다.

내가 알지 못하는 깊은 숲 속 어딘가를 엄마가 헤매고 다닐 때면, 그

* 작가는 이 글에서 계부를 삼촌이라 표현했다.

때 일이 떠올라 엄마가 마치 천 길 낭떠러지 위를 위태롭게 걷고 있는 것만 같아서 가슴이 늘 조마조마했다.

엄마는 혼자서 배낭 하나 달랑 메고 물과 음식을 싸가지고 깊은 산속으로 들어갔다. 등 뒤로 집이 떡하니 버티고 있으니 조급할 이유가 하나 없다. 엄마는 편안한 마음으로 희망을 가득 안은 채 걷는다. 숲 속을 지나고 협곡을 지나고 높은 산비탈을 넘고 넘어, 바람이 세차게 부는 광활한 산등성이를 걷고, 나무 그늘이 짙게 드리워진 산기슭을 걷고, 강가를 걷고, 끝없이 걷고 또 걷는다……. 그것도 엄마 혼자서. 음식이 다 떨어져도 엄마는 조금도 초조해하지 않는다. 날은 아직 환하고 눈부시게 빛나는 태양 빛에 하늘은 온통 새하얗다. 세상이 본래 가지고 있는 빛은 이렇게 강렬하다. 따갑게 내리쬐는 뙤약볕 아래서 엄마는 상의를 벗고 걷다가 속옷마저 벗더니 급기야 바지까지 벗어 던진 채 계속 걷는다……. 끝내는 실오라기 하나 걸치지 않은 채……. 음, 말도 안 돼. 다행히 숲 속에는 아무도 없다. 혹시 저 멀리 맞은편 산에 사람 그림자가 어른거리면 더 가까이 다가오기 전에 재빨리 옷을 걸치고 아무 일도 없었다는 듯 시치미를 뚝 떼고 몸가짐을 단정히 한 뒤 상대와 인사를 나누어도 늦지 않다.

옷을 다 벗어 던진 채 산야를 헤매다 보면 온몸은 어느새 땀투성이에 숨이 가빠온다. 엄마 혼자다. 또다시 숲 속으로 들어가 한참 만에 나오는 엄마의 두 손은 텅 비어 있다. 엄마는 마음이 조급해진다. 하지만 눈을 들어 맞은편에 있는 더 깊은 숲을 발견하게 되면, 그곳에는 틀림없이 목이가 있고, 동충하초가 있을 거라는 확신에 마음은 다시 풍요로워진다. 아직 희망은 남아 있다. 엄마 혼자서…… 인적이라고는 없는 텅 빈 길을, 텅 빈 초원을, 텅 빈 산골짜기를 엄마 혼자 걷고 또 걸을 때면 무슨 생각을 할까? 엄마도 텅 빈 느낌이겠지! 실오라기 하나 걸치지 않은 몸을 볼 사람은 영원히 없을 테니, '누군가에서 들켜' 수치심을 느끼게 될 일도 없을 터였다. 엄마의 발걸음은 자유롭고 표정 또한 자유롭다. 자유란 곧 자연스러움일까? 엄마는 고독하기도 하다. 그럼 자유는 고독일까? 엄마는 고독을 아랑곳하지 않으니, 자유란 무엇에도 얽매이지 않는 마음일까?

나는, 나는 늘 홀로 반투명한 천막 안에 들어앉아 엄마가 돌아오기만을 기다리면서 이따금 문 앞 초원 위를 오가며 먼 곳을 바라볼 뿐이다.

이따금 나도 집을 나설 때가 있다. 아주 먼 곳으로, 날아가듯이 그렇게 아주 먼 곳까지 갈 때가 있다. 세상은 평평하다-나는 수없이 되뇐다. 세상은 평평하다고! 내 앞을 가로막는 장애물은 아무것도 없다고……. 길을 걷고 있는 동안이 아니라 부침(浮沈)에 시달리는 동안, 나는 내 자신을 억제할 수 없다……. 나는 걷기도 하고 날기도 한다. 때로는 추락하기도 하고 때로는 바람을 만나기도 한다. 내 눈에 비친 사물은 한없이 나를 향해 다가왔다 나를 스쳐 지나 내게서 한없이 멀어져간다……. 사실은, 나는 어디에도 가본 적이 없다.

나 홀로 반투명한 비닐 천막 안에 앉아 있으면 어디에도 갈 필요가 없다. 이곳은 산야다. 이곳에서는 어느 곳에 있든지 늘 '나아가는' 상태에 있다. 설령 이미 '도달'했다 하더라도. 천막 안에 앉아 있으면 나의 몸과 생각을 제외한 모든 것들이 바람처럼 끊임없이 나를 스치고 지나간다……. 과거 내게 익숙했던 생활과는 너무 동떨어진 깊은 두메산골에 묻혀, 예전 친구들과도 멀리 떨어지고 유년시절과도 동떨어진 삶을 살고 있다. 예전에 애써 이해했던 일들과 이치들도 너무 멀리 있다……. 지금 내게서 멀리 떨어져 있는 엄마가 깊은 산속 어느 끝자락을 헤매다가 무슨 봉변을 당할지, 어떤 기쁨을 맛보게 될지 나는 알지 못한다. 엄마가 돌아오면 마치 그림자처럼 내 곁에 딱 붙어 있다. 사위는 고요하고 햇살은 밝게 빛난다. 엄마가 한 말들이 대체 무슨 의미인지 나는 알지 못하며, 엄마가 지금 하고 있는 일이 무엇을 위한 것인지도 알지 못한다. 나와 달리, 엄마는 어떤 방식으로 이 세상을 의지하고 있는지도 알지 못한다. 엄마는 말도 없이 온종일 분주하다. 엄마의 모든 것, 말로 표현해내지 않은 언어들, 한마디 한마디가 엄마의 마음속 깊은 곳에 자리를 잡고 엄마의 몸 안에서 깊은 심연(深淵)을 이룬다……. 엄마는 빈손으로 나를 향해 걸어와, 빈손으로 내 곁에 앉아, 빈손으로 내게 다른 말을 한다……. 나는 고개를 돌려 왼쪽을 보고 이번에는 오른쪽을 보고 위로 하늘을 바라본다. 나를 제외하면-내가 있는 곳을 제외하면 다른 모든 것들은 함께 어우러져 있다…….

내가 말하고 싶은 것은, 세상은 두 부분으로 나눌 수 있는데, 그 한 부분은 내가 보고 느끼는 세상이고, 다른 한 부분은 고독한 나라는 점이다…….

이때, 파란 하늘 아래 그리 멀지 않은 초원 위로 누군가 나를 향해 똑바로 걸어오고 있다.

# 카푸나와 친구하기

나는 카푸나(喀甫娜)의 방문이 가장 두렵다. 왜냐하면 나눌 대화가 없으니까. 만나면 가장 먼저 호들갑을 떨어가며 반갑게 "와~" 하는 탄성과 함께 인사말이 이어진다.

"안녕, 카푸나?"

"안녕!"

"건강하니?"

"건강해."

"엄마아빠도 다들 잘 지내시고?"

"다들 잘 지내셔."

"오빠도 잘 지내?"

"응."

"여동생도?"

"응."

……

카푸나네 식구가 많은 게 그나마 다행이다. 가족들의 안부를 일일이 묻고 나면 마치 마음을 툭 터놓고 대화를 나눈 것 같고, 우리가 둘도 없는 친구 사이가 된 것 같다.

수십 년 전이었다면, 카푸나네 파오는 아늑한지, 목초지는 좋은지, 수원(水源)은 어떤지 묻고, 뒤이어 소와 양과 낙타와 말은 별 탈 없이 잘 지내고 있는지, 귀가 까만 고양이는 아직도 살아 있는지 등등 시시콜콜 죄다 물어봤을 터였다. 끝으로 상대가 '심심하지 않은지' 물어보는 것도 절대 잊어서는 안 된다.

이런 풍습이 있다는 말을 처음 들었을 때 나는 반신반의(지금도 여전히 반신반의하고 있다)했다. 이런 인사법은 도시에서는 농담할 때나 써먹을 법하지 않나! 길거리에서 우연히 만난 사람에게 그 집에 비가 새는지 안 새는지 따위를 한가로이 물어볼 사람이 과연 누가 있겠는가?

하지만 아주 오랜 옛날, 이 산야는 지금 우리가 알고 있는 것보다 훨씬 더 황량하고 삭막했다. 그때 당시에는 까마득한 천 길 낭떠러지 위로 길이 구불구불 나 있었다. 누군가 옛날 길을 손가락으로 가리키며 내게 알려주었는데 산등성이를 휘감고 나 있는 좁고 가파른 길은 고개를 들어 바라보는 것만으로도 아찔한 게 현기증이 다 일었다. 하물며 그 길 위에서 아래를 굽어보면 오죽할까. 요즘처럼 다이너마이트를 터뜨려 넓고 탄탄한 길을 낸 것도 아닐 텐데. 요즘은 아무리 거대한 산이 앞을 가로막고 있다 할지라도, 산을 두 동강이 내는 한이 있어도 기필코 길을 만들고야 만다.

그러니 거의 고립되다시피 했던 당시의 삶은 얼마나 삭막하고 팍팍했을까? 아득히 멀고 삭막한 곳에서 유목 생활을 해야 하는 유목민들은 계절에 따라 끊임없이 거주지를 옮겨 다니며 끝없이 펼쳐진 산야에 묻혀 살았다……. 이런 환경에서, 여름 목장으로 이동하는 길이나 성대한 잔치가 벌어지는 혼례식장에서 오랫동안 보지 못했던 두 사람이 우연히 마주친다는 것은 실로 경이롭고 기쁜 순간이 아닐 수 없다! 그렇게 만난 두 사람은 냉큼 몸을 일으켜 서로의 안부를 묻고, 가족들의 안부를 묻고, 집 안팎의 사정을 두루두루 묻는다-어찌 보면 단순한 인사치레로 보이겠지만 실은 깊은 뜻이 담겨 있다. 황량한 벌판을 정처 없이 떠돌아다니는 방랑자의 삶이다 보니 언제 다시 만날지 아무도 기약할 수가 없다! 앞으로 또 어떤 운명이 그들을 기다리고 있을지 그 누가 알 수 있겠는가?

어쨌든 벌써 수십 년도 더 지난 시절의 법도이다. 나는 카푸나의 막내 여동생 안부를 묻는 것으로 인사를 마쳤다. 나도 가끔은 한마디 덧붙일 때도 있다. "조끼는 아직까지 잘 입고 있지?"

그 조끼는 내가 지어준 것이다.

조끼까지 묻고 나면 내 인사는 어느 정도 일단락이 된 셈이고, 이번에는 카푸나가 내게 안부를 물을 차례다.

"안녕, 리쥐안?"

"안녕."

"건강하지?"

"응."

그런 다음, 엄마…… 외할머니…… 장사…… 내가 기르는 꼬리 잘린 생쥐의 안부에 이르기까지…….

카푸나가 진지하게 일일이 안부를 물어 오면 나 역시 진지하게 일일이 대답을 해준다.

"잘 지내…… 잘 지내지…… 잘 지내고말고…… 그럼 아주 잘 지내……." 마치 내가 바보 천치가 되어버린 기분이다.

대부분의 경우(특히 바쁠 때는 더욱 그렇다) 한없이 계속되는 안부 인사에 속에서는 천불이 나지만 그래도 꾹 참고 듣고 있노라면 이 따분한 놀이에 그만 버럭 하고 큰 소리로 외치고 싶어진다. "그렇게 궁금하면 네가 직접 가서 보든지!"

하지만 얌전하고 수줍음 많은 카푸나를 앞에 두고 차마 그런 모진 말을 할 수는 없다. 카푸나는 사이헝부라커에 올 때면 잊지 않고 나를 꼭 찾아왔는데 그건 내가 그녀의 친구이기 때문이다. 나를 찾아올 때마다 다양한 안부 인사로 한동안 시간을 보내는데 그 역시 내가 그녀의 친구이기 때문이다. 우리가 친구 사이가 되고 나서 어쩌면 나보다 카푸나가 더 힘들었을지도 모르겠다.

우리의 첫 만남은 카푸나의 아빠가 그녀에게 옷을 지어주려고 그녀와 함께 우리 가게를 찾아온 날 시작되었다. 천을 고르고 치수를 잰 다음 가격을 제시하자 그들은 두말 않고 돈을 지불해서 사람을 꽤 무안하게 만들었다. 어떻게 말해야 할까.

장사를 하는 다른 한족 친구들 말에 의하면, 국영 향촌 공급판매 합작사에서 물건을 사는 데 익숙해져 있던 카자흐 유목민들은 물건을 살 때 흥정을 해야 한다는 사실을 최근에 들어서야 알게 되었다고 했다……. 다시 말하면, 카자흐 유목민들이 가격을 흥정하게 되면서부터 자신들의 치수를 누구보다 정확히 꿰고 있다 보니 파는 사람이 늘 손해를 보게 마련이었다. 사정이 이렇다 보니 무엇을 팔든지 간에 처음부터 가격을 높이 불러서 손님들이 몇 차례 값을 깎는다 해도 결국은 이문을 남길 수 있어야 했다.

그런데…… 이 부녀는 너무 순박한 거다! 아무리 모질게 마음을 먹자 다짐을 해봐도 순박한 사람을 속여먹을 수는 없는 노릇이었다. 결국 우리가 스스로 알아서 적당하게 값을 깎아주자 그들은 너무 감격스러워했다.

옷차림새를 보아하니 그다지 풍족해 보이지는 않았지만 옷감을 고를 때나 치수를 잴 때 까다롭게 굴지도 않고 우리가 하자는 대로 고분고분 잘 따랐다. 이런 사람들은 속여먹기 딱이다! 엄마는 내게 특별히 이렇게 주문했다. "옷 정성껏 잘 만들어줘! 얼마나 순박한 사람들이야……."

일주일쯤 지나 카푸나 혼자 조끼를 찾으러 왔다. 조끼를 입어본 그녀는 너무 좋아 어쩔 줄 몰랐다. 새 옷을 입어볼 기회가 거의 없었을 터였다.

엄마는 옆에서 수다스럽게 입에 발린 칭찬을 늘어놓았다.

"……음, 됐어! 좋아……. 근사한데, 아주 예뻐……. 꼬마 아가씨가 키가 커서 그런지 아무 옷이나 걸쳐도 소화를 잘하네……. 색깔은 또 얼마나 잘 골랐는지 뽀얀 피부랑 너무 잘 어울려……. 안에 스웨터를 받쳐 입을 수도 있으니까 겨울에도 입을 수 있고……."

그런 다음 내게 고개를 돌리며 중국어로 호되게 꾸짖었다.

"너는 대체 일을 어떻게 한 거야? 옷을 이렇게 크게 만들어놓으면 어떡해? 꼭 아빠 옷을 빌려 입은 것 같잖아! 앞섶은 다리미에 커다랗게 눌리고! 뒷자락은 또 왜 저렇게 위로 들리는데? 바느질을 제대로 못한 거야, 아님 재단할 때 공식을 잘못 계산한 거야, 응? 저쪽은 시접을 대체 얼마나 둔 거야?"

정말이지 쥐구멍에라도 들어가고 싶었다! 이번엔 정말 끝장이다. 물러달라고 할 게 뻔했다. 옷 한 벌 새로 지어 입기가 얼마나 어려운데. 게다가 집은 또 얼마나 멀고(사이헝부라커에서 그녀 얼굴 한번 보기도 힘들었다). 옷을 찾으러 이 먼 곳까지 오려면 이른 아침부터 서둘러 길을 나서야 하고 또 그 먼 길을 말을 타고 부랴부랴 달려와야 했을 텐데…….

그런데 이 꼬마 아가씨는 옷을 유심히 살펴보는 것 같지도 않고, 보고도 대수롭게 생각하지 않는 것 같기도 했다. 역시 새 옷을 입어볼 기회가 없었던 탓이리라. 그러니 우리가 도리어 몸 둘 바를 몰랐다. 엄마는 상품진열대에서 말린 살구 한 움큼을 카푸나에게 쥐어주었고, 나는 나대로 사이다 박스를 한참 뒤져서 유통기한이 아직 지나지 않은 딱 하나 남은 사이다 한 병을 찾아서 마시라고 건네주었다.

우리는 이렇게 알게 되었다.

처음에는 서로에 대해 아는 게 전혀 없다 보니 궁금한 게 많을 수밖에 없었다. 화제도 끊이지 않았고 어떤 얘기든 스스럼없이 나누었기 때문에, 이후에 나를 곤혹스럽게 만든 생소함이나 어색함 따위는 느낄 새가 없었다. 분위기가 한창 무르익어 갈 무렵 우리는 말 타는 것에 대해 얘기를 나누기 시작했다. 카푸나 집은 말을 타고 가도 네 시간은 족히 걸리는 아주 먼 국경선 일대에 위치해 있었다. 우리는 할 말을 잃었다. 돌아가려면 다시 네 시간을 말을 타고 달려야 한다는 뜻이었다! 우리가 사는 이곳은 여름에 낮 길이가 길어 그나마 다행이지 그렇지 않았더라면 하루를 온통 길에다 허비하고도 수다를 떠는 것은 꿈도 꾸지 못했을 터였다.

카푸나가 가지고 있는 아주 정교하고 아름다운 말채찍은 손잡이가 짧아 여자아이가 사용하기에는 딱 안성맞춤이었다. 손잡이 위에는 여러 가지 도안이 새겨진 은 장신구가 달려 있고, 빨간 구리선을 구부리고 비틀어 만든 꽃문양 안쪽에는 채찍이 제작된 날짜와 연도가 새겨져 있었다. 채찍을 손에 들고 보니 나는 불현듯 말이 타고 싶어졌다……. 카푸나에게 말을 꺼내니까 한 치의 주저함도 없이 선뜻 동의해주었다. 그러면서 위로하듯 나를 격려해주기까지 했다.

"괜찮아, 괜찮아. 내 말은 아주 순하니까 무서워하지 마……."

나는 그녀의 말을 꼭 타보고 싶었다.

사실 평소 주변 어디에서나 흔히 볼 수 있는 게 이리저리 뛰어다니는 말이다 보니 마음 내키는 대로 한 마리 골라잡으면 마음껏 신나게 탈 수 있을 법도 한데, 정작 우리는 말을 제대로 타본 적이 한 번도 없었다.

기껏해야 말안장에 올라 말 주인에게 이쪽 골짜기에서 저쪽 골짜기까지 끌고 가달라고 부탁한 게 전부였다.

이 말을 듣고 뛸 듯이 기뻐한 사람은 의외로 우리 엄마였다. 얼마나 방방 뛰는지 당사자인 나보다 더 신이 났다. 마치 엄마보고 타보라고 한 것처럼. 엄마는 카푸나를 얼싸안더니 그녀를 따라 말이 있는 곳으로 가면서 아주 자신만만하게 말했다. "꼭 기억해. 말을 탔을 때 두 다리로 말의 배를 꽉 조이면 말이 걷기 시작하고, 고삐를 잡아당기면 말이 멈춰……. 고삐가 양쪽에 다 있지? 왼쪽을 잡아당기면 왼쪽으로 돌고, 오른쪽으로 잡아당기면 오른쪽으로 도는 거야……." 뿐이었다. 엄마와 나는 온종일 거의 붙어 다니다시피 하는데, 나도 모르는 사이 엄마는 대체 언제 이런 기술을 익혔으며 어디서 말 타는 법을 배운 건지 정말 놀라웠다.

우리가 회색빛이 도는 흰색 암말 앞으로 다가가자, 카푸나는 말등자를 잡아 내가 말에 올라타는 것을 도와주었다.

말은 초지 위에서 걷다 서다를 반복하다가 한차례 가볍게 몸을 털더니 풀을 뜯어 먹으며 초지를 몇 바퀴 돌았다. 내가 두 다리로 아무리 배를 조이고 차면서 명령을 내려도 말은 전혀 아랑곳하지 않았다. 이쪽 고삐도 잡아당겨보고 저쪽 고삐도 잡아당겨보았지만 당최 말을 들어먹지 않자 슬슬 몸이 달기 시작했다. 그런데 내 의도를 잘못 이해했는지 갑자기 말이 뛰기 시작하더니 순식간에 초지를 벗어나 언덕 옆으로 난 흙길을 향해 질주했다. 겁에 잔뜩 질린 내가 뒤를 쳐다보며 큰 소리로 외쳤다.

"엄마! 엄마가 하라는 대로 했는데 말이 말을 듣지 않아! 누구한테 배운 거야 대체?!"

엄마는 그제야 이실직고했다. "그냥 나 혼자 생각에……."

……!

결국 사랑스런 카푸나만 고생시킨 꼴이 되고 말았다. 카푸나는 용케 쫓아와서 내가 놓친 고삐를 꽉 붙잡고 뒷걸음질 치며 고삐를 뒤로 잡아당겨 말을 멈추게 한 다음 천천히 바른 길로 인도했다. 말은 그제야 나를 등에 태운 채 온순하게 천막 주변을 산책하기 시작했다.

카푸나는 앞에서 말을 끌고 가면서 이따금씩 나를 돌아보며 킥킥대고 웃었다. 말은 가다 서다를 반복하며 몸을 흔들면서 천천히 걸었고, 높은 말 등 위에 올라탄 내 몸도 말의 움직임에 따라 좌우로 가볍게 흔들렸다. 발아래로 여름 목장의 무성하고 푸른 초원이 저 멀리 산골짜기 끝까지 드넓게 뻗어 있고, 왼쪽으로는 우뚝 솟은 산들이 첩첩이 이어져 있고, 오른쪽으로는 울창한 숲이 펼쳐져 있고, 여름 목장 주위로는 강줄기가 휘돌아 흘렀다. 깊은 숲 속은 적막하기 그지없다……. 카푸나가 앞에서 말을 끌고 집으로 가는 동안, 나는 문득 몸을 구부려 뒤에서 카푸나를 꽉 껴안고 이곳에 남아 우리와 함께 살자고 조르고 싶어졌다……. 그날 카푸나가 떠날 때 우리는 카푸나의 외투 주머니에 호박씨와 사과를 한가득 쑤셔 넣는 것으로 우리의 우정을 노골적으로 드러냈다. 엄마가 나를 가리키면서 카푸나에게 이렇게 말했다. "얘야, 앞으로 리쥐안은 네 친구란다. 알았니?"

내 친구가 말에 올라타고 멀리 사라진 뒤에야 그녀의 조끼가 터무니없이 크다는 사실을 알아차렸다. 몸에 걸친 조끼가 눈에 띄게 헐렁거렸다.

얼마 안 가 우리는 그날 일을 까맣게 잊어버렸다. 장사가 영 신통치 않아 우리는 아예 가게 문을 닫아걸고 매일같이 놀러 다녔다. 산에도 오르고, 목이도 따고, 버섯도 캐고, 고기도 잡고. 하루하루 지루할 새가 없었다.

어느 날 세상의 온갖 풍상을 다 겪은 듯한 유목민이 말을 타고 우리 집 천막 앞에 도착할 때까지. 유목민 손에는 버터 한 덩어리와 빨간색 실크 보자기로 싼 말린 치즈, 그리고 손톱만 한 종잇조각 하나가 들려 있었다. 그림을 그린 듯한 중국어 세 글자가 종이 위에 빼곡히 적혀 있었다. 카푸나.

나는 그제야 초원 위에서 보낸 아름다웠던 오후 한때를 떠올렸다.

우리는 지금 너무 즐겁게 지내고 있는데 이웃도 없는 깊은 산속에서 온종일 소와 양을 친구 삼아 지내고 있을 카푸나는 얼마나 외로울까?

우리는 너무 반갑고 고마운 마음에 꽃핀이랑 매니큐어 두 병-한 병은 분홍색, 또 한 병은 자주색-그리고 땅콩 한 봉지를 유목민 편에 보내주었다.

일주일 뒤에 카푸나가 두 번째 선물을 보내왔다. 그녀가 보내온 선물은 바람에 말린 양고기였고, 우리는 답례로 배추 한 통과 달걀(종이상자 안에는 바스러진 마른 소똥으로 가득 채웠다) 몇 개, 그리고 작은 오색 구슬이 잔뜩 박혀 있는 머리핀을 보내주었다.

보름쯤 지난 어느 날, 비좁은 우리 가게에서 카푸나를 두 번째로 만났다. 뜻밖의 만남에 우리는 너무 기뻐 무슨 말을 해야 할지 몰랐다. 한참 호들갑을 떨며 서로 영양가 없는 질문-의례적인 안부 인사를 나누었다. 물어볼 만한 질문은 어지간히 물어봤고 흥분되었던 감정도 어느 정도 가라앉고 나자 둘 사이에 갑자기 침묵이 흘렀다. 마치 커다란 돌덩이 하나가 두 사람 사이에 "쿵" 하고 떨어진 듯, 순간 어색한 분위기가 감돌았고 나는 그런 상황에서 어떻게 대처해야 할지 실로 난감했다……. 꼬마 아가씨는 여전히 계산대 맞은편에 똑바로 선 채 내가 무언가를 물어주기만을 하염없이 기다리고 있었다. 나는 급한 대로 천막 밖으로 뛰어나가 작은 나무 걸상 하나를 안고 들어와 그녀에게 앉으라고 권했다. 카푸나가 걸상에 앉자 이젠 또 뭘 해야 할지 막막했다. 하필 이럴 때 엄마도 안 계셨다. 엄마라도 계셨더라면 이것저것 시시콜콜 물어가며 분위기도 좋고 즐거웠을 텐데.

때마침 손님이 허리를 구부리고 천막 안으로 들어와 살 물건을 골랐다. 잘됐다 싶은 마음에 잽싸게 손님 곁으로 다가가 한참을 상대해주었다. 손님이 가고 나서 다시 혼자 카푸나를 상대하려니 머릿속이 갑자기 하얘지면서 그녀에게 해줄 말이 한마디도 떠오르지 않았다. 한참을 그렇게 멍하니 있다가 구두약을 들고 와 이걸 카자흐 어로 뭐라고 하느냐고 물었다.

그녀는 진지하게 가르쳐주고는 다시 조용해졌고, 인내심을 가지고 내가 무슨 말이든 해주길 기다렸다. 별수 없이 내 발치에 있는 풀을 뜯으며 '잎'은 카자흐 어로 뭐라고 하냐고 물었다.

돌아갈 때 카푸나는 실망스러워하는 기색은 전혀 보이지 않았고 나는 그제야 안도의 한숨을 길게 내쉬었다.

나는 부자연스러운 모든 것이 정말 싫다……. 어쩌다 이렇게 됐을까? 카푸나와의 관계가 끝에 가서 왜 이렇게 어색하고 곤혹스러워진 거지? 카푸나는 진실하고 착하고 상냥한 친구인데. 그녀는 한때 내게 큰 감동을 선사했고, 나 역시 진심으로 그녀가 좋았다. 그런데 지금은 그녀를 대하는 게 짐으로 느껴질 뿐 아니라 심지어 형식적인 응대를 하고 있다……. 혹시 그녀와의 우정을 진심으로 원하지 않았던 건 아닐까? ……하지만 그녀와의 우정은 내게 너무 소중했고, 생각만으로도 무척 즐겁고 행복했었는데…… 내가 도대체 어떻게 된 거지?

나중에 다시 생각해보니, 그녀의 꾸밈없고 소박한 모습이 나를 감동시킨 건 맞지만 나를 매료시키기에는 부족했나 보다……. 아니면 그녀가 온몸으로 발산하는 아름다움이란 어떤 특정한 시간에 더욱 빛을 발하는 건지도 모르겠다-이를테면 햇살 반짝이던 아름다운 오후, 말과 함께 발길 닿는 대로 초원 위를 한없이 걷던 순간이거나…… 우리가 함께 생활하며 서로 많은 것을 공유하는 삶이어서, 공통된 삶에 공통된 바람이나 즐거움이 공존함으로써 저절로 서로를 의지하게 되는 순간이거나……. 결국 나는 한족이고 카푸나는 카자흐 족이다 보니 많은 것이 너무 달랐던 거다. ……두서없는 생각 끝에 제멋대로 엉터리 같은 결론을 내리고 나니 그래도 마음은 한결 가벼워졌다. 어찌 된 셈인지 문득 또 다른 정경이 떠오른다. 한 여자아이, 깊고 적막한 산속의 원시림……. 새 옷을 입어보고 어린애처럼 좋아하던 그녀가 떠오르며, 오로지 '친구'를 만나기 위해 정적만이 감도는 숲 속을 지나고 인적 없는 협곡을 지나 네 시간 동안 말을 타고 달려오는 그녀가 떠오른다…….

그로부터 두 달 동안 카푸나는 두세 차례 더 다녀갔고, 우리의 우정은 여전히 끝없이 이어지는 안부 인사와 아낌없이 선물을 주고받는 단계에 머물러 있었다. 진전은 없고 갈수록 더 어색해졌다……. 이치대로라면, 좋은 시작으로 맺어진 사이라면 덤덤하게 시작한 사이보다 훨씬 순조롭고 즐겁게 관계를 발전시켜야 옳다. 그런데 내 경우에는 시작이 너무 좋았을 때 끝이 오히려 좋지 않은 경우가 더러 있었다. 참 이상한 일이다. 심지어 한번은 먼발치에서 목초지 위에 박아놓은 말뚝에 말을 매고 있는 카푸나의 모습을 발견한 순간…… 가슴이 쿵 하고 내려앉았다. 나는 잽싸게 천막 커튼 뒤에 쌓아놓은 옷감 위에 몸을 웅크리고 자는 척했다. 그러는 편이 마음에도 없이 눈물 나게 반갑고 그리운 척하는 것보다 차라리 자연스러웠다……. 왜 '척'해야 하지? 왜 그녀를 마주할 생각을 하지 않는 거지? 무엇으로부터 도망치고 싶은 거지? 매번 만날 때마다 그녀에게 상처를 준다는 생각을 떨쳐버릴 수가 없었다-그렇다고 대놓고 상처 주는 말을 할 수는 없는 노릇이었다.

나는 그녀가 떠나가고 나서야 내 사진첩을 보여줄 수도 있었다는 사실을 깨달았다! 디스코머리를 땋는 방법을 가르쳐줄 수도 있었을 텐데. 여자아이들끼리 하는 작은 놀이만으로도 즐거운 시간을 보낼 수 있었을 것을. 하지만…… 사진첩을 다 본 뒤에는? 디스코머리를 다 땋은 다음에는? 내가 어떤 노력을 기울인다 하더라도 그 모든 것은 다 의도된 것에 불과하다. 도대체 어디서부터 잘못된 걸까?

그렇다. 만약 그녀가 인편에 작은 선물을 보내주며 내 안부를 물어왔다면 훨씬 기뻤을 터였다. 나를 기억해주는 누군가가 있다는 사실만으로도 감동스럽고 행복했을 것이다. 그랬다면 답례로 아무리 많은 물건을 바리바리 싸서 그녀에게 보낼지라도 내가 마음속 깊이 느낀 감동과 기쁨을 온전히 전하지는 못했으리라.

하지만 그녀가 직접 온다면…… 불편한 내 마음은 숨긴 채 물질로 그에 대한 보상을 해주려는 듯 이것저것 먹을 것을 잔뜩 챙겨주게 된다. ……혹시나 그런 부끄러운 마음을 들킬까 가슴을 졸여가며 그녀의 해맑은 두 눈동자를 대해야 한다. 열정을 드러내려 애쓸수록 카푸나가 내 거짓된 열정을 간파해버릴 것만 같아 영 신경이 쓰이고 피곤하다…….

그런 나와는 달리, 카푸나는 어쩌면 내 생각보다 더 잘 지내고 있을지도 모른다. 설마 나 하나 보자고 사이형부라커까지 그 먼 길을 달려오지는 않았을 테고 분명 다른 볼일도 있었을 거다. 그런데 우리 사이를 너무 일찍 '친구'로 규정해버린 탓에 와보지 않을 수도 없고 그렇게 숙제하듯 한번씩 다녀갔을지도 모른다. 어쩌면 내가 보내준 선물이 그녀에게 딱히 필요한 것이 아니었을 수도 있다. 하지만 기왕 선물을 주고받기 시작한 마당에 도중에 그만두기가 영 찜찜했을 수도 있다-그냥 '오는 정이 있으니 가는 정도 있는' 식에 지나지 않았을 수도 있다. 어쩌면 그녀도 꽤 번거롭고 따분한 일이라고 생각했지만 차마 내 '성의'를 무시할 수 없었을지도 모른다-내가 그녀한테서 그걸 느꼈듯이 그녀도 내게서 똑같은 걸 느꼈을지도 모른다……. 우리 둘 다 똑같은 고민을 하고 있었을지도…….

하지만 이 모든 것은 나 혼자만의 근거 없는 생각에 불과하다. 다시 곰곰 생각해보니 나란 인간이 얼마나 이기적인지 깨닫게 된다. 고작 생각해낸다는 것이 내 자신을 위한 변명뿐이다.

카푸나는 워낙 착해서 나같이 의심이 많을 리가 없다.

그런데 카푸나가 다른 여자아이들과 함께 어울려 놀 때는 의외로 무척 쾌활하고 서로 말하려고 다툴 정도로 허물없고 큰 소리로 웃기까지 했다. 나와 함께 있을 때처럼 어색한 느낌은 전혀 없었다. 아이들끼리는 정식으로 '친구'라고 정한 적이 없는 것 같았다.

묘한 질투심이 일었다. 아주 조금이지만. 동시에 상실감도 함께 느꼈다.

이제껏 친한 친구라고 할 만한 사람을 하나하나 꼽아보니 별로 없다. 더구나 멀고 외딴 이곳 깊은 산속에서 친구를 사귀기란 하늘의 별 따기만큼 어렵다…….

그래서 앞으로는 카푸나에게 좀 더 잘해줘야겠다고 굳게 다짐하며, 다음 달에는 카푸나 집에 가서 양고기를 함께 먹을 수 있을 정도로 친해져야겠다고 의지를 불태웠다.

하지만…… 만나기만 하면…… 역시 도로 아미타불이다…….

나중에 사건이 하나 터지는 바람에 카푸나와 나 사이의 우정은 결국 금이 가고 말았다.

카푸나는 친척들이 아주 많았는데 내가 카푸나의 친구라는 말을 전해 들은 친척들은 그녀를 따라 하나둘 우리 가게에 찾아와 싼 물건들을 잔뜩 사가지고 갔고, 그때마다 우리는 카푸나에 대한 '우정'의 표시로 그들을 아주 친절하게 대해주었다. 그때는 우리가 사이형부라커에서 장사를 시작한 첫해였기 때문에 더 많은 손님을 끌기 위한 목적도 있었다.

그런데 어찌 된 셈인지, 친척이라는 사람들이 해도 해도 너무하는 거다. 특히 어떤 여자는 물건을 잔뜩 산 뒤 우리가 제일 싼 가격을 불렀음에도 성이 차지 않았는지 우리가 자신을 속이고 있다고 여기며 끊임없이 더 싸게 더 싸게 더 싸게를 외쳐댔다. 그러더니 대뜸 큰소리로 따지고 들었다. "우린 친구잖아요, 안 그래요? 안 그러냐고요? 친구 사이에 말이야……." 우리는 결국 안면을 싹 바꾸고 물건을 아예 팔지 않았다-카푸나의 친척들은 많아도 너무 많았다!

어쨌든 우리는 장사를 하러 온 거지 친구를 사귀러 온 게 아니었다.

나중에 다시 곰곰 생각해보니, 맞다! 그러고 보니 나는 당장의 이익에만 급급해서 다른 것에는 관심을 보이지 않는 뼛속까지 장사꾼이었던 거다. 카푸나와 우정이 싹트기 시작할 무렵, 나는 그 우정이 과연 장사에 도움이 될지, 내게 과연 이익이 될지를 줄곧 따져보고 있었다…….

카푸나는 과연 어떤 생각을 품고 있었을까? 나는 카푸나에게 상처를 안겨주었고, 카푸나는 그걸 마음속에 담아두고 얼마나 마음고생을 했을까…….

여름이 가고 산에 첫눈이 내리자 우리는 천막을 걷고 사이형부라커를 떠났다. 그때 카푸나를 다시 만났다. 그녀는 너무 커서 헐렁한 조끼를 그때까지 입고 있었고, 다리미에 눌린 앞섶은 여전히 번들거렸다. 순간 나는 가슴이 울컥하며 눈물이 핑 돌았다. 이별을 앞두고 발길이 떨어지지 않는 걸 보면 우리가 친구였다는 건 분명했다. 카푸나는 너그러운 모습으로 우리가 천막을 걷고 난 텅 빈 자리에 서 있었고, 텅 빈 그 자리는 끝없이 펼쳐진 산들로 사방이 둘러싸여 있었다.

카푸나와 그녀의 엄마는 그곳에 쓸쓸히 서서 훨씬 더 쓸쓸히 멀어져 가는 우리를 눈으로 배웅해주었다. 사실 이 '쓸쓸함'은 나 혼자만의 것이다. 나는 많은 것을 진심으로 대하지 못했고, 많은 것을 의심했고, 많은 것을 회피했다. 이제 나는 확실히 안다. 내 욕심이 너무 지나쳤다는 사실을…….

# 외할머니와 함께 외출하기

우리는 어디를 가든 늘 외할머니를 모시고 다녔다. 아니면 어쩌겠나? 내일모레 아흔을 바라보는 외할머니를 현성이나 내지에 홀로 남겨두면 외할머니가 너무 가엾지 않나. 비록 궁색한 살림에 산속 이곳저곳을 떠돌아다녀야 하는 형편이라 그럴듯한 침대 하나 만들어주지도 못하고, 맛난 음식을 해줄 수도 없지만, 그래도 온 가족이 아침저녁으로 함께할 수 있으니 무슨 일을 하든지 마음이 놓였다.

이런 이유 말고도 엄마에게는 꿍꿍이속이 따로 있었다. 외할머니가 있으면 어디 놀러 나갈 때 가게 봐줄 사람이 생긴다는 것이 그것이었다.

하지만 엄마의 기대는 보기 좋게 빗나갔다. 외할머니가 비록 나이는 들었지만 아직 정정하다는 사실을 간과했던 것이다. 게다가 내지에만 쭉 계시다가 막상 이곳에 와보니 외할머니 눈에는 신세계가 따로 없었다. 그러니 한시도 집에 붙어 있으려 하지 않았다. 우리가 놀러 나간다는 말이 떨어지기 무섭게 소리 소문도 없이 슬그머니 옷이랑 신발을 갈아 신고, 밀짚모자를 눌러쓰고, 지팡이를 짚고 일찌감치 길목에 서서 우리를 기다렸다.

외할머니를 모시고 외출하는 건 솔직히 싫었지만 어쩔 도리가 없었다. 예전에 쿠웨이(庫委) 목장에서 장사를 할 때는 비록 외양간이나 진배없는 허름한 통나무집에 불과했지만, 사람이 자리를 비울 때면 적어도 상징적으로나마 잠글 수 있는 문이라도 있었다. 하지만 사이형부라커에서는 천막을 치고 살다 보니 어디 외출이라도 하게 되면 비닐 몇 개로 물건을 덮어놓는 게 고작이었다. 그러니 누군가는 남아서 천막을 지켜야 했다. 나이가 많아 언덕배기를 걸어 올라와 집 문턱을 넘는 것조차 버거운 외할머니로서는 민첩하기가 날다람쥐 같은 젊은 사람을 따라다닌다는 건 애당초 불가능했다. 외할머니와 함께 외출을 하게 되면 원숭이처럼 날쌔게 먼저 뛰어갔다가 외할머니가 따라올 때까지 30분가량 멍하니 기다리고, 다시 먼저 뛰어갔다가 인내심을 갖고 또 하염없이 외할머니를 기다려야 했다. 길이 험한 곳에서는 외할머니 옆에 딱 달라붙어 한 발짝 한 발짝 조심스럽게 발을 내딛으며 걸어야 했다. 사정이 이렇다 보니 외할머니를 모시고 나가는 날에는 맘껏 노는 건 포기해야 했다.

그렇다고 외할머니 혼자 집에 남겨두고 우리끼리만 나가는 것도 외할머니가 마음에 걸려 마음이 편치 않았다. 오가는 길에 외할머니 걱정에 내내 마음을 졸이느라 한시바삐 집으로 돌아가고만 싶었다. 외할머니 혼자 집을 지키느라 얼마나 적적할까, 위험하지는 않을까 하는 걱정과 더불어 또 다른 걱정이…….

외할머니는 걸핏하면 상품진열대에 있는 맛난 것들을 흔적도 없이 몰래 꺼내 인근에 사는 아이들에게 나누어주곤 했다. 문을 나선 지 30분쯤 지나면 그때부터 우리는 하나둘 손꼽아가며 셈을 시작했다. 지금쯤 사과 몇 개가 없어졌겠고…… 이쯤 되면 막대사탕이 또 한 개 없어졌겠군…… 집으로 돌아올 즈음에는 풍선껌 한 상자가 텅 비어 있을 테고…….

집에 도착했을 때의 광경은 매번 이랬다. 작은 가게 입구에 꼬맹이들이 옹기종기 모여 있다가 일제히 "와아" 하고 흩어진다. 꼬맹이들이 떠난 자리에는 과일 씨앗과 사탕 껍질이 수북하다. 맨 안쪽 구석에 서 계시던 외할머니는 배시시 웃으며 짐짓 신이 난 표정으로 말한다. "오늘은 장사가 너무 잘되네! 무엇보다 먹을 게 제일 먼저 팔렸어!"

거기까지는 그나마 좋았는데, 어떻게 구워삶았는지 꼬맹이들의 코 묻은 땔감을 얻어내기까지 했다(이곳 아이들은 숲 속에 가서 땔감을 주워 올 때마다 우리 가게 입구에 쌓아놓은 장작더미 위에 땔감 한두 개씩 꼭 던져놓고 갔다). 아침부터 저녁까지 외할머니 멋대로 마구 물건을 팔아치우는 건 더 이상 눈감아줄 수 없었다.

한번은 외할머니가 20위안짜리 필름을 2.5위안에 팔아버렸다. 그날 횡재한 사람이 다음 날에도 요행을 바라고 가게에 왔다가 우리한테 된통 혼쭐이 난 적도 있었다. 우리는 외할머니한테 온갖 짜증을 다 부렸다. 그런데 적반하장도 유분수지 외할머니가 오히려 목소리를 높였다. "그깟 코딱지만 한 상자 하나를 왜 그렇게 비싸게 팔아먹어? 그렇게 멋대로 바가지 씌우면 못써!" 이런, 외할머니는 도리어 우리보고 바가지 씌우지 말라고 큰소리를 쳤다. 우리는 딱딱하게 굳은 얼굴로 외할머니를 숫제 무시해버렸다. 얼마 안 가 당신이 잘못했다는 걸 깨달았는지 외할머니는 기어들어 가는 목소리로 해명을 늘어놓았다. "어쨌든 2.5위안을 받긴 했잖아. 돈 한 푼 안 받고 공짜로 안 준 게 어디야……."

집안에 이런 노인네가 있으면 정말 대책이 없다.

이외에도 외할머니는 우리가 맥주 한 병을 3위안에 파는 걸 유심히 보더니 그날 이후로 술이란 술은 가리지 않고 모두 3위안에 팔아버렸다. 심지어 아주 고가인 이리터(伊力特)* 술도 예외는 아니었다.

엄마가 말했다. "이렇게는 도저히 안 되겠다. 외할머니한테 가게를 맡길 때는 외할머니를 봐줄 사람을 따로 한 명 둬야겠어."

밖에 나가 노는 맛이 얼마나 꿀맛인데, 우리 둘 중 어느 누구도 외할머니를 봐줄 그 한 사람이고 싶지는 않았다. 결국 우리는 돌아가면서 당번을 서기로 했다. 처음에는 서로 알아서 당번을 서곤 했지만 시간이 갈수록 슬슬 꾀를 부리기 시작했다. 동작 빠르고 다리 긴 사람이 장땡이었다. 나란 아이는 원체 고지식하게 생겨먹어서 아침밥을 먹고 나면 무슨 일이 있어도 설거지를 해야 직성이 풀렸다. 그러다 보니 손해를 보는 건 언제나 나였다. 발걸음도 가볍게 활갯짓을 해가며 밖으로 나가는 엄마의 뒷모습을 멍하니 지켜봐야만 했다. 그렇다고 엄마를 원망하

* 신장의 '마오타이(茅台酒)'로 불리는 술로, 신장 이리 카자흐 자치주에서 생산된다.

지는 않았다. 그런 나와는 달리, 엄마는 한발 늦어 내게 선수를 빼앗기면 무슨 수를 써서라도 외할머니를 구슬려서 꼭 산통을 깨놓았다.

"엄마, 쥐안이 엄마 모시고 외출하고 싶다는데 빨리 옷 갈아입고 따라가지 않고 뭐해요!"

그러고는 의기양양하게 나한테 큰 소리로 이렇게 외쳤다. "쥐안, 잠깐만 기다려. 외할머니도 함께 가고 싶다니까 모시고 가!"

나는 깜짝 놀라 펄쩍 뛰었지만, 외할머니는 뜻하지 않은 행운에 한창 들떠 있었다. 내가 짐짓 못 들은 척하고 발걸음을 재촉해 달아나면, 외할머니는 옷도 제대로 챙겨 입지 못하고 상의랑 지팡이를 겨드랑이 사이에 끼운 채 넘어질 듯 말 듯 위태롭게 뛰쳐나왔다. 엄마가 쫓아 나와 외할머니에게 밀짚모자를 씌워드리며 빨리 쫓아가라고 등을 슬쩍 떠밀었다.

"쥐안, 천천히 가. 기다렸다가 외할머니랑 같이 가야지!" 엄마는 남의 불행은 나의 행복이라는 듯 고소해했다.

저 멀리 달아났다가 하는 수 없이 고개를 돌려보면, 외할머니는 소택지 옆 초원 위에서 비틀비틀하며 나를 향해 길을 재촉하고 있었다. 구부정하고 왜소한 외할머니 몸이 이리저리 흔들렸다. 외할머니는 그런 나에게 고마워하기는커녕 너무 빨리 간다고 끊임없이 타박이었다.

"아가, 좀 천천히 가, 좀 천천히 가라고. 내가 당최 쫓아갈 수가 없잖아……."

그러면 나도 모르게 마음이 흔들리고 약해지면서 결국 발걸음을 멈추었다.

이 산야에서 외할머니는 얼마나 적적할까…….

늘 이 모양이다. 마음이 약해지면 상황 끝이다. 그 뒤를 이어 꼬리를 무는 생각은 오늘 여정의 끝은 과연 어떤 모습일까 하는 것이다. 보통은 외할머니를 부축해 느릿느릿 거북이걸음으로 앞산 길모퉁이에 다다르면 외할머니는 이내 만족해하며 말했다.

"쥐안아, 이렇게까지 멀리 왔으니 이젠 됐다. 오늘은 충분히 놀았으니 그만 돌아가자꾸나. 네 엄마 혼자 가게에 남겨두고 영 마음이 안 놓여……."

나는 별수 없이 뭔가 모자란 애처럼 느릿느릿 외할머니와 보조를 맞춰 집으로 돌아갔다.

그 시각 집에서는, 가게 물건을 다 정리해놓고 외출 준비를 마친 엄마가 교대해줄 내가 오기만을 목이 빠져라 기다리고 있었다.

나라고 매번 호락호락 당하고만 있을 수는 없지. 똑같은 방법으로 엄마를 골탕 먹이려고 해보지만 엄마는 나보다 늘 한 수 위였다. 나 혼자만 가게에 남겨두고 가면 외할머니가 더 '마음이 안 놓인'다는 이유에서였다. 그래서 문을 나선 지 얼마 안 가 외할머니만 떼놓고 엄마 혼자 훌쩍 가버리기 일쑤였다.

하루는 엄마가 왼쪽 산에 올라가는데 외할머니가 따라나섰다. 내심 길어야 30분이면 또 외할머니 혼자 돌아오겠거니 생각했다. 그런데 어쩐 일인지 나간 지 두 시간이 훨씬 지나서야 그것도 외할머니 혼자 집으로 돌아오는 게 아닌가. 대체 무슨 일이지?

내가 서둘러 어디까지 갔었느냐고 물어보았다.

외할머니가 말했다. "아주 멀리 멀리 멀리까지……."

내가 다시 물었다. "산이 높았어요?"

외할머니가 대답했다. "아주아주 높았지……."

내가 또 물었다. "그럼 외할머니 혼자 어떻게 내려오셨어요?"

외할머니가 재빨리 몸을 돌려 엉덩이를 쑥 빼면서 혹시 엉덩이에 구멍이 났는지 물어보았다.

나는 화가 머리끝까지 났다. 엄마도 참 어지간하지. 어떻게 그 먼 길을 외할머니 혼자 돌아오게 놔둘 수 있지? 그것도 장장 두 시간 동안을!

외할머니가 다시 말을 이었다. "아주 높고 높은 산이야. 할미(외할머니는 자신을 늘 이렇게 불렀다) 평생 그렇게 높은 산은 가본 적이 없어. 할미가 산 중턱까지 올라갔는데(순 허풍쟁이. 무슨 수로 산 중턱까지 올라갔을까?) 너무 힘들어서 그 이상은 꼼짝도 못 하겠더라고. 그런데 네 엄마가 곧 죽어도 할미를 데리고 올라가야 한다며 앞에서 끌고 잡아당기고, 급기야 할미를 뒤에서 밀어 올리지를 않나 등에 업고 가지를 않나…… 아이고 아야! 정말 높은 산이었어! 하도 아찔해서 온몸에 식은땀이 다 나지 뭐냐……. 그곳에는 나무도 엄청 많아. 곳곳에 널브러져 있는 게 다 나무더라고. 이만큼 굵은 것(팔을 뻗어 보이며)도 있고, 이만큼 굵은 것(팔을 더 넓게 벌리며)도 있었어. 근데 땔감을 주워 가는 사람은 하나도 없지 뭐냐. 거기까지 올라가본 사람이 없는 것 같더라고(또 허풍이다). 진짜 아주아주 높았거든……. 할미가 이번엔 올라갔다만, 아이구, 할미가 이제야 알았다. 아이구, 다시는 못 가. 다시는 올라갈 생각도 없고……."

하지만 외할머니는 그날 이후로 늘 산을 그리워했다. 날마다 천막 밖에 우두커니 앉아 목을 쭉 빼고 맞은편 앞산의 울창한 숲을 바라보며 입으로 쉴 새 없이 중얼거렸다. "……이만큼 굵었지……. 거기까지 올라가본 사람이 아무도 없어……."

그렇게 넋을 빼고 앉아 있느라 옆에서 죽이 끓어 넘치고 솥뚜껑이 땅에 떨어진 줄도 몰랐다. 그날은 외할머니가 난생처음으로 숲 속에 들어간 날이었다.

# 외할머니의 아침상

외할머니는 아침 식사 후에 보통 한숨 잤다. 잠에서 깨면 집 안팎을 한 바퀴 돌았다. 그런 다음, 점심이 준비될 때까지 보통 또다시 늘어지게 낮잠을 즐겼다. 점심상을 물리고 나면, 외할머니는 보통 다시 잠깐 몸을 눕혔다. 오후 늦게까지 그렇게 누워 있다가 더 이상 잠이 오지 않으면 자리에서 일어나 다시 집 안팎을 한 바퀴 돌았다. 그런 다음 천막 안으로 돌아와 다시 침대 위에 벌렁 드러누웠다-저녁상이 차려질 때까지 보통 쭉 잤다…….

낮에 잠을 이렇게 퍼질러 자니 밤에 무얼 할 수 있겠나? 밤이 되면 그때부터 외할머니의 놀이가 시작되었다. 외할머니가 머무는 천막 귀퉁이에서 밤새도록 바스락거리는 소리가 끊이질 않았다. 이따금 "콰당"

하는 소리가 들리면 외할머니가 넘어졌거나 물건을 떨어뜨린 게 틀림 없었다.

"찍! 찍찍!" 이 소리의 주인공은 누르면 소리가 나는 고무 생쥐(그때 나는 무슨 생각으로 이런 선물을 사준 건지 때늦은 후회가 밀려온다……)다.

"차르륵~ 차르륵~ 차르륵……." 이건 뛰어오르는 청개구리 장난감의 태엽 감는 소리다(후회막심이다……).

"철커덕, 철커덕, 철커덕……." 청개구리가 폴짝폴짝 뛰기 시작한다.

"바스락바스락……." 볼 것도 없이 외할머니 쌈짓돈 세는 소리다.

이따금 사탕이 놓인 상품진열대 쪽에서 이상야릇한 소리가 들려올 때도 있다……. 주전부리가 심한 외할머니를 탓할 수는 없다. 딱히 할 일은 없고 심심한데 먹기라도 해야지 별수 있나?

외할머니는 흥이 났다 하면 한밤중에도 불구하고 주위 사람은 전혀 아랑곳하지 않고 노래를 불렀다. 외할머니의 쓰촨(四川) 특유의 구성진 노랫가락은 바이브레이션을 전혀 넣지 않아 마치 혼을 부르는 듯했다. 우리야 익숙해졌으니 망정이지, 처음 듣는 사람에게는 고역도 그런 고역은 없을 터였다.

우리는 밤새 한숨도 못 자고 뒤척이다 뿌옇게 동이 터올 무렵에야 피곤에 지쳐 깊은 잠 속으로 빠져들었다. 그러면 누가 업어 가도 모를 정도로 죽은 듯이 잤다.

그 시각 외할머니는 슬슬 자리에서 일어나 아침상을 준비했다.

어쩌다 내가 잠에서 깨어 천막 틈 사이로 얼핏 내다보면, 외할머니가 한 손에는 작은 나무토막(우리 집 작은 나무 걸상)을 들고 또 한 손에는 자작

나무 껍질을 옹색하게 쥐고서, 구부정한 허리로 화덕까지 느릿느릿 걸어가는 모습이 보였다.

화재를 미연에 방지하기 위해서 우리는 천막에서 비교적 멀리 떨어진 소택지 옆, 바람을 등진 곳에 화덕을 만들어놓았다. 화덕 만들기는 식은 죽 먹기였다. 돌 세 개를 쌓아놓으면 그걸로 끝이다. 그 옆에는 판판하고 널찍한 돌 하나를 놓아두고, 그 위에 요리할 때 필요한 식용유와 소금 그리고 간장과 식초 등을 올려놓았다. 바람이 없는 날은 널찍한 돌을 밥상 삼아 빙 둘러앉아 밥을 먹었다. 화덕 옆에는 '사람 인(人)' 자 모양의 작은 천막을 치고 그 안에 장작을 쌓아놓았다.

외할머니는 자작나무 껍질에 불을 붙여 화덕 안에 조심스레 집어넣은 다음 잔가지를 그 위에 얹고 바람을 막기 위해 손을 모아 불씨를 감쌌다. 불씨가 서서히 타오를 때까지 기다렸다가 그 위에 땔감을 조심스레 올려놓았다. 그런 다음 솥을 걸어 물을 끓이고 쌀을 일어 안쳤다.

이렇게 새벽을 깨우는 첫 번째 연기가 겹겹이 둘러싸인 깊은 숲 속을 뚫고 모락모락 피어올랐다. 비몽사몽간이던 나는 다시 꿈속으로 빠져들었고, 꿈속에서 연기가 닿을 수 있는 가장 높은 지점까지 다다랐다…….

비단 외할머니뿐 아니라 몇몇 유목민과 외지에서 먼 이곳까지 양이나 양가죽을 사러 온 위구르 족이나 회족도 이른 아침부터 서둘러 하루의 일과를 시작한다. 이곳에 오기까지 그들은 꽤 먼 길을 걸어왔을 터였다. 추운 새벽, 두꺼운 가죽 외투를 걸치고 희뿌옇게 동터오는 새벽녘의 차가운 공기를 헤치며 걸어온다. 얼어붙은 초지 위에 하얗게 내려앉은 서리는 딱딱하게 굳어 나그네의 발길에 "사각사각" 소리를 낸다. 아직 태양이 얼굴을 내밀기 전이라 하늘은 온통 희끄무레하고 세상은 깨끗하고 적막하다.

그 순간 겹겹이 둘러싸인 숲 사이로 첫 연기가 모락모락 피어오른다.

먼 길을 떠나온 나그네가 이런 정경을 마주하게 된다면, 나라도 가던 길을 멈추고 연기가 피어오르는 곳을 향해 저절로 발걸음을 돌리게 되리라.

이른 아침이면 추위에 떨던 나그네들이 언 몸을 녹이기 위해 황량한 벌판에 피워놓은 화덕 곁으로 하나둘 모여들었다. 심지어 저 멀리서 이쪽을 향해 손을 흔들며 가던 길을 멈추고 서둘러 이쪽으로 발걸음을 재촉하는 사람도 있었다. 그들은 화덕을 사이에 두고 바짝 둘러앉아 이런 저런 얘기를 흥겹게 주고받았고, 틈틈이 아궁이에 땔감도 넣어주었다. 죽이 끓어 넘치면 잽싸게 솥뚜껑을 열어주기도 했다. 죽이 끓어 넘치면 외할머니는 천막 안으로 들어가 그릇 한 무더기를 받쳐 들고 나와 펄펄 끓고 있는 숭늉을 국자로 반 공기씩 떠서 한 사람씩 골고루 나누어주었다. 그릇을 받아 든 사람들은 감격에 겨워 감사하다는 말을 연발했다(무슬림은 비록 한족 음식을 금기시하지만, 우리 외할머니같이 나이 지긋한 분이 주는 것을 거절하는 것 또한 예의에 어긋나는 일이었다. 게다가 소수민족들이 사는 지역에 오래 살다 보니 우리도 이제는 반'무슬림'이 다 되었다. 무엇보다- 날이 너무 추웠다……). 열기가 가득한 수증기와 몽글몽글 피어오르는 연기 속에서 나그네들은 행복에 젖어 한입 한입 조금씩 아껴가며 숭늉을 마셨다. 이때 저 멀리 푸른 하늘이 조금씩 열리더니…… 별안간, 대지를 '뒤흔드는' 황금빛 태양이 겹겹이 둘러친 산 사이를 뚫고 힘차게 솟아올랐다!

이와 때를 같이해서, 양 떼의 "매에" 하는 소리와 소들의 "음매" 하는 소리가 일제히 울려 퍼지며 길게 메아리쳤다. 산골짜기가 별안간 시끌벅적해졌다. 이 소리가 들리면 피곤이 더 몰려와 우리는 꿈속에서 헤어나지를 못했다. 머리맡에 빛줄기가 스며들기 시작하면 이불은 더 따뜻하고 포근했다. 어쩌다 실눈을 뜨고 천막 틈 사이로 바라보면, 화덕가에 모여 있던 나그네들이 못내 아쉬워 차마 떨어지지 않는 발걸음을 돌리고 있었다. 먼발치에 있는 양 떼와 소 떼는 아침 햇살을 받아 금빛으로 물들어 있었다.

외할머니가 아침밥을 짓는 화덕은 얼마나 친절한지, 추위에 언 몸을 녹이는 나그네들의 행복한 시간 속에도 화덕은 차곡차곡 쌓여간다…….

감동이 최고조에 이를 무렵 –

"큰 늦잠꾸러기, 작은 늦잠꾸러기 썩 일어나지 못해! 해가 벌써 중천에 떴다고! 밤새도록 그렇게 자고도 아직도 잠이 부족해?"

정말 어이가 없다! 밤새 달그락거리며 밤잠 설치게 한 장본인이 누군데…….

그래도 이제는 일어나야 할 시간이었다. 지금 일어나지 않으면 손님이 천막 안으로 비집고 들어와 우리가 덮고 있는 이불을 걷어붙이고 물건을 골라야 할 판이었다. 그럴 수밖에 없는 게 나는 계산대 위에, 엄마는 상품진열대 아래에서 잠을 잤기 때문이다. 우아함과는 거리가 너무 멀었다.

우리는 연신 하품을 해가며 꾸물꾸물 이불 속을 빠져나와 졸린 눈을 비벼가며 요와 이불을 개고, 옷을 입고 몸단장을 했다. 화덕 가장자리 널찍한 돌 위에는 어느새 뜨거운 김이 모락모락 피어오르는 죽 세 그릇이 놓여 있고, 한가운데에는 지금 막 꺼내놓았는지 김칫국물이 자작한 김치 한 접시가 함께 놓여 있었다. 그걸 보는 순간 나도 모르게 잠이 번쩍 깼다. 기분이 좋으니 식욕도 따라서 왕성해졌다.

우리는 죽을 마시며 짐짓 아무것도 모르는 척 외할머니를 은근슬쩍 떠보았다.

“어, 죽은 또 언제 만드셨어요?”

외할머니가 의기양양하게 말했다.

“니들 깨울까 봐 얼마나 조심하며 만들었는데…….”

기가 막혀 말문이 다 막혔다.

외할머니는 한술 더 떠 우리 마음을 다 헤아리고 있다는 듯 말했다.
“아침 일찍부터 저녁 늦게까지 일하느라 고생하는데, 이깟 밥 한 끼 지어주는 게 뭐 대수라고. 내가 거동이 불편한 늙은이도 아니고 할 수 있는 일은 찾아서 해야지……. 니들이 고생이 너무 많아. 난 그저 니들이 푹 쉬길 바랄 뿐이야……. 니들이 푹 쉬었다면 난 그걸로 족해…….”

정말이지 할 말이 없었다.

귀한 아침밥을 다 먹고 나면, 외할머니는 보통 다시 잠자리에 들었다.

# 신발 수선공

한 달 만에 신발을 다섯 켤레나 닳아 못 쓰게 만들다니 나도 참 해도 너무한다. 산으로 이사를 갈 즈음에는 신을 만한 신발이라고는 슬리퍼 한 짝 딸랑 남았다.

이사할 때면 다들 긴장하며 물건을 차에 실었다. 나는 슬리퍼 차림으로 상자를 두 손에 받쳐 들고 옮기거나 포대 자루를 끌고 다녔다. 자꾸만 벗겨지는 슬리퍼를 주워 신을 때마다 끊임없이 욕을 먹어야 했다. 물건들을 전부 싣고 나자 무게가 족히 수백 킬로그램은 나갈 것 같은, 꽉 찬 식용유 철통 하나만 남았다. 우리는 나무받침 두 개를 트레일러에 비스듬히 세워놓은 다음 식용유 철통을 나무받침대 위로 굴려 트레일러 안으로 끌어당겨야 했다. 아래에서 남자 셋이 철통을 위로 밀어

올리면, 트럭 위에 있던 동생 싱싱(星星)과 나는 밧줄을 잡아당겨 철통을 위로 끌어올렸다. 손가락이 당장이라도 끊어질 것처럼 아팠지만 중요한 순간에 손가락에 조금이라도 힘이 풀리면 잡고 있던 줄이 끌려 내려가면서 식용유 통은 물론 사람까지 딸려 내려가, 방금 나한테 한바탕 욕을 퍼부었던 남자 셋을 깔려 죽게 할 수도 있었다.

식용유 철통이 마침내 트레일러에 올려졌다. 나는 온몸이 땀투성이가 되었고, 심장은 요란하게 두방망이질 쳤고, 두 다리는 후들후들 떨렸다. 빨갛게 피멍이 맺힌 손바닥은 얼얼했다. 슬리퍼를 신고도 한 사람 몫을 거뜬히 해낸 내가 너무 장했다.

벌써 6월인데도 산속은 여전히 추웠다. 아침에 일어나면 천막을 덮고 있던 비닐이 딱딱하게 얼어 있을 정도였다. 초원 위에도 하얀 서리가 두껍게 내려앉아 발에 밟힐 때마다 사각사각 소리를 냈다. 딱히 신을 신이 없던 나는 엄마 가죽신을 뺏어 신었다. 신을 뺏긴 엄마는 별수 없이 내 슬리퍼를 질질 끌고 다녀야 했다.

내가 엄마 가죽신을 신으니까 영 볼품이 없었다. 신발이 너무 커서 마치 항공모함 같은 데다 걸을 때마다 땅에 끌려 쿵쿵 소리가 났다. 뒤축은 너무 높고, 안쪽에 덧댄 헝겊은 여기저기 기운 흔적이 역력했고, 테두리에는 통조림 깡통 뚜껑을 따서 생긴 얇은 철판 조각을 박아 넣어 번쩍거렸다……. 따뜻하면 뭐하나 이렇게 볼썽사나운데……. 나는 다른 사람들의 이목을 끌지 않으려고 신을 신으면 고개를 빳빳이 들고 가능한 한 신발을 보지 않으려고 애썼다…….

다 닳아버린 신발들로 말할 것 같으면, 신발짝이 좀 안 맞더라도 어지간하면 아쉬운 대로 대충 맞춰 신었을 거다. 그런데-나도 내가 왜 그렇게 신을 험하게 신었는지 모르겠지만-신발이란 신발은 하나같이 밑창이 몽땅 떨어져 나갔다. 한번은 노끈으로 신발과 밑창을 발과 함께 묶어서 신어본 적도 있었다. ……차라리 낡아 빠진 엄마 가죽신을 신고 말지.

이 여름을 어떻게 나야 하나…….

엄마가 말했다. "신발 수선하는 노인이 오면 좋을 텐데."

다른 사람들도 똑같은 말을 했다.

그런데 7월이 다 되어가는데도 그 노인은 돌아올 줄 몰랐다.

한 사람이 이렇게 말했다. "거의 다 왔어, 거의 다. 벌써 아래 골짜기까지 와 있다니까. 그곳에 있는 양 떼와 소 떼가 떠나고 나면 곧바로 이곳으로 올 거야."

듣자 하니 해마다 이곳을 찾아온다는 노인은 양 떼를 따라 이동하는 길에 들르는 목장마다 한 열흘에서 보름간 머문다고 했다. 우리가 있는 이 일대가 그의 마지막 종착지였다.

그는 매년 사이헝부라커에 도착하면 항상 천막촌에서 멀리 떨어진 강가 공터에 삼각형 모양의 작은 천막을 치고 홀로 조용히 생활한다고 했다. 강가에 빨래를 하러 갈 때면 늘 천막이 쳐 있던 자리를 지나곤 했다. 그곳은 양쪽이 대략 2평방미터 남짓한 좁고 긴 공터로 풀 한 포기 자라지 않았다. 공터 한쪽에는 높이 1미터 정도 되는 말뚝이 세워져 있었다. 말뚝을 보니 작고 낮은 삼각형 모양의 천막 형태가 상상이 가고도 남았다-천막 버팀목을 '사람 인(人)' 자 모양으로 말뚝에 괴어놓고, 그 위에 커다란 천막을 덮어씌운 다음 앞뒤를 잘 막아놓겠지. 낮이면 노인은 앞쪽 천막을 감아올리고 천막 옆에 자리를 잡고 앉아 자신만큼이나 오래된 신발 수선기계를 자기 앞에 세워놓을 것이다. 등 뒤 천막 안에는 오래되어 낡았지만 색깔이 예쁜 꽃무늬 담요가 깔려 있을지도 모른다.

7월이 다 가도록 노인은 모습을 드러내지 않았다.

들리는 말에 의하면, 노인은 장애인으로 철판을 댄 의족을 다리에 차고 다닌다고 했다. 원래 양을 치던 그는 마흔 살의 늦은 나이에 결혼을 해서 아이까지 하나 두었는데, 결혼한 지 몇 년 안 돼 아내가 한 회족 남자와 눈이 맞아 야반도주를 했다. 그는 양들을 모두 팔아버린 뒤 아이를 품에 안고 아내를 찾아 나섰다. 여러 곳을 찾아 헤매다 급기야 내지까지 들어갔다. 아이는 아내를 찾아 헤매던 도중에 횡사했다. 무슨 사정이 있었는지 모르지만 그도 장애인이 되어버렸고 결국 빈손으로 고향에 돌아왔다. 소도 양도 없으니 신발 수선을 해가며 근근이 생계를 이어갔다.

내가 물었다. "그럼 신발 수선은 어떻게 배운 거죠?"

그 사람이 대답했다. "글쎄. 떠돌아다닐 때 배운 게 아닐까……."

다리를 절며 기계를 등에 짊어진 채 아이 손을 잡고 도시의 어느 번화한 거리를 헤매고 다녔을 노인의 모습이 자꾸만 내 눈앞에 어른거렸다……. 외지에서 나 혼자 살 때 낯선 거리를 떠돌아다니는 사람들을 숱하게 보았다. 그때만 해도 그들이 고향에 돌아가면 과연 어떤 모습을 하고 있을지 생각해본 적이 없었다. 혼자 외로웠을 노인, 그가 머물던 작은 천막의 자취마저 쓸쓸했다.

구름 한 점 없이 화창한 날, 슬리퍼를 질질 끌고 초원 위를 거니노라면 초록의 풀들이 구멍 난 양발 사이로 삐져나온 발가락을 간질인다. 한참을 걸어 강가에 도착하면 나는 곧장 슬리퍼를 벗어 던지고 맨발로 모래사장으로 내려간다. 그러고는 떨기째 자라 있는, 가는 가시가 잔뜩 달린 식물을 밟지 않으려고 조심조심 피해 다닌다. 저 먼 곳은 너무나 아름답다! 첩첩이 이어진 들쑥날쑥한 산들, 짙푸른 초원의 언덕, 반짝거리며 수 갈래로 뻗어 흐르는 강줄기를 품은 협곡……. 하지만 나는 갈 수 없다. 나는 맨발로 강기슭의 높은 곳에 올라서서 먼 곳을 하염없이 바라본다. 영원히 닳지 않는 신발이 있다면 얼마나 좋을까! 그런 신발이 있다면 내가 가고 싶은 곳이 어디든 내 발길이 닿는 순간 탄탄대로처럼 거칠 것이 없을 텐데! 가고 싶은 곳은 너무 많지만 늘 이런저런 핑계로 결국 아무 데도 가지 못한다.

장애를 가진 노인은 발이 없으니 더 이상 신발도 필요 없고, 더 이상 떠날 필요도 없다. 어쩌면 사랑도 더 이상 필요치 않을지도 모른다. 그래도 남은 세월 살아가야 하고, 자기와는 아무 상관도 없는 떨어진 신발을 가능한 많이 수거해서 그것들이 자신의 두 손을 거쳐 다시 새롭게 사용되기를 바란다. 마지막까지 다른 사람에게 희망을 주기 위해 노력하는 삶인 것 같다. 어느덧 그에게 빠져드는 나를 느낀다……. 그런데 나는, 물론 나도 하루 종일 일하느라 구슬땀을 흘리고, 비가 새면 비가 새지 않는 곳으로 물건을 한 상자씩 옮기고, 젖 먹던 힘까지 짜내 장작을 패고, 초원 위에 말뚝을 박는다……. 그러면서 생각한다. 나도 마침내 고향으로 돌아온 거라고…….

물을 길으러 천막이 쳐 있던 좁은 공터를 지나다가, 초원 위에 쌓여 있는 둘둘 말린 낡은 짐들을 발견했다. 신이 난 나는 그 길로 쌩하니 집으로 돌아가 미리 준비해두었던 다 떨어진 신발들을 챙겨가지고 나왔다.

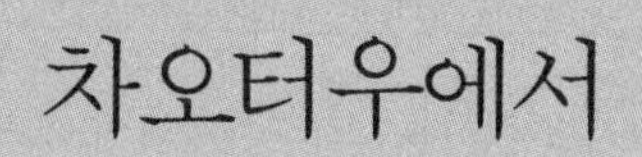
차오터우에서

# 가을

산속의 나무 일부가 불타올랐다. 한 사람이 141 트럭*을 몰고 오자, 불을 끄기 위해 몰려온 자원자들이 삼삼오오 트럭에 올라탔다. 그들은 적재함 위로 올라가 아래쪽에 있는 사람들을 향해 손을 흔들었다.

나도 따라가고 싶었다. 그런데 엄마는 야속하게도 트럭기사에게 이렇게 말했다. "재 말은 신경 쓰지 말아요. 구경 삼아 가려는 것뿐이니까."

내가 물었다. "불이 어디서 난 거예요?"

옆에 있던 사람이 대답했다. "원취안(溫泉) 위쪽."

내가 또 물었다. "혹시 오늘 저녁에 퉈이(무도회, 잔치) 있어요?"

그가 말했다. "간쑤(甘肅)에서 온 회족 몇 명이 숲 속에서 동충하초를

* 트럭 종류로 141 트럭에는 동펑과 제팡 두 종류가 있다.

캐다가 불이 났다나 봐."

그가 말을 이었다. "뭐이? 글쎄 잘 모르겠는데……."

그가 덧붙였다. "강 서쪽에 사는 마허리파(馬合力帕)네 아이가 할례를 받는다는 것 같던데."

내가 말했다. "아, 네." 하지만 속으로는 이렇게 중얼거렸다. '마허리파네 아이가 할례를 받은 건 벌써 2주도 훨씬 지났는데…….'

우리는 집 앞에 서서 떠들썩한 광경을 구경만 했다. 트럭기사는 벌써 20여 명에 가까운 사람들을 모았고 거기에 국유림 직원까지 합세하자 인원수는 금세 30명으로 불어났다. 대규모 인원을 실은 트럭은 좌우로 기우뚱거리며 서서히 움직이기 시작했다.

가을이 되면 연례행사처럼 한두 차례 산불이 발생했다. 숲의 갈망이 너무 거대하고 강렬하기 때문일까? 무성했던 여름을 지나 맞이하게 되는 것이 가을-기세가 한풀 꺾이고 고요와 정적이 감도는 가을이다. 그래서 가을은 자신을 불태운다.

이즈음엔 유목민들이 어얼치쓰 강 이남에 있는 가을 목장과 겨울 목장으로 모두 떠난 뒤라 산에는 사람의 흔적이라고는 찾아볼 수가 없다. 산에 첫눈이 내리고 한 달이 지나면 산은 폐쇄된다.

이때가 되면, 여름철 내내 산속에서 일했던 민공들도 마침내 산에서 내려와 휴식 시간을 갖는다. 한 해 일을 거의 마무리한 셈이라 개중에는 돈을 벌기 위해 도시로 나가 일을 계속하는 사람도 있지만, 대부분은 긴(반년이나 되는) 휴식에 들어간다. 이 시기에 할 수 있는 일이 있다면-예를 들어 산불을 끄는 일 따위-비록 돈을 받는다는 건 언감생심 꿈도 못 꿀 일이지만 적어도 몇 끼는 너끈히 때울 수 있다. 무엇보다 아무 하는 일 없이 빈둥거리는 것보다는 할 일이 생겼다는 것 자체만으로도 신이 난다. 노상 집에만 틀어박혀 있는 건 정말이지 죽을 맛이다.

나도 그들을 따라 산에 들어가고 싶은 마음이 굴뚝같았다. 딱히 도울 수 있는 일은 없겠지만 하다못해 불을 끄러 간 사이 옷이라도 봐줄 수 있지 않을까? 혹시 또 알아? 밥해줄 사람이 필요할지……. 하기야 30인분의 밥을 준비하는 것도 장난은 아니다. 한 솥 가득 요리를 하려면 삽으로 휘저어가며 골고루 섞어야 되겠지? ……두서없는 생각에 빠져 있을 때, 차는 이미 떠나버리고 사방에는 온통 흙먼지만 자욱했다. 이 시각 깊은 산속, 북방의 밝은 햇살이 반짝이는 대낮, 숲은 짙푸르고, 하늘은 새파랗고, 강물은 맑고 차가우며, 세상은 고요하다……. 하지만 차는 이미 떠나버렸다.

음, 이제는 튀이가 있는지 알아봐야겠다. 최근에 이 근처 어디선가 혼례가 있다고 들었던 것 같은데.

가게로 돌아와보니 카자흐 손님 두 명이 계산대 앞에서 편자를 고르고 있었다. 그들은 우리 가게에서 파는 편자가 너무 얇다고 계속 투덜거렸다. 우리가 대장장이한테서 편자를 도매로 구입할 때는 무게를 달아 값을 매겼지만 가게에서는 낱개로 팔다 보니 얇은 걸 파는 게 우리로서는 이문이 많이 남았다. 그래서 편자가 너무 얇다고 따지고 드는 손님이 있으면 우리는 아예 상대도 해주지 않았다. 물론 우리 가게 편자가 얇다는 건 인정한다. 하지만 이 부근에 편자를 파는 곳은 우리 가게가 유일했다.

엄마가 말했다. "얇은 게 오히려 좋아요! 가벼워서 말들도 더 잘 달릴 테고. 잘 생각해봐요. 편자가 너무 두껍고 무거우면 말들이 지쳐 나가떨어지지 않겠어요……? 당신 같으면 무거운 신발을 신고 다니겠어요, 아니면 가벼운 신발을 신고 다니겠어요……?"

그러면 손님들은 껄껄껄 호탕하게 웃었다. "아무렴 무거운 신발이 튼튼하겠지……."

그때 내가 들어가자, 손님들이 일제히 고개를 돌리며 미소를 띠고 내게 인사를 건넸다.

"어이, 아가씨 안녕? 건강하지?"

"네, 건강해요. 잘 지내시죠? 숲에 불이 났다는데 안 가보세요? 큰불이 난 거예요? 심각해요?"

"나도 잘 지내. 그래, 불이 났지. 많은 사람들이 갔어. 밖에 차 한 대가 또 사람을 모으고 있어. 산불이 심각한지는 아직 몰라. 그건 후다만이 알 수 있어. 그나저나 아가씨 가게 편자는 너무 얇아!"

"오늘 저녁에 누구네 집에 퉈이가 있는지 아세요?"

"바로 우리 집!"

"네? 누가 결혼해요?"

"누군 누구야 나지! 내가 막 새 마누라를 얻었거든. 너무 적적해서 말이야."

"아, 경사 났네요. 그런데 아저씨 나이가 어떻게 되시는데요?"

"나? 아직 팔팔하지. 이제 갓 60인걸. 이래 봬도 마음만은 이팔청춘이라고."

"아, 네……." 나는 이렇게 대꾸하면서 방으로 들어갔다. 등 뒤에서 엄마가 그들에게 다시 권했다. "이런 거 말고는 진짜 없어요. 다 이렇게 얇다니까-. 거 참, 아무리 말을 해도 말귀를 못 알아듣네, 못 알아들어! 편자는 얇을수록 좋다니까 그러네. ……그건 그렇고, 그럼 자네 집에 있는 헌 마누라는 이제 뭘 할꼬? 어제도 우리 가게까지 달려와 제발 자네한테는 술을 팔지 말아달라고 사정사정을 하던데……."

뭐이는 없다. 숲도 없다……. 차오터우(橋頭)*는 따분하기 짝이 없다. 가을이 되면 머지않아 곧 겨울이 닥칠 테고, 겨울이 찾아오면 차오터우에는 개미 새끼 한 마리 찾아보기 힘들다. 차오터우는 정말 따분한 곳이다. 차오터우에서 제일 재미있는 일이라고는 풀을 뽑아 닭을 먹이는 일뿐이다. 그런데 벌써 가을이라, 밤새 내린 서리에 풀들도 모두 시들시들해졌다. 닭들이야 어떤 풀이든 아무 상관도 없겠지만, 풀을 뽑아주는 사람 입장에서는 짜증이 절로 났다. 풀들이 너무 형편없었다.

나는 손에 자루를 들고 옷 안에 칼을 넣고 문을 나섰다. 보통은 강가 숲 속의 초지에 나가 민들레며, 야생 거여목** 같은 풀을 뽑았다. 옆으로는 넓은 강이 흘렀다. 가을은 강물 빛깔이 가장 파랗고 수량이 가장 적은 계절이다. 강기슭 수위가 많이 내려간 탓에 강물에 파인 흰 버드나무 밑동이 고스란히 드러났고, 그 위로 낙엽들이 수북이 쌓여 있었다.

---

* 푸윈 현 다차오(大橋) 마을을 가리킨다. 차오터우는 작가가 편의상 지어낸 지명이다. 지도 참고

** 콩과의 두해살이풀. 높이는 30~60센티미터이며, 잎은 어긋나고 겹잎이다. 봄에 노란 잔꽃이 잎겨드랑이에서 피고 열매는 용수철 모양의 협과(莢果)를 맺으며 거름, 목초로 쓰인다. 개자리라고도 불린다.

우아하고 복잡하게 얽혀 있는 나무뿌리가 땅 위에 맨살을 그대로 드러냈다. 혹시 이 안에 신비한 동굴이 있지 않을까? 나는 아름다운 털을 가진, 절대 사람을 물지 않는 아주 작고 귀여운 동물이 그 속에서 구멍을 뚫고 땅 위로 톡 튀어나와 깡충깡충 강가로 뛰어가 물 한 모금 마시고, 고개를 들어 맞은편 기슭을 고즈넉이 바라보는 상상에 빠지곤 했다. 강기슭으로 내려가보니 내가 빨래 전용으로 사용하던, 물속에 반쯤 잠겨 있던 커다란 돌이 지금은 기슭 위에 덩그러니 놓여 있었다.

나는 들고 간 자루에 칼을 잘 싼 다음 커다란 돌 밑 틈새에 쑤셔 넣고 빈손으로 기슭 위로 올라가 수풀 속을 천천히 거닐었다.

그렇게 거니는 동안, 잠깐 자리를 비운 사이 강물이 갑자기 불어나 내 칼과 자루를 영영 잃어버리게 되면 어떡하지? 하는 생각이 문득 고개를 들었다…….

숲은 경사가 져 있어 지대가 낮은 곳에는 크고 작은 못들이 즐비하다. 못에 고인 물은 아주 맑고 깨끗하고 수심도 얕다. 못 안에는 물고기가 많이 살고 있는데 너무 작고 가늘어 영원히 자랄 것 같지 않은 치어들이 대부분이다. 떼 지어 몰려다니는 치어들은 마치 정령처럼 질서정연하고 신속하게 스쳐 지나가다 갑자기 무슨 명령이 떨어지기라도 한 것처럼 홀연히 움직임을 멈추고 머리를 같은 방향으로 향한 채 일렬로 늘어선다.

물가에는 예쁜 물풀들이 떨기째 피어 있다. 물풀들은 옆으로 뻗은 곁가지 하나 없이 가늘고 가지런하게 한 다발 한 다발 물 위로 고개를 내민다. 마치 수를 놓은 것처럼 이루 말할 수 없이 아름답다.

수면 위에 둥둥 떠다니는 낙엽은 공기 중에 멈춰버린 듯하다. 물 밑에 드리워진 선명한 그늘 위로 햇살이 부서진다.

물은 일단 멈추면, 그러니까-어떻게 말해야 할까, 마치 무게를 느낄 수 없을 만큼 '가벼워'진다는 사실을 깨닫는다.

흐름을 멈춘 물은 맑고 투명하다. 수면 위에 비친 그림자조차 없이 너무 맑고 깨끗해서 물 밑에 드리워진 그늘이 그대로 투영된다. 물 밑에서 자라는 산뜻하고 아름다운 진녹색의 무성한 풀들은 티끌 하나 묻어 있지 않다. 이런 물은 공간을 가득 채우고 있는 게 아니라 공간을 감싸고 있는 것 같다-희박한 물이거나 다소 농밀한 공기인 것처럼.

그에 비해 흐르는 물은-예를 들어 못에서 불과 수십 보 떨어진 큰 강인 카이얼터(喀依爾特)* 강은 반짝이는 푸른 물결을 일렁이며 밤이고 낮이고 쉼 없이 힘차게 굽이쳐 흐른다.

햇살 좋은 날, 유유히 흘러가는 강물은 색깔이 훨씬 깊고 짙어 차라리 녹색에 가깝다. 또 어떤 날은 신비롭게도 아주 차갑고 밝은 은회색을 띠기도 한다. 겨울이 되면, 격정을 싣고 굽이쳐 흐르던 강이 돌연 움직임을 멈추고 고요해지며, 물보라를 일으키며 넘실대던 수면은 평평한 얼음에 덮여 두꺼운 눈 속에 잠긴다. 이때가 되면 강 양쪽 기슭에 형성되어 있는 마을이 하나로 연결되고, 아이들은 몇 킬로미터나 되는 길을 돌아갈 필요가 없어져 등굣길이 한결 편해진다.

겨울이 되면, 대교(大橋) 첫 번째 교각 밑에 커다란 구멍을 하나 뚫는다. 맑고 깨끗한 강물이 희뿌연 물안개를 짙게 피워 올리며 얼음 위로

---

* 지도 참고

찰랑찰랑 솟아오른다. 우리는 물을 길으러 그곳으로 가고, 소들도 뜨문뜨문 줄을 길게 늘어선 채 좁은 눈길을 헤치며 한 마리씩 그곳으로 걸음을 옮긴다. 그곳이 겨울철 물을 구할 수 있는 유일한 장소다.

그러나 지금은 가을. 소와 양들이 강가에 흩어져 초지의 풀을 한가로이 뜯고 있다. 강기슭 옆으로는 수확을 막 끝낸 굴곡진 그루밭이 황금빛으로 너울댄다. 밭두렁을 태우는 곳에서 파란 연기가 피어오르고, 연기가 바람에 날려 건조한 향내가 코끝을 스친다. 연기 속을 뚫고 그루밭에 들어서면 어디선가 딱따구리가 "딱, 딱, 딱" 나무 쪼아대는 소리가 울려 퍼진다. 고개를 들면 밀밭 주위를 둘러싸고 있는 흰 자작나무 가지가 하얗고 노란 빛깔로 푸른 하늘을 물들이고 있다.

황금빛으로 일렁이는 그루밭 안에는 시베리아 가문비나무가 가을 한복판에 곧게 뻗어 있다. 가문비나무만 유독 짙푸른 잎사귀를 뽐내며 여름 한가운데 머물러 있다. 대지는 황금빛으로 물들고, 저 멀리 산봉우리에는 벌써 은백의 눈이 쌓여 있다.

나 홀로 강가를 거닌다. 내게는 영영 일어날 것 같지 않은, 오래전 사건 하나를 떠올려본다. 마치 내 옛 추억을 회상하듯 끝없는 상념에 잠긴다.

1년 전, 차오터우에 이발소를 연 자매가 있었다. 동생은 열다섯, 언니는 열일곱 살이었다. 자매는 현성에서 온 아가씨들이라서 그런지 근방에 사는 여자들 중에서 가장 예쁘고 세련되었다. 자매는 한가한 시간을 이용해 사람의 발길이 뜸한 작은 수풀까지 산책을 가곤 했다. 하루는 강가를 산책하고 있는데 느닷없이 한 젊은이가 숲을 사이에 두고 저 멀리서 그녀들을 소리쳐 불렀고, 언니가 그 소리를 따라갔다. 그녀는 그 남자와 다리 방향으로 걸어가더니 순식간에 다리를 건너 맞은편 기슭으로 사라져버렸다. 동생은 강가에 서서 한참을 기다리다가 맞은편 기슭의 울창한 숲을 향해 언니의 이름을 아주 오랫동안 큰 소리로 불렀다. 그러나 언니는 끝내 돌아오지 않았다. 강물은 물보라를 일으키며 거세게 출렁였고, 맞은편 숲 속은 깊고 어두운 정적만이 감돌았다. 결국 동생은 혼자 집으로 돌아왔고, 며칠 뒤 이발소 문을 닫고 가재도구를 챙겨 다시 현성으로 돌아갔다. 이 사건은 차오터우에서 오랫동안 사람들의 입에 오르내렸고, 갖가지 무성한 소문이 항간에 떠돌았다. 유일하게 일치하는 부분은 '어느 날 한 여자애가 강가에서 자기를 부르는 남자를 따라갔다가 끝내 돌아오지 않았다'였다.

그녀는 끝내 돌아오지 않았고, 그녀 신상에 무슨 일이 생겼을까 하는 것이 강가 숲 속의 비밀이 되었다. 그런데 날이면 날마다 수풀 속을 헤매고 다니는 내게는 아무 일도 일어나지 않았다. 내게 속한 모든 것은 아직 내게로 오지 않았다. 나는 끊임없이 생각에 잠긴다. 마지막 순간을 수없이 그려보며, 상상 속에서 처음부터 다시를 수도 없이 반복한다. ……서서히 강가에서 멀어져간다. 결국 몸을 돌려 왔던 길을 되돌아간다.

그 뒤에 볼일이 있어 현성에 갔다가 우연히 그 동생을 다시 만났다. 그녀는 여전했고, 예전과 다름없이 한껏 멋을 내고 거리를 활보하고 있었다. 나는 그녀 앞으로 다가가 아는 척을 했다. 언니에 관해 묻고 싶었지만 결국 입을 떼지 못했다. 그녀의 손톱에는 앵두같이 빨간 매니큐어가 칠해져 있었고, 그녀의 눈은 반짝거렸다. 그녀는 흥분을 감추지 못하고 머리에 두른 스카프로 내 주의를 끌었다. 나는 스카프에 관심을 보이며 예쁘다고 호들갑을 떨어주었다. 그러자 그녀는 매우 흡족한 표정을 지어 보이며 내게 작별 인사를 건넸다.

차오터우에서는 많은 일들이 일어난다. 나는 강가를 거닐며 아직 내게 오지 않은 많은 것들에 대해 생각한다. 저 멀리 발생한 산불을 생각하니, 숲은 벌써 자신의 바람-숲은 그 자체가 갈증과 목마름을 안고 있는 거대한 불씨다!-을 이루었다는 생각이 든다. 숲이 불타지 않을 때는, 희망을 가득 안은 채 침묵에 잠겨 있다……. 내가 여태 가보지 못한 어떤 마을의 잔치에 생각이 미치면, 그 시각 한 사람이 그곳을 향해 홀로 발길을 재촉하는 모습이 떠오른다. ……나의 작은 칼과 자루가 강물에 휩쓸려 멀리 떠내려가다 결국 북극해로 흘러들어 가는 모습도 상상해본다. ……생각에 생각을 거듭해봐도 생각의 끝에는 언제나 그 언니가 있다. 그녀는 맞은편 깊은 숲 속에서 나를 향해 똑바로 걸어 나온다. 나는 또 생각한다. 차오터우에서 일어난 일들은 나로서는 도저히 알 수 없다고. 하지만 아직 일어나지 않은 일은 알고 있다. 마지막으로, 가을은 가을이 아니라 여름이 애써 멈추고 싶어 했던 순간이 아니었을까? 하는 생각이 든다.

# 개

여름 목장에서 만난 개 한 마리가 산골짜기 이쪽 끝에서부터 저쪽 끝까지 줄곧 내 뒤를 바짝 쫓아오는 바람에, 나는 무섭기도 하고 또 화가 치밀기도 했다. 생각해보니 내가 비록 연약한 여자라고는 하나 이미 다 큰 성인인데 그깟 개 한 마리쯤 못 이기겠나 싶었다. 그래서 몸을 휙 돌려 개를 향해 돌멩이를 던져가며 멀리 쫓아버렸다. 멀리 쫓아버렸다고 생각한 그 녀석이 어느새 산골짜기 저쪽에서 다시 쫓아오기 시작했다. 그날 이후로 그 개는 나만 보면 이빨을 드러내고 으르렁거렸다. 그래도 내게서 열 발자국 정도 떨어진 곳에서 주위만 맴맴 돌 뿐 감히 가까이 접근해오지는 않았고, 행여 내가 작은 동작이라도 취할라 치면 꽁지 빠지게 줄행랑을 치며 소심하게 컹컹 짖어댔다.

산속에서 이렇게 밉상인 개는 또 처음이었다. 누구네 집 개인지는 몰라도 그 집구석 돌아가는 꼬락서니는 안 봐도 뻔했다.

산속에 사는 개들은 성격이 온순한 목양견이 대부분이다. 목양견은 양 떼를 따라 북상하거나 남하하며 사계절 내내 끊임없이 이동하고, 밤에는 늑대의 습격에 대비해 파오 곁을 지키며 잠을 잔다. 늑대와 사생결단으로 싸우지는 않지만 가장 중요한 순간에 사납게 짖어대는 것으로 위험을 알려준다.

목양견은 명색이 개지만 생김새는 꼭 양 같아서 몸 전체가 곱슬곱슬한 털로 덮여 있고, 몸은 영 굼떠 보이고, 눈과 눈썹은 치켜세운 채 낙타 행렬을 따라다닌다. 성격은 온순하고 순종적이며 다소 소심하기까지 하다. 나는 목양견을 그다지 좋아하지 않는다. 목양견을 가까이 두고 지내본 적이 없어서도 그렇겠지만 솔직히 너무 못생겼다. 게다가 녀석들 중 한 마리가 장작더미 위에 잘 말려놓은 우리 집 양고기 육포를 훔쳐가기까지 했다. 생김새가 거의 비슷해서 어떤 놈의 소행인지 알 길이 없으니 우리 눈에 띄기만 하면 애꿎은 다른 개들까지 욕을 먹었다.

목양견이 세상에서 가장 똑똑한 개라고들 한다. 하지만 내 주위에 있는 개들을 보면…… 사뭇 의심스럽다. 하기야 양을 모는 개라고 다 '목양견'은 아닐 테니까! '목양견'은 개의 한 품종이다. 적어도 숫자를 셀 줄 안다는 이 품종은 양이 한 마리라도 없어지면 대번에 알아차린다고 한다. 하지만 나는 당최 믿어지지 않았다.

한 친구가 목양견이 양 떼를 몰고 강을 건너는 광경을 내게 설명해준 적이 있다. 선두에 선 양이 강으로 내려가면 뒤따르던 다른 양들도 그 뒤를 따라 내려간다. 양들은 두려움에 떨며 폭은 넓지만 수심이 얕은 강물을 가로질러 앞을 향해 묵묵히 전진해나간다. 강 한복판에서는 목양견이 양 떼를 주시하며 수시로 고개를 돌려 맞은편 기슭과 이쪽 기슭을 번갈아가며 살펴보는데 그 모습이 마치 끊임없이 고개를 끄덕이는 것처럼 보인다. 영락없이 '양의 수를 세는' 모습이란다.

나중에 차오터우에 와보니 이곳 개들은 하나같이 똥개였다. 마릿수도 사람 수를 훨씬 능가해서 가는 곳마다 유령처럼 어슬렁거렸다.

본래 차오터우는 운모(雲母)* 광산 숙소가 있던 곳으로, 국유림 직원들도 이곳에 머물렀었다. 운모 광산이 폐쇄되면서 직원들이 모두 철수했고, 얼마 안 가 국유림 직원들마저 현성으로 대규모 이주해 갔다. 그들이 남기고 간 것은 즐비하게 늘어선 집들과 마당을 제외하면, 마을에 넘쳐나는 똥개들이 유일했다. 그때 버려진 개들의 2대, 3대가 지금도 여전히 이곳에 살고 있는 것이다.

개들은 오랜 세월 동안 사람과 더불어 생활했던 습관이 몸에 배어 있는 데다 늘 배가 주린 상태라 사람을 보면 유난히 잘 따랐고, 겁도 많아 늘 꼬리를 바싹 내리고 저자세를 취했다. 그래서 나는 차오터우에서 제멋대로 짖어가며 기고만장하게 구는 개를 일찍이 본 적이 없다.

차오터우는 그야말로 거대한 폐허의 마을이었다. 구불구불 끊임없이

---

* 화강암 가운데 많이 들어 있는 규산염 광물의 하나. 흔히 육각의 판(板) 모양을 띠며 얇은 조각으로 잘 갈라지는 성질이 있다.

이어진 허물어진 담벼락은 대지 위에 서 있다기보다 시간 속에 묻혀 있다고 하는 것이 차라리 어울렸다. 현실감이 극도로 결여되어 있을 만큼 질서정연함과 퇴락함이 공존했다. 청명한 쪽빛 하늘, 우렁차게 울리는 강물 소리, 서늘한 날씨. 벌써 5월로 접어들었지만 나무들은 여전히 벌거벗은 채 파란 잎사귀 하나 피워내지 않고 있었다.

나는 늘 옷을 두껍게 껴입고 홀로 폐허 속을 천천히 거닐었다. 높은 곳에 위치한 강기슭은 드넓고, 세차게 흘러가는 강줄기는 정면에서 지독한 한기를 뿜어대고, 바람은 거세게 불어왔다. 그렇게 거닐다 보면 어느새 내 뒤를 쫓아오는 들개가 하나둘 늘어났다. 개들은 아무리 많아도 다들 조용했고, 나와 늘 일정 거리를 유지했다.

폐허 속 넓은 공터에 목공소의 목재들이 무더기로 차곡차곡 쌓여 있었는데 그중에서 가장 높은 목재 더미를 골라 기어 올라가 앉아 있으면 개들도 그곳까지 서서히 몰려들었다. 그 모습에 내가 식겁하며 불안해하면 개들도 그걸 민감하게 감지해내고는 멈칫했다.

개들은 몸을 바닥에 바짝 낮춘 채 기는 자세로 조심조심 목재 더미로 다가와 위쪽을 향해 서서히 기어 올라왔다. 그 와중에도 시종 내 안색을 유심히 살펴가며 서로 뒤질세라 있는 힘껏 꼬리를 흔들어댔다. 마치 '당신을 해치지 않을 테니, 당신도 우리를 해치지 마세요' 하고 말하는 듯했다.

아마 그때 내 얼굴에 쓰여 있는 표정도 개들과 다르지 않았을 터였다.

개들이 내 곁으로 다가와 하나둘 엎드리면, 나는 주머니 속에서 과일향이 나는 싸구려 사탕을 꺼내 일일이 껍질을 까서 개들에게 던져주었다. 그러면 서로 받아먹겠다고 덤버드는 법도 없이, 받아먹은 놈은 먹고 못 받아먹은 놈은 못 받아먹은 대로 자기 차례가 될 때까지 끈기 있게 기다렸다. 내가 골고루 나누어줄 거라고 철석같이 믿는 눈치였다.

겨울이 되면, 조금 컸다 싶은 개들은 족족 잡아먹히는 통에 마을에서 개 구경하기가 하늘의 별 따기만큼이나 어렵다. 겨울철 이곳 남자들은 개를 잡아먹는 데 혈안이 되어 있다. 정말이지 역겹기 짝이 없다.

엄마는 종종 입버릇처럼 이렇게 말했다. "뭘 먹어도 상관없지만, 개고기랑 말고기는 절대 먹으면 안 돼. 그건 인육을 먹는 것과 다를 바 없어-. 개와 말은 사람과 교감을 나누는 유일한 동물이거든."

개를 유난히 좋아하는 엄마는 개를 관찰하는 데 꽤 많은 공을 들였다. 덕분에 딸인 나보다 개를 훨씬 잘 이해했다. 엄마 눈에는 개마다 가지고 있는 특징이 사람마다 가지고 있는 특징만큼이나 뚜렷하게 구분이 되는 모양이었다. 가령 들개 한 마리가 엄마 곁으로 다가오면 엄마는 내게 이렇게 소개해주었다.

"이 녀석은 배추 겉대를 제일 좋아하거든. 그래서 날마다 쓰레기통 옆을 지키며 내가 오기만을 기다린단다. 또 한 녀석도 쓰레기통을 지키고 있기는 마찬가진데 그 녀석은 삶은 채소 찌꺼기만 좋아하지."

그리고 다시 말을 이었다. "이 녀석은 화가 나면 귀를 이렇게 뒤로 바짝 붙인단다." 엄마는 개의 두 귀를 뒤쪽으로 잡아당겨 밀착시킨 다음 말을 계속했다. "물론, 앞에서 불어오는 바람을 뚫고 빨리 달리고 싶을 때도 이렇게 하면 꽤 효과적이지. 그때는 얼굴에 있는 모든 털들이 뒤로 바짝 눕지…….” 엄마가 양손으로 개의 머리를 감싸고 뒤로 밀어제치자 사람을 위협하는 듯한 동그란 눈이 뱁새눈이 되어버렸다.

“보통 꼬리는 이렇게 말려 있는데, 가끔은 이렇게 말려 있기도 해…….”

엄마는 먼저 개의 꼬리를 오른쪽으로 돌려 감았다가 다시 왼쪽으로 돌려 감았다.

한눈에 봐도 개가 극도의 인내심을 발휘하고 있다는 걸 알 수 있었다. 엄마의 소개가 얼추 끝나고 개를 잡고 있던 손이 느슨해지자 개는 잽싸게 엄마 손아귀에서 벗어나 한달음에 줄행랑을 쳤다. 멀찌감치 도망을 가서야 걸음을 멈추고 고개를 돌려 우리 쪽을 바라보았다.

유목민들이 알타이 깊은 산속의 목장을 모두 떠나가버리면, 길을 잃고 무리에서 떨어진 개들은 혹독한 겨울 속에 버려진다! 이미 짝을 찾은 개들은 불행의 그림자가 서서히 다가오고 있는 줄도 모른 채 적막한 숲 속에서 서로 쫓고 쫓기며 장난에 여념이 없다. 야생에서 먹을거리를 찾아본 경험도 없고, 추위는 하루가 다르게 매서워진다……. 첫눈이 내리고, 두 번째 눈이 내리면…… 인적도 뚝 끊기고, 어떤 도움의 손길도 받지 못하고, 무슨 일이 벌어지고 있는지도 모른 채 그렇게 죽어간다!

가을이 되어 유목민들이 떠나고 나면, 할 일 없는 남자들은 차를 몰고 산으로 올라가 개 사냥에 나선다. 황량한 산속을 헤매고 다니던 개들은 저 멀리서 사람들이 보이면 너무 반가운 나머지 미친 듯이 꼬리를 흔들어대며 그들을 향해 질주한다. 그렇게 사람들에게 달려간 개들은 그 자리에서 몽둥이찜질을 당하고 죽는다……. 산에 들어가 개를 사냥하는 것은 그 어떤 사냥보다도 훨씬 쉽다.

한번은 목재를 나르는 트럭을 얻어 타고 산에 들어갔다가 정작 집으로 돌아올 때는 타고 올 차가 없었다. 별수 없이 산길을 혼자 터벅터벅 걸어 내려오는데 다행히 지나가는 지프차 한 대를 발견했다. 차에 타고 있던 사람들은 생판 모르는 얼굴이었고, 이런 시간에 이런 곳에서 만났다는 사실에 서로 놀라움을 금치 못했다. 운전기사는 길도 나 있지 않은, 듣도 보도 못한 이상한 곳으로 차를 몰았고 영문도 모르는 나는 잠자코 있을 수밖에 없었다. 그때는 너무 무서워 어디로 가고 있냐고 물어볼 엄두도 나지 않았다.

사내들이 개 사냥에 나선 다른 팀을 도와주기 위해 급히 길을 나섰다는 사실은 나중에야 알게 되었다.

개 사냥에 나선 사람들이 개 한 마리를 잡기 위해 이틀 동안 포위망을 좁혀갔는데도 결국 개를 잡지 못했다고 했다. 개가 워낙 똑똑해서 가까이 다가오지를 않았던 것이다.

"그런데 왜 도망을 안 가죠?"

"마누라가 잡혔거든!"

알고 보니 원래 암수 한 쌍이었다. 그중 암캐는 붙잡혔고 수캐는 워낙 성질이 사나워 누구 하나 가까이 접근하지 못했다. 고심한 끝에 암캐를 차 위에 묶어놓고 수캐를 유인해보았지만, 수캐는 온종일 주위만 맴돌 뿐 가까이 다가오지 않았고 멀찌감치 떨어진 곳에서 암캐가 묶여 있는 쪽만 바라보았다. 저녁이 되어 암캐 있는 곳에 몰래 찾아와 함께 누워 있던 수캐가 발각되었고, 그때 수캐는 몽둥이에 맞아 다리 한쪽이 부러졌다. 수캐는 그 몸을 해가지고 용케 달아났고, 그 뒤로 성격이 더 포악해져서 누구든 수캐 근처에는 얼씬도 하지 못했다.

사내들은 암캐를 차에 묶어 끌고 다니며 호시탐탐 기회를 노렸지만 수캐는 시종 일정한 거리를 유지하며 그 뒤를 따라가기만 할 뿐이어서 이틀이 지났는데도 이렇다 할 성과를 거두지 못했다.

우리가 도착했을 때 수캐는 그리 멀지 않은 숲 속에서 우리 쪽을 노려보고 있었다. 털 색깔이 짙은 암캐는 지프차 옆에 누워 고개를 앞발 사이에 처박은 채 오히려 편안한 표정을 짓고 있었다.

식사 시간이 되자 사내들은 내게도 먹을 것을 나눠주었는데 나는 식욕이 영 당기질 않았다. 나는 사람들이 주의를 기울이지 않는 틈을 타서 먹을 것을 조금씩 손으로 뜯어 암캐에게 던져주었다. 개는 평소대로 엎드린 채 일어날 생각은 하지 않고, 목만 쭉 빼서 고개를 한쪽으로 비스듬히 기울여 정확하게 받아 한입에 꿀꺽 삼켰다. 그러더니 귀찮다는 듯이 다시 앞발 사이에 고개를 처박았다.

수캐한테도 뭘 좀 먹이고 싶어 조심스레 개 쪽으로 다가가면서 짐짓 딴청을 부렸다. 멀찍이 나를 노려보고 있던 수캐가 점점 몸을 곧추세우더니 어깨를 바닥 아래로 낮추며 묵직하고 낮게 으르렁거렸다. 겁이 난 나는 걸음을 멈추고 손에 들고 있던 모모빵을 힘껏 던져주고는 잽싸게 몸을 돌려 그 자리에서 도망쳐 나왔다. 다시 고개를 돌려보니 수캐는 모모빵이 있는 곳까지 다가가 고개를 숙인 채 빵을 먹고 있었다. 회색 털의 수캐는 덩치가 산만 했다.

이런 내 행동은 결과적으로 사내들에게 '기발한 아이디어'를 제공해 준 셈이 되었다. 사내들은 나한테 보고 배운 그대로 모모빵을 던져 수캐를 유인했다. 분통이 터졌다. 다행히 똑똑한 녀석이라 대번에 이상한 낌새를 알아차리고 사내들의 잔꾀에 호락호락 넘어가지 않았다.

나는 암캐가 묶여 있는 곳으로 가보았는데 차마 오래 쳐다볼 수 없었고, 더럭 겁도 났다.

다행히 차량 중 한 대가 일이 있어 먼저 출발해야 했기 때문에 나는 그 차를 얻어 타고 그곳에서 빠져나올 수 있었다.

이틀 뒤 어떤 사람이 우리 집 뒤편에서 개가죽을 벗기고 큰 솥단지를 걸어 고기를 삶았다. 다음 날 나가보니, 회색 빛깔의 가죽과 눈을 부릅뜬 채 잘려진 머리가 벌판에 아무렇게나 버려져 있었다. 그들은 원하는 것을 결국 손에 넣고야 말았다.

나는 매일 집 뒤편에 있는 공터로 나가 밀밭을 따라 산책을 즐기곤 했다. 겨울 중에서도 날씨가 가장 춥다는 날이 오기 전, 나는 낡고 얇아져 땅 위에 판판하게 박혀 있는 개가죽을 발견했다. 머리는 어디론가 사라지고 없었다.

나는 이제껏 무엇 하나 한 게 없다-그건 때론 위안이 되기도 하지만 때론 죄의식으로 다가오기도 한다. 늘 생각뿐이다. 억울하게 죽어간 것들은 강렬한 영혼을 가지고 있다. 이런 영혼이 식물에 달라붙으면 꽃을 무성하게 피우고, 강물에 달라붙으면 물길을 바꾸어 아름답게 굽이쳐 흐르게 한다……. 자연은 늘 공평해서 모든 억울한 감정들을 잠재운다.

태어나서 주변의 만물에 해를 끼치는 사람의 영혼은 쾌락적이긴 하나 허망하다. 자신이 저지른 일이 얼마나 잘못된 것인지 깨닫지 못하기 때문에 아무 거리낌 없이 편안하게 일생을 마칠 테고, 아무런 미련도 남지 않을 테니 이 세상에서 영원히 사라진다. 결국 이 세상에 어떤 흔적도 남기지 못한다. 꼭 그렇게 되길 바랄 뿐이다.

# 나더야 일가에 관하여

차오터우에 터를 잡고 사는 사람들은 노인과 어린애 아니면 체념한 듯 하루하루를 살아가는 부부가 대부분이다. 젊은 사람들은 대체 어디로 가버린 걸까?

차오터우가 번성했던 시절에는 발전소, 학교 두 곳, 유치원 한 곳과 직원들이 클럽으로 사용하던 큰 강당과 우체국 같은 건물들이 있었다. 그러나 사람들이 다 빠져나간 지금은 마을이 온통 빈집 천지다. 학교 운동장은 땅속 깊이 뿌리를 내린 잡초들로 무성하고, 운동장 양옆으로는 농구 골대만 덩그러니 남아 있다.

상황이 이렇다 보니, 차오터우 인근의 몇몇 마을에는 취학연령대의 아이들이 많아도 수업을 받으려면 멀리 10여 킬로미터(가장 먼 곳은 20킬로미터 가까이 된다)나 떨어져 있는 강 하류의 마오쯔좡(毛子庄) 학교까지 걸어 다녀야 했다. 그런데 하필 마오쯔좡에는 카자흐 어 학교만 있지 중국어 학교는 없어 차오터우에 사는 한족 아이들은(대부분 장사치들이나 민공들의 아이들로 수가 많지는 않았다) 더 먼 커커퉈하이(可可托海)* 마을에 있는 학교까지 가야 했고, 일주일에 한 번 집에 돌아올 수 있었다.

차오터우에는 노인들이 많다. 더구나 최근 들어서는 이주해 오는 사람들이 점점 늘어나는 추세인데 그들 대부분은 외로운 독거노인들이었다. 왜 그럴까 나름대로 분석을 해보았다. 첫째, 차오터우에는 관리자가 따로 없다. 장사를 해도 세금을 걷어 가는 사람이 없으니 아무런 구애도 받지 않아서 좋다. 둘째, 차오터우에서는 돈 벌기가 수월치 않지만 돈 쓸 일 또한 없어 살기 좋다. 셋째, 차오터우에 노인들이 갈수록 늘다 보니 서로 의지해가며 살기 좋다. 게다가 다들 기독교도다 보니 툭하면 함께 모여 허난 지방색이 짙은 찬송가를 부르거나 성경을 읽을 수 있다. 그리고 20년 전이나 30년 전의 고릿적 이야기를 옛날얘기 삼아 서로 나누고, 땅 몇 뙈기 일구고, 거위 두세 마리 키우다 보면 시간이 아주 잘 간다.

물론 이건 나 혼자만의 생각일 뿐, 정작 본인들의 생각은 알 도리가 없다. 그나저나 대체 차오터우가 뭐가 좋지? 몇 년 뒤에 '퇴경환림(退耕還林)**' 정책이 전면적으로 시행되면 인근 마을에 사는 주민들마저 모두

* 푸윈 현에서 동북으로 48킬로미터 떨어진 알타이 산맥 중간에 위치하며, 어얼치쓰 강이 마을 한복판을 가로질러 흐르고 있어 마을 이름이 여기에서 유래했다. 커커퉈하이는 카자흐 어로는 '녹색의 숲', 몽골어로는 '푸른 강줄기'라는 뜻이다.

** 생태환경을 보호하기 위해 수분과 토사가 유실되는 지역의 경작을 금하고 식수를 통해 숲을 회복시키는 것

이주해야 할 테고, 그때가 되면 이곳은 완전히 버려질 텐데 말이다.

원래 2차선으로 길이 곧게 나 있던 차오터우에 지금은 길 한 개 차선만 남아 있다. 길 양옆으로 즐비하게 늘어선 집들이 그나마 보존 상태가 가장 양호했고, 외지에서 이주해 온 젊은 노동자들이 대부분 그곳에 살았다. 나머지 두세 가구는 떠나고 싶지 않았거나 떠날 능력조차 없었던 원주민들로, 그들은 인근 땅에 밀농사를 지으며 살았다. 노동자들은 초여름이면 산에 들어가 벌목 현장에서 목재를 차에 실어 나르는 일을 했고, 겨울이 되면 산에 들어가 금을 캐거나(겨울에는 갱도가 얼어붙어 쉽게 무너져 내리지 않기 때문에 훨씬 안전하다), 광산에서 운모 부스러기를 긁어내는 일을 했다.

운모 부스러기 1킬로그램을 긁어 오면 3마오를 벌 수 있었다. 금년에는 가격이 껑충 뛰는 바람에 많은 사람들이 구름 떼처럼 몰려들었다. 나도 끼고 싶었지만 따로 하는 일이 있다 보니 차마 그러지는 못하고 아쉬운 대로 그들이 어떤 식으로 운모 부스러기를 골라내는지만이라도 보고 싶었다. 엄마 말에 의하면, 제일 튼튼하지만 제일 낡기도 한 옷을 걸치고 두꺼운 장갑을 끼고, 광재* 한가운데 앉아 얼굴과 머리에 흙과 먼지를 잔뜩 뒤집어쓴 채 좋은 부스러기를 골라낸다고 했다. 그래도 나는 내 눈으로 직접 보고 싶었다. 왜냐하면 이곳에서 돈이 가장 많아 보이는 사람조차 전혀 거리낌 없이 이 일을 하는 데다, 어느 누구 하나 이 일을 남부끄럽게 여기지 않았는데 나는 그 이유가 무척 궁금했다. 내가

---

* 鑛滓(slag) : 광석을 제련한 후에 남는 찌꺼기

보기에 체면이 서는 일은 결코 아니었다.

이곳에서는 겨울철에 할 수 있는 일이 많지 않았다. 산에 들어가 금을 캐거나, 운모 부스러기를 골라내거나, 마음이 맞는 사람끼리 모여 앉아 마작을 하는 게 고작이었다. 그런데 겨울에는 마작에 필요한 최소한의 인원조차 모으기가 어려웠다. 바깥은 온통 눈으로 덮여 있고, 길 위에는 깊게 파인 두세 사람의 발자국만 동쪽에서 서쪽으로 끝없이 이어져 있을 뿐이다. 몇 날 며칠이 지나도록 동쪽에서 서쪽으로 이어져 있는 발자국 말고는 아무것도 없다. 혹시 2~3주가 지나면 새로운 발자국 하나가 더 생길지도 모르겠다.

겨울이 되면, 차오터우에서 사람 구경하기는 하늘의 별 따기였다.

마작을 할 때면 늘 사람 수가 부족하다 보니, 내 의지와는 상관없이 '정상유(争上游)*' 말고 다른 카드게임까지 배우게 되었는데 얼떨결에 그 어렵다는 108장 쓰촨 창파이(長牌)까지 섭렵하게 되었다.

차오터우의 겨울은 춥고 삭막하다. 눈에 흙이 들어가는 한이 있어도 이곳을 떠나려 하지 않는 몇 집을 빼면 모두 텅 빈 집들뿐이다. 눈 덮인 벌판 깊숙한 곳에 늘어서 있는 인근의 몇몇 마을에서도 밥 짓는 연기 한 줄 피어오르지 않는다.

여름이 찾아와 날이 풀리고 쌓인 눈이 녹으면, 대지는 덮고 있던 두꺼운 하얀 외투를 벗어 던지고, 만물은 파란 하늘 아래서 머리끝부터 발끝까지 새로운 옷으로 갈아입는다. 그렇지만 차오터우는 여전히 적막

---

* 게임에 참여한 사람들이 같은 장수의 카드를 받고 규칙에 따라 자신의 카드를 내어놓는 게임. 손에 있는 카드를 가장 먼저 다 내어놓는 사람이 이긴다.

속에 잠겨 있다. 유일하게 카이얼터 강의 세찬 물소리만 산골짜기에 메아리칠 뿐이다. 소나무 태우는 향기가 길 위를 자욱이 감싸며 때론 강하고 때론 희미하게 퍼져 나간다. 길 한복판에 한참 동안 서 있으면, 겨우내 한 번도 볼 수 없었던 사람이 내 쪽을 향해 걸어오기도 한다. 하지만 가까이 오기도 전에 저 멀리 모퉁이를 돌아 시야에서 사라져버린다.

차오터우에 살던 사람들은 다들 어디로 간 걸까? 다들 뭘 하고 있을까?

엄마가 말했다. "달리 뭘 할 수 있겠니? 여름에는 농사짓고, 겨울에는 운모 부스러기나 긁어모으겠지."

듣기로 이곳에는 아주 대단한 카자흐 족 꼬마가 산다고 했다. 그 아이는 멋진 목소리 하나로 유명세를 탔는데 현 노래자랑에 나가 상을 타오기도 했다. 텔레비전 방송국에서는 그 아이 노래만 따로 녹음해 CD로 구운 다음 현 텔레비전 방송국 카자흐 어 채널에서 하루 종일 틀어주고 신청곡까지 받았다. 이곳에서 유행하는 카자흐 어 노래는 모두 그 아이가 부른 노래였다. 뿐만 아니라, 그 아이는 우루무치와 카자흐스탄까지 진출해서 노래자랑에 참가하기도 했다!

나는 그 아이를 본 적은 없지만 다른 사람이 해준 말을 들었다. 다른 사람이란 바로 우리 엄마다.

내가 엄마에게 물었다. "그 애 본 적 있어?"

"물론이지, 강 서쪽에 사는걸."

"그럼 평소에는 뭘 하는데?"

"달리 뭘 하겠어? 여름엔 농사짓고, 겨울엔 광산에서 운모 부스러기나 긁어모으겠지…….”

지금부터 내가 말하려고 하는 나더야(納德亞)는 키가 훤칠하게 큰 아주 잘생긴 중년남자다. 그런데 그렇게 잘생기면 뭐하나 어디 써먹을 데가 없는데. 그는 온종일 찢어진 바지를 걸친 채 이리저리 어슬렁거렸다.

그런 바지를 입고 다니기도 쉽지 않은데 말이다. 바지 옆선의 솔기란 솔기는 다 터져 나가 길을 걸을 때마다 다리 안쪽의 속살이 보일 듯 말 듯 한 게 마치 치마를 입고 다니는 것 같았다. 바지 호주머니도 다 해지고 너덜너덜해서 땡전 한 푼 넣고 다닐 수가 없었다. 바지 단추도 다 떨어져 나갔고, 바지춤은 가죽 혁대로 여며서 바지가 밑으로 흘러내릴 염려는 없었지만 혁대가 다 떨어져 나가는 바람에 원래 여섯 개였던 혁대 구멍은 딸랑 두 개만 남은 상태였다.

나더야가 바지 수선을 맡기려고 나를 찾아왔을 때, 내가 ‘2위안’이라고 말하자, 나더야는 다 떨어진 바지를 품에 안고 고개를 떨어뜨린 채 힘없이 돌아섰다. 그의 뒷모습에 내 마음이 영 편치 않았다……. 내가 너무 매몰차다는 생각마저 들었다.

며칠 뒤 나더야는 다 떨어진 바지를 품에 안고 다시 나를 찾아왔다. 이번에는 계산대 앞에 턱을 괴고 한참 고심한 끝에 조심스럽게 내게 물었다. “1위안?”

정말 대책이 없었다. 나는 그를 바라보았다. 아름다운 회색빛 눈동자에, 위로 치켜 올라간 긴 속눈썹. 눈동자가 너무 커서 같은 연령대의 눈동자(나는 성인 눈동자를 떠올리면 늘 가늘고 날카롭다고 느꼈다) 같지 않을뿐더러, 어린아이처럼 티 없이 맑은 눈동자로 빤히 쳐다보면 한없이 부드러워 보였다.

내가 말했다. "됐어요, 공짜로 해줄게요……."

내 말이 떨어지기가 무섭게 그가 말했다. "잠깐만." 그러더니 서둘러 바지를 내려놓고 문을 나섰다. 다시 돌아온 그의 품에는 다 찢어진 바지와 닳고 닳아 해진 옷들이 한 아름 안겨 있었다. 거기에 너덜너덜 걸레가 다 된 베갯잇과 크고 작은 구멍들이 뻥뻥 뚫린 침대보까지…….
나 참 기가 막혀서.

그날 나는 오후 시간을 몽땅 할애해서 그가 가지고 온 바지를 차곡차곡 가지런히 펴놓고 해진 곳을 튼튼하게 다 박아 넣었다. 삼각 모양으로 구멍이 난 옷은 헝겊을 덧대 박고, 떨어져 나간 단추도 빠짐없이 달아주었다.

그는 너무 감격한 나머지 어쩔 줄을 몰라 했다. 하지만 나는 아무것도 바라는 게 없었다. 그저 재봉틀을 "달달달" 힘차게 굴려가며 낡고 해진 옷들이 이게 전부이기만을 바랐다. 그는 나무 걸상을 내 옆으로 옮겨와 앉더니 서툰 솜씨지만 손에 송곳을 쥐고 내가 시키는 대로 필요 없는 실밥을 한 땀 한 땀 천천히 제거해나갔다.

마흔을 맞은 나더야는 여태 결혼도 하지 않고 모친과 과부가 된 누나, 그리고 나이 어린 여동생과 함께 살았다. 나더야의 모친은 아주 활달한 노부인으로 키가 크고 뚱뚱했다. 소싯적에는 키가 180센티미터였다는데 지금은 늙어 그나마 2센티미터가 준 것이 178센티미터였다.

노부인이 말했다. "내가 젊었을 때 국유림 농구팀 소속이었어."

그녀의 말이 이어졌다. "젊었을 때, 현 교통대대(大隊)*와 시합이 붙었었는데 그중에서 남자 둘은 나를 아예 올려다보지도 못했지……."

그녀가 덧붙여 말했다. "내가 젊었을 때는 차오터우에 사람들이 아주 많이 살았단다! 영화관도 두 곳이나 있었고, 학교도 두 곳이나 됐지. 유치원도 있었어. 전기도 들어오고, 수돗물도 나왔었는데……."

나더야 누나도 여자치고는 키가 꽤 큰 편이었다. 그녀는 우루무치에서 차오터우로 돌아온 지 채 1년도 되지 않았다. 번화한 도시에서 살다가 황량하고 외진 이곳으로 옮겨 왔는데도 그녀는 아무렇지도 않은 듯 어떤 과도기도 거치지 않고 바로 일상에 적응해나갔다. 딱 보기에도 차오터우에서 한평생을 산 다른 아낙네와 다름없이 낡은 옷을 걸치고도 전혀 개의치 않고 표정도 담담했다.

나더야의 어린 여동생은 꽃같이 예쁜 얼굴에 긴 속눈썹과 긴 머리카락 그리고 낭창낭창한 몸매의 소유자로 꽉 깨물어주고 싶을 만큼 어여뻤다. 이제 겨우 열대여섯 살밖에 안됐지만 지난해부터 학교까지 그만두고 아예 집에 들어앉아 집안일을 돌보느라 여념이 없었다. 그 바람에 밖에서 여동생을 만나는 경우는 극히 드물었다. 어느 날인가 길모퉁이 도랑가에 쪼그리고 앉아 대야 가득 쌓여 있는 더러운 옷들과 한창 씨름 중인 그 아이를 우연찮게 본 적이 있다. 아이가 느닷없이 벌떡 일어나더니 버드나무 가지 하나를 손에 쥐고 씩씩하게 도랑을 뛰어넘어 마치 노루 새끼처럼 자기 집 마당 뒤꼍의 채소밭으로 껑충껑충 뛰어가 소 두

* 현급 정부 산하에 조직된 법 집행 기구.

마리를 위협하며 쫓아냈다—소들은 철조망 안으로 고개를 들이밀고 안쪽의 맛있는 채소를 뜯어 먹으려고 애쓰는 중이었다.

지금 한창 자랄 때라서 그런지 꼬마 아가씨 얼굴은 온통 여드름투성이였다. 그래서 그런지 무슨 일을 하든 늘 얼굴을 푹 숙이고 조용조용 오가며 가능한 한 사람을 피하려 들었다. 자신감 없고 무력해 보이는 모습 때문에 아이는 말할 수 없이 부드럽고 순해 보였는데, 나더야한테서 느꼈던 것과 같은 느낌이었다.

나더야네는 이상한 개 한 마리도 길렀다. 그 개는 제복을 입은 사람만 보면 다짜고짜 무는 버릇이 있다고 했다. 그런데 이곳에는 제복을 입은 사람이라고는 눈을 씻고 찾아봐도 없으니 생전 누구를 물 일이 없었다. 물지도 못하는 개를 길러 어디다 써먹겠다는 건지?

차오터우에서도 나더야네는 가장 어려운 형편에 속했다. 엄마 말마따나 '여름에는 농사짓고 겨울에는 광산에서 운모 부스러기나 긁어모으는' 일이 고작이었다. 그것 말고 다른 수입원은 전혀 없었다.

강 옆으로 나 있는 폭이 좁고 긴 나더야네 밀밭은 강기슭을 따라 기복이 심하고 구불구불했다. 밀밭 주위는 나뭇가지로 만든 울타리에 철조망을 둘러쳐놓아서 그곳까지 산책을 나온 소나 양들이 밀밭을 망쳐놓을 염려는 없었다. 그것도 모자라 철조망 바깥쪽에 가시 돋은 들장미까지 심어놓았다. 밀밭을 어찌나 꼼꼼하고 깔끔하게 일궈놓았는지 모른다. 초여름이면 활짝 핀 들장미가 짙은 쪽빛 하늘 아래 붉은 꽃과 짙푸른 잎사귀로 한껏 멋을 뽐내며 보는 이의 감탄을 자아냈다. 밀밭 옆으로는 이제 막 물이 불어나기 시작한 카이얼터 강이 보석처럼 은은한 푸른빛을 띠고 깊은 계곡 아래를 세차게 너울대며 흘러갔다.

새들을 쫓기 위해 곳곳에 매달아놓은 형형색색의 천 쪼가리들이 밀밭 주위의 작은 관목 위에서도, 철조망 위에서도, 울타리 위에서도 바람에 나부꼈다. 밀밭 가까이 다가가면 마치 비밀의 화원 속으로 걸어 들어가는 것 같은 착각에 빠졌다. 나는 밀밭 주위를 빙 둘러가며 천천히 거닐었다. 울타리 너머 오솔길 위로 풀들이 웃자라 있었다. 길가의 풀들과 다른 점이 있다면, 길 위의 풀은 색깔이 옅은 데 비해 길가의 풀은 짙푸르다. 이 길은 얼마나 오랫동안 지나는 사람이 없었을까? 이 길도 언젠가는 풀로 뒤덮여 끝내 사라지는 날이 오겠지. 나는 걸으며 생각한다……. 차오터우에 사람들이 사라지고 한 사람도 남지 않게 되면 집들도 텅 비게 될 테고…… 그러면 차오터우는 완전히 버려지겠지……. 그래도 밀밭은 해를 거듭할수록 파종도 하고 수확도 하게 될 거야……. 그리고 한 사람. 해가 가도 봄이 되면 옛날에 입었던 낡은 옷을 조각조각 찢어 밀밭 주위의 관목 가지 위에, 철조망 위에 하나하나 세심하게 매달아놓겠지……. 그의 바람은 여전할 테지…… 밀 모종이 대지의 에너지를 한없이 빨아들여 어느새 훌쩍 자라 있기를……. 차오터우가 끝내 버려지더라도 누군가는 이곳을 끝까지 지킬 터였다. ……차오터우는 과연 영원히 남게 될까?

# 우리 집

어느 날 국유림의 목재 저장고를 지키는 바하티(巴哈提)가 장화를 수선하러 우리 가게를 찾아왔다. 그는 모양새는 아무래도 상관없으니 그저 튼튼하게만 고쳐달라고 주문했다.

"이런 펠트장화는 전국에 이거 딱 한 켤레밖에 안 남았을 거요! 이 신발을 신고 문을 나설 일이 다신 없을 줄 알았는데……. 그런데 말이지, 저녁에 야간 당직을 서러 갈 때 이 장화 하나만 있으면 그렇게 따뜻할 수가 없어! 아무리 두껍게 쌓인 눈밭을 밟아도 끄떡없거든!"

우리 삼촌은 거의 구닥다리나 진배없는 장화 위에 눈에 확 띄게 빨강과 검정의 커다란 가죽 쪼가리 두 개를 덧대 박았다.

엄마가 고개를 꺄우뚱하며 물었다. "야간 당직을 왜 서요? 저녁에 목재를 훔쳐 가는 사람도 있어요?"

"그럼요, 왜 없겠어요?"

"날도 이렇게 춥고, 눈은 허리까지 쌓인 데다, 한 치 앞도 분간할 수 없는 캄캄한 이 밤에!"

"일단 맘만 먹으면 그까짓 것들이 눈에 들어오나요, 어디."

"그럼 그런 사람을 잡은 적도 있어요?"

"있다마다요."

"처벌했어요?"

"당연하죠."

엄마는 절로 푸우 한숨을 내쉬더니 매우 유감스럽다는 듯이 말했다. "사실은, 우리도 며칠 뒤에 가서 목재 두어 개를 몰래 훔쳐 올 생각이었거든……."

엄마 말에 목재 지킴이가 오히려 당황해서 괜스레 헛기침을 하더니 한참 만에 우물쭈물하며 말을 꺼냈다. "……뭐라고요? 당최 무슨 말인지……. 아니, 목재를 훔쳐서 뭐하시게요?"

"내년 봄에 집 단장을 새롭게 하려고 보니까, 도리용 목재 몇 개가 부족하더라고."

"험, 험……." 바하티는 말문이 막히는지 말을 잇지 못했다. 너무 기가 막힌 나머지 그저 멍하니 장화를 수선하고 있는 삼촌 손에 시선을 고정시킨 채 꼼짝도 하지 않았다. 내심 삼촌을 재촉하고 있을 게 뻔했다. "빨리, 빨리, 더 빨리요……" 하고. 그리고 수선이 끝나기가 무섭게 쌩하니 갈 길을 재촉할 터였다.

한창 장화를 수선하던 삼촌이 문득 손을 멈추고는 신문지 한 귀퉁이를 쭉 찢더니 모하 담배 주머니에서 담배를 꺼내 느긋하게 종이에 말기 시작했다.

다른 한쪽에서는 엄마가 때를 놓치지 않고 땅이 꺼져라 한숨을 내쉬었다. "더도 말고 목재 딱 두 개만 가져오려고 했는데……."

"험, 험……. 그때 가서…… 다시 얘기해요……."

엄마는 너무 좋아 펄쩍 뛰었다. "정말이죠?"

바하티는 장화 수선이 끝나기 무섭게 장화를 집어 들고 쌩하니 뛰쳐나갔고, 엄마는 그런 그를 입구까지 쫓아 나가면서 다시 한번 못을 박았다.

"한번 뱉은 말은 꼭 지켜야 해요!"

사실, 목재를 훔쳐 오자는 계획은 가을부터 진작 세워놓았었는데 연말이 다 가도록 계획으로만 그쳤다. 우리 식구들한테 그럴 배짱이 있었다면 어떤 식으로든 진작 일을 냈을 테고, 굳이 목재를 훔쳐 올 일도 생기지 않았을 거였다. 나 원 참, 그렇게 오랜 세월을 굴러먹었는데도 여태 살 집 하나 제대로 마련하지 못하다니.

산에서 유목민을 따라 이동할 때 맨 처음 살았던 곳은 천막이었다. 소택지 근처에 말뚝 몇 개를 박은 다음 반투명한 비닐을 덮어씌우면 우리 한 식구 들어가 살 만했고, 닭들이랑 2톤쯤 되는 굵은 소금, 그리고 산처럼 쌓여 있는 물건들도 천막 안으로 들일 수 있었다.

이런 집에 살다 보니 햇살이 따갑게 내리쬐는 날이면 천막 아래에서 숫제 우산을 받쳐 들고 일을 해야 했다. 바람이라도 불어오면 천막이 낙하산처럼 둥글게 부풀어 올라 금방이라도 날아갈 것만 같았다(바람에 날아간 적도 여러 번 있었다). 비 오는 날에는 더욱 참담했다. 총알이 빗발치듯 사방에서 비가 뚝뚝 떨어지는 통에 잠을 잘 때도 우비를 입고 자야 할 판이었다. 거친 날씨도 날씨지만 초원의 소마저도 우리를 우습게 보는지 약속이나 한 듯이 매일같이 우리 집 천막 뒤로 우르르 떼를 지어 몰려와 더러워진 몸을 풀 위에 비벼대는 바람에 천막 뒤 그늘진 곳은 늘 엉망진창이었다.

우리는 이런 생활에 넌더리가 난 데다 돈도 좀 벌기도 해서 집을 조금 사치스럽게 바꾸었다. 엄마와 삼촌은 목수에게 부탁해 나무 널빤지 한 묶음을 차로 운반해 오고, 철판 몇 퉁구리도 사가지고 왔다. 두 사람은 손수 나무 널빤지를 1미터 폭에 2미터 길이의 나무틀로 만들어 철판을 그 위에 댄 다음 테두리를 빙 둘러가며 못을 박았다. 이렇게 해서 모두 20여 개의 철판 틀이 완성되었다. 이렇게 만든 철판 틀은 가벼워서 옮기기에 무척 수월했다. 산으로 들어가기 위해 차에 이삿짐을 실을 때, 트럭 뒤 화물칸 양옆에 철판을 끼워 넣으면 높게 쌓아 올린 물건이 떨어지지 않도록 막아주는 역할도 했다. 목적지에 도착한 뒤에는 철판 틀 네댓 면을 일렬로 세워놓고 철판 안쪽과 바깥쪽에 나무 막대를 댄 다음 밧줄로 단단하게 꽁꽁 묶어 초원 위에 빙 둘러 세워놓으면 '담장'으로 변했다. '담장' 밑부분은 땅 밑에 묻고 그 양옆은 커다란 돌로 눌러놓았다. '담장' 가장자리에는 말뚝을 박고 말뚝 위에 두 개의 도리를 건너질러놓은 다음 그 위에 2~30개의 서까래를 올렸다. 끝으로 커다란 천막을 덮어씌웠다-이렇게 만든 집은 짓는 데 다소 번거롭기는 해도 아주 튼튼해서 여름이 다 가도록 거센 바람과 빗줄기에도 끄떡없었다.

철판으로 만든 집에 살게 되면서 우리에게 처음으로 식탁이 생겼다. 그 식탁은 산에서 목재를 실어 나르는 한족 운전기사가 산에서 내려오면서 우리한테 갖다 준 것으로 직경이 60센티미터쯤 되는 커다란 말뚝이었는데, 벌목꾼이 기계톱으로 나무 밑동을 얼마나 고르게 켰는지 그렇게 예쁠 수가 없었다. 그런데 나무가 하도 커서 장정 대여섯 사람은 달려들어야 간신히 차에 실을 수 있었고, 세 사람 정도는 있어야 차에서 나무를 내릴 수 있었고, 두 사람은 있어야 나무를 굴려 집 안으로 들여올 수 있었다. 그해 가을, 이사를 갈 때 외할머니는 그 식탁을 버리고 가기가 못내 아쉬웠던지 꼭 가져가야 한다고 박박 우겼지만, 식탁을 밀어제치는 것조차 쉽지 않은 우리로서는(높이가 1미터나 된다! 그 덕분에 우리는 늘 서서 밥을 먹어야 했다) 외할머니의 요구를 들어줄 만한 능력이 애당초 되지 않았다. 우리가 할 수 있는 말은 고작 이랬다.

"외할머니가 직접 방법을 생각해보세요. 우린 지금 너무 바빠요……."

식탁 말고 그 집에서 여름 한철 사용했던 화덕은 내 손으로 직접 쌓아 만들었다. 그 화덕은 내가 난생처음으로 누구의 도움도 받지 않고 혼자 힘으로 완성한, 실용성이 극대화된 작품이라고 자신 있게 말할 수 있다. 우리 가족 모두 화덕 덕에 밥을 해 먹을 수 있었으니까 말이다.

우리가 머물렀던 공터 위에는 푸른 풀과 소택지, 그리고 진흙과 모래가 전부였다. 나는 적당한 돌을 찾기 위해 며칠간 강가 주위를 헤매고 다니며 괜찮다 싶은 돌이 눈에 띄는 대로 잽싸게 주워 집으로 가져왔다. 필요한 양만큼 돌을 모으는 데는 꽤나 오랜 시간이 걸렸다. 돌을 다 모으고 나자 땅이 고르고 바람을 막을 수 있는 곳을 찾아 대충 어림짐작으로 돌을 쌓아 올려 화덕의 윤곽을 잡은 다음, 순전히 감으로 얼추 됐다 싶었을 때 진흙을 개어 꼼꼼하고 매끈하게 그 위에 발랐다.

내가 만든 화덕은 너무 예뻤다! 한 가지 흠이라면 연기가 잘 빠져나가지 않는다는 점이었다. 밥을 한 끼만 지어도 온몸이 연기에 절어 베이컨 향내가 폴폴 풍겼다. 더욱 웃기는 건 이 화덕에 밥을 지을 때면 사람이 어디에 앉아 있든 연기가 꼭 사람을 따라다닌다는 것이었다. 마치 한번 물면 절대 놓지 않는 개처럼 바람이 없을 때도 사람을 쫓아다니며 떨어질 줄 몰랐다. 내 몸에 흐르는 정전기가 너무 강해서일까?

나도 알고 보면 제법 똑똑하다. 하루는 강가에서 낡은 굴뚝(산속에서 이런 걸 줍게 될 줄이야! 운이 정말 좋았다) 하나를 주워 와 화덕 뒤쪽에 끼워 넣자 연기 문제가 단번에 해결되었다. 나는 이렇게 좋은 물건을 혹시라도 도둑맞을까 봐 밥을 할 때만 굴뚝을 달아 사용하고 밥을 다 하고 나면 도로 회수해서 천막 안에다 고이 모셔두었다.

이 얼마나 만족스러운 삶인가! 하지만 엄마는 거기에 만족하지 않고 다다음해에는 나무를 반 트럭 정도 더 사서 소택지에 좀 더 견고한 작은 통나무집을 지을 생각이었다. 나무껍질이 있는 쪽이 밖을 향하게 하고, 용마루는 높고 가파르게 올리고 문도 달고 창문도 달아야겠지. 문 앞에는 현관이 있고 현관에 들어서면 난간과 계단도 있어야 해. 실내는 기둥으로 받쳐 지면에서 약간 뜨게 마루를 놓고 벽난로도 설치해야지.

지붕 위에는 예쁜 굴뚝도 달아야 해-한마디로 벽걸이 달력에나 나올 법한 작은 별장처럼 짓고 싶어 했다. 한 가지 다른 점이 있다면 학과 튤립이 빠져 있다는 것뿐이다.

그해 첫눈이 내리자 우리는 아름답던 여름 목장을 떠났다. 우리가 한 차 가득 가재도구를 싣고 '차오터우'라는 곳을 지날 즈음, 공교롭게도 거센 폭우를 만났다. 설상가상으로 1킬로미터 전방에서 협곡이 폭우에 무너져 내렸고, 계속 무너져 내리고 있는 중이라고 했다. 우리가 빌린 차는 더 이상 앞으로 갈 엄두를 내지 못했고, 운전기사는 끝내 우리 식구와 가재도구들을 차오터우에 내려놓은 뒤 돈도 받지 않고 빈 차를 돌려 다른 골짜기 쪽으로 달아나버렸다.

처음에 우리는 분통이 터졌다! 하지만 당시로서는 별 뾰족한 수가 없는 데다 무엇보다 머물 곳을 찾는 게 급선무였다. 그리고 기왕 이렇게 된 바에야 이곳에 좌판을 벌여놓고 물건을 팔아 변통할 돈을 마련해야겠다는 바람도 있었다.

그런데 의외로 차오터우에서 장사가 너무 잘됐다!

이제까지는 줄곧 카우투 향 유목민들을 따라다니느라 다른 지역 유목민들의 이동 시간이나 노선에 대해서는 깜깜했다. 그런데 차오터우에서 생각지도 못하게 이곳을 지나는 카러통커(喀勒通克) 유목민들을 우연히 만났다. 이들을 상대로 장사를 해보니 이 유목민들이 전에 우리가 따라다녔던 유목민들에 비해 주머니 사정이 훨씬 넉넉하다는 사실을 알게 되었다. 기왕 여기까지 온 바에야 일단 한번 눌러앉아보자는 생각이 들었다. 우리는 버려져 폐허가 다 된 마을에서 사람이 살지 않는, 다 허물어진 두 칸짜리 낡은 흙집을 찾아 깨끗이 청소하고 지붕도 말끔히 고친 다음 물건들을 전부 꺼내놓았다. '상점', '재봉점', '스웨터 짜는 집', '양모 손질', '신발 수선' 등등 크고 작은 간판이란 간판은 다 걸어놓고 가게 문을 열었다. 아, 우리가 다루는 품목이 너무 많다 보니…… 100미터 안에 있는 돈이란 돈은 우리가 죄다 싹쓸이할 것만 같았다.

우리가 마련한 방 두 칸짜리 집은 마을에 유일하게 나 있는 길가에 접해 있어 소위 '목 좋은 자리'에 속했다. 문 안으로 들어서면 방 한가운데에 전봇대가 떡하니 버티고 서 있었는데 지붕을 뚫고 하늘 높이 곧게 뻗은 모습이 상당히 볼만했다. 미루어 짐작건대 당초 집을 짓다 전봇대에 가로막혔고, 집을 옮길 수도 그렇다고 전봇대를 뽑아버릴 수도 없게 되자 아쉬운 대로 대충 끼워 맞춰 지은 것이리라.

차오터우에 전기가 들어온 것은 아주 오래전의 일이었다. 하지만 여러 해 전, 이곳에 살던 사람들이 하나둘 빠져나가기 시작하면서 전기도 모두 끊겼다. 그렇게 몇 년이 흐른 뒤, 다른 무리의 사람들이 폐허가 된 이 마을에 모여 살게 됐을 때, 그들은 과연 이렇게 황량한 곳에 전기가 들어왔었다는 사실을 상상이나 할 수 있었을까! 마치 선사시대에 전기가 들어왔었다는 말만큼이나 까마득했을 터였다…….

우리 집에는 문이 모두 두 개가 있었는데 출입이 가능한 정문이 하나고, 집 안쪽 칸막이벽에 또 하나의 문이 있었다. 엄마는 그쪽으로 드나드는 게 영 불편하다고-드나드는 게 편하다는 건 또 무슨 말이지-칸막이벽의 다른 쪽에도 구멍을 뚫어 문을 하나 더 달았다. 내친 김에 집 안의 북쪽 벽에도 뒷문을 하나 더 달자 두 곳으로 출입하기가 훨씬 수월해졌다. 그러다 보니 방은 딸랑 두 칸인데 문은 무려 네 개나 되었다.

방 안이 너무 어두워서 재봉 일은 아예 꿈도 꾸지 못했다. 보다 못한 엄마가 나서서 이번에는 창문을 개조했다. 뒤쪽 창문을 떼어내고, 창문이 나 있던 자리에 밑을 더 깊이 파고, 위쪽은 더 올리고, 양옆은 더 넓힌 다음 큰 창틀로 바꿔 달았다. 그러자 방 안이 전보다 조금 밝아졌지만, '조금 밝아진' 정도에 그쳤다. 엄마는 하는 수 없이 동쪽 벽에 구멍을 뚫어 앞에서 떼어낸 작은 창문을 달았지만 효과는 여전히 미미했다. 이번에는 남쪽 벽에도 구멍을 뚫었는데 더 이상 달 창틀이 없자, 이 노인네가 바깥방에 있던 창틀을 떼서 남쪽 벽에 달고 바깥 창문은 아예 메워버렸다.

이 일이 얼마나 큰 공사인지 한번 상상해보라! 신장 북방 가옥의 벽은 가장 얇은 것도 50~60센티미터나 되니 말이다. 만약 나보고 벽을 마주하고 서서 한 손에는 쇠망치를, 다른 한 손에는 끌을 들려주며 구멍을 내서 창문을 달라고 한다면…… 적어도 일주일은 끙끙거리고 나서야 겨우 일을 시작할 수 있을 터였다. 제아무리 용빼는 재주가 있다 한들 어찌 집 한 채를 내 맘대로 주무를 수 있겠는가? 집은 얼마나 거대한지! 수많은 흙벽돌과 진흙을 하나하나 쌓아야 집 한 채를 만들 수 있다. 나는 높이 솟은 튼튼한 집들을 볼 때마다 늘 경외심과 함께 감탄이 절로 흘러나왔다. 이따금 거대한 집 앞에 서서 고개를 들고 올려다보았다-이 집은 대체 어떻게 지었을까? 당시 그 집을 지었던 사람은 땅에서 흙을 파 진흙과 섞고 잘 갠 다음 나무틀에 부어 흙벽돌을 한 장 한 장 찍어낸다. 그런 다음 뜨거운 태양 아래 잘 늘어놓고 바싹 말려 딱딱하게 굳으면 다시 뜨거운 태양 아래 가지런히 쌓아놓고, 맨땅에 흙벽돌을 차곡차곡 높이 쌓아 올린다. 집을 짓던 사람이 산처럼 쌓아놓은 흙벽돌을 쳐다본다-그들은 어째서 놀라 달아나지 않았을까? 집 한 채와 집을 구성하는 벽돌 하나, 기와 한 장, 들보 하나, 마룻대 하나의 차이는 어마어마하다! 장시간 싫은 내색 하나 없이 열심히 한 동작만 끊임없이 반복하고 있지만, 옆에서 지켜보는 사람 눈에는 반나절이 지나도록 아무런 진척도 없어 보일 터였다. 흙벽돌을 조금씩 쌓아 올려가다가 문득 하던 일손을 멈추고 이런 생각을 하지는 않았을까? 이렇게 쌓아 올리는 거 맞아? 하고.

내 평생 집 짓는 일과는 무관하며, 나를 위해 방 한 칸 손수 짓게 될 날 또한 영원히 없으리라(비록 화덕은 내 손으로 쌓았을망정……). 모든 집들이 다 지어지고 나면 내가 들어와 살기만을 기다리고 있는 것처럼…… 내게는 그 어떤 기회도 주어지지 않고 모든 준비가 다 끝난 뒤에야 비로소 이 세상에 발을 들여놓는 것만 같다. ……정말 실망스럽다.

그런 나에 비해 엄마는 늘 에너지가 넘쳤다. 엄마는 마음이 시키는 일이라면 그것이 무엇이든 꼭 해내고야 마는 강인함이 있었다. 엄마는 아무리 큰일이라도 너무 간단하게 처리해버리곤 했다-아무리 어려운 일이라도 엄마가 나서기만 하면 나무에 손을 뻗어 사과를 따는 것만큼이나 간단했다. 엄마는 어려움을 무시했다-사과 하나 따는 일이 아무리 어렵다 한들 결국 사과 하나 따는 것에 지나지 않는다. 산전수전 다 겪은 사람은 세상에 무서울 게 하나도 없는 모양이다.

다시 우리 집 창문으로 화제를 돌려보자. 우리 집 창문은 뗐다 달기를 수없이 반복했지만 끝내 끝을 보지 못했다. 마침내 엄마가 깨달은 게 있었다.

엄마 말이 방 안에 들이치는 광선의 세기와 창문 개수는 아무런 상관이 없다는 것이었다.

또 북방의 겨울은 낮이 짧은 탓에, 태양이 높이 솟아올랐다 해도 하늘 끝에서 잠시 어른거리다가 곧바로 서산으로 기운다고 했다.

그리고 우리가 있는 곳은 산간지대다 보니 남쪽에 있는 커다란 산이 손가락 하나만큼만 더 높았더라도 태양은 하루 종일 구경조차 못 했을 거란다.

결국 엄마가 내린 마지막 결론은, 근본적으로 우리 집 창문이 하나같이 너무 낮기 때문이란다…….

엄마 입에서 이 말이 튀어나오는 순간, 나도 모르게 "불길해" 하고 중얼거렸다……. 아니나 다를까, 엄마는 고생도 마다하지 않고 "뚝딱뚝딱"해가며 창문을 몽땅 떼어내더니, 하단은 30센티미터쯤 높이고 상단은 30센티미터쯤 구멍을 더 뚫은 다음 창문을 일일이 다시 달았다.

이웃사람들 눈에는 이상해 보일 법도 했다. 새로 이사 온 이 집 식구들은 대체 무슨 일을 꾸미고 있는지 온종일 집구석에 틀어박혀 밤낮으로 천지를 뒤흔드는 요란한 소음을 내고 있으니 말이다. 밖에서 보면 오늘은 이쪽 벽에 창문이 하나 더 생겼나 싶더니, 내일은 저쪽 벽에 있던 창문이 하나 사라지고, 그다음 날에는 또 다른 쪽 창문이 갑자기 커졌다가, 며칠 더 지나니 무슨 요술을 부렸는지 창문이 하나같이 몇 센티미터쯤 위로 떡하니 올라가 있다…….

창문이란 창문을 모두 위로 올려 달았으니 나는 이쯤에서 끝내겠거니 했다. 하지만 그건 시작에 불과했다.

엄마는 지붕을 뜯어 방 사이를 가로막고 있던 칸막이벽을 철거한 다음, 방의 남쪽 벽을 1미터 높여 '人' 자 형에서 '卜' 자 형의 '반변방(半邊房)*'으로 개조할 작정이었다. 그렇게 되면 모든 창문은 다시 위쪽으로 더 올라가게 될 터였다…….

"만약 그렇게까지 했는데도 빛이 들어오지 않으면." 엄마가 아주 단호하게 말했다. "집 전체를 아예 깨끗하게 밀어버리고 말 테야……."

엄마가 이제껏 애쓴 노고와 앞으로 하려는 무모한 노력이 새집을 짓는 데 쓰였다면 벌써 방 두 칸은 짓고도 남았을 터였다.

다행히 이번에는 적당한 도리**를 구하지 못해 엄마의 계획은 잠정 보류되었다.

방이 두 칸인 우리 집은 두 개의 마룻대가 받치고 있었다. 만약 엄마 말대로 중간에 있는 칸막이벽을 철거하게 되면 적어도 7~8미터 되는 긴 도리로 대체해야 했고, 그렇게 긴 도리를 가로질러놓으면 안전하지

---

* 한쪽은 판판한 담장에 다른 한쪽에만 경사진 기와를 얹는 형태의 집

** 서까래를 받치기 위하여 기둥 위에 건너지르는 나무

않기 때문에 반드시 기둥을 세워야 했다. 그런데 무엇보다 그렇게 긴 나무를 구하기가 쉽지 않았다. 국유림의 목재 저장고에서 '훔쳐 가도 좋다'고 허락을 받은 나무도 길어야 4~5미터에 불과했다.

엄마는 만나는 사람마다 붙들고 어디서 적당한 나무를 구할 수 있는지 물어보았다. 강가에 사는 톈(田) 씨 노인이 자기 집에 있으니 우리에게 나무를 보내주겠다고 했다. 엄마는 뛸 듯이 기뻤다. 그런데 그 노인이 덧붙이길 지금은 자기 집 지붕을 떠받치고 있단다. 그러면서 '머지않아' 이사를 가게 되면 그때 마룻대를 뽑아 우리에게 주겠노라고 엄마에게 철석같이 약속을 했다. 엄마가 다급하게 '머지않아'가 대체 언제냐고 물었다. 그 노인 대답이 "한 7~8년쯤 후에……"다. 사람 약 올리나.

그 시절, 엄마는 할 일이 없으면 꼭 나를 데리고 산책을 나갔다. 한번 산책길에 나섰다 하면 꽤 먼 곳까지 가곤 했는데, 나는 엄마가 뭔가를 열심히 찾고 있다는 것을 단박에 알아차렸다. 집에 대한 미련을 아직 버리지 못했던 것이었다.

어느 날 폐허 속에서 완벽하게 남아 있는 돌담을 발견한 엄마는 한참 들떠 떠들어댔다. "너무 잘됐다. 이 정도 흙벽돌이라면 우리 집 동쪽 외벽에 반 칸짜리 방을 하나 더 이어 짓는 데 충분하겠지? ……쥐안, 이곳 잘 기억해둬! 앞으로 작은 방을 하나 더 만들게 되더라도 쓰얼마한[쓰얼마한(撕爾馬汗)은 인근의 한 마을에 사는 농민으로 흙벽돌을 전문으로 찍어 팔았다]한테 흙벽돌을 사러 갈 필요는 없겠어……."

그런데 누가 알았으랴, 이튿날 큰 짐수레를 끌고 그 먼 길을 달려갔을 때는 벌써 다른 사람들이 그 집 흙벽돌을 싹 쓸어간 뒤였다. 알고 보니 우리만 눈독을 들이고 있었던 게 아니었다. 차오터우에 계속 눌러살기를 바라는 사람은 우리 말고도 더 있었다…….

함께 걷다 보면 엄마는 늘 그렇듯이 자동적으로 목재 저장소 방향으로 발길을 돌렸다. 그곳에 도착하면 담장 꼭대기까지 기어 올라가 안쪽에 무더기로 쌓여 있는 목재를 뚫어져라 쳐다보며 혼잣말로 중얼거렸다. "……저 나무 꽤 쓸 만한데. 길이도 적당하고, 너무 두껍지도 얇지도 않은 게 딱 안성맞춤이야……. 근데 하필 저렇게 높은 곳에 올려놓을 게 뭐람……. 어, 저 나무도 괜찮네. 입구에서 조금만 더 가까웠더라면 좋았을 것을……."

하루는 변방 파출소 입구에 무더기로 쌓아놓은 목재를 발견했는데 하나같이 곧고 견고한 데다 길이도 6미터나 되었다. 엄마는 너무 기쁜 나머지 눈을 반짝이며 하루에도 열두 번씩 그곳으로 달려가 살펴보곤 했다. 심지어 한번은 줄자까지 들고 가 치수를 재보며 끊임없이 우리의 의견을 물었다.

"……위치상 몰래 훔쳐 가기 딱 좋네. 집에서도 가깝지, 길가에 있지, 게다가 가는 길 내내 내리막길이잖아. 밧줄로 묶은 다음 눈길 위에서 살짝만 당겨도 잘 끌려올 거라고……."

하지만 내가 보기에는 최악의 위치였다. 간이 배 밖으로 튀어나오지 않은 이상 누가 감히 파출소 입구에 있는 물건을 훔쳐 갈 수 있을까?

한번 옮겨보려고 시도해본 엄마는 나무 무게에 작은 머리조차 들지 못했다.

"망했다. 이렇게 무거울 줄은 미처 생각지도 못했어. 어떡하지?"

"뭘 어떡해? 온 가족이 총출동해야지. 사다리한(沙達力漢)네 말도 빌려 오고, 외할머니도 모시고 오고."

"그렇게 대규모로 움직이면 사람들이 놀라지 않을까?"

"엄마가 무서워하는 것도 있어……?"

결국 목재는 손에 넣지 못했고 지붕을 개조하겠다는 계획은 끝내 수포로 돌아갔다. 하늘과 땅에 감사하나이다(하지만 1년 후, 결국 개조하고야 말았다……).

가장 축하받아야 할 사람은 단연코 삼촌이었다. 그렇게 되지 않았더라면 고생은 불 보듯 뻔했다. 삼촌은 일을 하고도 늘 욕을 먹기 일쑤였다. 엄마가 시키는 대로 집을 손보았다 하더라도 엄마가 상상한 대로 똑같이 만들어낸다는 건 현실적으로 불가능했고, 엄마는 그 모든 걸 늘 삼촌 탓으로 돌렸다.

우리 집에는 나, 엄마, 삼촌, 여동생 그리고 외할머니까지 모두 다섯 식구가 살아서 방 두 칸으로는 턱없이 부족했다. 물건만 쌓아놓아도 벌써 한 칸 반은 차지했다. 무슨 수를 써야 했다.

유목민들이 마침내 멀리 남쪽을 향해 떠났다. 이맘때면 짙푸른 어얼치쓰 강을 건너 끝없이 펼쳐진 광활한 남고비 사막을 향해 가고 있을 터였다. 이번에는 그들을 따라가지 않았다. 막상 집이 생기고 나니 유목민들을 따라다니는 게 꽤 번거롭고 성가시게 느껴졌다. 금년에는 차오터우에서 겨울을 나기로 했다(더 중요한 것은 차오터우에서는 딱히 돈을 쓸 일도 없거니와 세금을 걷으러 오는 사람도 없어 살기는 참 좋았다……). 내년 봄에 이동하는 유목민 행렬을 따라 산으로 들어가면 그만이었다.

차오터우는 산과 강을 끼고 있는 데다 병풍처럼 산이 둘러쳐져 있어 본시 토비들의 근거지로 이용되었다고 한다. 훗날 지하자원을 탐사하던 소련사람들이 이곳에 정착해 살면서 나무로 만들어진 지금의 다리(옛날에는 이 강의 상·하류를 통틀어 가장 크고 웅장한 교량이었다고 한다)를 놓고 집을 지었다. 그 뒤로 군대가 들어와 황폐한 이곳에 밭을 갈고 길을 내고 광산을 개발했다. 베이툰(北屯)*의 네 번째 운모 광산도 이곳을 거점으로 채굴되었다. 그때가 차오터우가 가장 눈부신 발전을 구가하던 시기였다. 하지만 지금은 모든 것이 버려져 말 그대로 폐허나 다름없었다. 남쪽에 위치한 두 채의 시멘트 건물만 여전히 위풍당당하게 서 있었는데 멀리서 바라보면 쇠락한 느낌은 전혀 들지 않았다.

하지만 그건 어디까지나 멀리서 바라봤을 때 얘기고, 가까이 가서 살펴보면 건물 두 채 모두 문이며 창문이며 성한 게 없다시피 했다. 그래도 건물 자체는 벌어진 틈 하나 없이 완벽하게 잘 보존되어 있었다.

두 채의 건물이 이렇듯 완벽하게 보존될 수 있었던 것은 흙집과는 달리 시멘트로 지어져 쉽사리 허물어지지 않았던 때문이리라.

그 건물은 방이 세 개인 아파트 건물로, 넓게 탁 트여 있어 환할 뿐 아니라 벽도 고르고 바닥도 매끈한 게 그렇게 깨끗할 수가 없었다. 우리가 그간 살았던 그 어떤 집보다도 훨씬 예뻤다! 이렇게 좋은 집을 놔두고 사람들은 왜 이곳에 살지 않는 걸까? 이곳 토박이들은 왜 구태여 어둡고 나지막한 낡은 단층집만 고수하는 거지? 참 이상하기도 했거니와

---

* 베이툰 시는 아러타이 시와 푸하이(福海) 현 사이에 위치한다. 지도 참고

낭비도 이런 낭비가 없다 싶었다. 저녁놀이 물들기 시작하면, 근방에 있던 소나 말들이 어슬렁거리며 하나둘 모여들어 계단을 따라 2층, 3층까지 올라가 비어 있는 거실 한 칸씩을 떡하니 차지하고 누워 밤을 보냈다.

누가 뭐라고 하든 우리는 그곳에 들어가 살기로 결심했다. 우리는 두 건물 중에서 동쪽에 있는 아파트의 중간층인 2층 집을 깨끗이 청소하고, 휑하니 뚫려 있는 창문에 판자를 덧대 박고, 나무판 몇 개를 가지고 보잘것없지만 나무 문을 만들어 현관 문틀에 달았다. 이렇게 해서 외할머니와 여동생과 엄마는 호화로운 아파트 생활을 시작하게 되었다. 나는 여전히 가게를 지켰다. 삼촌은 불쌍하게도 한데서 작은 천막을 치고 지내야 했다–양털 타는 기계를 지켜야 했다.

내가 누군가에게 우리는 차오터우에서 방 두 칸짜리 단층집과 방 세 칸 딸린 아파트에서 꽤 괜찮게 살고 있다고 말한다면, 그는 어쩌면 우리를 무척 부러워할지도 모른다. 하지만 차오터우의 실상을 잘 알고 있는 사람이라면 틀림없이 배꼽이 빠져라 웃어넘길 터였다. 그럼에도 우리보다 욕심이 많은 사람이라면 허겁지겁 차오터우로 달려와 방 서너 칸짜리 단층집과 최소한 서른아홉 채(한 채는 이미 우리가 차지했다)에 달하는 '방 세 칸 딸린 아파트'를 차지하려 들지도 모른다.

한 가지 문제라면 일부러 지나쳐 갈 일도 없는 차오터우에 그 많은 집을 소유하고 있어 봤자 쓰잘머리 하나 없다는 것이다.

게다가 집이란 집은 하나같이 이상야릇하게 생겨먹었다. 그러니까 단층집은 방은 딸랑 두 칸인데 문은 네 개나 되고, 아파트는 주방과 욕실을 포함해 크고 작은 방이 다섯 개에 구멍도 여섯 군데나 뚫려 있지만, 문이 제대로 달린 곳은 하나도 없는 식이다.

아무튼 결론적으로 그럭저럭 괜찮았다. 아파트 자체도 밝고 환한 데다, 바닥도 깨끗하고 판판해서 그 위에 침구를 깔고 자면 그렇게 안락하고 편안할 수가 없었다. 나도 가끔 그곳에 가서 며칠 밤을 보내곤 했다. 아침은 늘 평온했지만 밤에 어쩌다 바람이 불 때면, 뻥 뚫린 창문을 막은 판자 틈새로 바람이 쉬이익 새어 들어왔다. 건넌방에서는 우리 집에 유일하게 있는 군용 침대에서 외할머니가 주무셨다. 우리가 기르는 흰 생쥐 두 마리도 외할머니 방에서 함께 생활했다. 창문에 햇살이 비치기 시작하면 생쥐 두 마리는 작은 우리 안을 부산스럽게 오르락내리락했다. 생쥐도 생명을 가진 동물이라고 예쁘게 생긴 녀석들을 볼 때면 언제나 즐거웠다. 어쩌다 우리 문을 열어주면 녀석들은 선뜻 밖으로 나오지 못하고 우리 밖으로 고개만 삐쭉 내밀어 한동안 이리저리 살펴본 다음 큰맘 먹고 밖으로 나왔다. 몇 발짝 떼기도 전에 우리들의 웃음소리가 들리면 쏜살같이 우리 안으로 달아나 한쪽 귀퉁이에 두 놈이 딱 달라붙어 몸을 숨긴 채 우리 쪽으로는 눈 한번 돌리지 않았다.

우리는 거실에 닭장을 놓고 닭도 키웠다. 닭들은 이따금 "꼬꼬꼬꼬" 부드럽게 울었다. 알을 낳았을 때만 요란하게 한바탕 소란을 피웠다.

그때 햇살은 찬란했고 비록 방 안은 텅 비어 말을 하면 사방이 메아리칠 정도로 휑했지만 무척이나 안전하고 안온한 느낌이었다.

어느덧 겨울이 찾아왔다. 그리고 우리는 이 아파트에 왜 사람이 살지 않는지 그 이유를 알게 되었다……. 난방장치가 전혀 없었다……. 방 안에 벽돌을 쌓아 난로를 만들어 보았자 다 부질없는 짓이었다. 아파트 정중앙에 위치해 있는 집이었지만 위층 아래층은 말할 것도 없고 사방이 텅 비어 있다 보니 아무리 불을 때도 따뜻해질 리 만무했다. 추위에 꽁꽁 언 외할머니는 고양이처럼 하루 종일 베란다에 나가 햇빛을 쪼였고, 늘 맑은 콧물을 달고 살았다. 이렇게는 무리였다. 겨울을 나려면 한시바삐 집을 옮겨야 했다.

우리는 근처 허름한 마당 딸린 집을 일주일 동안 손봤다. 문도 새로 달고, 이미 허물어진 난로 벽도 새로 잘 쌓아 올리고, 굴뚝도 깨끗이 청소했다. 그런 다음 우리 집에 있던 철판 난로를 설치하고 일주일간 불을 때고 나니 그제야 방에 온기가 돌았다.

이 집 담장은 옛날식으로 꽤나 두꺼웠다. 지어진 연대가 퍽 오래되었는지 벽에는 느낌표 꼴의 커다란 틈새가 군데군데 벌어져 있었다. 그뿐 아니라, 처마도 전부 무너져 내렸고 담장 밑도 침식되어 깊이 파여 있었다. 집 뒤쪽에는 미끄럼틀같이 경사진 담을 쌓아놓았는데 벽이 밖으로 무너져 내리지 않도록 받침대 역할을 하고 있었다. 혹시 안쪽으로 무너져 내리지는 않을까 하는 걱정이 앞섰다…….

집에는 방이 모두 두 칸이고 마당에 따로 독립된 작고 보잘것없는 방이 하나 더 있었다. 담이 너무 얇아 사람 살기에는 적당하지 않았지만 닭을 기르기에는 딱 안성맞춤이었다. 우리 집 닭은 아파트에 사는 게 영 불편했던지, 마당에 풀어놓기 무섭게 날개를 푸드덕거리며 온 마당을 신나게 뛰어다녔다. 마당 담장이 너무 낮은 데다 허물어진 곳도 많아 닭들은 툭하면 담장을 넘어 옆집 마당으로 날아 들어가곤 했다. 우리는 아예 담장을 헐고 옆집 마당과 합쳐 마당을 넓혔다. 내친김에 옆집도 말끔히 수리했다. 업종이 하나 추가된 셈이었다.

그렇게 해서 나도 가게에서 나와 혼자 큰 방 하나를 차지하게 되었다.

커다란 집에 혼자 살다 보니 한밤중이면 너무 추워서 꼭 깼다. 나는 이불을 온몸에 돌돌 말고 침대에서 내려와 아궁이에 석탄을 집어넣었다. 나는 어둠 속에서 난로 앞에 웅송그리고 앉아, 아궁이를 통해 불길이 검은 석탄을 하나씩 타고 들어가면서 서서히 거세지고, 뜨거운 열기가 점차 퍼져가는 모습을 지켜보았다. 그러기를 잠깐 벌써 앞이마가 불에 덴 듯 벌겋게 달아올랐다. 나는 화염이 감싸고 있는 얼굴, 열정과 충정의 그녀에게 매료되었다. 나는 이불 속에서 커다란 집에 홀로 있는 나를, 드넓고 고요한 폐허 속의 집을, 눈 쌓인 황량한 벌판에 버려진 폐허를 생각했다……. 이곳은 알타이 깊은 산속, 알타이는 지구 상에 있고, 지구는 태양계에 있고, 태양계는 은하계의 품에 안긴 채 광대한 우주 한복판에서 미지의 심연 속으로 질주해 들어간다…….

이런 밤에는 꿈속도 칠흑같이 어두웠다. 잠에서 깨면 손가락을 살짝 움직여봐야 비로소 내게 손가락이 아직 붙어 있다는 사실을 깨닫게 되고, 말을 입 밖으로 내뱉어봐야 비로소 내게 아직 소리라는 게 존재한다는 사실을 깨닫게 된다. 가끔 눈물이 흘러내리면, 흘러내린 눈물에 비로소 내게 눈이 있음을 깨닫는다. 눈물을 흘리는 것 외에 두 눈이 할 수 있는 건 아무것도 없다. 아무것도 보이지 않으므로. 그저 두 눈을 꼭 감고 다시 꿈속을 헤맬 뿐이다.

그런 깊은 밤중에 엄마가 찾아오면 마치 꿈속에서처럼 아련하다. 엄마는 밖에서 문을 힘껏 두드리며 큰 소리로 내 이름을 부른다.

“쥐안, 문 꼭 잠가, 문 잘 잠가야 돼…….”

가까스로 몸을 일으키며 대답하면 밖은 벌써 잠잠하다. 잠시 귀를 기울였다가 다시 침대 속으로 기어들어 가 잠을 청한다. 까무룩 잠에 들었다가 문득 눈을 번쩍 뜬다!

그렇게 깊은 밤…… 그런 밤은 아침을 찾지 못한다! 그런 밤은 길을 잃고, 모든 만물이 영원히 어둠 속에 갇힐 것만 같은 두려움에 빠진다……. 그런 밤이면, 언제 잠에서 깨든 눈을 뜨면 보이는 것은 어둠뿐이고, 눈을 감으면 꿈속에서 보았던 기억의 편린들이 떠오른다……. 그런 밤이면, 나는 늘 엄마를 생각한다. 엄마는 내게 문을 잘 잠그라 하신다……. 엄마는 끝내 어디로 간 걸까? 그런 밤이면, 나는 수없이 계속되는 꿈에 시달리고, 꿈속에서 엄마는 내게 문을 잘 잠그라 당부하고 홀연히 사라진다. 연이은 꿈속에서 나는 한없이 엄마를 찾아 헤맨다. 아주 오랫동안 아주 오랜 세월 동안……. 결국 꿈속에서 문을 밀치고 밖으로 나가보면 보이는 건 한없이 이어진 눈 덮인 벌판과 저 먼 곳을 향해 쭉 뻗어 있는 발자국 한 줄. 그 발자국을 따라 한참을 걷다 보면 마주치게 되는 무덤 하나…….

그런 밤이 지나고 아침이 밝아오면 그 역시 꿈만 같다. 날이 밝아오면 오히려 피곤이 몰려와 다시 깊은 잠 속으로 빠져든다. 이른 아침의 찬란한 빛은 황금만이 지니고 있는 찬란함이다. 햇살이 격자창 아래에서 위로 한 칸 한 칸씩 서서히 비춘다. 결코 한꺼번에 쨍하고 비추는 것이 아니다. 잠에서 깼지만 이불 속에서 계속 꼼지락거리며 격자창이 완전히 밝아올 때를 기다린다. 햇살이 비쳐 황금빛으로 빛나는 유리창을 통해서는 바깥 풍경을 볼 수 없다. 아직 햇살을 받지 않은 격자창이야말로 맑고 투명해서 바깥의 푸른 하늘과 푸른 창공을 휘돌다 날아가는 새들까지 똑똑히 볼 수 있다. 나는 이불을 돌돌 만 채 침대 위에 웅송그리고 앉는다. 이불 속에 있으면 얼마나 포근하고 따뜻한지 모른다. 이불 속에 앉아 한참을 생각해봐도 이보다 더 달콤한 것은 어디에도 없다. 이른 아침의 안온함 속에서 불현듯 어젯밤 끝없이 나를 괴롭히던 꿈에 생각이 미친다. ……꿈속에서 나를 부르던 엄마의 흔적을 더듬어보며 서서히 깨닫는다. 역시 꿈일 뿐이라고.

그런데 아침을 먹는 와중에 문득 엄마가 하는 말이 들렸다. "어젯밤에 웬 술주정뱅이가 밖에서 쌈박질을 하지 뭐냐. 어찌나 요란법석을 떠는지. 너 혼자 자는데 당최 마음이 놓여야 말이지. 안 되겠다 싶어 오밤중에 일어나 널 보러 갔잖니. 문 잘 잠갔나 보려고……."

……

차오터우에서 가장 좋은 집은 우리 집 맞은편에 있는 샤오우(小吳)네다. 예전에는 샤오우네 집이 차오터우에서 제일 형편없었다. 여차하면 집 전체가 반 이상 땅속으로 꺼져 들어갈 기세였다. 처마란 처마는 빗물에 깎여 금방이라도 무너져 내릴 것만 같았다. 우리가 차오터우에 온 그 이듬해 여름, 샤오우네는 결국 낡은 집을 헐어버리고 방 두 칸짜리 집을 새로 지었다. 그것도 벽돌집으로. 벽돌은 저 멀리 현성에서부터 직접 운반해 왔다.

샤오우네 집을 제외한 다른 집들은 전부 현지에서 조달한 진흙으로 흙벽돌을 찍어 쌓아 만든 것이었다.

새로 지은 집은 굉장히 멋졌다. 외벽은 하얗게 칠했고, 지붕은 깔끔하게 아스팔트 펠트(油毛毡)*로 처리했다. 대문은 두 개의 문을 양쪽에서 열게 되어 있고 철판을 덧댄 뒤 온통 금색 못을 박아 넣었다.

창문도 아주 커서 창 안쪽은 환했고, 천장은 깔끔하게 적갈색으로 마감했다. 가장 믿기지 않는 점은 바닥에 마루벽돌을 깔았다는 것이다-번쩍번쩍 광이 나고 먼지 하나 없이 깨끗한 마루벽돌 말이다!

광이 날 만큼 깨끗하고 깔끔하기 그지없는 집 안에 서서 고개를 내밀고 밖을 내다보면-한여름의 차오터우는, 대문 앞 흙길에서 먼지가 사방으로 폴폴 날리고, 푸른 하늘 아래 황폐함과 적막함만 가득하다…….
차오터우에서 샤오우네 새집은 한마디로 웃긴다! 뜻밖에도 이렇게 근사한 집을 지어놓다니! 그러니까 내 말은, 차오터우에 집을 이렇게 근사하게 지어놓으면 눈에는 확 띌지 모르지만 아무짝에도 쓸모가 없다는 뜻이다…….

그에 비해 두 칸짜리 우리 단층집은 샤오우네 집 맞은편에 서 있다고 하기보다는 샤오우네 집 맞은편에 '엎어져' 있다고 하는 게 차라리 옳았다. 우리 집 문은 심하게 뒤틀려 있었다. 벽 자체가 심하게 내려앉는 바

* 유기질 섬유를 펠트 모양으로 뜬 원지(原紙)에 연질(軟質)의 아스팔트를 침투시키고 과잉(過剩) 아스팔트를 제거한 것을 아스팔트 펠트라고 한다.

람에 문틀에 변형이 생겼고, 문짝을 위로 끌어당겨야만 문을 간신히 잠글 수 있었다. 나중에는 문틀을 깎아내야 억지로라도 문을 문틀에 끼워 넣을 수 있었다. 집 안팎 담장에는 진흙도 석회도 바르지 않아 삐쭉삐쭉 삐져나온 밀짚 거스러미가 고스란히 노출되어 있었다.

게다가 예전에 식당이었던 탓에, 벽에는 '싱쯔탕(杏子湯)*', '궈유러우반멘(過油肉拌面)**', '말젖'같이 삐뚤빼뚤하게 쓰인 빨갛고 파란 글자들이 아직까지 남아 있었다. 그뿐 아니라, 삼촌이 신발을 수선하는 구석자리에는 건성으로 써 갈긴 작은 광고문구도 보였다. '선대로부터 내려오는 비방, 치질·발기부전 전문치료…….' 저속하기 짝이 없었다. 이렇게 어렵고 복잡한 한자를 카자흐 농민이나 유목민이 이해하기는 했을까?

좀 더 자세히 들여다보면 우리 집은 한마디로 엉망진창이었다. 집 안은 늘 어둑한 데다 우리가 가져온 온갖 잡동사니를 여기저기 아무렇게나 쌓아놓아 집 안 꼴이 말이 아니었다. 우리 집에 처음 발을 디뎌놓는 사람은 꼭 어딘가에 머리를 부딪치기 십상이었다. 어둠이 눈에 익을 때쯤 한 발 뒤로 물러서다 이번에는 수북이 쌓여 있는 양철통에 발이 걸려 넘어지기 일쑤였다.

나는 가게에서 2~3개월을 보냈는데도 집 한복판에 서 있는 전봇대가 영 낯설었다. 옛날 방식의 전봇대 밑부분은 시멘트 기둥이고 그 위로는 역청을 바른 검은색 나무 원통이 고정되어 있었다. 우리는 나무에

---

* 중국 의서 역간방(易簡方)에 나오는 처방으로 기를 보호해주며 감기에 좋다.

** 위구르 족과 회족들이 즐겨 먹는 면의 일종으로, 신장 특유의 풍미를 가지고 있다. 면발은 쫄깃쫄깃하고 토마토와 양고기 향이 강하다.

못을 잔뜩 박아 옷이며 가방이며 둘둘 만 밧줄 등을 걸어놓고 아주 유용하게 써먹었다. 그런데 한밤중에 문득 잠에서 깨면 좁은 격자창을 통해 희미하게 비쳐 드는 달빛을 받아 고요히 서 있는 전봇대가 꼭 사람이 서 있는 것처럼 보였다……. 전봇대라는 사실을 명백히 알고 있음에도 무섭긴 마찬가지였다. 전봇대에 죽은 이의 영혼이 들러붙어 옷이랑 가방이랑 둘둘 말린 밧줄을 들고 있는 것만 같아 소름이 끼쳤다…….

우리가 막 산에서 내려왔을 때는 상품진열대만 있고 계산대가 없어 가게 꼴을 제대로 갖추지 못했다. 목수한테 계산대를 짜달라고 하면 틀림없이 비쌀 터였다. 무엇보다 귀신 나올 것 같은 마을에 목수가 있기나 할까? 그때 엄마가 자신은 못을 박을 수 있고 그 정도면 충분한 실력을 갖춘 셈이니 직접 계산대를 만들어보겠다며 팔을 걷어붙이고 나섰다. 큰일 났다.

계산대를 만들려면 우선 널빤지와 각목이 필요한데 내가 구해 온 것은 나무껍질도 벗기지 않은 굵은 통나무였다. 엄마는 이리저리 궁리한 끝에 기존에 만들어진 것을 구하기로 결정했다.

엄마가 말한 '기존의 것'이란 버려진 아파트에 달려 있는 창틀을 뜻했다. 대부분은 다른 사람들이 벌써 다 떼어 가고 남은 게 없지만 층수가 높고 너무 단단해서 떼어내기 어려운 창틀 몇 개는 아직 남아 있었다. 엄마는 고생도 아랑곳하지 않았는데 사실은 믿는 구석이 따로 있었다. 바로 삼촌이었다. 눈발이 펄펄 날리고 눈이 무릎까지 푹푹 빠지는 어느 겨울날, 삼촌은 엄마의 지휘 아래 아파트 두 개 동에 남아 있던 마지막 창틀 몇 개를 떼어내 우리 집으로 옮겨 왔다.

창틀은 크기가 모두 일정한 게 깨끗하고 완벽했다. 심지어 멀쩡하게 유리가 끼워져 있는 것도 있었다. 차오터우에는 유리가 워낙 귀해서 대개는 성에서 가져와야 했다. 돌아오는 길에 유리를 조심스럽게 품에 품고 아무리 주의를 기울여도 여덟아홉 시간이나 걸리는 울퉁불퉁한 길을 거쳐 집에 돌아와 보면 멀쩡한 유리는 하나도 없었다. 그런 이유로 창틀에 끼워져 있는 유리는 하나같이 깨진 유리를 이어 붙인 것 뿐이었다. 그래도 그런대로 빛도 잘 들어오고 바람도 제법 잘 막아주어 꽤나 만족스러웠다.

우리는 상품진열대 앞에 흙벽돌을 쌓아 계산대의 '받침대'를 만들고, 중간에는 널빤지를 끼우고, 가져온 창틀 몇 개를 '받침대' 위에 평평하게 나란히 깔고, 말짱한 유리는 반짝반짝 윤이 나게 닦았다. 널빤지 위에는 신문지를 깔고, 흙벽돌 위에는 석회를 발랐다. 너무 근사했다! 유리 상자 안에 진열해놓은 물건들은 하나같이 깨끗하고 가지런해서 값이 꽤 나가 보였다.

처음에는 가게에서 밥을 직접 해 먹었다. 기존의 흙으로 만든 굴뚝은 사용하기에 너무 불편한 데다 군데군데 흙이 떨어져 나간 곳도 있었다. 우리는 여러 가지 궁리 끝에 굴뚝을 뚫어도 보고 난로 벽을 다시 쌓아도 보았지만 전혀 나아지지 않았고, 바람이 거세게 불어야 그나마 연기를 겨우 빨아올렸다. 평소에는 온 방 안이 짙은 연기로 꽉 차서 한 치 앞도 분간할 수 없었고, 환기를 위해 문이란 문은 죄다 활짝 열어놓아야 했다. 문을 열어놓으면 실내나 실외나 매한가지로 추우니 난로를 피운 게 말짱 도루묵이었다. 더 참을 수 없는 건 며칠도 안 가 물건마다 연기와 재로 허옇게 뒤덮인다는 점이었다.

삼촌은 고생도 마다않고 굴뚝을 뚫어보겠다고 날이면 날마다 지붕 위로 올라갔다. 그런데 굴뚝은 뚫지도 못하고 애꿎은 지붕만 망가뜨려놓았다. 눈이 오면 망가진 부분에 눈이 쌓이고, 방 안에서 피어오른 열기에 눈이 녹아내리면서 방 안은 온통 진흙투성이로 변해버렸다. 급기야 하루는 지붕 한 귀퉁이가 무너져 내리며 솥단지 안으로 떨어지는 통에 우리 모두 기함을 한 적도 있었다.

우리 집은 천장을 따로 마감하지 않았기 때문에 그날 이후로 바람만 불었다 하면 무너져 내린 지붕 틈새로 황소바람이 거세게 들이쳤다. 그나마 입동(立冬) 전이라 추위는 그런대로 참을 만했지만 거센 바람이 노상 불어 들어오니 심란하기 짝이 없었다.

결국 엄마가 굴뚝을 바꾸기로 맘을 먹었다. 엄마는 연통으로 바꾸고 싶어 했다. 하지만 애석하게도 이곳에는 대장장이도 없었다. 그러자 이번에도 역시 엄마가 발 벗고 나섰다. 못을 잘 박는다는 이유로 대장장이 역을 자청했다. 하지만 이번에는 손쉽게 난로에 끼워 연통으로 쓸만한 '기존의 것'이 없었다.

엄마는 집 안팎을 몇 바퀴 돌아보더니 마음을 모질게 먹고 여름철 산에 집을 지을 때 사용했던 철판 몇 개를 떼어냈다. 그런 다음, 매끈하게 잘 다듬어진 통나무와 작은 망치 하나를 구해 왔다. 이렇게 해서 공구와 재료가 다 갖추어졌다.

엄마가 한껏 우쭐댔다. "내가 처녀 적에, 할 일이 없는 날이면 하루 종일 대장간 앞에 서서 대장장이가 쇠를 두드리는 걸 지켜보곤 했었거든. 그때 어깨너머로 배운 걸 이렇게 요긴하게 써먹게 될 줄 누가 알았겠니……."

엄마는 우선 사각형 철판의 양쪽 끝을 작은 망치로 한참 두들기더니 대략 1센티미터 폭이 되도록 접었다. 포개 접은 것이 아니라 서로 반대 방향이 되도록 접어서 한쪽은 밖을 향하게 하고 다른 한쪽은 안쪽을 향하게 했다. 그런 다음 철판으로 통나무를 감고 그 상태에서 망치로 가볍게 두들겨가며 철판 양끝이 만나도록 해서 통을 만들었다. 마지막으로 서로 반대 방향으로 접어서 'Z' 자 모양으로 만들었던 두 변을 하나로 묶은 다음, 통나무에 대고 이음새 부분을 두들겨 'Z' 자를 납작하게 만들어서 두 변이 딱 들어맞게 끼웠다. 이렇게 해서 연통 일부가 성공적으로 만들어졌다. 뒤이어 두 번째 연통도 일사천리로 완성됐다. 굴뚝이 길었기 때문에 이렇게 만들어진 통 두세 개를 서로 이어 붙여야 했다.

한참을 지켜보던 나는 똑똑한 엄마 모습에 입을 다물지 못했고, 이내 안심하며 내 볼일을 보러 갔다.

그런데 돌아와보니, 엄마와 삼촌이 다 만들어놓은 철판을 다시 해체하고 있었다. 다 해체한 다음에는 참을성 있게 철판을 일일이 평평하게 펴서 원래대로 복원하려 했다.

엄마는 얼굴 가득 울상을 지으며 말했다. "제대로 보지도 않고 시작부터 했어……. 이것 좀 봐, 조금 넓어……."

나는 아직 해체되지 않은 연통을 쳐다보았다-어디 '조금' 넓다 뿐이랴! 숫제 양동이를 만들어놓았다. 아니 양동이보다 더 넓었다. 이렇게 폭이 넓은 연통을 지붕 위에 달아놓으면 이웃들의 웃음을 살 게 뻔했다. 꼬마 하나가 들어가고도 남았다.

다행히 엄마와 삼촌의 열정은 식을 줄 몰랐고 대단한 인내심을 보여주었다. 실험은 끊임없이 계속되었다. 해체한 다음 평평하게 펴고, 평평하게 편 다음 다시 시도하고, 안 되면 다시 해체하고 해체한 다음 다시 평평하게 펴고……. 이튿날, 마침내 연통이 성공적으로 지붕에 설치되었다. 난로 속 불이 난로 벽을 타고 맹렬히 솟아오르며 굶주린 듯 장작 속 유기물질들을 빨아들였다. 새 연통을 올려다보니 온통 쭈글쭈글하고 울퉁불퉁했지만 어쨌든 새 거라 은빛으로 반짝이며 내 눈을 사로잡았다. 연통 주변으로 파란 하늘이 드러나던 틈새도 시멘트로 꼼꼼히 발랐다. 하도 튼튼하게 만들어놓아서 몇 해가 흘러도 끄떡없을 것처럼 보였다.

차오터우에는 벽돌이 없기 때문에 담장을 쌓아 집을 지으려면 흙벽돌을 사용해야 했다. 흙벽돌이란 잘 갠 진흙을 나무틀에 넣고 찍어낸 다음 햇볕에 바짝 말린 흙덩어리를 말한다. 흙벽돌 한 개는 빨간 벽돌 서너 개 크기로 꽤 무겁고 견고했다. 우리 집을 개조하는 데는 공정이 워낙 많아 시도 때도 없이 이것을 쌓고 저것을 쌓느라 흙벽돌이 대량으로 필요했다. 내가 주워 오는 것만으로는(인근의 담장을 헐었다……) 턱없이 부족했기 때문에 급기야 인근에 사는 아이들한테 사 오기까지 했다.

처음에는 흙벽돌 한 개당 2펀을 쳐주었는데 나중에는 아이들이 너무 많이 가져오는 바람에 놔둘 곳이 없어지자 개당 가격이 1펀으로 떨어졌다.

기껏해야 다섯 살에서 열 살 내지 열서너 살 정도밖에 안 되는 아이들이 일은 얼마나 야무지게 하는지 모른다. 아이들은 저마다 작은 썰매를 한 대씩 끌고 눈과 얼음으로 뒤덮인 길을 뛰다시피 오갔고, 폐허에서 어린아이 키만큼 쌓여 있는 눈 속을 파헤쳐가며 열심히 일했다. 한 번에 흙벽돌 여남은 개는 너끈히 날라 왔는데 하루에 한 아이가 우리한테서 벌어 가는 돈이 자그마치 몇 마오나 되었다.

아이들한테서 산 흙벽돌을 깨끗하게 정리하는 것은 오롯이 내 몫이었다. 흙벽돌 위에 딱 들러붙어 있는 지저분한 것들을 떼어내고 벽돌에 석회를 바른 다음, 벽 가장자리에 가지런히 쌓아놓고 햇볕에 바싹 말렸다. 다 말린 다음에는 눈에 맞지 않도록 건초더미를 한 아름 가져와 그 위에 덮었다.

그렇게 사들인 흙벽돌로 우리는 정말 작은 집 한 채를 지었다! 그 집은 가게 동쪽 벽에 잇대어 지었고 외벽에 출구를 내서 거기로 드나들었다. 이 집은 낮고 길쭉한 데다 굽어 있어 잘 지었다고 말하기는 어려웠다. 하지만 집이 작다 보니 난로를 피우면 집 안이 금세 훈훈해졌다. 거기에 바닥도 진흙이 아닌 시멘트 바닥이었다! 엄마와 삼촌이 안간힘을 쓴 끝에 아파트 베란다 하나를 헐었다……. 베란다 아래 깔려 있던 콘크리트 판*을 들고 와서 작은 집에 깔았더니 자로 잰 듯 딱 들어맞았다. 발로 밟아보니 습기도 전혀 없고 꽤 견고했다. 우리 식구 모두 그곳에

* 2층 이상의 건물에서 위층과 아래층 사이에 댄 마루판 또는 콘크리트 판

들어가 살고 싶어 했다. 나중에 엄마는 10년 동안 가게 재고로 쌓여 있던 꽃무늬 천을 10여 미터 길이로 끊어 와 벽에 붙였다. 서까래 아래에 철망을 달고 흰 종이를 발라 천장도 따로 만들었다. 집 안 구석구석이 깔끔하고 따뜻하니 온기가 가득 넘쳐흘렀다. 일단 문을 열면 한달음에 뛰어 들어가 집 안에 콕 틀어박혀 다시는 밖으로 나오고 싶지 않을 정도였다.

밖으로 나오면, 마을 전체가 폐허로 변해버린 차오터우 곳곳은 허물어진 담장과 무너져 내린 집 천지였다. 이 모든 것이 이곳은 더 이상 희망이 없다는 메시지를 여실히 보여주고 있었다.

길 양옆으로는 그 당시 심었던 버드나무가 늘어서 있고, 그 사이로 곧게 뻗은 가로수 길만 덩그러니 남아 있었다. 가지런한 수로는 예전과 다름없이 가로수 길 양옆을 맑고 상쾌하게 흘러가고, 수로 안에는 고기들이 조심스레 이리저리 노닐었다.

높은 곳에 서서 차오터우를 내려다보면, 비록 버려졌지만 질서가 있고, 여전히 꿈틀대는 에너지를 품고 있는 것을 발견하게 된다. 폐허지만 배치가 질서정연하고 사통팔달의 도로망을 갖추고 있을 뿐 아니라 바둑판처럼 잘 구획되어 있어 마당과 마당의 구분이 뚜렷했다. 맨 처음 산 넘고 물 건너 이곳에 와서 정착한 사람들은 나름 고심해가며 거창한 계획을 세웠으리라. 그들은 영원을 생각하고, 자손대대로 이곳에서 살게 되기를 기대했으리라……. 그러나 몇십 년도 채 되지 않아 그들은 모두 이곳을 떠났고 모든 것을 버렸다.

나는 폐허 속 흙무더기 안에서 여러 해 지난 중학교 졸업 메모장을 발견했다. 메모장 겉장은 꾸깃꾸깃했지만 안쪽은 깨끗하게 잘 보존되어 있었다. 당시 20여 명의 아이들이 메모장 주인에게 전하는 축하의 메시지가 빼곡히 적혀 있었고, 메모장 안에 들어 있는 개인 정보란, 그러니까 '가장 좋아하는 색', '가장 좋아하는 배우' 등등의 칸에도 일일이 정성을 들인 글씨가 쓰여 있었다. 꽤 흥미로웠다. 그중에서 '나의 소원' 란에 '하루빨리 차오터우를 떠나고 싶다'고 쓴 아이들이 제법 많았다. 세어보니 모두 열두 명이나 되었다……. 열두 명의 소원은 결국 이루어졌다.

얼마 뒤 우리 역시 이곳을 버렸다.

아, 되돌아보면 안타까울 뿐이다! 우리는 왜 그곳에서 영원히 머물지 못했을까? 그곳에는 집도 있고, 씨 뿌릴 땅도 있고, 강도 있는데. 그뿐인가, 그림처럼 아름답기까지 했다. 강가, 가을의 자작나무 숲, 흰 가지, 빨간 낙엽, 황금빛 대지, 반짝이는 못, 눈부시게 파란 하늘……. 이곳을 버리고 떠날 때 옛사람들은 과연 발이 떨어졌을까? 우리 집도, 더 많은 다른 사람들의 집도 예전에는 따뜻한 온기가 흘렀을 텐데! 당시 집을 짓고, 집을 단장했던 사람들은 큰 꿈과 거창한 포부를 안고서 이 땅을 애써 일구어 마침내 완전한 기능과 생활편의 시설을 제대로 갖춘 마을을 건설해놓고 어떻게 무심하게 떠날 수 있었을까? 마을의 모든 것을 포기하고, 우리 같은 후대 사람들이 와서 제멋대로 헐고 또 헐고, 부수고 또 부수도록 방치할 수 있었을까…….

우리는 이곳을 떠날 때 방문을 꼭 걸어 잠그고, 창문도 흙벽돌로 높이 쌓아 튼튼하게 잘 막아놓고, 바깥 창문에는 판자 여러 개를 십자로 박아놓기까지 했다. 그리고 얼마 남지 않은 이웃들에게 내년 여름에 꼭 돌아올 테니 혹시라도 밤에 이상한 낌새가 느껴지거나 의외의 사태가 발생하게 되면 꼭 소식을 전해달라고 신신당부했다. 이밖에도 집 안에 이불과 간단한 생활용품도 따로 남겨두었다-이 물건들 때문에라도 꼭 돌아오기를 바라는 마음에서……. 물론 이제는 부질없는 일이 되어버렸다. 차오터우를 찾는 사람은 앞으로 없을 터였다.

퇴경환림, 휴목정거(休牧定居)* 정책이 갈수록 속도를 내고 있다. 들리는 바에 의하면, 앞으로 인근에 있는 몇몇 마을도 모두 이주하게 될 것이고, 물과 풀을 찾아 이곳을 경유하는 유목민 수도 차츰 줄어들게 될 거라고 했다. 특히 산림보호라는 명목으로 사적으로 광산을 채굴하거나 사금을 채취하거나 약초를 캐는 모든 행위들을 철저히 단속하다 보니, 청년 노동자들도 대거 다른 곳으로 뿔뿔이 흩어졌다. 우리도 조만간 대책을 세워야 했다.

이제 보니 쓸데없는 말을 너무 많이 주절거렸다. 원래 차오터우는 우리와 아무런 상관도 없는 곳이었지만, 우리 집이 생긴 뒤로는 우리와 떼려야 뗄 수 없는 많은 일들이 발생했고, 그 일들을 일일이 열거하자면 평생 걸려도 모자랄 판이다. 어쨌든 우리는 서둘러 2년간의 생활을 청산하고 그곳을 영원히 떠났다. 한평생을 논하기에는 너무 이르다! 이렇게 해서 차오터우는 다시 우리와 아무런 상관도 없는 곳이 되어버렸

---

* 유목을 그만두고 정착하다.

다. ……마치 한바탕 꿈을 꾼 것만 같다.

그 뒤로도 오랫동안 차오터우 집은 어떻게 되었을까 하는 생각이 불쑥불쑥 솟아올랐다. ……올 겨울은 유난히 눈이 많이 내려 혹시 지붕이 무너져 내리지는 않았을까? 그리고 이상하게 이런 생각에 빠졌다. 왜 떠났을까? 우리가 그곳에 도착했을 때만 해도 그곳에 뼈를 묻겠다는 각오를 했었다. 하지만 결국 우리는 그곳을 떠났다. 우리는 대체 무얼 바랐던 걸까? ……샤오우네 호화주택을 떠올려보니, 그들은 집을 넓힐 용기만 있었던 것이 아니라 '마지막까지 남을' 용기까지 있었던 거다. 그들은 지금 어떻게 되었을까.

2009년 보충: 2007년 다시 산으로 들어가는 길에 차오터우를 지나가게 되었다. 우리 집은 이미 깨끗하게 헐린 뒤였다. 내가 예전에 신고 다니던 낡아빠진 신발 한 짝만 집 뒤 공터에 나뒹굴고 있었다. 마치 어제 벗어놓고 간 것처럼.

맞은편 샤오우네 집은 예전 그대로였다. 심혈을 기울여 만든 근사한 집을 버리고 떠나기 아쉬워 여태 살고 있을지도 모를 일이었다.

# 썰매 타고 커커퉈하이 가기

요 며칠 한파가 불어닥치며 며칠간 계속된 거센 바람과 폭설로 길이란 길은 모두 끊겼다. 하필 이럴 때 밀가루도 똑 떨어지고, 채소는 며칠 전에 벌써 바닥을 드러낸 상황이라 산을 내려가 물건을 들여오지 않으면 안 되었다. 엄마는 물건을 사러 가게에 들른 손님 두 명에게 이런 사정 얘기를 했고, 이 말은 반나절도 안 돼 차오터우와 인근에 있는 몇몇 마을에까지 파다하게 퍼졌다. 황혼이 질 무렵, 한 남자가 물어물어 우리 가게를 찾아왔다. 그가 문을 밀고 들어왔을 때 우리는 마침 저녁 식사 중이었다.

키가 호리호리하고 허약해 보이는 그는, 새카만 얼굴에 눈은 크고 반짝거렸다. 그의 아름다운 눈은 시선을 어디에 두어야 할지 모르는 것 같았다. 무슨 일로 왔냐고 물으니 처음에는 천장을 바라보며 대답하더니 그다음에는 벽 쪽을 쳐다보며 대답했다. 게다가 쉴 새 없이 콧물을 훌쩍이는 모습이 긴장한 티가 역력했다.

한참을 묻고 나서야 무슨 영문인지 알게 되었다. 그 사람 집에 말이 끄는 썰매가 있고, 우리를 태워줄 수 있다는 것이었다. 우리는 뛸 듯이 기뻤다. 우리는 그 자리에서 바로 가격을 정하고 신장 시간으로 다음 날 아침 7시쯤에 출발하기로 약속했다. 그러면 정오쯤이면 하류에 있는 커커퉈하이 마을에 도착할 수 있을 터였다.

당시 우리 식구는 1척(尺)* 높이의 나지막한 식탁에 둘러앉아 저녁을 먹고 있었고, 식탁에는 짠지 한 종지 달랑 놓여 있었다. 불빛도 어스름했다. 얘기가 다 끝났는데도 그 사람은 옆에 우두커니 서서 돌아갈 생각을 하지 않았다. 마치 무언가를 기다리는 사람처럼. 앞에 그를 세워놓고 밥을 먹자니 심히 멋쩍었던 우리는 밥그릇과 젓가락을 어정쩡하게 손에 든 채-불편하기 짝이 없었다-그가 돌아가기만을 기다렸다.

한족 음식이라 함께 식사하자고 권할 수도 없었다.

잠시 뒤에 엄마가 몸을 일으켜 계산대로 가더니 쭈글쭈글해진 사과 한 개를 꺼내 그에게 주었다. 그는 급히 사양하더니 이내 받아 들고는 옷에 쓱쓱 문질러 닦은 다음 먹지도 않고 품속에 찔러 넣었다. 집에 가져가 아이들에게 먹이려는가 싶었다. 차오터우에서 한겨울에 사과를 먹는다는 건 결코 흔한 일이 아니었다. 엄마는 아까보다 훨씬 쭈글쭈글해진 사과 하나를 더 꺼내 그에게 주었고, 이번에도 그는 사과를 받아

---

* 미터(m)의 1/3에 해당함. 33.3cm

품속에 넣었다.

엄마는 내게 가게에 가서 사과를 좀 더 내오라고 시켰다. 나는 외투를 걸치고 어둠이 짙게 깔린 밤길을 재촉해 길가에 있는 가게를 더듬더듬 찾아가 문을 열고, 종이상자에 사과 대여섯 개를 포장했다. 집으로 돌아온 나는 종이상자째 그에게 주었고, 상자를 열어본 그는 눈이 휘둥그레지며 꽤 놀란 표정을 지었다. 그는 다급히 상자를 내게 돌려주며 아무것도 필요 없다고 말했다. 그리고 뭔가를 해명하는가 싶더니 곧장 문을 열고 나가버렸다.

이튿날, 그 사람은 정각에 왔다. 썰매 위에는 한눈에 보기에도 새것 같은 꽃무늬 펠트가 깔려 있었다. 엄마와 나는 옷을 하도 많이 껴입어 눈사람 같은 꼴을 해가지고 문을 나섰다. 그래도 여전히 마음이 안 놓여 솜이불도 한 장 따로 챙겼다. 우리 두 사람은 썰매 위에서 칼 한 자루 안 들어갈 정도로 서로 딱 붙어 앉아 이불로 몸을 돌돌 말았다. 마부가 그런 우리를 보고는 웃음을 터뜨리며 "아주 좋아요"라고 말했다. 그리고 출발했다. 썰매가 눈 위를 부드럽게 미끄러져 나가자 약간 멀미가 났다.

아침에는 바람 한 점 없고, 하늘은 맑고 쾌청해서 이불 속에 몸을 돌돌 말고 있으니 그렇게 따뜻하고 포근할 수가 없었다. 출발한 지 얼마 지나지 않아 한 가지 사실을 깨달았다……. 길 위를 오가는 대여섯 대의 썰매를 만났고, 남녀노소 할 것 없이 다양한 사람들이 썰매에 타고 있었지만 우리처럼 이불을 뒤집어쓰고 길을 나선 사람은 단 한 사람도 없었다……. 게다가 우리가 덮고 있는 솜이불은 눈에 확 띄는 빨간색 체크무늬까지 있었다. 우리는 가는 길 내내 만나는 모든 사람들의 웃음거리가 되고 말았다.

나는 하도 창피해서 이불 속에 얼굴을 파묻고 마치 엄마 혼자 이불을 돌돌 감고 있는 것처럼 보이게 했다.

썰매 높이가 불과 30센티미터에 지나지 않아 땅바닥에 거의 붙어 간다고 해도 과언이 아니었기 때문에 눈길 위의 가장 작은 굴곡까지도 온몸으로 고스란히 전해졌다. 시간이 지날수록 멀미가 심해지면서 금방이라도 토할 것만 같았다. 평소에도 차멀미, 뱃멀미, 그네 멀미까지 심한 편이었지만 설마 썰매 멀미까지 하리라고는 생각지 못했다. 아이고, 내 팔자야.

설원은 끝도 없이 펼쳐졌고, 서쪽으로 겹겹이 이어진 산들은 떠오르는 아침 햇살을 받아 눈부시게 빛났다. 하늘은 아름다운 짙은 파란빛에, 대지는 온통 하얬다. 나무 한 그루 없고, 산골짜기에서 갑자기 어지럽게 날아오르는 까마귀 떼와 앞에서 급히 다가왔다 지나쳐 가는 말 탄 사람들과 썰매를 끄는 말들을 제외하면, 이 세상에 다른 색은 존재하지 않는 듯했다. 이런 세상을 오랫동안 쳐다보고 있노라면 설맹*에 걸리기 십상이다. 이런 세상을 계속 주시한 뒤에 고개를 숙여 내가 입고 있는 옷을 내려다보면 뿌연 안개가 낀 듯 옷 색깔이 모호해서 퇴색해 보인다. 또 한편으로는 현미경에 보이는 사물처럼 미세한 부분까지 속속

* 눈이 많이 쌓인 곳에서, 눈에 반사된 햇빛의 자외선이 눈을 자극하여 일어나는 염증. 각막과 결막에 염증이 나타나며 눈을 뜨기 어렵다.

들이 다 들여다보인다. 모호함과 선명함-두 가지 대립되는 감각이 이 순간만큼은 전혀 모순되게 느껴지지 않는다. 간밤에 불었던 거센 바람 탓인지 노면의 많은 부분이 바람에 실려 온 눈에 덮여 있었다. 썰매 날에 눌려 자기(瓷器)처럼 반들반들해진 썰매 자국들만 남아 있는 눈길 위로 바람에 실려 온 눈이 두텁게 쌓이면, 무거운 썰매는 앞으로 나아가지 못했고, 눈 속에 한번 빠지면 헤어나오기가 어려웠다. 이런 길을 만나면 우리는 이불 속에서 빠져나와 도보로 걸어야 했다. 바람에 실려와 쌓인 눈은 새로 쌓인 눈과는 달리 딱딱하고 촘촘하지만, 사람 무게 하나 견디지 못하기 때문에 한 발짝 내딛으면 바로 무릎 깊이로 푹푹 빠지기 일쑤였고, 일단 한번 빠지면 헤어나기가 어려웠다. 말도 이런 길은 꺼려해서 마부가 쉴 새 없이 소리를 지르고, 긴 채찍을 사정없이 휘두르며 재촉해야 마지못해 앞으로 나아갔다.

차오터우에서 쯔얼볘커타누얼(孜爾別克塔努兒) 마을까지는 불과 10여 킬로미터밖에 안 되는 짧은 거리였지만, 우리는 네 시간이나 걸렸다. 그래도 쯔얼볘커타누얼 마을을 지나니 방금 불도저로 노면에 쌓인 눈들을 깨끗이 치워놓아서 그때부터는 속도를 낼 수 있었다.

바람에 실려 노면에 쌓인 눈 더미 중에는 높이가 1~2미터 되는 것도 있었기 때문에 불도저로 쌓인 눈을 모두 깨끗하게 치운다는 건 불가능했다. 눈 더미 속에서 폭 2미터도 채 되지 않는 통로를 뚫어 썰매 한 대 겨우 지나갈 수 있도록 한 게 전부였다. 우리가 탄 썰매가 눈의 통로로 들어서자, 양옆으로 벽처럼 쌓인 눈 더미가 사람 키를 훌쩍 넘었고, 통로 사이로 매끈하고 명징(明澄)한 한 줄기 파란 하늘이 보였다.

속도를 내자 얼굴에 들이치는 맞바람이 더 거세졌다. 하지만 온몸이 따뜻한 온기로 가득한 나는 썰매 위에 웅크리고 앉아, 옆으로 스쳐 지나가는 마을들을 흥미롭게 바라보았다. 말굽에 채여 튀어 오른 눈가루들이 머리 위로 흩날렸다. 마부는 일찌감치 외투를 벗어버리고 빨간 스웨터 하나 걸친 채 긴 채찍을 높이 휘둘렀다.

커커퉈하이가 코앞으로 다가왔고, 썰매는 길게 뻗은 가로수 길로 접어들었다. 가로수 양옆으로 하얀 눈꽃을 두껍게 피운 키 큰 백양나무가 늘어서 있었다. 방풍림 사이로 보이는 너른 벌판과 시골 오솔길이 새하얗게 반짝거렸고, 저 멀리 보이는 집들도 새하얬다. 드문드문 흩어져 있는 새하얀 집들 위에 문과 창문만 검은색으로 새겨 넣은 듯했다.

아름다운 가로수 길은 영원히 끝날 것 같지 않았다. 썰매에 몸을 웅숭그리고 앉아 불쑥불쑥 밀려드는 멀미와 싸우고 있던 나는 어느새 펠트 위에 모로 누워 꾸벅꾸벅 졸기 시작했다. 썰매가 왼쪽으로 방향을 틀자 재빨리 몸을 일으켜 앞을 바라보았다. 길고 긴 시멘트 다리를 지나자, 길 양옆으로 드문드문 집들이 보이기 시작했고, 머지않아 앞쪽으로 나지막한 바위산 자락 아래로 아파트가 보였다. 마침내 커커퉈하이다!

가는 길에 마주치는 사람이 점점 늘었고 길 옆 점포도 많아졌다. 썰매가 속도를 늦추자 많은 사람들이 호기심에 가득 찬 눈으로 우리를 쳐다보았다. 나는 바늘방석에 앉아 있는 것처럼 불편했고, 너무 창피한 나머지 콱 죽어버리고 싶었다. 커커퉈하이에서 유일하고 가장 번화한 교차로에 다다랐을 때, 나는 썰매가 채 멈추기도 전에 잽싸게 썰매에서 뛰어내려 빨간 이불로부터 멀찌감치 달아나 빨간 이불과 아무 상관없는 사람인 척했다.

시계는 벌써 오후 1시를 가리켰다. 우리는 해야 할 일이 산더미 같은 데다 채소랑 먹을 것도 사야 했다. 오늘 안으로 집에 돌아가는 건 불가능했다. 결국 커커퉈하이에서 하루 자고 가기로 했다. 그런데 마부가 집에 돌아갔다가 내일 아침에 우리를 데리러 다시 오겠다며 끝끝내 고집을 피웠다. 그럴 필요가 뭐 있지? 참내, 이 아저씨 사람 속 썩이네. 그런데 엄마 말이 그는 차마 숙박비로 돈을 쓸 수 없는 거라고 했다. 하룻밤 묵는 데 고작 10위안밖에 하지 않는데.

그 당시만 해도 커커퉈하이에는 이렇다 할 여관이 거의 없다시피 했다. 침대가 하나라도 남아도는 집이라면 어느 집을 막론하고 하나같이 문 입구에 '초대소'라고 쓰인 간판을 내걸었다. 손님이 들어 빈 침대가 없으면 아무것도 쓰이지 않은 쪽이 밖을 향하게 간판을 뒤집어놓으면 되었다.

우리는 어렵지 않게 묵을 곳을 찾았다. 집주인은 예순 즈음에 들어선 노부인으로 커커퉈하이 토박이였다. 남편은 없고 자식들은 모두 외지로 일하러 나가 홀로 빈집을 지키고 있었다.

이 일대에서 커커퉈하이는 도시나 다름없는 곳이었다. 아파트도 있고, 전기도 들어오고, 전화도 있고, 은행도 있고, 병원도 있고, 우루무치행 야간버스까지 있었다. 비록 해마다 인구가 줄고, 날이 갈수록 건물과 길이 낡아지고 있지만 말이다.

우리는 날이 어두워지기 전에(4시면 깜깜하다) 필요한 물건들을 대충 사놓고 잘 포장해서 물건을 산 가게에 맡겨놓았다. 이튿날 아침, 우리는 일찍부터 서둘러 거리로 나가 이리저리 쏘다니기도 하고, 량피(凉皮)*도 사 먹었다. 아주 추운 날씨에 따뜻한 방 안에 앉아 량피를 먹고 있자니 더없이 행복했다.

커커퉈하이는 채소가 풍부한 편이지만 눈이 돌아갈 정도로 비쌌다. 피망 한 근이 20위안, 토마토 한 근이 20위안, 심지어 미나리 한 근에 무려 10위안이나 했다. 대체 뭘 먹고 살라는 말인지.

그래도 어쨌든 차오터우보다는 100배 나았다. 차오터우에는 신선한 채소를 파는 곳 자체가 아예 없으니까. 햇살 좋은 날, 어쩌다 인근에 사는 농민이 자기 집 땅속에 묻어두었던 감자며 배추며 당근 같은 겨울나기 채소를 마차에 싣고 와 파는 게 고작이었다. 그런데 이런 것들도 운이 좋다고 해서 늘 만나게 되는 것은 아니었다.

실내 채소시장을 한 바퀴 돌아보다 보니 뜻밖에 두부와 버섯이 있었다. 버섯이야 크게 문제 될 게 없지만, 두부는 집에 가져가면 틀림없이 꽁꽁 언 얼음두부로 변해 있을 게 뻔했다. 그래도 반가운 마음에 두부 한 모를 샀다. 또 한 바퀴 돌아보다 이번에는 석류가 눈에 띄었다. 신이 난 나는 석류도 한 개 샀다.

커커퉈하이의 실내 채소시장에는 신기하게도 신화서점, 양복점, 이발소에 대장간까지 들어와 있어 가히 상업센터라 할 만했다! 상업센터는 기껏해야 300평방미터에 불과한 작은 규모인데도 늘 사람들로 북적였다.

장을 다 본 다음, 우리는 식료품점 위치를 물어보고 나서 가로수 길

---

* 중국식 냉면의 일종

건너편에 있다는 식료품점으로 향했다.

커커퉈하이의 길 양옆으로는 6~7층 건물 높이의 키 큰 나무들이 늘어서 있었고, 집들은 대개 나지막했다. 제일 높은 건물이라고 해봐야 고작 3~4층 높이에 불과했다.

그래서인지 이 작은 마을은 숲 속에 있는 것 같았다. 눈을 치우는 사람이 없다 보니 길 한복판은 오가는 자동차에 눈이 눌려 자기처럼 반질반질하게 얼어붙은 두꺼운 '눈의 표층*'이 생겼고, 길 양편으로는 1미터 높이의 눈이 벽처럼 쌓여 있었다.

오전의 거리는 인적이 뜸했고, 우리는 "뽀드득 뽀드득" 발자국 소리를 내가며 텅 빈 설백(雪白)의 거리를 마음대로 활보하고 다녔다. 길이 끝나는 모퉁이에 러시아풍 건물이 몇 채 서 있었는데, 비록 단층집이지만 외부에 처마와 난간이 달린 현관까지 갖추고 있는 제법 크고 넓은 집이었다.

커커퉈하이에 맨 처음 들어와 산 사람들은 광산을 개발한 소련의 전문가들이었는데 그들은 중소(中蘇) 관계가 악화되자 건물과 길을 남겨두고 모두 이곳을 떠났다. 생각해보니 불과 몇십 년 전만 해도 주말의 아름다운 황혼 무렵이면 금발에 파란 눈을 한, 멀리 고향을 떠나 타향살이를 하던 사람들이 식구들과 함께 근처 숲 속을 산책하고, 길이 끝나는 곳에 서 있는 커다란 나무 아래에서 바이올린을 켜고, 강가에 식탁보를 깔고 앉아 소풍을 즐겼을 터였다……. 얼마나 멋지고 여유로운 삶인가. 커커퉈하이는 낭만이 넘치는 곳이었음에 틀림없다.

---

* 설각(雪殼, snow crust): 딱딱하게 얼어 쌓인 눈의 표층. 녹은 표층이 다시 얼어서 생긴다.

우리가 찾는 식료품점은 러시아풍 건물 중 한 곳이었다. 실내는 지면으로부터 높이 들어 올린 바닥에 잣나무로 만든 두꺼운 마루를 깔았는데, 오랜 세월을 거치는 동안 마루가 들뜨고 벌어져 사이사이에 큰 틈이 생겼다. 틈새로 보이는 아랫부분은 어두컴컴한 게 지하 저장고 같았다. 마룻바닥을 밟으면 아래로 살짝 꺼지는 느낌이 들긴 했지만 상당히 견고했다.

가게 주인인 젊은 여자가 난로 옆에 앉아 스웨터를 뜨고 있었다. 불도 켜지 않은 방 안은 어슴푸레했고, 창문을 통해 비쳐 들어온 네모반듯한 한 줄기 빛만이 그녀의 몸을 감싸고 있었다. 찾아온 이유를 묻고는 전혀 급할 게 없다는 투로 밀가루를 져 나르고 식용유를 담아 오더니, 다시 스웨터 뜨는 일에 몰두했다. 뜨던 줄을 마저 다 뜬 다음에야 대나무 바늘을 뽑아 뜨고 있던 직물에 꽂아놓고, 서두르는 기색 하나 없이 하던 일을 멈춘 다음 몸을 일으켜 옆에 나 있는 문을 밀고 다른 방으로 들어갔다. 그녀는 여기저기 밀가루가 얼룩덜룩 묻어 있는 푸른색 덧옷으로 갈아입고 방에서 나와 일을 하기 시작했다.

셈을 치르고 난 뒤, 산 밀가루는 다른 물건들처럼 가게에 맡겨놓고 여관으로 돌아와 짐을 챙겼다. 우리는 썰매가 올 시간에 맞춰 거리로 나갈 채비를 서둘렀다. 11시가 다 되도록 여관 문을 나서지 못하고 있는데 갑자기 문 두드리는 소리가 들렸다. 문을 열어보니 뜻밖에도 마부가 서 있었다. 깜짝 놀란 우리는 이곳에 있는 걸 어떻게 알았느냐고 물었다. 그는 물어물어 왔다고 했다. 커커튀하이는 손바닥만 한 동네라, 낯선 사람이 찾아오면 그다음 날이면 온 동네에 소문이 쫙 퍼졌다…….

집으로 돌아갈 시간이 다가오자 발길이 영 떨어지지 않았다. 엄마가 마부와 함께 맡겨놓은 물건들을 찾으러 간 사이, 나 홀로 거리 이곳저곳을 둘러보며 석류를 까먹었다. 물론 건진 건 하나도 없었다.

아주아주 어렸을 적 내 상상 속의 커커퉈하이는 길도 보석으로 깔려 있고 어디서나 원하는 만큼 수정과 석류석을 쉽게 주울 수 있는 보석의 세계였다. 그런데 지금은…… 폭설이 모든 것을 덮어버린 거겠지!

유년 시절, 우리 반에는 커커퉈하이에서 온 몇몇 기숙생들이 있었다. 집에 갔다 돌아오는 날이면 그 아이들 책가방 속에는 나무 모양의 수정과 기둥 모양의 블루 아쿠아마린 같은 보석들로 가득했고, 아름다운 빛깔의 반투명한 돌(마노*였던 것 같다)도 아주 많았다. 아이들은 그걸 우리에게 하나씩 나눠주었다.

푸윈 현은 본래 황금 보석이 많이 생산되는 곳이다 보니, 현성의 한 보석회사 가족이 사는 마당에는 아름다운 등적색의 마노석이 깔린 작은 길이 나 있기도 했다. 어릴 적에 공기놀이를 할 때 갖고 놀던 작은 돌멩이들은 모두 사각형의 작은 마노석(마노 구슬을 만들기 이전의 반제품)이나 구슬 모양의 빨간색 천연 석류석이었다. 그 당시 많은 집들이 천연 수정수(水晶樹)를 응접실 장식용으로 사용했고, 대여섯 살 난 어린 여자아이들은 하나같이 금귀고리를 하고 다녔다. 그때까지만 해도 나는 보석이든 금이든 모두 커커퉈하이에서 난다고 믿었기 때문에, 커커퉈하이는 온통 금으로 만든 산과 은으로 만든 산 천지일 거라고 여겼었다.

---

* 瑪瑙: 석영, 단백석(蛋白石), 옥수(玉髓)의 혼합물. 화학 성분은 송진과 같은 규산(硅酸)으로, 광택이 있고 때때로 다른 광물질이 스며들어 고운 적갈색이나 흰색 무늬를 띠기도 한다.

나는 반쯤 먹다 남은 석류를 외투 주머니 속에 찔러 넣고 길가에 서서 엄마와 마부가 돌아오기만을 기다렸다. 얼마 안 있어 썰매가 돌아왔다. 그런데 엄마가 깜빡하고 사지 않은 물건이 있다며 급히 물건을 사러 가는 바람에 마부와 단둘이 썰매 옆에 서서 엄마를 기다려야 했다. 그렇게 나란히 한참을 서 있었지만 그에게 건넬 말은 한마디도 떠오르지 않았다. 남은 석류 반 개를 꺼내 그에게 건네주었다. 그는 예의상 한 번 사양하고는 이내 건네받더니 얼어붙은 눈 위에 곧추서서 빨간 석류 알을 한 알 한 알 손가락으로 뜯어 느긋하게 먹었다. 하지만 몇 알 먹기도 전에 주머니 속에 도로 집어넣었다. 집으로 돌아가 가족들과 나눠먹을 모양이었다.

차오터우에서는 겨울에 과일 구경하기가 하늘의 별 따기만큼이나 어려웠다. 채소 구하기가 차라리 쉬웠다. 이곳 사람들이 아는 과일이라고는 고작 사과나 수박이 전부였다. 하루는 엄마가 현성에 갔다가 그 멀리서 복숭아를 두 상자나 사가지고 왔다. 그때까지 복숭아라고는 구경조차 못 했던 마을 사람들은 처음 며칠 동안은 물어만 봤지 어느 누구 하나 살 엄두를 내지 못했다. 엄마가 공짜로 복숭아 한두 개를 시식하도록 해주자, 입안에 퍼지는 달콤한 맛에 사람들은 감탄을 연발했다. 소문은 삽시간에 파다하게 퍼져 나갔고, 강 건너 마을 두 곳에서도 우리 가게 복숭아를 구경하기 위해 사람들의 발걸음이 끊이지 않았다. 결국 반나절도 채 되지 않아 복숭아는 모두 동이 나버렸다.

돌아가는 길에 엄마는 밀가루 포대를 쌓아 편안한 등받이를 만들어주었다. 등받이에 기대 이불 속으로 몸을 잔뜩 움츠리고 있자니, 출발한 지 얼마 지나지도 않았는데 벌써부터 졸음이 물밀듯이 밀려왔다.

썰매가 경쾌하게 오솔길로 접어들자, 한쪽은 풀숲이 다른 한쪽은 눈 덮인 벌판이 끝없이 펼쳐졌다. 편안히 누워 바라보니, 하늘에는 구름 한 점 없고 세상은 온통 눈부셨다. 손가락으로 시선을 돌리니 왜 이렇게 못생겼는지. 손가락 위쪽은 가는 주름이 자글자글하게 나 있고, 동상에 걸렸던 손가락은 퉁퉁하고 거칠었으며, 손톱은 칙칙했다. 그와는 달리, 세상은 다리미로 깨끗하게 다린 것처럼 매끈하고 아름다워 흠잡을 데가 없었다. 이 세상에 파란 하늘과 눈 덮인 대지만 존재하는 것같이 매우 단조로워 보일지라도 말이다. 이런 세상에 갑자기 나란 존재가 툭 튀어나오니 너무 생뚱맞아 보였다…….

수면(睡眠)의 액체가 점점 차오르자 몸도 따라 둥둥 떠오르면서 깊은 수면 속으로 빠져들지 못했다. 비몽사몽간에도 몸 한구석이 서늘해지는 것을 뚜렷하게 느꼈다. 이불 한 귀퉁이에서 황소바람이 불어 들어오고 있었지만 아무리 용을 써도 잠에서 깨지 못했다. 이불을 바짝 끌어당기고 싶어도 손가락 하나 까딱할 수 없었다. 그렇게 속수무책으로 잠결에 뱀처럼 스멀스멀 몸 전체를 타고 들어오는 추위를 고스란히 느끼고 있었다……. 나도 모르게 신음 소리가 새어 나왔는지 엄마가 서둘러 이불을 끌어당겨주었고, 바람이 들어오지 않자 온몸에 따뜻함이 퍼지면서 깊은 잠 속으로 빠져들 수 있었다.

한참 지나자(사실 얼마 지나지 않았다) 추위가 다시 온몸을 덮쳐 왔고, 너무 추워서 견딜 수가 없었다. 잠결에 느껴지는 추위는 거의 고문에 가까웠다.

한기는 등 밑에서 위로 타고 올라왔다. 등 밑에는 딱딱한 펠트가 놓여 있고, 펠트 아래에는 나무판자가 깔려 있고, 나무판자 아래는 바로 눈길이었다. 이런 냉기는 바람처럼 "쏴아아" 하며 틈새를 뚫고 들어오지도, 액체처럼 천천히 스며들지도 않는다. 마치 고체처럼, 부드러운 액체가 점점 응고되고 뻣뻣해지는 것처럼 몸을 야금야금 점령해나간다……. 더 자면 안 돼! 문득 추운 날씨에 한데서 잠이 든 사람이 왜 그렇게 쉽게 죽는지 그 이유를 깨달았다. 수면 상태에 있는 사람이 가장 취약하고 저항력도 가장 약하다는 사실을. 소위 '수면' 상태란 몸의 일부 기능이 정지된 상태를 말한다.

몸을 뒤틀어가며 일어나서 눈을 번쩍 뜨니 느닷없이 눈물이 주룩 하고 흘러내리는 통에 재빨리 눈을 감아버렸다. 세상의 모든 빛이 한꺼번에 내 눈을 찌르는 것만 같아 눈을 제대로 뜰 수가 없었다. 눈 덮인 벌판도 찬란하게 빛났고 하늘도 눈부셨다.

이런 햇살 아래 눈을 감고 있으면 눈앞이 온통 선홍빛처럼 느껴진다. 그러다가 점점 투명한 빨간빛으로, 다시 노란빛으로 바뀌다가 끝내 샛노란 색으로 변한다. 눈을 비비면 다시 선홍빛이다. 눈꺼풀에 촘촘하게 몰려 있는 모세혈관을 흐르는 혈액의 느낌이겠지. 혈액의 흐름을 느낄 수 있다는 건 자신의 깊은 내면으로 빠져들기 때문이리라.

강렬한 자연광에 조금씩 익숙해지는데도 눈물은 쉴 새 없이 흘러내렸고, 부득이 실눈을 뜬 채 눈앞의 사물을 가늠해보았다. 솜이불과 옆에 앉은 엄마의 몸에서 기이한 빛이 뿜어져 나오고, 눈물이 번져 어른거리는 가운데 세상이 빛나고 있었다.

구릉지대로 들어서자 울퉁불퉁한 눈길이 이어졌는데 다행히 썰매는 심하게 요동치지 않았다. 썰매가 덜컹거릴 때마다 우리 몸도 따라 위아래로 흔들렸다. 얼마 안 가 속이 메스꺼워지면서 지독한 멀미가 일었다. 나는 얼른 두 눈을 꼭 감았다.

너무 어지러워서 간혹 감았던 눈을 떠보면 눈 덮인 벌판 끝자락에 서 있는 나무 한 그루가 보일 때가 있었다.

때로는 눈과 얼음에 덮인, 바닥을 그대로 드러낸 하천 바닥이 보일 때도 있었다.

이따금 썰매 아래로 손을 내려뜨려 길 위에 쌓여 있는 눈 한 덩어리를 집어 단단하게 뭉쳐보기도 했다. 뭉친 눈덩이가 녹으면서 손바닥에서 물이 뚝뚝 떨어졌다.

썰매가 속도를 줄이자 다시 졸음이 몰려들었고, 졸음과 함께 두통이 시작되었다. 두통으로 머리는 깨질 것 같고 잠은 사정없이 쏟아지고 정말 죽을 맛이었다.

의식이 차츰 희미해져갈수록 몸의 감각은 오히려 민감하게 깨어났다. 썰매의 가벼운 흔들림이나 덜컹거림, 모퉁이를 돌 때 길의 굴곡진 정도, 속도의 변화…… 그 모든 것이 온몸으로 고스란히 전해졌고, 한도 끝도 없이 계속되었다. 추위는 여전했고, 손가락이 곱아서 주먹도 제대로 쥘 수 없었고, 손가락을 펴려면 안간힘을 써야 했다. 무릎과 허리도 뻣뻣하게 굳어 꼼짝도 하기 싫은 데다, 한 번 움직일 때마다 많은 에너지가 소모되는 느낌이었다.

내 옆에서 두 다리가 어른거리는 느낌이 들어 실눈을 뜨고 바라보니 마부였다. 그는 썰매에서 내려 옆에서 천천히 걸어가고 있었다. 말도 천천히 가고 썰매도 거의 기어가는 수준이었다. 여긴 어디지? 거의 다 왔나? 아직도 한참 남았나? 말이 지쳤나? ……자다 깨다를 수없이 반복하는 동안 마부가 줄곧 내 옆에서 느릿느릿 걷고 있는 걸 본 터라, 한참을 저렇게 걸었겠거니 생각했다. 잠결에서도 조바심이 일었다. '이렇게 세월아 네월아 가다가는 어느 세월에 집에 도착한담?'

비몽사몽간에 엄마에게 물었다. "걸어가기 시작한 지 얼마나 됐어? 말이 못 달리는 거야?" ……엄마의 대답 소리가 귀에 전해졌지만 한참이 흐른 뒤에야 그 소리가 뜻하는 바가 무엇인지 간신히 인식했다. "10여 분밖에 안 됐어. 지금 오르막길이라서……." 내가 말했다. "난 또, 두세 시간은 된 줄 알았지……." 고개를 떨어뜨리고 다시 잠 속으로 빠져들고 싶었지만 의식이 점점 또렷해졌다. 메스꺼움이 더욱 심해지면서 금방이라도 토할 것처럼 신물이 계속 넘어왔다. 머리를 받치고 있는 밀가루 포대는 너무 딱딱했고, 등은 두 동강이 날 것처럼 아팠다. 가까스로 몸을 일으켜 앉은 다음 허리를 포대에 밀착시키고 이불을 바짝 끌어당기자 한결 나아졌다.

엄마는 마부에게 무슨 말인지 미주알고주알 늘어놓았고, 나는 잠자코 멍하니 듣고만 있었다. 끼어들고 싶어도 말할 기력조차 없었다.

엄마가 물었다. "날씨가 30도(영하)쯤 되나요?"

마부가 대답했다. "30도도 훨씬 넘지요. 저녁이 되면 40도까지 내려갈 거예요."

다하이쯔(大海子)*와 가까운 커커퉈하이는 최저기온이 영하 51.5도까지 내려간 적도 있다. 그게 불과 10여 년 전의 일이었다.

눈을 깜빡거릴 힘밖에 남지 않은 나는 연신 눈만 껌뻑댔다. 머리 위로 한없이 펼쳐진 밝은 쪽빛 하늘을 한참 바라보고 있노라면, 문득 어두어둑한 밤하늘이거나, 먹구름이 잔뜩 낀 뿌연 하늘처럼 보였다. 정신을 차리고 다시 시선을 집중해서 쳐다보면 하늘은 여전히 구름 한 점 없이 맑고 깨끗했다. 한참을 들여다보고 있으면 또다시 어두컴컴하고 비바람이 몰아칠 것 같았다……. 시간이 너무 더디게 흐르면 밝음과 어두움의 구분조차 모호해지는 모양이다. 지금 이 순간 느껴지는 육체의 고통이 진짜 고통인지조차 분간이 안 된다. 늘 이렇게 고통스러웠던 걸까 아니면 일시적인 감각에 불과한 걸까? 일시적인 감각이 정상 상태와 어떤 차이가 있는지 분간조차 할 수 없다……. 다행히 태양은 아직 지지 않았다. 하늘 끝자락에 정확히 걸려 있는 태양이 내게 일깨워준다. 이전에 경험했던 그 숱한 낮들과 똑같은 하늘이라고.

태양은 아직 빛나건만 빛은 대지까지 닿지 않았다. 구름 한 점 없다. 나는 밀가루 포대에 비스듬히 기댄 채 다시 잠 속으로 빠져들었다. 꿈을 꾸었다. 꿈속에서 뭔가 계속 나타났지만 그게 뭐였는지는 정확히 모르겠다.

갑자기 엄마가 나를 흔들어 깨웠다. 경사가 제일 심한 오르막길로 접어든 것이었다. 말이 몇십 근에 달하는 채소와 100근에 달하는 식료품을 실은 썰매를 끌고 가파른 오르막길을 오르려면 우리가 썰매에서 내

---

* 우룬구 호수를 가리킨다. 부룬퉈하이라고도 한다.

려야 했다.

썰매에서 내려 평평한 대지에 발을 내딛자 정신이 번쩍 들며 기분이 한결 나아졌다. 좀 전에 느꼈던 무기력감에서 벗어나 최소한 내 발로 땅을 딛고 서서 오르막길을 오를 수 있었다.

우리는 손을 꼭 잡고서 깊게 패고 반들반들해진 썰매 자국을 따라 조심스레 발을 뗐다. 오후가 되면서 불기 시작한 바람에 두꺼운 두건을 머리에 꾹 눌러쓰고 눈만 빠끔히 내놓은 상태라 우리의 시야는 아주 좁았다. 앞에서 천천히 걷고 있는 말은 온통 땀투성이로 축축하게 젖었고, 온몸에서 열기가 나며 수증기가 몽글몽글 피어올랐다.

엄마가 가던 길을 멈추고 고개를 들더니 느닷없이 큰 소리로 외쳤다.

"저기 좀 봐! 무지개야!"

우리는 일제히 고개를 들었다. 어머, 세상에! 진짜 무지개잖아!

빨주노초파남보 일곱 색깔 무지개가 공중에 떠 있는데, 어쩜 그렇게 선명한지 결코 꿈이 아니었다.

와~ 진짜 신기하다! 겨울에 무지개가 뜨다니? 그것도 바람 부는 맑은 대낮에. 나는 천둥과 번개를 동반한 비가 그치고 난 여름철에만 무지개를 볼 수 있다고 알고 있었다.

여름에 볼 수 있는 무지개는 다리 모양, 그러니까 둥근 활 모양인 데 반해, 이 무지개는 고리 모양으로 원반처럼 둥글게 서쪽 하늘에 두둥실 떠 있었다.

나는 하늘을 올려다보며 신기하다는 말을 연발했다. 마부에게 물어보았다. "전에도 겨울에 무지개가 뜬 적 있어요?"

이따금씩 고개를 들어 하늘을 바라보던 그가 대답했다. "난생처음이야, 진짜 신기하기 짝이 없네……."

30분가량 지났을까, 고리 모양의 무지개 동쪽에 굽은 활 모양의 무지개가 또 하나 나타나더니 굽은 각을 따라 활 모양이 점점 펴지면서 원래 있던 둥근 무지개를 원심으로 한 아름다운 고리 모양의 무지개가 더해졌다. 그 아름다움이란 거의 불가사의에 가까웠다. 불과 10여 분 만에 일어난 일이었다.

한번 생각해보라. 평온하기 그지없는 푸른 하늘에 아름다운 무지개가 떴다는 것 자체가 기적에 가까웠다! 인공(人工)적인 것이 전혀 가미되지 않고서도 무지개는 서로 다른 다채로운 색채를 빚어내고 있었다.

그때 나는 벌써 썰매에 올라탄 뒤였다. 나는 이불 속으로 파고들어 드러누운 채 전혀 미동도 하지 않고 무지개만 뚫어져라 쳐다보았다. 햇살은 더 이상 눈부시지 않았고, 무지개도 서서히 그 빛을 잃어갔다. 바깥 고리 모양의 큰 무지개가 갈라지며 틈이 생기더니 점차 그 틈이 벌어졌고, 연이어 안쪽 고리 모양의 작은 무지개에도 똑같은 각도에서 틈이 생겼다. 머지않아 고리 모양의 쌍무지개는 그 빛을 서서히 잃어가다 끝내 흔적도 없이 사라질 터였다. 정신을 차려보니 어느새 땅거미가 내려앉았고, 바람은 점점 거세게 불기 시작했다. 불어오는 바람에 이마가 다 얼얼했다. 태양은 서산에 걸렸다. 말이 오르막 정상에 오르자 차오터우를 빙 둘러싸고 있는 드넓은 수풀이 바로 지척이었다. 이제 곧 도착이다. 마침내 도착한 것이다. 무지개는 이미 완전히 사라지고 없었다.

앞에서 우리 쪽을 향해 마주 오던 썰매 한 대가 가까이 다가와 멈춰

서더니 마부들끼리 서로 인사를 주고받았다. 상대방이 길 상태를 물어왔다.

"어, 아주 좋아!" 우리가 탄 썰매를 몰던 마부의 얼굴에 처음으로 미소가 번졌다. "어제까지만 해도 눈 때문에 여러 군데 길이 막혔었는데, 오늘은 다 뚫렸어." 하지만 무지개 얘기는 끝내 입에 올리지 않았다.

# 새끼 양을 품에 안은 노파

태양이 서산 너머로 완전히 기울었는데도 하늘 색은 여전히 밝고 선명했다. 산책에 나선 우리가 강기슭을 따라 2킬로미터쯤 걸었을 무렵에야 주변이 점차 어둑어둑해지기 시작했다. 그제야 우리는 집으로 발길을 돌렸다.

계곡 맞은편은 울창한 숲이 드넓게 펼쳐져 있다. 맑고 깨끗한 강물에서 뼛속까지 파고드는 차가운 물안개가 얼굴에 훅 끼쳐 왔다. 온종일 하늘에 걸려 있던 하얀 달은 이미 황금빛을 띠고 연이어져 있는 산속 깊이 잠겼다.

이때 어디선가 가슴을 후벼 파는 듯한 새끼 양의 울음소리가 들려왔다. 그 소리는 처량하기도 하고 애달프기도 했다. 우리는 잠시 걸음을 멈추고 그 소리에 귀를 기울였다. 엄마가 말했다. "근처에 길 잃은 새끼 양이 있나 보네. 가자, 가서 찾아보자."

우리는 소리를 쫓아 강기슭의 높은 바위를 기어오른 뒤 풀들이 무성하게 자란 초지로 들어섰다. 우리는 초지에 있는 소택지를 조심스레 빙 둘러 갔다.

저 멀리서 한 노파가 걸어오고 있었다. 가까이 다가가보니 소리의 근원지는 바로 그녀의 품속이었다. 새끼 양이 왜 그렇게 처량하게 우는가 했더니 노파 품에 안겨 있는 것이 영 불편했던 모양이었다. 노파는 새끼 양을 마치 어린아이 안듯이 세워 한 손으로는 양의 작은 배를, 다른 한 손으로는 양의 작은 엉덩이를 받치고 있었다. 새끼 양은 불편한 상황에서 벗어나기 위해 끊임없이 울부짖으며 필사적으로 몸부림치고 있었다. 이번에는 노파가 자세를 바꿔 양을 아예 등에 걸머멨다. 마치 보따리처럼 양을 비스듬히 등에 걸머메고는 한 손은 어깨 위로 둘러 양의 앞발을 잡고, 다른 한 손은 등 뒤로 돌려 양의 뒷발을 붙잡았다. 자세를 이렇게 바꾸고 나니 본인은 훨씬 수월해졌겠지만, 불쌍한 새끼 양은 더욱 고통스럽게 울부짖었다.

우리는 그만 웃음을 터트리고 말았다. 키가 크고 정정한 노파는 우리와 익히 아는 사이로 종종 우리 가게에 와서 물건을 사 가기도 했다. 이 근방에서는 유일한 위구르 족이기도 했다.

"왜 웃어? 이 새끼 양이-."

그녀가 유쾌하게 말을 이었다. "이 새끼 양이 엄마 양을 못 찾아서 그래. 봐 - 울고 있잖아!"

우리는 속으로 이렇게 말했다. '지금 할머니가 새끼 양을 울리고 있거든요.'

우리는 몇 마디 더 나눈 뒤 헤어졌다.

소택지를 벗어난 뒤에도 새끼 양의 처량한 울음소리는 멀지 않은 곳에서 메아리쳤다. 고개를 돌려보니 이미 어둠이 내린 무성한 초원 위로, 자잘한 분홍색 꽃무늬가 그려진 노파의 긴 치마가 이리저리 흔들리는 모습이 어렴풋이 보였다. 그녀의 녹색 두건은 이미 검은색으로 변한 뒤였다.

겨울이 찾아오면, 우리 가게에서 제일 먼저 동이 나는 물건은 뜻밖에도 공갈 젖꼭지가 달린 젖병인데 하루도 안 팔리는 날이 없었다. 그런데 대교 인근의 두세 마을에 살고 있는 가구 수라고는 고작 100여 가구에 불과했다. 참으로 이상한 일이었다. 혼자 똑똑한 척은 다 하는 엄마가 두 가지로 결론을 내렸다. 첫째, 이곳은 계획생육(計劃生育)*이 제대로 이루어지지 않고 있다. 둘째, 이곳 아이들은 일반적으로 이가 빨리 자란다.

하지만 엄마의 예상은 보기 좋게 빗나갔다. 알고 보니 공갈 젖꼭지를 사 가는 이유는 새끼 양에게 우유를 먹이기 위해서였다.

겨울에 태어난 새끼 양은 여름에 태어난 새끼 양에 비해 살아날 확률이 현저히 떨어졌다. 겨울이 너무 추운 탓에 어미 양과 함께 밖에서 생활하지 못하는 새끼 양은 허약할 수밖에 없었고, 많은 부분 인공포육에

---

* 중국의 산아제한 정책으로 한 가구당 한 자녀만 인정하고 있다.

의존해야 했다. 겨울이 되면 집집마다 종이상자를 따로 마련해두었다가 앞으로 태어날 새끼 양을 위해 보금자리를 만들어주었다. 우리 가게에 아이들을 보내 종이상자를 얻어 오게 하는 집도 더러 있었다. 겨울에 새끼 양이 많이 태어난 집에 방문해 보면, 문을 열고 들어서자마자 제일 먼저 눈에 띄는 것이 바로 온돌 벽 아래에 일렬로 늘어서 있는 종이상자이고, 종이상자마다 새끼 양들이 앙증맞은 머리를 쏘옥 내밀고 있었다.

새끼 양은 한마디로 귀염둥이다. 새끼 양은 사람처럼 예쁜 눈과 긴 속눈썹을 가지고 있다. 새끼 산양인 경우에는 이마에 앞머리를 가지런하게 늘어뜨리고 있기도 하다. 새끼 양은 부드러운 분홍빛 입술에, 몸은 보들보들하고 따뜻해서 너도 나도 새끼 양을 품에 안고 뽀뽀해주고 싶어 안달이다. 겨울이면 이곳 여자아이들은 자기 집 새끼 양을 품에 안고(도시에 사는 여자아이들이 거리에서 애완견을 품에 안고 있는 것과 마찬가지다) 이 집 저 집 놀러 다니는 걸 즐긴다. 온화하고 순결한 처녀티를 물씬 풍기면서 아이처럼 들떠 신기한 듯 작은 목소리로 소곤소곤 대화를 주고받는 사이, 새끼 양들은 각자 주인 팔에 얌전하게 안겨 서로를 바라본다. 이런 광경을 보고 난 뒤로, 기억 속 겨울은 늘 나를 미소 짓게 했다.

늦은 밤 식탁에 둘러앉아 밥을 먹고 있을 때, 입구에 늘어뜨린 두꺼운 면직 문발이 들썩이는 경우가 있다. 마치 사람이 들어온 것처럼. "누구세요?" 하고 물어봐도 아무런 기척이 없다. 문발을 들추고 내다보면 사람은 보이지 않고 발치께에서 뭔가 움직임이 느껴진다. 은회색 털을 한 새끼 양 한 마리가 엄마 발치에서 벽 가장자리를 따라 잽싸게 깡충깡충 뛰어 들어온다. 한달음에 난로 옆으로 와서 몸을 한 번 부르르 떨어 몸 위에 소복이 내려앉은 눈을 털어낸 다음, 제법 익숙하게 우리 집 주방으로 들어가 도마 선반 아래 놓여 있던 배추 한 통을 앞발로 끌어내 천천히 음미하듯 씹어 먹는다.

그 배추가 설령 우리 집에 남은 마지막 한 통이라 할지라도 차마 새끼 양을 미워할 수는 없다.

주인이 새끼 양을 찾아 우리 가게 문을 들어설 때까지 배추를 먹기 좋게 뜯어 먹이는 수밖에.

하루는 문을 나섰다가 눈구덩이 안에 웅크리고 앉아 벌벌 떨고 있는 새끼 양 한 마리를 발견해서 주워 온 적도 있었다. 우리는 서둘러 새끼 양을 품에 안고 집으로 돌아와 주인이 잃어버린 새끼 양을 찾으러 올 때까지 우리 집에서 키웠다.

기나긴 겨울, 새끼 양에 얽힌 일이라면 아주 소소한 것까지 어제 일처럼 생생하고 생각만으로도 마음이 따스해진다.

우리 집도 양을 한 마리 키운 적이 있었다. 아쉽게도 당시 나는 집에 없었고, 내가 집에 돌아왔을 때는 양이 이미 너무 커버린 뒤였다. 그래서 이렇다 할 추억거리는 없었다. 그래도 어렸을 때는 귀여웠을 게 분명했다. 그렇지 않고서야 엄마가 녀석을 이렇게 버릇없게 키우지는 않았을 터였다-이 녀석은 당최 풀을 먹지 않았다! 입이 얼마나 고급인지 밀과 옥수수만 먹었다. 풀 안 먹는 양이 있다는 얘기를 들어본 적이 있는가?

엄마가 말했다. "사람이 아니었기에 망정이지, 큰일 날 뻔했다."

우리는 가게 뒤편에 있는 창문 밑에 양을 묶어놓았다. 평소에는 그렇게 얌전하던 녀석이 가게에서 작은 움직임이라도 포착되면 앞발은 창문턱에 올려놓고 입은 유리창에 밀착시킨 다음 처량하게 울부짖으며 세상에서 가장 불쌍한 표정을 지어 보였다. 가게에 물건을 사러 왔다가 그 모습을 본 손님들은 우리가 양을 학대라도 하는가 싶어 하나같이 우리를 꾸짖었다. "먹을 것 좀 더 줘요!"

손님이 떠나고 나면 양은 언제 그랬냐 싶게 순식간에 조용해지면서 창문턱에서 내려갔다. 그러고는 마치 아무 일도 없었다는 듯 얌전하게 자기 우리로 돌아가 딴청을 피웠다. 엄마는 창문을 열어젖히고 양의 코에 대고 삿대질을 해가며 버럭 성을 냈다. "너! 너 이놈……!" 하지만 순진무구하게 쳐다보는 녀석 앞에서 결국 싱싱한 풀이 가득 담긴 구유에 옥수수 알 두 주먹을 더 넣어주었다. 그리고 말했다. "너 이놈, 어디 두고 보자. 언젠가는 기필코 네놈을 잡아먹고 말 테다!"

여름 목장에 있을 때, 우리는 이동하는 낙타 행렬을 따라 온 산과 들을 헤매고 다녔다. 크고 작은 가재도구를 잔뜩 실은 거대한 낙타 무리 뒤로 양 떼가 따랐고, 가는 길 내내 흙먼지가 온 하늘을 뒤덮었다.

늘 이동해가며 사는 이들의 삶은 100년 된 고택에 사는 사람들보다 훨씬 안정되어 보인다. 차분하고 편안한 이동 길에, 유목민들이 갓 태어난 새끼 양을 품에 안고 가면 어미 양이 뒤에 바짝 붙어 따라오면서 새끼를 향해 초조하게 메~에 메~에 하고 끊임없이 울어댄다. 이동하는 전체 행렬 중에서 어미 양만큼 불안하고 화가 나 있는 구성원도 없다. 아무튼, 이런 광경은 가장 완벽한 가족의 모습이다.

갓 태어난 새끼 양과 갓 태어난 아기는 종종 색이 칠해진 같은 요람 안에 담겨 낙타 등 한쪽에 걸렸다. 낙타가 옆을 지나갈 때 손을 뻗어 요람을 덮고 있는 작은 담요를 젖히면 앙증맞은 머리 두 개가 일제히 고개를 내밀었다.

새끼 양을 품고 있는 노파는 머지않아 이 세상과 이별할 것 같고, 품에 안은 작고 연약한 새끼 양은 갓 태어난 듯하다.

그녀의 옷은 다 낡고 해어졌지만, 마음은 평온하다. 발아래로 흥건한 피의 흔적이 엿보인다.

그녀는 강가에 서 있다. 강물은 포효하고 눈과 얼음은 녹기 시작했다. 봄이 코앞으로 성큼 다가왔다.

나는 줄곧 생각한다. 유목지대에서 태어난 새끼 양은 다른 곳에서 태어난 새끼 양보다 훨씬 행복하겠지? 하고. 훨씬 풍부하고 기쁜 생명의 내용들이 있으니 말이다. 적어도 내가 아는 한, 유목민에게 있어서 양의 존재는 단순한 '먹거리'가 아닌 '가족'으로서의 의미가 더 커 보인다. 선량하고, 희망에 차 있고, 온화하고, 인내하는…… 내가 느끼는 이런 모든 감정들은 새끼 양과 연관된 미덕이며, 이런 미덕은 말로는 표현할 수 없는 방식으로 서로 어우러져 바다를 이루고, 산과 들로 퍼져 이 세상 어느 곳에나 존재한다. 나는 이런 삶이 바뀔 거라고 믿지 않으며, 이런 삶의 방식이 언젠가는 사라질 거라고 감히 상상조차 할 수 없다.

# 차오터우에서 만난 아주 특별한 생명들

### 비둘기

나는 흰 비둘기도 본 적이 있고, 검은 비둘기도 본 적이 있고, 흰색과 검은색의 중간인 회색 비둘기도 본 적이 있지만, 흰색과 검은색이 섞인 얼룩 비둘기는 본 적이 없다. ……차오터우에서 난생처음 그런 비둘기를 봤다. 얼룩 비둘기들은 의기양양하게 떼를 지어 우리 집 처마 밑에 둥지를 틀었다. 나는 텅 빈 길 한복판에 서서 고개를 쳐들고 한참 동안 비둘기들을 관찰했다. 확실해, 비둘기가 틀림없어, 비록 생김새는 젓소를 더 닮았지만.

비둘기는 사람에게 감동을 선사해주는 음악과 다름없는 새다. 특히 하늘이 아주 파란 새벽녘이면 비둘기들은 끊임없이 창공을 선회해가며 날고 또 난다. 마치 끝없이 무언가를 찾는 것처럼, 하늘 저편에 무언가를 열려는 것처럼…… 날고 또 난다. 날수록 하늘은 더욱 푸르러진다. 세상 어딘가에서 제발 비행을 멈춰달라고 간절히 기도하는 사람이 있을 것만 같다. 비둘기가 파란 하늘 위를 선회하는 광경은 견딜 수가 없다. ……마음이 산산이 부서지는 것만 같다. 비둘기가 점점 다가가고 있는 그곳에는 과연 무엇이 있을까?

그런데 이곳 얼룩 비둘기는 얼마나 극성스러운지 한 마리도 남김없이 깡그리 잡아먹어 치우고 싶을 정도다! 하루 종일 구구거리며 정신 사납게 날아다니는 것도 모자라, 문 앞을 온통 허연 새똥 천지로 만들어놓는 통에 언제 하늘에서 날벼락이 떨어질지 몰라 늘 대비를 철저히 해야 했다. 비둘기가 맞긴 한 거야?

비둘기들은 겨울을 어떻게 날까? 날은 춥고, 눈도 많이 내리는데 대체 무얼 먹고 살지? 그래서 결국 사람들한테 잡아먹히는 신세가 되나 보다. 차오터우 사람들은 비둘기 잡는 실력 하나는 타고났다. 매일같이 비둘기를 잡아 한 줄로 꿰어 집으로 돌아가 먹는데 하도 잘 먹어서 얼굴에 기름기가 줄줄 흘렀다. 자연법칙에 따라 살아가는 동물들은 자연에 적응하기 위해 강건해야 했기에, 야생에서 사냥해 온 것들은 대개 보양식으로 여겨졌다. 비둘기 고기는 상당히 질기고, 가늘고 하얀 뼈는 어찌나 단단한지 마치 강철 같아서 아무리 씹어도 부서지지도 않을뿐더러 일부러 부러뜨리려 해도 잘 부러지지 않는다. 이렇게 단단한 골격 덕분에 비둘기는 아름다운 날갯짓을 해가며 끝없이 펼쳐진 자연이라는 망망대해를 한없이 비상할 수 있는 것이리라……. 나는 비둘기를 먹지 않는다. 아니, 야생의 생명을 먹는 것 자체를 혐오한다. 만약 내가 충분히 강건하지 않다면 그건 오롯이 내 문제이고 내 잘못일 뿐, 무엇을 먹고 안 먹고와는 전혀 상관이 없다.

**미꾸라지**

천신만고 끝에 톈(田) 노인 집 앞을 흐르는 작은 도랑에서 미꾸라지 한 마리를 잡았다. 잡은 미꾸라지를 대야에 넣고 가만히 생각해보니 대야 속 물이 너무 적어 미꾸라지가 답답해할 것 같았다. 그래서 물을 가득 푸기 위해 대야를 도랑에 넣는 순간…… 눈 깜짝할 사이에 미꾸라지가 도망쳐버렸다.

나는 집으로 돌아와 엄마에게 말했다. "내가 미꾸라지를 잡았어!"

엄마가 물었다. "어디?"

내가 대답했다. "근데 놓쳤어."

그러자 엄마는 나를 거들떠보지도 않았다.

내가 다시 말했다. "정말 미꾸라지를 잡았었다니까!"

엄마가 말했다. "시끄러, 성가시게 굴지 마."

엄마는 내 말을 못 믿는 눈치였다. 하기야 이 일이 있기 전까지는 나 역시 믿지 못했을 터였다. 차오터우에 미꾸라지가 있다니 정말 뜻밖이다!

차오터우에 어쩌다 미꾸라지가 살게 되었을까? 차오터우를 가로질러 흐르는 카이얼터 강은 어얼치쓰 강 상류의 한 지류로 그곳에는 냉수어만 산다. 내가 아는 바로는, 미꾸라지는 따뜻하고 축축한 하천 바닥의 진흙 속에서만 사는데 이곳 하천 변에는 모래만 있을 뿐 진흙은 구경도 못 해봤다! 설마 내가 잘못 본 건가? 그럴 리가 없어, 틀림없이 미꾸라지였다고.

그 뒤로 물을 긷거나 빨래를 하러 가는 길에 톈 노인 집을 지나게 되면 으레 그 집 앞 도랑가에 쭈그리고 앉아 한참을 뚫어지게 살펴보곤 했다. 미꾸라지를 다시 볼 수 있기를 기대하며.

톈 노인 집은 운모 광산 때문에 이곳까지 흘러들어 왔다가 운모 광산이 철수한 뒤에도 이곳에 계속 남길 원했던 몇 안 되는 집 가운데 하나였다. 톈 노인은 하천가에 몇 무 정도 밀을 심고, 마당에는 작은 채소밭을 일구고, 닭들과 양 몇 마리를 치며 살았다. 1년 동안 버는 돈이라야 몇 푼 안 됐지만 쓰는 돈 역시 몇 푼 되지 않았다. 톈 노인은 채소밭에 물을 대기 위해서 집 뒤쪽에 흐르는 큰 개울에서 물을 끌어다 마당을 휘돌아 채소밭으로 흘러가게 작은 도랑을 만들어놓았다. 내가 말한 미꾸라지는 바로 이 작은 도랑에서 발견한 것이었다.

폭 40~50센티미터에 깊이 30센티미터도 채 되지 않는 이 작은 도랑은 물이 아주 맑았다. 당시 강가에서 빨래를 마치고 빨랫감이 잔뜩 든 대야를 안고 그곳을 지나가던 중, 맑은 도랑의 진흙 바닥 속에 몸을 반쯤 숨기고 있는 미꾸라지를 발견했다. 나는 재빨리 대야를 가득 채우고 있던, 갓 빨래를 마친 옷들을 옆에 있는 잔디밭 위에 쏟아버리고 빈 대야를 들고 상류에서 하류 쪽으로 미꾸라지를 몰아갔다. 단번에 미꾸라지를 잡을 수 있을 거라고 자신했지만 어림없었다. 대야를 뒤집어보니 텅 비어 있었다. 물 밑 진흙 바닥을 열심히 파보기도 했지만 역시 헛수고였다. 흘끗 곁눈질을 해보니 상류 쪽에 그림자처럼 꼼짝도 하지 않은 채, 물속으로 늘어진 물풀 사이에 교묘히 몸을 숨기고 있는 미꾸라지가 보였다. 살금살금 다가갔다……. 그렇게 한참 애를 썼지만 결국 바지만 흠뻑 젖고 말았다. 소리를 내지 않으려고 잔디밭에 있던 닭들도 모조리 쫓아버리고, 물속에 늘어진 물풀까지 깡그리 다 뽑아버렸는데 끝내 미꾸라지를 잡는 데는 실패했다.

심지어 갖은 고생 끝에 겨우 잡은 미꾸라지마저 놓쳐버리고 말았다.

바싹 약이 오를 대로 오른 나는 상류로 올라가 도랑으로 물이 흘러들어 오는 입구를 아예 틀어막아버렸다. 네 녀석이 어디까지 도망가나 한번 해보자는 심산이었다! 물이 유입되는 입구를 막아버리자 흐르던 물이 순식간에 멈추며 물이 점차 줄어들었다. 나는 도랑 위아래를 샅샅이 살폈다. 하지만 귀신을 본 건지 당최 찾을 수가 없었다. 이번에는 진흙 속을 파볼 참이었는데, 톈 노인이 자기네 집 마당에서 노발대발하는 소리가 들렸다.

"왜 물이 빠졌지? 어떤 놈이 감히 물길을 막아버린 거야?"

그러고는 잠시 뒤에 내가 있는 쪽으로 허둥지둥 달려오는 발자국 소리가 들렸다. 나는 재빨리 잔디 위에 내팽개쳐놓은 옷들을 대충 대야에 쑤셔 넣고, 대야를 안은 채 걸음아 나 살려라 하고 줄행랑을 쳤다.

차오터우에 어쩌다 미꾸라지가 살게 되었을까?

**물고기**

차오터우 강에는 아주 특이한 물고기도 살고 있다. 전에도 종종 보았지만 딱히 특이하다고 느낀 적은 한 번도 없었다. 그런데 먼 곳에서 온 친구가 신기하다는 듯이 내게 말했다. 이 물고기는 날개가 달렸네!

분명 날개가 달려 있었다! 양 날개는 몸체 양쪽에 조금 길고 조금 넓게 자라 있었는데 언뜻 보기에는 날개를 닮은 지느러미 같았다……. 하지만 닮아도 너무 닮았다! 우리 둘은 강가에 엎드려 한참 동안 관찰해 본 결과 이렇게 결론을 내렸다. 지느러미가 아니라고.

그날 우리는 강물 위로 우뚝 솟아오른 커다란 돌 위에 앉아 한가롭게 놀고 있었다. 발아래로는 강물이 유유히 흐르고, 작은 치어들은 돌 틈 사이를 뻔질나게 드나들었다. 날씨가 너무 더워 우리는 신발을 벗어 던지고 맨발을 물속 깊이 담갔다.

발아래 잔잔한 물속에서 죽어가는 물고기 한 마리가 몸이 휘어진 채 물결에 이리저리 쓸려 다녔다. 내가 그놈을 잡아 몸을 곧게 펴준 다음 놓아주었는데 몸통이 도로 휘어지면서 결국 허연 배를 보이며 뒤집어졌다.

그 물고기한테 온통 정신을 파느라 발가락 옆 모래 더미 위에 또 한 마리가 꼼짝도 않은 채 숨어 있는 것을 보지 못했다.

먼저 발견한 친구가 소리쳤다. "저거 봐, 날개 달린 물고기야!"

친구가 가리키는 쪽을 보고 난 나는 배꼽이 빠져라 한바탕 웃어젖히고 나서 그게 왜 날개가 아닌지 차근차근 설명을 해줄 작정이었다. 그런데 자세히 보니 뭔가 이상했다. 그건 분명 날개였다.

물은 잔잔하고 아주 느리게 흘렀다. 그 물고기는 배에 빨판이라도 달린 것처럼 모래 위에 딱 붙어 있었다. 마치 물속을 유영하는 물고기가 아니라, '기어 다니는' 물고기처럼 보였다. 몸은 비록 납작했지만 그렇다고 넙치만큼 납작하지는 않았다. 아름다운 양 날개를 선명하고 가지런하게 활짝 펼치고, 희고 고운 모래 위에 착 붙어 있었다. 잔잔한 물결이 물고기 위에서 반짝 빛났고 물고기는 전혀 미동이 없었다. 그놈도 죽었나 보다 생각하는 순간, 살랑 하고 꼬리를 흔들며 1~2센티미터 앞으로 미끄러지듯 헤엄쳐 갔다.

나는 무릎 아래까지 오는 물속에 쭈그리고 앉아 한참을 지켜보았다. 손가락 끝으로 살짝 건드려보아도 꼼짝도 하지 않자, 그놈을 잡아 손에 살짝 쥐어보았다. 물고기의 몸은 차가웠고 내 손바닥 위에 얌전하게 누워 있었다. 손을 풀어주자 물속으로 사뿐하게 미끄러져 들어가더니 강바닥으로 숨어버렸다.

이런 물고기는 난생처음이었다. 이 물고기도 곧 죽게 될까? 상식적으로 곧 죽을 물고기는 하나같이 허연 배를 드러낸 채 물 위로 떠오르는 게 보통이다. 좀 전의 그 물고기처럼.

그러고 보니 이 물고기는 눈먼 물고기 같기도 했다. 마치 움직임(動)과 멈춤(靜), 차가움(冷)과 뜨거움(熱)의 지각조차 없는 어둠과 혼돈의 세상에 살다가, 어느 한 순간의 부주의로 신비한 삶의 터전에서 이곳으로 뚝 떨어진 것만 같았다.

친구의 권유대로 나는 내 신발 속에 물고기를 잠시 넣어두었다가 집에 가져갈 생각이었다. 그때 내 신발이 얼마나 튼튼한지 알게 되었는데

물 한 방울 새지 않았다.

하지만 오랜 고민 끝에 너무 온순해서 사람을 오히려 불안하게 만드는 이 물고기를 결국 강에 놓아주었다. 내가 물고기를 길러 뭐하게? 더구나 이 물고기〔날개 달린 물고기…… 비상(飛翔)에 실패한 물고기……〕에 대해서는 쥐뿔도 모르는데 공연히 데려갔다가 죽게 만들 것이 뻔했다.

이유가 하나 더 있다. 음, 내 신발 냄새가 너무 고약했다……. 이렇게 예쁜 물고기를 고린내가 폴폴 풍기는 신발에 넣어 가는 게 못내 미안했다.

**고라니**

우리 집 뒤편으로는 넓게 펼쳐진 폐허가 있고, 거기서 더 가면 끝없이 이어진 황금빛 밀밭이 나오고, 거기서 더 가면 연이은 산들이 나타난다. 우리 집 쪽을 향하고 있는 산은 양지쪽이라 숲은 보이지 않고 모두 민둥산이다. 산 위로는 하늘, 짙푸른 하늘이 보인다. 하늘의 파란색과 산의 갈색 사이에 반드시 무언가 존재할 것만 같다.

문가에 서서 그곳을 한동안 바라보고 있노라면 꼭 한번 가보고 싶어진다.

하지만 나는 근처 폐허 속을 어슬렁거릴 뿐이다.

하루는 방치된 지 아주 오래된 폐허 속 큰길가에서 땅속에 박혀 있는 선명한 빨간 플라스틱을 발견했다. 그 자리에 쭈그리고 앉아 끈기 있게 열심히 파보니 한물간 구닥다리 빗이었다.

인근의 몇몇 마을에 사는 촌민들은 집을 지을 때면 하나같이 이곳에 와서 흙벽돌을 헐어 갔기 때문에 폐허 속에 남아 있던 담장은 거의 다 헐렸다. 그래도 간혹 사람 키 절반 높이의, 석회가 아직 벗겨지지 않은 담장이 집터 위에 견고하게 남아 있는 경우도 더러 있었다. 어떤 담벼락에는 10여 년 전의 벽걸이 달력이 가지런히 걸려 있기도 했다. 담벼락 한쪽 끝에 글씨 흔적이 선명한 학습 계획표와 일정표(짐작건대 침대 머리맡에 붙어 있었던 것 같다)가 보이기도 했다. 당시 아이의 학습일지와 시간표를 꼼꼼히 들여다보았다. 그 아이는 벌써 성인이 되었을 테고, 일찌감치 차오터우를 떠난 그는 바깥세상에서 살고 있을 터였다. 그는 이곳에 유년의 기억을 내팽개쳐버렸다.

그해 운모 광산에서 일하던 직원들과 그 가족들이 이곳을 떠나면서 버리고 간 것은 비단 집과 이곳에서의 삶뿐만이 아니었다. 그들은 자질구레하고 소소하지만 소중한 시간 속 기억의 편린들마저 버리고 떠났다.

폐허 속에서 높고 큰, 가지런한 흙벽돌집이 군계일학처럼 떡하니 버티고 서 있었다. 세 면의 벽은 완벽하게 남아 있었고, 나머지 한 면은 가지런히 박혀 있는 널빤지가 벽을 대신하고 있었다. 이 커다란 집은 원래 러시아풍의 거대한 아치형 지붕으로 덮여 있었다. 지금은 비록 지붕이 다 떨어져 나가 아무것도 남아 있지 않지만 화려했던 당시의 위엄을 고스란히 간직하고 있었다. 들리는 바로는 당시 직원클럽과 영화관으로 이용되었다고 했다.

지금은 국유림 직원들이 그곳에 고라니를 가둬 기르고 있다.

고라니는 보통 말보다 큰 사슴의 일종으로 머리에 사슴만이 가지고 있는 나뭇가지처럼 생긴 뿔이 없었다면, 나는 고라니를 낙타 봉이 없는 낙타쯤으로 여겼을 거다! 색깔도 낙타와 매우 흡사했다.

그곳에 갇혀 있는 대략 20여 마리의 고라니들은 하나같이 아름답고 커다란 눈을 동그랗게 뜬 채 그늘진 벽 쪽에 조용히 서 있었다. 사료가 담긴 구유 주변에는 고라니 몇 마리가 느긋하게 사료를 씹어 먹고 있었다.

나는 널빤지를 댄 벽 바깥쪽에 쌓여 있던 목재 더미 위로 기어 올라간 다음, 발로 널빤지 벽 사이에 난 틈을 밟고 가장 높은 곳까지 올라가 담장 위에 기마 자세로 걸터앉아 아래를 내려다보았다. 고라니들은 내 쪽의 동정 따위에는 전혀 아랑곳하지 않고, 그저 한두 마리 정도 고개를 들어 내 쪽을 쳐다볼 뿐이었다.

고라니들은 겨울에 이곳으로 붙잡혀 와 사육되고 있었다. 겨울이 찾아와 산에 눈이 너무 많이 쌓이면 고라니들은 먹을 것을 찾아 눈이 덜 쌓인 곳까지 내려와서 눈 속을 파헤쳐 땅속에 묻혀 있는 마른 풀을 뜯어 먹었다. 조금씩 아래로 내려오다 보니 어느덧 이곳까지 오게 되었고, 결국 사람 손에 붙잡히고 말았다.

물론 이곳도 그리 나쁘지는 않다. 이곳은 국가가 관리하는 야생동물 보호구역이다 보니 고라니를 잡아먹기는커녕, 국유림 직원들이 책임지고 고라니들에게 사료까지 챙겨주었다. 게다가 이 커다란 집은 겨울철의 거센 바람을 너끈히 막아줄 정도로 견고했기 때문에 무척 따뜻하기도 할 터였다. 그뿐이랴, 집 안에는 잠잘 곳도 따로 마련되어 있었다.

그렇더라도 고라니들로서는 전혀 기쁜 일이 아니다. 고라니는 원래

숲에 속해 있었고 마음껏 뛰놀 수 있는 자유가 있었다! 고라니들은 과연 자신의 생명을 운명에 맡기고 싶어 할까 아니면 자유를 박탈당한 채 사람의 손에 맡기고 싶어 할까……. 나는 담장 위에 기마 자세로 걸터앉아 북쪽으로 고개를 돌려 갈색의 산들과 산 위로 펼쳐진 가슴 설레는 파란 하늘을 우러러보다가 다시 고개를 숙여 흔들리는 광활한 폐허를 굽어보았다.

## 쥐

여기서 말하려는 쥐는 무슨 특별한 쥐가 아니라 다들 잘 알고 있는 쥐-도둑질에 능하고 일을 망쳐놓는 데 선수지만, 자신의 잘못은 결코 인정할 줄 모르는 보통 쥐에 관한 이야기이다.

그 전에 양에 대해 먼저 얘기를 해야겠다. 여름이 되면, 우리는 기르던 양을 유목민에게 맡겨 여름 목장에서 키우게 했다. 가을이 되어 유목민이 하산하는 길에 차오터우에 들러 우리에게 양을 돌려주었다. 그런데 아무리 요모조모 뜯어봐도 우리 양 같지가 않았다. 하루아침에 어쩜 이렇게 못생겨질 수 있으며, 성질은 또 얼마나 못돼먹었는지 우리 집 식구 누구와도 마음이 맞지 않았다.

우리는 집 뒤편 창문 아래에서 양을 키웠다. 그곳에 포근한 보금자리도 마련해주고 매일같이 창문 너머로 사료도 잔뜩 던져주었다. 그런데 이 녀석은 뭐가 그리 못마땅한지 하루하루를 마지못해 보내다가 한번 심사가 뒤틀렸다 하면 목이 터져라 울부짖곤 했다.

우리는 물 한 대야도 함께 놓아두었다. 벌써 늦가을로 접어들었지만 날이 그리 춥지는 않아 밤사이에 대야 표면에 살얼음이 살짝 얼었다가도 새벽이면 순식간에 녹아버렸다. 나는 매일같이 창문을 훌쩍 뛰어넘어 가 물을 채워주곤 했는데 그때마다 물 위에 둥둥 떠 있는 죽은 쥐를 발견했다. 하루도 그냥 지나가는 법이 없었다. 쥐들은 왜 이렇게 조심성이 없는 걸까?

나중에 알게 된 사실이지만, 이 쥐들은 일부러 물속으로 뛰어든 것이었다. 목이 너무 말랐기 때문이었다. 그런데 하필 대야가 너무 깊은 탓에 대야 안으로 뛰어들었다가 나오지도 못하고 결국 물에 빠져 죽은 것이었다.

가을이 되어 날씨가 추워지면, 산 위에 쌓인 눈이 더 이상 녹아내리지 않아 강물이 차츰 줄어들었다. 마을에 있는 개울물이란 개울물은 모두 말라버렸다. 눈도 여태 내리지 않고 있었다. 상황이 이렇다 보니 물 마실 곳을 찾지 못한 쥐들은 목이 말라도 별 뾰족한 수가 없었다. 이때 물 냄새를 맡고 찾아온 곳이 다름 아닌 우리 집 외양간의 양철 대야 속이었다. 하지만 쥐들을 위해 마련해놓은 물이 아닌 이상 마음대로 마실 수도 없는 노릇이었다. 쥐들은 낮 동안에 남몰래 숨어 밤이 되기만을 참을성 있게 기다렸다가, 밤이 깊어 방해하는 사람이 아무도 없을 때, 행복한 마음으로 대야 가까이 다가가 펄쩍 뛰어들거나 높은 곳에 기어올라 아래로 점프했다…….

쥐들이 너무 불쌍했다. 내가 엄마에게 말했다. "엄마, 쥐들이 물에 빠져 죽었어."

엄마가 대답했다. "별수 없지, 뭐."

내가 말했다. "나한테 쥐들이 빠져 죽지 않게 할 좋은 수가 하나 있긴 한데……."

"?"

"대야를 비스듬하게 세워놓는 거야. 그럼 수위는 올라갈 테고 대야 가장자리는 낮아지겠지. 그러니까 쥐들은 대야 가장자리에 손을 짚고 대야 안에 머리만 집어넣으면 물을 쉽게 마실 수 있게 되는 거지. 물을 다 마시고 나면 입만 쓰윽 닦고 가면 되고……."

엄마가 말했다. "지랄한다."

그래도 나는 내 생각대로 했고, 밤마다 지금쯤 대야 옆에 줄을 길게 서서 물을 마시고 있을 쥐들을 떠올리며 아주 달게 잠을 잤다. 그런데 꿈속에서 문득, 마을에는 이곳에 물이 있다는 사실을 모르는 쥐들이 더 많을 거라는 생각이 들자 벌떡 잠에서 깨어 창밖의 동정에 귀를 기울였다.

우리는 어려서부터 쥐는 나쁘다고 배웠다. 그런데 왜 나쁘지? 왜냐하면 사람들이 먹을 양식을 훔쳐 먹으니까. 사람들의 양식을 훔쳐 먹는 게 왜 나쁜 거지? 왜냐하면 우리가 죽을 고생을 해가며 씨를 뿌려 거둔 양식이니만큼 응당 우리가 먹어야 하는데, 아무 노력도 하지 않은 쥐들이 공짜로 훔쳐 먹으니까.

하지만 쥐들의 입장에서 보면 땅에서 자란 모든 것은 사람하고는 무관하다! 우리도 우리 능력으로 '무'에서 양식을 만들어낸 것이 아니라, 땅을 통해 양식을 얻는 것이다-우리도 자연의 섭리에 순응해서 양식을 얻고, 자연의 섭리에 순응해가며 생존해나갈 뿐이다. 쥐들 역시 마찬가지다. 우리는 우리의 제한된 능력을 발휘해서 양식을 얻고, 쥐들은 쥐들대로 자신들의 제한된 능력을 발휘해 생존해나간다. 비록 우리 입장에서 보면 쥐들의 능력이란 게 고작 수치스러운 '도적질'에 불과할지라도 말이다……. 하지만 그렇게라도 하지 않으면 쥐들은 과연 무엇을 할 수 있겠는가? 우리가 본능에 따라 살아간다면, 쥐들 역시 본능에 따라 살아가야 하는 게 마땅하지 않을까?

쥐들 입장에서 보면, 사람들 세상이야말로 불가사의 그 자체일 터였다! 우리 자신은 아무런 잘못도 저지르지 않았는데 가뭄과 홍수와 산불 같은 수없이 많은 자연재해를 겪어왔다. 자연은 사람에게 두려움의 대상이지만 어느 누구도 그런 자연을 원망하지 않는다. 우리는 이렇게 말한다. 그건 운명이라고. 어쩌면 쥐들에게 있어서 우리도 하나의 '자연현상'일 뿐이고, 그건 쥐들의 운명이다. 아주 간단하다.

쥐들은 무엇 때문에 우리가 자연으로부터 받는 위협보다 더 강한 존재로부터 피해를 입어야 하는 걸까? 그것 역시 쥐들의 운명이다. 그렇다면 쥐같이 약한 존재로부터 손해를 조금 보았다고 해서 쥐들을 미워하고 모든 것을 쥐들 탓으로 돌리는 우리는 어떤가?

나중에 다시 생각해보니, 그 역시 자연의 일부가 아닐까? 세상에 존재하는 모든 불평등은 실은 더 큰 평형을 유지하기 위함이다. 이렇게 말하면, 우리가 쥐를 미워하고, 쥐를 잡아 죽이기 위해 혈안이 되어 있는 것은 피할 수 없으며, 이 또한 자연에 순응하기 위해 필요한 것이다. 이것이 '정확'한 판단이 아닐까?

다행히 쥐들은 사람의 감정을 읽을 줄 모르니(애초에 자신이 '나쁜 놈'이라는 걸 모른다……) 아무것도 모른 채 행복하고 단순하게 만족하며 살아갈 테고, 영원히 '탄생(生)'을 혐오할 일도 없으니 계속해서 왕성하게 번식해나갈 것이다.

그나저나 우리가 기르는 양은 도대체 뭐가 불만인지 누구를 봐도 늘 시큰둥하다. 하루 종일 이것도 흥 저것도 흥, 가져다주는 것마다 마다하면서 걸핏하면 심장을 쥐어짜는 듯이 끝없이 울부짖기만 한다. 도대체 뭘 원하는 걸까?

### 돼지

차오터우에서 돼지를 보기 전까지 나는 꽤 오랫동안 돼지를 보지 못했다. 이상할 게 하나도 없는 게 이곳이 무슬림 지역이기 때문이다. 바로 그런 이유로 돼지를 봤을 때 나는 깜짝 놀라 까무러칠 뻔했다.

다시 본론으로 돌아가서, 차오터우 인근의 몇몇 마을에 사는 사람들은 모두 정착한 카자흐 족 농민이지만, 차오터우에 사는 사람들은 대부분 한족이었다. 개울가에는 버드나무가 가지를 늘어뜨리고, 저수지에는 오리가 헤엄쳐 다니고, 집 뒤꼍 채소밭에는 고수가 자라고, 동부*가 덩굴줄기를 뻗고 있다. 한족들이 사는 내지의 여느 작은 마을과 별반 다를 게 없다.

당시 멀리 이곳까지 차를 타고 오는데 오는 길 내내 차가 하도 덜컹거리는 통에 머리가 다 지끈거렸다. 산기슭을 따라 구불구불하게 난 오르막길을 하루 종일 달리던 차가 별안간 급커브를 돌았다. 돼지 한 마리가 앞에서 불쑥 튀어나온 탓이었다. 운전기사가 급브레이크를 밟

---

* 콩과의 한해살이 덩굴성 식물

는 바람에 우리는 몸이 일제히 앞으로 쏠렸고 그 바람에 정신이 번쩍 들었다.

운전기사는 그런 일에 이골이 났는지 대수롭지 않다는 듯 핸들을 꺾어 돼지를 아슬아슬하게 비켜 갔다. 우리는 마치 꿈이라도 꾸고 있는 듯 고개를 돌려 멀어져가는 돼지를 멍하니 쳐다보았다.

차오터우에 돼지가 살다니! 차오터우에 돼지가 살고 있다는 건 차오터우에 미꾸라지가 살고 있다는 것보다 훨씬 놀랄 만한 사건이었다. 이건, 이건, 이건…… 민족 대단결을 해치는 거잖아…….

이곳에 오래 머물다 보니 그제야 이해가 갔다. 다 살기 위해서였다. 살기 위해서는 돈을 벌어야 했다. 그리고 돈을 벌려면 무엇보다 건강해야 했고, 건강하려면 고기를 잘 먹어야 했다. 하지만 양고기는 턱없이 비쌌다. 무려 돼지고기보다 곱절이나 값이 더 나갔기 때문에 부득이 돼지고기라도 먹어야 했다. 그런데 이곳은 소수민족들이 모여 사는 곳이라 돼지고기를 구할 데가 없었다. 그러니 자기 집에서 기르는 수밖에 없었다. 다행히 서로 다른 민족끼리 함께 어울려 산 세월이 길고 왕래도 빈번하다 보니 서로의 차이점을 있는 그대로 받아들였다. 가난한 사람들은 대개 다 착하다.

차오터우에서 돼지로 살아가는 것은 참으로 행복하다. 냄새나는 돼지 우리에 하루 종일 갇혀 있을 필요도 없고, 간섭하는 사람도 없으니 제 하고 싶은 대로 하며 산다. 오리 뒤꽁무니를 쫓아다니나 싶더니 어느새 "풍덩" 개울로 뛰어들어 가 한 두어 바퀴 신나게 수영을 즐기기도 한다. 아침부터 저녁까지 마을 곳곳을 제 집처럼 마구 휘젓고 다니다가, 다른 집 문틈이나 담장 너머로 집 안을 몰래 엿보기도 한다. 오후가 되면 또 귀신같이 알아서 꿀꿀거리며 제 집으로 걸음을 재촉한다-집에 맛난 음식이 기다리고 있다. 다들 돼지가 멍청하다고 말들 하지만 내가 보기에는 전혀 그렇지 않다. 차오터우에 낡은 집들이 굉장히 많은데 돼지가 집을 잘못 찾아 들어가는 경우는 한 번도 본 적이 없다.

내 여동생은 재봉 일에는 눈곱만치도 관심이 없을뿐더러, 아빠의 뒤를 이어 신발 수선을 해볼 생각은 더더욱 없었다. 그럼 뭘 하면 좋을까? 엄마가 기막힌 묘안을 생각해냈다. 엄마는 잘 키운 돼지 한 마리가 1년 내내 재봉 일을 해서 버는 돈보다 훨씬 짭짤할 수 있다고 말했다. 내 여동생은 뛸 듯이 기뻐하며 당장 계획을 짜기 시작했다. 아침을 먹고 나서 돼지를 몰고 나가 양을 방목하듯 하면 얼마나 여유로울까. 돼지를 방목하는 동안, 초원에서 노랑씀바귀나 토끼풀 등을 뜯어 올 수도 있을 테고, 그러면 저녁상에 요리 하나를 더 올릴 수 있을 터였다. 게다가 속을 알 수 없는 양이나 오리와는 달리 돼지는 신경 쓸 일이 거의 없기 때문에, 돼지를 방목하는 것은 양이나 오리를 방목하는 것과는 비교도 안 될 만큼 수월할 것이다. 돼지는 팔자 좋게 초원에 드러누워 실컷 잠을 자거나, 끽해야 근방을 돌아다니는 게 고작이다. 훈련만 잘 시키면 교통수단으로 아주 요긴하게 써먹을 수도 있다. 아침에 집을 나설 때는 돼지를 타고 나갔다가 오후에 집으로 돌아올 때는 초원에서 뜯은 노랑씀바귀나 토끼풀을 싣고 올 수도 있을 터였다……. 아주 근사해, 정말 너무 근사해…….

여동생의 말을 듣고 있자니, 나는 재봉 일 따위는 당장 때려치우고 이렇게 근사한 일을 여동생한테서 뺏어 오고 싶은 충동마저 일었다…….

끝으로 돼지 하면 빼놓을 수 없는 집이 있다. 마을 어귀에 사는 천(陳) 씨네 집도 돼지를 키웠는데 좁아터진 집에서 돼지를 기르다 보니 밤만 되면 침실 밖에 있는 작은 방에 돼지랑 닭이랑 개를 마구잡이로 몰아넣었다. 어느 날 저녁 천 씨네 집에 놀러갔다가, 돼지한테 끼인 채 방 한구석에 납작하게 눌려 있는 개 한 마리를 발견했다. 영 불편해 보였지만 별 뾰족한 수가 없는지 등은 완전히 벽에 딱 밀착된 채 옆으로 돼지를 껴안고 있었다. 제일 편한 건 닭이었다. 닭은 돼지의 널찍한 등판 위에 올라앉아 고개를 날개 밑에 깊게 묻고 있었다. 사람이 들어오면 닭들은 줄줄이 일어나 방 한구석으로 우르르 몰려갔다가 다시 잠을 청했다. 이런 난리 통 속에서도 돼지는 눈 한번 꿈쩍하지 않았다.

# 붉은 땅에서

# 고비 사막에서

고비 사막에 집이 일렬로 늘어서 있다. 믿기지 않겠지만 그곳에 우리가 살았다. 문을 열고 나가면 허허벌판의 고비 사막뿐인 그곳에 어쩌다 우리가 흘러들어 가서 살게 된 걸까?

우리 말고도 좌우로 총 네 가구의 이웃이 더 있었고, 그들은 우리 집과 마찬가지로 작은 점포를 운영하고 있었다. 우리 집은 깔끔하고 크고 널찍한 데다 지붕 위에는 아스팔트 펠트를 깔고 그 위에 다시 한번 아스팔트를 도포했기 때문에 눈이 녹아내려도 새지 않을 만큼 견고했다.

집 안팎으로는 시멘트를 바르고 석회를 칠했지만 정작 담장은 벽돌이 아닌 흙벽돌로 쌓아 만들었다.

아무튼, 우리 집은 사방 100리 안에서 제일 예쁘고 깨끗한 점포(이제껏 우리가 살았던 집 가운데 최고였다)라 해도 손색이 없었다. 전에 우룬구 강 하류에서 5킬로미터 떨어진 길가 작은 마을에 코딱지만 한 식료품 가게를 낸 적이 있었는데 그 점포에 비할 바가 아니었다. 그 점포는 나지막하고 뒤틀린 데다 벽에 달린 문짝도 다 틀어졌고, 문 양옆으로는 한쪽은 높고, 한쪽은 낮고, 한쪽은 크고, 한쪽은 작은 검은 창구멍이 뚫려 있었다.

마을 서쪽에는 하미티(哈米提)네 잡화점도 있었다. 마당은 낡고 다 허물어진 데다 집도 땅 밑으로 한참 꺼져 있었다. 그래서 집 안으로 들어가려면 고개를 숙여야 했고, 문 안으로 들어서자마자 다시 '계단'을 내려가야 했다. 담장 밑은 침식되어 머지않아 구멍이 생길 것 같았고, 처마 밑 담장에는 빗물에 파인 오목한 줄이 동에서 서로 길게 하나 나 있었다.

고비 사막에서 집을 지을 때는 풍수지리를 연구할 필요가 없다. 사방이 끝없이 펼쳐진 드넓은 사막뿐이다 보니 어디를 가든 다 똑같다! 우룬구 강 일대에 형성된 마을의 집 대부분은 동에 하나 서에 하나 어지럽게 흩어져 있고, 여기저기 들쑥날쑥한 게 천차만별이었다. 이 때문에 마을 간부들은 골머리를 썩었을 뿐 아니라, 신농촌건설*에도 무진 애를 먹었을 게 불 보듯 뻔했다. 제아무리 거창한 계획을 세워놓고 경계를 둘러쳐놓았다 한들 질서정연하고 반듯반듯하게 잘 구획된 마을을 만든다는 것은 거의 불가능했다.

* 新農村建設: 새로운 시대적 요구에 부응하여, 경제, 정치, 문화 및 사회 전반적인 개혁을 통해 농촌의 번영을 꾀하고자 한 정책으로, 한동안 한국의 새마을 운동을 벤치마킹하자는 운동이 활발히 전개되기도 하였다.

황량한 벌판 붉은 땅 위에 지어진 흙집들 사이로, 흙을 다져 만든 담과 철조망과 링당츠*로 두른 넓은 마당과, 눈과 얼음으로 뒤덮인 목초지가 서로 길게 연이어져 있다. 무엇보다 허연 소금기로 덮여 있는 황량한 고비 사막이 있다. 모래언덕과 작은 관목들이 듬성듬성 보인다. 마을 큰길에서 1킬로미터 떨어진 곳에 위치한 우룬구 강은 큰길과 어깨를 나란히 하고 서쪽으로 흘러가다 부룬퉈하이로 흘러들어 간다. 호숫가에는 갈대숲이 굴곡을 이루며 끝없이 펼쳐져 있고, 백조가 호숫가 근처를 낮게 날아다니고, 호수 한복판에 우뚝 솟은 작은 섬에는 비둘기들이 서식하며, 갈대숲에서는 "아~ 아!" 하는 물오리 떼의 길고 짧은 울음소리가 들려온다.

하지만 한없이 펼쳐진 드넓은 대지 위에 서 있으면 강은 고사하고 물의 기운조차 느껴지지 않는다. 사방은 황량한 사막뿐이고, 강은 계곡 아래를 흘러간다. 강기슭에 가까이 다가가도 사방에서 요란한 물소리만 들릴 뿐 아무것도 보이지 않는다-가는 나무들이 강 한복판과 강기슭에 빽빽이 우거져 있다.

물줄기는 갈수록 가늘어진다. 이 일대에는 세 곳의 정착촌과 일고여덟 곳의 유목민 마을이 강 양쪽에 드문드문 분포되어 있고, 그곳에서 밭과 목초지에 물을 대느라 물을 대량으로 끌어다 썼다. 정착촌 농민들은 밀과 강낭콩과 해바라기를 주로 심었다. 유목민들은 가을 목장에서 겨울 목장으로 이동할 때 잠시 이곳에 머물며 가축들이 겨울을 나기 위해 필요한 사료를 재배했다. 가을이 깊어지면 유목민들 가운데 노인과

---

* 铃铛刺 : 관목의 일종. 내몽고 서부와 신장, 간쑤 등지에서 자란다. 사막이나 강 연안의 염류토에서 자란다.

학생은 이곳에 남아 휴식을 취하거나 학교에 갔다(유목민을 위한 학교는 1년 중 겨울학기 과정만 있다). 남자들과 일부 여자들만 양 떼를 몰고 계속 남하해서 고비 사막까지 갔다가 봄이 되어 눈이 녹으면 다시 이곳으로 돌아왔다.

붉은 땅(紅土地)* 으로 이사 오기 전까지, 우리는 이곳을 오랫동안 동경해왔다. 퇴목환림 정책으로 앞으로는 더 많은 유목민들이 붉은 땅으로 옮겨 와 정착하게 될 거라는 소문을 귀가 따갑게 들었던 터였다. 하지만 소문은 소문일 뿐 실상을 전혀 알 길이 없는 우리로서는 통 자신이 없었다. 그래서 이곳에서 오랫동안 살다 어렵사리 다른 곳으로 옮긴 노인에게 붉은 땅에서 어느 곳이 장사하기 가장 적합한지 물어보았다. 그러자 노인은 선뜻 자기 집을 추천해주면서 그곳이 최적의 장소일 뿐만 아니라 터가 좋아서 몇 년 살지도 않았는데 꽤 많은 돈을 벌었노라고 떠벌렸다. 물론 노인의 말을 곧이곧대로 믿지는 않았다. 아무리 뜯어봐도 돈이 있어 보이지 않았기 때문이다. 당시 그는 우리 가게에서 일회용 라이터 하나를 사면서 꼼꼼히 비교해가며 라이터 용기 안에 들어 있는 액체 수위가 가장 높은 것을 골랐다. 거기다가 조금이라도 오래 쓰려고 불의 세기를 콩알만 한 크기로 제일 작게 조절해놓기까지 했다.

그로부터 두 달 뒤, 우리는 결국 그 노인을 찾아가 집을 샀다. 사실 그가 제시한 가격에 귀가 솔깃하기도 했다. 우리가 가진 돈이 딱 그 정도밖에 없었던 데다가 무엇보다 우리는 그곳 실정에 어두웠다.

그렇게 해서 우리는 붉은 땅에 오게 되었다.

---

* 아커하라(阿克哈拉)를 말함. 지도 참고

당시 나는 우루무치에 일을 하러 나가 있던 때라 집에 없었다. 그때 나는 매일같이 내가 일하고 있는 작업장으로 누군가 나를 찾아와주기만을 이제나저제나 목이 빠져라 기다렸다. 하지만 나를 찾아와주는 사람은 아무도 없었다. 그래서 다음에는 내게 시간이 생겨 작업장을 나가 좀 돌아다녀도 보고 대도시를 구경해볼 기회가 주어지기만을 손꼽아 기다렸다. 하지만 그런 기회 역시 주어지지 않았다. 결국 나는 다시 집으로 돌아왔다.

일하는 동안, 집에 갔다 온 적이 딱 한 번 있었다. 그때 사장은 내게 이틀간의 말미를 주었고, 오가는 길에 전쟁터를 방불케 할 정도로 붐비는 인파에 이리 치이고 저리 치였다. 새벽 일찍 우루무치 여객터미널에서 출발해서 엄마가 종이에 적어준 대로 덜컹거리는 차를 몇 번이나 갈아타고 한밤중이 되어서야 간신히 집에 도착했다. 어두컴컴한 방에서 서너 시간 잠깐 눈을 붙였다. 이튿날 새벽, 그러니까 신장 시간으로 4시 반이 되자 밖에서 운전기사가 요란한 경적 소리를 울리며 빨리 나오라고 재촉했다. 그렇게 또 어둠을 뚫고 차에 올랐고, 비몽사몽간에 차를 몇 번씩 갈아타고 우루무치 여객터미널에 도착했을 때는 이미 날이 완전히 어두워진 뒤였다.

그날 이후 아주 오랫동안, 쉴 새 없이 돌아가는 거대한 기계와 컨베이어 벨트 앞에 앉아 기계적으로 일을 하면서 다섯 시간이든 열 시간이든 그날의 어두웠던 상상 속으로 빠져들곤 했다. 우리 집이 어디였지? 우리 집은 대체 어떻게 생겨먹었지? 하고.

결국 나는 집으로 돌아가기로 마음먹었다. 나는 그동안 번 돈을 탈탈 털어 물건 사는 데 썼다. 그렇게 산 물건은 사이즈가 제일 큰 비닐포대보다 2호가 더 큰 포대 속에 꾹꾹 쑤셔 넣었다. 포대가 얼마나 큰지 집에 가는 길 내내 모든 운전기사들한테 욕을 바가지로 얻어먹었을 뿐 아니라, 차표 두 장을 별도로 더 사라는 말까지 들었다. 그 말에 나는 깜짝 놀라 안절부절못했다. 다행히 차표를 정말 사라고 한 기사는 없었다……. 초대형 포대를 앞으로 천천히 밀고 도시의 얼어붙은 인도를 걸어가다 마주친 낯선 이들도 그냥 지나치는 법 없이 뒤에서 꼭 한마디씩 했다.

“이봐, 아가씨! 포대가 너무 작은 거 아냐! ……좀 더 큰 걸로 사지 그랬어……. 아예 너까지 들어가게…….”

국도를 따라 270킬로미터쯤 달려 이정표가 하나 나오자, 나는 장거리 버스에서 내렸다. 국도 옆으로 외로이 나 있는 흙길은 눈 덮인 황량한 벌판을 향해 끊어질 듯 끊어질 듯 이어져 있었다. ‘좀 더 큰 걸로 사도 될’ 뻔한 포대를 지키며 교차로 입구에 쪼그리고 앉아 지나가는 차를 기다렸다. 아주 오래오래 기다렸다. 사방을 둘러보니 국도는 검은색과 하얀색으로 얼룩덜룩했고, 하늘과 땅은 온통 하얬다. 오가는 사람도 없고, 지나가는 차량도 거의 없었다. 내 앞을 지나가던 차량은 뭔가 싶어 속도를 줄였다가 상황 파악을 한 뒤 있는 힘껏 액셀을 밟고 씽하니 사라졌다. 보나마나 내 짐이 먼저 눈에 들어왔을 테고 그 옆에 쪼그리고 앉아 있던 나는 나중에서야 발견했을 터였다. ……내 눈에 비친 세상은 아무것도 없이 텅 비어 있는데, 운전기사들 눈에는 텅 빈 세상에 덩그러니 놓여 있는 짐 하나만 보이나 보다.

집은 얼마나 더 가야 하지? 날이 저물기까지는 아직 시간이 있었다. 나는 눈길 위로 짐을 밀면서 한번 가볼까 하는 생각이 들었다. 결국 나는 길가에 부려놓았던 짐을 눈 쌓인 벌판 위에 나 있는 흙길로 끌어내린 다음 서쪽을 향해 한 반 시간 정도 밀면서 갔다. 온몸이 땀으로 흠뻑 젖었다. 그때 똥차나 다름없는 지프차 한 대가 앞에서 털털거리며 다가오더니 내 앞에 멈춰 섰다. 차에 탔던 남자 세 명이 내 짐을 차 지붕 위에 올리고 끈으로 단단하게 묶었다. 나머지 두 사람은 옆에 서서 내게 온갖 타박을 했다. 입이 열 개라도 모자란 나는 잠자코 듣고만 있었다. 차에 오르자 온몸에서 힘이 쭉 빠졌다. 이제는 정말 집에 돌아가는구나 싶었다. 덜컹거리는 짐칸에 몸을 싣고 가는 두 시간 내내 눈물이 하염없이 얼굴을 타고 흘러내렸다.

엄마는 붉은 땅에 있는 우리 집에서 대단한 일을 꽤 많이 했다. 그중 하나가 집 안에 있던 문을 수납장으로 용도 변경한 일이었다.

본래 우리가 산 집은 방 두 칸이 나란히 붙어 있는 구조로 방과 방 사이가 서로 막혀 있고 출입구도 각각 따로 나 있었다. 엄마는 방과 방 사이를 가로막고 있던 칸막이벽에 문을 하나 내고, 동쪽에 있는 문을 안에서 못으로 박아 단단히 고정시켰다. 이렇게 해서 독립된 두 개의 방이 하나로 연결되었다. 고비 사막에서는 보온 때문에 보통 벽 두께가 50센티미터나 되다 보니 문을 달 때에도 안팎으로 두 개를 달아야 했다. 그러다 보니 문과 문 사이에는 자연히 커다란 공간이 생기게 마련이었다. 엄마는 못을 박아 단단히 고정해놓은 한쪽 문에 널빤지 세 개로 선반을 만들어 가로질러놓았다. 이렇게 해서 수납장이 완성되었다. 수납장이 칸칸이 나뉘어 있어 문을 열면 바로 안에다 물건을 수납할 수 있었다.

옆집에 사는 이웃들이 우리 집에 놀러왔다가 수납장을 보고는 기발하다고 여겼는지 각자 자신의 집으로 돌아가 우리 집 수납장을 그대로 흉내 냈다. 그 덕에 이곳에 있는 집들은 하나같이 똑같은 수납장으로 통일되었다.

우리는 수납장에 옷가지들을 반듯하게 개켜놓았다. 그런데 수납장이 널빤지 하나를 사이에 두고 바깥과 접해있다 보니 굉장히 추웠다. 수납장에 넣어둔 옷들은 영하의 날씨에 하나같이 꽁꽁 얼어붙었고, 옷을 꺼내 털어보면 탁탁 부딪치는 소리가 났다. 옷을 입으려면 미리 꺼내 난로 옆에서 불에 쪼여 말린 뒤에야 입을 수 있었다.

붉은 땅의 추위는 아주 혹독했다. 한겨울 밤에는 기온이 영하 30도 이하로 떨어지는 날이 허다했다. 변소에 한번 갔다 오려면 종종걸음을 쳐야 했다(붉은 땅에는 변소도 변변히 없다). 갈 때만 해도 몸에 걸친 옷이 부드러웠는데 돌아올 때면(불과 몇 분 만에) 벌써 꽁꽁 얼어붙어(순면이나 순모가 아닌 옷일 경우에는 더욱 그랬다) 소매 끝이 옷자락을 스칠 때마다 "탁, 탁, 탁" 소리가 났다. 팔을 들어 다리 쪽을 쳐보면 "찰칵찰칵" 소리가 끊이지 않았다.

붉은 땅의 겨울철, 가장 고통스러운 것은 역시 물을 긷는 일이었다. 그래도 우리한테 삼촌이 생긴 뒤로 엄마와 나는 몇 년 동안 물을 길으러 나갈 일이 없었다.

물을 길어 오려면 우리가 사는 곳에서 2킬로미터 남짓 떨어져 있는 강까지 가야 했다. 삼촌은 완전무장을 한 채 이틀에 한 번꼴로 살을 에는 강의 북풍과 한기를 고스란히 맞아가며 물을 길어 왔고, 우리는 그 물을 먹는 물로 사용했다. 용수 그러니까 옷을 빨거나 세수를 하거나 설거지할 때 쓰는 물은 이웃집 마당에 있는 우물에서 염수(鹽水)를 퍼다 쓰거나 눈을 녹인 물을 사용했다. 용수가 부족한 탓에 세숫대야 물은 돌려가며 여러 번 사용했다. 설거지한 물은 닭 사료를 섞을 때 사용했고, 세수한 물로 발을 씻거나 빨래를 한 다음 다시 그 물로 바닥 청소를 했다.

이 일대에서 물을 제일 잘 길어 오는 사람을 꼽으라면 단연코 우리 삼촌이었다. 그 먼 길을 걸어왔는데도 물통 두 개에는 늘 깨끗한 물이 찰랑찰랑하게 담겨 있었다. 다른 여자나 며느리 같았으면 물 위에 얼음이 얼어 물이 흘러넘치는 것을 어느 정도 막아준다 하더라도, 오는 길에 물을 질질 흘리기 일쑤여서, 막상 집에 돌아와 보면 물통에 물이 반밖에 남아 있지 않은 경우가 허다했다. 더욱 감동적인 것은, 이곳에서 물을 길어 오는 남자는 우리 삼촌이 유일하다는 점이었다. 다른 남자들은 목에 칼이 들어와도 이따위 '집안일'은 거들떠보지도 않았다.

겨울 중에서도 가장 추운 날이라고 하는 삼구사구일*이 되면 강가에서 사람의 자취를 찾아볼 수 없다. 강바람이 유난히 거세고 맹추위가 한창 기승을 부리는 때라서 그런 혹독한 날씨를 견뎌낼 수 있는 사람은

* 三九四九天: 동지로부터 세 번째, 네 번째의 9일간으로 겨울 중 가장 추운 날이다.

거의 없었다. 유독 우리 집만 하늘이 무너져도 물을 길으러 강가로 나갔다. 삼촌은 물을 길으러 갈 때면 어깨에 물통과 멜대를 걸머메고 도끼 한 자루도 꼭 챙겼다. 삼촌 말고 그 두꺼운 얼음을 깰 수 있는 사람은 없었다. 강에 갈 때마다 먼젓번에 깨놓았던 얼음은 다시 두껍고 단단하게 얼어 있었다. 날씨가 가장 추울 때는 삼촌이 아무리 젖 먹던 힘까지 짜내 도끼를 내려쳐봐도 얼음 위에 허연 도끼 자국 한 줄 나 있을 뿐이었다.

다른 집은 겨우내 짠 우물물만 마셨다. 우물물은 하도 짜서 진저리가 쳐졌고 쓰기도 엄청 썼다. 그 물로 옷을 빨아 햇볕에 말리면 물이 묻었던 곳에 하얀 소금버캐가 두껍게 앉았다.

다행히 그곳 사람들은 흑차*나 우유 차에 소금을 넣어 마시기 때문에, 짠물을 끓여 차를 만들어 마셔도 맛에는 큰 차이가 없었다. 하지만 우리는 달랐다. 우리는 날마다 죽을 먹었다. 짠물로 죽을 끓이면 쌀알이 빨리 퍼지는 장점은 있지만 짠 죽을 먹는 건 영 익숙해지지 않았다…….

그래도 소금기 덕분에 그 물로 세수를 하거나 빨래를 하면 비누를 꽤 아낄 수 있었다.

삼촌은 못 하는 게 없는 만능 재주꾼이었다. 이곳에서 유일하게 물을 길어 오는 남자일 뿐만 아니라, 재봉틀을 다룰 줄 아는 유일한 남자이

---

* 黑茶: 중국 윈난(雲南), 쓰촨, 광시(廣西) 등지에서 생산되는 후 발효차로, 찻잎은 흑갈색을 띠고 찻물은 갈황색이나 갈홍색을 띤다.

기도 했다. 물건을 사러 우리 가게를 찾은 아낙네들은 입만 열었다 하면 우리 엄마가 복도 많아서 재봉 일뿐만 아니라 신발 수선(아저씨는 주로 가게에서 구두 수선공으로 일했다)도 할 줄 아는 남자를 잘도 골랐다고 칭찬 일색이었다. 나중에는 삼촌이 스웨터 짜는 기계 앞에 앉아 "차르르르" 소리를 내며 기계를 돌리는 모습을 발견했다-어쩜 스웨터까지 짤 줄 아네! 그러니 다들 대단하다고 야단법석이었다. 시간이 한참 흘러, 우리는 집 안쪽에 있는 방에 칸막이벽을 설치할 생각이었다. 다른 사람들 같으면 목수를 불러 칸막이벽을 설치했을 터였다. 하지만 우리는 차마 그런 데 돈을 쓰기가 아까워서 엄마가 직접 설계를 하고 삼촌이 시공을 도맡았다. 엄마와 삼촌은 왕년에 산에 천막을 칠 때 사용했던 철판 두 장을 해체해서 나무틀 위에 덧씌운 다음 방 중간에 설치해 방을 두 칸으로 나누고, 앞쪽에서는 장사를 하고 뒤쪽에서는 밥을 하거나 잘 때 사용했다. 이렇게 해놓고 보니 구경하기 좋아하는 노인네들이나 젊은 아낙네들은 눈이 휘둥그레졌다. ……재봉에 신발 수선에 스웨터도 짜지, 거기에 목공 일까지-그야말로 만능이니 우리 엄마가 복이 터졌다고 여기는 것도 무리는 아니었다.

여동생은 또 얼마나 착한지 집안 돌보는 일에 어떻게든 힘을 보태고 싶어 했다. 시간만 났다 하면 그 길로 당장 강가로 달려 나가 링당츠를 주워 오는 덕에 우리 집 뒷마당에는 링당츠가 산처럼 쌓여갔다. 그 정도면 내년 날이 풀릴 때쯤 뒷마당에 울타리를 칠 수 있을 터였다. 그러면 닭도 몇 마리 기르고 채소도 심을 수 있다. 가시가 가늘고 튼튼한 링당츠는 보통 담장의 갈라진 틈 사이에 쌓아 소나 양들이 담장 안으로 들어오는 걸 막는 데 쓰였다.

엄마는 하루도 빠짐없이 열심히 일했다. 계산대를 지키고, 옷을 만들고, 스웨터를 짜고, 아침 일찍부터 저녁 늦게까지 늘 바쁜 일과의 연속이었다.

그러고 보니 우리 집에서 나만 게을러터졌다. 하지만 아무것도 손에 잡히지 않았다. 이제 막 외지에서 돌아왔으니 지금 내겐 무엇보다 휴식이 필요했다.

현지인들은 이곳을 '아커하라(阿克哈拉: 글자만 보면 흑과 백이라는 뜻 같다)'라고 부르는 데 비해 한족들은 다른 이름으로 부르기를 좋아했다. 붉은 땅. 붉은 땅! 이 얼마나 정겨운 표현인가……. 나는 어서 빨리 눈이 녹아 이곳의 땅이 정말 하늘 끝까지 붉은색인지 보고 싶었다.

겨울철의 붉은 땅은 흑백으로 얼룩덜룩한 강가의 나무들만 빼면 온 천지가 온통 하얗다.

먼 산도 하얗고, 하늘도 하얗다. 여기저기 흩어져 있는 집들과 마당도 모두 하얗게 얼어붙고, 창문만 유일하게 시커멓다.

벌판도 하얗고, 벌판에 나 있는 길도 하얗다. 벌판이 허망한 하얀빛이라면, 길은 오가는 이들의 발에 밟혀 자기처럼 반들반들한 게 빛나는 하얀빛이다.

나는 옷을 너무 많이 껴입어 둔해진 몸으로 눈 덮인 벌판을 한가로이 거닐었다. 별안간 산비둘기가 풀숲에서 후다닥 날아오르며 사방으로 눈가루를 흩뿌렸다. 꽁꽁 얼어붙은 강물 위에 방금 뚫어놓은 고독한 구멍은 어느새 얼음이 얼었다. 숲은 눈으로 수북이 쌓여 있고, 눈 덮인 길 위에는 삼촌 발자국만 깊이 새겨 있다. 삼촌 말고는 정말 아무도 오지 않는가 보다.

나는 오던 길을 되돌아간다. 강기슭에 올라 높고 높은 벌판 위로 되돌아간다. 그리고 생각한다. 눈 덮인 이 땅은 정말 빛나는 따뜻한 붉은색일까? 하고.

# 여동생의 사랑

아커하라에는 내 여동생을 쫓아다니는 총각들이 쌔고 쌨다! 줄을 설 정도니 정말 샘이 난다. 열여덟 살 때 나는 왜 여동생처럼 인기가 없었던 걸까?

내 여동생은 꽉 찬 열여덟 살로 벌써 처녀티가 줄줄 흘렀다. 몸매에 곡선이 생기고, 가늘고 부드럽던 머리카락은 어느새 검고 윤기가 흘러 손에 잡으면 한 손 가득 잡혔다. 여동생은 집 밖으로 멀리 나가본 적도, 학교를 다녀본 적도 없어 어딘가 조금 모자라 보이는 데다 온종일 입을 오므린 채 배시시 웃어가며 일만 할 줄 알았다. 생각이 꼭 열 살 정도 아이처럼 단순해서 무지개만 보면 늘 무지개를 쫓아다녔다.

이런 아이도 때가 되니 연애를 하기 시작했다. 루(盧) 씨 총각은 매일같이 오토바이를 몰고 와 여동생을 태워 갔고, 옥수수를 따고 해바라기를 수확하는 하루 일과가 끝나는 저녁이 되면 다시 집까지 태워다주었다. 여동생이 제아무리 일을 열심히 한다 해도 오토바이 기름값도 안 나올 텐데.

루 씨 총각은 여동생보다 두 살 많은 스무 살이었다. 가무잡잡하고 깡마른 체형에 키는 크지 않지만 활달하고 말도 조리 있게 잘했다. 엄마는 보고만 있어도 흐뭇한 모양이었다. 여동생을 쫓아다니는 동네 총각들 중에서 루 씨 총각의 조건이 제일 좋다고 했다. 집에 양이 200여 마리에 소가 10여 마리나 되고 말도 10여 필에 이르는 데다가 커다란 마당까지 있었다. 강 상류에 있는 마을에는 밀가루를 빻아주는 제분소도 하나 가지고 있고, 작은 트랙터도 두 대나 되었다. 이밖에도 파종기니 수확기니 기계란 기계는 골고루 갖추고 있었다. 거기에 하늘만큼 넓은 목초지도 소유하고 있는데 금년에만 벌써 큰 차로 몇 대분의 사료를 수확해서 마당에 잔뜩 쌓아놓았다. 와우! 올 겨울은 돈벌이가 꽤나 짭짤하겠다! 이뿐만 아니라 루 씨 총각은 전기용접 기술도 보유하고 있는 데다 겨울이라고 노는 법도 없어 현에 있는 선광공장(選鑛工場)*에 나가 아르바이트도 하는 등 하여간 바지런하고 착실했다. ……가만히 듣고 있자니 여동생은 제쳐놓고 내가 대신 시집가고 싶어 눈독을 들일 정도였다.

하지만 이 모든 건 루 씨 영감 입에서 나온 말에 불과했다. 말을 마친 루 씨 영감은 양 뒷다리 하나를 슬쩍 던져놓고는 짐짓 모르는 척 집으

* 캐낸 광석에서 가치가 낮거나 쓸모없는 것을 골라내는 작업을 하는 공장.

로 돌아갔다. 엄마가 몰래 루 씨 영감의 뒤를 밟아 정찰을 마치고 돌아와서는 입을 삐죽거렸다. "양이 무슨 200마리, 내가 세어봤는데 끽해야 120~130마리밖에 안 되던걸……."

아무튼 루 씨 총각의 조건은 더할 나위 없이 좋았다. 루 씨 영감이 두 번째 양 다리를 던져놓고 간 뒤로 혼사는 이미 떼어놓은 당상이었다.

열 살 이후로 학교에 다녀본 적이 없는 여동생은 자그마한 키에 통통했다. 루 씨 총각과 인연을 맺기 전까지는 줄곧 마을의 건축공사 현장에서 아르바이트를 했다. 온종일 모래를 체에 치고, 시멘트를 개고, 벽돌을 쌓고, 땅을 고르는 작업을 했다. 날이 밝자마자 일하러 나갔다가 날이 저물어 어둑해질 무렵에야 집으로 돌아왔다. 하루에 30위안을 벌어 왔다. 머리는 헝클어지고 얼굴엔 땟국이 줄줄 흐르고, 운동화는 두 짝 모두 구멍이 세 개씩이나 나 있고, 머리는 온통 허연 꽃이 피었는데, 한 번 털 때마다 흙이 한 무더기씩 떨어져 내렸다. 열 번은 털어야 머리 위에 앉은 흙이 좀 줄어들었다.

나중에 여동생은 그곳 일을 그만두고 루 씨네 일을 도왔다. 주로 옥수수 껍질을 벗기거나 해바라기를 수확하는 일을 도왔다. 여동생은 우리가 작년에 루 씨네한테서 겨와 옥수수 가루를 사오면서 진 빚을 갚아나가는 한편 연애감정도 키워나갔다.

물론 당사자인 여동생은 뭐가 어떻게 돌아가고 있는 상황인지 전혀 눈치 채지 못했다. 우리는 차마 여동생에게 말해줄 수가 없었다! 작년 이맘때쯤, 혼담을 위해 어떤 사람이 찾아온 적이 있었다. 여동생은 하루가 다르게 커갔고 본인도 돌아가는 상황은 알아야 했다. 우리는 혼담이 성사가 되든 말든 여동생과 상의해야 한다고 생각했다. 그 결과 너무 놀란 여동생은 그해 겨우내 문 밖 출입조차 꺼렸다. 부득이 문 밖에 나가야 할 때면 큰 두건으로 얼굴을 싸매고 종종걸음을 쳤다.

그래서 올해는 여동생 모르게 일을 추진했다. 우선 직접 찾아와 혼담을 꺼낸 사람들을 선별하고, 그중에서 품행과 나이와 가정환경 등을 꼼꼼히 따져 틀림없다 싶은 몇 명을 추려냈다. 그런 다음 우연을 가장해 추려진 총각들과 어울려보게 한 다음 가장 잘 어울리는 사람으로 정하기로 했다.

추려진 이들 중에서 단연코 루 씨 총각이 제일 적극적이어서 얼굴을 보이는 빈도도 가장 많았고, 넉살도 가장 좋은 데다 오토바이도 제일 번쩍번쩍 광나게 닦고 다녔다. 우리 식구 모두 루 씨 총각한테 마음이 완전히 기울었다. 우리는 날마다 여동생을 앞에 두고 한 사람씩 돌아가며 땅이 꺼져라 한숨을 쉬며 걱정을 토로했다. 루 씨네에서 겨를 사오면서 진 빚을 못 갚으면 이 엄동설한을 어떻게 나지…… 하고. 그러자 속 깊은 여동생은 가족을 위해 군말 없이 매일 아침 일찍 일어나 어둠 속을 뚫고 루 씨네로 가서 두 사람 몫의 일을 거뜬히 해냈다. 루 씨네 집에서는 애어른 할 것 없이 좋아 죽었다—여동생이 사방 100미터 안에서 가장 부지런한 아이라는 걸 익히 알고는 있었지만 그 정도로 착실하고 부지런할 줄은 생각지도 못했던 것이다. 호박이 넝쿨째 굴러 들어온 셈이었다…….

우리가 사는 이곳 우룬구 호수 일대에는 한족들이 사는 한두 마을을 제외하면 카자흐 마을과 유목민들의 정착촌이 대부분이었다. 총각들은 아내 얻기가 하늘의 별 따기였고, 그건 돈이 있는 사람도 마찬가지였다. 현지 여자들은 한평생 외지고 궁핍한 곳에서 사는 걸 원치 않았고 하나같이 외지로 시집을 가고 싶어 했다. 그렇다고 외지에 사는 아가씨들이 이곳으로 시집을 올 리 만무했다. 소금물과 모래바람과 모기들, 황량하고 쓸쓸하며 혹서와 혹한이 교차하고, 여름에는 기온이 3~40도를 오르내리고, 겨울에는 툭하면 영하 3~40도까지 떨어지는 데다, 문밖으로 나오면 보이는 거라고는 까마득히 펼쳐진 고비 사막뿐이다. 어떤 정신 나간 여자가 이런 곳에서 한평생 살고 싶어 할까?

그런데 내 여동생은 정반대였다. 한사코 이곳을 떠나고 싶어 하지 않았고 이 모든 것을 운명으로 받아들였다. 금년 봄에 우리는 아는 사람에게 차쿠얼투(恰庫爾圖)* 읍에 여동생 일자리를 부탁한 적이 있었다. 차쿠얼투는 우리 마을에서 몇십 킬로미터 떨어진 국도 변에 있는 마을로, 우룬구 호수 일대에서는 가장 번화한 곳이었다. 여동생은 일을 시작한 지 이틀도 채 못 돼 몰래 집으로 돌아와서 그곳은 사람이 너무 많아 시끄러워 못 살겠다고 했다.

여동생은 재주도 남달랐다. 닭을 많이 길렀던 어느 해, 여동생은 닭에게 먹일 풀을 혼자서 다 해결했다. 여동생은 가장 더운 오후, 작열하는 태양을 받으며 문을 나서 날이 저물어 선선해질 때쯤 집으로 돌아오곤 했다. 돼지보다 먹성이 좋은 100여 마리가 넘는 닭들을 풀만 먹여 기르려면 고생이 이만저만이 아니었다. 그뿐 아니라 2미터 깊이의 변소와

---

* 푸윈 현에 있는 읍. 지도 참조

3~4미터 깊이의 토굴도 여동생 혼자 직접 파서 만들었다. 하루 삼시 세끼도 늘 여동생이 다 준비했다. 조금 한가하다 싶으면 손에 자루를 들고 도로변을 따라 걸으며 운전기사들이 차창 너머로 던져버린 광천수 통이나 캔 깡통 등을 남김없이 주워 왔다. 이곳에서는 플라스틱 물통 1킬로그램에 8마오, 캔 깡통 하나에 2마오를 쳐주었다.

봄철 파종기나 가을 추수철같이 바쁜 농번기에, 일손이 달리는 집이 있으면 제일 먼저 떠올리는 사람이 바로 내 여동생이었다. 그맘때면 여동생은 바람에 잘 말린 커다란 양고기 한 덩어리를 매일같이 얻어 왔다. 그런데 금년 가을에는 일손을 구하러 우리 집에 찾아온 사람마다 헛걸음을 했고 다들 어찌나 실망을 하던지 어깨가 다 축 처져서 돌아갔다.

열일곱 살과 열여덟 살은 비록 한 살 차이긴 해도 그 차이는 대단했다. 작년에는 고집 세고 예민하기만 하던 소녀가 올해 들어서는 철이 들기 시작했다. 혼담과 관련해서 우리는 줄곧 모르쇠로 일관했지만, 여동생은 뭔가 감을 잡았는지 반응을 보였다! 둘째 날, 루 씨 총각이 여동생을 데리러 오기 바로 직전에 여동생은 구멍이 세 개씩이나 나 있는 운동화를 벗어버리고 종이상자 안에서 새 신발을 꺼내 신으며 속이 훤히 들여다보이는 빤한 말로 둘러댔다. "아, 어제는 땀을 너무 많이 흘렸지 뭐야……. 신발이 다 젖어버렸어……. 아이, 너무 축축해……."

사흘째 되던 날은 우중충한 운동복 대신 하늘색 새 옷으로 갈아입었다. 일하러 가는데 웬 새 옷! 하지만 나는 입을 꾹 다물고 잠자코 있었다. 말참견을 해 봤자 여동생은 귓등으로도 안 들을 터였다.

한 번 털면 흙이 우수수 떨어지던 머리도 정성껏 깨끗하게 감았고, 밥을 할 때면 꼭 두건을 머리에 둘러 날리는 재로부터 머리를 보호했고, 밭일 하러 나갈 때에도 머리에 두르고 가는 걸 잊지 않았다.

여동생의 머리는 빨리 자랐다. 여름에 더위를 잘 타는 여동생은 손에 잡히는 대로 머리카락을 싹둑싹둑 잘라 쥐 파먹은 꼴을 하고서도 전혀 개의치 않았었다. 그런데 이제는 내게 머리를 정리해달라고 부탁까지 했다.

음, 어떻게 말해야 될까? 루 씨 총각 녀석…… 수완 한번 대단하다고 할 밖에!

루 씨 영감은 본래 강 상류 한족 마을의 촌장이었지만 돈을 버느라 촌장직을 계속 수행할 수가 없었다고 했다. 사방 100미터 안에서는 머리가 가장 잘 돌아가는 축에 속했다. 이 점은 여러 가지 들리는 소문들이 여실히 증명을 해주었다. 이렇게 약아빠진 사람 집으로 여동생을 시집보내려니 여간 마음에 걸리는 게 아니었다. 하지만 다시 생각해보니, 손바닥만 한 작은 시골 마을에서 약아빠져봐야 얼마나 약아빠질 수 있을까? 다들 성실하게 일해 하루하루를 사는 사람들뿐이다. 영악하고 음흉해서 결국 다른 사람에게 해를 끼치는 대도시 사람들과는 차원이 달랐다.

여동생은 평소 너무 고지식해서 이렇다 할 친구 하나 사귀지 못했는데 루 씨 총각이 지극정성으로 대해주니 난생처음 맛보는 경험이라 그를 당해낼 재간이 없었다!

생각해보면 사람한테 이렇게 쉽게 넘어가는 여동생이 한편으로는 가엽기도 했다. 나 같으면 밀고 당기기를 해도 여러 번 했을 텐데……. 하기야 그러니 내가 지금 이 모양 이 꼴이지…….

우리는 집을 다 지은 뒤에도 전기를 끌어다 쓰지 않았다. 그러다 보니 저녁이 되면 일찌감치 저녁을 해 먹고 촛불을 끄고 문에 버팀목을 잘 괴어놓은 다음 곧바로 잠자리에 들었다. 그런데 샤오루(小盧)*가 행동을 개시하면서부터는 우리 모두 샤오루와 작당을 해서 매일 저녁 늦게야 그를 집으로 돌려보냈다. 이 일로 외할머니가 크게 역정을 냈는데 아까운 초를 낭비한다고 성화가 이만저만이 아니었다.

여동생 일에 관해서 외할머니는 아무것도 몰랐다. 외할머니가 워낙 입이 싸다 보니 우리는 여동생뿐 아니라 외할머니까지 속였던 것이다.

그런데 나이는 비록 아흔의 고령이었지만 아직 정정하고 정신도 맑은 외할머니는 눈치가 빨랐다. 샤오루가 3일 연속 같은 시간에 찾아와 인사를 하는 것을 본 외할머니는 바로 사태를 파악하고 별다른 말이 없었다. 샤오루가 작별을 고하자 외할머니는 티를 팍팍 내며 좀 더 앉았다 가라고 극구 만류했다. 샤오루가 돌아가자, 발을 씻으면서 슬금슬금 여동생을 곁눈질해가며 말했다. "낮에는 왜 안 와? 낮에 집으로 오라고 해. 이 할미가 자세히 좀 보게……."

우리 집에서 유독 충야오(琼瑶)만이 여동생의 혼사를 필사적으로 반대했다. 충야오는 우리 집에서 기르는 큰 개로, 아커하라에서 사람을 무는 유일한 개이기도 했다. 어찌나 사납게 굴던지 샤오루는 서슬이 퍼런 충야오를 피해 매일같이 뒷문으로 출입해야 했다. 하지만 뒷문으로 출

---

* 루 씨 총각을 친근하게 부르는 말

입한다고 해서 충야오를 속일 수는 없었다. 샤오루가 문 안으로 발을 들여놓기 무섭게 충야오가 창틀에 매달려 유리창에 얼굴을 바짝 붙이고 허연 이빨을 드러낸 채 으르렁거리는 바람에 유리창은 충야오의 침으로 온통 도배되다시피 했다. 게다가 발톱으로 창문을 사납게 긁어대고 머리로 들이받는 통에 쇠사슬이 끊어지기 일보 직전이었다. 바깥 창틀 옆에 막 회칠을 끝낸 석회 담장에는 충야오가 발톱으로 긁은 자국이 평행사변형 꼴로 깊이 파였다.

강아지인 싸이후(賽虎)는 약한 놈 앞에서는 강하고 강한 놈 앞에서는 약해서 아이들한테 늘 사납게 굴었다. 멀리서 요란하게 몇 번 컹컹 짖다가도 샤오루가 집 안으로 들어오는 걸 발견하면 바로 꼬리를 감추고 눈 깜짝할 사이에 칸막이 방으로 숨어들었다.

샤오루는 이 녀석을 가만히 안 놔두고 늘 못살게 굴었다(딱히 할 일도 없이 우리 집 식구들과 마주 보고 앉아 촛불이 다 꺼질 때까지 기다린다는 게…… 몹시 따분했을 터였다). 샤오루는 우리 집에만 오면 온 집 안을 이 잡듯 샅샅이 뒤져서라도 싸이후를 기필코 찾아내 억지로 자기 발치에 세워두었다. 싸이후는 샤오루의 서슬에 맥도 못 추고 고개를 떨어뜨려 얼굴을 깊이 묻고, 꼬리는 다리 사이에 감추고, 네 다리는 꼿꼿이 세운 채 쩔쩔맸다. 샤오루가 싸이후의 귀를 위로 잡아당기면 잡아당기는 대로 귀를 위로 쫑긋 세우고, 왼쪽으로 잡아당기면 귀를 왼쪽으로 가지런히 누였다. 귀를 뒤로 잡아당긴 다음 손을 떼면, 한참이 흐른 뒤에도 귀를 뒤로 바짝 젖힌 채 얼음이 되어 있었다. 한마디로 강아지 잡을 노릇이었다. 샤오루가 싸이후를 더 이상 거들떠보지 않고 곁을 떠나도 싸이후는 샤오루가 앉았던 등나무 의자 곁을 한동안 떠나지 못했다. 귀는 여전히 뒤로 젖히고 네 다리는 꼿꼿이 세운 채 자세를 조금도 흐트러뜨리지 않았다.

우리 식구들은 촛불을 사이에 두고 둘러앉아 샤오루에게 몸을 맡긴 채 목석처럼 서 있는 싸이후를 미소를 띤 채 쳐다보았다. 딱히 재미있는 이야깃거리가 있는 것도 아닌데 그냥 함께 있는 것만으로도 마냥 즐거웠다.

식구들이 저마다 볼일을 보러 나가고 방 안에 샤오루와 단둘이 남게 되면 여동생은 그제야 편안해졌고, 샤오루에게 오히려 적극적으로 말을 건넸다. 두 사람은 각자 작은 걸상을 하나씩 들고 와 방 한가운데 얼굴을 마주 보고 앉아 이야기꽃을 피웠는데 목소리가 갈수록 모기소리만 해졌다……. 정말 믿기지 않았다. 여동생이 무언가에 이토록 흥미를 보이다니 나는 문득 호기심이 발동했다. 궁금증을 참지 못한 나는 결국 김치단지를 가지러 가는 척하며 방으로 들어가 몰래 몇 마디 엿들었다. ……두 사람이 귀엣말로 소곤거리는 내용은 대충 이랬다.

"금년에는 1무당 밀을 얼마나 수확했어? ……수확용 기계를 한 시간가량 사용하면 기름은 얼마나 드는데? ……라오천(老陳)네 어미 돼지가 새끼를 낳았어? 한 배에 몇 마리나 돼? ……말이 더 많이 먹어 아니면 나귀가 더 많이 먹어? 말을 키우는 게 수지가 맞아 아니면 나귀 키우는 게 수지가 맞아……?"

샤오루가 가고 나면 우리 가족은 루 씨네에서 보내온 양고기를 맛있게 뜯어가며 금년 장사가 영 신통치 않다며 신세한탄을 했다. 그러면서 뻔뻔하게 다른 총각들의 구애를 어떻게 거절해야 하는지 또 왜 거절해야 하는지에 대해 여동생에게 훈수를 두었다.

"요즘 남자애들은 아무짝에도 쓸모가 없다니까! 라오천네 총각만 해도 그렇지. 그날 하는 말을 들어보니 영……. 아 맞다. 네가 말한 그 왜, 강 하류에 산다는 우순얼(嗚順兒)네 집 둘째 말이야, 걔는 또 왜 그렇게 뚱뚱하대? 이제 겨우 열여덟 살인데 그렇게 뚱뚱해서야 원, 쯧쯧! 어느 집 계집애가 그런 뚱보를 좋아하겠어, 체면 안 서게……."

여동생은 미소를 띤 채 밥그릇을 손에 들고 먹는 둥 마는 둥 하며 진짜 그러냐는 듯 시치미를 뚝 떼고 한마디 대꾸도 하지 않았다. 천 씨네나 우 씨네에서 속내를 감추고 여동생에게 감자 캐는 걸 좀 도와달라고 청해 오면, 여동생은 어디서 배웠는지 말을 빙빙 돌려가면서 샤오루를 핑계로 간접적으로 거절의 뜻을 분명히 했다. 불쌍한 천 씨 총각과 우 씨 둘째에게는 일말의 여지도 남겨두지 않았다.

아커하라는 연애하기 참 좋은 곳이다! 가을에 특히 그렇다. 1년 농사도 다 끝냈고, 기나긴 한가한 겨울은 유혹하듯 다가온다……. 작업을 걸 사람은 작업을 걸고, 기다리는 사람은 기다린다……. 노동으로 단련된 사지는 젊고 건강하고, 건강한 몸과 몸을 서로 맞대고 파란 하늘 아래 함께 기대어 있으면, 하늘 높이 걸린 구름과 바람은 빠르게 흘러간다. 대지는 아득하고 고요하다. 대지 위에 서 있는 나무는 한 그루 한 그루 듬성듬성 떨어져 멀찍이서 서로를 응시한다. 석양이 비치면 나무들은 온몸으로 석양을 받아 붉게 물들며 저마다의 말을 쏟아낸다. 말이 끝나면 나뭇가지 위의 까마귀들이 한꺼번에 날아오르며 온 하늘을 뒤

덮는다……. 아득히 펼쳐진 아커하라를 우룬구 강은 30분이면 휘돌아 나가고, 사람은 몇십 년 살다 흙으로 돌아가는데, 모든 것이 이처럼 허망하고 아무런 희망도 없어 보인다. 세상은 조용히 한숨을 내쉬며 눈과 마음을 굳게 닫는다……. 하지만 씨앗이 땅속에 남아 있는 한 씨앗은 언젠가는 싹을 틔우게 마련이고, 사람은 청춘이 되면 고독해지며 욕망이 싹트기 마련이다. 어떤 이유도 어떤 목적도 없이, 내 여동생은 그렇게 연애를 시작했다. 젊고 아무것도 모를 때 얼른 함께할 짝을 찾는다는 것-아, 얼마나 행복한가!

하하, 나로 말할 것 같으면, 이미 노처녀가 다 된 나이지만 가끔은 길을 닦기 위해 파견된 현장 노동자들 중에서 옷 수선을 핑계로 쭈뼛거리며 말을 걸어오는 사람이 아직 있다! 도로변을 따라 걷고 있노라면 지나가던 차가 잠시 멈추고 강 하류에 있는 소택지로 물고기를 잡으러 함께 가지 않겠냐고 물어 오는 사람도 더러 있다. 이곳이 바로 아커하라다.

# 풀베기

우리 집 자전거에 남아 있는 부품이라고는 딸랑 바퀴 두 개에 안장 하나, 핸들, 그리고 이 세 개를 서로 연결해주는 뼈대가 전부다. 페달조차 없다. 발로 구르는 것이 무엇이든 그걸 '페달'이라고 불러야 한다면 그건 완전 억지다. 자전거에 걸려 있지 않다면 어디에 쓰는 물건인지 아무도 모를 거라고 장담할 수 있다.

브레이크는 더더욱 사치스런 물건이다. 자전거를 멈추는 법은 아주 간단하다. 한 발을 앞으로 길게 뻗어 빠르게 돌아가고 있는 앞바퀴 위에 신발 밑창을 대기만 하면 "치이익~" 소리를 내며 자전거의 속도가 줄기 시작한다.

만약 긴박한 상황이라면 두 발을 몽땅 이용하면 된다.

지금 말한 이 자전거는 우리 집 형편이 그나마 좀 폈을 때 얘기다. 또 다른 자전거는 500미터쯤 가면 꼭 한 번은 멈추는데 그때마다 체인을 다시 감아주어야 했고, 체인이 떨어져 나가지 않도록 항상 조심해야 했다.

하루는 여동생이 이 자전거를 타다가 결국 체인이 풀려버렸는데 하필이면 위급한 상황에서 일이 터져버렸다. 당시 우리는 큰 개 두 마리에게 쫓기는 신세였다.

나는 그렇게 극악무도한 개는 난생처음 보았다! 내가 알고 있는 한 아커하라에서 가장 사나운 개는 단연 우리 집 충야오였다. 하지만 이 두 마리 개에 비하면 충야오는 온순한 양에 불과했다.

두 마리 개들의 주인은 마을에서 멀리 떨어진 도로변에 홀로 집을 짓고 살았는데 뭐 하는 사람인지도 몰랐다. 정상인 같지는 않았다. 그렇지 않고서야 기르는 개가 어쩜 이렇게…… 비정상적일 수 있는지…….

이 개들은 우리만 보면 마치 30년 전 원수를 외나무다리에서 만난 것처럼 대했다! 우리가 전생에 자기들을 잡아먹기라도 한 것처럼 온몸의 털은 분노로 바짝 곤두섰고, 우리 눈에 잠깐 비친 것보다 족히 두 배는 커 보이는 이빨은 허옇게 빛났다.

나는 사람들이 왜 개의 이빨을 부적처럼 목에 걸고 다니는지 그 이유를 그때 비로소 알았다. 개는 아래턱에 툭 튀어나온 송곳니 두 개를 통해 가장 강렬한 격정과 원한을 여지없이 드러낸다. 만약 하늘을 향해 예리하게 솟아오른 커다란 송곳니가 없었더라면, 개가 포효하는 모습은 어쩌면 사람들에게 큰 웃음만 선사했을지도 모른다.

거기에 폭풍과 폭우를 부르는 듯한 개의 울부짖는 소리란-오, 세상에! 그 소리를 어떻게 다 표현할 수 있을까? 하지만 당시는 상상력이나 발휘하고 앉아 있을 때가 아니었다. 여동생이 타고 있던 자전거의 체인이 하필 그때 풀려버린 것이다! 여동생이 "앗~" 하고 소리치는 동시에 나도 따라 "앗~" 하고 새된 소리를 질렀다. 자전거에서 내리면 두 놈이 이때다 하고 덮쳐 올 게 불 보듯 뻔했다……. 너무 놀라 혼비백산이 된 나는 여동생을 뒤돌아본 순간 나도 모르게 자전거 핸들을 꺾어 여동생한테 다가가려고 했다. 그때 한 놈이 느닷없이 옆에서 훌쩍 뛰어오르며 앞발로 내 자전거에 올라타는 게 아닌가.

내가 자전거를 거칠게 흔들자 개의 앞발은 허공을 갈랐고, 자전거는 몇 번 비틀거리다가 하마터면 넘어질 뻔했다. 다시 여동생 쪽을 돌아보았다-기적이었다! 방금 전까지만 해도 체인이 풀려 "철컥철컥" 하며 기어가 헛돌아가는 소리가 분명히 들렸는데 어긋났던 체인이 거짓말처럼 기어와 맞물려 제대로 돌아가고 있었다! 자전거에 올라타 무표정한 얼굴로 땀을 뻘뻘 흘려가며 날듯이 두 발을 힘껏 구르고 있는 여동생 모습이 보였다.

여동생 자전거에는 낟가리*가 작은 산처럼 잔뜩 실려 있었는데 개들한테 쫓기는 사이 땅에 떨어뜨리지 않은 게 천만다행이었다. 만약 떨어뜨렸더라면 그것을 주우러 되돌아갈 엄두가 났을까?

우리는 집에서 닭 100여 마리와 물오리 다섯 마리를 함께 길렀다. 새끼였을 때는 그런대로 시간 때우기 용으로 그만이었지만 크고 나니까

* 나무, 풀, 짚 따위를 쌓은 더미

강도나 진배없었다. 여동생은 매일같이 커다란 포대 두 자루에 민들레를 꽉 채워 와야 했고, 그래야 닭과 오리들을 배불리 먹일 수 있었다. 병아리였을 때는 아주 잘게 잘라서 먹였다. 더 자란 뒤에는 조금 굵게 잘라서 먹였다. 더 크니까 그때부터는 잘라줄 필요 없이 통째로 직접 던져주었다.

우리는 작은 당나귀 한 마리도 더 키울 작정이었는데 그렇게 되면 겨울에 따로 물을 길으러 갈 필요 없이 마차를 타고 저 멀리 강까지 가서 물을 실어 오면 될 터였다. 당나귀한테 먹일 풀까지 마련하려다 보니 우리는 더욱 부지런을 떨어야 했다. 매일 뽑아온 풀 중에서 일부는 따로 햇볕에 잘 말려 겨울철 당나귀 사료용으로 보관해두었다.

1년에 한 번 풀 베는 계절이 돌아오면, 유목민들은 깊은 산속에서 우룬구 강 유역으로 속속 돌아와 가축들이 정착촌에서 겨울을 나는 데 필요한 풀 사료를 준비했다. 풀 사료를 가득 실은 마차들이 뒤뚱뒤뚱 위태롭게 흔들리며 줄줄이 지나갔다.

목초지가 따로 없는 우리는 별수 없이 남의 집 목초지에 들어가 다 베어 가고 남은 풀을 주워 오곤 했다. 풀을 가득 실은 마차가 지나는 길 양옆으로 늘어선 나무마다 가지 끝에는 많건 적건 간에 풀들이 걸려 있기 마련이었다. 여동생은 날마다 풀을 산더미처럼 싣고 가는 마차 뒤꽁무니를 따라다니며 마차에서 떨어진 풀들을 주워 모으는 게 일이었다.

개들한테 쫓기던 날은, 나도 함께 풀을 주우러 간 길이었다. 아니나 달라, 우리는 가는 길에 떨어진 풀들을 제법 많이 주웠고, 그렇게 주운 풀들을 모아놓으니 뜻밖에도 몇 아름은 되었다. 우리는 주운 풀들을 우선 길가 관목 숲 속에 숨겨두었다가 돌아오는 길에 가져가기로 했다.

강을 건너 짧은 가로수 길로 접어들었다. 가로수 길 한쪽에는 옥수수 밭이 바다처럼 넓게 펼쳐져 있었고, 다른 한쪽에는 목초지가 철조망에 둘러쳐져 있었다.

우리는 가던 길에서 오른쪽으로 꺾어 옥수수 밭 옆으로 나 있는 흙길로 들어섰다. 자전거는 나무 그늘 아래에 세워두고, 우리는 길가에 떨어져 있는 풀을 줍기 시작했다.

마차에 풀을 실을 때면 하늘 높이 쌓아 올릴 뿐 아니라, 옆으로 늘어질 정도로 마차 폭보다 넓게 싣는 게 보통이었다. 그러다 보니 마치 작은 산 하나를 싣고 가는 것 같아서 마부조차 그 안에 폭 파묻혀 머리카락도 안 보일 지경이었다. 이렇게 풀을 한가득 싣고 가다 보니 가는 길에 풀이 길바닥에 한 움큼 떨어지든, 나뭇가지에 걸리든 전혀 개의치 않았다.

저 높은 곳에서부터 쏴아아 소리와 함께 거센 바람이 불었다. 우거진 수풀처럼 키를 훌쩍 넘게 자란 옥수수들이 거센 바람에 바다처럼 일렁거렸다. 바다 가운데 외로운 흙길 하나가 길게 뻗어 있었다. 그 길을 걷고 있노라면 이대로 사라져버릴 것만 같았다. 세상은 온통 바람 소리로 가득하고, 치마와 조끼는 바람에 풍선처럼 부풀어 오르고, 머리를 묶은 고무줄은 언제 끊어져버렸는지 바람에 머리카락이 날려 사정없이 내 얼굴을 때렸다. 드러난 양 어깨와 목은 옥수수 가지에 긁혀 작고 미세한 상처로 가득했고, 양손은 핏자국으로 얼룩져 있었다.

우리는 풀을 한 아름 주울 때마다 한곳에 모아 잘 쌓아두고 다시 빈손으로 전진해가며 계속 풀을 주웠다. 우리가 걸어온 길 위로 풀 더미가 일정한 간격으로 쌓여 있고, 길은 한없이 이어졌다.

햇살이 찬란하게 내리쬐는데 느닷없이 비가 내리기 시작했다. 고개를 들어 아무리 쳐다봐도 구름 한 점 보이지 않았다. 신기하기도 해라. 비는 대체 어디서 온 걸까? 대지는 광활하고 파란 하늘은 드넓고 장엄하다. 빗방울은 그렇게 갑작스럽고 급하게 땅에 떨어져 5펀짜리 백동전만 한 크기로 땅을 적시고, 꿈속에서처럼 얼굴을 때렸다. 이 비는 대체 어디서 온 걸까? 띄엄띄엄 흩뿌리는 빗방울은 때론 급하게 때론 천천히, 때론 세차게 때론 약하게 내렸다. 도대체 이 비는 어디서부터 온 걸까? 나는 원시의 땅에 서서 고개를 들고 한참을 쳐다보았지만 여전히 알 수 없었다.

바람은 포효하듯 하늘 끝에서 세차게 불어왔고, 옥수수 밭은 쉴 새 없이 물결쳤다. 곰곰 생각해보니 아마 바람이 먼 곳에서부터 비를 몰고 왔겠지 싶었다.

50미터쯤 더 가니 옥수수 밭 끝에서 흙길이 끝나고 그제야 시야가 확 트였다. 눈앞에는 풀을 베고 난 목초지가 펼쳐져 있었고, 더 멀리에는 우룬구 강 북쪽 기슭의 붉은 고원이 보였다. 여기서는 보이지 않는 계곡 깊은 곳에 강이 흘렀다. 띄엄띄엄 서 있는 나무들 사이로, 한없이 펼쳐진 하얀 벌판 위로 황금빛으로 찰랑대는 무성한 갈대숲이 보였다. 근처에 작은 호수나 소택지가 있는 모양이었다. 빗방울이 오락가락 흩뿌리더니 빗줄기가 갈수록 거세졌다. 날은 찌는 듯이 덥고 바람은 여전히 사나웠다.

다시 10여 분이 지나자 여우비가 그쳤다. 흙길 위에 떨어진 비의 흔적은 어느새 증발해버려 고리 모양의 아주 작은 구멍만 곰보 자국처럼 남았다. 촘촘하고 고요하게 늘어서 있는 모습이 마치 달 표면처럼 적막했다. 풀을 베고 난 뒤로 이 길은 아주 오랫동안 사람이 지나가지 않았다.

우리는 흙길이 끝나는 곳에 둘러진 철조망 사이를 뚫고 풀베기가 끝난 목초지로 들어섰다. 짚자리만 넓게 펼쳐져 있는 목초지는 황량했다. 때때로 들쥐들이 잽싸게 이곳저곳을 뛰어다니다가 문득 한곳에 멈춰서서 앞쪽에 있는 무언가를 뚫어져라 쳐다보곤 했다. 이곳에는 베고 남은 풀들이 아주 많았다. 가시 달린 관목 숲 사이에도, 철조망 사이에도, 길모퉁이에도 풀들이 곳곳에 떨어져 있었다. 우리는 양손을 좌우로 활짝 벌려 쉴 새 없이 풀들을 한데 그러모았고 얼마 지나지 않아 풀들은 어느새 허리 높이까지 쌓였다.

이렇게 많은 걸 집까지 어떻게 가지고 가지? 나는 옆에 서서 한참 고심한 끝에 여동생에게 말했다. "이걸 사등분해서 한 사람이 한 아름씩 들고 두 번만 왔다 갔다 하면 될 거야……."

옆에 서서 한참을 고민하던 여동생이 허리를 숙여 낟가리를 한꺼번에 영차 하고 들어 올렸다…….

나는 여동생 뒤만 졸졸 따라가며 여동생이 길에 떨어뜨린 풀을 주워 올렸다.

우리가 오던 길에 풀을 쌓아놓았던 곳에 이르러서야 여동생은 들고 있던 낟가리를 내려놓았고, 나는 길을 따라 쌓아놓았던 풀들을 다시 하나로 그러모았다. 그런 다음 새끼를 꺼내 낟가리 중간 중간을 잘 동여

풀매듭을 지었다. 우리 두 사람은 새끼줄 끝을 하나씩 잡고 힘껏 잡아당겨 낟가리를 단단하게 하나로 묶었다. 높이는 사람 키 절반만 하고 폭은 1미터가량 되었다. 우리는 이렇게 묶은 낟가리를 함께 들고 앞으로 걸어갔고, 한참을 걷고 나서야 자전거를 세워놓은 곳에 도착했다.

내가 탄 자전거는 작은 여성용인 데 반해, 여동생이 탄 자전거는 옛날 '28(二八)*' 형의 검고 커다란 남성용이었다. 결국 낟가리는 여동생 자전거 뒷자리에 실었다. 가지고 간 새끼줄이 부족해서 사방을 둘러보니 운 좋게 개울 근처에서 긴 철사 하나를 주울 수 있었다. 녹이 슬긴 했지만 꽤 쓸 만했다. 낟가리를 자전거 뒤에 잘 묶은 다음 흔들어보니 꽤 안정적이었다. 길도 평탄해서 별 문제 없어 보였다(사나운 개조차 낟가리를 어쩌지 못했다).

오늘의 임무를 끝내기에는 아직 일렀다. 우리는 포대를 하나씩 들고 가로수 길 건너편에 있는 들판으로 건너가 신선초를 뽑았다. 방금 주운 풀 사료는 잘 보관해두었다가 겨울용으로 쓸 요량이었기 때문에, 오늘의 일용할 양식을 목이 빠져라 기다리고 있을 닭들을 위해 우리는 사료를 따로 준비해야 했다.

민들레나 야생 거여목은 닭들이 곧잘 먹었다. 이거 말고 이파리가 두툼하고 큼직한 데다 즙이 많은 식물도 있는데 이것 역시 잘 먹었다. 그런데 가만 보니 먹기는 먹는데 별로 좋아하는 것 같지는 않았다. 왜냐하면 다른 풀들을 다 먹고 나서야 신경질적으로 이 풀을 받아먹었기 때문이다. 솔직히 나도 이 풀은 꺼려졌다. 아주 못생긴 게 가시도 많아 꼭

---

* 6~70년대 유행하던 자전거로 소량의 화물을 나를 수 있었다.

손에 찔릴뿐더러, 이 풀을 뽑고 나면 손은 온통 즙투성이에 얼마 안 가 시커멓게 물들고, 아무리 씻어도 씻기지도 않는 데다 이상한 냄새까지 풍겼다.

이 계절로 접어들면 민들레도 늙어 굵고 질겨질 뿐 아니라 무엇보다 찾기가 힘들었다. 그러니까 내 말은, 내가 찾는 게 힘들다는 뜻이다. 여동생은 무슨 조화를 부리는지 얼마 지나지 않아 포대 반 이상을 민들레로 꽉 채워 오곤 했는데 나는 기껏해야 손에 몇 뿌리 쥐고 있는 게 다였다. 그러니 별수 없이 그 못생긴 풀이라도 뽑을 수밖에 없었다. 그 풀은 사방에 지천으로 깔려 있어 힘들이지 않고도 포대 하나를 가득 채울 수 있었다.

내가 가장 좋아하는 풀은 민들레다. 길게 자란 톱니 모양의 잎은 땅에 방사형으로 넓게 뻗어 있고, 민들레 홀씨가 달린 꽃대는 곧고 새파랗다. 민들레를 뽑을 때는 이파리 전체를 한 손에 꽉 쥐고 살살 흔들어주기만 하면 바로 쑥 뽑혀 나왔다. 뽑혀 손 안에 놓인 민들레는 여전히 즐거운 성장을 멈추지 않는 듯 손바닥에 묵직한 무게감이 느껴졌고, 개중에는 아름다운 노란 꽃을 피운 것도 있었다.

바람은 여전히 매서웠다. 이런 날씨에는 모기가 없어서 좋았다. 매섭게 불어오는 바람에 모기 같은 작은 벌레들은 날갯짓조차 어려웠다.

이곳은 모기 같은 작은 벌레들이 극성을 부렸다. 문 밖에 나갈 때면 반드시 솜으로 귓구멍을 틀어막아야 했다. 희한하게도 모기들은 꼭 귓구멍 속으로 파고들어 가길 좋아하는데 기껏 들어가놓고는 나오지 못

할까 봐 지레 겁을 먹고 어떻게든 빠져나오려고 필사적으로 날갯짓을 했다.

파리는 또 왜 그렇게 많은지 기가 다 질릴 정도였다. 우리는 집 안 곳곳에 파리 잡는 끈끈이를 매달아놓았다. 폭 5센티미터에 길이 80센티미터 정도 되는 끈끈이는 양면에 강력한 풀이 붙어 있었다. 끈끈이 한 장은 이틀도 안 돼 파리가 덕지덕지 달라붙어 시커멓게 변해버리기 일쑤였는데 그런 끈끈이가 방 한가운데 대롱대롱 매달려 있는 모습을 보면 온몸에 소름이 쫙 끼쳤다.

황량한 벌판은 더 심각했다. 수풀 속 모기떼는 운무(雲霧)처럼 넘실거리며 앵앵거리는 중저음의 소리를 끊임없이 내보냈다.

문을 나서면 빽빽하게 무리를 지은 '눈에놀이*' 떼가 사람 머리 위를 날아다니며 어디를 가든 쫓아다니는데 여간 성가신 게 아니었다. 눈에놀이는 모기의 일종으로 너무 작아서 어떻게 막아볼 도리가 없었다.

거센 바람이 부는 날씨가 오히려 행복하다고 한 이유가 여기에 있다. 거센 바람은 하늘과 대지 사이를 깨끗하게 씻어주었다. 공기를 가르고 간 자리마다 선명한 자국들을 남기고, 그 자국들은 맑고 깨끗하게 빛났다. 바람에 치마가 나부끼고, 바람에 내 몸을 맡긴 채 앞으로 나아가면 눈앞에 펼쳐진 세상도 함께 앞으로 나아갔다. 퇴색해 빛은 바랬지만 푸근한 느낌이 드는 이 장면은 방금 막 떠오른 어떤 한 장면과 겹쳐진다. 저 멀리 텅 빈 벌판에 나무 한 그루가 뒤를 돌아보며 바라보고 서 있다.

북쪽에서 남쪽으로 질서정연하게 열을 지어 하늘을 가르는 기러기 떼

* 몸은 1㎜ 정도로 모기와 비슷한 곤충

는 거센 바람에도 전혀 동요하지 않는다. 기러기 떼의 고요한 비행을 바라보고 있노라면 하늘이라는 스크린을 통해 또 다른 세상 풍경을 보는 듯하다. 보는 이의 심금을 울려 실컷 울고 싶게 한다.

앞쪽에는 제방을 쌓지 않은 용수로가 있고, 용수로 양옆의 습한 땅에는 작은 관목들이 우거져 있었다. 짙은 녹색의 관목들이 뜬금없이 가을의 황금빛 벌판을 가로질렀다. 다리가 긴 여동생은 한 발짝에 개울을 펄쩍 뛰어넘었다. 하지만 나는 개울을 따라 상류 쪽으로 300미터쯤 걸어 올라간 뒤에야 겨우 돌파구를 찾아내 안전하게 개울을 건넜다. 여동생 있는 곳으로 돌아가보면 여동생 포대는 그새 풀들로 가득 채워져 있었다. 이번에는 나를 도와 풀을 뽑기 시작하는데 머지않아 내 포대도 풀들로 꽉꽉 채워졌다. 이게 웬 망신살인지. 솔직히 평소 다른 일은 나도 제법 야무지게 잘하는 편인데 웬일인지 풀 뽑는 일만큼은 마음대로 되지 않았다. 정말이다.

우리는 각자 포대 하나씩 짊어지고 되돌아갔다. 맞바람을 맞아가며 아름다운 너른 들판을 가로지르노라면, 저 멀리 보이는 가로수가 마치 100년은 기다리고 있는 듯했다. 거기에 우리 자전거가 있었다. 자전거의 모든 부품들은 서로 너무 익숙하게 잘 맞물려 돌아가지만, 시간의 흐름 앞에서 하나둘 나사가 빠지고 여기저기 흩어져 아무 데나 굴러다니는 것을 익히 보아왔다.

집에 돌아오자 엄마가 깜짝 놀라며 말했다. "우와! 많이도 주웠네! 백지장도 맞들면 낫다더니 둘이 같이 가니까 뭐가 달라도 다르네."

내가 솔직히 털어놓았다. "다르긴 뭐가 달라. 난 옆에서 구경만 했는걸."

다시 닭들이 모이를 먹는 광경으로 돌아가보자.

이놈의 닭들은 자기들이 무슨 빚쟁이라도 되는 양 빨간 얼굴에 두꺼운 목을 해가지고 하나같이 위로 솟구쳤다 아래로 뛰어내리며 야단법석을 떨어댔고, 다섯 마리뿐인 불쌍한 물오리들은 닭발에 이리저리 채이기만 할 뿐 사료 통에는 얼씬도 하지 못했다. 오리 한 마리가 닭들 사이에 끼어 용케 사료 통 옆에 한자리 차지하고 있다 했더니 한 번 쪼아 먹어보지도 못한 채, 문득 앞뒤좌우로 닭들에게 둘러싸여 있는 자신을 발견한 순간 기겁을 해서는 꽥꽥거리며 나 살려라 도망쳐 나와 사방을 어지럽게 뛰어다니면서 동료들을 찾았다. 닭보다 몸집도 더 큰 오리가 왜 그렇게 닭을 무서워하는지 알다가도 모를 일이었다.

닭들은 아주 못돼먹어서 병아리 적부터 사람을 그렇게 쪼아댔다. 그 작고 예리한 주둥이로 발등을 물면 웬만한 힘으로는 여간해서 쉽게 떼어내지 못했다. 그렇게 매번 살을 살짝살짝 물어대면 얼마나 아픈지 몰랐다.

주둥이가 뾰족하다 보니 모이도 곧잘 주워 먹었다. 잘게 자른 풀에 아주 가는 밀기울을 섞어서 범벅을 만들어주면, 신통하게도 풀만 깨끗하게 골라 먹고 사료 통 안에는 밀기울만 남았다.

먹기 싫은 사료가 보이면 입에 물고 고개를 흔들어 내던져버리고 또 다시 입에 물고 내던져버리고는 하는데 하나같이 아주 멀리 던져버렸다. 먹기 싫은 사료는 꼴도 보기 싫은가 보다.

오리가 얼마나 멍청한지 가히 상상을 초월했다. 오리들은 매번 닭들이 사료를 다 먹고 나서 한가로이 노닐 때를 기다렸다가 우물쭈물하며 사료 통 가까이 다가갔다. 제 딴에는 전혀 신경 쓰지 않는 척하지만 바람에 풀만 날려도 혼비백산해서 줄지어 도망치기 바빴다.

그래도 오리는 오리대로 나름 장점이 있다. 우선 목이 길어서 닭들이 닿지 않는 곳까지 닿을 수 있다(사료를 넣어주기 편하도록 사료 통 절반은 닭장 속에 들어가 있고 나머지 절반은 밖으로 비죽 나와 있었다). 그뿐인가, 주둥이가 하도 넓어서 닭들이 "탁, 탁, 탁" 하고 몇 번을 쪼아야 겨우 먹을 수 있는 양을 '한입에' 단숨에 흡입해 배 속에 집어넣을 수도 있다.

오리도 가끔은 골칫거리였다. 우리는 닭장에 작은 양은 대야를 물그릇으로 넣어주었다. 대야에 물을 가득 채워주면 오리는 매일 그 작은 대야 안에 들어가 몇 바퀴씩 빙빙 돌았다. 물속에서 빙빙 도는 거야 그렇다 쳐도 거기서 자맥질까지 했다.

어떤 때는 그 작은 대야에 오리 서너 마리가 동시에 들어가 앉는 바람에 대야에 꽉 끼어 옴짝달싹도 못 하는 경우도 있었다. 그런데도 몸을 비틀며 물 위에서 노는 시늉을 했다. 닭들은 몸이 달아도 대야 주위만 서성거릴 뿐 결국 물 한 모금 먹지 못했다.

제일 재미있는 건, 엄마가 "오리!" 하고 부르면
오리들이 "꽥!" 하고 대답을 한다는 거였다.

엄마가 “오리, 오리!” 하고 부르면
오리들은 “꽥! 꽥!” 하고 대답했다.

엄마가 “오리! 오리! 오리!” 하면
오리들은 “꽥! 꽥! 꽥!” 했다.

# 콩 심기

5월 초가 되면 강낭콩을 심었다. 강낭콩은 반들반들 윤이 나는 아주 예쁜 콩으로, 알록달록 정교한 무늬를 띠며 단단하고 매끈했다. 나는 천 씨네 일을 도와 강낭콩을 심으러 갔다가 강낭콩 중에서 제일 예쁘고 통통한 것들로 골라 한 움큼 몰래 집어 왔다. 집에 돌아와서 이 콩을 화분에 심을지 아니면 팔찌를 만들어 차고 다닐지 며칠 동안 결정을 하지 못했다. 결국 외할머니한테 들키고 말았는데 강낭콩을 본 외할머니가 너무 좋아한다 했더니 내가 안 보는 사이 고기 삶는 가마솥에 콩을 몽땅 집어넣어버렸다.

이곳은 땅은 남아도는데 사람은 적다 보니 봄이나 가을 농번기에 접어들면 부족한 일손을 메워달라고 부탁하러 오는 사람들로 우리 집 문지방이 닳을 지경이었다. 일은 또 얼마나 고된지! 엄마는 매번 일은 반도 못 끝내놓고 늘 이런저런 핑계를 대고 어디론가 사라져버리기 일쑤였다. 남은 식구들은 고지식하게 끝까지 자리를 지켜가며 일을 마무리 지었고, 다들 햇볕에 그을려 감자처럼 단단해졌다. 정오가 되어 밭 가장자리 나무 그늘 아래에서 새참을 먹고 나면 슬슬 졸음이 쏟아졌다. 하지만 식사를 끝낸 뒤 쉴 수 있는 시간은 고작 30분, 햇살이 강하게 내리쬐는 뙤약볕 아래로 다시 나가 일을 시작하면 졸음은 어느새 달아나고 한없이 밀려오는 피곤함이 그 자리를 대신했다. 5월은 바람도 강하고 하늘에는 구름 한 점 없었다.

하는 일은 사실 아주 간단하다. 두 사람이 한 조가 되어 서로 마주 보고 선다. 한 사람이 삽을 들고 뒷걸음질 치며 땅을 파면, 콩이 가득 담긴 사기그릇을 들고 있던 다른 한 사람이 상대방이 판 구멍 속으로 콩 두세 알을 재빨리 집어넣는다. 그럼 삽을 든 사람이 파낸 흙으로 구멍을 도로 덮는다. 이렇게 하나하나 구멍을 파고 한 줄 한 줄 콩을 심어나가는 식이었다.

대략 10무에 달하는 땅은 폭이 좁고 일렬로 길게 늘어서 있었다. 천씨 영감은 10미터마다 하나씩 밭두렁을 쌓았다. 두렁을 쌓는 이유는 밭에 물을 주기 위해서였다.

나는 콩 뿌리는 쪽을 더 좋아했고 콩도 제법 정확하게 뿌렸다. 콩 두세 알을 손가락 끝으로 집어 아무렇게나 던져도 말 잘 듣는 아이처럼 구멍 속으로 쏙 들어가 한곳에 잘 모였다. 이런 내가 스스로도 너무 대견했다. 그런데 나중에 알고 보니 나만 그런 게 아니라 다른 사람들도 다 나처럼 콩을 뿌리면 아주 정확하게 구멍에 골인시켰다. 이런 일을 하는 데 대단한 기술은 필요하지 않았다.

구멍을 파는 일도 간단하기는 매한가지지만 힘을 써야 했다. 콩을 심은 땅이 2무가 채 안 되는데도, 손바닥은 이미 두 줄로 가지런하게 물집이 잡혀 완벽한 대칭을 이루었다. 남들이 알아챌까 봐 차마 말도 못 꺼내고 그저 이를 악물고 견디며 어서 콩 뿌릴 차례가 오기만을 기다렸다.

천 씨가 새로 구한 일꾼은 내지에서 온 지 얼마 안 돼 삽질이 영 서툴렀기 때문에 천 씨가 일꾼에게 호미를 따로 장만해주었다. 우리는 보통 흙을 퍼서 구멍을 파는데 그 일꾼은 흙을 긁어서 구멍을 팠다. 콩을 심은 다음에는 다시 호미로 흙을 긁어내려 구멍을 덮었다.

그 일로 천 씨 영감과 일꾼은 땅 이곳 끝에서 저쪽 끝까지 콩을 심는 내내 계속 다퉜고 손발이 영 맞지 않았다.

"콩을 그렇게 심는 건 생전 처음 보네……."

"이 늙은이가 올해로 쉰 하고도 여섯인데, 평생 이렇게 콩을 심었소이다!"

"신장에서는 그렇게 심으면 안 되지!"

"신장 땅은 흙이 아닌가?"

"신장은 날씨가 워낙 건조해서 땅 표면은 바싹 말랐어도 파낸 흙바닥에는 그나마 습기가 조금 남아 있는 편인데, 자네처럼 흙을 덮게 되면 흙더미의 가장 윗부분에 있는 건조한 흙이 콩을 덮고 습기 있는 부분이 밖으로 드러나게 되니 얼마나 아까운 일인가?"

56세 되었다는 그 일꾼이 고개를 들어 바라보니, 자기가 심은 이랑만 색이 짙은 게 축축한 흙이 모두 위쪽을 향해 뒤집혀 있었다.

"이런 제기랄. 그깟 습기가 싹이라도 틔운단 말이요? 다 합쳐봐야 한 방울도 안 될 물을 가지고?"

"신장 지역에서는 물 한 방울이 금값보다 훨씬 더 비싸단 말이오!"

"아이고 금값이라고? 이 늙은이를 속여도 유분수지……. 방금 뿌린 씨에 누가 물을 준단 말이오? 싹이 난 다음에 물을 줘야 한다는 건 삼척동자도 다 아는 사실인데……."

"축축하게 해야 한다고 했지 누가 물을 준다고 했소? 이렇게 건조한데 싹이 어떻게 난단 말이오?"

"하하, 내가 어찌 알겠어. 당신이 알지."

"하하, 아는 거 많아서 좋겠네. 그렇게 잘난 사람이 왜 여기서 이딴 일이나 하고 앉아 있나 그래."

"흥, 늙은이 불러다 일만 실컷 부려먹고, 돈은 한 푼도 안 주면서 욕만 들입다 퍼부어대는구먼!"

"……."

천 씨 영감은 잠시 묵묵히 하던 일을 계속하더니, 끝내 삽을 집어던지며 버럭 화를 냈다.

"밥 먹으라고 내가 안 불렀어? 고작 그따위로 일해놓고 지금 돈 얘기가 나와? 내가 욕을 했다고? 솔직히 누가 욕을 더 많이 했는지 한번 따져볼까? 일도 제대로 못 하면서 요구사항은 많아가지고 말이야. 당신

간다고 무서워할 사람 하나도 없어!"

나는 늙은 일꾼도 호미를 집어던지고 기어코 천 씨 영감과 한판 붙겠거니 생각했는데, 산전수전 다 겪은 늙은 일꾼은 잠시 어안이 벙벙한 듯 서 있다가, 내 예상을 뒤엎고 돌연 하하하 큰 소리로 웃기 시작했다. 잠시 뒤 우리도 따라서 배꼽이 빠져라 웃었다. 천 씨 둘째 아들은 하도 웃어서 눈물까지 흘렸다.

"고된 일을 하다 보면 원래 싸움도 하게 마련이지요. 아저씨 가지 마세요. 아저씨가 가고 나면 우린 어떡하라고요? 아직도 할 일이 태산인데……."

지금 상황에서 한 사람이라도 빠지게 되면 남아 있는 사람들이 당장 마대 한 포대씩을 더 떠안아야 할 판이었다.

엄마는 완전히 파김치가 되었다. 누가 말을 시킨 것도 아니데 혼자 쉬지 않고 떠들어대더니 결국 이 모양이다. 일도 제대로 안 했으면서 마치 일은 혼자 다 한 사람같이 제풀에 나가떨어졌다.

그런데도 엄마는 여전히 그칠 줄 모르고 쉴 새 없이 중얼거렸다. "에이, 과연 잘 자랄까? 이렇게 해가지고 잘 자라겠느냐고? 대충 툭 던져 넣고 흙만 덮는다고 자라겠느냐고? 당최 믿을 수가 있어야지 원……. 그러고도 자란다면 그야말로 웃기고 자빠질 노릇이지. 그럼 내 손에 장을 지진다……." 그 말을 듣고 있던 천 씨네 막내아들은 기가 막혀 죽을 지경이다.

하지만 나 역시 영 미심쩍었다. 바싹 마른 건조한 땅에 단단한 씨를 뿌리기만 하면 싹을 틔운다고? 노동의 힘은 정말 거대하다. 대지의 힘도 씨앗의 힘도 거대하기는 마찬가지다. 씨앗은 이 세상에 존재하는 그 어떤 기적보다 불가사의하다. 한번 생각해보라. 가장 척박한 땅 위에 아주 여린 새싹을 틔우고, 결국 한 알의 씨앗이 많은 열매로 탈바꿈해 버리니 말이다.

지난해 비닐하우스를 지었던 관계로 땅속 도처에 비닐 조각들이 천 갈래 만 갈래로 서로 뒤엉켜 묻혀 있다. 이제 막 써레질을 끝내고 아직 파종하지 않은 땅 위로 하얀 비닐 쪼가리들이 끝없이 나뒹굴었다. 비닐 쪼가리들은 미풍에 땅 위에 붙어 마치 생명처럼 흐느적거리다가, 거센 바람이 불어오면 온 하늘을 뒤덮으며 어지럽게 날아다녔다.

여러 해 동안 비닐이 땅에 축적된 탓이었다. 땅이 너무 넓어 사람 손으로 일일이 비닐 쪼가리들을 처리하기는 불가능했다. 땅에 유해하다는 사실은 잘 알고 있지만 그냥 내버려두는 수밖에 달리 도리가 없다. 설상가상으로 봄이 찾아오면, 다시 새로운 비닐하우스를 지어야 했다. 그렇지 않으면 작물이 자라지도 못할뿐더러, 설사 자란다 하더라도 생산량이 극히 미미했다.

이곳의 날씨와 토지는 농사를 짓기에 적합하지 않을 수도 있다. 토지가 아무리 넓어도 공급은 제한적일 수밖에 없다. 파랗게 우거진 농작물은 끝없이 대지의 양분을 흡수해가며 하늘을 향해 찌를 듯 뻗어나간다. 사람들의 물질적인 수요를 만족시키기 위해 끊임없이 뻗어나간다. 그러고 보면 우리는 대지의 재물을 강탈해 가는 셈이다. 삽으로 땅을 파헤쳐보면 비닐이 땅속에서 서로 얽히고설켜 있다. 더 깊이 파 들어가도 땅속은 여전히 얽히고설킨 비닐 천지다.

옆쪽 밭은 써레질이 한창이었다. 열대여섯 살쯤 되어 보이는 남자아이가 웃통을 벗어젖히고 작은 트랙터 위에 앉아 "털, 털, 털" 돌아가는 기계에 몸을 맡긴 채 이리저리 흔들리고 있었다. 보아하니 기계보다 그 아이가 더 많은 에너지를 쏟고 있는 듯했다. 모자를 쓰지 않아 태양에 검게 그을린 얼굴과 등이 반들반들하니 윤기가 흘렀다.

한 여인이 트랙터 뒤에 걸려 있는 써레 위에 서서 자신의 온 체중을 실어 써레를 내리누르고 있었다. 쇠로 만든 긴 여러 개의 살들이 땅을 갈아나가면 흙이 물결치듯 느릿느릿 뒤집혔다. 남자아이의 엄마처럼 보이는 그 여인은 머리에 알록달록한 두건을 두르고 써레 위에 곧추서서 트랙터를 손으로 잡고 밭의 이쪽 끝에서 저쪽 끝 사이를 여러 차례 왕복하는데도 자세가 전혀 흐트러지지 않았다.

엄마 말에 따르면 엄마가 젊었을 시절에는 링당츠를 써레 대신 사용했다고 한다. 링당츠를 큰 다발로 묶어 트랙터 뒤에 건 다음 그 위에 돌을 여러 개 올려놓으면 완성이었다. 하지만 링당츠 가시가 아무리 길고 단단하다 하더라도 땅을 깊게 가는 데는 당연히 무리가 따랐다.

T자형 곡괭이로 단단한 황무지를 개간하고, 땅을 얕게 갈고 대충 고른 다음 풀뿌리와 돌들을 골라내고 나면 씨를 뿌리고 물을 끌어왔다-엄마가 젊었던 시절에는 이 모든 것이 낭만과 열정으로 가득했다! 노동만이 전부였고, 생존만이 전부였다. 세상에서 '가장 최초'의 것들은 이

렇듯 아름답고 순결해서 마음에 깊은 울림을 남긴다……. 현재를 사는 우리 눈에는 선조들의 이런 방식이 지금의 우리 방식보다 더 현명하다거나 다양하다고는 보이지 않는다. 그럼에도 우리는 영원히 선조들을 기억하고 감사해야 하며, 영원토록 그들의 '위대함'을 인정해야 하지 않을까? 왜냐하면 선조들이 우리에게 물려준 가장 귀중한 유산은, 그들이 생존해왔던 방식이 아닌 생존을 위해 바쳤던 뜨거운 열정이기에.

평평한 대지는 한없이 펼쳐져 있고, 파란 하늘은 비스듬히 기울어 있고, 아득히 먼 곳에는 나무 세 그루가 줄지어 서 있다. 때때로 갈대가 우거진 동쪽 소택지에서 물오리 떼의 청아한 울음소리가 들려왔다. 나는 바람을 맞아가며 씨를 뿌렸다. 발바닥이 땅바닥에 붙은 것처럼 잘 떨어지지 않았고, 어깨며 허리는 콕콕 쑤시고 아파오는 데다, 오른손은 기계적으로 씨를 뿌리는데 시간이 갈수록 씨가 구멍 밖으로 떨어지기 일쑤였다. 이게 다 오후부터 거세지기 시작한 바람과 구멍을 삐뚤삐뚤 파놓은 엄마 탓이다.

고비 사막의 태양이 얼마나 뜨겁게 내리쬐는지 익히 알고 있던 터라, 나는 특별히 소매가 긴 옷을 챙겨 입었다. 그런데 소매가 제아무리 길다 하더라도 손가락 끝까지 내려올 수는 없는 노릇이라 손등까지 내려오는 게 고작이었다. 그러다 보니 겨우 하루 일했을 뿐인데도 손등은 햇볕에 탄 자리와 타지 않은 자리가 새카맣고 하얗게 선명한 대조를 보이며 음양(陰陽) 손이 되어버렸다.

나는 앞으로 계속 전진하고 엄마는 계속 뒷걸음질 쳤다. 엄마가 작은 구멍을 파면 나는 얼른 씨를 그 구멍에 떨어뜨렸다. 엄마가 삽으로 파낸 흙을 얼른 덮으면, 나는 덮은 흙을 재빨리 발로 밟고 잘 다져서 씨가 땅에 밀착되게 했다. 이렇게 한 고랑 한 고랑 씨 뿌리기가 끝날 때마다 고개를 돌려보면 사람 '인(人)' 자 모양을 한 내 발자국이 20센티미터 간격으로 촘촘하고 가지런하게 나 있는 모습이 제법 볼만했다.

다른 사람들은 씨를 다 뿌리고 속속 다음 밭으로 이동했지만, 엄마와 나는 마지막 남은 두세 개의 고랑과 여전히 씨름 중이었다. 사방은 텅 비어 있었다. 바람이 휘이익 불어오자 커다란 흰 비닐이 바람에 실려 멀리 하늘 높이 날아오르며 좌우로 펄럭였다. 고개를 들어 비닐을 바라볼 때마다 비닐은 한없이 높이 더 높이 날아올랐다. 그러다가 방향을 바꾸어 아래로 떨어지기 시작하면 또 그렇게 끝없이 추락했다. 문득 바람이 멈추면 비닐도 공중에 걸린 채 움직임을 멈추고, 마치 무언가를 주시하는 것처럼 한참을 꼼짝도 하지 않았다. 하늘은 눈이 부시게 푸르렀다.

우리 두 사람은 마주 보고 서서 묵묵히 일했고, 동작이 몸에 익어 손발이 척척 맞았다. 콩 심는 일은 부부가 해야 할 일이다. 정을 돈독히 쌓을 수 있는 최고의 방법이니까…….

저 멀리서 아무도 없는 황량한 벌판에 딸랑 두 사람이 콩을 심고 있는 광경을 누군가 바라본다면 눈물이 나지 않을까?

그 누군가는 눈물지으며 의아해할지도 모른다. 저 두 사람은 대체 무슨 씨를 뿌리고 있기에 대지를 황량함으로 가득 채우고 있는 걸까? 하고.

엄마가 젊었을 때 학교에서 배운 전공은 농업이었다. 시간이 흘러 엄마가 중대 농장 기술원이 되었을 때, 중대 대원들은 언제 파종을 해야 하는지, 언제 면화 모종의 순을 쳐주어야 하는지에 대해 엄마가 시키는 대로 했다. 엄마가 우쭐해할 만도 했다. 하지만 땅은 엄마에게 익숙한 대상일지는 몰라도 이해할 수 있는 대상은 아니었다. 더구나 엄마가 군대를 떠난 게 벌써 20년도 훨씬 지난 일이니, 그나마 알고 있던 밑천도 이미 바닥난 상태고 그나마 지금 가장 잘할 수 있는 거라고는 기껏해야 화분에 화초 심는 게 전부였다. 거기에 '생장기'라든지 '휴면타파*'처럼 전문적인 용어가 나오면 설명을 해주는 정도가 다였다.

땅에 관해서 엄마가 늘 입버릇처럼 하는 말이 있다. 엄마가 아주 어렸을 때 선생님이 해준 이야기라는데, 토지에 화학비료를 뿌리는 것은 죄를 짓는 행위이며 매우 유해하다고 했다. 생산량을 단기간에 끌어올릴 수는 있어도 토양을 심각하게 파괴한다는 것이었다. 만약 화학비료에 계속 의존한다면 20년도 지나지 않아 모든 땅이 파괴되고 말 거라고 했다.

그러나 그로부터 30년이 지난 지금, 화학비료의 홍수 속에서도 땅은 여전히 건재하다. 땅이 파괴되는 일은 아직 요원해 보이며, 땅은 우리가 생각하는 것보다 훨씬 강하다. 밭 이곳저곳에 화학비료가 한 포대 한 포대 자꾸만 높이 쌓여간다. 만약 화학비료를 치지 않는다면 금년에는 돈 한 푼 쥐어보지 못할 거라는 건 삼척동자도 다 아는 사실이다.

엄마는 일을 하면서 이 말을 또다시 꺼냈다. 평생을 살아도 한 가지

---

* 휴면 상태가 깨어지는 현상. 일시적으로 정지되었던 생육이 여러 가지 휴면의 요인이 제거되면서 다시 시작되는 현상을 말한다.

이치도 터득하지 못하는 바보 같다.

다시 생각해보니, 땅이 식량을 키워낼 수 있다는 사실은 얼마나 감동적이고, 또 얼마나 마음을 아프게 하는지!

일곱 사람이 이틀에 걸쳐 무려 10여 무에 달하는 땅에 콩을 다 심었다는 사실에 우리도 참 대단하다고 느꼈다.

# 금붕어

금붕어 말고도 우리가 기른 동물은 한두 가지가 아니었다. 토끼, 미꾸라지, 물오리, 기러기, 거북이, 우렁이, 비둘기, 양, 메추라기 닭*, 차이니즈프랭컬린, 날쥐**, 다람쥐, 하얀 햄스터, 산비둘기, 색깔이 서로 다른 고양이와 개, 셀 수 없이 많은 닭과 오리와 거위…… 심지어 우리 집 문 앞의 새들까지 전부 우리가 먹여 키웠다. 비록 우리가 던져주는 모이를 다 주워 먹은 뒤에는 뒤도 안 돌아보고 날아가버렸지만 그래도 다음 날이면 어김없이 다시 찾아왔다.

---

* 몸은 전체적으로 붉은색이 도는 회색을 띠며 눈에서 멱을 둘러서 검은색 띠가 있다. 옆구리에는 여러 개의 검은색 세로줄 무늬들이 특징적이다. 초원의 건조하고 암석이 많은 지대에 서식한다.

** 아시아와 북부 아프리카의 사막이나 건조한 초원에서 사는 이들은 큰 눈과 부드러운 모래빛깔 모피를 가지며, 7~20센티미터의 크기에 꼬리를 제외한 몸길이는 5~15센티미터 정도이다.

상황이 이렇다 보니 이사를 한번 갈 때마다 동물원을 옮기는 것처럼 한바탕 난리법석을 떨어야 했다.

사실, 늘 이사를 다녀야 하는 우리가 금붕어를 기른다는 것은 전혀 어울리지 않았다. 금붕어 같은 동물은 안정되고 조용한 환경에서 차분하고 느긋하게 생활해야 옳다. 가장 귀한 대접을 받는 금붕어는 마당에 만들어놓은 이끼 낀 석지(石池)* 속에서 길러야 마땅하고, 3대 혹은 더 오랜 세대를 거치는 동안 사람들의 기억 속에 100년이 지나도 변함없는 모습으로 남아 있어야 한다. 그런데 우리 집 금붕어는 그야말로 비참하기 짝이 없었다. 금붕어를 길들이고 싶어 하는 엄마 탓에 하루 종일 물속을 들락날락해야 했고, 시끄러운 환경 탓에 작은 소리에도 깜짝깜짝 놀라기를 밥 먹듯이 하니 단 1초도 편할 날이 없었다.

엄마가 제일 좋아하는 놀이는 물속에서 물고기를 건져 올려 한참을 갖고 놀다가 실컷 놀았다 싶으면 다시 물속에 집어넣는 것이었다. 그런 다음 몸이 비스듬히 뒤틀렸다가 한참 만에 간신히 정신을 차리고 숨을 돌리는 금붕어를 미소를 띤 채 물끄러미 쳐다보았다. 금붕어는 퍼뜩 뭔가가 생각난 것처럼 "씽" 하니 미끄러지듯 사라졌다가 어항 벽을 날쌔게 몇 바퀴 빙빙 돌았는데 이렇게 하면 엄마로부터 멀리멀리 도망갈 수 있다고 믿는 듯했다.

엄마는 늘 어항 옆에 앉아 스웨터를 뜨곤 했다. 뜨개질을 한참 하다 말고 느닷없이 뜨개바늘을 쑥 뽑아 들고 물속에 집어넣어 멋대로 휘젓고는 금붕어 뒤꽁무니를 쫓아가며 못살게 굴었다. 엄마의 장난은 금붕

* 물을 담아 연꽃 따위를 심는 함지 모양의 돌그릇

어가 힘이 빠져 물 위로 떠오를 때까지 멈출 줄 몰랐다.

이뿐만 아니라 엄마가 물고기를 돼지 키우듯 하는 바람에 우리 집에서 죽어나간 금붕어들의 사인(死因)은 하나같이 과식이었다……. 그런데도 엄마는 전혀 아랑곳하지 않고 뭐든 손에 잡히는 대로 물고기에게 먹였다. 결국 남아 있는 물고기들은 살기 위해서라도 똑똑해져야 했고, 무엇을 먹어야 할지, 무엇을 먹으면 안 되는지, 언제 먹어야 할지, 언제 그만 먹어야 할지 정도는 스스로 터득해야 했다. 그러니 더 강해질 수밖에 없었다.

우리는 열대어를 기른 적도 있었다. 많은 우여곡절 끝에 이 작은 물고기들을 우루무치에서 붉은 땅까지 간신히 데려올 수 있었는데 결코 만만하게 볼 일이 아니었다……. 물고기가 멀미를 할지도 모르는 일 아닌가! 원래 엄마는 여러 종류의 열대어를 사가지고 왔지만 집에 도착했을 때는 단 두 종류만 살아남았다. 열대어를 어항에 넣어주자마자 그중 한 마리가 곧바로 물 위로 떠올랐다. 결국 '공작'이라고 이름 붙인, 가장 싸고 가장 드센 품종만 살아남았다.

열대어는 이름 그대로 열대에서 살아야 한다. 그런데 우리가 사는 이곳은 한대(寒帶)에 속하는 데다 1년 중 겨울이 6개월 이상 지속되는, 눈과 얼음으로 뒤덮인 곳이었다. 엄마는 열대어들에게 따뜻한 환경을 만들어주기 위해 온갖 수단과 방법을 가리지 않았고, 온도계를 사서 물속에 넣어두기까지 했다. 매일같이 잠자리에 들기 전에 어항을 옷으로 잘 덮고 그 위에 다시 펠트를 덮은 다음 베개로 꾹 눌러놓았다. 품속에 품고 자지 않은 게 다행이었다.

그럼에도 불구하고 열대어는 결국 죽고 말았다.

어떻게 죽었냐고?

……쪄 죽었다…….

이사하던 날, 새집에 도착하자마자 꽁꽁 얼어붙은 집에 난로를 피우고 물고기를 품에서 꺼내(혹시 얼어 죽을까 봐 물이 가득 채워진 작은 비닐봉지에 넣어 주둥이를 단단히 봉한 다음 품고 있었다) 새 물을 가득 채운 어항에 넣어주었다. 그런 다음 가장 따뜻한 곳에 높이 올려놓았다. 철판 난로 벽 위에. 그러고 나서 우리는 그 일을 까마득하게 잊어버렸다. 철판 난로가 시뻘겋게 달아오르며 벽도 함께 뜨거워졌고 그 위에 올려놓았던 어항 속의 물도 펄펄 끓기 시작했다…… 열대어는 완벽하게 삶아졌다…….

가까운 곳으로 이사를 가는 경우 새집에 도착해보면 어항 속 물 표면에 살얼음이 살짝 끼어 있는 게 보통인데 그 정도는 약과였다. 먼 곳으로 이사를 가는 경우에 물고기들의 신세는 더 비참했다. 열 시간도 넘게 주둥이가 단단히 봉해진 작은 비닐봉지 안에 옴짝달싹도 못 하고 갇혀 있어야 하기 때문에 고생이 이만저만이 아니었다. 그래도 다행히 대부분의 물고기들은 이 난관을 잘 이겨냈다. 우리 집에서 기른 많은 물고기들 중에서 마지막까지 살아남은 몇 마리는 어떤 열악한 상황에 처하더라도 끄떡없이 잘만 살았다. 우리가 물고기를 기른 건지 고무공을 기른 건지, 아무리 치고 때리고 던지고 떨어뜨려도 언제 그랬냐는 듯 바로 본래의 모양으로 되돌아왔다.

곧 숨이 넘어갈 것 같았던 놈조차 다시 쌩쌩해졌다.

무지하게 춥던 어느 날, 아침에 눈을 떠서 어항 위를 덮고 있던 펠트를 들춰보니 표면에 얇은 살얼음이 끼어 있고 물고기들은 하나같이 몸이 뒤틀린 채 어항 바닥에서 꿈틀대고 있었는데 금방이라도 숨이 멎을 것만 같았다. 우리는 서둘러 물을 갈고 물고기를 한 마리 한 마리 건져 올려 작은 그릇에 각각 따로 담아 돌봐주었다. 저녁때가 되자 거의 모든 물고기들이 다시 생기를 되찾았지만 유독 한 마리만 배를 드러낸 채 뒤집혀 있었다. 한눈에 봐도 가망이 없어 보였다. 우리는 물고기가 죽어가는 것을 차마 눈뜨고 볼 수 없었다. 평소에 아무리 사납고 못되게 굴어 우리에게 미운털이 박힌 물고기라 할지라도 말이다.

그런데 잠시 뒤 물고기 입이 미세하게 움직이는 걸 발견한 엄마는 물고기를 두 손가락으로 집어 올리고 다른 한 손으로는 손톱을 이용해 물고기의 아가미를 살짝 벌렸다-엄마는 물고기에게 인공호흡을 한다면 당연히 이런 방법이어야 한다고 생각했다. 이렇게 몇 차례 인공호흡을 한 다음, 깨끗한 물이 담긴 비닐봉지에 물고기를 넣고 입구를 단단히 봉했다. 그러고 나서 물고기가 든 비닐봉지를 조심스럽게 가슴에 품더니 가슴과 가슴 사이에 넣고 브래지어로 감쌌다. 그런 다음 침대에 비스듬히 누워 꼼짝도 하지 않았다. 그렇게 꼬박 하룻밤을 보냈다. 그 물고기는 기적적으로 살아났다.

아 맞다. 또 한번은 똑같은 방법으로 달걀을 부화시킨 적도 있었다.

엄마는 성격이 얼마나 급한지 예를 들어 채소를 심었다 치면, 땅에 씨앗을 뿌린 지 얼마 지나지 않았는데 하루에도 열두 번씩 땅을 파헤쳐 싹이 났는지, 싹이 났으면 얼마나 났는지, 뿌리를 내렸는지, 뿌리를 내렸다면 얼마나 깊이 내렸는지를 봐야 직성이 풀렸다. 우리 집 닭이 알을 품고 있노라면 엄마는 조바심을 치며 시도 때도 없이 어미닭 꽁지를 들춰본답시고 어미닭을 들들 볶았다. 어느덧 한 마리 한 마리 껍질을 깨고 세상에 나온 병아리들은 모든 것이 신기하기만 한지 온 마당을 휘젓고 뛰어다녔다. 그런데 유독 한 마리만 소식이 없었다. 온종일 기다려봐도 알을 깨고 나올 기미는 보이지 않았고, 또 그렇게 하룻밤이 지났는데도 여전히 조용하기만 했다. 몸이 달대로 단 엄마는 끝내 껍질을 깨고 안이 도대체 어떻게 생겨먹었는지 보려고 했다-우리는 그런 엄마를 뜯어말렸지만 소용없었다. 우리는 두 눈을 동그랗게 뜬 채 엄마가 달걀 한쪽 구석의 껍질을 살짝 깨뜨리는 걸 지켜보는 수밖에 없었다……. 아니나 달라, 엄마는 결국 큰 실수를 저지르고야 말았다. 발육이 다소 느린 병아리였던 것이다. 병아리의 형태를 모두 갖추고는 있었지만 아직 너무 일렀다. 달걀 내막을 통해 무기력하게 오물거리는 병아리의 작은 부리와 반쯤 감겨 있는 두 눈, 흠뻑 젖어 있는 성긴 깃털이 보였다. 게다가 반투명한 몸을 통해 내부기관이 미세하게 움직이는 것까지 훤히 들여다보였다. 얼마나 가엽던지! 이틀만 지났어도 건강한 모습으로 세상의 빛을 볼 수 있었을 텐데. 어리석은 실수를 저질렀다는 걸 깨달은 엄마는 아주 조심스럽게 달걀을 집어 들고 나갔다. 나중에 보니 엄마는 금붕어를 품었던 것처럼 달걀을 품고 인공부화를 시도했다…….

병아리가 결국 부화됐는지 어땠는지는 기억에 없다. 다만 그 당시 따뜻했던 광경만이 기억에 남아 있을 뿐이다. 달걀은 엄마의 브래지어 중간 틈 사이에 얌전히 놓여 있었고, 엄마는 어슴푸레한 형광등 불빛 아래서 이불 속에 베개를 베고 반쯤 드러누워 솜이불을 가슴께까지 끌어올린 다음 고개를 숙여 품속에 안고 있는 보배를 내려다보았다. ……나도 이렇게 태어났을까?

말이 또 삼천포로 빠졌다. 금붕어 이야기를 하던 중이었지. 엄마는 금붕어라면 껌뻑 죽었다. 그다음으로 외할머니 역시 금붕어에 대한 애정이 남달랐다. 제일 부지런한 외할머니는 며칠 간격으로 일정하게 어항의 물을 갈아주었고, 아침마다 하루도 거르지 않고 정확한 시간에 모이를 주느라 늘 분주했다. 시간이 나면 어항 맞은편에 나무 걸상을 갖다 놓고 앉아 따뜻한 미소를 지어가며 물고기들을 하염없이 바라보았다.

그러다가 느닷없이 큰소리를 쳤다. "또 똥을 싸네! 이런 빌어먹을 녀석들 같으니라고. 뭔 똥을 그렇게 길게 싸! 부끄럽지도 않냐(금붕어들은 억울한 듯 이렇게 말할지도 모른다. '그렇게 커다란 소리로 동네방네 떠들 것까지는 없잖아요……' 하고)?"

잠시 뒤 다시 큰소리가 들렸다. "이 늙은이가 네 먹보 이놈을 때려죽이든지 해야지 원. 딴 놈들은 하나 먹을 때 네놈 혼자 다섯 개나 먹어치워! 몇 번을 말해야 알아듣겠어? 한 놈당 세 개씩이라고 한 놈당 세 개! 이런 염치없는 놈 같으니라고……."

말은 계속 이어졌다. "또 한 번 말을 안 들었다가는 이 늙은이가 너를 잡아다 거북이 먹이로 확 줘버릴 테다." 하지만 물고기는 외할머니를 거들떠보지도 않았다.

그러자 외할머니가 말을 바꿨다. "내 말을 또 안 들었다가는 네놈을 잡아다 빈 그릇에 처넣고 3일 낮 3일 밤을 굶겨버릴 테다!" 그제야 물고기가 외할머니에게 완전히 제압당했다.

외할머니의 가장 큰 불만은 금붕어들이 크지 않는다는 점이었다. 외할머니는 가끔씩 혼잣말로 중얼거렸다. "……2~3년을 길렀는데도 손가락만 하다니…… 이 늙은이가 몇 년을 공들여 먹인 게 다 허사로구나……." 외할머니의 말은 물고기들이 적어도 1~2척 정도는 되어야 새해를 맞아 잡아먹을 수 있을 거라는 뜻일 터였다…….

나로 말할 것 같으면, 나 역시 금붕어를 좋아했다. 왜냐하면 금붕어는 우리 집 재산이었으니까. 다시 곰곰이 생각해보니 나는 단순히 '금붕어가 내꺼'라서 좋아했을 뿐이다. 엄마나 외할머니와 비교하면…… 부끄럽기 짝이 없는 일이다. 집에 금붕어가 있으나 없으나 내겐 매한가지였다. 예쁘기는 하지만 너무 번거로웠다. 금붕어보다 더 중요하고 해야 할 더 많은 일들이 우리를 기다리고 있는데 금붕어 따위에 그렇게 공들일 필요가 없다고 생각했다…….

하지만 다시 생각해보니, 더 중요하고 해야 할 더 많은 일들에 더욱 많은 공을 들인다고 해서 모든 게 해결될 수 있는 것도 아니다. ……그렇다. 그렇지 않고서야 어떻게 이런 생활을 할 수 있겠나? 특히 우리 엄마나 외할머니의 연령대라면 그들이 바라는 행복과 그들이 꿈꾸는 삶은 내가 생각하는 그것과는 사뭇 다를 터였다. 붉은 땅, 나는 언젠가는 이곳을 떠나야 한다고 생각한다. 하지만 엄마나 외할머니는 이곳에서 계속 살아가는 것도 나름 괜찮다고 생각한다…….

물속을 자유자재로 헤엄쳐 다니는 금붕어는 세상에 존재하지 않는 한 떨기 꽃송이 같다. 물결이 일렁이는 곳마다 섬세한 비늘 조각이 반짝반짝 빛나고, 이런 빛을 발할 수 있는 보석은 이 세상 어디에도 존재하지 않는다. 금붕어는 마치 음악에 몸을 맡긴 듯 꼬리와 지느러미를 우아하게 살랑거린다. 금붕어가 물속에서 춤을 춘다! 물 위를 향해 헤엄쳐 올라가며 하늘하늘 흔들거리는 꼬리는 눈부시도록 아름답고, 투명한 지느러미는 마치 양팔을 활짝 펼친 듯하다……. 이제 서서히 아래로 내려오면서 나를 향해 미끄러지듯 헤엄쳐 온다……. 물속을 헤엄쳐 다니는 물고기는 마치 창공을 나는 새 같아 신기하기 그지없다. 꿈결같이 아름답다.

한참을 바라보고 있노라면, 갈망이 서서히 잠 속으로 빠져드는 것처럼 서서히 금붕어의 세계로 빠져든다……. 갈망은 한없는 액체가 되어 나를 머금고, 색채가 덧입혀진 투명한 형상으로 나를 사방에 굴절시킨다. 마치 내가 세상에서 가장 신기한 사람이라도 된 듯, 고요함 속에 가볍게 손을 내저으면 사면팔방에서 모여든 빛이 찬란하게 빛나다가 한 점에 모였다 이내 사라진다……. 이때 금붕어가 다가와 나를 스치듯 지나간다. 내가 가라앉고 있는 건지 물 위에 둥둥 떠다니는 건지 분간이 안 되고, 잠 속으로 빠져드는 건지 이제 막 잠에서 깨어나는 건지도 분간이 안 된다…….

하지만 이런 아름다운 순간에도 잊을 수 없는 게 있다! 하나같이 낭패스러웠던 금붕어에 얽힌 수많은 기억들이다. 아주 오래 전, 금붕어와 어항이 있었던 그 당시 우리 집은 어떻게 손을 써볼 도리가 없을 정도로 낡고 허름했다……. 오래전에 끊임없이 퍼붓는 비에 지붕이 새는 바람에 집 안이 온통 진흙탕으로 변해버려 엉망진창이 된 적이 있었다. 지붕 도리와 서까래는 여러 해 동안 재와 먼지가 덕지덕지 들러붙어 새카맣게 변한 지 오래였다. 벽은 빗물에 젖어 눅눅하고 더럽고 곰팡이까지 슬었다. 모든 가재도구들은 집 안에서 유일하게 비에 젖지 않은 곳에 아무렇게나 쌓아놓았던 터라 보고만 있어도 한숨이 절로 나왔다……. 그때도 어항만큼은 유일하게 빛이 들어오는 곳에 깨끗하게 고이 모셔놓았었다. 어두컴컴한 방에서 밝고 영롱한 어항은 마치 유일한 출구처럼 하늘의 평온이 그곳을 통해 내려와 두루 깃드는 것만 같았다.

다행히 붉은 땅에서는 생활이 어느 정도 자리가 잡혔다. 하지만 열악한 날씨는 여전히 우리 마음을 흔들어댔다. 봄철 모래바람이 날리는 붉은 땅, 하늘부터 땅까지 온 천지가 포효하고, 저 멀리 벌판에 서 있는 나무들은 격렬하게 몸을 떨어댔다. 바람이 한차례 불고, 비가 한차례 뿌리고, 우박이 한차례 쓸고 갔다. 하늘은 시커멓고, 정오임에도 불구하고 촛불을 켜지 않으면 안 될 정도로 방 안은 어두컴컴했다. 우리는 일찌감치 밥을 해 먹고 곧장 잠자리에 들었다. 집이 우리를 대신해 온 세상을 견디고 있었다. ……그때 금붕어가 없었더라면, 촛불에 조용히 비친 텅 빈 어항은 여기저기 지저분한 때가 잔뜩 끼어 있고, 먼지가 켜켜이 쌓여 있었을 터였다. 만약 금붕어가 없었더라면, 오늘처럼 휘몰아치는 폭풍은 자신의 중심-고요의 중심을 잃지 않았을까……. 그때의 세상은 철저한 혼돈 속으로 빠져들지 않았을까?

어항 속 수면은 잠잠하다. 수면은 피부처럼 예민하게 아픔을 감지하지만 함부로 반응하지 않는다. 투명한 가운데 정지해 있는 물고기는 그 자체가 하나의 색채로 머지않아 물속으로 온전히 스며들 것 같지만 아무 변화도 일어나지 않는다. 금붕어가 느릿느릿 헤엄쳐 가는 소리는 투명한 가운데 조용히 울려 퍼지는 노랫가락이다. 우리는 어두운 침대에 누워 머리를 어항 쪽으로 기울이고, 한 줄기 햇살이 열린 구름 사이를 뚫고, 미친 듯이 휘몰아치는 폭우를 뚫고, 작은 창문을 뚫고, 공기 중에 떠다니는 고요한 먼지를 뚫고 어항을 비스듬히 비추는 광경을 지그시 바라본다. 순결하고 순수한, 찬란하고 눈부신 금붕어는 어항에 비껴든 빛줄기 속을 평온하게 오간다. 혼돈 속에 빠진 세상에서 유일하게 고요하고 투명한 한 알의 보석 같다. 이렇게 귀한 보석을 바라보고 있노라면 비록 이미 늙고 거칠어진 마음으로도 기적을 만날 수 있을 것만 같다…….

금붕어가 없었더라도 우리는 똑같이 눈코 뜰 새 없이 바쁜 일상을 보냈을 것이다. 예를 들어 금붕어가 없었다면 엄마는 꽃을 길렀을 터였다.

늘 그랬다. 생활이 조금이라도 안정이 되면 엄마는 안정된 삶이 영원히 계속될 거라고 믿었다. 엄마가 뜬금없이 깨진 화분과 녹슨 깡통을 잔뜩 주워 와서는 창틀에 쌓아놓고, 나무를 옮기는 운전기사에게 산속 숲에서 질 좋은 검은흙을 가져다달라고 부탁해서 곱게 간 양 똥과 함께 잘 섞은 다음 화분과 깡통에 가득 담았다. 그런데 정작 꽃이 없었다. 그러자 엄마는 더 많은 시간과 정력을 꽃을 찾아다니는 데 쏟아부었다. 하루는 성에서 돌아오는데 폭설로 길이 끊기자, 엄마는 하루 종일 말이 끄는 썰매를 타고 날이 어둑어둑해져서야 차오터우 집으로 돌아왔다. 온몸은 눈과 얼음으로 덮여 있고, 속눈썹과 눈썹 그리고 이마 앞으로 흘러내린 머리카락에는 하얀 서리가 두껍게 내려앉았고 얼음까지 매달려 있었다……. 이때 엄마가 품속에서 조심스레 꺼낸 것은 다름 아닌 아주 여린 푸른 줄기였다.

그렇다. 설령 금붕어가 없었더라도 우리 삶에 커다란 변화는 없었을 것이다. 금붕어가 없었더라도 우리에게는 토끼, 미꾸라지, 물오리, 집오리, 거북이, 우렁이, 비둘기, 양, 메추라기 닭, 차이니즈프랭컬린, 날쥐, 다람쥐, 하얀 햄스터, 산비둘기, 색깔이 서로 다른 고양이와 개, 셀 수도 없이 많은 닭들이 있었다. ……아 참, 참새도 있었지. 나는 생각한다. 우리가 왜 이런 삶을 살아야 하는지 언젠가는 알게 될 날이 올 거라고.

카우투 시골 마을에 살 때, 인근에 사는 많은 꼬마들이 우리 집 금붕어에 눈독을 들였다. 아이들은 학교가 파하자마자 곧장 우리 가게로 쪼르르 달려와 유리창에 얼굴을 바짝 갖다 대고 끊임없이 조잘대며 뭔가를 쑥덕거렸다. 자세히 들어보니 요 녀석들이 맹랑하게도 언제 와서 몰래 훔쳐 갈 건지, 훔쳐서 손에 넣은 다음에는 병에 담을 건지 상자에 담을 건지를 상의하고 있었다…….

네 살배기 꼬맹이 마리아의 생각은 좀 더 주도면밀했다. 마리아는 매번 우리 가게에 올 때마다 사이다 병 두 개를 들고 왔는데 뭐에 쓰려고 가져왔냐고 물으면 이렇게 대답하곤 했다. "하나는 검은 물고기를 담을 거고, 나머지 하나는 빨간 물고기를 담을 거예요……." 꿈도 야무지지. 우리 집에 있는 물고기라고는 딸랑 그 두 마리뿐인걸.

단단(蛋蛋)네 샤오쉬쉬(小徐徐)-쉬쉬의 아빠가 단단이다-는 아주 귀여운 여자애다. 평소 꼬마들 사이에서는 제멋대로인 데다 짓궂기로 악명이 높은 골목대장으로 통했다. 그런데 금붕어 앞에만 서면 돌연 얌전하고 조용한 아이로 변했고, 표정에는 놀라움과 안타까움이 교차했다. 쉬쉬는 어항에 얼굴을 박고 한참을 멍하니 바라보더니 손을 물속에 집어넣어보려다가 차마 엄두를 내지 못하겠는지 물에 손이 닿자마자 흠칫 놀라며 어항에서 멀찍이 떨어졌다.

"아……."

엄마가 하하하 웃으며 말했다. "금붕어 예쁘지?" 나는 엄마의 달콤하면서도 가식적인 말투를 듣는 순간 이제부터 무슨 일이 벌어질지 대번에 알아챘다. 이 일대 꼬마들이 하는 못된 짓의 태반은 다 우리 엄마가 꼬드긴 결과였다.

"예뻐요……. 음, 재봉사 할머니, 저녁때가 되면 금붕어는 어떻게 해요?"

"아, 저녁때 말이지. 저녁때가 되면 물고기를 물에서 꺼내 침대에 눕혀주고 이불을 덮어 재우지……."

"아, 정말요?!" 쉬쉬는 신기하기도 하고 놀랍기도 해서 입이 쩍 벌어졌다.

엄마가 한술 더 떴다. "금붕어 좋아해?"

"응, 근데 우리 집에는 없어요……."

"아, 원래 재봉사 할머니 집에도 없었어. 재봉사 할머니가 현에 가서 사 온 거야."-새빨간 거짓말. 현 어디서 금붕어를 살 수 있단 말인가, 우루무치에서 사가지고 왔으면서.

"현에 금붕어를 파는 곳이 있어요?"

"그럼 있고말고. 없을 리가 없잖아? 그런데 재봉사 할머니가 사러 갔을 때 다섯 마리밖에 없었는데 재봉사 할머니가 이미 두 마리를 사가지고 왔으니까 이젠 세 마리밖에 안 남았어. 쉬쉬야, 사려면 빨리 가서 사야 해. 늦게 가면 한 마리도 없을지도 몰라……."

"아……?" 꼬마 아가씨는 입을 씰룩거리며 터져 나오려는 울음을 애써 참았다.

"엄마가 사줄 리가 없어요. 아빠도 안 사줄 텐데……."

"그럴 리가. 쉬쉬는 엄마아빠한테 단 하나밖에 없는 보배인걸, 꼭 사주실 거야!"

"아니야, 그럴 리가 없어요……."

"그렇다니까, 분명히 사주실 거야. 쉬쉬야, 늦게 가면 없을지도 몰라! 원래 다섯 마리였는데 재봉사 할머니가 두 마리를 사 오는 바람에 세 마리밖에 안 남았었거든. 아, 벌써 며칠이 지났으니 아직까지 남아 있을지 모르겠네."

"엄마아빠가 안 사줄 거예요……."

"그럴 리가 없다니까! 재봉사 할머니 말 들어. 만약 엄마아빠가 우리 쉬쉬한테 물고기를 안 사주면 막 울어. 울면서 떼를 쓰란 말이야."

"아무리 울어도 안 사줄 거예요."

"아이고, 울어도 안 되면, 방바닥에 드러누워서 막 뒹굴어. 밥도 먹지 말고, 잠도 자지 말고……."

내가 어렸을 때 대체 시간을 어떻게 보냈을지 상상이 안 간다…….

밤이 되자 단단네 집은 울고불고 난리를 치며 문을 쾅쾅 닫는 소리로 밤새 시끄러웠다. 골이 잔뜩 난 어린애의 떼쓰는 날카로운 외침 소리가 끊임없이 들려왔다. "……물고기 사줘! 빨리 사달란 말이야! 세 마리밖에 안 남았다니까! 원래는 다섯 마리였는데 재봉사 할머니가 두 마리 사가지고 가는 바람에 세 마리밖에 안 남았단 말이야……. 늦게 가는 날에는……. 나, 밥, 안, 먹, 어! 안 먹는다고! 안 먹어……."

현지 카자흐 토박이들 대부분은 거칠어진 얼굴로 대대손손 모래바람과 싸워가며 한평생 아러타이의 겨울 목장과 여름 목장을 떠나본 적이 없다. 그런 그들에게 금붕어같이 아름답고 신기한 정령은 상상하기 어려운 존재였다. 책 속에서나 그림을 통해 금붕어의 이미지를 접해보기는 했겠지만 어느 날 갑자기 실물을 마주하게 되니 깜짝 놀랄 수밖에-더구나 금붕어는 강에 사는 새까맣고 음흉해 보이는 녀석들과는 차원이 다르다. 뜻밖에도 금붕어는 꽃송이 같은 체형과 색채를 띠고 있다!

그들은 창밖으로 눈을 돌려 한없이 펼쳐진 고비 사막과 모래바람에 그대로 노출되어 있는 소와 양, 그리고 아득히 먼 산을 바라본다. 이곳은 지구에서 가장 외진 끝자락에 위치하고, 세상에서 바다로부터 가장 멀리 떨어진 곳이다……. 그리고 다시 고개를 돌려 아름다운 자태로 물속을 헤엄쳐 다니는 정령을 바라보면 불가사의하다고 느낄 수밖에 -.

"오, 알라여!"

"분명 플라스틱일 거야!"

플라스틱이라고? 큰 모욕을 느낀 재봉사 할머니는 당장 어항 속에서 금붕어 한 마리를 꺼내 그 사람 손바닥에 놓아주며 자세히 보라고 한다. 그런데 어찌된 영문인지 평소에는 어항 속을 오르내리며 한시도 가만히 있지 않던 금붕어가 생기가 전혀 없다. 하필 이럴 때 손바닥에 놓인 채 꼼짝도 하지 않고 죽은 시늉만 하고 있다.

# 절름발이 셋

발을 헛디뎌 넘어지는 바람에 양쪽 다리가 모두 부러져 목발에 의지하는 신세가 되어버렸다. 엄마가 근심 어린 표정으로 말했다. "이게 웬 난리야? 우리 집에 절름발이가 셋씩이나 되다니……."

나 말고 또 다른 절름발이는 우리 집 강아지 '싸이라오후(賽老虎)'였다. '싸이라오후'는 '싸이후'의 별칭으로, '싸이라오후' 말고도 우리 엄마가 부르는 이름은 '싸이싸이(賽賽)', '후후(虎虎)', '싸이 동지(賽同志)', '싸이마오(賽貓)', '싸이샤오바이(賽小白)', '싸이 주인장(賽老板)' 등등 수없이 많다. 이름이 영 낯간지럽다.

보름 전, 싸이후가 덩치 큰 화화(花花)와 함께 집 안을 들락날락하며 서로 쫓고 쫓기다 눈 깜짝할 사이에 도로를 향해 뛰어들었다. 땅은 넓고 사람은 적다 보니 이곳 운전기사들은 차를 험하게 몰기 일쑤였다. 싸이후는 바로 그런 차에 치어 하늘 높이 붕 떴다가 땅에 떨어지면서 왼쪽 눈과 왼쪽 앞발을 심하게 다쳤다.

화화는 사고가 나자 너무 놀란 나머지 한달음에 도망쳐버렸다. 혼이 날까 무서워 차마 집으로 돌아오지도 못하고 눈 쌓인 허허벌판에서 꼬박 이틀을 숨어 지냈다. 결국 엄마가 손전등을 들고 밤새 찾아다닌 끝에 간신히 붙잡아 데려올 수 있었다.

싸이후는 10여 일 동안 아무것도 먹지 못했지만 다행히 차츰 나아졌다. 싸이후가 매일같이 상처 난 곳을 연신 핥아대는 바람에 왼쪽 앞발의 털이 몽땅 빠져버렸고 그 모습이 너무나 안쓰러웠다. 엄마는 싸이후에게 안에 솜을 넉넉하게 넣은 두꺼운 신발을 만들어주었다. 지금은 세 발로 여기저기 뛰어다니며 먹을 것을 찾아다닐 정도로 많이 회복되었다. 하지만 상처 난 자리가 자꾸 헐고 염증이 도졌다.

또 다른 절름발이는 노란 토끼였다. 우리 집에는 산토끼가 두 마리 있었는데 한 마리는 노란색이고 나머지 한 마리는 회색이었다. 그래서 각각 '노란 토끼'와 '회색 토끼'라고 이름을 지어주었다.

노란 토끼는 토끼 사냥꾼이 쳐놓은 덫에 걸려 다리가 부러졌다. 토끼를 사가지고 집에 돌아와보니 토끼가 너무 예뻐 차마 잡아먹을 수가 없었다. 우리는 그놈을 주방에서 기르기로 했다.

토끼는 아무 소리도 내지 않고 꼼짝도 하지 않았기 때문에 우리는 토끼의 고통을 알 수 없었다. 상처 입은 노란 토끼는 회색 토끼와 함께 커다란 철제 우리 한구석에 나란히 누워 있곤 했는데 하도 조용해서 별탈 없이 건강해 보였다. 손을 뻗어 쓰다듬으려고 하면 온몸을 사시나무 떨듯 벌벌 떨면서도 애써 침착한 척했다.

노란 토끼는 자신의 상처를 꼭꼭 감춘 채 아무런 티도 내지 않았다. 낮에는 아무것도 먹지 않았고, 물 한 모금 입에 대지 않았다. 그러다가 저녁때가 되면 소란을 피우기 시작했다. 두 녀석은 우리 안을 빙글빙글 돌며 밤새도록 이리 뛰고 저리 뛰며 쿵쾅거려서 하루도 조용한 날이 없었다. 그나마 말을 못 하니 망정이지 그렇지 않았으면 그야말로 난장판이 되어버렸을 터였다.

토끼들은 철제 우리의 가장 넓은 틈새를 비집고 나와 온 집 안을 들쑤시고 다니는 걸 좋아했다. 참다못한 여동생이 한밤중에 일어나 토끼를 잡으러 다니곤 했다. 하지만 그게 어디 말처럼 쉬운가. 토끼들이 얼마나 영리한지 노상 토끼 꽁무니만 쫓아다녔다.

토끼들도 노상 쫓겨다니는 게 성가셨던지 벌어진 틈새를 뚫고 우리 안으로 쏙 들어가버렸다.

약이 바짝 오른 여동생이 큰 소리로 투덜거렸다. “아주 대로를 활보하고 다녀라!”

이 말 속에는 토끼가 사람을 깔본다는 뜻이 짙게 깔려 있었다.

시간이 흘러 두 마리 토끼가 차츰 환경에 익숙해지자 낮에도 우리 구석구석을 깡충깡충 뛰어다녔고 우리가 보는 앞에서도 먹이를 곧잘 먹었다.

우리는 작은 플라스틱 그릇에 먹이를 가득 담아 우리 안에 넣어주었다. 회색 토끼는 그릇에 담긴 먹이를 다 먹고 나면 언청이같이 생긴 입으로 빈 그릇을 물고 우리 안을 잘도 뛰어다녔다.

토끼는 해바라기 씨 같은 걸 까먹기를 제일 좋아했다. 그릇 옆에 함께 엎드려 머리를 통째로 그릇 속에 파묻고 쩝쩝거리며 열심히 씨를 까먹었다.

식탁이 우리 바로 옆에 있었기 때문에, 우리는 밥을 먹으면서 두 마리 토끼를 관찰해가며 이러쿵저러쿵 평을 늘어놓곤 했다. 우리가 하는 말을 알아들었는지 모르겠다.

여동생이 말했다. "언젠가 한번은 토끼가 그릇을 엎었는데 발로 이리저리 굴리더니 결국에는 다시 원래대로 뒤집어놓더라고."

엄마가 말했다. "그게 뭐 대단하다고. 언젠가 나는 토끼가 빈 그릇을 머리에 올려놓고 노는 것도 봤는걸."

내가 말했다. "그건 아무것도 아니야. 언젠가 나는 말이지, 토끼 한 마리가 나머지 토끼 어깨 위로 올라가 똑바로 서서 우리 위에 올려놓았던 풀을 뜯어 먹는 것도 봤거든."

여동생이 깜짝 놀라 되물었다. "정말? 왜 나는 못 봤을까?"

엄마가 옆에서 끼어들었다. "세상에, 그런 엉터리 같은 말을 믿는 사람이 다 있네."

조류독감(AI) 때문에 마을에서 더 이상 닭을 기르지 못하게 되었다. 그래서 엄마는 닭 대신 토끼를 기르기로 했다. 토끼는 한 달에 한 번꼴로 새끼를 낳는 데다 한 배에 여러 마리를 낳는다. 그 새끼가 자라 다시 새끼를 낳고 그렇게 1년이면 두 마리 토끼가 7~80배로 늘어나겠지……. 양을 기르는 것보다도 훨씬 수지가 맞는다. 한번 생각해보라, 유목민들이 그 고생을 해가면서 양을 방목하고, 또 사방으로 이동해 다니는데 양은 고작 1년에 딱 한 번 새끼를 낳는 데다가 대부분 한 마리밖에 낳지 않는다.

하지만 생각은 생각일 뿐 고비 사막에서 토끼를 기른다고? 성질도 사나운 데다가 구멍 파기 선수인 산토끼를……. 역시 생각은 생각으로 그칠 뿐이다.

조류독감이 발생하자 마을 간부들이 우리 집에 찾아와 닭이 얼마나 있는지 세어가면서 언제까지 살처분을 하고, 살처분을 한 수만큼 닭 머리를 따로 바치라고 지시했다. 정말 엄격했다.

그러거나 말거나, 엄마는 온갖 방법을 동원해 40여 마리의 닭을 숨기고 상부에 보고하지 않았다. 다행히 우리 집은 지형이 하도 복잡해서 40여 마리의 닭을 숨기는 건 식은 죽 먹기였다.

조류독감이 무섭지 않은 게 아니라 닭들이 너무 불쌍해서였다-닭들은 아직 너무 작아서 비둘기만 했다. 만약 작은 닭들까지 모조리 살처분해버리면 닭도 불쌍하지만 우리는 우리대로 손해가 막심했다.

우리는 담장 뒤 개울가에 외따로 버려진 작은 흙집에 남은 닭들을 모조리 몰아넣었다. 연기가 피어오르면 사람들에게 들킬까 봐 낮에는 난로도 못 피우고 밤이 되어서야 도둑고양이처럼 슬그머니 들어가 불을 땠다.

겨울은 지독히 추웠다! 우리는 자다가 오밤중에 일어나 침실 방 난로에 석탄을 더 넣어야 했다. 그러니 닭들은 오죽할까. 그래도 그 컴컴한 곳에서 서로 바짝 붙어 온기를 나누며 한마디 불평도 하지 않았다. 보통 닭은 열이 많은 동물이라 추위를 타지 않는다고들 한다. 하지만 '추위를 타지 않는' 데도 한계가 있지 않을까? 영하 2~30도에서 3~40도를 오르내리는 혹한에, 작은 방은 외따로 멀리 떨어져 있는 데다 얇은 벽 외에는 사방에 아무것도 없어 보온도 전혀 되지 않으니 말이다.

개도 열이 많은 동물이라고 한다. 그렇지 않다면 왜 그렇게 많은 사람들이 굳이 겨울에 개고기를 먹으려 하겠는가? 겨울철 개집은 벽돌 몇 장에 널빤지 몇 개로 만드는 게 보통이고, 바닥에 낡은 이불 한 장과 얇은 문발이 전부다. 개들은 눈보라가 휘몰아치는 날에도 정말 춥지 않을까?

우리는 닭을 감춰놓은 흙집 옆으로 충야오의 개집을 옮겨놓았고, 충야오는 수상쩍은 움직임이 느껴질 때마다 요란하게 짖어 우리에게 알렸다.

문제는 충야오 요 녀석이 아무 움직임에나 제멋대로 짖어댄다는 점이었다. 사람이 1킬로미터 밖에 떨어진 벌판을 지나가기만 해도 우리와 아무 상관도 없는데 사명감을 가지고 우렁차게 짖어댔다.

하지만 우리에게는 밖에 나가 살펴볼 필요가 있는 울음소리인지 아닌지를 식별해낼 수 있는 묘책이 따로 있었다. 우리에게는 싸이후라는 '통역사'가 따로 있었다.

충야오가 무료한 나머지 멀리 지나가는 사람을 향해 멋대로 짖는 경우라면, 싸이후는 못 들은 척하고 침대 발치에 놓여 있는 자기 집에 무기력하게 엎드려 눈만 껌뻑이며 멍하니 넋을 놓고 있었다. 만약 정말 사달이라도 나서 개를 불안하게 하는 상황이 실제로 발생하게 되면, 싸이후는 성한 다리로 재빨리 몸을 일으켜 귀를 쫑긋 세운 다음 몇 분간 침묵을 지키고 있다가 충야오의 짖는 소리에 호응하듯 맹렬하게 짖어댔다. 한 번도 틀린 적이 없었다.

보아하니 개들끼리만 알아들을 수 있는 언어가 따로 존재하는 모양이었다.

우리는 앞마당에 화화의 집을 만들어주었다. 화화가 석탄 창고와 마당에 부려놓은 잡다한 물건들을 지켜주길 바라는 마음에서였다. 하지만 요 녀석은 배가 고플 때만 집에 들어오고 평소에는 그림자도 보이지 않았다.

화화는 바둑이의 일종으로, 덩치만 보면 머지않아 충야오를 따라잡을 만큼 컸지만 실제로는 고작 7개월밖에 안 된 강아지였다. 세상 물정도 모르고 아무리 욕을 해도 귓등으로도 안 듣고 때려도 당최 말을 듣지 않았다. 조금만 귀에 거슬리는 소리만 나도 곧장 뛰쳐나가 며칠이 지나도록 집에 돌아올 줄 몰랐다. 결국 사람이 나서서 사방으로 찾아다니게 만들었다.

화화는 길을 닦는 인부들이 식용으로 기른 개였다. 공사가 끝나고 인부들이 철수할 때 잡아먹기에 너무 어렸던 화화는 그길로 버려졌다. 너무 불쌍했다. 엄마가 가끔 그 녀석에게 먹다 남은 마른 모모빵을 던져주곤 했는데 이 녀석이 용케 엄마를 기억해내고 밤마다 우리 집 대문 앞에서 자며 떠날 줄을 몰랐다.

그때가 마침 우리 집 강아지 샤오샤오(曉曉)가 막 죽었을 무렵이었다. 싸이후는 너무 조용한 데다 충야오와 함께 놀지도 않았기 때문에 우리는 화화를 기르기로 했다. 화화를 기른 지 한두 달밖에 되지 않아 아직은 모든 게 익숙하지 않았다.

화화는 의외로 싸이후랑 잘 어울려 놀았다. 둘은 약속이나 한 듯이 꼬박 이틀 동안을 쓰레기더미에 올라가 신나게 먹을 것을 뒤지는가 하면, 함께 밖에 나갔다가 함께 돌아오기도 했다. 화화는 평소 싸이후에게 뭐든 순순히 양보했고, 맛있는 것이 생겨도 싸이후에게 먼저 양보했다. 싸이후가 성질을 부리며 자기를 물어도 결코 반격하는 법이 없었다. 사고가 난 이후로 화화는 눈에 띄게 조용해졌고 하루에도 몇 번씩 집에 돌아와 문 밖에서 문을 긁어대며 집 안에 들어와서 싸이후를 보고 싶어 했다.

우리는 날씨가 좋을 때면 싸이후를 안고 나가 눈 덮인 바닥에 내려주고 화화에게 보여주었다. 그러면 화화는 마치 어미 개라도 되는 듯 싸이후를 조심스레 드러눕히고 싸이후의 배를 정성껏 핥아주었다.

열흘 뒤, 싸이후의 상처가 악화되었다……. 도저히 더 이상 쓸 수가 없다……. 우리는 번갈아가며 하루 종일 싸이후의 곁을 지켰다. 마을에 유일하게 있는 수의사를 집에 모셔 왔지만, 그 수의사는 소나 양의 병에 대해서만 알았지 싸이후를 위해서는 어떤 뾰족한 방법도 생각해내지 못했다. 싸이후는 맥없이 엎드려 아무것도 먹지 못했고, 물 한 방울 넘기지 못했다. 보름 동안 대소변도 보지 못했다. 변비 때문이 아니라 앞발을 다쳤기 때문에 힘을 쓸 수 없었던 탓이었다. 싸이후는 온종일 다친 앞발을 몸속 깊숙이 파묻고, 커다란 눈망울로 우리를 가만히 바라만 보았다. 가끔은 우리를 안심시키려는 듯 꼬리를 흔들기도 했는데 마치 '걱정하지 마세요, 전 괜찮아요' 하고 말하는 듯했다.

싸이후는 사고를 당한 지 거의 한 달 만에 처음으로 똥을 누는 데 성공했고, 음식도 조금씩 먹기 시작했다. 시간이 좀 더 흐르자 엄마가 만들어준 신발을 신고 밖에 나가 한 바퀴 돌며 세 발로 걷는 연습을 하기도 했다.

그다음 날에는 한달음에 눈길을 가로질러 상점에 있는 엄마를 찾아가기도 했다. 사흘째 되던 날은 엄마를 두 번이나 찾아갔다. 우리는 뛸 듯이 기뻤다. 비록 염증은 계속 악화되고 있었지만 싸이후가 기력을 되찾은 걸 보면 아직 희망은 있었다.

토끼의 상처는 더 빨리 아물었다. 한 일주일쯤 지나자 먹을 것을 찾느라 온 우리 안을 설치고 다니는 녀석의 모습을 볼 수 있었다. 물론 깡충거리는 모습이 정상적인 토끼처럼 자연스럽지는 않았다.

토끼는 활기를 되찾자 망설임 없이 배추 겉대를 갈아먹기 시작했고, 사각사각 소리를 내며 어찌나 잘 먹는지 몰랐다. 엄마는 가끔 우리 안에서 토끼를 꺼내 안아주기도 했다. 그 무렵 토끼는 사람을 더 이상 무서워하지 않았고, 우리가 손바닥에 올려놓은 먹이도 스스럼없이 잘 먹었다.

나로 말할 것 같으면 한 달 동안 꼼짝없이 누워 있었고, 이제는 목발에 의지해 걸어 다닐 수 있을 정도가 되었다. 비록 절뚝거리기는 했지만 걷는 데 별 지장은 없었다.

나는 차를 타고 현성에 갔다. 가는 길 내내 목발이 다른 사람들의 이목을 끌었고, 차에 오르내릴 때도 여간 불편한 게 아니었다. 차에 탄 사람들이 모두 나만 쳐다보는 것 같았다. 운전기사는 내게 가장 편하고 따뜻한 자리를 마련해주었고, 그 덕에 나는 노인들과 함께 앉게 되었다.

갈 길은 멀고 눈 덮인 고비 사막은 까마득했다. 운전기사가 도중에 차를 세우면 사람들은 밖으로 나가 뻣뻣하게 굳은 몸도 풀고 나간 김에 변소도 다녀왔다. 나는 제일 마지막에 차에서 내렸다가 제일 마지막에 차에 올라탔다. 차에 올라 자리에 앉으니 뒷좌석에 앉아 있던 노인 한 분이 내 팔을 툭툭 쳤다. 고개를 돌려보니 그 노인이 내게 2위안을 내미는 것이었다. 나는 일어나면서 주머니에서 흘렸나 싶어 서둘러 "감사합니다" 하고 말하며 돈을 받았다.

그때 노인 옆에 앉아 있던 한 젊은이가 말했다.

"당신 다리가 불편해 보여서 주는 거예요……."

순간 나는 너무 당혹스러웠다. 차를 꽉 메운 승객들의 시선이 일제히 내게로 쏠렸고, 돈을 쥐고 있던 손은 마치 벌겋게 타오르는 석탄을 쥐고 있는 것만 같았다.

나는 재빨리 노인에게 돈을 돌려주며 말했다. "감사합니다! 하지만 필요 없어요. 대단히 감사합니다! 정말 필요 없어요. 정말 감사해요! 근데 정말 필요 없어요……."

하지만 그 노인은 고집스럽게도 돈을 주려 했고, 옆에 함께 타고 있던 사람들도 하나같이 그냥 받아두라고 내게 권했다. 하지만 나는 목에 칼이 들어오는 한이 있어도 받을 수 없었다. 결국 나는 그 돈을 돌려주었다. 그래도 그 고마운 마음에는 진한 감동이 일었다.

집에 돌아와 엄마에게 그 일을 얘기했더니 엄마는 대뜸 내가 잘못한 거라며 야단을 쳤다. "노인이 주는 걸 뿌리치면 어떡하니? 설사 5마오였다 하더라도 받았어야지."

이것도 카자흐 족의 예의일까? 동정이 아닌 축복으로 말이다.

## 분홍색 버스

분홍색 버스가 생긴 뒤로는 현성에 갈 때 더 이상 미니버스를 타지 않았다. 미니버스는 한 사람당 20위안이었지만 분홍색 버스는 단돈 10위안에 불과했다. 짐이 조금만 커도 별도로 추가요금을 받는 미니버스와 달리 분홍색 버스는 짐을 마음껏 실을 수 있었다. 무엇보다 분홍색 버스는 제시간에 맞춰 출발했다. 사람이 꽉 차야 출발하는 바람에 늘 차질을 빚었던 미니버스와는 차원이 달랐다.

'분홍색 버스'는 중형의 중고버스였다. 뚱뚱하고 유쾌한 운전기사는 저 멀리서 울퉁불퉁한 눈길을 어렵사리 뛰어오는 사람이 보일 때마다 신나게 브레이크를 밟으며 이렇게 외쳤다. "하하! 10위안이 왔어요!"

차에 탄 꼬맹이들은 한목소리로 "워워~" 하고 말고삐를 당기는 소리를 흉내 냈다.

나는 60위안들과 함께 엔진과 앞좌석 사이 빈 공간에 끼어 앉았고, 버스는 이미 초만원이었다. 그런데 차가 원두하라(溫都哈拉) 마을에 도착했을 때 50위안과 양 두 마리가 더 올라탔다……. 어찌나 붐비는지 팔도 못 뺄 지경이어서 차라리 양 등에라도 올라타고 싶은 심정이었다……. 그나마 다행은 난방이 안 되는 차 안이 사람들의 열기로 차츰 훈훈해지기 시작한 것이었다. 차 안이 따뜻해지자 뒷좌석에 앉았던 남자 몇몇이 술을 마시기 시작했고, 즐겁게 술잔을 부딪치다 보니 어느새 흥겨운 노랫소리까지 흘러나왔다. 한 시간쯤 지나자 서로 싸우기 시작했다. 운전기사는 싸움박질하던 남자들을 한 사람도 남김없이 차에서 쫓아내버렸다. 그제야 숨통이 좀 트였다.

우룬구 강 일대는 마을이 드물었지만 매일 분홍색 버스를 타고 현성에 가거나 차쿠얼투 마을에 가려는 사람들이 적지 않았다. 차는 매일 아침 5시 전에 출발해서 칠흑 같은 어둠에 싸인 마을을 하나하나 지나갔고, 차의 경적 소리가 울리면 길가에 창이 하나둘 불을 밝혔다. 앞마을에서 경적 소리가 울려 퍼질 때쯤이면 뒷마을 사람들은 이미 차에 탈 채비를 끝냈다. 옷을 겹겹이 껴입고 가져갈 짐은 발치 눈길 위에 쌓아놓은 채, 눈으로 둘러싸인 도로변에 서서 차가 올 때만을 기다렸다.

아커하라는 이 일대에서 가장 서쪽에 위치한 마을이라 분홍색 버스가 가장 먼저 이곳을 지났다. 그래서 맨 처음 차를 타는 사람은 늘 나였다. 차 안은 텅 비고, 얼음장같이 차디찬 한기에 허연 입김이 뿌옇게 퍼졌다. 시끄러운 엔진 소리 때문에 운전기사가 목소리를 높여 아는 척을 했다. "아가씨, 어때? 괜찮아?" 하면서 조수석에 놓여 있던 무거운 양가죽 조끼를 집어 내게 던져주면, 나는 잽싸게 받아 무릎을 덮었다.

짙은 어둠이 깔려 있고, 눈보라는 휘몰아치고, 고비 사막은 까마득히 펼쳐져 있고, 길가에는 나무 한 그루 없다. 운전기사는 대체 무슨 수로 길을 식별해내는지 도무지 알 길이 없었다. 눈으로 뒤덮인 길 위에서 눈으로 뒤덮인 길 아래로 운전해 가는 법이 결코 없었다.

동이 틀 무렵이면 차 안은 벌써 사람들로 가득 찼다. 하지만 여전히 추웠다. 오랫동안 영하 2~30도의 차가운 공기 중에 있다 보니 온몸이 꽁꽁 얼어붙어 인내심에 한계를 느꼈다. 그때 문득 첫 번째 줄 좌석과 좌석 앞 엔진 덮개 위에 뚱뚱한 노인 둘이 서로 마주 보고 앉아 있는 모습이 보였다–너무 따뜻해 보였다! 나는 체면이고 뭐고 다 팽개치고 사람들 틈바구니를 헤치고 두 사람 사이에 난 빈 공간으로 비집고 들어가, 두 사람 발치께 놓여 있는 짐 위에 앉았다. 그러고 나니 한결 아늑했다. 얼마 안 가 두 사람이 부부라는 사실을 알고 어찌나 민망하던지…….

가는 길 내내 서로의 손을 놓지 않고 꼭 잡고 있던 부부는 맞잡은 손을 마땅히 놓아둘 곳이 없자 아예 내 무릎 위에 올려놓았다……. 손을 놓아둘 곳이 마땅치 않았던 나도 그냥 노인 다리 위에 올려놓았다. 잠시 뒤 노인은 자신의 큰 손으로 내 손을 꽉 쥐더니 내 언 손을 녹여주었다. 그러고는 뭐라고 몇 마디 중얼거렸다. 그러자 노부인이 서둘러 내 다른 손을 따뜻하게 감싸 쥐었다. 가는 길에 나는 몇 번이나 손을 빼보려고 애썼지만 그때마다 노인들 손에 도로 붙잡히고 말았다. 왜 그런지 내 손은 늘 얼음장처럼 차가웠다…….

차 안은 갈수록 사람들이 늘어났고, 끊임없이 타고 내렸다. 가는 길에 차를 얻어 타고 가는 사람들이 대부분이었다. 눈보라를 뚫고 이 마을에서 저 마을로 걸어가는 도중에 공교롭게도 분홍색 버스가 지나게 되면 손을 흔들어 차를 세웠다. 사실은 차를 세운다기보다 차가 사람 앞에 도착하면 자동적으로 선다는 말이 맞았다. 그러면 차 문 옆에 앉았던 사람이 재빨리 문을 열어젖히며 큰 소리로 외쳤다. "차 탈 거예요? 그럼 빨리 타세요, 너무 추워요……."

차는 일요일에 가장 붐볐다. 대부분이 강 하류의 한족 마을에 사는 아이들로, 이 아이들은 현성에 있는 학교로 되돌아가는 길이었다(이 일대에는 한족 학교가 없다). 아이들은 하나같이 등에 책가방을 둘러멘 채 마을 어귀에서 차를 기다렸다. 차가 정차하면 아이 아빠가 먼저 사람들 틈을 비집고 차에 올라 좌우로 자리를 터서 짐을 내려놓은 다음 아이가 앉을 만한 곳을 마련해두었다. 그러고 나서 고개를 돌려 큰 소리로 아이를 불렀다. "아가! 여기로 와서 앉아!" 다시 말을 이었다. "아가! 모모빵 챙겼지?"

늘 이맘때쯤이면 운전기사의 얼굴에는 실망한 기색이 역력했다. 이번에는 틀림없이 20위안짜리인 줄 알았는데…….

아이 아빠는 아이를 앉혀놓은 다음 다시 사람들 틈을 헤치고 차 문으로 돌아가서 운전기사를 향해 소리쳤다. "여기 우리 아이 차표 값이에요. 우리 아이는 이미 돈 냈어요. 저기 모자 쓴 아이요. 기사 양반 잊지 마요!"

"알았어요."

"제일 뒤쪽에 있는 모자 쓴 아이요!"

"알았다니까요."

"기사 양반, 우리 애는 모자를 써서 기억하기 쉬워요!"

"알았다고요, 알았다니까!"

그래도 마음이 안 놓이는지 다시 고개를 돌려 차 안에 바글거리는 머리통에 대고 크게 외쳤다. "아가, 거기서 팔짝팔짝 뛰어봐. 기사 아저씨가 네가 쓰고 있는 모자를 볼 수 있게!"

하지만 사람들이 차에 타고 내리며 허둥지둥 짐을 챙기느라 한창 어수선할 때라 아이가 몇 차례 제자리 뛰기를 시도해도 끝내 아이 머리통은 보이지 않았다.

"됐다 됐어, 뛸 필요 없다니까……."

"기사 양반, 우리 애는 모자를 썼어요, 벌써 돈도 냈어요……."

"차 출발하니까 안 갈 사람은 빨리 내려요!"

"아가, 아예 모자를 벗어서 기사 아저씨한테 보여드려, 들었어?!"

차는 마을과 마을 사이에 난 구불구불한 길을 따라 달렸다. 사람들이 마을 어귀마다 기다리고 있었다. 차를 타려는 사람도 있고 부탁할 말을 전하려는 사람도 있었다. "내일 사대(四隊)에 있는 하부(哈布)를 현성까지 태워다줘야 해요. 가는 길에 하부 태워 가는 거 잊지 말아요. 하부 집은 강가 동쪽 두 번째 집이에요."

혹은 "파한(帕罕)한테 돈이 남거들랑 미나리도 좀 사오라고 전해주세요. 집에 일찍 돌아오라는 말도 잊지 마시고요."

혹은 "엄마가 병이 났는데, 현성에서 약 좀 사다 주실래요?"

혹은 편지 몇 통을 운전기사에게 부쳐달라고 부탁하기도 했다.

차 안은 늘 사람들로 붐볐지만 나름대로 질서가 있었다. 앞쪽 좌석은 늘 노인들 차지고 젊은이들은 통로 쪽에 놓인 짐 위에 앉았다. 아이들은 두꺼운 담요가 깔려 있는 엔진 덮개 위에 서로 꼭 붙어 앉았다. 비록 서로 잘 모르는 사이라도 그중에서 나이가 가장 많은 아이가 다른 아이들을 돌보는 것이 당연시되었다. 나이가 많아 봤자 겨우 예닐곱 살에 불과했다. 그런데도 가는 길 내내 옆에 있는 서너 살짜리 아이의 등 뒤에 짐을 받쳐주어 아이가 좀 더 편안하게 앉아 갈 수 있도록 돌봐주었다. 장갑을 벗어 던지는 아이가 있으면 조금도 귀찮아하지 않고 장갑을 주워 아이 손에 끼워주웠다.

내 맞은편에는 볼이 빨갛게 튼, 커다란 파란 눈의 두 살배기 꼬마가 앉아 있었는데 줄곧 나만 물끄러미 쳐다보았다. 두세 시간 동안 자세도 바꾸지 않고 투정 한번 부리지 않고 얌전히 앉아 있었다.

내가 큰 소리로 물었다. "누구 집 아이니?"

대답이 없었다. 차 안은 코 고는 소리로 요란했다.

내가 다시 물었다. "아빠가 누구야?"

파란 눈의 아이는 눈 한번 깜짝하지 않고 나를 빤히 쳐다보았다.

아이 손이 차갑지 않은지 만져보려고 손을 내미는데 뜻밖에 아이가 두 팔을 벌리며 나를 향해 몸을 기대 왔다. 내가 안을 수 있게. 너무나 사랑스러웠다……. 아이의 몸은 아주 조그맣고 여렸다. 아이는 내 품에 안기자마자 작은 머리를 떨어뜨리고 내 팔에 기댄 채 잠이 들어버렸다. 나는 내 품에 안겨 평온하고 외로운 꿈을 꾸고 있을 아이가 깰까 봐 가는 길 내내 옴짝달싹도 할 수 없었다.

“

물속을 자유자재로 헤엄쳐 다니는 금붕어는

세상에 존재하지 않는 한 떨기 꽃송이 같다.

물결이 일렁이는 곳마다 섬세한 비늘 조각이 반짝반짝 빛나고,

이런 빛을 발할 수 있는 보석은 이 세상 어디에도 존재하지 않는다.

”

아러타이의 끝자락
: 유목민의 삶에서 '인생의
쉼표'를 만나다

초판 1쇄 발행 / 2015년 11월 11일

지은이 / 리쥐안
옮긴이 / 차현경
브랜드 / 각광

기획 / 차현경
편집 / 서주희
디자인 / 디자인붐
본문 사진 / 정민영

펴낸이 / 김일희
펴낸곳 / 스포트라잇북
제2014-000086호 (2013년 12월 05일)

주소 / 서울특별시 영등포구 도림로 464, 1-1201 (우)150-768
전화 / 070-4202-9369 팩스 / 031-919-9852
이메일 / spotlightbook@gmail.com
주문처 / 신한전문서적 031-919-9851

책값은 뒤표지에 있습니다.
잘못된 책은 구입한 곳에서 바꾸어 드립니다.



ISBN 979-11-953133-4-1 03820

이 도서의 국립중앙도서관 출판시도서목록(CIP)은
서지정보유통지원시스템 홈페이지(seoji.nl.go.kr)와
국가자료 공동목록시스템(www.nl.go.kr/kolisnet)
에서 이용하실 수 있습니다.
(CIP제어번호: CIP2015029181)

각광은 스포트라잇북의
실용 비소설 브랜드입니다.